황홀한 아파니시스

시적 윤리의 심장부

지은이

박대현(朴坮賢, Park, Daehyun)_ 문학평론가. 독립연구자. 부산대 국어국문학과에서 박사학위를 받았으며, 2005년『부산일보』를 통해 문학평론「실존적 헤르메스의 탄생-진이정론」으로 등단했다. 『오늘의문예비평』,『작가와사회』편집위원으로 활동했으며 인제대, 경성대, 부경대, 동아대 등에서 강의했다. 한국문학 전반에 작동하는 정동을 눈여겨보고 있으며, 특히 경제민주화와 죽음충동의 역학관계를 중심으로 한국 근대화 과정을 천착하는 데 많은 관심이 있다. 이 외에도 몇 권의 책을 기획 중이지만, 이러저러한 삶에 부대낀 채 여러 해를 망연히 보내는 중이다. 저서로『헤르메스의 악몽』,『닿을 수 없는 혁명』,『우울한 것의 추락』,『혁명과 죽음』,『황홀한 아파니시스』등이 있고, 공저로는『2000년대 문학의 징후들』,『문학과 문화, 디지털을 만나다』,『불가능한 것의 가능성』,『비평의 비평들』,『한국문학의 중심과 주변의 사상』등이 있다.

황홀한 아파니시스 시적 윤리의 심장부

초판 인쇄 2019년 4월 10일 **초판 발행** 2019년 4월 17일

지은이 박대현 **펴낸이** 박성모 **펴낸곳** 소명출판 **출판등록** 제13-522호

주소 서울시 서초구 서초중앙로6길 15, 1층

전화 02-585-7840 **팩스** 02-585-7848

전자우편 somyungbooks@daum.net **홈페이지** www.somyong.co.kr

값 30,000원 ⓒ 박대현, 2019

ISBN 979-11-5905-399-3 03810

본 도서는 2018년 한국문화예술위원회, 부산광역시, 부산문화재단의 사업비 지원을 받았습니다.

박 대 현 평 론 집

황홀한
아파니시스

시적 윤리의 심장부

Aphanisis in Ratures
The Heart of Poetic Ethics

 소명출판

늘 제 방에 오셔서
이불을 여며주신 것 알고 있었어요.

아버지, 고마워요.

이 책의 제목은 원래 '황홀한 아파니시스^{aphanisis}'였다.

여전히 '황홀한 아파니시스'다.

그러나 '황홀한 사랑'과 다르지 않다고 말하고 싶다.

아파니시스^{aphanisis}는 라캉의 주요 개념이다. 정신분석의 최종단계인 주체의 사라짐, 혹은 소멸을 뜻한다. 나는 종종 주체가 존재하지 않는 순간을 체험한다. 물론 매우 짧은 순간이긴 하지만, 나를 점령해버린 주체, 또는 주체의 욕망이 무척 성가실 때가 있다. 욕망의 악다구니 속에서 비죽이 웃거나 찡그리는 주체를 목도하는 일이란 참 안된 일이다. 시란 그러한 주체와의 대면 혹은 투쟁에 관한 기록이다. 시를 비평하는 일 역시 그에 못지않다.

이 책의 이면에 깔려 있는 핵심 개념은 실정성^{positivity}과 부정성^{negativity}이다. 이 두 개념은 이념의 속성을 함축한다. 이념의 확실성에 관계하는 것이 실정성이라면, 이념의 불확실성에 관계하는 것이 부정성이다. 실정성과 부정성은 이념뿐만 아니라 주체의 양상에도 적용 가능하다. 주체의 연성화^{軟性化}와 경성화^{硬性化}는 각각 실정성과 부정성에 관계하는 주체의 특성이다. 주체와 이념은 기본적으로 부정성과 실정성 위에서 작동하는 것이다. 다시 말해, 주체와 이념은 실정성과 부정성의 변증에 의해 존재한다.

알랭 바디우$^{Alain Badiou}$에 따르면, 부정성과 실정성의 관계는 정체성과

비非정체성의 관계로 추론된다. 주체의 실정화positivization는 주체의 부정성에서 실정성으로의 변화, 즉 비정체성에서 정체성으로의 변화를 초래한다. 주체의 실정성 강화는 주체의 경화를 초래하며, 이는 곧 선good의 지나친 실정화로서 궁극적으로는 악evil의 출현을 야기한다. 다시 말해, 진리의 권력에 대한 모든 절대화는 악을 조직한다는 것이다. 따라서 주체의 실정성과 부정성의 문제는 선과 악의 문제에 깊이 관여한다. 선과 악의 엄밀한 판별에 있어서 핵심은 '실정화'와 '부정화'의 적절한 정도를 유지하는 정교한 균형 잡기다. 그러나 보다 중요한 것은 실정성이 근본적으로 부정성을 품고 있다는 사실이다. 부정성을 축출하는 데 맹목적인 실정성은 악으로 전락하고 만다.

　여기서 우리는, 실정성은 곧 내셔널리즘의 기반이라는 사카이 나오키坂井直樹의 격렬한 비판을 떠올릴 수 있다. 그에 따르면, 실정성은 "사실을 구축하는 담론"을 강화하는 "권력의 형식"일 뿐만 아니라, '권력의 형식'을 벗어나는 '외부성'을 말살하는 정신적 자질이다. 바로 이 때문에 사카이 나오키는 외부성의 감각을 매우 중요하게 언급한다. '외부성'은 '부정성'에 등치되는 개념이다. 부정성, 혹은 외부성이 중요한 이유는 실정성에 지속적으로 균열을 냄으로써 동일성의 정치를 중지시키고 부정성의 공간에 깃든 다수성multiplicity과 그것을 통한 공통성의 감각을 생성할 수 있기 때문이다. 오늘날 시의 윤리적 감성은 바로 이 부정성에서 출발한다.

　근대 체계가 완벽한 합리성의 세계(실정성의 세계)를 지향할수록, 시인은 세계의 빈틈을 더욱더 날카롭게 들여다본다. 그 시선은 필연적으로 세계와 자기 존재의 어두운 부정성을 향해 간다. 장 보드리야르Jean Baudrillard가 부정성을 '그림자'로 표현했듯이, 정말이지 인간은 필연적으로 그림자를 끌고 다니는 존재다. 인간은 결코 자신의 그림자로부터 벗어날 수 없다. 그림자 없는 존재란 동일성에 강박되어 그림자를 끊임없이 축출하는 악의 존재와 다르지 않다. 그럼에도 불구하고 근대 이후의 인간은 그림자를 말살하는 데 주력해왔고, 그 결과 인류는 아우슈비츠를 비롯한 온갖 악의 섬뜩한 시선에서 해방되지 못하고 있다. 한국의 경우 여전히 적대적 이념의 대립으로 인한 학살과 역사 부정과 온갖 착취, 그리고 그것의 뿌리가 되는 혐오의 시선들까지.

이후로 시詩 쓰는 자의 의무는 세계와 주체의 부정성을 인간의 엄연한 실존으로 확인하는 일이 된다. 진정한 공동체의 가능성은 부정성의 공간에서라야 비로소 열린다. '부정성'의 회복은 동일자의 시선이 지배하는 상징계를 파열하는 실재계의 진입 가능성을 열어준다. 알렌카 주판치치Alenka Zupancic는 그 진입을 일컬어 '실재의 윤리'라 정의했으며, 그 공간을 '윤리의 심장부'라고 일컬었다. 보다 중요한 것은 부정성을 다시 새로운 실정성과 변증해 나가는 일이다. 중심을 상실한 부정성의 세계에서는 주로 자기 해체와 자기 파괴의 난경이 펼쳐진다. 그래서 '실재의 윤리'는 실정성을 넘어서는 동시에 부정성을 회류回流함으로써 주체성의 새로운 정립을 강렬하게 예비한다.

'시적 윤리의 심장부'는 공백void의 주체를 일자一者의 진리에 포박된 주체가 아니라 무한한 다수성multiplicity을 향한 주체로 만들어 나가는 시적 기관 그 자체다. 이 기관에서는 실정화된 주체의 소멸, 즉 아파니시스가 필연적으로 작동할 수밖에 없다. 따라서 아파니시스는 새로운 주체의 윤리적 원천이라고 할 수 있다.

그러나 아파니시스로부터 도대체 무엇이 나올 수 있단 말인가. 주체와 욕망의 소멸 이후에는 세계와 주체의 적요寂寥가 우리를 지배하는 일만이 남지 않겠는가. 그것은 일종의 자기 초월을 가장한 허무주의, 혹은 자기완결의 자족주의에 이르는 길이 아니라고 어떻게 장담할 수 있겠는가. 아파니시스만으로 이 세계를 향해 뜨겁게 박동하는 새로운 시적 윤리의 심장부를 마련하는 일은 불가능에 가깝다. 다시 말해, 공동체를 향한 주체의 새로운 자기 정립은 자기 공백을 확인하는 아파니시스만으로 불가능한 것이다.

'윤리의 심장부'는 아파니시스를 넘어선 무언가를 열망한다. 아파니시스 이후 공백의 주체가 불가능한 공동체를 향한 첫발을 내딛기 위해 필요한 것은 무엇인가. 자기 입멸入滅과 적멸寂滅의 문 앞에서 아파니시스를 넘어 이 세계를 향해 회귀하게 하는 것은 무엇인가. 그것은 여전히 가득한 고통 속에서 신음呻吟과 무음無音만이 삶을 증언하는 이 세계를 향해 천 개의 손이 갈라져 나오듯 참혹하지만 타자를 향한 눈물겨운 사랑이 아닌가. 이때의 사랑은 자기 소멸을 체험하고 자기 공백을 응시한 자만이 얻을 수 있는, 아파니시스 이후의 사랑일 것이다. 이 사랑은 일찍이 조셉 캠벨이 감응한 바 있는 보디사트바Bodhisattva의 자기 입멸로부터 회귀하는 사랑이다.

그러나 나는 아직 자신의 아파니시스를 회류하여 다시 돌아온 자의 사랑을 완전히 이해한다고 말하지는 못하겠다. 다만 그것이 주는 황홀한 슬픔에 단지 관념적으로 오랫동안 점염漸染되어 왔을 뿐이다. 주체의 아파니시스를 받아들인다는 것은 욕망으로부터의 해방을 의미할 텐데, 나는 여전히 삶에 대한 애착과 욕망으로부터 자유롭지 않다. 그래서 나에게 아파니시스란 윤리의 원천이 아니라 슬픔의 원천으로 작용한다. 그럼에도 불구하고 슬픔에서 윤리의 원천으로 포월해가고자 하는 열망이 모순적으로 상존한다. 언젠가 그 열망이 실현될 때 아파니시스는 비로소 황홀해질 수 있을 것이다. 천 개의 손이 갈라져 나오듯 날것의 눈물들이 모여 대자대비大慈大悲의 참혹하면서도 무한한 사랑을 이룰 것이다.

*

사랑은 궁극적으로 모두의 행복을 위한 것이다. 이것은 가능한 기획인가? 아마도 불가능할 것이다. 그러나 알랭 바디우의 말처럼, "행복은 언제나 불가능한 것의 향유다".

*

자연은 감정이 없는 거대한 기계다. 시간이라는 톱니바퀴 역시 마찬가지다. 감정이란 자연의 유기체 중 극히 일부에서만 일어나는 현상에 불과할 것이다. 거대한 시간의 저편으로 아버지께서 훌쩍 떠나셨다. 자연과 시간 앞에서 인간의 감정이란 가소로운 것조차 되지 못한다.
스무 살 때 다음과 같은 시를 쓴 적 있다.

실패한 드라이플라워마냥 시들어가는 세월 / 너무 강렬한 햇빛에 그을린 영혼의 두피를 가르면 / 너무 낡고 오래된 집이 있다. / 그곳의 기후는 온난하지만 다습하여 언제나 / 비가 내릴 듯 산안개가 켜켜로 내려와 / 맥박이 뛰는 흰 발목을 면도날처럼 스친다.

낯익은 육체들은 시시로 낡아간다. / 이곳에서 낡지 않는 것은 죽음이라는 고목(古木)뿐 / 마당 한가운데 언제 누가 심었는지는 아무도 모르지만 / 그 나무만이 은밀히 어깨를 킬킬거린다. / 문밖에서 조등(弔燈)이 불길한 빛을 흘리면 고목은 골분을 흡수하곤 / 인간의 손이 겨우 닿는 가장 낮은 가지에 / 달고 실한 검은 열매를 달아주어 / 쓸쓸한 풍장(風葬)은 쉽게 안개 속으로 묻혀진다.

가끔씩 안개는 대청까지 밀려와 문지방을 적시지만 / 위패 없는 넋들은 얼마나 안전한가. / 오랫동안 잊혀진 너무 낡고 오래 된 집 / 눈이 서늘한 소년은 천정의 손바닥에 짓눌리는 / 꿈을 죽이다가, 울음 속을 헤매다가 터져버린 살갗 / 유년의 푸른 혈관 속을 가득 흐르는 아버지

아버지, 뼈를 태우신다. 더 이상 / 타지 않는 생애, 젊은 조부의 기억의 뼈를 갈아 / 안개에 싸인 마당에 뿌리셨다. / 고목은 자라나 더욱 무성한 가지를 이룰수록 / 자주 눕는 법을 익히시는 아버지 / 총총히 마당을 질러가신다. 그런데 / 저 질러가는 삶이란.

드라이플라워는 오랜 세월을 견딘다. / 그러나 견딜 수 있는 날들이 모두 지나간 후에는 / 낡고 오래 된 집이 있다. / 두서너 장의 기와가 헐은 흔적이 보이지만 / 웬만한 폭풍에도 좀처럼 무너지지 않는다. / 수혈의 젖을 피멍 지도록 짜내어도 / 뒤채를 신음처럼 맑게 흐르는 물소리 / 안개는 풍장과 더불어 더욱 짙어간다.

—「너무 낡고 오래된 집」 전문

이 시에서 아버지에 대한 감정을 확인하는 일이란 무의식을 들여다봐야 하는 일이기도 하다. 어쩌면, 양가감정이 스민 것인지도 모를 "저 질러가는 삶". 아버지께서 살아오셨던 "저 질러가는 삶"의 그늘 속에서 나는 항상 방황하였다. 자주 어둡고 때로는 한 줄기 빛이 있는 삶이기도 했다. 아버지는 아마도 더한 세월이었으리라. 그러나 아버지 덕분에 나의 삶이 지금까지 유지될 수 있었다는 사실을 고백하지 않을 수 없다. 아버지는 든든한 나의 언덕이었다. 시간의 물리적 한계로 인해 아버지를 다시는 뵐 수 없겠으나, 과거라는 물리적 시간 속에서 아버지는 '지금도' 삶을 질러가고 계실 것임을, 실재할 것임을 나는 믿는다.

언젠가 교회를 다니던 중학생 시절, 아버지는 지금의 나보다 어린 사십 대 초중반의 나이였다. "아버지, 죽으면 끝이라고 생각합니까?" "그래, 끝이지……. 아무것도 없지." 충격을 받았으나 언젠가부터 아버지의 말에 동의하게 되었다. 그럼에도 불구하고 나는 아파니시스로부터 '회귀하는' 사랑을 믿을 수밖에 없다. 그렇지 않다면 이 삶을 살아갈 이유가 없으므로. 아버지 또한 여기에 동의하시리라 믿는다.

불과 한 달 전, 나는 이 책 머리말의 마지막을 이렇게 썼다.

아버지께서 많이 편찮으시다. 내 몸과 정신에 새겨진 아버지의, 할머니의, 뵌 적 없는 조부의 생생한 흔적들을 생각한다. 온전한 걸음으로 맑은 바람을 오랫동안 함께 쐴 수 있기를, 사랑을 담아 빈다.

아버지의 아파니시스. 심장에 새겨진 상喪의 문신. 아파니시스는 슬픔의 원천이다. 아파니시스가 황홀해질 수 있는 순간이 올 수 있을까. 아마도 불가능할 것이다. 그러나 '시'를 통해서라면 가능하지 않을까. 아파니시스가 황홀해지는 시적 윤리의 심장부.

*

아파니시스가 황홀한 것이라면,
사랑은 슬픔으로 더욱 황홀할 것이다.

2019.4.6.

차례

파국의 메시아

언어의 저주와 재난에 대하여

파국이란 앞으로 닥쳐오는 것이 아니라 그때 이미 존재하는 것이다.

— 발터 벤야민

1. 독재의 언어 속에서

인간이 언어의 존재라는 사실에는 축복과 저주가 도사리고 있다. 인간 주체의 형성과 소멸이 바로 언어와 밀접한 관계를 맺고 있기 때문이다. 주체의 형성은 인간에게 사유의 근거로 작용하며, 주체의 소멸은 죽음 그 자체에 지나지 않는다. 주체의 형성이 축복이라면, 주체의 소멸은 저주인가. 인간이 고도의 언어를 통해 자기 성찰 능력을 획득할 수 있었다는 점에서 언어를 통한 주체의 형성은 축복임에 틀림없다. 그러나 주지하다시피 이성과 합리성을 중심으로 한 인간의 주체가 행한 근대의 '악惡'들을 생각해본다면, 이 '악'이야말로 축복의 참혹한 이면임을 알게 된다. 그렇다면, 언어의 저주는 언어가 초래하는 축복 이후에 필히 도래할 수밖에 없는 필연적인 사안이다. 그리고 인간은 언어의 저주에 귀신 들림으로써 악의 주체 바깥을 탐구할 수 있게 된다. 주체의 바깥을 향해 가는 길이 바로 언어 탐구에 있는 것이다.

여기서 언어 탐구는 언어 자체에 대한 순수한 관심이라기보다는 주체를 향한 회의주의의 산물이다. 현실에 대한 저항으로서 회의주의는 본능적인 것이다. 현실구성체의 기원을 향한 의심은 전면적인 현실 부정의 가능성을 열어준다. 그렇다면 서구뿐만 아니라 한국의 현대시가 동일성을 한 축으로 하는 동시에 언어에 대한 회의와 불신을 또다른 중요한 축으로 삼고 있는 것은 매우 당연한 일이라 할 수 있다. 시의 본질이 동일성에 기반한다는 사유는 일면 진실이지만, 그 진실에서 벗어나는 시들이 보편화되고 있다는 사실은 시가 기존의 자기정체성을 파괴하는 방향으로 지속적으로 자기 좌표를 이동시켜왔음을 말해준다. 시는 이미 어디론가 다른 방향으로 이동하고 있는 것이다. 그곳은 어디인가.

일찍이 블랑쇼는 '문학은 어디로 가는가'라는 질문을 던졌으며, 이에 대한 답으로 "문학은 그 자신으로 향한 것"이며, "사라짐이라는 본질로 향하는 것"이라는 유명한 전언을 남긴 바 있다. 이 전언은 문학의 자리는 결국 언어 바깥의 자리임을 선언한 것이나 다름없다. 블랑쇼는 나치의 총구 앞에서 "차라리 고통받는 인간성에 대한 공감의 감정, 불사의 존재도 영원한 존재도 아니라는 데에서 비롯된 행복"을 느낀 바 있는데, 그 행복이란 독재의 그늘을 벗어난 순수한 공동체의 가능성을 발견한 데서 비롯된 것이다. 블랑쇼는 바로 거기서 문학의 길을 찾는다. "독재자란 말하는 것을 그 특징으로 하는 인간이며 명령적인 반복을 그 직업으로 삼는 인간"(『도래할 책』)이 아닌가. 때문에 미래의 책은 '독재자의 말'을 파괴하는, 즉 언어의 바깥을 사유하는 '재난의 글쓰기writing of disaster'가 될 수밖에 없다. 그 재난은 새로운 미래를 열 파국의 메시아라고 할 수 있을 것이다.

사실 오늘날 우리는, 독재자는 사라지고 없지만 독재의 언어가 지배하는 삶을 살고 있다. 다양한 이념의 각축이 벌어지는 민주주의가 아니라, 하나의 이념만이 지배하는 것이 바로 우리 사회다. 시인의 언어는 바로 이 지점에서 균열을 겪는다. 시를 통한 사회투쟁에 나서거나, 세계를 지배하는 언어 '너머'를 엿보는 것. 시작詩作의 방법적 전략에는 차이가 있지만, 강요된 세계의 법을 회의하고 부정한다는 점에서 이 양자兩者는 시의 정신 면에서는 본질적으로 동일하다. 그것은 세계의 부정성negativity 을 구현하는 것과 다름없기 때문이다. 블랑쇼의 영향을 받은 아감벤 역시 『언어와 죽음Language and Death』에서 인간의 '목소리voice'는 순수한 부정성pure negativity이라고 말한 바 있다. 인간은 자기 안의 '목소리'를 제거함으로써 로고스로서의 언어를 획득하게 되는데, 이것은 소리와 의미의 일치할 수 없는 균열을 은폐한 언어라 할 수 있다. 그러니까 인간의 목소리는 소리와 의미의 균열 속에 존재하며, 그것은 곧 부정성의 상태와 다르지 않은 것이다.

시인은 언어적 존재이지만, 보다 본질적으로 말하자면 인간의 목소리, 즉 부정성을 향한 존재다. 부정성을 품은 언어란 그 자체로 위기이며 재난이다. 그렇다면 시는 언어의 위기와 재난에 대한 자각 그 자체가 아닌가. 그리고 언어의 위기와 재난은 주체의 그것과 다르지 않다. 주체가 언어의 구성물이므로, 언어 체계의 붕괴는 곧 주체의 붕괴에 연동되어 있기 때문이다. 시인은 운명적으로 언어를 향한 예민한 자의식을 드러낼 수밖에 없다. 그것은 곧 언어와 주체의 바깥에 대한 자의식이다. 이것은 당연히 불안을 동반한다.

> 뚝뚝 부러지는 세상의 근골을 나는 읽는다
> 제 몸이 떼어져나가도 아픈 걸 모르는 죽은 짐승들의
> 백색의 유언을 듣는다 누구든 날 먹어 제 살을 불리는 족속들을
> 미워하지 않으려 한다 세상은 아프다 아픈 걸 모른 척하기에
> 더 아프다 모른다는 게 너무나 잘 아는 것이라는 걸 모르기에 더더 아
> 프다
>
> 나는 기다린다 폭풍이 몰아쳐 의연한 바윗돌들의 뒷다리를
> 물어뜯기를, 나는 기다린다 이상하게도 나는 기다린다 기다릴 게
> 아무것도 없는데 기다리는 나는 참 이상하다 세상의 하복부를 적시는
> 빗물 속에서 나는 기다리는데 정말 이상하다 완전히 허물어졌는데
> 내 시가 파멸을 상정하지 않다니? 내 기다림은 불안일까?
>
> ─강정, 「불안한 것들」 부분

주체를 둘러싸고 있는 "세상의 근골"은 "뚝뚝 부러지"는 중이다. "백색의 유언"이 들려오고 "세상은 아프다". 주체의 불안이 투사된 세계의 이미지는 해체의 단계를 밟는다. 그리하여 "나는 기다린다. 폭풍이 몰아쳐 의연한 바윗돌들의 뒷다리를 / 물어뜯기를". "바윗돌들의 뒷다리"처럼 "의연한" 세계의 의미는 폭풍에 의해 와해되는 상황에 처해 있다. 그러나 주체의 기다림은 이중성을 지닌다. 파괴를 욕망하면서도 파괴 이후

까지 기다리고 있기 때문이다. 파괴 이후 "기다릴 게 아무것도 없는데" 계속 기다린다는 것은 바로 파괴 이후의 그 무엇을 상정한다. 그러나 완전한 파괴는 기다림의 대상마저 상실한 상황에서 실현되는 것은 아닌가. 그러므로 "기다리는 나는 참 이상하"고, "완전히 허물어졌는데 / 내 시가 파멸을 상정하지 않"는 것도 이상한 것이 된다. "내 시가 파멸을 상정하지 않다니?"라는 언술은 시의 오랜 습성을 향한 조롱이다. 시는 오랫동안 동일성을 노래해왔으나, 이제 동일성의 세계는 파괴되고 있다. 그리고 마침내 시인은 시의 파멸을 당연한 것으로 "상정"하고 있는 것이다.

그럼에도 불구하고 언어의 습속이란 의미를 껴안는 것이다. 인간 존재란 의미에 포획된 것이고, 시 또한 오랫동안 그래왔으므로 의미를 떨쳐내는 언어를 마주하기란 쉬운 일이 아니다. 인간은 의미에 결박당해 있으며, 의미 해체 이후에는 또다시 새로운 의미를 기다릴 수밖에 없다. 이 기다림은 의미를 향한 것이지만, 다시 새로운 파멸을 향한 것이기도 하다. 그 대립과 균열 속에서 이 세계는 근본적으로 어떤 불안을 내재하고 있는 것이 아닌가. 의미와 비의미의 사이에서 주체는 어떤 불안을 견뎌야만 한다. 그 불안에는 모종의 욕망이 내재되어 있고 그 욕망이란 의미에 기대고자 하는 욕망이지만, 시인이란 존재는 그 욕망의 주체마저 해부하는 데 이미 익숙해져 있다.

첫눈 내린 날, 내시경 찍고 왔다. 그 다음 아무에게나 물어보았다. 너 내장 속에 불 켜본 적 있니? 한없이 질량이 나가는 어둠, 이것이 나의 본질이었나? 내 어둠 속에 불이 켜졌을 때, 나는 마치 압핀에 꽂힌 풍뎅이처럼, 주둥이에 검은 줄을 물고 붕 붕 붕 붕 고개를 내흔들었다. 단숨에 나는 파충류를 거쳐 빛에 맞아 뒤집어진 풍뎅이로 역진화해나갔다. 나의 존 엄성은 검은 내부, 바로 이 어둠 속에 숨어 있었나? 불을 탁 켜자 나의 지하 감옥, 그 속의 내 사랑하는 흑인이 벌벌 떨었다.

— 김혜순, 「쥐」 부분

내시경은 곧 언어와 주체에 대한 자의식을 암시한다. 인간의 육체는 내시경을 통해서 비로소 그 실재를 드러내게 된다. 내장 속을 가득 채운 것은 '어둠'이다. 시적 주체의 중심부에 있는 것은 어둠이며, 그것은 주체의 본질이 된다. 주체의 본질이 어둠이듯이, 모든 의미의 본질은 부정성negativity에 기반한다. 인간의 육체 속에 어둠이 깃들어 있듯이, 인간의 언어 속에 부정성이 놓여져 있는 것이다. 육체의 실재적 모습은 언어의 본질을 암시하는 기능을 한다. 육체의 윤곽 속에 어둠이 본질처럼 들어앉아 있듯이, 언어 또한 "내 사랑하는 흑인"을 감추고 있는 것이다. 자크 알랭 밀레는 게슈탈트Gestalt로 통합된 이미지로서의 인간 육체는 나르시시즘의 산물(정확히는 narcissistic jouissance)에 불과하다고 말한 바 있다. 인간 육체의 이미지가 자기애의 반영에 불과한 것이라면, 인간 주체는 더 말해 무엇하겠는가.

언어에 대한 회의는 곧 주체를 향한 것이다. 주체는 궁극적으로 '텅' 비어 있다. 그러니 "방문을 여니 의자 위에 글쎄, 텅 빈 / 내가 앉아 있네"(송종규, 「그런데, 나는 정말」)와 같은 구절이 나오지 않을 도리가 없다. 주체의 본질은 "텅 빈" 것임에도 불구하고, 이 세계는 '나'에 대한 규정들로 가득하다. 그래서 '나'는 두려운 것이다.

두려워라, 이 세상에는 나를 기억하는 것들이 너무 많아

내가 찍어놓은 무수한 지문들

의자 깊숙이 박힌 엉덩이 자국, 떠다니는

입술의 독설들

후회로 가득찬 통곡의 그 밤

입 안으로 쏟아져 들어오던 별빛, 별빛, 별빛들,

이 세상에는 나를 포위하는 것들이 너무 많아

그러니까 나는 돌아올 수 없지

(나는 무사히, 돌아올 수, 있을까)

그런데 나는 정말 어디로 간 거지?

— 송종규, 「그런데, 나는 정말」 부분

　　이 시는 "텅 빈 나"에 대한 성찰이지만, 독특하게도 '나'를 규정하는 것들로부터 '나'의 "텅 빈" 상태를 직관하고 있다. 그러니까 "텅 빈 나"를 "포위하는 것들"로부터 '나'라는 주체는 형성된다. 이러한 사태는 주체가 원래 없는 것임을 말해주며, 진정한 '나'는 원래 존재하지 않는 것이므로 무사히 "돌아올 수" 없는 것이다. 그런 점에서 마지막 행에 덧붙인 "그런데 나는 정말 어디로 간 거지?"는 사족에 지나지 않는다. '나'는 어디로 갈 수 있는 대상이 아니라 처음부터 부재했던 것이며, 그 부재를 둘러싼 세계로부터 '나'의 규정이 빈발함으로써 '나'의 형상이 갖추어지고 있기 때문이다. 그리고 또 한 가지 이 시에서 주목해야 할 것은 '나'의 분열이다. '나'와 '나를 의식하는 나'로의 분열 말이다. 부재로서의 '나'에 대해 의식하는 '나'란 시적 주체의 본질이다. 이 본질로서의 시적 주체는

모든 것의 부재를 운명처럼 껴안는다. 말라르메의 말처럼, 시가 닿을 수 있는 가장 깊은 심연은 '나'의 죽음이자 신의 부재다. 시에서의 주체란 '나'와 신의 부재를 깨닫기 위한 최소한의 주체다. 바로 이 때문에 블랑쇼는 "시를 파고들어가는 자는 죽는 자"이며, "심연과 같은 자신의 죽음과 해후하는 자"(『문학의 공간』)라고 말했던 것이다. 블랑쇼에게 있어서 시적 주체는 자기의 부재(죽음)을 깨닫기 위해 소환되는 최소한의 주체인 것이다.

2. '가능 / 불가능'한 죽음과 공백에의 탐사

그러나, 피할 수 없는 한 가지 질문. 죽음과의 '다정한' 해후는 가능한가. 주체의 내적 강도는 죽음에의 공포에 비례한다. 근대의 주체는 죽음의식의 강도와 무관하지 않다. 개인의 육체에 대한 과학적 담론이 체계화될수록, 죽음에 대한 공포가 점증하고 개인의 주체는 전경화되는 것이다. 미셸 푸코가 "근대문명에서 개별성의 경험은 분명 죽음이라는 문제와 연결되어 있다"(『임상의학의 탄생』)고 한 것도 바로 이런 맥락에서다. 그렇다면 오늘날 근대 주체에게 있어서 죽음과의 다정한 해후는 불가능할 것이다. 따라서 근대의 시적 주체는 죽음에 결박당해 있다고 해도 과언은 아니다. 근대의 세계는 유한성에 지배당하는 세계이며, 주체는 철저하게 자기 죽음에 직면하고 있다.

파헤쳐보면 슬픔이 근원이다

주어진 자유는 오직 부유

지상으로도 대기권 너머로도 이탈하지 못하는 궤도를 질주하다

끝없는 변신으로 지친 몸에 달콤한 휴식의 기억은 없다

석양의 붉은 해안을 거닐 때면 저주의 혈통에 대해 생각해 본다

언제 가라앉지 않는 생을 달라고 구걸한 적 있던가

(…중략…)

부박한 영혼의 뿌리엔 오늘도 별빛이 잠든다

이번 여행은 오래전 예언된 것이다

사지(死地)를 찾아간 코끼리처럼

서녘으로 떠난 무리가 어디 깃들었는지는 아무도 모른다

성소는 길 끝에 놓여 있다

— 윤의섭, 「구름의 율법」 부분

이 시에서 주체는 완전한 윤곽을 드러낸다. "파헤쳐보면 슬픔이 근원"
이라는 것. 그 슬픔은 죽음으로부터 유발된다. 죽을 수밖에 없는 인간은
"저주의 혈통"이다. 시의 문면文面과 달리 이 시의 주체는 "가라앉지 않는
생"에 대한 "구걸"로 지쳐 있다. 죽음에 대한 의식의 과잉은 삶에 과도한
의미를 부여하기 마련이다. 그것은 영원을 향한 주체의 욕망 때문이다.
"부박한 영혼의 뿌리엔 오늘도 별빛이 잠든다"처럼 한 개인의 삶은 자연
의 섭리에 동화되려 한다. "사지死地를 찾아간 코끼리처럼 / 서녘으로 떠
난 무리가 어디 깃들었는지는 아무도 모른다 / 성소는 길 끝에 놓여 있
다". 급기야 생의 종말은 성스러운 신비로 가득 차오르게 된다. 그러한

신비는 주체의 신비로도 전이되는데, 이재무의 아래 시를 보라.

> 돌 안에는 우리가 모르는 물의 깊이가 새겨져 있을 것이다
> 얼마나 많은 물이 그를 다녀갔을 것인가
> 단단한 돌은 물이 만든 것이다
> 돌을 만나 물이 소리를 내고
> 물을 만나 돌은 제 설움을 크게 울었을 것이다
>
> —이재무, 「물 속의 돌」 부분

물이 죽음을 의미한다면, 단단한 돌의 주체는 죽음이 만들어낸 것이라 할 수 있다. "제 설움"으로 단단하게 이루어진 주체는 죽음의 형상을 떠날 수 없는 것이다. 이 시에서 핵심적 구절이랄 수 있는, 돌에 새겨진 "우리가 모르는 물의 깊이"란 도대체 무엇을 뜻하는가. 의미의 공백을 신비로 감싸안는 것은 시인들의 오랜 습속이다. 이 세계에 대해서든, 삶에 대해서든, 주체에 대해서든 이러한 습속은 잘 변하지 않는다. 죽음과 신비가 뒤얽히는 순간, 시적 주체는 매우 단단하고 촘촘한 마디들을 연결하게 되는 것이다. 아감벤은 성스러움이나 신비 따위를 "의미의 공백이나 막연한 의미값을 가리키는 것"(『언어의 성사』)에 지나지 않는다고 말한 바 있다. 자기 죽음에 직면한 주체는 주체의 연쇄적 마디를 더욱 공고히 다지게 되는데, 성스러운 신비가 주체를 이루는 마디마다의 빈틈을 메운다. 의미의 결여를 보충하는 "막연한 의미값"이 요구될 때 어김없이 '신비'가 등장하는 것이다. 그렇다면 세계, 삶, 주체를 둘러싼 신비는 의미의 결여를 은폐하기 위한 주체의 기만술에 지나지 않게 된다. 그러나 이

러한 기만술마저 존재하지 않는다면, 인간이라는 주체는 어떻게 살아갈 수 있겠는가. 아감벤이 경계하는 것은 임시방편에 불과한 "막연한 의미 값"에 신의 증언을 내세운 맹세의 형식이다. 맹세는 "말과 사물(사태) 사이의 결합을 의미하고 보증하는 신의 이름"으로써 이루어진다. 이로써 주체는 저마다 하나의 맹목적 의미망을 안전하게 형성해 나갈 수 있게 된다.

> 문득 떨어진 나뭇잎 한 장이 만드는
> 저 물 위의 파문, 언젠가 그대의 뒷모습처럼
> 파문은 잠시 마음 접혔던 물주름을 펴고 사라진다
> 하지만 사라지는 것은 정말 사라지는 것일까
> 파문의 뿌리를 둘러싼 동심원의 기억을 기억한다
> 그 뿌리에서 자란 나이테의 나무를 기억한다
> (…중략…)
> 기억한다, 모든 움직임이 정지의 무수한 연속이거나
> 혹은 모든 정지가 움직임의 한 순간이듯
> 물 위에 떠서 머뭇거리는 저 나뭇잎의 고요는
> 사라진 파문의 사라지지 않은 비명을 숨기고 있다
> 그러므로 글썽한 시선으로 바라보지 않아도
> 세상의 모든 뿌리가 젖어 있는 것은 당연하다
>
> ─강연호, 「세상의 모든 뿌리는 젖어있다」 부분

기억은 곧 주체의 본질이다. 기억에 결박당한 이 시의 주체는 자기로부터 결코 벗어나지 못한다. "사라지는 것은 정말 사라지는 것일까"라고 죽음 이후의 세계, 혹은 죽음 이후의 주체를 긍정하는 듯한 태도는 결국 이 세계의 신비를 사유하는 것에 가닿는다. "물 위에 떠서 머뭇거리는 저 나뭇잎의 고요는 / 사라진 파문의 사라지지 않은 비명을 숨기고 있다"는 것. 사라짐 이후에도 사라지지 않는 것이란 무엇인가. 그것은 결코 알 수 없는 신비의 형태로만 존재한다. 이 신비로움 역시 언어로 의미화 될 수 없는 것에 지불되는 '막연한 의미값'이라 할 수 있다. 언어와 사물의 분리에 저항하는 이러한 사유의 저변에는 주체의 유한성을 초과하고자 하는 욕망이 도사리고 있다. 예컨대 '성지聖地'에 대한 환상이 그렇다. 언어로 설명될 수 없는 그 무엇이 깃든 공간으로서의 성지는 주체에게 세계와의 통전이라는 환상을 제공한다. "해와 달과 봉황이 노닐고 있는 저 부도비마저 느티의 몸속으로 들어가고 나면 / 늙은 나무와 몸 섞어보지 않고서는 법천사를 볼 수 없으리"(조용미, 「느티나무의 몸속에는」) 이른바 서정적인 세계관은 세계와 주체의 융합, 혹은 조화를 추구한다. 그곳에서 발견되는 의미의 빈틈은 성스러운 신비로 가득채워지는 것이다.

아감벤에 따르면 언어와 사물의 결합을 깨뜨리는 언어 또한 존재하는데, 그것은 곧 저주의 언어다. 세계와 주체를 향한 저주. 자기 죽음과의 해후는 이 저주를 있는 그대로 받아들일 때 가능해진다. 세계(사물)와 언어의 균열로 인해 충일적인 통전 경험이 불가능해지는 것이다. 그것이 곧 저주다. 죽음에 직면한 근대적 주체와 달리 저주를 수용해버린 시인은 그 균열의 틈새를 관통함으로써 어느새 주체의 빈 공간을 향유한다. 신의 보증 속에서 완전한 충일의 세계를 욕망했던 시적 주체는 저주의 세계로 진입하게 된 것이다. 그러나 아감벤의 '저주'란 달리 말해, 주체의 해방일 수 있으며 주체의 공백을 탐사하는 작업이기도 하다.

　　나무는 갈라지는 것이 숙명이에요 나무는 반어법이 유일한 화법이에요 보세요 허공 깊숙이 높아지려고 땅 속 깊숙이 낮아지잖아요 실수가 꽃을 피워요 꽃잎의 의견이 일치한다면 꽃이 어떻게 활짝 피겠어요 삼월에는 정원을 내버려두세요 내가 마음먹은 것을 모조리 부정하는 소리를 들었거든요 어제의 꽃은 그제의 꽃의 부정이고 올해의 꽃은 작년의 꽃의 부정이에요 내가 당신을 거절한다고 화내지 마세요 우리 사이에서 피어오르는 향기를 보세요 나와 당신은 하나의 꽃잎이에요 더욱더 멀어져야 할 원수지간이에요

　　　　　　　─ 조말선, 「끝없이 두 갈래로 갈라지는 길들이 있는 정원 · 1」 부분

　　나무가 갈라지듯이, 주체 또한 "갈라지는 것은 숙명"이다. 이 시를 지배하는 것은 '부정'(성)이다. "내가 마음먹은 것을 모조리 부정하는 소리"가 이 세계에 가득하다. 시간의 선조성을 따라 통합된 세계의 모습은 단절되고 균열한다. 어제와 오늘, 작년과 올해의 단절은 연속성을 파괴한다. 연속이 아닌 단절(부정)에 이 시는 주목한다. 사실 조말선의 시적 주제는 바로 이것에 집중되어 있다고 해도 과언이 아니다. "나와 당신"이 "하나의 꽃잎"이라는 환상은 "더욱더 멀어져야 할 원수지간"이라는 구절에 부딪혀 곧바로 파쇄되고 마는 것이다. 주체의 본질이 "갈라지는 것"에 있다면, 주체는 '갈라짐' 그 자체라고 할 수 있다. 언어의 의미가 '차이'에서 발생하는 것처럼, 그래서 언어의 의미란 원래 존재하지 않는 것처럼, 끝없는 차이를 만들어내는 주체의 본질 역시 공백에 지나지 않는 것이다.

주체는 존재하지 않는다. 때문에 "나는 실체가 없다"(채호기, 「내가 나를 모른다는 것은 희망적이다」)는 채호기의 진술은 얼마나 통쾌한가. 그럼에도 불구하고 주체는 여전히 '나'를 붙잡는다. 게다가 '나'의 육체는 시간과 죽음이라는 유한성에 처해 있다. "이마에 와 얹히는 시간의 손, 눈을 파고드는 메마른 시간의 재", "길을 버리고, 길 위의 집을 버리고 떠나겠어. 춤을 추듯 가볍게, 아주 멀리."(김형술, 「여관」) 시인은 벗어나고 싶다. 그러나 간단치 않은 문제다. 주체가 반복적으로 스스로를 벗겨낼지라도 주체의 형식은 언제나 되살아나기 때문이다. 주체를 떠나버린 주체는 여전히 '나'에게 밀착되어 있다. 때문에 시적 주체는 철저하게 반복강박의 불안, 혹은 혼란 그 자체다.

그녀의 이름은 장화 신은 슬픔이었다 슬플 때나 기쁠 때나 울먹였다 슬픈 나라 백성이었다 슬픔만큼 무거운 장화 속에 슬픔만큼 창백한 발을 감추고 슬프게 걸었다 슬픈 나라의 모든 길은 떨어진 눈물로 늘 젖어있었다 발이 빠져서 제대로 걸을 수 없었다 견디다 못한 그녀는 탈출을 감행했다 며칠 밤과 며칠 낮을 달려야 기쁜 나라이리라 추측했다 뜻밖에도 한 발자욱 돌아서니 기쁜 나라 국경이었다 그러나 기쁜 나라를 코 앞에 두고 입국을 저지당했다 장화 때문이었다 슬픔은 전염성이 강해 한 켤레의 장화도 들여놓을 수 없다고 했다 장화를 벗어 국경 감시병에게 건네주었다 감시병은 장화를 국경에 세워 놓았다 장화는 국경선의 일부가 되었고 그녀는 기쁜 나라 백성이었다 기쁠 때나 슬플 때나 미소지었다 이름도 장화 벗은 기쁨으로 바뀌었다 기쁨만큼 가벼운 맨발로 기쁘게 걷기 시작했다 장화 속에 숨어 있던 맨발은 부드럽기만 했다 기쁜 나라의 잘 닦인 길에

서도 자주 미끄러지고 피흘렸다 그런 날이면 장화 벗은 기쁨은 국경에 세
워진 장화를 신고 발이 빠지는 슬픔 속으로 도망치는 꿈을 꾸곤 했다 깨
어나면 그녀는 자신이 있는 곳이 기쁜 나라인지 슬픈 나라인지 알 수 없
는 혼란 속에서 다시 걸었다

— 성미정, 「동화─장화 신은 슬픔」 전문

　　"그녀"의 이름은 "장화 신은 슬픔"이다. 이때 "장화"를 주체의 형식이
라고 하고, "장화 신은 슬픔"을 주체가 처한 유한성이라고 하자. 이 시는
주체에 관한 알레고리가 된다. 장화를 벗는 순간, 주체는 공백 속으로 진
입, 아니 그 자체로 공백이 된다. 이로써 "장화는 국경선의 일부"라는 말
은 이해될 수 있다. 주체 너머의 세계로 가는 길 위에서 주체의 최종심급
인 장화를 벗어야 한다. 그러나 그것은 불가능하다. 장화를 벗는다 할지
라도 장화를 신었던 기억이 여전히 "그녀"를 지배하고 있기 때문이고, 무
엇보다 모든 주체는 통일성의 경험을 욕망하기 때문이다. 이것은 궁극적
으로 의미화의 과정을 향한 욕망이다. 그래서 기껏 실현된 "장화 벗은 기
쁨"은 "국경에 세워진 장화를 신고 발이 빠지는 슬픔 속으로 도망치는 꿈
을 꾸곤 하"는 것이다. 탈국경(탈주체)을 향한 주체의 욕망조차 주체의 현
실효과 위에서 벌어지는 사태라는 점을 상기하면, 주체의 공백을 향한
욕망은 '혼란' 그 자체라고 할 수밖에 없다.

3. 파국의 긴장과 분열의 기록

그리하여 다시, 시인은 죽음이거나 불가능한 죽음 그 자체다. 자신의 죽음과 해후한다는 의미에서, 혹은 그 해후가 불완전하다는 점에서 그렇다. 왜 그런가. 시인은 철저하게 언어적인 존재이기 때문이다. 언어로써 언어의 외부를 탐색한다는 이 역설은 시인이라는 존재를 완벽하게 압도한다. 때문에 시인은 일상의 언어, 그리고 사유의 언어와 구분된 '순수한 언어'를 발견하고자 한다. 블랑쇼가 주목한 언어가 바로 이것이다. "무無로 되돌아갈 채비가 된 총체"로서의 언어. 이 언어를 통해서 건설된 시는 "언어 자체가 스스로 말하는 것"으로서의 지위를 획득한다. 이때의 시는 언어가 말할 수 없는 것을 드러내는 시이며, 시인 또한 "들리지 않는 언어를 듣는 자"로서의 위상을 지니게 된다. 그러나 이러한 시는 불가능하며, 시인 역시 그 불가능성에 함몰된다. 시인의 언어는 언제든지 세계의 언어에 오염될 처지에 있으며, 대부분의 시들은 그런 상황을 벗어나지 못한다. '나'로부터 벗어나고자 하는 '나'의 주체가 불가능하듯이, 언어로부터 벗어나고자 하는 언어 역시 불가능성을 품고 있다. 때문에 시의 출발은, 세속의 언어가 빚어내는 세계를 상징의 감옥으로 인식하는 데서부터 시작되기도 한다.

오랜 회유의 시간으로 달빛은 무엇이든 구부려 놓았다
말을 구부려 상징을 만들고
달을 구부려 상징의 감옥을 만들고
이 세계를 둥글게 완성시켜 놓았다

달이 둥글게 보인다

달이 빛나는 순간 세계는 없어져 버린다

세계는 환한 달빛 속에 감추어져 있다

달이 옆으로 조금씩 움직이듯

정교한 말의 장치가 조금씩 풀리고 있다

오랫동안 말의 길을 걸어와

처음 만난 것이 인간이다

말은 이 세계를 찾아온 낯선 이방인이다

말을 할 때마다 말은

이 세계를 더욱 낯설게 한다

— 송찬호, 「달빛은 무엇이든 구부려 만든다」 부분

    송찬호는 서정에 정통한 자의 한 경지를 보여준다. 그것은 서정을 넘어선 자의 서정이다. "달빛은 무엇이든 구부려 만든다"는 시적 통찰은 서정의 본질과 그 한계를 겨냥한 것이다. "달빛"이 "말을 구부려 상징을 만들고 / 달을 구부려 상징의 감옥을 만들고"에서 알 수 있듯이, "달빛"은 주체 중심의 서정성을 의미할 것이다. 그리고 상징은 일종의 감옥으로 비유된다. 상징이 감옥이라니, 무슨 말인가. 상징은 언어의 속박을 벗어나 무한한 의미의 세계로 도주하는 기능을 가지고 있지만, 상징에도 죽은 상징이 존재하듯 상징적 언어 역시 궁극적으로는 의미의 중력으로부터 자유롭지 않다. 상징의 감옥이란 곧 상징의 한계를 암시한다. "달이 빛나는 순간 세계는 없어져 버리"고, "세계는 환한 달빛 속에 감추어져 있다"는 진술은 세계의 실재와 무관한 달빛을 드러냄으로써 상징의 기능이 갖는 역설을 보여준다. 그러나 송찬호는 오늘날 서정의 변화를 절묘하게 묘파해낸다. "달이 옆으로 조금씩 움직이듯 / 정교한 말의 장치가 조금씩 풀리고 있다", "말을 할 때마다 말은 / 이 세계를 더욱 낯설게 한다"는 것. 언어는 이제 언어를 넘어서고자 한다. 그 넘어서는 방식이란, "정교한 말의 장치를 조금씩 풀"어내는 것. 시는 이미 언어의 외부에 매혹당해 있다.

그래서 시는 "잘 닫히지 않는 상자"(조연호, 「달의 목련」)일 수밖에 없다. 이 세계를 동일성으로 갈무리하고자 하는 시의 인식은 낡은 것이 되어버렸다. "모든 걸 다 숨기기에 이 상자는 너무 거짓말이 많았다." 그것을 깨닫는 순간 시인은 나르시시즘이 지배하는 소년 시기를 벗어나게 된다. 이제 시인은 "영영 소년이 될 수 없는 아이"다. 근대의 동일성은 심각한 파열음을 낸지 이미 오래이며, 시의 언어 또한 그 파열음을 수용한 지 오래다. 시의 언어로써 봉합된 이 세계는 그 봉합을 뜯어내는 행위로써 또다시 시의 자리를 점유한다. 서정적 주체의 오랜 독재는 끝내 사라지게 되었으며, 어느새 그 자리에는 새로운 시가 들어앉아 있다.

황혼에 대한 안목(眼目)은 내 눈의 무늬로 이야기하겠다 당신이 가진 사이와 당신을 가진 사이의 무늬라고 이야기하겠다

죽은 나무 속에 사는 방(房)과 죽은 새 속에 사는 골목 사이에 바람의 인연이 있다 내가 당신을 만나 놓친 고요라고 하겠다 거리를 저녁의 냄새로 물들이는 바람과 사람을 시간의 기면으로 물들이는 서러움. 여기서 바람은 고아(孤兒)라는 말을 쓰겠다

내가 버린 자전거들과 내가 잃어버린 자전거들 사이에 우리를 태운 내부가 잘 다스려지고 있다 귀가 없는 새들이 눈처럼 떨어지고 바다 속에 내리는 흰 눈들이 불빛을 버린다 그런 날 눈을 꾹 참고 사랑을 집에 데려 간 적이 있다고 하겠다

구름이 붉은 위(胃)를 산문(山門)에 걸쳐놓는다 어떤 쓸쓸한 자전 위에 누워 지구와의 인연을 생각한다고 하겠다 눈의 음정으로 고통스러워 하는 별의 무렵이라고 하겠다

내리는 눈 속의 물소리가 어둡다 겨울엔 눈(目) 안의 물결이 더 어두 워지는 무렵이어서 오늘도 당신이 서서 잠든 고요는 제 깊은 불구로 돌아 가고 싶겠다 돌의 비늘들과 돌 속의 그늘이 만나서 캄캄하게 젖는 사이라 고 하겠다

— 김경주, 「기미(幾微)」 전문

김경주는 끝끝내 스스로가 언어에 갇혀 있음을 숨기듯이 고백한다. 언 어로써 언어 외부를 탐구한다는 것의 황홀하고도 준열한 고백. 그러나 그 것은 불가능성의 토대 위에 있다. 그것은 다만, '기미幾微'로만 드러날 뿐 이다. 도대체 기미란 무엇인가. 그것은 논리를 초월한 직관적인 느낌이다. 그래서 시인은 '사이'에 스민 '기미'에 집중할 수밖에 없다. 그러나 '기미' 는 그 전모를 결코 드러내는 법이 없다. 그것은 '사이'에 있기 때문이다. "당신이 가진 사이와 당신을 가진 사이", "죽은 나무 속에 사는 방房과 죽은 새 속에 사는 골목 사이", "내가 버린 자전거들과 내가 잃어버린 자전거들

사이". 주체와 타자가 혼융되는, 무어라 규정할 수 없는 그 '사이'에 검은 그림자를 드러내는 '기미'는 시인에게 확언의 대상이 아니다. 분명히 존재하고 있으나, 손으로 만질 수 없고 언어로 드러낼 수 없는 어떤 것. 때문에 시인은 '기미'에 결코 동화되지 않는다. 이러한 시인의 태도는 '-겠다'로 드러난다. '-겠다'는 추측, 의지, 미래의 '사이'에 놓이는 어미다. 시인은 자신의 시적 발화를 자기중심적인 확언에 두지 않고, 자기 균열의 '사이'에 던져 놓고 있는 것이다. 그 '사이'에서 어디론가를 지향하는 그의 시적 발화는 그 자체로 어떤 '기미'가 되는 효과를 창출해낸다. 따라서 이 시는 어떤 의미를 포획하지 않고, 언어 외부의 어떤 기미를 '언어'로써 조심스레 어루만진다. "내가 당신을 만나 놓친 고요"처럼 떠도는 '기미'는 "돌의 비늘들과 돌 속의 그늘이 만나서 캄캄하게 젖는 사이"로 형상화되지만, 그 진술조차 '-겠다'와 더불어 시 속에서 한없이 지연되고 있는 것이다. 자기 언술에 갇히지 않겠다는 이러한 시적 발화는 언어 외부에 대한 탐색을 드러내는 우리 시의 중요한 증상이라고 할 수 있다.

언어 외부의 탐색은 한 마디로 부정성에의 천착이다. 현실이 전제적 억압을 행사할수록 시인은 현실의 외부를 탐색한다. 블랑쇼가 나치 체험 이후 바깥의 사유로 내달려갔던 이유도 바로 거기서 비롯된다. 전체주의적 권력의 총구 앞에서 가까스로 죽음을 모면한 그는 역설적으로 삶의 외부를 천착한다. 삶의 내부는 전체주의적 언어가 지배하는 공간이다. 따라서 그는 삶의 외부로부터 진정한 해방과 공동체의 가능성을 발견하고자 했다. 나치 이후의 철학이란 대개 그러하다. 나치의 학살은 이념의 극단적 실정성positivity이 어떤 결과를 초래하는지를 극명하게 보여주었다. 그러니, 부정성negativity이야말로 그들의 숨결이 허락된 유일한 공간이었다. 이는 비트겐슈타인에게도 예외가 될 수 없었다. "실로 언표할 수 없는 것이 있다. 이것은 드러난다, 그것은 신비스러운 것이다."(『논리-철학 논고』) 비트겐슈타인은 언어로 드러낼 수 없는 부정성을 의식한다. "말할 수 없는 것에 관해서는 침묵해야 한다"를 마지막 문장으로 끝나는 『논리-철학 논고』는 바로 언어 외부를 겨냥하고 있으며, 그에게 있어 "언표할 수 없는" 언어 외부는 바로 '윤리적인 것'으로 존재한다. 실정성이라는 극단적 악 이후, 부정성은 윤리적인 것에 육박한다. 그러나 아직 우리는 그것이 정확히 무엇인지 알 수 없으며, 다만 부정성의 형태로만 감지할 수 있을 뿐이다.

문을 열면
어떤 길이 어떤 어두운 밝음이
어떤 미로가
나를 이끌 것인가

나는 내다본다
속에서 어둠의 뇌성은 치고

나가고 싶다
초록의 문을 열고 싶다 나는
또 나가고 싶잖은 마음이 인다
또는 잠시 나가 패랭이꽃을 캐서
화분에 심어보고 싶다

이 위태로운 어질어질함

누가, 바깥에서 문고리를 만진다
……밖에서……누가
내 방의 어두운 창유리를 닦는다

— 이하석, 「밖」 전문

　　세계와 언어의 바깥, 혹은 주체의 바깥에 무엇이 존재하는지 알 수 없
다. 사실 그곳에는 아무것도 존재하지 않으며, 바로 그러하기 때문에 그
어떤 억압으로부터도 자유로울 수 있다. 그러나 시적 주체는 주저하고
머뭇거린다. "문을 열면 / 어떤 길이 어떤 어두운 밝음이 / 어떤 미로가
나를 이끌 것인가". 시적 주체는 분명히 문의 안쪽에 있다. "나가고 싶"으
면서도 동시에 "나가고 싶잖은 마음이 인다". "이 위태로운 어질어질함"
속에서도 "내 방의 어두운 유리창을 닦"는 누군가를 감지한다. 이러한 머
뭇거림은 결국 이 모든 주체가 세계의 언어에 결박당한 존재라는 데서
발생한다. 주체는 결코 언어 외부의 존재로서 지속될 수 없는 것이다. 외
부로 나가는 순간 주체는 사라지게 되며, 그 사라짐은 주체에게 '윤리'인
동시에 공포이기도 하다. 따라서 주체는 실재하기를 욕망하며, 더 나아
가 언어 내부에 정박하기를 욕망한다. 김경주의 시가 주체를 완전히 파
쇄하지 못한 채 언어 외부를 어떤 기미의 형태로 드러내는 것은 바로 이
때문이며, 블랑쇼가 작가를 일컬어 "'나'라고 말할 수 있는 언어와의 접
촉을 유지하기"를 욕망하는 존재라고 한 것도 같은 맥락이다.
　　그렇다면 진정한 시란 주체의 욕망에서 이탈한 언어의 외부 공간에서

건설될 것이다. 그 공간이야말로 예술의 윤리적 기원이며, 이 세계의 언어를 초과하는 부정성의 세계다. 그러나 대부분의 시는 욕망을 넘어서는 문턱에서 좌절하고 만다. 그 좌절의 흔적이 시 정신사의 한 계보를 이룬다. 요컨대 시는 언어의 저주와 재난 그 자체이며, 언어 외부와 내부 사이의 경계를 오가는 파국의 긴장 속에서 이루어지는 분열의 기록이라고 할 수 있다.

4. 시詩와 도래할 혁명

시인은 언어 외부를 탐색한다. 이는 언어의 독재에 저항하고자 하는 시인의 끈질긴 욕망이다. 혹은 비트겐슈타인의 말대로 "나의 언어의 한계들은 나의 세계의 한계들을 의미한다"는 사실을 직관적으로 깨달은 결과인지도 모른다. 그리하여 시인은 다시, 비트겐슈타인의 말처럼, "주체는 세계에 속하지 않는다. 그것은 오히려 세계의 한 한계이다"는 것으로 자기 한계를 세계의 것으로 되돌려준다. "말할 수 없는 것에 대해서는 침묵해야 한다"고 비트겐슈타인은 썼지만, 그가 궁극적으로 닿고자 했던 부분은, 바로 그 "말할 수 없는 것"에 있었다. 그는 말할 수 없었지만, 시인은 그것을 언어로써 말하고자 한다. 그때의 언어는 언어 외부, 곧 죽음을 향해가는 언어라고 할 수 있을 것이다. 죽음을 껴안은 언어야말로 바로 시의 언어가 될 것이다. 비트겐슈타인이 가닿을 수 없었던 "말할 수 없는 것"에 이르기 위해, 비트겐슈타인은 철학의 시화詩化를 주장하기도 했다. "철학은 본래 오직 시詩로 지어져야 하리라."(『문화와 가치』)

오늘날의 시는 언어 외부를 향해가고 있으며, 주체의 죽음에까지도 언어로써 가닿고자 한다. 독재의 언어가 이 세계를 지배할수록 이와 같은 시인의 충동은 지속될 것이다. 블랑쇼는 말한다. "독재자는 성찰하게 만드는 이름이다. 독재자란 말하는 것을 그 특징으로 하는 인간이며 명령적인 반복을 그 직업으로 삼는 인간이다."(『도래할 책』) 독재에 저항하는 방식으로서 시도되는 언어의 파괴는 정치적으로 미약한 시가 할 수 있는 하나의 길을 열어준다. 이 세계를 지배하는 독재의 언어에 대하여, 진은영은 "이 도시는 똑같은 문장 하나를 영원히 받아쓰는 아이와 같다"(진은영, 「이 모든 것」)고 '쓰고' 있다. 진은영의 이 '쓰기'는 "똑같은 문장 하나"를 파괴하는 '쓰기'이다. "똑같은 문장 하나"는 이 도시를 지배하는 '진리'이다. 이 도시는 하나의 진리 외에 다른 것을 필요로 하지 않는다. 단 하나의 진리는 악이다. 때문에 "조용히 해라 진리를 말하는 자여 진리를 알고 있거든 너만 알고 있어라"(김이듬, 「히스테리아」)라는 김이듬의 진술은 미적 가상을 뒤흔드는 울림을 갖는다.

하나의 진리로 구성된 이 세계는, 그러니까 다른 모든 진리를 파괴하는 독재의 언어가 지배하는 도서관이다. 시인의 태생은 일면 도서관에 빚지고 있으나, 독재의 언어가 지배하는 도서관을 향한 증오로 새로운 탄생을 맞이할 것이다. 시인들은 그렇다. "그곳의 도서관을 불태우려 할 것이다. 틀림없이 책에 대한 깊은 혐오가 그들 각자에게 침투할 것이다. 책에 대한 분노, 격렬한 비탄, 독재를 원하는 가련한 시대에 항시 목격되는 저 비참한 폭력이 침투할 것이다."(『도래할 책』) 시인이 불태우고자 하는 도서관은 팔루스phallus가 되어버린 책들로 가득한 도서관이다. 그러니까, "성기 달린 책"(채호기, 「내가 나를 모른다는 것은 희망적이다」)에 대한 증오. 그 책을 향한 시적 저항은 "나는 실체가 없다"는 자각이다. 인간 주체가 실체가 없는 것이라면, "성기 달린 책"으로 건설된 도서관 역시 망상에 지나지 않는 것이 되고 만다. 그러니까 '도래할 책'은 저자의 소멸 이후 비로소 씌어진 언어 외부의 책이다. 언어 외부의 중심은 '나신裸身'으로서만 존재한다. "중심을 만드는 나신"(말라르메), 즉 제복이 강요하는 어떤 이념도 존재하지 않는 공백의 상태. 공백으로서의 중심을 점유한 것이 바로 '도래할 책'이다.

'도래할 책'은 파국의 순간에만 출현한다. 그러나 '도래할 책'이 파국을 가능케 하는 것인지, 파국이 '도래할 책'을 가능케 하는지는 아직 알 수 없다. 분명한 것은 시인들은 '도래할 책'에 닿고자 하는 (비)언어적인 욕망을 지니고 있다는 사실이며, 그 욕망의 끝에서 파국을 몰고 올 메시아가 등대하고 있다는 사실이다. 파국의 메시아는 파국 이후 묵직한 공백을 우리 앞에 던져 놓는 메시아다. "혁명이냐, 추억이냐, 모든 인류의 역사에서 가장 행복했던 사나이 / 레닌"(함성호, 「장미의 계절」)만큼은 아닐지라도, 오늘날의 시인은 언어 외부를 향한 혁명을 열망하고 있고 그것이 이 체제의 외부를 향한 열망과 다르지 않다는 점에서, 이들의 언어는 파국의 잠재성, 혹은 현실 그 자체라고 할 수 있다. 그러니까, 언어의 외부는 벤야민식으로 말하자면, 역사의 '중단'과 '정지'가 실현되는 곳이다. 바로 그곳에서 혁명은 현실이 되고야 마는데, 시의 언어는 그곳에 닿고자 함으로써 이미 파국이기를 열망하고 있는 것이다.

황홀한 아파니시스^{aphanisis}를 위하여

함기석, 「어느 악사의 0번째 기타줄」

흉부가 기타로 변한 여자가 어둠 속에서
늙은 몸을 조율하고 있다
심장을 지나는
여섯 개의 팽팽한 핏줄들

눈을 감고 첫 번째 줄을 끊는다
금세 깨질 것만 같은 울림통에서
새들이 날아오르고
핏물이 저음으로 흐른다

기억은 동맥으로
망각은 정맥을 타고
심장 아래

시간의 텅 빈 자궁 속으로 흐른다

여자는 어둠을 안으로 삼키고
두 번째 줄을 끊는다
음의 물결 사이로
죽은 아이의 얼굴, 말들의 울음이 떠돌고
구름이 흘러나온다
내장이 훤히 비치는 구름

마지막 줄을 끊자
아이가 잠든 숲, 숯보다 어두운 숲의 지붕으로
연못이 떠오르고
여자의 몸이 묘비처럼
밤의 낮은음자리표 쪽으로 기운다

시간이 타버린 얼굴엔
검은 반점들이 추상문자로 남아 있고
핏물은 점점
소리 없는 음이 되어
생의 늑골 밑으로 어둡게 번져간다

신음 속에서 0번 줄을 퉁긴다
울림통 가장 밑바닥 샘에서 통을 깨는 음

침묵이 흘러나온다

아이가 기르던 은빛 물고기들이 나와

공중의 연못으로 헤엄쳐가고

시계들이 날개를 활짝 펴고 0시의 바깥세계로 날아간다

하늘엔 주름진 바위

누가 악사의 혼을 저 어둡고 축축한 천공에 옮겨놓았을까

기타에 붙은 두 손이

흰 새가 되어

숲의 적막 속으로 무한히 날아간다

— 함기석, 「어느 악사의 0번째 기타줄」 전문

시인에게 자의식은 치유할 수 없는 정신적 병소이다. 시적 자의식의 출현 시기에 대한 질문은 어떻게 보면 우문愚問일 수도 있는 것이, 시의 출발은 인간의 자의식과 긴밀한 관련을 맺고 있기 때문이다. 왜 아니겠는가. 인간의 탄생과 소멸에 대한 자의식이야말로 예술이 탄생하게 되는 정신사적 기원이 아닌가 말이다. 영원에 대한 갈망은 인간의 죽음을 의식하는 데서 시작되기 마련이므로, 이미지(예술)의 탄생은 소멸에 대한 자의식으로부터 결코 자유로울 수 없다.

죽음에 맞닿은 자의식은 본질적으로 자기분석적이다. 그리고 라캉이 말했듯이, 자기분석의 종결은 주체의 소멸aphanisis이다. 라캉에 있어서 소멸은 욕망의 소멸일 뿐만 아니라, 주체의 소멸이기도 하다. 주체에 빗금을 침으로써 주체란 근원적으로 균열의 상태로부터 벗어날 수 없음을 말

하기도 했던 라캉이 자기분석의 최종단계로서 주체의 소멸을 거론하는 것은 지극히 당연한 논리적 귀결이다. 달리 생각하면, 라캉의 작업은 시적 작업의 궁극과도 닿아 있는 셈이다. 시적 자의식은 결국 주체의 죽음을 불러오기 마련이기 때문이다.

그러나 라캉이 말하는 주체의 소멸은 생물학적 의미의 죽음이 아니라 상징계의 붕괴를 의미함을 환기할 필요가 있다. 시인의 자의식에서 비롯되는 소멸의식은 구체적 이미지(육체의 죽음)를 매개로 한다는 점에서 라캉이 말하는 주체의 소멸과는 다른 차원을 지니는 것이다. 하여 죽음(소멸)을 향한 충동drive은 시인으로 하여금 자기 육체를 끊임없이 해부할 것을 강요한다. 육체는 시인의 언어를 통해 해부되기 시작하는 것이다. 그런 점에서 육체에 대한 해부학적 시선은 현대 시인들의 특징이기도 하다.

함기석의 시 「어느 악사의 0번째 기타줄」 역시 육체에 대한 해부학적 시선이 뚜렷하다. 육체 내부를 깊숙이 들여다보는 그의 시는 육체를 매개로 하여 주체의 소멸을 형상화하고 있기 때문이다. 육체의 해부는 곧 주체가 소멸하는 과정이며, 그것은 주체의 자유의지로 이루어지고 있다는 점에서 죽음의 충동과도 무관하지 않다. 함기석의 시에서 새로운 점이 있다면, 육체의 소멸이 곧 주체의 소멸과도 무관하지 않으며, 주체의 소멸은 곧 실재계로의 진입을 의미하고 있다는 사실이다. 그의 시는 주체의 소멸에만 몰입하는 것이 아니라, 추상적 초월일지라도 뚜렷한 출구를 지니고 있는 것이다. "기타에 붙은 두 손이 / 흰 새가 되어 / 숲의 적막 속으로 무한히 날아간다"라는 구절이 암시하듯이, 육체를 매개로 한 초월의 감성은 육체와 주체를 지움으로써 획득하게 되는 정신적 풍경인 것이다.

초월의 감성이야 그다지 새로운 시적 주제는 되지 못한다. 그러나 죽음에서 초월에 이르는 시적 형상화의 방법이 문제다. 함기석은 육체를 악기에 비유함으로써 죽음에 이르는 육체의 동통을 무거운 음향으로 드러내는 동시에 시각적 이미지로 변주해낸다. 그것과 대비되는 초월의 적막 역시 시각적으로 드러나고 있다는 점에서 악기화 한 육체의 소멸은 청각과 시각을 통해 매우 감각적으로 형상되고 있다. 죽음에서 초월에 이르는 육체(악기)의 연주가 이 시의 주제인 셈인데, 그것은 매우 아름답고도 감각적인 이미지로 변주되고 있는 것이다.

"흥부가 기타로 변한 여자가 어둠 속에서 / 늙은 몸을 조율하"는 풍경은 매우 그로테스크하다. 여자의 흥부에서는 여섯 개의 팽팽한 핏줄이 심장을 지나고 있다. 핏줄은 물론 기타줄이다. 늙은 몸을 조율하는 행위는 육체에 대한 자의식과 다르지 않을 터이다. 그것도 '팽팽한' 핏줄들이고 보면, 육체는 자의식의 긴장으로 인해 곧 터질 것만 같다. 여자는 팽팽한 핏줄의 육체를 '조율'하며 죽어갈 순간을 가늠한다. 그것은 육체의 소리를 듣는 동시에, 죽음의 깊은 음音을 길어 올리는 일이다.

죽음에 이르는 육체의 소리를 우리는 듣지 못한다. 악사 여인은 늙은 몸을 조율하며, 그윽한 육체의 소리를 듣는다. 그리고 첫 번째 줄을 끊는 순간 "핏물이 저음으로 흐르"기 시작하며, 기억과 망각은 동맥과 정맥을 타고 "심장 아래 시간의 텅 빈 자궁으로 흐른다". 두 번째 줄을 끊는 순간, "음의 물결 사이로 / 죽은 아이의 얼굴, 말들의 울음이 떠"돈다. 세 번째 줄, 네 번째 줄, 다섯 번째 줄에 이어 마지막 줄을 끊을 때, 여자의 몸은 "묘비처럼 밤의 낮은음자리표 쪽으로 기운다". 이와 같은 비유는 주체의 소멸을 감각적으로 조형하는 데 성공한다. 육체가 악기라니, 더구나 기타줄이 심장의 핏줄이라니! 함기석의 시를 통해서 우리는 비로소 육체의 미세한 떨림을 체감할 수 있는 것이다.

눈여겨 보아야 할 것은 (핏)줄을 끊는 순간, 육체 사이로 비치는 허공의 이미지이다. (핏)줄이 끊어질 때마다, 새들이 날아오르거나(2연), 구름이 흘러나온다.(4연) 해체되어가는 육체는 '무無'로 환원되어가며, 죽음에 대한 자의식은 시간의식을 필연적인 한 쌍으로 끌고 나온다. "시간이 타버린 얼굴", 이 얼굴은 시인의 얼굴이기도 하다. 그리고 놀라운 일은 하나 더 있다. 이미 허공이 되어버린 악사 여인은 새로운 줄을 퉁기는 것이다. 여섯 줄을 다 끊고 난 뒤 발견하는 "0번 줄"! 거기서는 침묵이 흘러나온다. 이 침묵은 우리가 한 번도 들은 바 없던, 들을 수도 없는 무한한 타자의 소리다. 0번 줄은 침묵의 세계를 완벽하게 구현한다. "기타에 붙은 두 손이 / 흰 새가 되어 / 숲의 적막 속으로 무한히 날아가"는 "0시의 바깥세계"!

시인은 주체 너머 황홀한 적막의 세계를 꿈꾼다. 그러나 꿈은 미적 형식 속에서나 가능할 뿐, 악사 시인은 여전히 "시간이 타버린" 몸을 조율할 뿐이다. 그 소리는 지금도 내 몸 속에서 울린다. 심장을 지나는 여섯 개의 붉은 현絃! 그렇다면, 내 몸은 초월을 꿈꾸는가. 꿈꿀 수 있는가. 시의 적막(초월) 끝에 남는 것은 비루한 현실의 육체일 뿐이다. 초월과는 무관한 이 남루한 육체야말로 우리 현실이 아닌가 말이다. 초월은 언제나 그렇지만, 비참한 현실의 다른 얼굴이다. 그러니 악사 여인에게 애도를!

제
1
부

혁명과 파국의 교합

제1장

독신瀆神과 욕설

시의 폐허와 그 이후, 혹은 망각

울분을 풀고 나면 : 이미 정당했던 화는 사라져 없어지고,

사소하고 일상적인 노여움의 피스톤이 쉭쉭 소리를 낸다.

실신한 분노는 폭발해버려, 경기구를 가득 채우고

올라가고 또 올라가, 점점 더 작아지고

그리고는 아주 없어져 버린다.

시는 호흡운동인가?

그것들이 이 목적에 도달하게 되면 ― 나는

나의 할아버지처럼 산문적으로, 목표에 대해 묻는다―

그때는 서정시는 치료인 것.

시는 무기인가?

많은 사람들이 지나치게 무장을 하고서는, 거의 뛸 수가 없다.

―권터 그라스, 「화 노여움 분노」 부분

한 사회 내에 감당할 수 없는 분노의 축적이 이루어지고 나면, 그 사회 내부는 어떤 식으로든 화학적 변형을 겪게 마련이다. 이명박과 박근혜의 통치 아래서 한국 사회는 여러 분노를 축적하는 과정에 있지만, 아직도 그 임계점에 도달한 것 같지는 않다. 임계점의 끝은 물론 혁명이다. 그러나 혁명이 일어날 객관적인 조건이 존재할 수 없을 뿐더러, 그에 대한 해석은 항상 사후적인 것이므로, 지금은 다만 분노가 축적되는 과정 정도로만 볼 수밖에 없다. 한 가지 분명한 것은 수구 정권 이후 한국 사회는 민중의 분노가 빼곡하게 쌓이고 있다는 사실이다. 물론 그것이 연대의 집단성으로 이어지지 못한 채 파편성을 지닌다는 난점을 지니긴 하지만, 분노는 분노다. 무기력한 분노.

시에서의 변화는 더욱 괄목할 만하다. 2000년대 중반의 미래파 논쟁이 무안해질 만큼, 한국시는 다분히 정치성을 사유하고 있으며, 이미 정치적이다. 그러나 한국시의 정치성은 어떤 한계에 직면해 있다. 그것은 사회적 재난이 촉발되고 그 분노가 시적 언어로 유입되었을 때 반복적으로 발견되어 왔던 것이기도 하다.

권터 그라스의 시[1]는 정확히 그 한계를 드러내고 있다. 시는 화를 가라앉히는 일종의 호흡운동이거나 치료에 불과한 것이라는 인식이 그렇다. 바로 거기서 하나의 질문이 탄생한다. "시는 무기인가?" 권터 그라스는 역설적으로 답한다. "많은 사람들이 지나치게 무장을 하고서는, 거의 떨 수가 없다." 권터 그라스는 직관적으로 시를 통한 투쟁은 투쟁이 될 수

---

1   이 원고를 쓰는 중이었던 2015년 봄, 귄터 그라스가 사망했다는 소식을 접했다. 그의 연대기가 확정되었다. 귄터 그라스(1927.10.16~2015.4.13)의 인용시는 1980년대 무크지인 『시운동』 6(청하, 1984)에 번역 소개된 것이다.

없음을 선언하고 있다. 수사적 저항은 그야말로 수사적 차원에 머물 뿐, 현실적 저항으로 튀어나오는 경우란 극히 드물기 때문이다. 시는 미적인 가상체계이고 세련되고 정제된 시적 규범에 둘러싸인 장르인지라, 분노 조차 시적 정서의 차원으로 순화될 수밖에 없는 운명에 처하고 만다. '시적으로' 지나치게 많은 무장을 하는 동안 저항성은 사라지고 마는 것이다. 따라서 사회적 재난과 위기가 촉발된 시기에 시의 정치성은 점증되기도 하지만, 시의 정치적 무기력에 대한 환멸이 쏟아지기도 한다. 그것은 반복되어온 시의 역사다. 귄터 그라스의 「화 노여움 분노」는 이런 시의 역사가 한국만의 문제가 아니라 세계적 보편성을 지니고 있음을 보여주는 한 예라 할 수 있다.

한국 시인들은 이미 시의 무기력을 토로했던 전통을 가지고 있다. 시의 정치성은 항상 시에 대한 자의식을 동반한다. 이때 시의 미적 특질은 언어적 사치에 지나지 않는다는 성찰이 뒤따른다. 시에 정치성이 깃들고, 시의 정치성이 어떤 한계에 직면하는 순간, 시의 감성은 파괴적 충동을 머금게 된다. 시의 정치성을 사유했던 시인들은 모두 이런 시적 충동을 필연적으로 가지고 있다. 김수영은 물론이거니와, 박봉우, 조태일, 김남주, 김지하, 이성부 등 많은 시인들은 시 자체에 대한 성찰을 보여주고 있으며, 끝내 환멸에 이르게 됨으로써, 시의 관성화된 감성을 파괴하기도 한다. 1960년대 후반의 조태일이 「식칼론」 연작에서 '허약한 시인의 턱밑에다가'라는 자못 공격적인 부제를 달기도 했던 것은 바로 이런 연유에서다. 이성부는 5·18 이후 시에의 환멸을 보여주는 경우다. 그 환멸은, 시의 감옥이라 할 수 있는 미적인 것을 겨냥한다. 그 결과는 시의 미적 감성에 대한 태도의 전환이다. "나는 매끄러운 것이 마음에 들지 않는다. / 나는 달콤한 미美가 마음에 들지 않는다. / 나는 사나운 것이, 내 그리움의 피가 되기를 희망한다."(이성부, 「누드」) 이성부는 매끄러운 시적 감성을 거부했다. 시의 미적 자질을 논할수록 시는 정치성과는 거리가 멀어지게 되며, 미의 폐쇄적 자율성 속에 감금될 수밖에 없음을 자각한 결과다.

보편적인 미의 규준에 머물러 있는 한, 시는 결코 현실의 실재에 육박할 수 없다. 현실에 육박하고자 하는 시의 충동 역시 순전히 시의 미적 감성으로 수렴될 수밖에 없는 운명이긴 하지만, 중요한 것은 이런 종류의 시적 충동이 사회적 재난과 긴밀한 관련을 맺고 있다는 사실이다. 즉, 사회적 재난으로 인한 분노가 어떤 한계치에 도달할 경우 시의 형질전환이 필연적으로 초래되는데, 이때 시는 스스로의 미적 감성을 파괴하고 마는 것이다. 김준태는 아예 비속어를 사용함으로써 스스로 시의 미적 감성을 파괴한다. 이 파괴를 통해서 사회적 재난과 분노에 반응하는 시적 감성의 확장이 이루어지게 된다.

말을 꼬불려서 곧은 문장을 비틀어서
시작을 그렇게 하면 되나
참신하고 어쩌고 떠드는 서울의 친구야
무등산에 틀어박힌 나 먼저
어틀란틱지나 포에트리지를 떠들어 봐도
몇 년간을 눈알을 부라리고 찾아봐도
네 놈의 심장을 싸늘하게 감싸는
그럴 듯한 싯귀는 없을 거다

네 놈의 아버지와 할아버지를 찢어서 죽인 어제는 없을 거다

남한과 북한이 동시에 부딪치던 소리는 없을 거다

동시에 핏줄기를 이끌고 떨어져 나가던 절벽은 없을 거다

그런데 너는 무슨 속셈으로 페이지를 넘기느냐

노랑내가 질질 풍기는 흰둥이의 정신을 넘기느냐

개자식 같은 놈아

— 김준태, 「詩作을 그렇게 하면 되나」 부분

이 시의 주제는 이성부의 그것과 크게 다르지 않다. 다만 시에 대한 조롱과 혐오가 보다 노골적으로 드러난다. 이 시에서 주목을 요하는 대상은 바로 비속어이다. "개자식 같은 놈"이라는 욕설은 시의 전통적인 미감으로 볼 때 결코 시적인 것이라고 할 수 없다. 그러나 이 시에서는 시적 감성의 한 영역을 차지한다. 욕설이 시의 감성 영역으로 침입하는 것은 매우 드문 일이다. 결코 보편화될 수 없는 것이며, 예외적인 현상으로서만 시적 감성 내에서 허용될 수 있다. 사실 이 예외성이 매우 중요한 것이라 할 수 있는데, 시 속에서 욕설이 등장하고 그것이 또 충분한 공감을 확보하게 될 때, 우리 사회는 시의 미적 감성을 포기하게 하는 단계로 이미 진입했음을 말해 주기 때문이다.

달리 말한다면, 이는 미적 감성의 포기가 아니라 허용되지 않는 감성을 시적 언어 속에 기입하는 정치적 행위라고 할 수 있다. 이것이 일정한 체제 양식을 부여받게 된다면, 랑시에르식으로 말해서 '예술의 미학적 체제régime esthétique des arts'가 될 것이다. '예술의 미학적 체제'는 "바로 예술을 단독적인 것과 동일시하고, 이 예술을 모든 특유한 일반법칙으로부

터, 주제를, 장르들 그리고 예술들의 모든 위계로부터 벗어나게 하는 체제"(자크 랑시에르, 오윤성 역, 『감성의 분할』, 도서출판b, 2008, 30면)다. 시에서 욕설이 발견되는 일, 그리고 그 욕설이 시의 감성을 이미 장악했다는 것은 예술 속에 실현된 감성의 분할이 교란되고 있다는 사실을 말해주는 것이며, 더 나아가 한 사회의 위계적 질서에 발생한 균열을 진단할 수 있는 하나의 중요한 표지가 될 수 있다.

1. 시의 완곡어법과 욕설

시는 운명적으로 완곡어법의 범주에 벗어나지 못한다. 시는 태생적으로 고급예술의 자리를 점유해왔기 때문이다. 이는 '詩三百 一言蔽之曰 思無邪'와 같은 동양적 시관뿐만 아니라 시를 엘리트주의적 관점에서 바라보는 서구 고전주의 시론에서도 마찬가지라 할 수 있다. 시적 수준에 걸맞은 언어를 채택해야 한다는 시의 습속은 서구 고전주의의 적격decorum 개념의 영향을 생각한다면 익히 짐작할 수 있는 바다. 시는 직정적直情的인 감정의 토로보다는 미적인 정서를 선호한다는 점에서 완곡어법이라는 예술의 성곽에 갇혀 있는 셈이다. 시가 고급 예술의 지위를 향유하는 한, 시는 완곡어법을 주로 구사하는 예술의 범주에서 벗어날 도리가 없다. 완곡어법은 귀족계급의 언어적 관습이라 할 수 있기 때문이다.

귀족계급의 언어적 관습은 역사적으로 볼 때 제도적·문화적 헤게모니를 장악해왔으며, "민중적 언어능력은 공식시장에 직면할 때 궤멸되다시피 한다"(피에르 부르디외, 김현경 역, 『언어와 상징권력』, 나남, 2014, 81면).
한 사회의 정치적 · 문화적 · 경제적 지배력을 지닌 계급의 언어는 공식
적으로 제도화된 특권을 누리게 되며, 민중의 언어는 그것을 넘어서지
못한다. 한 사회에서 민중적 언어가 지배적 권위를 쟁취하는 일이란 불
가능에 가까운 일이다. 언어적 아비투스habitus는 정치 · 경제 · 문화의 권
력과 연동되어 형성된다. 특히 시는 오랫동안 귀족계급을 향유층으로 두
어왔기 때문에 시에 스민 언어적 관습은 민중의 그것과 거리를 둘 수밖
에 없었다. 요컨대 완곡어법이란 예술의 지배적인 어법이며, 이는 지배
계층의 언어적 관습에서 비롯되는 것이다.

오늘날 생계의 최전선에 나선 노동자에게서 세련된 완곡어법을 바라
기란 힘든 노릇이다. 그들의 언어는 직정적이고 직설적이다. 때로는 거
침없이 욕설이 튀어나온다. 노동자의 잉여노동으로부터 천문학적인 부富
를 쌓은 재벌들의 삶의 양식이란 극도로 세련된 우아미 그 자체다. 자본
권력의 정점에 선 그들의 완곡어법을 따라갈 자는 없다. 그들은 '외견상'
더없이 훌륭한 인간적 품성을 지니고 있으며, 그들이 사용하는 화법 역
시 속칭 '예의바르고' 흠잡을 데가 없다. 고된 노동으로부터 완벽하게 해
방된 육체는 세련된 언어를 구사한다. 최고급 문화의 세례 속에서 익힌
부드러운 완곡어법의 미는 민중을 압도하는 중요한 요소다. 그들 언어의
미에 압도당하고 마는 스스로를 생각해본다면, 우리는 이미 그들의 노예
가 아닌가.[2] 우스운 것은 노예 상태에서 벗어나기 위한 문화투쟁조차 투

---

2 민중을 압도하는 문화적 세련미에 대해서는 영화 감독 박찬욱의 인터뷰를 참고할 수 있다. "21세기를 생각한다
는 무슨 모임에 나가게 된 적이 있는데 재벌2세, 의사, 변호사 등의 내 또래들이 많았다. 그런데 그렇게들 부드럽
고 예의바를 수가 없었다. 겉으로만 내보이는 모습이랄 수도 있지만 속속들이 정말 착할 수도 있겠다는 생각이
들었다." 「〈쓰리, 몬스터〉의 박찬욱 · 강혜정」, 『씨네21』, 2004.8.24. (http://www.cine21.com/news

쟁을 통한 상위모방으로 귀결되는 경향이 있음을 부정할 수 없다는 사실이다.

노동자의 욕망에도 세련된 문화미가 그 목록으로 등재되어 있음은 물론이다. 노동자 역시 높은 수준의 문화를 향유하고자 하며, 가혹한 잉여노동에 시달릴지라도 보다 고양된 문화적 감수성을 누리고 싶은 것이다. 세련된 문화를 향한 노동자의 욕망이 노동자의 문화적 주체성을 벗어난 것이라 할지라도, 그것을 정치·계급적 관점에서 비판할 수는 없다. 인간이라면 자기 취향에 따른 문화를 누릴 권리가 있기 때문이다. 다만 혹독한 잉여노동과 최저임금에도 불구하고 우리 사회가 하나의 문화적 권속으로 비교적 평온하게 묶일 수 있는 것은 노동자의 문화적 욕망 충족이 적어도 최소한의 요구 수준을 넘어서 이루어지기 때문이라는 사실을 따로 기억해야 할 것이다.

그러나 완곡어법의 문화적 습속이 파괴되는 순간은 예외 없이 도래한다. 언어 장을 지배하고 있는 언어자본 혹은 권력의 치부가 충격적으로 드러날 때가 그렇다. 그 순간 사회를 지배하는 완곡어법의 체계는 여지없이 깨어지기 마련이다. 완곡어법을 뚫고 욕설이 등장하게 되는 것이다. '욕설'은 완곡어법을 이루고 있는 상징체계를 파괴하는 언어적 힘을 지닌다. 아니, 보다 정확히 말한다면 완곡어법의 상징체계를 파괴할 만한 분노자본이 바로 욕설이다. 분노자본이 그 모든 것의 자본을 전복시킬 때가 오고야 만다. 한낱 언어자본 따위는 가장 먼저 무너질 성질의 것

/view/?mag_id=25784 검색일 : 2019.3.25) 물론 최근의 재벌2, 3세들의 적나라한 갑질과 욕설들이 노출되고 있으나, 그것은 공적 언어가 아니라 사적 언어에 해당하는 경우가 대부분이며, 혹은 공적 공간을 사적 공간으로 유린한 결과로서 발생한 것이다. 그러나 대개의 경우 외부에 노출된 공적 공간에서 그들이 구사하는 언어는 세련된 완곡어법의 범주에 속한다.

이다. 바로 거기서 욕설은 출현한다. 그렇다면 욕설이 사회에 이미 미만彌이해 있다는 방증은 어디서 찾을 수 있는가. 그것은 세련된 예법이 지배하는 언어의 장에 침투한 욕설이 아니겠는가. 시에 욕설이 등장하는 순간이야말로, 완곡어법에 저항하는 분노자본의 유의미한 축적을 말해주는 표지라고 할 수 있다.

> 몇 장 안 남은 회수권 사용하면서
> 눈이 빠지게 기다리던 오늘
> 만근!
> 이 세금 저 세금 제하고
> 총 수령액 96,000원
> "한달 동안 수고하셨습니다."
> 고딕체로 씌어진 월급 봉투
> 씨팔 웃기지마
> 작업 다이에 침 한번 뱉어주고
> 동료들의 얼굴을 살핀다
>
> ─정명자, 「월급날」 부분

「잊지 못할 1978년 2월 21일」로 널리 알려진 노동자 시인 정명자의 이 작품은 욕설을 시 텍스트에 기입하는 미학의 정치를 달성한다. "씨팔 웃기지마"는 일상적 차원에서 자주 쓰이는 비속어로 민중과의 친연성을 드러내는 표현이지만, 예술의 공적 공간 내에서 그 권리를 획득하기란 여간 힘든 일이 아니다. 욕설은 억압된 민중의 정서를 드러내는 데 매우 효과적이지만, 부르주아 계급을 지배하는 완곡어법에서 추방당한 언어다. 근대시 역시 완곡어법의 아비투스를 자양분으로 삼았던 만큼 욕설이 시에 등장하는 빈도가 매우 낮았다. 카프시에서 욕설을 발견하는 일은 매우 어려우며, 민중시조차 시라는 장르에 기입된 감성의 위계로부터 완전히 자유롭지 않았다. 따라서 노동자 시인들이 욕설을 시적 언어로 사용하는 행위는 예술에 부과된 감성의 분할을 해체하고 교란하는 일이다. 그리고 예술 속에서 그들의 목소리를 날것 상태로 분출하는 행위로서의 정치적 의미를 갖는다.

1950년대의 현실비판시는 이미 욕설을 시적 언어로 채용하고 있었다. 그러나 이들의 욕설은 현실 풍자를 실현하기 위한 시적 전략으로서 기능할 뿐, 민중의 목소리를 재현한다는 의미를 지니지는 못했다. 그럼에도 불구하고 욕설은 위계화되고 분할된 감성을 교란하는 미학의 정치 기능을 수행하기에 충분했다. 그리고 1960년대의 병영국가 체제에 들어서게 되면서, 김수영의 욕설은 감성의 위계를 교란하는 강력한 미학적 체제로서 기능하게 된다.

> 비숍女史와 연애를 하고 있는 동안에는 진보주의자와
> 사회주의자는 네에미 씹이다 통일도 중립도 개좆이다
> 은밀도 심오도 학구도 체면도 인습도 치안국
> 으로 가라 동양척식회사, 일본영사관, 대한민국관사,
> 아이스크림은 미국놈 좆대강이나 빨아라 그러나
> 요건, 망건, 장죽, 종묘상, 장전, 구리개 약방, 신전,
> 피혁점, 곰보, 애꾸, 애 못 낳는 여자, 무식쟁이,

이 모든 무수한 반동이 좋다

이 땅에 발을 붙이기 위해서는

―第三人道橋의 물 속에 박은 철근기둥도 내가 내 땅에

박는 거대한 뿌리에 비하면 좀벌레의 솜털

내가 내 땅에 박는 거대한 뿌리에 비하면

— 김수영, 「거대한 뿌리」 부분

　　욕설은 필연적으로 성적인 것과 관련을 맺는다. "네에미 씹", "개좆", "좆대강"과 같은 금기시된 어휘들은 시의 감성적 체계를 교란시키는 욕설로서 매우 효과적인 기능을 수행한다. 김수영의 욕설이 주는 충격은 미학의 정치라는 측면에서도 오랫동안 야성의 생명력을 지녀왔다. 조태일의 「식칼론」·「나의 처녀막」 연작에서와 같은 거친 시어들이 구사될 수 있었던 것도 김수영의 욕설이 남긴 충격 때문이다. 그러나 욕설은 욕설 그 자체로 멈추고 마는 데 문제가 있다. 욕설이 예술적 감성의 위계를 전복하는 기능을 수행하기는 하지만, 그 이상의 정치적 효과가 있는지는 의문이기 때문이다. 랑시에르는 미학의 정치를 예술의 위계적 감성의 파괴, 즉 감성에 대한 "평등의 실행"에 있다고 말하지만, 그것을 곧바로 정치적 평등과 연계하지는 않는다(자크 랑시에르, 오윤성 역, 앞의 책, 72면). 뿐만 아니라 랑시에르는 정치적 평등과 미학적 평등 사이에 놓인 어떤 연관성에 대해 명확하게 언급하지 않는다.[3] 이럴 경우 욕설은 단순한 '카타르시스'를

3　랑시에르는 다른 곳에서도 다음과 같이 말한 바 있다. "미학적 예술은, 그 자신이 충족시킬 수 없는, 하지만 바로 이러한 애매성 위에서 번성하는 어떤 정치적 성취를 약속한다."(자크 랑시에르, 진태원 역, 「미학혁명과 그 결과」, 『뉴레프트 리뷰』, 길, 2009, 492면) 그러나 이 진술 역시 미학적 예술과 정치적 성취 사이의 명확한 설명을 결여하고 있다. 그 둘의 관계를 단지 '애매성'이라는 말로 표현하

위한 것으로 전락하고 만다. 시의 욕설은 다만 현실적 분노와 불만을 감정적으로 해소하는 방법일 뿐, 그 이상의 의미를 획득하는 데 실패하고 마는 것이다. 그렇다면 이는 귄터 그라스가 경멸하듯이 말했던 "서정시는 치료인 것"이라는 맥락에서 전혀 벗어나지 못한다.

2. 시의 욕설과 민주주의

문학 장에서 욕설의 빈번한 출현은 대개 시대적 분노가 언어의 임계점을 넘어가고 있다는 뚜렷한 징후다. 욕설은 공적인 장소에서 금기시될 만큼, 사회적으로 용인되기 힘든 언어이자 불경어법으로 받아들여진다. 한 사회를 지배하는 어법 내에 '불경'의 개념이 존재한다는 것은 다분히 말에 대한 억압을 상기시킨다. 그 억압에서 랑시에르가 말한 '감성의 분할'을 떠올릴 수 있다. '감성'의 범주에 들지 못하는 언어란 그 사회에서 추방된 언어라고 할 수 있다. 그것은 시민권이 부여되지 않은 언어로서 언어의 공적 질서 외부에 존재한다. 다시 말해, 비속어는 공적 성격이 박탈된 비-언어다. 그러나 이 배제와 추방의 흔적을 지닌 언어에서 '정치적인 것'을 발견할 수 있기 마련이다.

욕설은 운명적으로 피지배계급의 언어다. 욕설이 불경어법에 속하는 언어라면, 당연히 지배체제에 대한 불경을 함의한다. 욕설은 분노와 결합됨으로써 권력과 제도에 대한 저항을 내포한다. 합리적인 절차와 이성

고 있을 뿐이다.

에 의한 사회 개조가 불가능할 경우, 욕설은 사적 영역을 벗어나 공적 영역으로까지 확장된다. 욕설의 존재 근거가 되는 분노가 정치성을 획득할 때, 욕설은 언어적 시민권을 획득할 수 있는 것이다. 그리고 아감벤을 전유하자면, 이것은 국가의 통치 언어를 균열시키는 '인민popolo'[4]의 언어다. 따라서 권력은 욕설을 지속적으로 억압하고자 하며, 욕설은 이에 대항한다. 욕설은 폭력적이고 저급한 언어이자 영원히 추방되어야 할 언어로 규정되지만, 욕설은 민중의 생생한 분노가 표출되는 언어 공간이다.

욕설의 정치적 힘은 지배체제의 의미체계를 파산시키는 기능을 수행하는 데 있다. 욕설은 "본질적으로 비의미론적인 것"이다(조르조 아감벤, 정문영 역, 『언어의 성사』, 새물결, 2012, 101면). 한 지배체제의 의미체계가 욕설과 마주할 때, 그것의 의미는 파산되고 만다. 그런 까닭에 욕설이라는 불경어법은 지배체제에 대한 일종의 저주다. 이때의 저주는 이성적으로 실현되지 않고 "격렬한 감정의 방출"(에밀 벤베니스트, 황경자 역, 『일반언어학의 제문제 2』, 민음사, 1992, 318면)이라는 형태로 실현된다. 그러나 욕설은 대개의 경우 사회적으로 공식화되지 않는다. 계급적으로 분할된 특정한 구역 내에서만 주로 독백적으로 허용될 뿐이다. 그런 욕설은 상대방도, 제3자도 지시하지 않으며, 어떤 메시지도 전달하지 않고, 대화를 이끌어내는 것도 아니다.(위의 책, 318면) 피지배계급으로서의 민중은 대개 이런 욕설에 익숙해 있다. 그러나 욕설이 사회변혁의 충동을 지니게 될

---

4 아감벤에 따르면, 총체적이자 일체화된 정치체로서의 대문자 '인민(popolo)'이 있고, 다른 한편에는 가난하고 배제된 자들의 부분적이자 파편화된 다수로서의 소문자 '인민(popolo)'이 있다. 이 글에서는 물론 후자의 경우다. 인민(popolo)은 정치로부터 배제된 계급으로서 가난한 자, 혜택을 받지 못한 자, 배제된 자를 가리킨다. 조르조 아감벤, 김상운·양창렬 역, 『목적없는 수단』, 난장, 2009, 38~40면.

때, 욕설은 그 대상과 메시지를 구체화한다. 시의 욕설 또한 마찬가지라고 할 수 있는데, 시에서 욕설은 그 대상과 메시지를 적시하고 있기 때문이다. 1980년대는 바로 이런 욕설이 시의 표층뿐만 아니라 심층까지 장악한 시대였다. "아버지, 아버지……, 너는 입이 열이라도 말 못해"(이성복, 「그해 가을」)로 상징되는 1980년대는 바로 욕설 과잉의 시대였다.

1. 개 같은 새끼에 대하여
개 같은 새끼는 개새끼까지는 안 되고 개와 거의 비슷한 사람새끼이고
사람과는 거리가 먼 사람새끼이고
또 개 같은 새끼는 개새끼적인 너무나 개새끼적인 사람새끼이고
사람새끼가 개새끼화된 사람새끼이고
개새끼와 이란성 쌍생아인 사람탈만 쓴 사람새끼이다.

2. 개새끼에 대하여
개새끼는 당연히 사람새끼가 아니고 개새끼와 똑같은 사람새끼이고
사람새끼와는 2억광년쯤 떨어져 있는 사람새끼이고
또 개새끼는 개새끼 자체인 너무나 개새끼 자체인 사람새끼이고
개새끼가 사람새끼로 환생한 개새끼 탈을 쓴 사람 새끼이다.
— 박상우, 「상소리 해부도」 부분

개대가리 삶아서 뜯어먹다가 놓친 것처럼 생긴 얼굴
자지털 불에 그슬려 끝이 말려들어간 것 같은 머리칼
가갸 뒷다리도 모르게 생긴 눈매

말코 썰어 놓은 것같이 생긴 코

돼지 똥구멍 말려 놓은 것 같은 입

씹히고 싶은 계집의 핏줄 선 보지같이 생긴 입술

— 김영승, 「어느 정치가」 부분

1980년대적 상황에서 시의 금기를 깨는 해방감은 곧 정치적 해방감으로 전이된다. '개새끼'라는 말의 과잉은 명백히 1980년대의 군부 정치를 겨냥한다. 욕설의 과잉이 주는 해방감과 통쾌함, 그리고 정치인을 모독하는 시적 향락 속에서 시적 감성은 이전의 감성을 초과한다. 그리고 욕설을 사용한 시적 전략은 5·18 이후의 1980년대적 감성이 무엇이었는지를 명료하게 보여준다. 그리고 이런 욕설의 시는 "이 개같은 놈들아! 철거민의 울부짖음의 손톱에 / 가슴 갈갈이 찢겨도, 이 하루를 헐떡이는 개였다. / 뼈를 다 뽑아서라도 이 판자집 한 채 몸 짓고 싶은 / 아무거나와 흘레 붙는 나는 개였다"(김신용, 「개 같은 날·2」)와 동시대적으로 병치됨으로써 피억압 민중의 목소리와 결합된다.

시의 언어로 출현했던 욕설은 시적 감성의 전복으로만 끝났던 것은 아니다. 주지하다시피 1980년대는 민주화 운동과 노동조합운동이 맹렬한 위세를 떨치던 시기다. 시적 감성은 1980년대의 현실 투쟁 속에서 그 외연을 더욱 확장했음에 틀림없다. 정치현실에 대한 저주의 불경어법이 일상화되었던 시기에 시적 감성은 그것을 받아들이지 않을 수 없었을 것이다. 정치 권력을 무력화시키는 시적 화법의 구사는 신성에 대한 것으로까지 전이되기도 한다. 박남철의 「주기도문, 빌어먹을」의 영향을 필시 받았을 법한 다음 구절은 가히 충격적이다. 이른바 독신瀆神이다.

主여主여

主여主여

主여主여

씹새끼

— 박서원, 「마리아가 목수의 아들 예수에게 주는 메시지」 부분

　　장기간의 독재 세력에 대한 분노와 저주는 신성모독에까지 이른다. 신성모독은 언어가 할 수 있는 최고 수위의 저항이자 폭력이다. 이런 독신의 언어가 1990년대의 여성시인을 통해서 비로소 가능했던 것은 여성이 겪은 이중의 억압을 생각지 않고는 불가능하다. 이는 근래 여성 시인들의 텍스트에 등장하는 욕설이 왜 더욱 신랄한가에 대한 이유가 된다. 어쨌든 '국기에 대한 맹세'가 민중을 억압했던 낡은 시대와의 결별을 위해서라도 신성모독은 필연적인 과정이었다. 국기에 대한 것이든 신에 대한 것이든 맹세가 "말과 사물(사태) 사이의 연관을 표현하고 보증하면서 로고스의 진실함과 힘을 규정하는 것"이라면, 독신瀆神은 그러한 말과 사물 사이의 연관을 붕괴시키고 맹세라는 말의 덧없음에 대한 표현이기 때문이다(조르조 아감벤, 김상운·양창렬 역, 『목적없는 수단』, 88~89면). 시의 독신을 통해서 비로소 시의 언어와 감성 내에 민주주의가 실현된다. 시의 민주주의는 현실 정치의 민주주의와 동시대성을 이루게 되는 것이다. 이것이 바로 1980년대 정치와 시학이 결합되는 방식의 절묘하고도 중요한 한 지점이었다.

3. 시의 폐허, 그 이후

1990년대와 2000년대는 현상적으로는 언어의 민주주의가 실현되었던 시대였다. 1990년대 이후의 탈중심주의는 시적 감성의 다양한 가능성을 추동했다. 하위문화 및 혼종문화의 시적 유입은 시적 언어의 민주화를 낳고 시적 감성의 위계와 분할이 존재할 수 없음을 보여주었다. 이에 대한 반발로 서정주의를 주창한 신서정 운동이 출현하기도 했으나, 1990년대 이후의 큰 흐름을 막을 수는 없었다. 시적 감성의 전통적인 위계와 분할은 그저 전복되기 위해 존재한다는 느낌이 들 정도였다. 급기야 2000년대 이후의 시적 아방가르드는 한 비평가의 명명에 의해 '미래파'라는 이름으로 수렴되었고 이를 둘러싼 치열한 논쟁은 '미래파'의 존재감을 더욱 확대하는 데 이바지했다. 따지고 보면, '미래파' 논쟁은 시적 감성의 민주주의가 초래한 결과이기도 했다. 다시 말해, '미래파'적 경향은 1980년대식의 운동권 문학이 강요했던 획일적 형상성을 벗어나 감성의 분할과 위계를 소거하는 '예술의 미학적 체제'를 실현하고자 했던 일군의 시적 흐름이었던 것이다.

이 고얀 년아, 육실헐 년아, 벼락 맞아 뒈질 년아, 이년아, 네가 날 살려야지

(텅, 텅, 텅)

하관은 이제 끝났어요, 아버지 그만 아가리 닥치고 잠이나 퍼 자요.

— 김민정, 「마지막 설전」 부분

억압의 표상인 아버지라는 남근을 완벽하게 제압하는 이 놀라운 장면에서, 비록 일종의 포즈에 지나지 않는 것이라 할지라도, 1990년대에서 2000년대로 이어지고 있는 전복적 감성의 자신감 내지 우월감을 읽어낼 수 있다. 그러나 바로 여기에는 어떤 결핍이 자리잡고 있다. 시적인 전복, 즉 감성의 전복이 곧 현실의 전복으로 이어지지 않는 한계에 대한 자의식 말이다. 1990년대와 2000년대 초중반까지의 시들은 대개 이처럼 감성의 교란에 골몰하고 있었을 뿐, 현실 정치로부터는 멀찍이 떨어져 있었다. 그러니까 현실 정치로부터의 자유는 미학 내에서의 교란과 일탈을 마음껏 감행할 수 있는 조건이었다. 그러나 이명박 정권 이후로 이런 미적 자유는 시적 윤리의 한계에 직면하게 된다. 시에 정치가 기입되기 시작한 것이다. 민주주의의 성취로 인해 미학적 투쟁에 몰입할 여건이 마련되었던 시단 분위기에 반성과 성찰의 기운이 감돌기 시작했다. 용산 참사 이후의 '문학과 정치'에 관한 숱한 논의들이 바로 그 자취들이다. 놀랍게도 미래파를 옹호했던 이들이 문학의 정치성을 사유하는 전선에 나서기도 했다. 이 정치성은 수구 정권 이후 시의 토포스^{topos}가 되다시피 했다. 그러나 이 토포스에는 매우 강한 시적 자의식이 내재되어 있다. 즉, 시의 무기력에 대한 자조와 비탄 말이다. 용산 참사는 물론이거니와, 세월호 참사 이후에도 반복되고 있다. 『우리가 모두가 세월호였다』(실천문학, 2014)는 바로 그 뚜렷한 증거다.[5] 세월호 참사가 일어난 지 1년이 지났지만, 시인의 자조와 비탄은 여전하다.

---

5 시의 무기력에서 비롯되는 자조와 비탄에 해당하는 예를 몇 가지만 뽑자면 다음과 같다. "이 따위를 시랍시고 적는 내 손목을 물어라"(김사인, 「적폐(積弊)가 아니라 지폐(紙幣)」), "이 닷냥 서푼어치도 못 나가는 시인을 구속시켜다오"(유용주, 「국가를 구속하라」), "나 또한 그런 나라의 금수만도 못한 시인입니다 / 이건 시도 아닙니다"(이상국, 「이 나라가 무슨 짓을 했는지」).

고혼(孤魂)들 어디를 떠돌고 있는지

천길 바닷속, 어느 슬픈 심연을 떠돌고 있는지

어느 봄 어느 가을 한 줄기 햇살 되어

모질고 고통스런 이 땅에 다시 오려는지

온 영혼을 쥐어짜보아도 모든 언어가 부질없다

— 문정희, 「봄도 저만치 피멍으로 피어 있다—세월호 1주기 추모시」 부분

"모든 언어가 부질없다"는 자의식은 시의 정치적 한계에 대한 것이다. 시가 언어의 한계를 넘어설 수 없다는 자각은 시의 미학, 혹은 감성을 파괴하는 경향을 강화한다. 그것은 시의 규범이 아닌 시인의 자기파괴적 충동에 지배당한 결과이다. 시의 무기력에 대한 비탄은 시의 한계를 초과하는 지점까지 사유를 밀어붙이는 동인이 된다. 시의 무기력을 자탄하는 자리에서 시적 규범은 곧 시의 한계가 된다. 따라서 시적 규범은 균열되고 마는 것이며, 이로써 기존의 감성틀을 벗어나는 시가 생산될 수 있는 새로운 감성의 장이 마련된다. 용산 참사와 세월호 참사 이후 르포에 가까운 시가 생산된 것이나, 비속어들이 출현하기도 했던 것은 바로 이때문이다. 그리고 급기야 '씨발'을 제목으로 한 시가 출현한다.

시를 사랑하지 않고

시를 신앙으로 섬기며 살아온 지 십여 년

시인의 언어로 표현하지 못하는 슬픔과 맞닥뜨렸습니다.

며칠간 수천 페이지를 넘겨대던 바다가

젊은 시신 한 구를 수평선 위에 펼쳐놓았습니다.

나는 처음 보는 이 단어를
어떻게 읽어야 할지 몰라 허둥댑니다.

(…중략…)

어찌해야 저 문장을 써낼 수 있을까 중얼거립니다.
주문을 외우듯 중얼거릴 때
파도소리가 들립니다.
젊은이가 살아생전 돌아다니며 가장 많이 쓰던 말이 들립니다.
씨발, 씨발, 씨발……

지금 살아남은 우리가 사는 이 세상은
젊은이에게도 제 말로 표현할 수 없는 더러운 세상이었나 봅니다.

젊은이의 말을 따라 해 봅니다.
물속에서 절규하는 단어들의 입모양을 따라 해 봅니다.
씨발, 씨발, 씨발……

침묵과 통곡의 중간 자리에서 비통이 출렁거립니다.
이제, 이 세상을 걱정하다가 돌아간 한 젊은이의 말을 빌려
시인의 언어로 표현하지 못하던 슬픔을 써낼 수 있겠습니다.

그 문장은 젊은 시신의 팔과 주먹을 빌려다

느낌표로 찍어야만 완성되는 한 단어입니다.

씨발!

─차주일, 「씨발!─팔과 주먹으로 만든 느낌표가 붙어 있는 단어」 부분

　시를 '신앙'으로 여겼던 시인은 급기야 "씨발"을 시의 제목으로 삼을 뿐만 아니라, "씨발"을 연달아 발화한다. '씨발'과 관련해서는 황정은의 『야만적인 앨리스씨』를 떠올리지 않을 수 없다. 그야말로 '씨발'에 어떤 중독성을 느끼게 하는 황정은의 소설은 그나마 소설이니까 가능했다. 수구 정권 이후 '씨발됨의 상태'에 대한 고발이니까 말이다. 게다가 서사는 일상적인 욕설이 빈번하게 등장해왔던 유구한 전통(?)을 가지고 있다. 그러나 시의 제목으로 '씨발'이 등재되는 일이란 정말 드문 일이 아닌가. 분할되고 위계화된 감성의 틀로서는 도저히 "저 문장을 써낼 수"가 없는 상황이 벌어지고 만 것이다. 그렇다면, 시적 감성을 파괴하는 수밖에 없다. 전무후무한 「씨발」이라는 시의 제목은 우리 사회의 감성을 그대로 드러내고 있는 것이며, 현실의 감성이 시의 감성을 파괴하는 증좌라 할 것이다.

　그러나 욕설이 시의 보편적 언어가 될 수는 없다. 예술의 본질을 '낯설게 하기'로 보았던 형식주의의 관점에서 보면 더욱 그렇다. 욕설은 다만 '낯설게 하기'의 인지적 충격과 정서적 효과를 유발함으로써 정치적 의미를 획득하기 때문이다. 욕설의 사용이 일반화되는 순간부터 욕설의 효과는 사라진다. 욕설이 시적으로 보편화되는 일이란 불가능하며, 그게

가능하다면 시가 더이상 무의미한 사회일 것이다. 그렇다면 욕설은 시에서 어떤 의미를 갖는가. 시의 욕설은 사회적 분노와 고통이 일정한 한계를 넘어섰음을 말해주는 표지다. 불행한 사회일수록 일상의 욕설이 시적 감성의 장벽을 뚫고 그 속에 들어앉기 때문이다. 욕설은 시의 위기와 한계를 드러내는 뚜렷한 증상으로 존재해왔고 앞으로도 존재할 것임에 틀림없다. 시의 욕설은 악의 대상을 향한 거친 분노의 표현이기도 하지만, 시 스스로를 향한 수치감의 표현이며, 시의 한계를 초과한 곳에 육박하고자 하는 간절한 비탄의 언어이기도 하다.

그렇다면, 시의 욕설은 시 자체를 파괴하는 시적 테러라고 할 수 있다. 현실의 재난 앞에서 시의 무력감이 극도에 달했을 때 터져나오는 언어가 바로 시적 감성을 파괴하는 욕설이다. 욕설은 시 자체를 파괴하는 기능을 수행하지만, 바로 그 자리에 새로운 시가 잉태될 수 있는 공간을 제공한다. 혹은 새로운 시가 잉태되지 않을지라도 시인의 존재 조건을 새롭게 사유하는 자리를 마련한다. 시인은 이제 위계화된 시적 감성 속에 거주하기를 거부한다. 시가 되기 위한 가장 기본적인 감성의 토대마저 부정하는 자리에서 시를 다시 사유한다. 그러므로 시인은 시를 부정할 수밖에 없으며, 시를 부정한 '비非시적'인 자리에서 "으스러진 나의 삶"과 '나'의 "죽음"을 생각하게 된다. 그럼에도 불구하고 '시'의 자리에서 한 치도 움직이지 않는 어느 시인을 향해서는 욕설을 퍼부을 수밖에 없다. 그 욕설은 시가 시의 한계를 절감한 순간에 터져나오는 자기 균열의 한 증상인 것이다.

친구여, 네가 비시적이라고 부르는

바로 그곳에 뜨겁게 으스러진 나의
삶이 있고, 굶주린 식구가 있고
노동이 있고
그리고 억센 팔뚝뿐이다
삽과 망치뿐이다

(…중략…)

친구여, 네가 시를 쓸 때
나는 굶는 식구를 생각했고
네가 시를 쓸 때
나는 죽음을 생각했다
네가 천국이라고 부르는 곳에서
나는 죽음 뒤에 오는 것을 생각하며
네가 내민 손수건을 눈에 대고
울며 너더러 개새끼라고 했구나
내가 너더러 개새끼라고 했구나

— 정희성, 「친구여 네가 시를 쓸 때」 부분

　　그러나 이 욕설이 단지 카타르시스에서 멈추고 만다면, 시인이 '친구'
에게 내뱉은 욕설이 자기 자신을 향해 되돌아오는 운명을 피할 수 없게
된다. 시인의 욕설은 카타르시스의 기능을 훌쩍 넘어서야 한다. 욕설이
자기 치유의 기능에 머문다면, 그 역시 시대와 자신의 '죽음'을 외면하는

것에 지나지 않기 때문이다. 그것은 치유의 한 과정으로서 정립된 애도의 기능과 별다르지 않을 것이다. 애도는 대상상실이 자아상실로 전이되지 않도록 함으로써 자아를 보호한다. 그러나 데리다는 그러한 시각에서 벗어나 애도의 행위를 죽은 자를 끝까지 기억하는 과정으로 전유하고자 했다. 욕설의 독신瀆神 또한 시대와 자신의 죽음을 끝까지 바라보는 행위여야 하는 것이다. 시인의 욕설은 카타르시스의 기능을 훌쩍 넘어서야 한다. 그렇다면 욕설 이후의 시는 정말 자기 죽음을 껴안아야 하는 문제가 발생하지 않는가. 죽음의 경계 가까이 다가가고자 했던 충동drive의 체험들은 이전의 시와는 전혀 다른 영토 위에 서 있다. 시가 온전히 무너진 이후의 시들은 그 폐허의 자리에서 다시 새로운 길을 가야만 한다. 그것이 정희성의 말처럼, 자기 죽음의 길일 수도 있겠다.

그러나 대부분의 시인들은 자기 죽음을 껴안기를 주저한다. 그리하여 가상의 죽음, 미학의 죽음으로 되돌아오고 만다. 그리고 다시 시작되는 자기 수치와 무기력의 긴 그림자. 이것이 시인의 운명인가. 만약 그렇다면? 달리 도리가 있겠는가, 의식이 허락한 망각의 지대에 욕설을 파묻을 수밖에. 그리고 다시 망각의 시를 쓸 일이다.

제2장

파산의 시학과 잠재성의 현실화

한국적인 것의 (불)가능성

1. '한국적인 것'의 장소 – "원한과 수치", 혹은 제3세계

'한국적인 것'의 (불)가능성에 대한 주제를 떠올렸을 때, 매우 곤혹스러운 입장에 처해 있음을 깨달았다. '한국적인 것'이 상상의 산물에 지나지 않은 것임에도 불구하고, '한국적인 것'은 거의 무의식적으로 우리를 지배하고 있기 때문이다. 근대 국가가 '상상의 공동체'(베네딕트 앤더슨)라는 주장은 사실에 가까운 명제가 되어 널리 수용되고 있으나, 그것은 서구 열강에 보다 쉽게 적용된다는 약점을 지닌다. 식민지 경험을 지닌 제3세계일수록 국가 혹은 민족이라는 상상의 공동체가 지니는 현실효과를 결코 무시할 수 없다. 자본이 구축한 세계체제 속에서 국가들의 쟁투는 여전히 작동하고 있으며, 식민지적 상황을 청산하지 못한 제3세계일수록 국가와 민족이 뿜어대는 매혹으로부터 여전히 자유로울 수 없기 때문이다.

실제로 서구열강 중심의 세계체제를 지배하는 시장 논리는 여전히 제 3세계 인민의 생존방식을 해체하는 과정에 있다. 따라서 제국에 대한 일국 단위의 저항은 여전히 유효한 가치를 지니는 동시에 제3세계 국가 간의 연대 또한 매우 중요한 일이라 할 수 있다. 프레드릭 제임슨이 민족적인 것을 두고 "민족적 상처, 민족적 비참, 민족적 열등의식의 가장 강렬한 형태, 즉 원한ressentiment과 수치의 장소"(프레드릭 제임슨, 문강형준 역, 「세계문학은 외무부를 두고 있는가?」, 『자음과 모음』, 2009.가을, 1112~1113면)라고 한 것은 제3세계 진영의 상황을 매우 정확하게 이해한 결과다. 그러나 여기서 무엇보다 중요한 것이 초국적 자본에 저항하고자 하는 인민의 연대라는 점을 상기한다면, '국가'를 벗어나 제3세계라는 보다 넓은 차원에서 사유해야 하는 과제를 안게 된다. 요컨대 신자유주의 체제에 대한 저항의 기본 단위로서 국가·민족을 생각지 않을 수 없지만, 국가·민족을 하나의 폐쇄적 단위로 생각해서는 안 되며, 피억압의 상황에 놓여 있는 타 국가·민족의 인민과 연대할 수 있는 소통의 장을 언제든지 열어두고 있어야 한다는 것이다.

민족 혹은 국가를 벗어나는 일은 매우 어렵고도 요원한 일이다. 서구열강의 입장에서 국가·민족주의는 철저하게 과거의 유산에 지나지 않은 것이겠으나, 아직도 식민지의 상처로부터 자유롭지 않은 제3세계 시민의 입장에서 민족주의는 '이중구속double bind'의 상태를 유발하는 자기분열의 한 지점이 된다. 여기서 우리가 주목해야 할 것은 '지역적인 것'으로서의 '한국적인 것'에는 분명 세계 주변부로서의 상처와 수치가 자리잡고 있다는 사실이다. 세계문학을 타자로 한 한국문학이 세계보편을 향한 열망과 더불어 '한국적인 것'을 사유하고자 하는 이유 역시 이 상처와 수치로부터 찾을 수밖에 없을 것이다.

애석하게도 '한국적인 것'은 박정희 군부정권의 전유물이다. '한국적인 것'에 대한 논의가 본격화되기 전, '민족적 민주주의'가 대중적으로 유행하기도 했고 이 덕분에 박정희가 윤보선을 물리치고 당선되기도 했으나, 한일협정을 계기로 '민족적 민주주의'의 허위성이 드러나게 된다. 군부 정권의 담론적 책략이 흔들리기 시작하자, 그 대안으로 고안해 냈던 것이 바로 '한국적인 것'의 이데올로기다. '한국적인 것'이 폭넓게 사유되고 대중을 움직였던 것은 '한국적인 것'이 바로 근대민족국가 수립을 위한 국가 정체성과 맞닿아 있었기 때문이다. 그럼에도 불구하고 군부정권에 대한 지식인들의 저항은 '한국적인 것'에 어떤 분열과 균열을 기입하고자 하였다.

'한국적인 것'의 담론이 민중들의 일방적인 희생을 강요하는 파시즘 체제 성향을 유포했을 때, 대중에게 강요되는 것은 정치적·윤리적 주체성이다. 여기에는 필연적으로 경제적 주체와 정치적·윤리적 주체의 균열이 내재되어 있다. 즉, 경제적 만족이 배타적 개인의 영역에 국한되는 데 비하여 정치적·윤리적 의무는 보편적으로 강제되는 데서 오는 균열이다. 테리 이글턴은 제3세계 민족주의에서 빚어지는 이러한 사태를 두고 "감각적 특수성과 관념적 추상성 사이의 균열"(테리 이글턴, 김준환 역, 「민족주의와 아이러니」, 『민족주의, 식민주의, 문학』, 인간사랑, 2011, 61면)이라고 한 바 있거니와, 이는 정치적·윤리적 강제(관념적 추상성)가 보편성을 지님에도 불구하고 경제적 만족(감각적 특수성)이 특수성의 자리에 머물러 있는 사태를 명확하게 드러낸다.

그렇다면, '한국적인 것'은 곧 군사정권이 전유한 민족주의에 지나지 않게 된다. 바로 이 때문에 1970년대 한국문단은 군부정권이 점유한 '민족'에 대한 담론투쟁의 일환으로 '민족문학'에 주목했으며, 그것은 필연적으로 제3세계문학론으로 확장되어야만 했다. 그러나 1970년대는 일국 단위의 민족적 주체성 강화에 집중하거나 민중의 주권적 역량에 집중하던 시기였으므로 민족문학론이 제3세계문학론으로 확장되기에는 뚜렷한 한계를 노정하고 있었다. 제3세계문학론은 가능성보다는 당위성을 확인하는 정도에 그치고 말았던 것이다.

제3세계문학론이 최근에 와서 다시 주목받은 것은 세계문학론 속에서다. 서구 중심의 세계문학론에 저항하는 비판적 거점으로서 제3세계문학론이 다시 관심을 끌고 있는 것이다. 프레드릭 제임슨은 프랑코 모레티와 파스칼 카자노바의 세계문학론이 결국 서구 중심의 세계문학론임을 비판하면서, 자본이 장악한 세계체제를 전복할 수 있는 거점으로서의 제3세계를 주목한다. 제임슨은 '제3세계'에 대해 다음과 같이 말한다. "나는 자본주의적 제1세계, 사회주의적 제2세계 진영, 그리고 식민주의와 제국주의의 경험을 겪었던 다양한 국가들 간의 근본적인 단절을 이보다 더 명료하게 표현하는 그 어떤 용어도 잘 알지 못한다."(프레드릭 제임슨, 「다국적 자본주의 시대의 제3세계 문학」, 『세계문학의 가장자리에서』, 현암사, 2014, 82면)

제3세계문학론은 로컬 문학의 주체성뿐만 아니라 세계체제의 변혁에 대한 열망을 함축한다. 파스칼 카자노바와 프랑코 모레티의 세계문학론이 월러스틴의 세계체제론에 기반하고 있음에도 불구하고 세계변혁의 열망을 간과하고 있다는 비판이 제기되는 것은 바로 이 서구 중심주의 때문이다(윤지관, 「경쟁하는 문학과 세계문학의 이념」, 『세계문학을 향하여』, 창비,

2013, 145면). 제3세계문학론은 서구 편향의 세계문학론을 구조적으로 교란하는 잠재력을 가진다. 제3세계문학론에서 각 민족문학을 연결짓는 연대의 축은 바로 피억압 민중이다. 국가권력이 폭력적으로 전유한 민족주의를 균열시킴으로써 민족적 주체성을 민중적 연대성으로 전환하여 제3세계문학을 건설하고자 하는 것이 민족문학의 궁극적인 목적이 된다.[1] 그런 의미에서 윤지관은 "세계시민주의가 민족주의와 꼭 배치될 이유는 없으며, 지역에 뿌리내린 세계시민주의를 추구하는 과정에서 민족주의가 함유한 국지적 동력과 결합하는 것은 긴요"(윤지관, 「경쟁하는 문학과 세계문학의 이념」, 앞의 책, 151면)하다고 주장하면서, 탈식민주의의 위세와 제2세계로 불리던 사회주의 블록의 붕괴를 기반삼아 그 존재감이 상실된 제3세계문학론을 세계문학의 관점에서 주목한다.

제3세계문학의 관점에서 '로컬적 제재'[2]는 철저히 민중적인 것이어야 한다. 프레드릭 제임슨이 말한 "원한과 수치의 장소"로서의 민중적인 것이야말로 '한국적인 것'을 드러내는 동시에, 민족주의의 배타성을 극복하고 제3세계의 연대를 강화함으로써 서구중심의 세계문학 지형에 균

1　조정환은 이에 대해서 "주권 주체로서의 민중에서 탈주권적 주체로서의 다중으로의 이행"이라는 틀을 일관되게 제시해왔다. 조정환, 『공통도시』, 갈무리, 2010, 29면.

2　프랑코 모레티가 제시한 주변부 문학의 특징인 "서구적 형식의 영향과 로컬적 제재들 간의 타협"은 주변부 문학의 주체성이 '로컬적 제재들'을 통해서 가능하다는 인식을 내포한다. 이를 제3세계문학론의 관점에서 적극적이고도 비판적으로 껴안는다면, 다른 해석이 가능할 것이다. 요컨대, 한국문학의 '로컬적 제재' 또한 서구 근대정신의 지배하에 놓여 있다고 할 수 있지만, 놓치지 말아야 할 사실은 제국주의와 투쟁하는 과정에서 로컬적 제재의 정치적 주체성이 발아될 수 있다는 사실이다. 따라서 '로컬적 제재'는 서구 근대정신을 넘어 주체적인 사유로 확장될 가능성을 충분히 지니게 되는 것이다. 모레티는 이를 통해 로컬적 형식 또한 가능하다고 말한다. 그렇다면 그것의 적극적인 가능성을 보여주는 것이 바로 제3세계문학론이다. (Franco Moretti, "Conjectures on World Literature", *New Left Review*, Jan·Feb.2000, p.58) 이에 대한 상세한 설명은 김용규의 「세계문학과 로컬의 문화 번역」(『세계문학의 가장자리에서』, 현암사, 2014) 참조.

열을 낼 수 있기 때문이다. 이때 제3세계문학이 주목하는 것은 단순히 서구/비서구의 대립보다는 억압/피억압의 대립구도라는 점을 상기할 필요가 있다. 이때 민중의 개념이 긴요하게 요청되며, 민중의 연대를 통해 세계체제 하의 생존공간을 확장하는 것이 제3세계문학론의 핵심 문제가 된다. 이로써 제3세계문학론은 서구 중심의 세계문학론과 직접적으로 충돌한다. 파스칼 카자노바가 말한 세계문학의 표준시인 '그리니치 자오선'이 서구적 모더니티에 근거하고 있다면, '한국적인 것'의 제3세계문학은 피억압의 구체성에서 출발하여 새로운 자오선을 형성함으로써 신자유주의적 시장경제가 지배하는 세계체제를 전복할 수 있는 새로운 표준시의 보편성을 강화해야 하는 과제를 안고 있는 것이다.

2. 시의 글로벌리티globality와 '한국적인 것'의 부정성

그러나 최근 한국문학의 세계화에 관한 대중적 담론은 노벨문학상에 대한 관심이 말해주듯, 세계(보편)문학에의 진입이라는 욕망을 중심으로 전개되고 있다. 제3세계문학을 통한 세계체제에 대한 저항은 지식인들의 담론을 통해서만 언급될 뿐이며, 실제 소비되는 욕망은 세계문학으로의 진입, 즉 서구라는 타자(주인)로부터의 인정 욕망에 지나지 않는다. 곧 세계문학에의 진입을 표상하는 노벨문학상이 '국가적' 사업이 되고 만 것이다.[3] 민간 주도라고 하지만 대기업이 운영하는 대산문화재단과 정부

---

3   1968년 가와바다 야스나리의 노벨문학상 수상은 한국문학에 큰 자극을 주었고, 이에 따라 문화에

주도의 한국문학번역원이 번역을 통해 한국문학의 세계화를 주도하는 현상은 분명 제3세계문학론의 기본 취지와는 거리가 먼 것이다. 1970년 대는 제3세계 민족주의의 강화로 인해 제3세계문학론의 확장이 시기상조였으나, 현재 역시도 제3세계문학론은 세계문학론의 기세에 눌려 있으며 제3세계문학론을 통한 세계체제의 균열 가능성 또한 여전히 미궁 속에 있긴 마찬가지다.

시는 여기서 더욱 주변적인 위치를 가진다. 한국문학의 번역 사업이 소설을 중심으로 이루어지고 있는 것이다. 한국문화예술위원회 문예연감 최근 3년치의 한국문학 번역 출간 현황을 보면 소설이 압도적으로 많다.[4] 세계문학과 한국문학의 관계 역시 주로 소설의 관점에서 파악되어 왔다. 한국문학의 세계화 담론은 한국시를 좀처럼 거론하지 않는다. 한국문학의 세계화 담론에서 주요 거론 대상은 한국소설에 집중되어 있고, 한국시는 주변적인 것으로 밀려나 있다. 한국문학의 번역 출간 현황에서 장르간의 숫자 차이는 그다지 중요한 것이 아닐 수 있다. 그러나 한국문학의 세계화 담론에서조차 한국시가 거론 대상에서 자주 제외되고 있다는 상황에 대한 이해가 필요하고 그 대책으로서 한국시의 방향이 주요하지 않을 수 없다.

최근 세계문학론과 관련해서 중요한 문헌적 근거가 되어 왔던 프랑코 모레티나 파스칼 카자노바가 주로 서사문학을 중심으로 세계문학 담론을

술위원회의 전신인 문예진흥원에서 '한국문학 번역지원사업'을 시작한 것이 노벨문학상 수상을 위한 정부 지원의 시초다. 그리고 1992년 민간 주도의 대산문화재단이 체계적인 번역지원프로그램을 가동하기 시작했고, 2001년 정부 주도의 한국문학번역원이 설립됨으로써 한국문학의 세계화를 위한 번역지원프로그램이 체계화되었다. 곽효환, 「한국문학의 해외소개와 방향」, 『문학·선』, 2011. 가을, 166면.

4   2011년 : 시 13편 소설 28편, 2012년 : 시 15편 소설 37편, 2013년 : 시 11편 소설 42편

펼쳐왔던 영향도 크겠지만, 서사문학이 보다 나은 상품성을 지닌다는 점을 결코 무시할 수 없다. 신경숙의 『엄마를 부탁해*Please Look After Mom*』가 미국에서 상업적 성공을 거두자 문학의 한류를 기대하는 분위기조차 감지되는 것[5]은 이를 방증한다.[6] 국가 차원에서 선도하는 한국문학의 세계화가 사실상 아직 소기의 목적을 달성하지 못한 상태이고 한국시의 경우 그 가능성이 더욱 위축되고 있는 상황에서, 제3세계와의 문학적 연대는 세계체제를 거부하는 지구시민사회의 관점에서 한국(시)문학이 취해야할 방향이 될 수 있다. 한국시가 열어갈 제3세계문학과의 연대는 전혀 다른 의미에서의 한국시의 세계화다. 이 과정에서 한국시의 특수성, 즉 '한국적인 것'이 뚜렷이 각인될 것이며, 이때 '한국적인 것'은 제3세계 민중의 연대를 가능케 하는 연결고리로서의 의미를 지닐 것이다.[7]

'한국적인 것'과 관련하여 세계화 담론이 중요한 이유는 '세계화'를 논의하는 과정에서 비로소 '한국적인 것'에 대한 자의식이 배태되기 때문이다. 그럼에도 불구하고 유독 시의 세계화 논의가 그다지 활발하지 않은 것은 시와 세계체제의 사이에 불편한 긴장이 내재해 있다는 점을 암시한다. 근대소설이 '자본 = 네이션 = 스테이트'라는 근대 체제와 친화적이라면, 상대적으로 시는 근대 체제와 보다 이질적이거나 더 나아가

---

5 전승희, 「한국문학을 "부탁해"?」, 『플랫폼』, 2012.7·8 참조. 물론 이 글을 쓴 전승희는 문학의 한류화에 대한 비판적인 입장을 취하고 있다.

6 그리고 또 한 가지 언급하자면, 소설에 비해 시의 번역 불가능성이 더 도드라진다는 사실이다. 번역 불가능한 시일수록 훌륭한 시일 가능성이 높다는 말이 괜히 회자되는 것은 아니다. 랜섬(Ransom)이 말한 것처럼 시의 구조(structure)와 달리 시의 조직(texture)은 번역불가능한 요소로 남는다. 언어라는 장벽 요인으로 인해 한국시가 세계문학으로 진출하는 데 있어서 그만큼 쉽지 않다는 말이다. 시 장르가 지니는 상품성의 하락과 번역의 어려움은 한국문학의 세계화가 한국소설을 중심으로 이루어지게 하는 현실적 요인이라 할 수 있다.

7 계간 『ASIA』의 분투가 있긴 하지만, 아직까지 그 길이 요원한 것도 사실이다.

근대 체제를 파괴하는 잠재력을 지니고 있는 것일 수도 있다. 이와 관련하여 시쓰기의 세계화에 관심을 표명한 김사인의 진술을 눈여겨 볼 필요가 있다.

한편 이러한 '시'의 입장에서 볼 때, 글로벌 시대 운운하는 왁자한 소란이 다소 우스꽝스럽게 보이기도 합니다. 삼라만상이 서로 작용을 주고받으며 존재하는 방식은 어느 한 때도 '글로벌'하지 않은 적이 없습니다. 지구적이라는 의미의 '글로벌'을 넘어 언제나 '우주적' 상호의존 속에 있어 왔습니다. 그러한 통찰은 고금의 시들이 담고 있는 존재의 무한함과 영원함에 대한 찬탄과 외경들 속에 충분히 스며 있습니다. 다시 말하면, 이미 그러하여 온 '전지구성(globality)'에 소위 근대적 과학 기술의 인식이 이제야, 그것도 저열한 수준에서 도달한 것이라고 볼 수 없을지요. 첨단이라고 불리는 교통수단이며 정보통신기술들이 저 바람과 물과 흙들의 대류와 순환이 보여주는 지구적 규모의 우아함과 거대함에 감히 발끝에나마 미칠 수 있었겠습니까. 자본주의 세계 시장의 '글로벌'만 글로벌인 것이 아닌 겁니다. 풀과 나무와 벌레들의 목숨과 인간들의 삶이, 저 천체의 순환과 우리의 일상이, 삶과 죽음이 뗄 수 없이 이어져 있다는 인식은 '시'의 입장에서는 조금도 새로운 것이 아닙니다. 그러니 '글로벌' 운운의 요란함은, 마치 원주민들이 이미 1만 년 이상 살아온 땅을 두고 '신대륙을 발견했노라'고 호들갑을 떤 저 15세기 유럽인들의 어리석음을 다시 떠올리게 하는 바 있습니다

— 김사인, 「세계화시대와 시쓰기」, 『대산문화』, 2012.봄(www.daesan.or.kr/webzine)

위 진술에서 '글로벌리티'는 두 차원에서 존재한다. 자본주의 세계시장의 글로벌리티, 그리고 생태학적 자연의 글로벌리티가 그것이다. 김사인이 말하는 시의 세계화는 후자의 관점을 취한다. "삼라만상이 서로 작용을 주고 받으며 존재하는 방식은 어느 한 때도 '글로벌'하지 않은 적이 없"다는 인식은 동양 시학의 핵심이다. 동양 시학은 이미 국가와 민족에 구속되지 않는 보편적 사유의 틀을 구축해 놓았다고 할 수 있는데, 서구 근대가 동양을 점령하는 과정에서 동양 시학의 생명론적 사유가 망실되고 말았다는 것이다. 그래서 김사인은 우선적으로 "서구적 척도를 따라 익히고 그에 자신을 맞추려는 노력으로 점철되어" 왔던 "지난 동아시아의 100년에 대한 근본적인 반성"이 필요하며, 이를 통해 동아시아문학은 "어떤 창조적 응답을 세계문학의 마당에 제출해야 하는 지점에 서 있"다고 말한다.

김사인의 진술은 시의 세계화 가능성을 동양 시학의 틀에서 바라볼 수 있는 관점을 제공한다. 물론 이는 오랜 연원을 지닌 동아시아 담론의 맥락과도 무관하지 않다. 특히 한국문학에서 "동아시아적 맥락은 '민족주의와 근대주의에 호명당하는 주체'로서의 근대문학 개념을 극복하고 복합적인 형성과정에 주목하기 위한 방법"(구모룡, 「근대문학과 동아시아적 시각」, 『근대문학 속의 동아시아』, 산지니, 2012, 17면)으로 관심의 대상이 되고 있으며, 이는 1960년대의 전통론과는 확연히 다른 차원의 시각을 보여준다.[8] 더불어 최근의 동아시아 담론이 일국 단위 '너머'의 가능성을 지

---

8 1960년대의 전통론은 '한국적인 것'으로의 담론적 좌표 이동을 보여준 바 있다. '한국적인 것'은 과거지향적인 전통과 달리 "과거에 속한 '전통 = 인습'의 의미에서 벗어나 창조성과 미래지향성을 강조하는 주체적 문화 일반에 관한 논의"로 확장되어야 했기 때문이다. 이 창조성과 미래지향성이 한국의 근대를 의미하는 것이라면, 1960년대 전통론 혹은 '한국적인 것'의 논의는 이식문학론을 극복

향하고 있다는 사실은 매우 바람직한 일이다. 단순히 일국 중심의 학문적·이론적 주체성을 넘어 세계체제에 대한 저항으로서의 동아시아적 연대라는 가치를 지향하고 있기 때문이다. 여기서 동아시아적 연대가 왜 중요한가라는 물음에 대한 진술이 요청되는데, (진은영에 따르면) 중국 문학이론가 왕 샤오밍은 그 이유에 대해 동아시아가 서구와 달리 압축근대를 거치면서 자본주의의 폐해가 더욱 첨예하게 드러나고 있기 때문이라고 진술한다.

> 왕 샤오밍은 이것을 최근 동아시아의 경제발전에서 찾는다. (…중략…) 이 점에서 동아시아는 유럽보다 자본주의의 문제가 더 첨예하게 드러나는 지역이다. 따라서 동아시아의 반자본주의 투쟁은 동아시아 지역의 문제인 동시에 전지구적인 저항의 중요한 고리를 형성한다. 이것이 바로 동아시아문학이 성립될 수밖에 없으며, 또 동아시아문학을 건설해야 하는 현실적 이유다.
>
> ─ 진은영, 「동아시아문학의 토포스와 아토포스」, 『창작과비평』, 2012.여름, 323~324면.

그러나 왕 샤오밍이 주장하고 있는 반자본주의 투쟁이 곧 공산주의를 의미하지는 않는다. 왕 샤오밍은 '물질 재부의 극대화'가 인간 자유와 해방의 조건이라는 공산주의적 가정을 부정하는 동시에, 자본주의의 가장 큰 문제는 '물질 재부의 극대화'가 가능하다고 믿게 만드는 데 있다고 주

하기 위해 내재적 발전론에 기댄 것에 불과하며, 엄밀히 말해서 그것은 근대성의 체계라는 점에서 이식론과 크게 다르지 않은 것이다. 김주현, 「1960년대 '한국적인 것'의 담론 지형과 신세대 의식」, 『상허학보』 16, 상허학회, 2006, 380면; 구모룡, 『제유의 시학』, 좋은날, 2000, 13면.

장한다. '물질 재부의 극대화'를 가정한다는 점에서 자본주의든 공산주의든 모두 부정의 대상이 되고 있는 것이다. 따라서 동아시아 지역문학의 기획은 "맑스주의와 거리를 두려" 하는데, "맑스나 그의 계승자들이 지녔다고 간주되는 지나친 생산주의적 편향을 극복하려 한다는 점, 그리고 역사 속에서 맑스주의의 이름으로 존재했던 문학운동의 편협성을 벗어나려 한다는 점이 그러하다"(위의 글, 324~325면)는 것이다. 왕 샤오밍의 주장은 제1세계와 2세계를 모두 부정하고 있다는 점에서 제3세계적 시각을 열어준다. 자본주의 문제가 가장 크게 드러나는 지역으로서의 동아시아야말로 세계체제의 환부를 도려낼 수 있는 역사적 소명이 발아되는 장소인 까닭에 "전지구적인 저항의 중요한 고리를 형성"할 수 있다는 것이다.

전지구적 저항의 연대는 또 하나의 보편주의를 상정한다. 세계화, 즉 보편주의와 관련해서 한 가지 중요한 성찰은 보편주의가 "특수주의의 신화화"라는 점에서 특수와 보편은 이율배반이 아니라 "서로를 보강하는 관계"이며, 결국 "우리가 보통 보편주의라고 부르는 것은 스스로를 보편주의라고 생각하는 특수주의"에 불과하다는 사실이다(사카이 나오키, 후지이 다케시 역, 『번역과 주체』, 이산, 2005, 266~267면). 그러나 그 특수성이 "원한과 수치의 장소"에서 비롯된 것이고, 그 신화화로서의 동아시아적 보편주의는 세계체제의 지각변동을 일으킨다는 점에서 의미있는 것이라 할 수 있다. 그러나 여기서 잊지 말아야 할 것은 어떤 보편이든지 실정적으로 존재하지 않고 반성적으로 존재한다는 점이다. 이 사실을 망각할 때, "스스로를 보편주의라고 생각하는 특수주의"는 그 내부의 균질성을 강화하고 이질성을 축출하는 데 혈안이 된다. 윤리적 보편주의는 실정성에 고착되지 않고 부정성을 향해 열려 있다.

'한국적인 것' 역시 실정적으로 사유되지 않고 부정성을 향해 열려 있을 때 비로소 가치론적 의미를 지니게 된다. 이러한 사유는 사실 전혀 새로운 것이 아니다. 1960년대 초반의 비평의 한 자락은 이를 증거하고도 남음이 있다.

> 지금껏 통용되고 있는 의미의 한국적인 것은 우리 문학의 방향을 암시하는 지도이념이 될 수가 없다. 오히려 우리 문학의 고립화, 폐쇄화를 초래할 위험성이 많다(한국적인 것을 주장하는 사람들은 암암리에 그것을 지도이념으로 삼으려고 하니까).
>
> (…중략…)
>
> 따라서 우리는 당분간 「한국적」인 것을 얘기하지 않는 것이 좋다. 왜냐하면 일제말기에 일본의 국수주의자들이 「일본적」인 것을 위조했듯이 허상을 만들어 놓고 스스로 자기의 가능성을 제한시킬 위험성이 많기 때문이다
>
> —유종호, 「한국적이라는 것─그것을 어떻게 규정할 것인가?」, 『사상계』, 1962.11, 277면.

유종호는 '한국적인 것'의 지도이념화를 거부한다. '한국적인 것'은 전통과 확연히 구분되는 것이며, '한국적인 것'의 개성 역시 '한국적인 것'이 지닌 특이성의 총화가 아니라고 말한다. 그는 여기서 더 나아가 다음과 같이 말하기도 한다. "자기의 특이성을 의식적으로 강조하는 것은 변태다." 이는 사카이 나오키가 말했던 "특수주의의 신화화"의 결과로서 보편주의를 실정적으로 인식하는 것에 대한 비판을 암시한다. 실정적 인

식에의 고착은 곧 '변태'와 다르지 않다는 것이다. 그런 까닭에 '한국적인 것'의 개념은 '전통' 개념과 확연히 분리되어야 한다. '한국적인 것'은 실정적으로 고착될 수 없으며, 반성적 사유의 대상이 되거나 부정성을 향해 열려 있어야 한다. 그것은 전통의 개념에서도 마찬가지이겠으나, 1960년대의 전통론은 민족을 중심으로 한 실정적 사유에 전적으로 기대었으며, 이는 박정희의 민족주의에 부역하는 결과를 초래하기도 했다.[9]

3. '한국적인 것', 억압된 잠재성의 현실화

현대식 교량을 건널 때마다 나는 갑자기 회고주의자가 된다

이것이 얼마나 죄가 많은 다리인줄 모르고

식민지의 곤충들이 24시간을

자기의 다리처럼 건너다닌다

나이어린 사람들은 어째서 이 다리가 부자연스러운지를 모른다

그러니까 이 다리를 건너갈 때마다

---

9 1960년대 이후의 민족주의는 우파적 민족주의와 저항적·민중적 민족주의로 나뉜다고 할 수 있는데, 이들 모두 민족의 전통과 정체성을 실정적으로 사유하고자 했다. 우파적 민족주의는 당연히 박정희의 민족주의와 친화적이었다. 저항적 민족주의는 박정희에 대한 비판으로써 '민족'을 민중의 것으로 쟁취하고자 했으나, 우파적 민족주의와 동일한 민족주의 나르시시즘에 빠져있었다고 볼 수 있다.(권보드래·천정환, 『1960년을 읽다』, 천년의 상상, 2012, 제6장) 그렇다면 실정적 사유는 우파들만의 전유물은 아니었으며, 1960년대 민족주의, 더 나아가 전통론에 광범위하게 퍼져 있었다고 할 수 있다. 민중적(저항적) 민족주의는 정치적 대중성을 확보하는 데 많은 어려움을 가질 수밖에 없었기 때문에 박정희의 우파적 민족주의에 패배할 수밖에 없었다. 그러나 결과적으로 민중적이든 우파적이든 상관없이 민족주의의 정치적 효과는 실정적 사유라는 인식구조의 상동성으로 인해 박정희의 이데올로기를 강화하는 데 일조했던 것이다.

나는 나의 심장을 기계처럼 중지시킨다

(이런 연습을 나는 무수히 해왔다)

그러나 문제는 이러한 반항에 있지 않다

저 젊은이들의 나에 대한 사랑에 있다

아니 신용이라고 해도 된다

「선생님 이야기는 20년 전 이야기이지요」

할 때마다 나는 그들의 나이를 찬찬히

소급해가면서 새로운 여유를 느낀다

— 김수영, 「현대식 교량」 부분

1960년대적 분위기 속에서 전통에 대한 김수영의 사유는 보다 발본적拔本的이다. 김수영은 전통에의 천착을 식민지적 현실에 대한 직시로부터 시작한다. 김수영의 유일한 재산은 식민지적 근대에 대한 부정이 아닌 수용에서 온다. 주체의 진정한 저항은 현실에 대한 부인이 아니라, 응시에서 오는 것이다. 우리 내부에 기입된 식민적 근대를 마주하는 것. 그리고 거기서 주체적 전통이 가능한가에 대한 사유는 고통스러운 것이지만, 김수영은 식민지 근대의 밑바닥을 치열하게 지나온 자의 여유로운 정신적 풍모를 지닌다. "현대식 교량"은 식민지 근대가 남긴 "죄가 많은 다리"다. 그러니까 그 다리를 "자기의 다리처럼 건너다니"는 자들은 "식민지의 곤충"에 지나지 않는 것. 김수영은 그 다리를 보면서 고통에 가까운 "부자연스러움"을 느끼고, "다리를 건너갈 때마다" "심장을 기계처럼 중지시키"는 성찰을 감행한다. 식민지 근대가 남긴 "현대식 교량"에 대한 천착은 곧 근대의 기원에 대한 성찰일 텐데, 김수영은 거기서 자신을 향한 새로운 세대의 "사랑"과 "신용"을 발견한다. 이 발견은 새로운 세대의 "사랑"과 "신용" 속에 전통이 이미 잠재되어 있다는 깨달음으로 이어진다. 요컨대, 김수영에게 전통은 과거가 아닌 현재의 것이거나, 사후적事後的인 것이다. "더러운 전통", "더러운 역사", "더러운 진창", "요강, 망건, 장죽, 종묘상, 애 못 낳는 여자, 무식쟁이"와 같은 "이 모든 무수한 반동"(「거대한 뿌리」)은 '반동'이기에 식민지 근대에 발을 딛고서도 기어이 "새로운 역사"를 만들어 낸다. 김수영의 전통은 철저하게 부정성negativity에 기대고 있으며, 이는 억압된 잠재성의 현실화로 이어진다. 이는 '한국문학사'를 바라볼 때도 마찬가지다.

> 덤삥 출판사의 일을 하는 이 無意識大衆을 웃지 마라
> 지극히 시시한 이 발견을 웃지 마라
> 비로소 충만한 이 한국문학사를 웃지 마라
> 저들의 고요한 숨길을 웃지 마라
> 저들의 무서운 방탕을 웃지 마라
> 이 무서운 낭비의 아들들을 웃지 마라
>
> ─ 김수영, 「이 한국문학사」 부분

한국전쟁 이후의 한국문학사는 김수영의 한탄처럼 "알맹이는 다 가버리고 쭉정이만 남은 상황"에 다름 아니었다. 그러나 4월혁명 이후 김수영은 "모든 무수한 반동"을 통해 전통의 미래적인 것을 직관했듯이, 이미 "충만한 이 한국문학사"를 긍정한다. 여기서 '미래'는 단순히 직선적

인 시간 위에 있는 것을 의미하지 않는다. 그것은 잠재성의 층위에 있는 것, 다시 말해 펼쳐지지 않은 '주름'의 성격을 지니는 실재의 것이다. 김수영은 이미 실재하지만 아직 현실화되지 않은 전통을 "더러운 전통"과 "역사" 속에서 직관하고 있고 있으며, 한국문학사 또한 잠재성으로서의 '거대한 뿌리'를 그 속에 이미 지니고 있음을 긍정하고 있다. 식민지 근대의 흔적에 지나지 않을 '현대식 교량'으로부터 "새로운 역사"를 감득했듯이, '한국문학사'로부터 "신한국문학사"를 읽어내고 있는 것이다.

여기서 주목해야 할 것은, 김수영이 결코 '전통'과 '신한국문학사'를 구체적으로 설명하거나 규정하지 않았다는 사실이다. 그것은 어디까지나 사후적事後的으로만 파악될 수 있을 뿐이다. 바로 여기서 억압된 잠재성의 현실화가 가능해진다. 그는 말한다. "시를 쓴다는 것이 무엇인지를 알면 다음시를 못 쓰게 된다. 다음시를 쓰기 위해서는 여지까지의 시에 대한 사변을 모조리 파산을 시켜야 한다."(김수영, 「시여, 침을 뱉어라」, 『김수영 전집·2』, 민음사, 1982, 250면) 시의 자리에 부정성을 기입하는 것. 거기서 전통은 언제나 아직 도래하지 않은 것으로서 사후적 성격을 지닌다. 이는 "죄가 많은 다리"인 '현대식 교량' 위에서 할 수 있는 최대치의 진술이다. 부정성을 기입한 자리에서 시인이 해야 할 일은 시작詩作을 "'온몸'으로 밀고 나가는 것"이다. 거기서는 문화, 민족, 인류에 대한 사변까지 파산시키며, 그것들을 모조리 사후적인 것으로 만들어버린다. 그곳에는 오직 "온몸으로 밀고나가는" 시작 행위만이 존재할 뿐이다.

시는 문화를 염두에 두지 않고, 민족을 염두에 두지 않고, 인류를 염두에 두지 않는다. 그러면서도 그것은 문화와 민족과 인류에 공헌하고 평화에 공헌한다. 바로 그처럼 형식은 내용이 되고, 내용이 형식이 된다. 시는 온몸으로, 바로 온몸을 밀고나가는 것이다.

— 위의 책, 253~254면

이 진술로 인해서 김수영은 신동엽과는 확연히 다른 차원에 놓이게 된다(이는 물론 신동엽을 폄하하는 의미가 아니다). 신동엽의 시는 다분히 알레고리적이다. 신동엽은 프레드릭 제임슨이 제3세계문학에 대해 규정했던 '민족적 알레고리national allegories'의 범주에 놓이는데, 이는 제3세계 시인들이 대부분 겪게 되는 운명이기도 하다. 그러나 김수영은 이 범주를 훌쩍 뛰어넘는다. "문화를 염두에 두지 않고, 민족을 염두에 두지 않고, 인류를 염두에 두지 않"으면서도, "문화와 민족과 인류에 공헌하고 평화에 공헌한다"는 것은 김수영의 핵심적인 사유다. 김수영은 문화와 민족을 사유하되 그것에 부정성을 기입함으로써 혼돈과 무한의 영역으로 끌어들인다. 문화와 민족은 혼돈의 부정성 속에서 무한성에 육박한다. 이는 제3세계문학의 특징인 '민족적 알레고리'를 넘어선 것이다.[10]

프레드릭 제임슨은 세계문학론에서 프랑코 모레티와 파스칼 카자노바가 간과한 제3세계 텍스트의 특이성을 주목하면서, 그것을 '민족적 알레고리'로 개념화한 바 있다(프레드릭 제임슨, 「다국적 자본주의 시대의 제3세계 문학」, 『세계문학의 가장자리에서』, 현암사, 2014, 86면). 제임슨은 "사적인 개인 운명의 이야기가 항상 공적인 제3세계 문화와 사회의 전투적 알레

---

10 그럼에도 불구하고 김수영 시의 탈식민주의적 성향은 그의 시가 민족적 알레고리의 자장 속에 놓여 있는 한 증거가 된다. 이것은 그의 시와 시론적 사유에 내재하는 어떤 분열을 드러낸다고 할 수 있는데, 식민지 지식인이 안고 있는 세계보편성과 식민지적 특수성이 충돌한 결과라고 할 수 있다.

고리가 되는 것"에 대한 제1세계의 이질감이 제3세계 텍스트가 세계보편주의 이념에 미달한 증거로 간주되는 상황을 비판한다. 그 이질감이란 다름 아니라 "이 세상의 반대편에 살아가는 사람들의 삶의 방식, 즉 미국 교외 지역의 일상적 삶과는 아무런 공통점도 없는 삶의 방식에 대해서 풍요를 누리는 자들의 깊은 두려움의 위장된 형태의 표현"(위의 글, 80면)에 불과하다는 것이다. 제임슨은 식민지 경험을 지닌 제3세계의 "원한과 수치의 장소"로 기능하는 민족적인 것에 보다 주목함으로써, 프랑코 모레티와 파스칼 카자노바의 서구 중심주의 시각을 넘어서고자 한다.

그럼에도 불구하고 '민족적인 것'은 '민족주의'로 귀결되고 말 위험성이 내재한다. 김수영이 신동엽을 두고 '쇼비니즘'의 위험성을 언급한 것도 이와 무관하지 않다. 신동엽이 4월혁명의 민중적 기원을 아사달·아사녀로 표상되는 삼국으로까지 거슬러 올라간 것은 민중적 이념의 실정성positivity을 구체화하기 위한 전략의 일환이다. 하지만 그것이 민족과 강력히 결합될 때, 그 이념이 지닐 강렬한 매혹은 국수주의의 위험성을 증가시킬 우려가 있는 것이다. 제3세계의 '민족적 알레고리'는 피식민지의 실존적 당위성과는 별개로 그 자체로 비판적 성찰의 대상이 될 수밖에 없다. 그 비판적 성찰이란 제3세계와의 연대로 이어질 수밖에 없는 것인데, 그것은 일차적으로 제3세계 내의 민족적 경계를 허물어야 한다는 조건이 전제된다.[11] 바로 이 지점에서 "문화를 염두에 두지 않고, 민족을

---

11 신동엽 역시 '민족'의 개념에만 갇힘으로써 배타적인 국수주의로 전락하는 것을 경계했다. 그는 아시아적 상상력을 통해서 일국 단위의 민족의 경계에 갇혀 있지 않았으며, 한국 민중의 고통을 매개로 제3세계로서의 아시아를 상상하고자 했다. 더 나아가 신동엽의 시는 아시아적 연대성을 확보하고 있으며, 식민지 근대의 착취를 벗어나 전지구적 유토피아를 실현하고자 하는 욕망을 내재하고 있다고도 할 수 있다. 고명철, 「신동엽과 아시아, 대지의 상상력」, 『신동엽―사랑과 혁명의 시인』, 글누림, 2011; 이민호, 「한국학으로서의 현대시문학의 세계성」, 『세계한국어문학』 6, 세계한국어문

염두에 두지 않고, 인류를 염두에 두지 않"으면서도, "문화와 민족과 인류에 공헌하고 평화에 공헌한다"는 김수영의 진술은 '민족적인 것'을 포월偁越하는 부정성의 윤리적 힘을 내장한다.

김수영에게 있어서 '문화'와 '민족'은 동일성의 상징 체계를 갖지 않는다. 그것은 자기 변신變身의 과정 중에 있는 것으로 비동일성의 유동 체계로 존재하기 때문에, 어떤 표상의 감옥 속에 갇힐 수 있는 성질의 것이 아니다. 문화와 민족이라는 표상은 사후적으로만 존재할 수 있으며, 그조차도 현재라는 시간 속에서 '파산'되어야만 하는 성질의 것이다. 김수영에 따르면, 한국시는 파산을 자신의 자산으로 삼아야 하며, 이를 통한 시적 창조와 모험의 길을 지속해야만 한다. 김수영에 이르러 시의 '한국적인 것'은 반성과 성찰이라는 부정성의 장소에서 소용돌이친다.

4. 2000년대 이후, '노새'와 '버새' 사이에서

근대적 사유의 기반이 서구의 것으로 점철된 상황에서 한국의 주체성을 비판적으로 성찰한다는 것은 매우 어려운 일이다. 근대의 기반 자체를 전면적으로 부정하거나 점진적으로 교체해나가는 작업과 다름없기 때문이다. 그것은 요원한 일이다. 그럼에도 불구하고 그것을 수행하고자 했다면, 필연적으로 마주하게 되는 것이 바로 자기분열이다. 염무웅은 최근에 그러한 고백을 한 바 있다.

학회, 2011 참조.

대학에 진학하면서 내가 독문학과를 선택한 것은 이런 문맥 속에서였다. 독문학과에서 서양문학과 서구적 미학을 습득하는 과정은 결국 나를 한 사람의 문학평론가로 만들었다. 그러나 1960~1970년대 한국의 강력한 민족주의 정서는 도리어 나를 서구문학 추종주의에 대한 강력한 비판적 글쓰기로 끌고 갔다. 『일제시대의 항일문학』(공저, 1973) 『민중시대의 문학』(1979)을 관통하는 일관된 주제는 식민지문학관의 극복, 즉 근대적 민족문학의 건설이라는 과제였다. 하지만 그 와중에도 나의 내부에 도사리고 있는 타자로서의 서구문학에 대한 분열된 자의식은 언제나 내 발걸음을 머뭇거리게 하는 올가미처럼 느껴졌다

— 염무웅, 「'세계문학'의 이름으로 나, 우리가 경험한 것들」, 『ASIA』, 2014.봄, 135면

한국문학 전반이 그러하지만, 한국시의 민족적 주체성에 대한 사유 역시 이런 분열로부터 자유로울 수 없을 것이다. 그렇다면, 이런 분열을 극복할 수 있는 방법은 무엇일까. 바로 여기서 "타자로서의 근대가 아니라 '나'가 근대라는 놀라운 발상법"(김윤식, 「민족문학사론과 이식문학사론 틈에 낀 어떤 역사적 감각」, 『체험으로서의 한국근대문학연구』, 아세아문화사, 1999, 156면)이 출현할 수밖에 없다. 이 발상법은 '보편성'의 주인이 더 이상 서구가 아닌, '보편성' 그 자체라는 것으로 해석할 수 있다. 다시 말하자면 보편성은 더 이상 서구의 기준에서 파악될 수 있는 것이 아니라 전지구적인 관점에서 파악할 수 있다는 것이다. 이식문학론을 극복하기 위해서는 내적 충일에 의해 세계사적 보편성 속으로 건강하게 편입되는 수밖에 없다는 식민지적 역설이 여기서 발생한다. 그러나 이것은 세계체제의 내면화 혹은 동일화와 다름없는 일이다. 자본 중심의 세계체제에서 지구시

민사회로 이행해가야 하는 역사적 전환기의 어두운 미명 속에서 "'나'가 근대"라는 발상법은 극복되어야 하며, 이를 위해서는 우리가 놓여 있는 현실의 실재를 파악하는 일부터가 급선무다.

그래서 우리가 노새 혹은 버새라는 사실을 받아들이는 일이 중요하다. 노새 혹은 버새로서 우리의 길을 '온몸'으로 걸어갈 뿐이다. 노새는 뭔가. 암말과 수탕나귀 사이에 이루어진 종간잡종이다. 버새는 또 뭔가. 수말과 암탕나귀 사이의 종간잡종. 그런데도 길을 가고 짐을 싣는 것은 매한가지다. 노새와 버새에게서 '한국적인 것'이 존재할 수 있을까. 그러나 놀랍게도 노새와 버새가 길을 걷는 순간, '한국적인 것'의 생성이 시작된다. 그것은 고정된 것이 아니라, 매순간 다양한 모습으로 변주된다. '한국적인 것'은 실정성이 아닌 부정성의 장소에서 비로소 생명을 얻는다. 그것은 국가이데올로기에의 종속을 의미하지 않으며, "원한과 수치의 장소"로부터 '자기의 테크놀로지'(미셸 푸코)라는 재주체화의 과정을 실현하게 된다. 김언의 「노새와 버새」는 혹여 이를 의미하지 않는가.

1
시가 재미없으니까 딴 생각이 행복하였다
정말 그렇냐고 물어보면
정말 그렇다고 대답할 자신이 없다
내 신념은 간단하다
내일 또 바뀌니까
기대가 크고 허풍이 심하고
자주 의기소침해진다

이쪽 뺨을 내밀고

저쪽 뺨을 내밀면

손바닥이 아플 텐데

어느 쪽이 더 아플까

군화와 얼굴이 만나서

어느 쪽이든 멍이 들 때까지

때려야 한다

서로가 서로를 믿고서

2

각자의 이름에 충실하였다

각자의 피를 소개하고

토마스는 잊을 만하면

담배를 태웠다

연기가 빠지지 않는 대화를

이어갔다

톰은 영원히

톰이 될 만한 자세로

이야기하였다

되도록 간결하게

불을 붙였다 두 눈을 모아서

이글거리는 한담에 집중하였다

한방에 앉아서

우리는 모두 외국인이었지만

어느 쪽이 더 외국인일까

외계의 피가 섞인

3

당나귀는 조랑말의 먼

친구였다 노새는

노새와 혼자서 놀았다

버새는 더 무거운 짐을 싣고

알프스를 건넜다

— 김언, 「노새와 버새」 전문

김언의 시는 '한국적인 것'을 삭제함으로써 충분히 '한국적인 것'이다. 다만, 여기서 '한국적인 것'의 기표는 텅 빈 것이다. '한국적인 것'의 의미는 사후적으로만 파악 가능하므로, 김언의 시를 두고 '한국적인 것'이 아니라는 섣부른 판단을 할 필요가 없다. 이는 2000년대 중반의 이른 바 '미래파' 시에도 적용될 수 있는데, '한국적인 것'은 꾸준히 그 내포와 외연을 심화하고 확장해나가고 있는 셈이다. '한국적인 것'이란 "내일 또 바뀌니까 / 기대가 크고 허풍이 심하고 / 자주 의기소침해진다". '한국적인 것'에 대한 민족주의적 열망이 정확히 이와 같은 모습이 아니었던가. "한방에 앉"은 "우리"가 "외계의 피가 섞인" "외국인"임을 받아들일 때, 즉 '한국적인 것'의 유동성을 운명으로 받아들일 때, '한국적인 것'에는 생성의 기운이 감돌게 된다. 우리는 조랑말인가, 당나귀인가, 노새 혹은 버새인가. '한국적인 것'의 정체성은 지금 당장 우리 눈에는 보이지 않는다. 혹은 여러 가지가 동시에 보여야 한다. "그에게는 보이지 않는 선수가 있"고, "자정에도 결혼하는 남자가 있"고, "중세에도 공항이 있으며 / 기억에는 한계가 있"(김언, 「정체성」)듯이 말이다. 그러나 "노새는 / 노새와 혼자서 논다". 노새가 노새와 노는 것은 "혼자서" 노는 것과 다르지 않다. 그래도, 노새는 버새와 달리 새끼를 낳을 수 있으니 다행인가 불행인가. 혼자서 노는 민족주의적 유폐, 그래서 더해지는 '상상된' 민족의 비루함. 버새는 유전적으로 불임이니, 그 개체의 유전은 불가능하다. 그런데 여기에는 반전이 존재한다. 어디에도 얽매이지 않아도 되므로, 횡단만이 그 자신의 운명이 되는 것이다. "버새는 더 무거운 짐을 싣고 / 알프스를 건넜다".

2000년대 이후 한국시단은 전면적인 변화 그 자체였다. 이른바 '미래파'적인 시들은 한국 시단의 풍토를 바꿔놓고 말았는데, 그것은 불임의 버새가 힘겹게 알프스를 넘어 온 결과가 아니었을까. 그것은 리얼리즘의 억압을 넘어서 비유기적 환유시의 형태로 변종과 혼종을 넘나들었다. 유전적으로 불임인 버새가 한 세대를 넘지 못할 운명인 데 반해 버새로서의 '미래파'는 불임을 극복한 것처럼 보이는데, 이는 2000년대를 계승한 듯한 2010년대의 시로써 증명된다. 2000년대와 다른 2010년대의 시의 특징은 말할 것도 없이 정치성이다. 2008년 이후 수구정권의 충격적인 일련의 사태들은 미래파의 정치적 각성을 낳았다.

이는 대단히 중요한 시사적詩史的 의미를 갖는데, '미래파'가 시의 정치에 깊숙이 개입하게 됨으로써 적어도 2000년대 미래파의 미학적 전위가 정치적 전위로 계승되는 모양새를 낳고 있기 때문이다.[12] 2008년 이후의 미래파는, 자기 복제에 머무는 경우도 다수 존재할 것임에도 불구하고, 미래파 전체의 방향성에 정치적 의미를 부여함으로써 스스로의 정체성을 확장하고 있는 것이다.

사실 나는 최종병기시인훈련소에서 시 창작 훈련을 받는 훈련병이다. 최종병기시인훈련소에 소속된 훈련병들은 모두 다 시인들이다. 그들과 나는 인간이 만든 최종병기가 '시인'이어야 한다는 사실에 뜻을 같이한다. 지상의 모든 강철무기들과 생화학무기 그리고 절대적인 핵무기를 초월하기 위하여, 우리 훈련병들은 하루하루 강도 높은 훈련을 견뎌내고 있다. 최종병기시인훈련소 제1조항을 살펴보면 '시인은 인간 최후의 병기다'라고 명시되어 있다. 간단한 예를 하나 들자면, 우리 최종병기시인훈련소의 병기고 안에는 탄약과 포탄 대신 시집이 빼곡이 들어차 있다.

—조인호, 「최종병기시인훈련소(最終兵器詩人訓鍊所)」 부분

시인이 최종병기가 되는 상황에 대한 인식이란, 시인의 존재론적 의미에 대한 급진적 성찰의 결과다. '미래파'가 수구정권을 관통하는 동안 획득했던 내적 변이는 한국시단에 활력을 불어넣기에 충분한 것이다. 그것이 미적이든 정치적이든 한국시단을 풍성하게 하는 것임에 틀림없다. 시가 곧 정치임을 확인하게 되는 순간, 2000년대 중반의 '미래파'는 윤리의 원질이 생성되었던 시적 공간으로 의미화된다. 시의 윤리는 부정성

---

12 비슷한 맥락에서, 신형철은 "한국시에서 '2000년대'는 2008년 3월을 기점으로 끝났다고 해야 할지도 모른다"고 진술하고 있다. 신형철, 「2000년대 시의 유산과 그 상속자들」, 『창작과비평』, 2013.봄, 372면.

에서 사유된다. 부정성은 윤리의 원질이 보존되는 저장소다. 이는 '윤리의 심장부'(알렌카 주판치치)다.

　마찬가지로 '한국적인 것' 역시 부정성의 관점에서 사유되지 않으면 안 된다. 시의 부정성은 시의 외부에 존재한다. 시의 외부를 향한 전위적 실천이 2000년대 '미래파'의 시사적詩史的 의미라면, 그 이후의 '미래파'적 경향은 시의 '외부'를 정치적인 것의 한가운데로 옮겨놓는 데 주저함이 없다. 2000년대 미래파는 시의 외부를 탐사했고, 그 시적 실천은 윤리의 원질이랄 수 있는 부정성의 공간에서 비롯된다. 따라서 '한국적인 것'은 지금 당장의 사유 대상이 아니다. 다만 '한국적인 것'이라 일컬어져 왔던 토대의 기원을 부정하면서 '파산의 시학'을 짊어지고 제3세계로서의 현실을 포월匍越할 뿐이다. 그 과정에서 새로이 발견되는 제3세계적 원한과 수치의 자국들이 '한국적인 것'의 지표로 이해되면 그뿐이고, 그 원한과 수치를 한국시의 새로운 자오선으로 삼을 수 있다면 그것으로 충분하다.

슬픔의 정치학

'마그마'와 같은 슬픔을 위하여

1. 슬픔의 심급

박근혜·최순실 게이트로 인한 분노가 우리 사회를 지배하고 있다. 분노의 사회다. 그러나 몇 달 전까지만 해도 우리 사회를 지배했던 주된 감정은 무기력과 슬픔이 아니었던가. 물론 분노 또한 존재했지만, 분노가 촛불집회와 같은 거대한 집단 감정으로 표출된 것은 이제 겨우 얼마간의 일에 지나지 않는다. 이명박 정부의 광우병 파동에 분노한 촛불집회의 실패(?) 이후 우리 사회를 지배했던 것은 무기력과 우울에 가까운 슬픔이었다. 용산 참사와 노무현의 서거, 쌍용차 사태는 지워질 수 없는 상처다. 이명박 정권이 박근혜 정권으로 연장되었을 때 그 무기력은 더할 수 없이 커졌고, 세월호 참사로 인해 무기력은 슬픔과 우울로 깊어 갔다. 박근혜·최순실 게이트가 아니었다면, 무기력과 우울의 상태가 여전히 우리 사회를 지배했을 것이다.

그러나 여기서 주목해야할 것은 무기력과 슬픔이 자본주의 사회 속에서 억압되고 통제되고 있다는 사실이다. 무한한 진보와 확장만을 신봉하는 자본주의의 기획은 무기력과 슬픔 따위는 자본의 환등상fantasmagoria을 통해 쉽게 휘발시켜버린다. 슬픔은 자본의 발밑 아래 깔려있거나, 후미진 골목의 밤길 속에서나 발견될 것이다. 각종 재건축·재개발 사업에 기생하는 욕망은 그나마 남아 있는 슬픔마저도 자본의 욕망 속에 중화시켜버린다. 19세기 파리의 오스망으로부터 시작된 젠트리피케이션gentri-fication은 슬픔의 계급을 위생 처리의 대상으로 전락시키는 근대의 노회한 기획이다. 자본주의 사회는 무기력과 슬픔을 열등한 인자로 손쉽게 규정하고 제거하며, 언제나 밝은 표정과 음성으로 현재와 미래의 환상을 제공한다. 무기력과 슬픔은 우리 사회에 발붙일 곳이 없다. 그러나 그것은 쉽게 사라지지 않으며 순수한 정동affect으로 축적된다.

그리하여 프랑코 베라르디는 말한다. "영혼의 어두운 측면 — 공포, 우울, 공황, 우울증 — 은 자본주의의 과도하게 선전된 승리와 약속된 영원성이라는 그늘 아래에서 십여 년 동안 어렴풋이 모습을 보인 이후 완전히 표면에 떠올랐다."(프랑코 베라르디(비포), 서창현 역, 『노동하는 영혼』, 갈무리, 2012, 285면) 여기서 말하는 "십여 년"의 끝에는 2007년 서브프라임 모기지 사태가 있다. 베라르디는 거기서 자본주의 종말의 징후를 읽고 있는데, 보다 주목해야 할 것은 "경제적 불경기와 정신적 우울증이라는 사건들은 동일한 맥락에서 이해되어야 한다"는 그의 발언이다. 경제적 불경기depression는 자본주의의 환등상 시스템이 작동을 멈추는 순간을 의미하고, 바로 이때 자본주의 신민臣民들의 우울depression이 표면화될 수밖에 없다는 것이다.

한국 사회 역시 프랑코 베라르디의 진단을 적용할 수 있다. IMF 금융

구제 사태 이후 한국 사회는 도덕적으로 진정한 자아의 연대가 해체되고 승자독식, 무한경쟁, 적자생존의 유사-자연적 정글이 되어 버렸기 때문이다(김홍중, 『마음의 사회학』, 문학동네, 2009, 20면). 다시 말해, 1980년대 이후 우리 사회를 지배해온 '진정성authenticity'이라는 마음의 체제가 IMF 체제 이후 자본주의적 양육강식의 '생존'을 중심으로 타락하고 만 것이다. 생존에서 탈락한 이들은 우리 사회에서 쉽게 배제되었을 뿐만 아니라 그 배제를 스스로 수용하게 만드는 내면의 시스템에 지배되어왔고, 그 결과 3포, 4포, 5포, N포 세대의 무력감이 사회 전반을 우울의 정조로 물들이게 된 것이다.

최근 젊은 시인들의 시가 주는 놀라움은 이 슬픔의 정조가 전면화되어 있다는 사실이다. 예컨대 박준의 "나는 시 쓰기라는 것이 꼭 울음 같다는 생각도 한다. 울고 싶다고 해서 억지로 울 수 있는 것도 아니고 그만 울고 싶다고 해서 그칠 수도 없는 울음"(박준, 「너무 뜨겁거나 차가웠던 태백의 여관방」, 『한겨레』, 2016.1.30, 12면)이라는 진술이 그렇다. 이것은 하나의 예에 지나지 않겠으나, 최근 젊은 시인들의 시적 경향을 포괄하는 진술이다. 물론 그 슬픔의 계보는 그 이전인 2000년대로 거슬러 가지 않으면 안 되는데, 대충 떠오르는 것이 장이지의 『안국동 울음상점』(2007), 심보선의 『슬픔이 없는 십오 초』(2008) 정도다. 지금 생각해보면 이들 시인은 당시의 시적 흐름에서 하나의 전환점이 되고 있다. 김대중·노무현 정부를 거치면서 2000년대 이후의 시단은 대단히 자유롭고 활달한 상상력을 보여 준 바 있다. 이른바 '미래파'로 통칭되는 황병승, 김민정, 이민하, 김이듬, 이영주 등 일군의 시인들이 그러하다. 이들의 시적 상상력은 기존의 시적 규범을 파괴함으로써 상상력의 자유를 극단까지 추구하는 듯 보였다. '미래파'를 옹호하는 '미적 방기'(이장욱)라는 용어에서 알 수 있듯이, 이들을 통제할 수 있는 시적 규범은 무의미한 상태였다. '탈주체'와 '비유기적 환유'의 상상력은 시적 규범이라는 억압과 통제를 간단하게 무력화시키는 시적 에너지를 보여주기에 충분했던 것이다. 이러한 해체적 에너지 앞에서 정치와 윤리 따위는 무의미했다. 이것은 정치사회적 모순이 산재했음에도 불구하고 민주 정부 10년의 자신감이 시적 배면으로 작용한 결과라고 할 수 있다.

그러나 이명박 정부 이후 '미래파'의 변화는 필연적이었다. 용산 참사 이후 '미래파'조차 시의 정치를 사유하기 시작하게 되었던 것이다. 2010년대의 시가 2000년대의 유산을 이어받는 과정에서 정치성이 개입될 수밖에 없는 것은 외면 불가능한 사회적 통증과 무관하지 않다. 따라서 "한국시에서 '2000년대'는 2008년 3월을 기점으로 끝났다고 해야 할지도 모른다"는 신형철의 지적은 정확하다(신형철, 「2000년대 시의 유산과 그 상속자들」, 『창작과비평』, 2013.봄, 372면). 용산 참사와 노무현의 서거, 쌍용차 사태 등의 무수한 사회적 재난들은 시의 정치를 사유케 함과 더불어 시의 무기력을 깨닫게 했다. '시와 정치'가 이명박 정부 이후 문학 특집의 반복되는 주제였다는 사실은 이를 방증한다. '시의 정치'는 잠재성의 역능을 지닐 뿐이며 실제 현실 속에서는 무력하다는 사실은 문학의 수치를 동반한다. '울음'과 '슬픔'을 동반한 수치羞恥가 시단을 물들인다. 그리고 2014년 4·16 세월호 참사를 기점으로 시의 수치와 우울은 정점에 달했다.

최근 젊은 시인들의 슬픔은 이러한 정치사회적 맥락을 지닌다. 슬픔의 최종심급은 곧 시인의 무기력과 수치를 자신의 운명으로 삼은 데서 비롯된다. 여기에 덧붙이자면 성장기에 IMF체제를 관통했던 젊은 시인들의 세대적 감성과도 무관하지 않을 것이다. 앞서 말했듯이 '경제적 불경기'를 뜻하는 'depression'은 자본주의의 균열을 내포하고 있으며, 그 균열이 생래적 감성 구조를 장악한 데서 'depression(우울)'이 지배하는 '슬픔'의 정조가 도래한다. 그러나 여기서 발생하는 문제는 시의 슬픔은 미학화의 과정을 거치며, 그 과정에서 슬픔의 주체는 나르시시즘의 유혹을 느낀다는 사실이다. 슬픔의 주체는 타자의 윤리학과 (악성) 나르시시즘의 사이에서 서성인다. 슬픔은 연결감의 확장에 이바지하기도 하는 반면에,(파커 J.파머, 김찬호 역, 『비통한 자들을 위한 정치학』, 글항아리, 2012, 34면) 세계로부터의 단절과 고립을 심화시키는 절대적으로 해롭고 무익한 것이 되기도 한다(장 메종뇌브, 김용민 역, 『감정』, 한길사, 1999, 80~81면). '슬픔'의 시학을 보다 세밀하게 들여다봐야 하는 이유다. 최근 젊은 시인들이 거주하는 슬픔의 지형도는 어떤 것일까.

2. '슬픈', 자본의 신민臣民들

2000년대의 시인들과 달리 2010년대의 시인들은 근대적 삶의 무기력을 체현하고 있다. 근대 자본주의는 우울과 슬픔을 생산하면서도 철저하게 통제하는 체제다. 근대의 기획이 세계를 장악하기 전 서구 사회에서 성인 남성이 거리에서 울음을 터뜨리는 것은 자연스러운 일이었다. 그러나 근대 이후 모든 것이 달라졌다. 울음은 내밀한 사적 공간으로 은둔해버린 것이다. 노베르트 엘리아스가 말했던 '문명화 과정'에서 눈물은 감추거나 제거되어야 할 신체의 분비물로 간주된다. 그것은 자본의 무한한 진보를 향한 근대적 기획에 반反하는 감정의 물질이다. 근대 이후 시의 미덕 또한 감정의 절제를 기본으로 한다. 슬픔은 감정이 아니라 정서의 형태로 미적 마사지를 거쳐야 하며 그것조차 철저한 통제의 대상이 된다. 영미의 보수주의 시인이자 시론가인 T. S. 엘리어트가 말한 '감정으로부터의 도피'가 여전히 근대시의 강력한 규범이 되고 있는 데서 이를 확인할 수 있다. 이러한 미적 규율은 시인을 지배하는 내면화된 규범이다. 그래서 '슬프다'라는 직접적 어사語辭의 출현은 시에서 금기시되며, 아주 제한적으로만 쓰일 뿐이다. 그러나 최근의 시들은 '슬프다'라는 어사를 자주 직접적으로 사용한다. '슬프다'라는 어사의 방기는 자신의 슬픔에 대해 통제불가능성을 드러내는 징후다. '슬픔'의 정서가 자신의 일상을 구성할 때, 그리고 그것이 자신의 내면이 아니라 외부적인 현실로부터 계속 주어질 때, '슬프다'를 '슬프다'로 말하는 것은 가장 정직한 표현이 된다. 그런 의미에서 박소란은 주목할 만한 시인이다.

불현듯 슬프다
너무 오래 울지 않았다는 사실 때문에
어느 곳 어느 때 아주 사소한 흐느낌조차

울기 위해 집으로 달려간, 그때는 스무살
수업을 마치고 과제를 제출하고 사려 깊은 학생이 되어
조금씩 꼿꼿해져가는 표정을 가방 깊숙이 밀어넣고 가까스로
열어젖힌 싸구려 자취방은 더없이 고요해

너무 낮고 너무 어두워 울음은
다름 아닌 거기에 살고 있음을 알았다

마음이 타들어갈 때마다 기꺼이 방문을 열어준
나의 울음, 엄마가 죽던 밤에도
사랑이 더운 손을 뿌리치던 마지막 순간에도 나는
그 방에 있었다 볕이 들지 않는 방
아릿한 곰팡내가 명치를 꾹꾹 누르는 방

울음의 방으로 숨어들수록 울음은 아프고
어찌 된 영문인지
도무지 견디지 못하고
비명을 지르며 증발하는 물기처럼 어느새 울음은

거기에 살 수 없음을 알았다
한마디 인사도 없이 떠나갔음을
어디로 갔나 울음은
울음의 빈자리를 몹시 뒤척이던 나는

후미진 골목 끝
자취방은 헐리고 추진 스무살도 멀리 달아났으니
어디로, 말수가 적어 겉돌기만 하던 나의 울음은

—박소란, 「울음의 방」 전문

이 시는 최근 젊은 시인들이 드러내는 슬픔의 양상과 무관하지 않다. 시인은 울기 위해 "싸구려 자취방"으로 달려가곤 했던 자신의 스무살을 떠올린다. 그 방은 자신의 울음이 거주할 수 있는 유일한 공간이다. 그래서 "너무 오래 울지 않았다는 사실"은 오랫동안 울음을 견뎠다는 사실과 다름없다. 그 방에서만 울음이 허락되는 현실은 울음이 철저히 소외된 상황을 말해준다. 스무 살 시절을 떠올리는 현재는 더욱 암울하다. 울음을 허락했던 "자취방은 헐리고", "말수가 적어 겉돌기만 하던 나의 울음"이 "어디로" 갔는지 시인은 알 수 없기 때문이다. 물론 울음은 시인의 몸속에 드러나지 않은 채로 있다. "엄마가 죽던 밤에도" 시인이 있던 그 방은 울음의 방이었다. 지금은 그 울음의 방이 헐리어 사라지고 없다. 그 방이 사라지고 없다는 사실은 더 이상 울 수 있는 공간이 없다는 사실을 말해줌과 동시에 울 수 없을지라도 이미 이 세계가 거대한 울음의 방이라는 사실을 암시한다. 울음 없는 울음의 세계. 울음은 단지 삼켜질 뿐이다. 그리고 울음의 방이 이 세계로 전화되고야 마는 시적 공간의 확장성은 리얼리티를 동반한다. 그것은 시인의 삶을 통해 울음처럼 젖어드는 리얼리티다. 사회변혁을 위한 민중투쟁 혹은 계급투쟁의 언어가 아니라 자신의 삶으로써 맺힌 울음의 언어를 그대로 드러낸다. 울음이 맺힐 수밖에 없는 시인의 삶은 어떤 것인가.

　　방문 앞 수돗가에서 오줌을 싸요 엄마는
　　밤낮 터질 듯 충혈된 가랑이를 내벌려요 병든 집을 빽빽이 둘러맨 앞산 구릉처럼 어금니를 앙다물고, 하지만 웬걸요
　　문드러진 잇새론 이내 흥건한 신음이 터져나와요

나는 꾹 참았다 밤에만 싸요 아무도 몰래 치마 속을 비집고 든 높바람
이 막무가내로 온몸을 휩쓸고 가면

하수구 아린 구멍엔 우스꽝스러운 이끼만 돋아나요 우죽우죽 나는 자
라나요

(…중략…)

집이 떠내려가는 꿈은 얼마나 아름다운지
엄마와 언니와 내가 손을 맞잡고 그득히 출렁이는 오줌 위를 떠다니
는 꿈 끝내 정박하지 못한

— 박소란, 「화장실이 없는 집」 부분

시인의 체험이 핍진하게 묻어 있는 이 시는 시인의 슬픔이 어디서 비
롯되는지를 말해준다. 이 시에서 울음은 소변의 형태로 드러난다. 소변
을 쉽게 해결하지 못하는 현실은 울음이 쉽게 허용되지 않는 현실이기도
하다. 그런 가난 가운데서도 "우죽우죽 나는 자라나요"라는 진술은 슬픈
탄식에 가깝다. 자라나는 것은 기쁜 일이지만, 이 시에서 그것은 슬픔으
로 물든다. 자라남의 기쁨이 슬픔이 되고 마는 것은 성장成長의 긍정적 의
미가 박탈되었거나 그 기대감이 망실되었기 때문이다. 그래서 그의 시집
에는 "희망과 야합한 적이 없었다 결단코 / 늘 한 발 앞서 오던 체념만이
오랜 밥이고 약이었음을"(「체념을 위하여」)이라는 진술이 버티고 서 있다.
스피노자가 말했듯이, 자기 보존과 자기 기대의 저하가 곧 체념이라면
바로 이곳에 기생하는 슬픔은 인간의 활동 능력을 감소시키고 억제하는

악이라고 할 수 있다(B. 스피노자, 강영계 역, 『에티카』, 서광사, 1990, 218면). 그럼에도 불구하고 박소란의 시에서는 "자라나"는 기쁨이 곧 슬픔의 정서로 대체되고 만다. 그의 시에서 자라남의 잠재성은 희망의 기쁨이 아니라 결국 슬픔으로 향한다. 슬픔과 체념의 정점에는 그의 집이 있다. "내 집은 왜 종점에 있나 // 늘 // 안간힘으로 / 바퀴를 굴려야 겨우 가닿는 꼭대기 // 그러니 모두 / 내게서 서둘러 하차하고 만 게 아닌가"(「주소」) 시인의 울음이 소변처럼 힘들게 흘러나오듯, 사랑하는 이들도 시인의 신체로부터 아프게 떨어져 나간다. 소변이 신체를 관통하듯 울음 또한 그러하며, "모두"라는 타자의 세계도 마찬가지다. 그 신체는 왜 아프고 슬픈가. 박소란의 시에서 발견되는 슬픔의 기저에는 자본의 결핍이 도사리고 있다. 그의 신체는 자본을 결여한 신체다. 그곳에 기입된 '슬픔'의 양상이 바로 그의 시라고 할 수 있다.

3. 슬픔의 미학과 유폐된 방

시인과 자본의 대비는 매우 슬픈 일이다. 웬만큼 권위 있는 문학상의 상금이 3~5천만 원이지만, 한국 사회를 휩쓸고 있는 아파트 분양권 시장은 그 프리미엄만 해도 1억을 넘어서는 경우가 허다하다. 문학상 상금과 분양시장 프리미엄을 대비하는 천박함을 무릅쓰는 이유는 최근의 젊은 시인들은 이미 자본의 결핍에서 비롯되는 무기력을 시적으로 체화한 것으로 보이기 때문이다. 시인으로서의 명성이 매혹적일지라도, 상실과 결핍을 감내하며 살아야 하는 시인의 현실적 삶은 고난과 고투, 혹은 고달픔 끝에 당도하는 우울의 연속이다. 특히나 젊은 시인들은 경제적으로, 정치적으로 그런 무기력을 학습해온 터다. 자본의 힘은 시인의 정신이 건설하고 있는 세계를 이미 압도하고 있으며, 2016년 하반기의 촛불집회 직전까지만 하더라도 정치적 무기력은 일상이 되었다. 이명박 정권 이후 2000년대의 시인들이 시의 정치적 무기력을 호소했다면, 2010년대 시인들은 정치적 무기력을 넘어 경제적 무기력까지 토로한다. IMF체제 이후 무한 경쟁의 피로감과 박탈감은 정치적 무기력이라는 시적 유산과 결합되고 있는 것이다.

2000년대의 시인은 적어도 억압과 통제의 기성 세계를 거부하거나, 저주하거나, 혹은 조롱하는 시적 에너지로 충만했으며, 그것이 시인의 정신적 자산이자 자부이기도 했다. 그러나 최근의 시인들은 그러한 시적 자산을 자신의 것으로 삼지 않는다. 탈주체의 시학이 근대 자본주의의 기획을 해체하는 저항과 투쟁의 전략으로 기능하기도 했으나, 최근의 젊은 시인들에게는 탈주체조차도 결핍과 상실, 혹은 자기 소외의 체험으로 받아들여진다. 그리하여 이 세계에 대한 저주, 거부, 조롱, 비판 등의 태도가 위축되고 말았다. 실제로 80년대 생 시인들의 이십대는 무기력으로 시작한다. 이십 대의 첫 해인 '스무 살'은 "세상에서 가장 빨리 끝나는 폭죽을 샀다"(서윤후, 「스무 살」, 『어느 누구의 모든 동생』, 민음사, 2016)로 진술되고, 시인은 "조금 커지고 비대해진 슬픔"(서윤후, 「파리소년원」) 덩어리에 지나지 않는다. 서윤후의 「독거청년」은 그러한 사태를 잘 보여준다.

나는 집에서도 가끔 나를 잃어버립니다

단 하나의 실핏줄로 터진 얼굴들을 생각하며 창백한 창문을 봅니다 실내에서 유일하게 한 일은 웅크림이라는 도형을 발명한 것뿐입니다

테라스엔 바깥을 서성이다 온 사람들이 있고, 그곳엔 버스나 기차가 정차하지 않습니다 다만 조금씩 밀려나는 연습을 합니다 경치 좋은 곳에서 감히

나는 나를 슬퍼할 자신이 있습니다 두 손으로 얼굴을 포개거나, 일 인분의 점심을 차리는 일에 능숙합니다 홀수와 짝수가 나란해집니다

너무 이른 시간에 모험이 끝났습니다 못에 박힌 벽처럼 단단해집니다 헐렁한 손목에서 시계가 자꾸 죽습니다 쓸모없는 시계추가 눈덩이로 내려앉습니다

안으로 침투할수록, 이불은 넓어집니다 안에도 바깥이 생기기 때문입니다 열대어들이 서로 친해지는 모습을 보고 싶습니다 끝나지 않는 어항을 바라보다가

나는 약속 시간에 늦습니다 나를 꾸짖지 않는 나를 만날 때마다 무거워집니다 마지막으로 배치될 가구의 기분으로, 서랍마다 나를 구겨넣습니다

꺼내 보고 싶지 않은 나를 찾는 날엔, 운 좋게 천장을 걸을 수 있습니

다 걸터앉는 곳마다 부러지면 실내가 실내를 이해할 때까지, 온도계는 모
호해질 수 있습니다

— 서윤후, 「독거청년」 전문

일인칭 화자는 극적 독백을 유발함으로써 시의 고백적 경향을 강화한
다. 일종의 배역시로 읽는다 하더라도 시인은 시적 화자의 체험에 깊숙
이 닿아 있다.(그래서 "어디 가서 절대 말하지 말라고 했다 / 그리고 / 나는 어겼다"
고 진술한 그의 자서는 흥미롭다) '독거청년'은 오늘날 원룸에 거주하는 '일
인 가구'의 증가 현상과 무관하지 않으며, 시인 역시 그러한 삶의 범주를
체험했을 가능성이 상당하다. 이 시에서 주목할 것은 '독거청년'이라는
표현이다. '독거노인'에서 가져왔을 이 표현은 청년의 무기력을 단적으
로 드러내고 있으며, 이는 물론 자본의 침탈에서 비롯된다. 그의 시에서
는 시인에게 깃든 자본 권력의 어두운 그림자를 섯핏 읽을 수 있다. "테라
스엔 바깥을 서성이다 온 사람들이 있고, 그곳엔 버스나 기차가 정차하
지 않습니다 다만 조금 밀려나는 연습을 합니다 경치 좋은 곳에서 감히"
라는 구절을 보라. 시인이 홀로 거주하는 방은 앞서 언급했던 박소란의
시 「울음의 방」과 유사성을 지닌다. 울음이 허용되었던 유일한 공간이
시인의 "싸구려 자취방"이었듯이, 이 시에서도 방은 "나는 나를 슬퍼할
자신이 있습니다"라고 '다부지게' 말할 수 있는 공간으로 드러난다. 이제
시인은 울음과 슬픔의 신민이 되고 만다. 시인은 그 방에서 "웅크림이라
는 도형을 발명"하고 있을 뿐이다. 자칫 자폐적 공간으로 오인될 수 있는
그 방은 자본주의의 흡반에 빨려 소진된 시인의 무기력한 내면을 형상화
하는 공간임을 간과해서는 안 된다. 그 무기력의 방은 역설적이지만, 자

본주의의 은폐된 내적 공간이자 실재적 이면이라고 할 수 있다. 자본주의적 실재는 수족관이라는 은유 공간으로 그려지기도 한다.

물고기가 보고 싶어 수족관에 갔다 물고기가 있다
바다가 없는데 물고기가 있어 저 물고기는 슬프다
비가 내리고 있다 우산을 접고 뾰족해져 문을 연다

신문을 보던 남자는 다가와 주문을 요구하고 나는 슬픔을 추스르기도
전에 두리번, 남자가 긴 목으로 나를 본다 이때 나는 가장 짧아진다

(…중략…)

물고기 살은
새하얀 계단처럼 접시에 담겨 있다
언젠가 키스를 했다가
계단에서 뺨을 맞았다 싱싱하게 부풀어 오른 왼쪽
홀로 남아, 내가 서 있던 그 자리를
젓가락으로 집어
오물오물 씹는다

여기서 이 살이 가장 슬프다
내 살이다
남자는 소주를 권하고 다시 신문을 뒤적이고

밖은 비가 내리고 있다

비리지 않은 물고기는 슬픔을 모른다
매운탕은 자꾸 더 맵다

―박성준, 「비 내린 비린내」 부분

"물고기가 보고 싶어 수족관에 갔다"고 했으나, 그곳의 물고기는 죽을
운명의 물고기다. 횟집의 수족관이기 때문이다. "슬픔을 채 추스르"지도
못한 시인에게 횟집 주인일 "신문을 보던 남자는 다가와 주문을 요구"한
다. "주문"이라는 자본의 오랜 규율이 개입하는 순간, 남자의 목은 길어
보이고 자신의 목은 "가장 짧아진다". 이 시에서 핵심은 바다가 부재한
자리를 자연스럽게 장악한 어떤 슬픔이다. 그래서일까. 시인에게 실연
또한 자연스러운 일이다. 이 시에서도 슬픔은 연애와 겹치고 있지만, 그
것을 에워싸고 있는 것은 자본주의적 모멸감과 친근해져 버린 모종의 슬
픔이다. 결국 이 시에서도 슬픔은 직접적으로 서술된다. "수족관에 바다
는 없는데 물고기가 있어 저 물고기는 슬프다". 물론 객관적 상관물이 개
입하기 때문에 감정의 직접적 서술이라 보기 힘들지만, 마침내 "여기서
이 살이 가장 슬프다 / 내 살이다"라는 진술로써 슬픔의 직접적 토로가
확인된다. 그런데 "이 살"의 정체가 흥미롭다. 물고기 살과 "내 살"은 동
일화되고 있는데, "언젠가 키스를 했다가 / 계단에서 뺨을 맞"고 "홀로 남
아, 내가 서 있던 자리를 / 젓가락으로 집어 / 오물오물 씹는다"고 했으
니, 실연당한 시인이 홀로 서 있던 자리가 바로 "물고기 살"로 변주되고
있다.

자신이 자신의 살을 오물오물 씹는다는 것은 나르시시즘 성향의 자기 연민 혹은 자기 학대에 해당하는데, 그 끝은 자살 언저리에 가닿기도 할 것이다. "자살을 하기에는 촛농처럼 한적하고 시를 쓰기에는 너무나 거울이 큰 방", "자살보다는 샤워가 다행이라고 나는 시를 쓰는 대신, 거울에게 벗은 몸을 모두 보여주었다"(박성준, 「배우 3—여관에서 쓰는 시」) 시인은 자살에 이르지는 않았으나, 나르시시즘의 방 안에 스스로 유폐되고 만다. 이것은 혹여 자기학대의 우울에서 벗어나고자 하는 필사적인 자기 응시인지도 모르겠다. 그 방은 우울 혹은 자기연민의 슬픔으로 그득하며, 때로는 나르시시즘과 자기 응시의 거울이 전신을 비춘다. 물론 시인은 그 방을 벗어나 사회학적 상상력을 애써 발휘해보기도 한다. "시인이 되면, 서로의 학교 앞에서 2인 시위를 해보자 별 특별한 이유 없이 시위를 해보자고 특별하게 서로를 질투하면서, 우리의 배후에는 누가 있을까 생각했다".(박성준, 「동행」) 그러나 혁명은 결여lack로 가득하다.

> 문이 열리는 동안의 역사가
> 문을 열고 난 후의 현재를 다 말해주지 않네 주인을 잃자 개는 저 스스로 주인이 되고
> 모서리가 하늘인 것처럼
> 날씨를 기다리는 노인이 이마를 짚고 있네
>
> 누가 왔다갔을까
>
> 　　　　　　　　　　　　　　　　　　—박성준, 「혁명」 전문

혁명의 역사가 "현재를 다 말해주지 않"는다. 혁명의 역사는 윤리와 정의의 결을 따라 흘러가지 않는다. 혁명의 문이 열리는 동안 "누가 왔다 갔"는지 알 도리가 없다. 그때의 혁명이란 슬픔에 지나지 않는다. 그 슬픔은 무엇인가. 여기서 슬픔의 이미지란 "가볍게 손아귀를 통과하는 비누 조각만큼 환한 불빛"(박성준, 「벌거숭이 기계의 사랑」)에 지나지 않는다. 그러니 시인은 "수혈을 하면서" "눈을 감"을 뿐이며, "약도 들지 않는" 그의 "동공에는 황달기가 슬픔을 구실삼아 번"질 뿐이다.(박성준, 「사냥꾼」) 슬픔이 시인의 신체를 장악한다. 그러나 신체는 시인의 것이기 이전에 이미 자본의 것이다. 자본의 압도적인 지배력이 초래하는 어떤 부재 앞에서 시인은 다만 슬퍼할 뿐이다. 신체에 기입된 슬픔은 시인 스스로를 무기력하게 만든다. 개처럼 짖을 힘도 없다. "짖지 못하는 개의 울음은 주인의 것".(박성준, 「하늘에서」) 그러니 혁명의 "꿈은 텅 비어 있을" 뿐이다.(박성준, 「백색의 단호」) 우울에 이르지 못하고, 대상의 상실을 대체할 그 무엇도 찾지 못한 상태. 시인은 슬픔의 미학에 자기 몸의 절반을 내어주고 마는 것이다.

4. '마그마'와 같은 슬픔

시인의 슬픔은 미학과 정치학 사이에 자리잡는다. 시인은 슬픔의 '감정'을 '미적 정서'로 드러내지만, 그 저류에는 강력한 정치적 정동이 존재한다. 다시 말해, 슬픔의 미학은 슬픔의 정치학과 강하게 충돌하고 교합한다. 특히 1980년대생 신진 시인들의 시세계는 슬픔이라는 미적 정서에 지배당하고 있지만, 그 이면에 슬픔의 정치학이 강력하게 작동하고 있는 것이다. 최근 젊은 시인들이 표출하는 슬픔은 정치경제학적인 사회 조건을 배면에 두고 있으며, 정치적·경제적 무기력이라는 이중의 시련을 관통하고 있다는 사실을 주목해야 한다. 이들에게 슬픔은 시의 감성학적 조건이다. '슬픔'이라는 명사와 '슬프다'라는 형용사의 빈번한 사용이 이들에게는 자연스럽다. 슬픔이 이토록 전면화한 까닭은 슬픔을 해결할 수 없었던 무기력의 지속 때문이다.

1980년대 이후 한국 사회는 사회적 투쟁과 역사적 진보의 신념이 압도적이었던 시대를 거쳐왔다. 그러나 2000년대 후반부터 민주주의의 착근에 일어나기 시작한 균열은 곧 걷잡을 수 없는 것이 되고 말았다. IMF 체제 이후 성장한 1980년대 생의 무기력한 슬픔은 '이명박근혜' 10년 정권을 관통하면서 체화된 감성적 자질이 아닐 수 없다. 분명히 개별화의 형태를 취하고 있으면서도 집단적인 이 슬픔은 단순히 개인적인 증상이 아니라 우리 사회를 지배하고 있는 정치·경제체제의 병적 증상과 무관하지 않다. 따라서 최근의 시들이 보여주고 있는 슬픔 일변도의 시적 감성은 당혹스럽지만, 그 슬픔의 이면에 놓인 정치경제학적 맥락에 보다 주목할 필요가 있는 것이다.

슬픔의 직접적 토로는 미적으로 볼 때 반근대적이다. 특히 자본주의 체제에서 슬픔은 생산성의 적이다. 그럼에도 불구하고 슬픔의 미적 소비는 슬픔이 분노의 정념으로 전화되지 않도록 하는 통증 완화책으로 기능한다. 그래서 슬픔의 이중성은 미학과 정치학의 교차점에서 발생한다. 최근 신진 시인들의 슬픔은 바로 그러한 교차점에 놓여 있다. 슬픔이, 쉽사리 연애와 결합되는 형태로 제시되는 이유일 것이다. 연애 혹은 실연이라는 보편적 감성에 슬픔을 겹쳐놓는 방식은 대중적 공감을 획득하는 효과적인 전략이다. 그러나 이들의 시에서 보이는 실연의 양상들이 자본의 결여라는 삶의 조건이 반영되고 있다는 점에서 예사롭게 읽히지는 않는다. 연애라는 근대의 보편적인 사랑 형식이 자본의 개입을 받고 있다는 감성적인 자각은 오늘날 젊은 세대들의 경제적 실존 그 자체로부터 비롯된 것이 아닌가.

그러나 슬픔이 슬픔으로 끝나버린다면, 이는 슬픔의 예속 상태와 다르지 않을 것이다. 특히 슬픔의 미학화는 슬픔을 미학의 감옥에 감금하는 기능을 지닌다. 그것은 정서의 통제 내지는 억제와 다르지 않다. 스피노자는 다음과 같이 말한 바 있다. "정서에 복종하는 인간은 자신의 권리 아래 있는 것이 아니라 운명의 권리 아래에 있으며 흔히 스스로 더 좋은 것을 보긴 하지만 더 나쁜 것을 따르도록 강제당하는 것처럼 운명의 힘 안에 있기 때문이다."(스피노자, 앞의 책, 207면) 슬픔의 미학이 슬픔의 정치학으로 포월匍越해야 하는 이유다.

다행히 최근의 정치적 상황들은 슬픔과 울음들을 광장으로 집결시키고 있다. 슬픔과 울음은 분노와 조롱의 정념으로 변화되었다. 박근혜 탄핵 이후의 시들은 어떤 변화를 보일 것인가. 용산 참사, 노무현 서거 이후의 시들은 정치적 슬픔과 무기력에서 헤어나올 수 없었다. 여기에 더하여 최근의 신진 시인들은 경제적 무기력까지 법고창신(?)하고 있다. 그들의 슬픔은 개인 실존의 감성 그 자체이며, 우리 사회를 지배하는 정치적·경제적 감성 체계와 맞닿아 있다. 그러나 이들의 시적 운명이 우리 사회의 변화와 개혁에 달려 있다고 한다면 시인이란 얼마나 하찮고 무력한 존재인가. 그러므로 스스로의 운명을 거스르는 시인이야말로 진정한 시인을 향한 자리에 놓이지 않을까. 그렇다. 우리는 그러한 시인을 보고 싶은 것이다. "들끓는 마음을 가진", '마그마'와 같은 슬픔의 시인, 괴물.

아이티에서 진흙 쿠키를 먹는 아이를 보면서 밥을 굶지 말자, 진흙 같은 마음을 구웠다. 내전이 빈번한 나라처럼 부글부글 굶는다.(…중략…) 마그마처럼 헛구역질을 하며 괴상한 소리를 내 본다. 뜨거운 다짐들이 피부를 뚫고 폭발한다. 바로 이곳에 서 있다. 들끓는 마음을 가진, 괴물.

— 서효인, 「마그마」 부분

제4장

세계의 무한과 멜랑콜리, 혹은, 시인 블랑키

안민, 『게헨나』에 관한 짧은 보고서

그러나 여기에 큰 결점이 있다. 진보가 없는 것이다. 슬프다.

—루이 오귀스트 블랑키

1. 무한과 유한 사이, 멜랑콜리

여기, 숨 막힐 듯한 전율이 가라앉아 평균율이 되어버린 시의 언어가 있다. 무한한 세계의 어둠과 적막, 혹은 막막함 속에 이미 발을 디뎌버린 언어. "공포는 나에게서 시작되었고 / 내 뿌리 끝에는 눈동자가 있었다" 로 시작하는 안민의 시집 『게헨나』(2018). 이 시집은 시적 주체인 '나'를 둘러싼 광막한 시공간 속에 존재하는 불안과 공포, 그러나 무엇보다 우울melancholy을 유장한 리듬의 언어로 그려낸다. 이 시집에서 불안과 공포의 시제는 주로 과거형이다. 그의 시적 사유는 불안과 공포로 출발했겠으나, 이제는 '우울'로 수렴되어버린 상태다. 그러니까 이 시집은 불안과 공포가 '우울'로 응결되고 난 뒤에 작성된 한 시인의 내면 풍경이다. 자신의 뿌리가 공백("구멍")임을 발견하는 순간, 우울은 찾아든다. 그렇다. 이 시집은 세계의 우울과 그 후면後面에 도사리고 있는 불안과 공포에 대한 내면의 기록이다.

> 공포는 나에게서 오고 있었다
> 그건 눈동자 뿌리에서부터였고
> 뿌리들, 시원은 구멍들이었다
>
> ─안민, 「나와 나의 분인(分人)과 겨울에 갇히던」 부분

달리 말해, 『게헨나』는 이제 사멸에 직면한 상징주의적 자아의 길게 늘어뜨려진 음영陰影이다. 서구 중세의 '유한有限'이라는 어둡고 습한 감각을 무한無限에의 의지와 열망으로 개전開展시켜 나간 것이 서구 낭만주의의 본질이고 여기에 진리의 애매성이라는 색채를 입한 것이 상징주의라면, 『게헨나』는 놀랍게도 우울을 뒤집어쓴 상징주의적 채색을 띠고 있다. 상징주의 시대 이전의 파스칼은, 이와 유사하게도, 영혼의 비참은 자기 자신을 향한 응시에서 비롯된다고 말한 바 있다. 상징주의자 발레리는 파스칼의 이러한 세계관을 경멸하였으나, 진리의 현시ephiphany에 대한 믿음이 사라진지는 이미 오래되었으므로 발레리의 경멸은 이제 과거의 유물에 지나지 않을 것이다. 『게헨나』는 무한한 세계의 진리와 인간 정신의 합일성을 추구한 상징주의와는 정반대의 길을 가면서, 텅 빈 세계에 직면한 인간의 우울을 드러내고 있는 것이다.

무한한 세계를 향한 유한한 자아의 열정과 의지는 '진리'에의 확신과

신념으로 지탱된다. 그러나 진리에의 확신과 신념을 잃어버렸을 때, 자아의 유한성은 세계의 무한 앞에서 불안과 공포의 원천이 되고 만다. 진리를 상실한 세계의 텅 빈 공간 역시 결국은 우울로 가득차게 된다. 시집 『게헨나』를 관통하고 있는 것은 세계의 공허와 주체의 우울이다. 이 우울은 벤야민이 독일비애극을 두고 말했던 '정관靜觀'의 멜랑콜리에 가깝다. 세계의 공허가 시인의 주체 내부를 관통할 때, 세계의 진리로 가득했던 주체의 환희는 일순간에 텅 비어 버린다. 시인은 텅 빈 세계를 멍한 표정으로 '정관靜觀'한다. 시인의 내면은 우울로 무겁게 일렁거린다.

그러나 무엇보다 이 시집에서 발견되는 불안과 공포, 우울의 근원이 인간의 유한성에 있다는 사실을 이해할 필요가 있다. 유한의 감각은 세계의 무한과 한짝을 이룬다. 무한의 세계에 도취된 후 개체의 유한성을 자각할 때, 우울이라는 무참한 감정이 점염漸染되어 온다. '유한 = 죽음'의 등식은 무한의 세계 속에서 불안과 공포를 느끼도록 하며, 무한한 시공간 앞에서의 무력감은 시적 주체 스스로를 '공백'으로 인식하고 지워버린다. 무한한 세계의 적막을 자신의 것으로 받아들일 때 우울이 내면을 지배하게 되는 것이다. 자기 안의 적막과 우주의 적막이 일체를 이루는 순간, 그 우울은 우주만큼 거대해지고 '사건지평선'까지 확장된다.

우울은 화이트홀까지 계속될 테지만 그곳은 천체망원경으로도 관찰된 바 없다 그러나 소멸 안쪽에서도 움찔대며 태어나는 입자들, 흘러가는 나는 사건지평선에 근접해 있다 그것은 우울한 비에 노출되었기 때문

(…중략…)

비는 무겁게 내리고 새는 음악을 작곡하고 누군가는 우주에서 가장 어두운 섹스를 꿈꾸고

네 혈액형이 내 눈동자에 번진다 사건지평선에 도달할 시간은 어제 내린 비와 내일 내릴 비만큼의 거리

— 안민, 「사건지평선까지의 거리」 부분

이 시는 우주의 적막을 대면한 자의 내면을 암시한다. 우주의 적막이란 기실 주체의 내면적 실재와 다르지 않다. 우주의 적막이라는 사태처럼, 주체 역시 '적막' 한덩이에 지나지 않는다. "공포는 나에게서 오고 있었다 / 그건 눈동자 뿌리에서부터였고 / 뿌리들, 시원은 구멍들이었다" (「나와 나의 분인分人과 겨울에 갇히던」) 공포를 생산하던 주체의 기원이 바로 공백("구멍")이라는 사유는 우주의 적막 속에서 건져진다. '주체 = 구멍'이라는 인식은 우주의 광활한 적막과 겹치면서 우울의 정조를 지속적으로 생산한다. 우주의 적막이 무한히 확장될수록 주체의 공허는 더욱 커지게 되며 그것이 내적으로 유폐될 때 우울이 되고 말 것이다. 시인의 사유 깊숙이 스민 우울은 "다시 그와 같은 기압이 흐르는 밤이다 아홉 개의 구멍에서 아홉 개의 침묵이 흘러나온다"(「제례의 구간」)는 문장에서 충분히 짐작할 수 있다. 그 침묵은 인간의 아홉 구멍에서 흘러내리는 '시즙屍汁'과 다르지 않다. 우주의 적막 속에서 시인은 존재의 죽음을 목도하고 있으며, 그럴수록 그의 언어는 천상에서 낮은 음조로 흘러내린다.

최근이든 예전이든 흔치 않은 시집인 것은 분명하다. 우울한 정조를 발산하는 유장한 리듬의 문체까지. 이 시집이 주는 다소간의 충격을 어떻게 표현할까? 시인의 표현을 빌려 말하자면, 세계의 "자궁 안에 가득"한

"아직 태어나지 못한 텍스트"(「시안」)의 출현이라고 해야 할지도 모르겠다.

2. 게헨나, 성좌의 파국

안민이 시인일 수밖에 없는 것은 우주의 적막 앞에서 지속적으로 쓸 수밖에 없다는 사실에 있다. "500년 전 즈음이면서 500년 후 즈음이면 좋을 것 같은 밤, 나는 끊임없이 적는다 나에 대하여 그리고 그대의 여행에 대하여"(「비어秘語 혹은 비어悲語」) 이 문장에서 우리가 확인할 수 있는 바는 시인에게 시공간적 좌표가 큰 의미를 지니지 않는다는 사실이다. 일정한 공간의 좌표를 떠나 우주를 부유하는 그에게는 시간의 좌표마저 무의미해 보인다. 좌표의 상실은 그를 둘러싼 현실의 기호체계, 또는 의미체계의 상실을 암시한다. 그의 시가 현실의 구체성을 자주 뛰어넘는 이유이다. 그는 "몸이 없"는 "위험한 영혼"(「유리 고양이」)이며, 현실의 시공간적 좌표를 벗어나 글쓰기 행위를 끊임없이 반복한다. 글쓰기 행위는 주체의 구멍과 우주의 적막을 그 나름의 몸짓으로 채우고자 하는 시인의 생래적인 욕망이다. 그러나 그는 다시 깨닫고야 만다.

내가 자주 허공을 올려다보는 것은 어두운 하늘이 흐르고 있기 때문이 아니라 버림받은 짐승은 천천히 죽어야 하고 그곳이 무덤이라는 것을 잘 알기 때문이다.

— 안민, 「실조」 부분

허공이 무덤이라는 인식은 지상의 죽음을 껴안은 결과다. 물론 지상의 죽음이 오롯이 천상의 별이 되어 성좌를 이루기를 소망했던 시절이 있었으리라. 그는 이렇게 진술한 바 있다. "그대는 밤을 깊숙하게 짚어보며 자신의 별자리로 떠나본 적 있는가?"(「천칭좌」) 별자리, 즉 성좌 constellation는 천상의 진리가 머무는 자리이자 더할 수 없이 숭고한 이념들의 원천이다. 발터 벤야민은 일찍이 "이념들은 영원한 성좌들"이라고 말한 바 있으며, 성좌로부터 천상의 숭고한 삶의 진리를 수혈받고자 했다. 안민 시인이 운명적으로 천상에 저당잡힌 것 역시 성좌의 찬란한 이념들에 매료되었기 때문이다. 시인은 성좌를 여전히 그리워한다. "내 문장이 길게 풀어지는 것은 어느 날 문득 내 별자리가 한없이 그리워질지도 모를 일이기 때문이다"(「천칭좌」) 자아의 무한한 확장을 통해 성좌에 이를 수 있으리라는 믿음은 낭만주의적 환상이다. "비가 자주 내렸다. 비는 나를 끊임없이 분해했다."(「실조」) 성좌를 향한 열망이 열렬할수록 열망이 '분해'된 자리에는 '멜랑콜리'의 텅 빈 표정이 머문다.

성좌를 향한 열망의 파국은 '비애'를 양산한다. 시인의 다른 표현을 빌리면, 한줌 "모래 알갱이 틈으로" "빠져나오"는 "오래전 사체 향기"(「한 마리 사막」)와 같다. "불멸을 위해서가 아니라 시체를 위하여 인물들은 몰락한다"는, 독일비애극을 향한 벤야민의 말 그대로다. 그리하여, 시인이 결국 되돌아오는 자리는 지상의 '게헨나(지옥)'다. "말보다 울음을 먼저 배"우며, 태어나면서부터 "생에서의 가장 큰 실패"를 치르는 곳.(「어제」) 지상이 훼손된 순간부터, 천상은 더욱 찬란하게 빛난다. 그러나 시인은 지금 천상 아래의 '게헨나'에 머문다. '게헨나'에서 바라보는 성좌는 어떤 형상인가. 그것은 지상의 '게헨나'가 되비친 파국의 성좌가 아닐 수 없다.

예컨대, 안민의 탁월한 시 「천칭좌」는 성좌 아래 불안하게 떨면서 뒤척이는 시인의 가계家系를 주술적 비애미로 형상화한다. 이 시의 언어는 "적도 부근"의 "어둠"을 지닌다. 강렬한 햇빛이 화인火印처럼 남은 자리의 어둠을 말이다. 그 어둠의 언어는 우울의 언어다. 그리하여 이 시의 주체가 일찍이 "습득한 것은 울음"이다. 이 울음의 세계는, 성좌의 구약舊約은 할머니의 것이고 신약新約은 애초부터 "나의 문명"이 아닌 세계다. 그리하여, "때가 오면 팽팽한 균형 위에 내 흐린 영혼을 싣고 본향을 향해 이륙할 거라는 게 나의 신앙"인 세계. "진창의 날들 안에서 날개를 접고 있으면 헛배가 부풀던 별자리…"의 세계. 허기와 결핍, 죽음만이 나뒹굴고, 종래에는 밤이 '허공'으로 보이고 마는 세계. 그곳에 아버지의 형상이 음각되어 있다.

문을 닫아도 영하의 산기슭,
그 무렵까지 지구별 주민증을 열한 번 옮겼다 아버지와 어머니는 노동판에서 얼었다 녹기를 반복했지만, 별자리 계산은 세계(世界) 밖의 일이었다
밤에 아버지 곁에 누우면 죽은 식물 냄새가 흘렀고

(…중략…)

아버지는 자주 집을 비웠는데
어느 밤, 예고 없이 흐린 주소로 이적했다 아버지의 눈을 감기기 전,

마지막 바라본 눈동자엔 별자리가 실종되고 없었다 좀 더 일찍 알았어야
했지만 그림자의 손가락은 길었고

— 안민, 「천칭좌―Zubenelgenubi」 부분

인용시는, 이 시집에서 매우 드물게도, 개인적 서사의 한 단락을 선명
하게 노출한다. 이 서사는 물론 유년의 것이다. 유년은 성좌의 순수성이
짧은 시간이나마 온전했던 시간이며, 그 순수성이 훼손되는 최초의 시간
이다. 그 시간에는 현실적인 가난과 이주, 매우 고단한 삶을 사는 "아버
지와 어머니"의 노동이 각인되어 있다. 그럼에도 불구하고 "별자리 계산
은 세계世界 밖의 일"이라는, 마침내, 성좌가 이 세계에서 사라지는, 아니,
성좌로부터 시인이 추방당하는 최초의 경험이 상처로 남아 있는 시간이
다. 그 시간 속에서 죽음을 맞이한("예고없이 흐린 주소로 이적한") "아버지
의 눈동자엔 별자리가 실종되고 없었"던 것이다.

성좌의 실종은 세계관적 상처가 된다. 더 이상 성좌는 존재하지 않으
며, 성좌가 존재하리라 믿었던 유년의 환상마저 처참히 깨어진다. 성좌
는 삶의 현실과 무관한 가상Schein에 지나지 않는다. 가상의 성좌 아래 지
상 세계는 "문을 닫아도 영하의 산기슭"인 삶의 비루한 "진창"이다. 시인
은 저 삶의 기슭에서 이미 '뼈의 시림'을 맛보았으며, 그 뼈의 기원을 탐
색한 바 있었다. "문득, 뼈가 시려오면 / 내 뼈의 아득한 시원을 찾아 / 눈
과 바람의 길을 걸어 수백 년을 거슬러 올라간다."(「뼈의 기원」) 그 기원은
경제적 불평등을 환기하는 빈곤의 오랜 현실과 무관하지 않다. "아버지
는 신발공장 공원에서 출발하여 / 생의 마지막 즈음 공사판 반장직에 올
랐는데 / 젊은 나이에 병으로 졸卒하셨다"(「뼈의 기원」)로 정리되는 아버

지의 생애는 지금도 시인의 별자리 '천칭좌'로 추락하는 중이다. '천칭좌'는 성좌가 아닌 '게헨나'였던 것이다. 이처럼 시인은 성좌의 빛과 지상의 어둠이 교합하는 세계의 내밀한 주름을 펼쳐보인다.

3. 안녕, 시인 블랑키!

『게헨나』의 시적 상상력은 거대한 스케일을 지닌다. 문화인류학적 사유와 천체물리학적 상상력의 결합. '갠지스'와 '시안'을 경유하는 등 "내 뼈의 기원"(「뼈의 기원」)을 포괄하는 인류학적 시원뿐만 아니라, '사건지평선'이라는 우주의 무한한 경계선까지 소환한다. 유한한 주체는 무한한 세계를 향해 그 자신의 리비도를 최대한 투여한다. 무한한 세계를 향한 천착은 일종의 '자아의 확장'이지만, 역설적이게도 무한에의 천착에 몰입할수록 그 자리에는 주체의 유한성이라는 짙은 그림자가 머문다. '자아의 확장'은 자신의 죽음(공백)에 저당잡히는 것으로 귀결되고 만다. 그리고 놀랍게도 그 죽음의 자리에 우주의 무한한 시공간이 펼쳐지는 시적 장관의 예는 일찍이 없었다. 이 시집을 통해서 우리는 인간의 유한성에 처단된 내면이 우주의 무한한 시공간과 교합하는 시의 세계를 만나게 되는 것이다.

그리고 이때 그의 시적 우주를 가득 채우고 있는 것은 "에테르, 너울거리며 밀려오는 에테르"(「피아노」), 즉 '우울'이라는 에테르^ether다. 우울은 세계의 무한 앞에서 유한한 인간이 일으키는 존재론적 파열음이다.

깊고 거대한 공백이 시인의 내면에 가득 삽입해 들어올 때의 마찰 감각이 우울의 통증이다. 이 우울한 세계를 시인은 '게헨나'라고 부른다. 게헨나. 자녀를 불에 태워 희생제물로 바치는 인신 제사가 성행한 유대의 지명. 유대 묵시黙示문학에서는 우상 숭배라는 죄악의 역한 냄새가 나는 이곳을 '지옥'으로 간주했다. 시인에게 이 세계는 게헨나, 즉 지옥이다. 지옥이 이 세계 너머에 있는 것이 아니라 바로 이 세계가 지옥이라는 절망적인 세계관, 게다가 성좌가 존재했던 천상은 텅 비어 버린 '구멍'에 지나지 않는다는 인식이 바로 이 시집의 제목 '게헨나'에 반영되어 있다.

풍 맞은 아버지에겐 방문 밖이었고 나에겐 방문 안이었다

(…중략…)

권 반장이 윤 반장 아내와 야반도주를 났다. 권 반장은 허리 아래에 지옥 한 개를 더 건축한 것이고 윤 반장은 머리에다 지옥의 도면을 옮겨 놓은 셈이다. 권 반장 아내는 농약을 마셨지만 죽지 않았다. 그녀는 오늘도 생지옥을 허우적거릴 것이다. 혹 지옥탈출에 성공했더라도 그녀는 믿음의 딸이므로 자살 = 지옥의 등식에 의해 그 결과 값은 같게 된다.

—안민, 「게헨나—한 지옥에서 다른 지옥으로 건너는 게 죽음일 거라고 오늘 밤 기록한다」 부분

이 시는 천상의 성좌 아래 일어나는 지상 세계의 타락상을 드러낸다. 지상은 불륜의 야반도주와 같은 불순함으로 가득하다. 지옥이다. "허리 아래"의 욕정도 지옥이고, 그 욕정의 영향권에 들어있는 삶들도 모두 지

옥이다. 지옥을 탈출하는 유일한 방법이 자살이지만, "자살 = 지옥"이라는 종교적 믿음으로 인해, 자살을 하더라도 여전히 지옥에 머물 수밖에 없다. 특이한 것은 한때나마 게헨나(지옥)의 공간이 다르게 인식된다는 사실이다. "풍맞은 아버지에겐 방문 밖"이고, "나에겐 방문 안". '나'에게 이 세계가 지옥이기 시작했던 순간을 암시한다. 그렇다면, 지옥이 아니었던 순간들도 존재했으리라. 이를테면, 벤야민의 '순수언어' 따위를 꿈꾸었던 순간들. "지금, 내가 전하고자 하는 말은 누구도 모르는 비밀이며 / 아무라비족의 벽화 같은 것이며 / 유통기한은 물론 공소시효나 소멸시효 따위도 존재치 않는 / 예수와 붓다의 경전보다 더 숭고한 진실의 언어이다".(「최초의 정의」) 그러나 시인은 이제 성좌의 몰락과 더불어 '순수언어'가 더이상 존재하지 않음을 알고 있다. 시인은 "별빛을 해독한 누군가의 기도, / ─거룩한 신이여, 거부합니다 오염된 성령의 세례"(「낯선 유전자 Pool로」부분)라고 이미 말하지 않았던가. 성좌의 찬란한 빛은 "오염된 성령의 세례"와도 같은 것. 그리하여, 천상은 지상의 세계로 전락하고 만다.

> 몸속으로 비가 샌다 어떠한 절망도 중력보다 무겁다 저 너머의 별에선 왕비와 병사가 참수당하는 게 보인다 불륜을 목격한 나무의 목에 걸리는 밧줄, 중력에 동의한 그들,
>
> ─ 안민, 「사건지평선까지의 거리」 부분

인용 부분은 천상의 세계에도 인간의 비참이 존재한다는 사실을 보여준다. "저 너머의 별에선 왕비와 병사가 참수당하는 게 보인다"는 것. 천상에는 '하나'의 우주만 존재하지 않는다. 천상에는 수많은 우주가 존재하

며, 수많은 인류가 그 속에서 살아'간다. 그리고 수많은 수의 우주에는 수많은 '나'들이 존재한다. 일찍이 기원전 300년경 에피쿠로스가 말했듯이, "무한히 많은 세계들이 있으며, 그 가운데는 우리의 것과 비슷한 것도, 전혀 딴판인 것도 있다". 이러한 상상력은 니체의 '영겁회귀'에서도, 끈이론string theory에 기반한 다중우주론에서도 얼마든지 볼 수 있다. 시인은 천상의 세계로부터 비참한 세계의 재현을 읽어낸다. 성좌는 더이상 순수하지 않으며, 지상의 비참이 재현·반복되는 공간일 뿐이다. 성좌로부터의 순수한 지위 박탈. 여기서 우리는 19세기의 블랑키Louis Auguste Blanqui(1805~1881)를 떠올리지 않을 수 없다. 인생의 절반에 가까운 33년을 감옥에서 보내야 했던 프랑스 혁명가 블랑키, 그가 1872년에 발표한 옥중 논문은 혁명의 열정과 좌절로 점철된 그의 사유가 가닿은 절망의 한 극점이다.

> 우리와 똑닮은 사람들은 시간과 공간 속에 무수히 존재한다. 양심상이보다 더 많은 것을 요구할 수는 없을 것이다. 이들 분신들도 살과 뼈가있으며, 바지나 외투 또는 크리놀린 스커트를 입고 머리를 묶어 올리고있다. 이들은 결코 유령이 아니다. 영원화된 현재인 것이다. 그러나 여기에 큰 결점이 있다. 진보가 없는 것이다. 슬프다. 단지 저속한 재현과 반복뿐.
>
> — 블랑키, 「천체에 의한 영원」

19세기의 블랑키는 무한의 절망을 사유하고 있다. 성좌의 찬란한 반짝임이 아니라, "단지 저속한 재현과 반복뿐"인 천상의 세계를. 블랑키의 절망은 무한한 수의 우주 안에서, 다시, 무한하게 반복될 것이다. 텅 빈 성좌의 세계, 진리가 사라지고 없는 세계, 그리하여 진보가 존재하지 않는 세계. 시인 역시 그 세계를 "표정없이"(「사막의 풍경」) 운행하면서 "슬픔을 판각"(「눈 없는 얼굴」)한다. 그리고 소멸의 운명을 피할 수 없을 것인데, "나의 소멸은 이미 천 년 전에 예비된 것"(「실조」)이기 때문이다. 이 소멸조차 무수한 반복일 뿐이므로, 시인의 시쓰기는 헛된 것인가, 아닌가. 그 우울의 경계 위에서 시인은 여전히 쓰고 있을 뿐이다. "가까운 허공에서 하얗게 바랜 별이 흘러가듯", 혁명과 반혁명 사이를, '시'와 '묵음' 사이를, 기록인지 아닌지도 모르면서. 그러나 오랜 세월 후 시인으로 환생한 블랑키여, 백야처럼 환한 밤일지라도 성좌의 무덤 아래에서는 어쩔 도리가 없지 않겠는가!

내일 밤도 내 눈은 백야일 것이다 그러므로 당신이 보낸 수집품을 서역 어느 별자리로 띄워 보낼 설계를 한다 흐린 나비로 환생할 수도 있겠지만 나는 어차피 임시로 만들어진 일회용 시안(試案)이고 내 무덤은 허공에 흘러야겠기에

이젠 고하고 싶다
묵음을,
시(詩). 안. 밖.
시(詩) 없는 묵음을, 묵음뿐인 시(詩)를

가까운 허공에서 하얗게 바랜 별이 흘러간다
나를 기록하면서

혹은 기록하지 않으면서

— 안민, 「시안」 부분

훈육과 통제의 풍경

조혜은, 「3층 B동」

연구소는 3층입니다

문을 열면 여자들은 아이처럼 쏟아지고

1층 수선집

노란 간판에 하얀 글씨, 빨간 테두리로 말해요

노트 위에는 어제로 시작되는 패턴
선반 위, 실타래에 감겨 먼지 쌓인 아이들

문을 열면 여자들은 아이처럼 울고

그 애는 몇 가지 발음들을 잃어버렸어요. 삼킬 수 없는 모서리도 있고요. 나를 따라 그리고 오려 아이의 혀 밑에 넣어주세요. 난쟁이에 절름발이, 언청이 수선사 아저씨가 박아 넣은 스티치처럼. 다시는 감을 수 없는 귀처럼

소화될 수 없을 만큼 긴 천을 길러낼 거예요. 손톱 밑을 바늘 실로 꿰매며, 여자들은

평면 위에 누워 직각으로 말해요

아동 수선, 어머니 리폼, 토탈 의류 치료업체. 연구소는 3층입니다

지하 1층 옥인 인쇄사

내 이름은 CN IX
몇 가지 기호로만 발음되고 싶죠
36개의 작품번호를 가진 피아노 독주처럼 무책임하게, 외로워지고 싶죠
고양이들처럼 간단히 도둑이 되어 버릴 수 없었던 건
몇 가지 단어들을 존중했기 때문이에요
자폐, 아동, 교육, 인지, 사회, 언어
발달하는 스티커 같은 것들

소장님, 아이들의 얼굴에서 눈이 점점 작아지고 있어요. 복사해서 가

슴에도 발등에도 붙여주었지만, 길을 잃어요. 눈 속으로 두 발을 버린 발이 딸려오고. 선생, 압정으로 발을 고정시키면 어떨까? 그가 잠음 가득한 얼굴 깨어진 카메라 렌즈로 말할 때, 속이 상했지. 박스에 한 달을 눌려 있던 모형 사과처럼

아이들의 세상에 가보고 싶죠. 결코 마주치지 않는 그 애들의 두 눈과 함께. 실종되어 버린 반대편으로

고급 아동 인쇄, 고속 교사 당일 제본. 연구소는 3층입니다

2층 多人 미장

자라는 것들이 나를 힘들게 해요
우리를 숨차게 하는 건, 뜻도 모르고 길어져 가는 뼈들이에요
점선처럼 사라질 수 없었던 건
몇 가지 지시어를 존중했기 때문이죠
기다려, 앉아, 일어서, 주세요
아름다운 감정을 표현하는 가위 같은 것들

전야제뿐이죠. 머리를 올린 엄마가 딱딱한 의자 위에 앉아, 파티는 언제 시작되죠? 얼굴과 몸을 묻고. 다른 많은 아이들은 그렇지 않잖아요. 울고 또 울면. 선생님들은 엄마의 머리 위에 내일로 시작하는 새로운 스타일을 올려주지만

운동회 때 체육복 안 입으면 어떻게 돼요? 한 아이가 지나가고
선생님 지하철 2호선 타 봤어? 또 한 아이가 지나가고

우리에겐 반복되는 전야제뿐이죠

운동회 때 체육복 안 입으면 어떻게 돼요? 오후 3시가 지나가고
선생님 지하철 2호선 타 봤어? 오후 4시도 지나가고

문을 열면 아이들은 청결한 쌍꺼풀 속에 내일을 숨기고, 숨을 고르고

판매되지 않을 만큼 아름다운 감정들을 쇼핑백 속에 담아 훔쳐내고
싶었지만
고양이들처럼 간단히 도둑이 되어버릴 수 없었던 건,
나에게 잘려지지 않는 장애가 있기 때문이에요

아이에게 매일 다른 표정, 자연스러운 스타일을 선물하세요. 연구소
는 3층입니다

3층 B동

많은 날 동안 나는 무기력하고 무능력한 스피커였다

아이와 블록을 놓을 때, 빨간색, 노란색, 빨간색. 파란색 블록은 없나

요? 다시. 빨간색, 노란색, 빨간색

아이와 계단을 걸을 때, 하나, 둘, 셋. 계단에 그어진 줄을 따라서 걸을래요. 아니야. 하나, 둘, 셋

마음만 먹으면 접을 수 있는 종이 같은 건 다시 되고 싶지 않아요

하지만

네가 만든 규칙에 네 발이 걸려 넘어진다는 것을 잊지 마라, 얘야

자폐아동 치료 연구소는 3층입니다. 창문에 붙어선 아이들은 손을 떨며 맞은편 증권사 유리 위에 자신을 찍고

연구소는 어디입니까?

돌아오지 않았어요

오전 10시 그리고 오후 5시

실종된 아이들이 있는 세상에 가보고 싶죠

— 조혜은, 「3층 B동」 전문

최근 신진 시인들의 경우, 시적 의미가 잘 파악되지 않는 경우가 많다. 기존의 시들이 발신자, 수신자, 맥락(지시적 의미), 메시지(텍스트) 중 적어도 한 가지 요소가 명쾌하게 제시됨으로써 시에의 접근이 비교적 쉬웠던 반면에 최근 젊은 시인들의 시는 어느 한 가지도 명쾌하게 제시하지 않고 있기 때문이다. 발신자와 수신자도 분명하지 않으며, 맥락을 따라잡기란 더욱 힘들며, 텍스트 역시 파편화되어 있어서 최근 일부 젊은 시인

들의 시적 경향은 매우 난해하다. 시의 난해성이 비판의 대상이 되는 것은 아니다. 오히려 난해성은 시인에게 더욱 치열한 미적 자의식을 요구하기 때문에, 새로운 시세계를 생산해내는 동력이 될 수 있다. 그러나 의미의 맥락으로 수렴되지 않는 언어들을 어떻게 처리해야할까.

조혜은의 「3층 B동」은 일종의 수수께끼 같은 시이다. 시인이 그려내는 풍경은 한 건물의 내부에 관한 것이다. 건물은 '1층 수선집', '지하 1층 옥인 인쇄사', '2층 다인多人 미장', '3층 B동' 순서대로 진술된다. 그러나 그 의미를 따라가기가 쉽지 않다. 의미를 구성하고자 하는 독자의 욕망은 뚜렷한 좌절감을 다시 한 번 새기게 된다. 세계의 분절, 파편화, 그리고 허무는 이 시를 읽어내는 중요한 잣대가 된다. '3층 B동'이라는 시제詩題가 암시하듯이 시적 공간은 매우 건조하고 차갑다. 더구나 '연구소는 3층입니다'의 첫 행에 제시된 '연구소'는 이 세계에 적응하지 못하는 인간을 해부하는 권력기관을 암시한다.

1층 수선집의 풍경은 충격적이다. "노란 간판에 하얀 글씨, 빨간 테두리로 말해요"처럼 현실감을 상쇄하는 감각적 이미지를 던져놓고 난 직후 제시되는 것은 "선반 위, 실타래에 감겨 먼지 쌓인 아이들"의 모습이다. 수선집에서는 무슨 일이 벌어지고 있는 걸까. "문을 열면 여자들은 아이처럼 울고", "난쟁이에 절름발이, 언청이 수선사 아저씨"는 아이들과 어머니를 수선하고 리폼reform하는 것이다. 수선사의 것으로 보이는 노트에는 "어제로 시작되는 패턴"만이 적혀 있을 뿐이다. 좀처럼 벗어날 수 없는 이 상황은 수선, 리폼, 치료라는 명목으로 자행되고 있다. 짐작하겠지만, 1층 수선집은 근대의 훈육체계를 드러내는 일종의 알레고리로 기능한다. 훈육과 통제, 그리고 억압기제의 내면화(일종의 생체권력의 작동)를 환기시키지만, 이 시가 보여주는 재봉틀에서 자행되는 "아동수선"과 "어머니 리폼"은 근대체계의 실재를 끔찍한 이미지를 통해 드러낸다. 인간이라는 존재는 근대체계에 정확히 들어맞는 맞춤수선의 과정을 거쳐야 하는 것이다. 맞춤이 되지 못할 때 이들은 폐기처분될 수밖에 없다

지하 1층 옥인 인쇄사로 넘어가보자. 여기서는 아이들의 눈을 복사한다. "아이들의 얼굴에서 눈이 점점 작아지고 있어요. 복사해서 가슴에도 발등에도 붙여주었지만, 길을 잃어요." 훈육되지 않는 아이들의 신체를 통제하는 방식은 눈을 복사해서 붙여주거나 아이들의 발을 압정으로 고정시키는 것이다. 고급 아동 인쇄, 고속 복사 당일 제본의 인쇄사 역시 아이들을 훈육하고 통제하는 기관이다. 그러나 시인은 이런 상황에서 충동 drive을 경험한다. 충동은 시인의 자의식에서 비롯된다. "아이들의 세상에 가보고 싶죠. 결코 마주치지 않는 그 애들의 두 눈과 함께. 실종되어 버린 반대편으로". 이 세계의 반대편에는 이 현실에서 마주칠 수 없는 아이들의 '가짜'가 아닌 '진짜' 눈이 있으며, 수선되고 복사되기 이전의 아이들이 존재한다. 따라서 갈 수 없는 반대편 아이들 세상을 향한 충동이 이 시의 중심을 관통한다고 할 수 있다.

2층으로 올라간다. 다인多人 미장. 자란다는 것은 훈육 당한다는 의미이다. 따라서 "자라는 것들이 나를 힘들게 해요"라는 말은 충분히 음미할 만하다. 주체적일 수 없는, 타율적인 발달과 성장은 "뜻도 모르고 길어져 가는 뼈들"의 이미지로 대체된다. 뜻도 모르고 자라나는 뼈들은 "기다려, 앉아, 일어서, 주세요"와 같은 말에 '아름답게' 복종한다. 삶의 주체적 의미를 상실한 상황을 망각할 수 있는 유일한 축제는 전야제이고 파티이다. 울고 또 울면, "내일로 시작하는 새로운 스타일"의 머리를 제공한다. 전

야제, 파티는 현실을 지우는 일종의 스펙터클이다. "우리에겐 반복되는 전야제뿐"이다. 그러고 보면 미장美裝은 신체의 스펙터클이다. "아이들은 청결한 쌍꺼풀 속에 내일을 숨"기고, 다인多人 미장은 "아이에게 매일 다른 표정, 자연스러운 스타일을 선물하세요"라고 채근한다.

　시인은 우리의 삶의 양식이 수선과 미장이라는 훈육을 통해 형성된 것임을 말하고 있다. 게다가 명징한 언어가 아닌 파편적이고 분절적인 언어의 사용은 훈육과 통제를 극복하고자 하는 시적 고투를 우회적으로 드러낸다. 1층 수선집, 지하 1층 옥인 인쇄사, 2층 다인多人 미장을 거쳐 오면서 '나'는 줄곧 3층의 연구소를 의식한다. "연구소는 3층입니다"의 반복. 훈육을 벗어나고자 하는 아이들은 말한다. "마음만 먹으면 접을 수 있는 종이 같은 건 되고 싶지 않아요". 이 아이들은 제대로 '수선'되고 '복사'되고 '미장美裝'된 아이들이 아닌 것이다. 이 아이들은 자폐아동이다. 3층 연구소는 이러한 자폐아동을 위한 치료 연구소이다.

　시인은 이 자폐아동에게 연민의 시선을 보낸다. "네가 만든 규칙에 네 발이 걸려 넘어진다는 것을 잊지 마라, 애야" 이 세계로부터의 탈주는 애초부터 불가능한 것일까. 시인은 탈주하는 순간 자폐의 길을 걸어갈 수밖에 없음을 전언한다. 그렇다면 세계의 평균율 위에서 가볍게 춤추고 호흡하는 것만이 유일한 아름다움의 길이겠다. 하지만 시인은 다시 말한다. "실종된 아이들이 있는 세상에 가보고 싶죠". 아이들의 세상은 과연 존재할까. 그것은 존재하지 않는다. 하지만 꿈꿀 수는 있다. 그 꿈의 의지가 준열하게 작동할 때, 그 꿈은 일종의 '부재원인absent cause'으로까지 의식될 수 있다. 그러나 '나'는 "무기력하고 무능력한 스피커"에 지나지 않으며, 어제와 같은 삶의 패턴을 벗어날 수 없으리라.

제
2
부

성좌와 우울의 이중인화

제1장

성좌와 우울

김형술, 『타르초, 타르초』에 관한 긴 보고서

나는 쓴다. 한 번도 존재하지 않았던, 전혀 새로운 말들이 태어날 때까지.

— 김형술, 「나는, 쓴다」 부분

1. 모던, 마법과 지옥

모던한 의미에서 문학의 기원은 언어와 사물의 분열 속에서 시작된다. 언어의 자의식에 의해서 탄생한 문학은 동시에 자기 고유의 의미를 스스로 증명해야 하는 운명을 지니게 된 것이다. 사물로부터 떨어져 나온 언어의 자율적 공간. 이 공간의 점유는 시인의 존재 증명이 오직 시인 스스로에게 달려 있다는 것을 의미한다. 그리고 시인은 언어를 통해 세계에 접근하면서도 언어와 세계의 균열을 자각하는 분열증을 앓아야만 했다. 이 분열의 치유를 위해 신비주의적 언어관이 구상되기도 했으나, 언어와 신성이 맞닿는 순간의 실현은 언제나 실패로 귀결되었음은 주지의 사실이다. 그럼에도 불구하고 "시는 존재의 여러 측면들의 신비로운 의미에 대한, 본질적인 리듬으로 환원된 인간의 언어를 통한 표현"(스테판 말라르메)이라거나 "모든 언어는 언어 그 자체를 전달한다"(발터 벤야민)는 주장에서 알 수 있듯이, 언어 신비주의는 열정과 매혹의 대상이었다.

역으로 생각하면 언어 신비주의는 그 이면에 작동하는 언어 회의주의의 증상에 불과하다. 마법의 언어는 닿을 수 없는 천상의 성좌constellation에 지나지 않으며, 우리는 마법을 지닌 언어의 도래가 쉽지 않은 현실에 직면한다. 결국 언어 자체가 곧 정신적 본질이라는 믿음 따위는 언어 회의주의 앞에서 파국을 면치 못한다. 따라서 시인이 마주한 현실은 '말의 지옥'이다. 인간의 언어는 세계의 본질을 드러낼 수 없으며, 항용 버림받은 언어로서 시인의 내면 속에 거주하게 된다. 시인의 언어는 세계와 사물로부터 버림받은 채 언어 스스로의 성채를 쌓을 뿐이며, 시인의 시는 우울한 열정으로 조직된 언어 구성체에 지나지 않는다. "언어는 그 언어에 상응하는 정신적 본질을 전달"하며, "이 정신적 본질이 언어 '속에서' 전달되는 것이지 언어를 '통해서' 전달되는 것이 아니라는 것을 아는 것이 핵심"이라는 벤야민의 확신은 과연 현실적 효력이 있는 것인가.

그런 점에서 근래의 시는 어느 정도 자기해체적이거나 자기파괴적이다. 시의 해체와 파괴는 언어의 강력한 자기지시적 시선 아래에서 수행된다. 그 시선은 간단히 말해 언어 스스로에 대한 불신 자체다. 김형술의 시 역시 언어에 대한 불신을 지니고 있음은 놀라운 일이 아니다. 언어와 사물의 경계 지점에 서 있는 그는 사물의 세계에 발을 디디려 하는 순간 항상 언어의 세계로 눈을 돌려왔으며, 이와 더불어 '말의 지옥'이 그의 뒤를 따라오곤 했던 것이다. 언어와의 불화는 이미 첫 시집 『의자와 이야기하는 남자』(1995)부터 시작되고 있다. "거리마다 말의 주검들이 걸려 있다 / 썩어가는 악취를 숨긴 채"(「말 사육법 · 5 – 죽은 말들의 사회」). 『무기와 악기』(2011)에서는 어떤가. "허공에 주렁주렁 말들이 매달린다 / 버스 뒷좌석 함부로 태어난 / 말들은 아무 곳으로나 달려가 / 앉는다 눕는다 죽는다"(「말의 지옥」). 언어 회의주의는 그의 시세계를 관통하는 핵심적 사유이면서 인간 주체의 내밀한 형질을 드러내는 시적 증상이다.

김형술의 시는 언어에 대한 자의식으로 가득 차 있다. 그 자의식의 특이성이란 주체와 언어 사이에 내재된 어떤 불쾌한 통증의 감각에 있다. 달리 말해 그의 시는 언어의 통증에 대한 사유라고 할 수 있다. 이것은 매우 중요한 자질인데, 통증에의 사유란 곧 언어와의 화해를 거부하는 것이기 때문이다. 그래서 언어와 시인 사이에는 기묘한 관계가 형성된다. 서로를 소외시키거나 서로에게 소외되어 있는 관계 말이다. 사실 그 둘은 한 몸이라서 그만큼 자기분열적이다. 시인은 스스로를 '언어'(말)의 존재로 규정하고 있는데, 하이데거의 언어관과는 전혀 다르게 자신의 언어를 '지옥'으로 간주한다. 김형술의 시는 특이하게도 그러한 인식의 통증 그 자체다. 인식의 통증은 모더니티의 중요한 증상이다. 그렇다면, 그의 시는 '모던'의 한가운데서 '모던'의 지옥을 견뎌내는 사유의 흔적이 아닌가.

2. 언어, 통증과 불화

라캉에 따르면 주체는 시니피앙의 연쇄 효과다. 달리 말해 주체는 언어와 한몸인 것이다. 그렇다면 언어 이전의 주체는 불가능한 것인가. 현대언어철학이 해결해야 할 부분이 바로 그 지점일 텐데, 분명한 것은 언어의 질서와 사물의 질서는 다르다는 사실이다. 아마도 역설이 그러한 흔적일 터. 익히 들어왔던 제논의 역설이나 러셀의 역설은 언어로 구축된 세계가 드러내는 파열의 한 지점이다. 역설의 원인은 아무도 언어로 설명하지 못한다. 그것이 곧 언어의 한계이기 때문이다. 언어의 한계를 언어로 설명하려는 시도는 '언어'의 한계에서 비롯된 파열의 강도를 더욱 증폭시킬 뿐이다. 사물과 언어의 불일치라는 명료한 사태 앞에서 시인은 언어의 한계를 넘고자 하는 충동을 지닌다. 그러한 충동을 지니는 순간 언어의 세계는 지옥이 된다. 언어에 대한 불신은 줄곧 시인의 언어를 간섭하고 언어에 대한 자의식을 고조시키는 동시에 세계와의 단절을 초래하기 때문이다.

> 나는 중얼거린다. 할말이 없어서. 나는 중얼중얼 얼버무린다. 할말이 너무 많아서. 내 중얼거림에 일제히 침묵하는 낡은 의자, 그림자, 벽에 걸린 그림들. 대답하지 않는다. 대답하지 못한다. 이불을 뒤집어쓰고 잠을 청한다. 잠에서 깨어나면 이 중얼거림은 침묵이 되어있을까.
>
> ─김형술, 「나는, 쓴다」 부분

쓰는 행위의 궁극적 지향은 알 수 없을지라도, 쓰는 행위가 주체의 지속력을 강화한다는 사실만큼은 체험적으로 알 수 있다. '시니피앙의 연쇄' 강화는 주체의 존속력과 무관하지 않다. 쓰는 행위로써 주체는 안정감을 얻는다. 혹은 말하는 행위로써 주체의 자기 준거가 확보된다. 그것은 물론 허망한 것이고 헛것이긴 하지만, 연쇄하는 시니피앙의 힘을 빌리지 않고서 주체의 현실 효과가 확보될 리 없다. 주체는 중얼거리는 행위를 반복하며, 중얼거리는 행위를 또한 옮겨 쓴다. 그러나 언어에 대한 불신은 뿌리 깊다. "할말이 없어서" "중얼거리"지만, "할말이 너무 많아서" "중얼중얼 얼버무린다". 언어는 헛것에 지나지 않으므로 시인의 "중얼거림"에 사물들은 "일제히 침묵"하고 "대답하지 않"으며, 혹은 "대답하지 못한다". "중얼거림"과 "할말"의 불일치는 언어와 의미와 사이의 균열을 드러내는 징후다. 이때 시인의 중얼거림은 저강도의 통증을 동반한다. 그의 시 전체에 깔린 통증의 저류底流는 언어적 자의식에서 비롯된다. 그럼에도 그는 말이 주체를 점령하는 사태에 무방비 상태인데, 시인은 언어에 결박당한 존재인 까닭이다. 이를 의식할수록 언어의 통증은 강해진다. 시인이 유독 혀의 이물스러움에 크게 반응하는 것 또한 이와 무관하지 않다.

구름을 올려다보는
가슴팍을 꿰뚫는
무심하고 또 아득하게
내 눈 속을 들여다보고 있는

저 눈들 누가 도려내어

내 눈 속에 심어 놓았나

입속 가득
삼켜지지 않는 혀들
삼켰다고 생각했지만 실은 뱉어버린
물컹물컹한 흉기들

누가 이 악취 가득한 혀들을
내 입속으로 쑤셔 넣었나

내가?
언제?
왜?

—김형술, 「반성」 부분

　'혀'는 곧 언어와 다르지 않다. 언어를 삼키거나 내뱉는 혀는 "악취 가
득한" "흉기"에 지나지 않는다. 혀의 이물감異物感 때문이다. 인용에서 생
략하긴 했지만, 그 혀란 '퇴근길'의 혀다. 세속의 언어에 감염된 혀의 근
육이 야기하는 불쾌감은 곧 언어에 대한 자의식으로 비롯된다. "내 눈 속
을 들여다보고 있는 // 저 눈들"에 대한 의식 또한 이런 자의식과 무관하
지 않다. 김형술의 시는 바로 그러한 언어들에 대한 기록이라고 할 수 있
는데, 이미 그는 스스로를 '말'의 형상으로 규정한 바 있었다. "말없이 나
를 내려다보는 / 피골상접한 한 마리 말"(「나는, 말이다」, 『무기와 악기』, 문학

동네, 2011). 언어와의 불화는 다분히 언어적 자의식의 고통을 야기한다. 주체가 언어의 산물이므로 언어와의 불화는 곧 주체와의 불화다. 그렇다면 해방구는 어디에 있는가. 언어 바깥의 언어, 혹은 언어를 버린 이후의 세계는 시인의 욕망 한가운데에 자리잡는다. "입안 가득 차오른 혀들을 뱉으며 / 몸속 완강한 뼈들 / 문득 더듬다"(「봉두난발」)라거나 "저 나무는 온몸이 혀다 / 온몸 가득 희붉은 혀를 매달고도 / 아무 말 않는 / 아무 소리 내지 않는 나무의 // 화려하고 장엄한 침묵"(「산벚나무」)이라는 구절이 이를 말해준다. 언어 이전의 몸, 혹은 침묵에의 침잠은 최근 그의 시가 도달하고자 하는, 오래되고 심원한 영토다. 그곳에는 전혀 다른 차원의 '혀'와 '말'이 존재할 것이다. "누구에게도 길들여지지 않는, 누구도 길들이지 못하는 강물 같은 혀, 물결 같은 말."(「별들은 캄캄하다」) 그곳에 이르는 길은 요원하지만, 이 요원함이야말로 그에게는 시적 충동^{drive}의 자리다.

3. 시, 해방구의 '불/가능성'

순수한 언어(벤야민의 '순수언어')는 관념에 지나지 않는다. 그럼에도 불구하고 언어는 삶의 비의^{秘意}에 접근하는 매개로서의 위상을 지닌다. 그리고 시인은 순수한 언어, 혹은 언어 너머의 언어를 향한 열망에 포획된다. 물론 열망의 강도는 저 이면에 도사린 타락한 언어의 현실로 인해 더욱 강렬해진다. 시인의 '퇴근길'은 그러한 현실을 선명하게 드러낸다. 퇴근길, 그가 하는 일이란 무엇인가. "퇴근길에 호주머니를 비우"거나(「반성」),

"지친 혀를 호주머니 속에 감추고 걷는"(「별들은 캄캄하다」) 것뿐이다. 게다가 시인은 '출근길'에 가면persona을 썼다가 '퇴근길'에야 겨우 그 가면을 벗는다. 가면의 언어는 타락한 언어다. 물론 페르소나는 사회적 자아의 정립을 위한 순기능이 있지만, 오늘날의 그것은 자본의 화상火傷으로 가득하다. 칼 구스타프 융이 말한 진정한 '자기self'와는 더욱 이질적일 수밖에 없는 '거래' 주체로서의 가면은 시인의 내면을 황폐화시킨다.

> 모든 거래는 제 얼굴을 거는 것
> 아니 얼굴 없는 몸, 가슴 없는 손의
> 뒷거래로 얼굴을 숨기는 일
>
> — 김형술, 「가면과의 입맞춤」 부분

시인은 제 얼굴을 걸고 거래를 하면서도 자신의 얼굴을 숨긴다. 얼굴의 이중성은 곧 얼굴의 분열을 드러낸다. 출근길 이후의 세계에서 자신의 진정한 얼굴은 용납되지 않는다. 그러니 그의 하루는 "얼굴 없는 몸", 혹은 "얼굴 없는 목숨"의 일상으로 점철된다. 거래를 지배하는 언어 역시 '혀'의 타락을 부추기는 언어다. '가면과의 입맞춤'으로 흘러나오는 언어 속에서 그의 얼굴은 죽어있거나("주검과의 조우") 겨우 "가슴께에 매달려 있다". 게오르그 짐멜을 떠올리지 않더라도, 얼굴은 인간의 몸 가운데서 인간 영혼의 내적인 통일성을 가장 잘 보여주는 신체 부위다. 즉, 얼굴은 가장 중요한 몸의 기호이다. 그러나 시인의 진정한 얼굴은 숨겨져 있고 시인의 언어는 타락했다. 시인의 '거래'는 시인의 '죽음'과 다르지 않다. 낮에는 죽어있다가 저녁이면 깨어나는 그의 영혼은, 유령과 같은 존재다. "굳이 들여다보지 않아도 알지 / 침대 아래 살고 있는 / 주정뱅이 유령 하나"(「유령놀이」) 그의 시에 간혹 출몰하는 유령의 이미지는 추방된 언어의 우울한 영혼과 다르지 않다. 그러므로 그의 시는 추방된 언어 이후의 세계다. 몰락한 언어의 폐허 위에 존재해왔던 그의 시적 열망이 언어 너머를 향해 있다는 것은 매우 당연한 일이다.

문을 열자 바다였다

바다를 열자 벽이었다

불쑥불쑥 흰 칼날을 들이밀며
마주 누워오는
무겁고 차가운 벽

서슬 푸르게 솟구쳐 올랐다
서슴없이 몸을 던져 허물어지는

허물어져 뒷걸음질 쳤다
달려와 다시 으르렁거리며
기어이 수평선을 딛고 일어서

귀를 찢고 입을 틀어막으며
살아 날뛰는 저 사나운 벽 속에서 달려 나오는

푸른 동맥 툭툭 불거진 거대한 혀

한 번도 답하지 못한
평생 답하지 못할 질문들을 던진다

펄럭펄럭
흔들리는 내 몸속 미친 말들의 집

문을 열자 바다는 없었다
첩첩 어둠을 적시며 걸어오는
축축한 혀들뿐

— 김형술, 「바닷가 여인숙」 전문

　　그러나 시인은 "축축한 혀들"의 세계로 되돌아오고야 만다. 문을 열고 바다를 열어도 시인을 압도하는 현실은 "무겁고 차가운 벽"이다. "벽 속에서 달려 나오는 / 푸른 동맥 툭툭 불거진 거대한 혀"는 결국 언어를 넘어설 수 없는 시적 인식의 한계를 의미한다. 언어 너머의 공간을 표상했던 바다는 사라지고 없으며, 시인에게 남아 있는 것은 "펄럭펄럭 / 흔들리는 내 몸속 미친 말들의 집"뿐이다.("펄럭펄럭 / 흔들리는"은 "미친 말들의 집"을 거쳐 '타르초'의 이미지와 결합된다) 이 세계의 "축축한 혀들"이 시인을 핥고 있고, 그 혀들 중 한 개의 혀가 시인의 입속에도 달려 있는 것이다. 그것은 물론 타락한 혀이자, 인식론적 한계로서의 벽을 의미한다. 벽은 '거울'이기도 한데, "늘 똑같은 풍경을 가둔 채 / 흔들리지 않는 / 저 거울의 이름은 벽"(「욕실」)이라는 의미에서 그러하다. 거울은 벽 너머를 상상할 수 없게 만드는 장치라는 점에서 기만적이다. 거울로 이루어진 "유리 감옥"(「거울 없는 집」)은 나르시시즘의 세계다. 나르시시즘의 가장 강력한 악의 형태가 파시즘이라는 사실을 떠올리지 않는다 하더라도, 나르시시즘은 자기 허위와 기만에 바탕한다. 따라서 시인이 진정 "읽고 싶은 건 벽"이며, 그가 "닿고 싶은 곳은 벽 속의 도서관"(「벽 속의 사람들」)이다. 도서관은 언어들의 '성좌'다. "나는 벽의 아들 / 벽은 나의 경전"이며, 벽 속의 "잠들지 않는" "방언들"(「벽 속의 사람들」)을 향한 우울한 열망이 그의 시라고 할 수 있다. 그런 까닭에 벽은 "푸른 벽"(「푸른 벽 속으로」)이 된다. 바다의 '열림'과 벽의 '닫힘'이 결합된 "푸른 벽"은 언어의 '감옥'을 넘어선 해방구의 '불/가능성'을 함축한다.

4. 우울, 천상과 지상의 비린내

「나는, 쓴다」에서 고백했듯이, '쓰기'는 시인의 운명이다. 그러나 '쓰기'의 운명은 '읽기'의 운명을 이미 껴안은 상태다. 시인의 읽기는 불온성을 내장한 것인데, 언어 너머를 향한 독법 자체가 이 세계 내에서는 불온한 것이다. 불온한 독법은 불온한 '쓰기'를 야기한다. 상징계의 불온한 파열 속에서 새로운 '쓰기'가 잉태되는 것이다. 따라서 '도래할 책'(모리스 블랑쇼)은 지금 여기에 존재하지 않을지라도 시인의 '쓰기'를 추동한다. '도래할 책'은 시인을 감염시키며, 시인의 잠재성 속에서 무한히 펼쳐지는 중이다. 그것은 쓰이지 않았으나 이미 씌어 있는 책이다. '도래할 책'은 언어 너머의 세계에서 혁명의 언어로 존재하며 우울한 표정을 한 채 이미 시인 곁에 다가와 있다. "머리맡의 닫힌 책장을 들추며 / 책 속의 글자들 기어 나온다. / 느릿느릿 꼬물거리는 발자국들 / 방 안을 가득 채운다."(「어둠 속의 독서」) 그러나 세계는 여전히 어둠 속에 있다. 메시아의 도래는 오랫동안 유예된 약속이다. 시인은 유예된 시간을 무기력하게 읽고 있다.

　　　귀를 닫고 눈을 감추고
　　　내 안에 갇힌 문자들을 읽는다

　　　읽으려 할 때마다 제 몸을 바꾸며
　　　제 모습, 흔적을 들키지 않는
　　　이상한 상형문자들

　　　어둠 속으로 떠오르던 부호들
　　　나비처럼
　　　책의 모서리를 더듬어 앉는다

　　　더듬기만 할 뿐
　　　아무것도 읽어내지 못하는
　　　발자국 하나
　　　어둠 위에 선명하게 찍힌다.

진창과 사막과 황무지, 마른 바다

천지간을 헤매고 다닌
언어의 발바닥은 여전히 희다

— 김형술, 「어둠 속의 독서」 부분

시인의 무기력이 그대로 전달된다. "언어의 발바닥이 희다"는 것. "진창과 사막과 황무지, 마른 바다"를 포함한 "천지간을 헤매고 다"녀도 "언어의 발바닥"에 이 세계의 무늬가 전혀 찍혀 있지 않다는 것은 무엇을 의미하는가. 시인의 역능은 언어의 한계 속에서 추락하고 만다. 그의 시가 유독 죽음의 언저리에 가까워지고 있는 것은 바로 이 때문이 아닐까. 그는 이제 "내가 방치한 참담한 무덤들"(「꽃울음」)을 마주볼 뿐만 아니라, 스스로를 "제가 죽은 줄도 모르는 채"(「좀비들」) 떠도는 좀비들로 간주한다. 언어의 추락은 곧 세계의 상실이자 주체의 죽음이다. 그래서 어느 순간부터 이 시집의 중요한 이미지인 허공과 창틀에 까마귀의 기운이 스미는 일은 매우 낯설고도 자연스러운 일이다.

밤까마귀 운다. 구름에서 날아 나온 까마귀 한 마리 창틀에 내려앉아 실내를 엿본다. 휘이휘이 손사래에도 날아가지 않는다. 눈을 마주쳐 온다. 사람을 들여다보는, 사람 너머 먼 곳을 응시하는 까마귀 눈 속 검고 아득한 허공.

— 김형술, 「사월」 부분

죽음은 허공과 맞닿는다. 삶의 허무로서의 허공. "사람 너머 먼 곳을 응시하는 까마귀 눈 속"에 "검고 아득한 허공"이 맺혀 있는 것이다. "늦은 밤 벚나무가 분홍무덤을 낳"고, "까마귀떼를 숨긴 둥근 꽃무덤"이 "밤이 깊을수록 선명해지"듯이, "무덤과 무덤 사이 허공을 걷고 달리"는 것은 이미 죽어버린 자들이 아닌가. 그렇다. 이미 "텅 빈 실내 가득 수많은 까마귀떼 날아와 앉아 있"(「사월」)는 것이다. "꽃의 근원은 지상이 아니"며, "꽃의 자리는 허공이 마땅"하다. "허공에 몸을 던져 이룩하는 // 완벽한 자유 / 목숨의 완벽한 완성"(「몸을 던지다」). 시인은 바야흐로 까마귀를 품은 꽃무덤의 형상으로 초월의 궁륭穹窿 위로 올라선다. 그의 시는 이미 '구름'의 기운으로 점염漸染된 상태였다. "구름은 새들의 무덤", 혹은 "주검도 묘비명도 없는 무덤을 제 속에 감춘 / 구름은 또 무슨 마음이길래 / 저리 가벼운가"(「비단길」, 『무기와 악기』, 문학동네, 2011). 이와 같은 울림은 이 시집의 배음背音으로 지속되고 있다. 「구름 쪽으로」, 「구름배낭」, 「나는 비행기다」, 「봉두난발」, 「뭉게구름」으로 이어지는 구름의 현상학은 "묘비명 따위를 가지지 않는 / 완벽한 가벼움"으로 "찰나와 영원의 경계를 허"물면서(「구름 쪽으로」) 허공 속에 흩어진다.

가스통 바슐라르에 따르면, 구름은 '책임 없는 몽상'이라는 심리적 특성을 지닌다. 몽상가는 구름을 통해 자신의 전존재를 완전한 승화에 참여시키는 것이다. 그러나 구름의 '승화'는 현실로부터의 완전한 해방을 의미하지 않는다. 구름으로의 전신轉身은 형태의 지속적인 변화를 의미하지만, 여전히 중력 작용 속에 놓여 있기 때문이다. 구름의 형상은 지구의 자전과 공전, 중력, 대기의 흐름에 따른 지상의 진리를 구현한다. 더불어 "그것은 지속적인 변모 속에 놓인 형태들의 세계이다".(가스통 바슐라르)

구름이 보여주는 형태들의 변화는 '부정의 철학'을 드러내는 아름다운 형상이다. 그것은 부동적이고 절대적인 이성을 거부한다. 진정한 진리는 구름과도 같은 '부정성negativity'에 깃든다. 마찬가지로 김형술의 시에서 구름의 진리는 "날마다 죽어 / 날마다 태어나는 / 저 완벽한 생애"(「구름 쪽으로」)라는 부정성의 형상을 지향하면서도 지상의 현실을 지속적으로 소급하고 있다.

> 신발 한 짝이 툭, 하늘에서 떨어진다
> 신발 한 켤레가 투둑, 이마를 친다
> 굽 닳고 볼 틀어진 수천 켤레의 작업화
> 낮은 구름에서 쏟아지기 시작한다
>
> (…중략…)
>
> 여전히 파업 중인 바닷가의 조선소
> 골리앗 크레인 위에 사는 사람들이
> 기름투성이 신발들을 지상으로 던진다
>
> 흰 맨발 하나가 툭, 하늘에서
> 떨어진다
>
> ─ 김형술, 「장마」 부분

시인은 '구름'으로부터 파업노동자의 현실을 강하게 환기해낸다. "굽

닳고 볼 틀어진 수천 켤레의 작업화"가 "낮은 구름에서 쏟아지"고 "흰 맨 발 하나가 툭, 하늘에서 / 떨어진다"는 것. 지상으로 무겁게 하강하는 구름의 '리얼리티'는 시인의 내면에 파열음을 남긴다. "무릇 구름의 일이란 / 바람을 만나 몸 바꾸기 / 지상에 그림자를 남기지 않기 / 혼신으로 태양 가까이 달려가 / 기꺼이 한 줌 빗물로 쏟아져 / 지상에 스며드는 일"(「봉두난발」)이 암시하듯, 그 파열음이란 천상과 지상의 간극에 시달리는 주체의 분열을 의미한다. 이로써 언어와 세계의 분열은 천상과 지상의 분열에 교직된다. 자기 분열은 자의식의 심연 속에서 끌어올린 수치심을 선물한다. 그것은 언어적 자의식에서 비롯되는 통증과 다르지 않다. 시인은 분열의 통증을 껴안은 채 천상과 지상의 경계를 바람처럼 떠돈다. 천상에 속하지도 지상에 속하지도 않은, 혹은 쌍생아와 같이 그 둘 모두에 속해 있는, 그러나 사생아와 같은 그 무엇.

> 나는 구름의 사생아 바람의 쌍생아
> 가벼우면서도 무겁고
> 너무 무거워서 마침내 가벼워지는
> 후안무치, 이상한 날것.
>
> ― 김형술, 「나는 비행기다」 부분

사생아에게 있어서 존재의 근원은 명료하지 않다. '나'의 근원은 천상인가 지상인가. 그 사이를 떠도는 바람이다. 그래서 '나'는 "바람의 쌍생아"이며, 가벼우면서도 무겁고 너무 무거워서 마침내 가벼워지는 존재가 된다. 그러나 모든 진리는 태생적으로 사생아다. 근원을 알 수 없는 것,

혹은 알 수 없는 것이어야 하는 것. 그러므로 '나'는 진리의 "사생아"로서 '후안무치'의 자유로움을 느낀다. 그러나 후안무치가 주는 어감에서 알 수 있듯 후안무치 역시 수치심의 대상이다. '수치심의 부재'(후안무치)에 대한 수치심의 반복. 시인은 수치심과 후안무치 양자兩者 모두로부터 수치심을 느낀다. 시인의 수치심은 시인의 존재론적 조건인 것이다. 이러한 역설적 견딤은 익숙지 않은 '날것'의 비린내를 풍긴다. 천상과 지상 그 어디에도, 온전히 속하지 못한 존재의 비린내. '날것'(구름이라는 비행체)의 '날것' 냄새. 그렇다. 모든 진리는 사생아이고 날것의 비린내다. 혹은, 날것의 깊은 우울.

5. 타르초, 시의 성좌들

세계와 언어의 불일치라는 인식의 한계 앞에서 시인은 언어 스스로가 세계가 되는 순간을 열망한다. 이러한 열망이 언어에 마법성을 부여한다. 이 마법성은 인류의 타락 이전 '아담의 언어'를 향한 향수에서 비롯된다. 발터 벤야민이 언어에 마법성을 부여하는 동시에 언어의 물질성을 강조한 것 역시 저 열망과 무관하지 않을 것이다. 물질로서의 언어는 의미에 전혀 오염되어 있지 않다. 따라서 그것은 참다운 진리가 거주할 수 있는 공간으로서의 언어다. 바로 여기서 문자의 신성성이 발현되며, 이는 곧 경전의 문자가 주는 매혹과 다르지 않다.

시인의 시선은 어느새 '타르초'를 향해 있다. 티베트 불교의 경전을 인쇄한 깃발. 그것은 히말라야 산맥의 바람 속에서 펄럭이는 문자들에 불과하지만, 시인의 내면이 목도한 '구제'의 형상이기도 하다.

빨랫줄에 걸린 빨래를 입는 건 햇빛
아이를 입고 노인을 입고
어머니와 애인과 아내를 입고
발자국 없는 햇빛이 허공을 걸을 때

빨랫줄에 걸린 사람들을 읽는 건 바람
노래, 한숨, 비명, 침묵이라는
세상에서 가장 두텁고 무거운 책
한 올 한 올 읽고 한 벌, 두 벌 읽어
기꺼이 하늘로 풀어 올리네

구름 사이 햇빛의 보폭을 쫓아
세상 모든 숨은 목숨들 헤아리는
저 가벼운 바람의 독서

어떤 날은 읽히고
어떤 날은 캄캄한
청맹의 나날, 열독의 시간 사이로

펄럭이는 목숨들

출렁이는 노래들을 매달고
달려가는 빨랫줄의 팽팽한 질주

굳이 소리 내어 읽지 않아도
어딘가에 따박따박 새기지 않았어도
타르초, 타르초 네 몸이 깃발
먼 설산 신성한 경전이라 속삭이는

빨래를 걷는 일은 하늘에의 경배
까치발을 딛고 활짝 두 팔을 벌려
햇빛과 바람 쪽으로 오체투지

그리고 날마다
새롭게 태어나는 생애들

— 김형술, 「타르초, 타르초」 전문

위 시에서 가장 중요한 말은 '독서'다. "구름 사이 햇빛의 보폭을 쫓아 / 세상 모든 숨은 목숨들 헤아리는 / 저 가벼운 바람의 독서". 바람이 읽어내는 그 무엇은 "노래, 한숨, 비명, 침묵"을 지나오고 있다. "청맹의 나날, 열독의 시간" 속에서 읽어낸 그 무엇은 '타르초'에 경전으로 박혀 있다. 햇빛과 바람이 만들어낸 타르초 안에서 "날마다 / 새롭게 태어나는 생애들"이란 얼마나 무겁고도 가벼운 것인가. 타르초는 진리가 머무는 자리다. 그러나 벤야민에 따르면, 진리란 "이념들로 형성된 무의도된 존재"이며, "이념들은 영원한 성좌들"이다. 성좌에 머무는 이념들은 '의도'의 죽음 자체다. 그러므로 '성좌'로서의 텍스트는 "표현적 매체라기보다 물질적 예식이요, 경전과도 같은 교섭 역장力場이요, '독해'되는 대신 성찰되고 주문처럼 외워지고 예식에서 다시 조합되어야 할 기호들의 난해한 배치다".(테리 이글턴) 그것은 실정적positive 성좌를 지향하지만, 여전히 부정적negative인 상태로 머무는 성좌다. '햇빛'이 "아이를 입고 노인을 입고 / 어머니와 애인과 아내를 입"거나, 타르초 앞에서 "날마다/새롭게 태어난다"는 것은 바로 이를 의미하지 않는가.

새로운 탄생을 향한 욕망은 자기 수치심에서 비롯된다. 수치심은 혹독한 자기 윤리의 증상이며, 수치심이 없는 주체는 병적病的인 주체다. 다시 말해 수치심은 윤리적 주체의 본질이다. 자의식이 강할수록 수치심은 내면 깊숙이 뿌리 내린다. 수치심의 강도에 비례하여 성좌는 인간으로부터 더욱 멀어지고 성좌를 향한 우울한 열망은 더욱 강렬해지는 것이다. 그러나 매우 드물게 성좌가 지상에 착근한 경우도 있으니, 이것이 시의 환상이 주는 매혹이 아니고 무엇이겠는가.

저 나무는
제가 전생에 물고기였음을 이미
알고 있었다

저잣거리 한가운데 서서
있는 듯 없는 듯
묵언수행이더니

어느 아침
온몸에 흰 비늘을 달았다

화안한 한낮이 며칠
물속인 듯 출렁이더니
나무 어느새 햇빛 속을 유영한다

휘르륵 휘르륵
세상으로 날아올라 흩어지는
나무의 몸
희붉은 비늘들

사거리
신호등 곁 늙은 벚나무 이제
앙상하게 검은 뼈마디만으로
한창인 봄을 일으켜 세운다

뼈마디 사이사이
연초록 핏방울 투둑투둑
일어선다

— 김형술, 「물고기나무」 전문

나무는 지상과 천상을 잇는 세계수로서의 의미를 가지고 있으나, 살^처

이 주는 육체성의 감각은 결여되어 있었다. 그러나 이 시는 물고기와 나무를 하나의 이미지로 조형함으로써 지상의 육체성을 보다 강화하는 데 성공하고 있다. 이질적인 두 사물의 융합은, 그러나 고정된 형태의 이미지로 남아 있지 않다. 그것은 생성과 소멸의 변증을 드러내는데, 봄의 생명력으로 생성되는 동시에 허공으로 흩어지는 이미지의 조형이 그렇다. "휘르륵 휘르륵 / 세상으로 날아올라 흩어지는 / 나무의 몸 / 희붉은 비늘들"이라거나 "뼈마디 사이사이 / 연초록 핏방울 투둑투둑 / 일어선다"는 시적 진술은 예술이라는 가상의 '성좌' 속에 작동하는 진리의 '환상적' 구현이다. '환상'이라고 규정하는 이유는 진리는 언제나 미끄러지듯 달아나기 때문이다. 그래서 성좌는 언제나 멀리서만 빛날 수밖에 없는 것이다. 여기서 다시 언어에 대한 자의식, 혹은 수치심이 돋아날 수밖에 없다면, 이는 항용 말해왔듯 시인의 운명이 아닌가.

김형술의 시에서는 자기지시적 언어, 혹은 주체의 메타적 성찰이 윤리의 심급을 이룬다. 시적 윤리는 자명한 현실을 겨눈다. 현실효과적인 측면에서 주체의 확실성만큼 자명한 것은 없다. 그것이야말로 허상임을 인식하는 것에서 주체의 윤리학이 시작된다. 그러나 김형술은 주체의 해체로 나아가지 않는다. 그것은 시인의 생리와 맞지 않다. 그는 주체의 형상을 가까스로 유지하되, 균열의 힘이 내적으로 작동하는 동통疼痛을 감각하고 있는데, 그의 시 '쓰기'는 그러한 동통을 반복적으로 감각하는 일이다. 언어를 사유하되 언어를 불신하고, 언어를 불신하되 언어에 의지한다. 더 나아가 그는 주체를 불신하되 주체의 감각을 치열하게 유지한다. 요컨대 그의 언어와 주체는 '견디는' 방식으로 사유되고 있는데, 그 '견딤'이 그에겐 살아있다는 감각 그 자체다. "오직 무거운 욕망으로 피었다 / 지워질 우리들의 한 생애, 그러나 / 심장에, 맥박에 뛰는 황홀한 리듬 아직은 / 표정 없는 권태 속에 살아 있으니"(「가벼운, 무거운」, 『의지와 이야기하는 남자』, 세계사, 1995)라고 썼던 그의 우울한 긍정은 '쓰기'의 형태로 여전히 지속되고 있는 것이다. 멀리서만 빛나는 "전혀 새로운 말들", 시의 '성좌'를 위해, 말의 지옥 속에서.

나는 쓴다. 아무 그리움 없는 척. 나는 쓴다. 세상 모든 말들의 멸종을 위해. 나는 쓴다. 말의 꼬리를 자르기 위하여, 나는 쓴다. 한 번도 존재하지 않았던, 전혀 새로운 말들이 태어날 때까지.

— 김형술, 「나는, 쓴다」 부분

제2장

투명한, 지구地球의 시인, 김중일

'인기척'의 슬픔에 관하여

1. 천체물리학적 적막과 우수

그의 눈에 우주에 관한 호기심만 가득했더라면, 김중일은 아마도 물리학자가 되었을 것이다. 그것도 천체물리학자. 그의 시는 늘 우주적 공간을 의식한다. 동시에 공허한 우주의 한 켠, 지구에 머물고 있는 인간 삶의 면면을 슬픈 눈으로 들여다본다. 그의 시에서 중요한 이미지라고 할 수 있을 '새'와 '물고기'는 우주 속의 지구에 정박한 시인의, 무한을 향한 욕망과 그 좌절의 슬픔에 대응한다. 우주의 무한을 향한 시선은 주로 '새'의 형상으로 드러나고 있으며, 그럼에도 불구하고 지상의 비루함을 헤맬 수밖에 없는 슬픔은 '물고기'의 형상을 빚어낸다. 그의 시는 '새'와 '물고기'의 간극만큼이나 무한과 유한 사이의 크나큰 진폭을 내장한다.

시인이 감득하는 무한의 감각은 다소 존재론적이다. 그의 시적 상상력은 천체의 운동과 관계하지만, 반드시 지상의 것으로 변주된다. 이를

테면 그의 첫 시집의 첫 시 「공룡」을 떠올려보라. "매일, 시커멓게 하늘을 뒤덮으며 몰려오는 저녁의 정체가 공룡이란 것을 깨닫고 경악할 때까지". 천체의 운동을 공룡의 움직임으로 그려낼 줄 아는 시인에게, 우주 속의 공허, 혹은 존재론적 헐거움이 추상적 관념으로만 머물지는 않을 것이다. 천체의 거대한 운동과 그에 따른 우수와 적막은 구체적인 형상과 시각적인 질감을 통해 지상의 것으로 침투한다. 예컨대, 아래처럼 인상적인 구절들.(그의 시적 탁월함을 보여주는 한 예다)

아무도 볼 수 없는 새 광활한 새 오늘밤, 우주를 횡단하는 은하수, 그 새떼들 중 한쪽 눈에 지구라 불리는 푸른 눈알을 갖고 있는,

오늘도 내 정수리를 간질이는 새

— 김중일, 「새」 부분

무한한 우주를 향한 천체물리학적 감각이 여기서는 정수리를 간질이는 새의 촉각으로 구체화된다. 어떤 숭고와 우수를 동반한 형이상학적인 감각은 '오늘'이라는 특정한 현존 속으로 깊이 기입된다. 그의 시는 우주의 천체를 품는 동시에 지상을 살아가는 인간의 슬픔에 깊이 밀착된다. 우주와 지상의 간극에서 비롯되는 시적 긴장은 그의 시세계를 지배하는 중요한 요소다. 이 긴장은 그의 시에 내재하는 지상의 슬픔과 우주의 적막 사이에 아로새겨진다. 시인은 이미 「외계인이 우리 가정을 지켜냈어요」(『가슴에서 사슴까지』, 2018)라는 시에서 "우주 속에서 나는 두개의 시간이 끌어안으며 발생한 차이를 메꾸려고 부득불 끼워진 돌멩이 같은 존

재"라고 한 바 있다. 우주와 지상 사이에 발생하는 시차時差가 시적 언어의 공명통이 되고 있는 것이다. 죽음을 외계로 귀향하는 과정으로 묘사한 이 시는 지상과 우주의 매개항을 '죽음'으로 설정한다. 죽음은 지상과 외계를 잇는 매듭점이다. 죽음에 내장된 슬픔이 뭉게뭉게 피어올라 우주의 적막을 물들인다. 우주의 천체를 향해 머리를 든 시인의 대기大氣에는 지상의 슬픔이 가득하며, 바로 이 때문에 우주의 암흑물질은 그의 시 속에서 그야말로 '어둠'의 정서적인 자질을 지니게 되는 것이다.

> 지구상에 사람이 처음 죽은 그날부터 떨어진 빗방울들이, 차례로 사람으로 태어난다. 그 사람들이 살아가며 일생 흘린 눈물이 공기 중에 스며들어 구름이 된다. 새벽에 창문에 빗방울이 떨어지는 소리를 듣고 사람들이 인기척에 잠을 깨다.
>
> — 김중일, 「인기척」 부분

'인기척'이 주는 슬픔 역시 어떤 '시차' 때문이다. 이 시차는 상실감을 동반하는데, 여기서 상실감은 인간이 '현재'의 시간 속에 감금되어있다는 사실로 인해 비롯된다. '현재'를 벗어나서 존재했거나 존재할 수많은 것들이 지금의 시인과 이별한 상태다. 시인의 천체물리학적 상상력은 시간의 축을 넘나들고 있으나, 그의 몸은 '현재'라는 시간에 얽매인 상태다. 그는 "너무 느리게 움직이고 있"으며, "이번 생을 한없이 느리게 살고 있다". '현재' 속에 감금된 상태다. 그리하여 "제 속도로 살아가는 것들은 보이지 않는다".(「슬로우 피플」) 여기서 "제 속도"란 '현재'라는 시간적 굴레를 벗어난 속도를 의미한다. 들뢰즈가 『베르그송주의』에서 말했듯이,

현재는 항상 과거와 동시간적이며 공존적이다. 불행(?)하게도, 이는 철학적 사유가 아니라 물리학적 실재에 가깝다. 과거는 현재 속에 실재하고 있으며, 현재와 분리될 수 없다. 이는 과거에 대한 가치 부여 차원이 아니라 물리적 실재로서 그렇다는 것을 의미한다. 물리학적으로 과거는 '현재성'을 지닌다. 그럼에도 불구하고 인간은 일상적 의식의 수준에서 과거를 이미 지나가버린 시간으로 인식한다. 과거는 선명하지 않은 '인기척'으로만 존재하며 그것은 일종의 결여 상태다. 바로 이 때문에 '인기척'의 슬픔이 발생한다.

2. 무한한 타자의 '인기척'과 슬픔

'시간'의 차원을 벗어날 때, 혹은 '시간의 축' 바깥에서 '시간'을 바라볼 때, 우리는 전혀 다른 세계를 목격할 수 있다. 그러나 '시간'의 속도에 갇혀 있는 시인에게 '나'란 "너무 느리게 움직이고 있"는 존재여서, "제 속도로 살아가는 것들이 보이지 않는다". 시간의 한계 속에 놓인 '나'는 과거의 무수한 존재, 그리고 미래의 무수한 존재와 이별 중에 있게 된다. '슬로우 피플'은 과거와 미래의 무수한 타자에 대한 갈증을 지니고 있는, '현재'의 굴레를 벗어날 수 없는 인간 존재를 지시한다. 여기서 우리는 시인의 윤리적 욕망이 얼마나 거대한 것인가를 읽어낸다. 지금 이 순간의 타자뿐만 아니라, 과거에 무수히 죽어갔던 존재, 그리고 앞으로 죽어갈 존재들에 대한 고통까지도 그는 지금 이 순간에 감각한다. 지상은 무수한 타자의 '인기척'으로 가득하다. 시인은 그것을 이미 감각하고 있으며, 그것에 말 건넨다.

아무도 없는데, 사랑했던 누구도 이제 여기에 없는데 인기척만 고막이 터질 듯 가득하다. 빗소리만 가득하다. 시계 속에는 뜨거운 흰죽이 여태 끓는다. 바람에 온몸이 젖었을 누군가를 위해 시침과 분침은 흰죽을 한시도 멈추지 않고 천천히 젓는다. 누군가는 없고 누군가의 인기척인 빗소리만 가득한 이곳에서.

그만 생을 마치려는 새들이 날아와 수도 없이 부딪쳐 죽은 무지개가 있다. 창문처럼 닫힌 무지개를 한쪽 끝으로 젖히며 누가 온다. 누군가가 일생 동안 흘린 모든 표정을 담을 수 있는 빈 얼굴. 한 방울의 표정도 없는 백자처럼 새하얀 얼굴을 하고 누가, 없는 누군가를 만나러 오고 있다.

아무도 없는 이곳으로.
비오는 이곳에서 몇 십 년쯤 잠시 머문 누군가는 가고 없고
인기척만 우산도 없이 우두커니 서서 기다리고 있는 빗속으로
만난 적도 없는데 이미 없는 누군가를 만나러, 누가 오고 있다.

— 김중일, 「인기척」 부분

부재자의 '인기척'은 "빈 얼굴"로 존재한다. 그 얼굴에는 "누군가가 일생 동안 흘린 표정"이 들어 있다. 그리고 지금 이곳에는 "아무도 없"으며, 오직 "인기척만 고막이 터질 듯 가득하다". 오로지 '시간'에 처단당한

존재만이 가질 수 있는 이 부재의 감각은 "시계 속에 뜨거운 흰죽이 여태 끓는다"는 강렬한 이미지의 문장을 남긴다. 흰죽처럼 끓는 뜨거운 부재, 혹은 "빈 얼굴"의 표정. 시인은 현재에 포획당한 주체의 한 지점에서 시공간적 무한을 상상한다. 그 무한대의 영역에 존재하고 있는 타자들의 '인기척'을 향해 풀어놓는 언어란 "죽음을 앞둔"(「천문학자 안의 밖에 대한 매우 단순한 감정」, 『아무튼 씨 미안해요』, 2012) '천체물리학자–시인'의 언어와 다르지 않다. 그러나 그의 말대로 "중요한 건 시공간의 멀고 가까움이 아니라 존재의 인지다".(산문 「투명한 시인들」) 다시 그는 말한다. "서로의 존재를 기억해내고 감각하는 순간 너와 나는 서로에게 투명하지만 확실한 존재가 된다." 부재자를 향한 그리움은 그가 시인이 될 수밖에 없는 근원적인 운명을 말해준다. 그 운명은 자신과 타자의 공통성인 죽음 속에서 발아한다. 그러나 무엇보다 시인의 운명은 죽은 자들의 과거와 지금 현재의 관계를 이루는 공존성과 동시간성 속에서 뜨겁게 타오른다. 역설적이게도 시인의 상실은 과거와 현재의 확실한 시차時差에도 불구하고 직관적으로 감득되는 공존성과 동시간성에서 비롯된다. 그래서 "모두 나를 추월했고, 올해도 내가 제일 느렸다".(「지구만한 공중 한 바퀴」, 『가슴에서 사슴까지』, 2018)는 진술이 나올 수밖에 없다. 이때 텅 빈 우주 천체를 가득 채우고 있는 것은 상실의 슬픔이다. 그렇다. 시인은, 세계의 "빈 얼굴"을 들여다본다. 그 얼굴은 어떤 뜨거운 적막으로 가득하며, 타인의 '깊은 수심'으로 진술된다.

당신의 머리카락 속으로, 나는 눈코입을 막고 뛰어든다.
당신의 깊은 수심 속으로 한없이 빠져든다.

바닥에 발이 닿지 않는다.

더 이상 숨을 참을 수 없는 순간, 누군가가 내 목덜미를 잡아채며 당신에게 손짓한다.

이리 와서 이 물고기 좀 봐라, 네 키보다 더 크다!

수심 깊은 당신의 얼굴로 가득 찬 거울 속에 손을 뻗어

오늘도 누군가는 물고기를 잡아 올린다.

매일 깊은 밤에 나는 당신의 깊은 수심 속으로 들어간다.

나는 그렇게 매일 물고기처럼 빠져 죽는다.

하지만 나는 죽지 않는 당신의 걱정.

당신은 매일 얼음장처럼 찬 거울 속에 손을 넣어 씻는다.

— 김중일, 「깊은 수심」 부분

'당신'의 깊은 수심으로 빠져드는 일. 우주를 떠돌다 어쩌다보니 지구라는 별에 불시착한 시인은 '당신'의 "깊은 수심"에 빠져든다. 흥미로운 것은 시인인 '나' 또한 "당신의 걱정"이라는 사실이다. 지구라는 별에서 시인은 타자의 수심 속으로 빠져들고 타자 또한 시인의 수심 속으로 빠져든다. 고통과 불행의 감정들이 시인의 가슴 속으로 삼투한다. 시인은 "그렇게 매일 물고기처럼 빠져 죽는다". 우주를 떠돌며 상실감에 젖은 '새'의 이미지가 자주 '물고기'의 이미지로 변주되는 까닭이다. 그의 시가 지상의 슬픔에 착목하는 순간 '새'는 타자의 '심해'를 유영하는 '물고

기'가 된다. 주목해야 할 것은 '타자'의 시간에 대하여 과거와 현재를 구분하지 않는다는 사실이다. 더 나아가 산 자와 죽은 자조차 구분하지 않는다. 과거와 현재는 고통의 거대한 한 덩어리를 이루고 있으며, 산 자와 죽은 자는 그 속에서 공존적이며 동시간적이다. 시인은 죽은 자와 산 자를 가르는 경계를 넘어 타자의 고통 전체를 사유한다. 그 경계에 대한 사유는 다음과 같다.

> 너와 내가 만나고 손잡으려면 결국 투명의 경계를 넘어야 한다
> 길목을 돌거나 담을 뛰어넘거나 문을 열고 들어서는 순간
> 네가 보이는 그 순간, 반드시 너와 나 사이에 투명의 경계가 가로놓인다
> 점점 투명의 경계는 두껍고 견고해진다
>
> (…중략…)
>
> 죽은 사람, 산 사람들은 투명의 경계를 두고 세계를 절반씩 점유하고 있다
> 산 사람에게 죽은 사람은 투명인간이듯, 그 반대도 마찬가지다
> 첫 죽은 사람이 탄생하는 순간, 투명의 경계가 생기고 세계가 온통 눈앞에 드러났다
> 투명의 경계가 합체되는 순간, 온 세계는 다시 투명해질 것이다
> 지구는 비로소 투명해질 것이다
> 그러나 45억년간 실패한 일이다
>
> ― 김중일, 「투명의 경계」 부분

시인은 죽은 자와 산 자 사이에 존재하는 "투명의 경계"를 응시한다. 죽은 자와 산 자가 서로에게 "투명인간"이 되고 마는 세계는 이미 죽어버리고 만 자의 고통스러웠던 삶이 차단된 세계다. "첫 죽은 사람이 탄생하는 순간"이란 죽은 자를 현재의 바깥으로 몰아낸 후, 죽은 자에 관한 모든 것을 지워버릴 "투명한" 차단막을 내려버리는 순간이다. 이로 인해 "산 사람에게 죽은 사람은 투명인간"이 된다. 이 경계는 투명해서 보이지 않지만, 매우 두껍고 견고한 것이다. 그러나 "투명한 경계가 합체되는 순간, 온 세계는 다시 투명해질 것이다"라는 문장에서 알 수 있듯이, '투명'은 이중의 의미를 지닌다. 하나는 죽은 자를 지워버리는 배제와 추방으로서의 의미, 곧 투명을 가장한 '불투명'. 다른 하나는 죽은 자와 산 자의 경계를 허묾으로써 회복해야 할 세계의 온전한 투명성. '투명'의 이중적 의미야말로 이 시의 비밀이다. 그리고 이 세계의 비밀이기도 하다. 시인은 죽은 자와 산 자의 (불)투명한 경계를 또렷이 인식한다. "첫 죽은 사람"의 탄생 이후 이 세계는 '투명'해 보이지만 산 사람만의 반쪽짜리 세계에 지나지 않는다. 시인은 온전히 투명해진 세계, 즉 죽은 자의 목소리를 들을 수 있는 세계를 사유한다. 그러나 죽은 자의 목소리에 민감한 시인은 이 세계에서 이미 지워져버린 존재다. 죽은 자의 편에 섬으로써 지워지고, 투명해진다. 하여 이 세계에 툭 떨어진 시인의 '귀' 이미지.

누가 흘린 귀를 주워왔다. 낡은 시집을 읽다가 다들 모여앉아, 이 귀가 누구의 귀인지 여러 열띤 말들이 오갔다. 누구의 귀인지 반드시 돌려줘야 한다는 생각만은 일치했고, 누구의 귀인지는 다들 의견이 달랐다. 개 중에는 자신의 귀라고 주장하는 사람도 있었다. 아마도 그 사람은 이 세상으로부터, 가능하다면 두 배쯤 멀리 벗어나고 싶은 것이다. 귀는 세상을 뜰 때 마지막 차비라는 점에서 그렇다. 어머니가 너무나 소중하게 뱃속 가장 깊은 곳에 꾸깃꾸깃 따로 넣어두었던 것을, 아이 몫으로 태어나기 전에 잃어버리지 말고 잊어버리지 말라고 얼굴에 달아준 것이다. 그 소중한 것을 누가 자신도 모르는 사이 부주의하게 흘리고 갔는가. 고단한 누군가가 주워가게 큰맘 먹고 선사한 것인가. 불효막심하게 일부러 슬쩍 내버리고 갔는가. 이 참혹한 세상을 뜨는 대신 중음신으로 천지간에 떠돌겠다는 것인가. 쪽방처럼 비좁은 낡은 시집에 들어 잠시 눈을 붙이며 영원히 떠돌겠다는 것인가. 과연 그럴 수 있는 이들이, 누구도 찾지 않는 낡은 시집에 입주한 가신으로라도 영원히 여기에 맴돌겠다는 그들이 아니면 누가 있을까.

— 김중일, 「시인의 귀」 전문

시인의 '귀'란 어떤 의미인가? 그것은 "타자의 울음으로 푹 젖어버린 귀"(「투명한 시인들」)다. 이러한 귀를 소유한 시인은 이 세계에서 사라져 보이지 않는다. 죽은 자의 저 편에 서 있으니, 이 불투명의 세계에서 투명한 시인이 눈에 띌 까닭이 없다. 따라서 이 시는 '온전한' 시인을 향한 욕망과 관계한다. 이 세계에서 시인은 '투명한'(지워진) 존재이므로, 우리는 우연히 "누가 흘린" 시인의 '귀'밖에 보지 못한다. "누가 흘린 귀"에 관한 분분한 의견 속에서 이 '귀'는 간신히 시인의 것으로 간주된다. "이 참혹한 세상을 뜨는 대신 중음신으로 천지간에 떠돌겠다"는 시인의 귀. 추방당한 시인의 귀만이 이 세계에 살아남아서 "타자의 울음에 푹 젖어버린" 모습을 보여준다. 그 귀는 비참하다. 누가 흘리고 간 귀라고 하였으나, 그것은 기실 '잘려진' 귀가 아니고 무엇이겠는가. 이 귀는 시인의 존재를 드러내면서도 그 불구성을 함축한다. 바로 이 불구성 때문에 시인은 '투명한' 존재에 지나지 않으며, 이 세계 내에서의 존재태는 "누구도 찾지 않는 낡은 시집에 입주한 가신" 정도로서 진술된다. 우리는 결국 시인의 비참, 혹은 시의 비참을 마주하고 있는 것이다.

3. 죽은 자의 울음과 시인의 귀

시를 쓰는 자는 '시인'의 등을 필사적으로 끌어안는다. 시인의 등에 업혀 있을 때, "시인의 발은 오르막에서 재빠르고 내리막에서 한없이 느리다".(「시인의 등」) 시인의 세계와 우리의 세계는 다를 수밖에 없으며, 시차時差가 항상 존재한다. 시인은 과거의 시간으로 눈을 돌리며, 보다 더 먼 과거의 시간으로 가고자 한다. 죽은 자의 목소리는 시간의 저편 너머로 끝없이 이어지고 있을 터이므로, 시인은 "먼 과거의 그곳"을 향해 더욱 멀리 갈 수밖에 없다. 시를 쓰는 자는 과거의 먼 길을 떠나는 '시인'의 등을 힘겹게 끌어안는 자다. 끌어안은 등에서 상처의 붉은 피가 배어나온다. "시인의 등을 끌어안으면, 나는 어느새 온몸으로 서리 낀 차가운 창문을 껴안고 있다. 곧 서리가 녹으면 조각난 허물어질, 이미 깨지고 금간 창문처럼 시인의 등이 붉게 물든다."(「시인의 등」) 그럼에도 불구하고 시를 쓰는 자가 시인의 등을 끌어안는 이유는, '시인'이 지금도 죽어가는 자를 향해 가는 통로이기 때문은 아닌가? '시인'을 끌어안음으로써 존재와 부재의 시차는 사라진다. 도처에서 죽은 자의 목소리가 들려오게 되며, 타자의 울음으로 젖은 귀는 우리의 귀가 되고 마는 것이다.

시인의 선물은 "빈손"(「시인의 선물」)이다. 시인이 내민 '빈손'에는 이미 과거의 목소리가 불협화음으로 젖어 있다. '빈손'에는 무수한 울음과 죽음으로 가득하다. 그것은 곧 우리 자신이기도 하다. 그러나 곧잘 우리는 시인의 선물을 폐기하며, 무수한 타자들을, 타자로서의 우리를 내다 버린다.

> 줄 게 이것밖에 없어요.
> 길거리에서 그는 빈손을 내민다.
> 나는 그의 빈손을 받아간다.
> 빈손을 파지처럼 구겨서 주머니에 넣는다.
> 주머니 속에 시인의 주먹이 공처럼 불룩하다.
> 그의 빈손은 곧 빈 코트에 내리꽂힐지도 모른다.
> 그의 빈손은 곧 빈 코트에 나를 내리꽂을지도 모른다.
> 하지만 대부분의 경우 그 전에 주머니에서 무심히 툭 떨어져 코트 밖으로 데굴데굴 굴러간다.
> 친구, 나의 그 빈손만은 부디 잡아주면 좋겠어.
> 보잘 것 없지만 그건 내 선물이잖아.
> 물론, 나는 기꺼이 떨어진 그의 손을 다시 잡는다.
> 그 순간, 그의 손이 나를 꽉 움켜잡아 순식간에 제 주머니에 우겨 넣는다.
> 시인의 주머니 속은 역시 밤이다.
> 시인의 주머니에 오늘밤은 나로 가득하다.

줄 게 이것밖에 없군요.

시인은 나를 꺼내 네게 내민다.

너는 시인이 내민 빈손을 받자마자

전단지처럼 구겨버리며 바삐 계단을 내려간다.

— 김중일, 「시인의 선물」 전문

주머니에서 툭 떨어진 것은 '시인의 귀'인지도 모른다. 타자의 울음으로 젖은 '빈손'과도 같은 귀. '나'는 시인의 주머니 속에서 온전히 어두운 밤이 되며, 그것은 곧 죽은 자들의 세계다. '나'는 비로소 시인과 일체를 이룬다. 더 나아가 그 일체화, 즉 타자(죽은 자, 죽어가는 자)와의 공명共鳴이 시인과 '나' 사이를 흘러넘치기를 갈망한다. '너'라는 세계를 향한 보편적 확장으로의 귀결. 그러나 시인은 투명해진 채 (혹은 이 세계에서 지워진 채) 시집 속에 갇혀 있을 뿐이니, '나'를 둘러싸고 있는 세계로서의 '너'는 시인이 내민 '빈손'을 받자마자 "전단지처럼 구겨버리며 바삐 계단을 내려간다". 시인의 귀는 여전히 타자의 울음에 젖은 채 길거리에 버려지고 있을 뿐이다. 하여, 이 세계는 여전히 '투명한 시인들'의 세계다.

김중일은 "반드시 나는 밤에 죽을 것이다"(「아스트롤라베」, 『아무튼 씨 미안해요』, 2012)라고 쓴 바 있다. 밤이야말로 우주와 지구에 어떤 가림막도 없는 시간이다. 지구와 우주의 경계가 그야말로 '투명'해지는 시간. 그 시간에라야 "부재자의 외투"가 눈에 보일 것이다. "성긴 별과 별 사이의 가리어진 별에" "걸려 있"는 "부재자의 외투"(「성간 공간」, 『내가 살아갈 사람』, 2015) 우주의 무한과 천체의 적막을 '유한有限'한 지상의 이미지에 접속해내었던 그는 언제가부터 부재자의 '인기척'에 예민해져 버렸다. 그

인기척은 이미 죽어버린 자들의 들리지 않는 목소리이며, 지금 죽어가거나 앞으로 죽어갈 존재들의 것이다. '천체물리학자–시인'에게 우주란 부재자들의 인기척으로 가득한 공간이며, 지상의 삶을 되비추는 수많은 '거울'들이다. 그 우주 공간을 바라보는 시인의 눈은 맑고 서늘하다. 그러나 어느 순간 그 눈 속으로 누군가의 눈물이 떨어진다. 눈을 비비고 보니, 투명한, 지구의 시인이다.

누군가의 생각 속에, 마음 속에 둘이 몸을 달구고 있던 시간들
여태 눈이 밝다, 뜬 눈 속으로 나를 내려다보는 누군가의 눈물이 떨어진다, 눈을 비빈다

— 김중일, 「그늘진 마음」 부분

제3장

세계의 절단면에 새겨진 혁명의 악보

양아정, 『무줏간집 여자』

1. 파국과 결별

양아정은 세계의 풍경을 매우 기괴하게 그려낸다. 시인의 시집 전체를 일별하면, 그가 그려내는 세계란 일상의 풍경에 근거하고 있음에도 불구하고, 매우 기괴하고 낯선 이미지로 가득차 있음을 발견할 수 있다. 시인의 언어적 변주를 통해 이 세계는 어느덧 묵시록적 세계로 우울하게 전락하고 말며, 시인이 그려내는 세계는 마치 신체의 절단면을 보여주는 듯하다. 이 세계의 신체는 어떤 모습이 진실한 모습인가. 톱날에 절단된 면이 실재인가, 아니면 신체 기관들이 온전히 접합된 모습이 실재인가. 라캉이 '신체'를 일컬어 게슈탈트^{Gestalt}에 근거한 나르시시즘적 이미지라고 말한 바 있듯이, 신체에는 우리가 미처 파악하지 못한 실재계적 이미지가 잠복되어 있다. 다만, 우리는 원하는 것만을 볼 뿐이며, 그 외의 것은 억압하고 만다는 사실을 상기할 필요가 있다. 이를테면 외과 수술대에 오른 우리의 신체를 상상해보라. 그것은 우리가 알던 신체가 아니다.

인간이 가진 인식틀의 한계는 세계를 대상으로 할 때에도 마찬가지로 적용된다. 우리에게 비친 세계의 모습은 하나의 거울상으로 작용하기 때문이다. 이 세계는 우리에게 매우 친숙한 것이지만, 반면에 낯선 것이기도 하다. 우리 신체가 우리에게 익숙하면서도 매우 낯선 것이듯이. 세계는 우리에게 폭로되지 않은 실재의 모습을 내장하고 있다. 여기서 익숙함과 낯섦의 충돌 속에서 기괴함이 발생하는데 프로이트는 그것을 언캐니uncanny라고 명명했다. 프로이트에 따르면 언캐니는 "오래 전부터 알고 있었던 것, 오래전부터 친숙했던 것에서 출발하는 감정"이다. 그러니까 언캐니는 친숙하고 익숙한 대상의 억압된 실재가 회귀할 때 발생하는 감정이다. 따라서 시인에게 기괴한 이미지는 이 세계의 억압된 실재에 닿고자 하는 충동의 산물이며, 양아정 시인은 바로 이러한 충동을 시적 사유의 기저로 삼는다.

온몸에 칼이 돋아난
당신의 혀는 나를 난도질 한다

피투성이
너덜너덜해진 살덩이가 벽에 걸린다
바람이 사용설명서를 묻는다

아버지 나를 말려주세요
시든 꽃처럼 마르고 또 말라

다시 피어나지 않게요

갈기갈기 찢어진 나를
휘휘 허공에 흩어버리고
재떨이에 쌓인 꽁초들 속으로
고개를 떨구며

링거병 노란 수액 속으로
돌아눕는 늙은 제왕

당신은,
호시탐탐 날을 일으켜 세우며
무뎌진다
죽음 쪽으로 날카로워진다.

당신의 눈에 무성히 돋아나는
이빨들
녹슬어가는 한 자루의
톱

— 양아정, 「톱」 전문

아버지는 물론, 세계다. 세계는 '나'를 난도질하며, 갈기갈기 찢는다.
아버지라는 세계는 "칼이 돋아난" "혀"를 지니고 있고, 그의 눈에조차 톱의 "이빨들"이 "무성히 돋아나" '나'를 자르려 한다. '나'에 대해서 이루 말할 수 없는 폭력을 자행하는 이 세계에 대해서 '나'는 양가감정을 노출한다. '나'에게 이 세계는 이미 "녹슬어가"고 있거나, "링거병 노란 수액 속으로 / 돌아눕는 늙은 제왕"으로 비치고 있는 것이다. 한 마디로 그것은 증오와 연민의 대상이다. 이런 양가감정은 '언캐니'가 지닌 이중성의 구조와도 관계가 없지 않다. 아버지라는 세계는 친숙한 동시에 낯선 세계이기 때문이다. 아버지는 결코 죽일 수 없으나, 또한 죽여야만 하는 대상이다. 모든 인간은 그 중간쯤에 놓여 있으며, 결국 한쪽을 선택할 수밖에 없다. 시인은 세계에 대한 양가감정 속에 있으나, 결국 후자를 선택한다. 그럼에도 불구하고 세계를 향한 애착에서 결코 놓여나지 못한다. 이 긴장이 시인을 지배하는 근본적인 정조다. 세계와의 대결은 곧 세계에 대한 애착에서 비롯되는 것이다. 이 절묘한 긴장을, 시인은 '선반'의 이미지로 드러내기도 한다.

> 허공에 못을 박고 절벽을 써버린
> 한 칸의 자유
>
> (…중략…)
>
> 흔들어도 떨어지지 않는
> 바깥으로 튀어 나온 이 부적절한
> 나의 주소

벽으로

당신의 몸으로 스며들고자 한

한 점 은유로 남기 위하여

이젠 뛰어 내려야 한다

늘 흔들리는

당신의 어깨에서

— 양아정, 「선반과 불륜」 부분

　세계와 주체의 관계는 위태로운 '불륜'이다. 관계를 지속할 수도 끊어낼 수도 없는 애착 관계가 불륜이다. 그러니까 주체는 "허공에다 못을 박고 절벽을 써버린 / 한 칸의 자유", 매우 무모한 자유 속에 있으며, 주체의 거주지는 "바깥으로 튀어나온 이 부적절한 / 나의 주소"로 탄식된다. 그럼에도 불구하고 불륜은 파국으로 치닫는다. 세계와 주체의 관계는 "늘 흔들리는" 상황이며, 파국의 초입에 들어서 있다. 세계라는 "당신의 어깨"에서 투신하는 파국. 하지만 그것 역시 "당신의 몸으로 스며들고자 한 / 한 점 은유로 남기 위"한 행위로 귀속된다. 시인은 이 세계 앞에서 불륜과 파국의 긴장을 느끼고 있으며, 그것은 합일될 수도 끊어낼 수도 없는 이중구속 속에 놓여 있다. 그러나 시인은 후자를 선택한다. 아니, 그것은 전자를 선택한 것이기도 하다. 나르시시즘적인 세계와의 결별을 통해 세계의 실재를 대면하고야 만다는 점에서, 그것은 결별과 파국을 통한 세계와의 진정한 만남일 수도 있는 것이다.

2. 유혈자본주의와 세계의 절단면

어떤 선택이든 시인은 세계의 절단면을 들여다보고자 한다. 그때의 세계는 결코 이전의 것과 같을 수 없는 풍경이다. 친숙했던 풍경이 기이한 풍경으로 회귀하는 것이다. 세계는 낯설고 두렵고 기괴한 풍경으로 변신하며, 시인은 그 풍경을 매우 무겁고 어두운 묵시록의 언어로 그려낸다. 특히 신체 절단의 이미지를 사용함으로써 세계의 신체 내부를 폭로하는 시적 효과가 지배적이게 된다.

> 핏기 어린 형광불빛 아래
> 지방덩어리 그 여자
> 앉은뱅이 저울에서 쓰러진다
> 사백 그램의 조촐한 무게가 소리를 내자
> 눈금 파르르 떨린다
> 냉동된 주검들이
> 허기진 입술들을 위하여
> 한 줄 갈고리에 매달려 있다
> 썩지 못하는 영혼이
> 지하상가 푸줏간에서 헛돌고
> 따끈한 내장이 마른 사랑을 마시며
> 검은 비닐 속으로 끌려 들어간다
> 아물지 않은 물렁뼈가
> 살벌한 형장으로 끌려 걸어 나가고

비릿한 암내를 흘리며

살아남은 자의 입덧을 기다린다

속살 깊숙이 찌르는 창백한 불빛이

이승의 뒤안길에서 출렁거린다

핏빛으로 날 선 칼날에

기름진 여자가 잘려 나간다

사창가 쇼윈도우에 여자가

부위별로 앉아 있다

발효되지 않은 표정으로

지나가는 자정의 소매를 붙든다

— 양아정, 「푸줏간집 여자」 전문

    이 시는 사창가를 푸줏간으로 바꾸어놓고 있는데, 사창가 여인의 육체를 푸줏간의 고깃덩어리로 묘사한다. "지방덩어리", "냉동된 주검", "따끈한 내장", "물렁뼈" 등이 부위별로 전시된 공간으로 사창가를 변주해낸다. 비체화된 여성의 몸은 사창가를 보다 끔찍한 실재의 공간으로 접근하게 한다. 말하자면, 여인의 몸이 절단된 부위별로 진열되어 있듯이, 사창가라는 공간을 이 세계의 절단면으로 인식케 하는 기능을 수행한다. 이 절단면을 통해서 시인이 말하고자 하는 것은 무엇인가. 그것은 물론 이 세계의 급소이자 치부로서의 실재다. "자정" 한가운데를 지나가고 있는 이 세계는 암흑 그 자체다. 암흑으로 뒤덮인 이 세계의 절단면 가장 깊숙한 곳에 부위별로 절단된 여인이 놓여 있다. 여인의 육체를 절단시킨 것은 물론 자본의 칼날이다. 이 세계의 지배원리 가운데 자본만큼 잔혹한 것은 없다. 이념의 잔혹성을 이제 자본이 뛰어넘고 있다. 자본이야말로 이 세계를 지배하는 유일한 이념이며, 세계를 작동시키는 근본원리가 되고 있다.

프랑코 베라르디는 오늘날의 자본주의를 '유혈자본주의'로 규정하면서, 자본주의가 범죄의 체제로 변모했음을 간파한 바 있다. 즉, 국민총생산은 사람들이 흘린 피의 양과 사망자 수와 비례해서 증가한다는 것이다. 신자유주의의 경쟁 체제는 인간마저 비체화시켜버린다. 이 시에서 여성의 몸은 비체화의 극단에 가 있음을 알려주는 비극적인 지표다. 여성의 몸을 절단된 채로 묘사한 시인은 신자유주의 체제 하의 필연적인 증상인 것이다. 그리고 자본주의 인간은 결국 타인의 살을 발라먹거나 구워먹는 존재에 지나지 않게 된다. "핏빛으로 날 선 칼날에/기름진 여자가 잘려 나"가고, "여자"는 이 세계 속에 "부위별로 앉아 있"는 것이다.

세계와 신체의 절단면은 세계의 폭력성을 의미한다. 유혈경쟁으로 내면화된 폭력은 세계의 일상을 지배하고 있으며, 누구도 부정할 수 없는 삶의 공리가 되고 있다. "어제의 바람"이 "오늘에서 복사되"듯이, "묵주처럼 이어진 오늘의 / 톱니바퀴"(「자전거 여행」)가 세계를 지배하는 삶의 국면이다. 그 톱니바퀴의 규율은 유혈경쟁에 다름 아니다. 이 세계를 지배하는 유혈경쟁은 "누구도 거부할 수 없는" "사각의 율법"이며, 이 율법의 세계는 "뼈와 뼈 사이 / 살점 녹아내린 / 거대한 공룡"(「정글짐」)으로 끔찍하게 비유된다. 살점이 녹아내려 형해화된 이 세계는 정글짐과 다르지 않다. 유혈경쟁의 약육강식이 지배하는 이 세계는 "허공에 빨대를 꽂고 / 목숨을 빨아들이는 정적으로 / 점점 어둠 속으로 가라앉는 / 자정의 병동"(『자정의 병동』)으로 묘사되기도 하지만, 시인은 무엇보다 이 세계를 "서로를 향해 맹렬하게 물어 뜯는" "사각의 링"(『링』)으로 인식한다. 이 '사각의 링'은 패배를 선언하지 않는 한 유혈경쟁을 멈출 수 없는 야만성이 지배하는 공간이다. 그러나 세계는 그 야만성을 제도화하고 질서화한다. 다시 말해 야만성을 은폐함으로써 누구나 제도화된 질서에 순응할 것을 요구하는 것이다. 그렇다면 자본주의는 일종의 실험실이 아닌가. 더 큰 효율과 잉여를 위해 인간의 욕망을 해부하고 농락하는 실험실 말이다.

실험용 흰쥐는 유리상자 안을 초조한 눈빛으로 돌아다닌다. 그림자 깊게 만든 젖은 눈을 뽑아 비이커에 넣어 흔들고, 쭈글거리는 간을 빼서 빨래 줄에 널어 두는 밤. 슬금슬금 지하계단으로 미끄러지는 둥근 빛줄기

— 양아정, 「달」 부분

실험용 흰쥐는 감금된 상태다. 빠져나갈 수 있는 방법이 없다. 각종 균과 바이러스에 노출된 채 서서히 죽어갈 수밖에 없으나, 그 죽음은 실험실의 과학이데올로기에 철저히 이용된다. 자본주의를 살아가는 인간은 실험용 흰쥐와 다를 바 없다. 자본의 잉여를 위해서 철저히 해부되고 절단되는 것이 인간의 신체, 즉 노동하는 신체이기 때문이다. 이 시집에서 '감금'의 이미지가 지배적인 것도 이와 무관하지 않을 것이다. "벽을 쾅쾅 울리며 소리를 지르지만 이곳은 소리가 죽어가는 수족관. 말의 시체들이 둥둥 떠 다니는 푸른 늪."(『립씽크』)에서의 '수족관'과 '늪'은 이 시집의 언어가 궁극적으로 놓이는 장소다. 외마디 비명을 지름에도 불구

하고, 바깥으로 새어나갈 수 없는 고통의 언어가 바로 이 시집의 묵시록적 감성을 주조한다. 시인이 다른 시에서 "어쩌면, 한 생을 돌고 돌아 / 실오라기 하나 걸치지 않고 / 화장터에서 걸어 나와 스며든 곳 / 방부제로 채워진 유리관"(「그녀, 마네킹」)이라고 한 것도 우연은 아닐 터이다. 시인은 이 세계에 대하여 한없이 무력한 상태이며, 비상구조차 찾을 수 없는 절망감을 토로한다. 이 세계는 "내장과 내장을 물어 뜯으며 몸 속 길을 지우는 벌건 대낮"(「비상구」)이거나, 우리 "목숨의 지형도"가 그려진 헤어날 수 없는 '거미줄'(「거미집」)에 지나지 않는지도 모르기 때문이다.

유혈경쟁은 자본의 욕망과 무관하지 않다. 자본주의 체제는 인간의 욕망을 무한 자극한다. 자본의 욕망은 모든 인간을 지배하고 있으며, 그에 대한 저항마저 무력하게 만든다. 자본의 세계는 '핸드백'으로 응축되고 있기도 한데, 핸드백의 지퍼를 열면 "뚝뚝 피를 흘리"는 "붉은 하이힐 한 짝이 허공을 걸어오"는 것이다. 시인은 그 세계를 "오, 나의 성스러운 신앙 / 관계들, 온갖 어둠이 우글거리는 동굴"(「핸드백」)이라고 말한다. 하이힐은 자본의 욕망을 상징한다. 일찍이 에두아르트 푹스가 『풍속의 역사』에서 하이힐의 관능적 기능을 갈파했듯이, 하이힐은 자본의 욕망을 관능적으로 드러내는 이미지로 기능한다. 자본의 욕망은, 욕망이 욕망을 욕망하는 시니피앙의 연쇄와 다르지 않다. 그 욕망에 따라 "소녀들 앞 다투어 수술대에 오르"고, "서로가 서로를 표절하는 사람들"이 "거리마다 행복하게 / 북적거리"는 것이다.(「표절」)

그러나 시인이 이미 말하고 있듯이, 이는 "모든 것이 살해"됨으로써 "태어"난 것들이며, 이들 모두 "투명한 유리 상자 속을 순례하는" "마네킹"(「그녀, 마네킹」)에 지나지 않는다. 삶의 실재가 살해되고 자본의 욕망만이 증식하는 이 세계는 '사방연속무늬'의 세계다. "나방 한 마리 불빛을 두드리"고 "무쇠솥 안의 끈끈한 관계를 달구는 동안 / 서로 어우러진 나방과 전구는 / 방안 가득 무늬를 그려 넣는다".(「사방연속무늬」) 욕망의 무늬는 상사성相似性을 띠고 있다. 주체와 타자의 욕망은 서로 얽혀 있고 구분되지 않는다. 자본주의 인간은 욕망의 노예가 되고 마는 것이다. 이 세계를 가득 채우는 것은 거대한 욕망의 하이힐, 그러나 "하이힐을 믿는 순간 / 뒤꿈치에 자라나는 맨홀"(「모든 게 미끼였다」)처럼, 이 세계의 실재는 맨홀 속에 존재하는 것인지도 모른다. 그래서 시인은 다시 말한다. "발밑이 지옥이다. 동그란 뚜껑을 닫은 채 숨어 있는 지옥."(「맨홀」) 지옥은 무쇠솥이나 불판의 이미지로 그려지기도 한다.

> 압력밥솥에 가부좌를 틀고
> 시간을 익히는 그대
> 감정과 사상을 긁어내고
> 벼슬 걸려 있던 얼굴까지 버리고
> 펄펄 끓는 지옥으로
> 걸어들어오기까지
>
> ──양아정, 「복날 등신불」 부분

> 이곳을 나가려는 삶
> 이곳을 들어오려는 살점들이
> 지독한 상자에 갇혀 들썩이는
> 주민등록증을 가진 영혼과

천장에 달라붙은 짐승의 단말마

형광등 밑에서 어설프게 악수하는

식육식당, 간판 언저리

캐묻듯이 뱉어져 있는 오돌뼈

한때는 아름다운 몸 농염하게 흔들었을

그 무엇도 될 수 없는

육신의 조각들이

비로소 재가 되는

왁자지껄한 화장장(火葬場)의 시대

— 양아정, 「세 겹의 재」 부분

　시인은 이 세계를 무쇠솥과 불판의 이미지로 압축한다. 무쇠솥과 불판은 신체를 비체화하는 공간이다. 복날의 개가 형해화되고 육신의 살점들이 결국 재가 되고 마는 이들 공간은 자본이 지배하는 세계를 의미한다. 자본을 향한 욕망에 "농염하게 흔들었을" "아름다운 몸"들은 "펄펄 끓는 지옥" 속에서 "천장에 달라붙은 짐승의 단말마"로 남거나, "비로소 재가 되는" 운명을 면치 못한다. 인간의 신체가 복날 개처럼 형해화되고 구워지는 시적 상상은 잔혹한 세계의 극단을 효과적으로 환기시켜준다. 그 잔혹함의 밑바닥에는 슬픔이 깔려 있다. "울음이 울음을 불러 / 끓어 넘치는 안간힘"이 가득한 "무쇠냄비는 밑바닥이 슬프다"(「수상한 구멍」)고 시인은 말하고 있지 않은가. 결국 남는 것은 욕망의 재다. 욕망이 재가 되어버리는 순간, 인간은 추방당할 것이다. 추방당한 인간은 어떤 의미가 있는가.

프랑코 베라르디는 자본주의의 말단에서 생산되는 것은 쓰레기라고 명시한 바 있다. 그에 따르면 유혈자본주의의 마지막 순환은 곧 쓰레기의 순환이며, 여기서 쓰레기란 자본주의라는 범죄적 가치화의 과정 뒤에 남겨진 사람들이다. 지그문트 바우만도 자본주의의 삶을 '쓰레기가 되는 삶'으로 명명한 바 있지만, 양아정의 시 역시 인간이 쓰레기가 되는 삶의 국면을 드러내고 있다. 철창 속에 무기력하게 갇힌 개의 형상(「구포 개시장」), 혹은 "병든 눈동자에서 / 질긴 세월의 분비물이 흐를 때 / 문짝 떨어진 장롱과 함께 / 너는 폐기처분"된 "유기된 짐승의 뼈마디"(「지붕 위의 개」)는 이 세계 속에서 쓰레기가 되어가는 인간의 형상을 명징하게 드러낸다. 자본주의 사회에서 노인은 '쓰레기'와 다를 바 없다. 장 보드리야르는 노년을 '제3의 시기'라고 한 바 있고, 노베르트 엘리아스 역시 노년을 '사회적 유폐기'라고 한 바 있지만, 자본주의 사회는 노년에 대해 폐기처분의 선고를 내리는 데 주저하지 않는다. 시인은 노년을 병동 이미지로 응축한다.

커튼을 열고 닫는 동안, 납덩이의 아침이 등짝으로 찾아온다. 구겨진 몸 단단히 묶인 채 희미한 눈빛만이 공중을 떠다니는 병상, 가랑잎 같은 그녀의 손이 누군가의 손을 붙잡는다. 서로가 갈 길을 아는 기차처럼 한참 시들은 눈물을 게워낸다. 으르렁대는 지린내와 함께 세상 끝 번호표를 기다리는 흰 늙은이들, 등에 지고 온 구름들을 하나씩 내려놓고 노을 속으로 다시 떠나갈 짐을 꾸린다.

그녀의 손은 푸른 지전을 받아들고 잠시 안도의 숨을 쉰다. 내일도 몇 장의 구름을 주겠다는 그녀의 늙은 친구는 늘 검은 눈물을 흘린다. 늘어진 해는 기진맥진 창에 걸려 있고 찐득한 살냄새 바닥에 뒹구는 거기, 벽시계 속에 걸려 있는 이 빠진 시간들이 그녀의 잠과 맞물려 돌아간다

— 양아정, 「노인병동」 전문

이 시는 노년의 삶이 거느리고 있는 소외감과 쓸쓸함을 드러낸다. 이 시에서 주목해야 할 것은 마지막 문장이다. "벽시계 속에 걸려 있는 이 빠진 시간들이 그녀의 잠과 맞물려 돌아간다". 노인은 여전히 벽시계의 작동 속에서 빠져나오지 못하고 있다. 이 벽시계는 무엇을 의미하는가. 벽시계는 노동을 통제하는 근대적 시간의 규율을 상징한다. 노인병동은 바로 근대 자본주의 사회에서 인간이 도달하게 되는 마지막 종착지라고 할 수 있다. 다시 말해, 노인병동의 시간은 "노파의 굽은 등으로 새어 나오는 / 지리멸렬한 시간들"(「자정의 병동」)로서 폐기처분된 시간의 쓰레기에 지나지 않는다. 그러니까 이 세계의 시간은 "쓰레기를 소각하는 오후 3시"(「별다방 미쓰리」)에 머물러 있다. '쓰레기'는 자본주의 체제에서 추방된 자들의 삶의 양식이다. 시인이 "옷에 맞지 않는 헐렁한 옷을 걸친 노인"(「구포 개시장」)을 철창 속의 개와 병치시킨 까닭도 이와 무관하지 않다. 노인과 개의 병치는 「요양원」에서 다시 한번 드러나고 있는데, 모두 버려진 존재들이다. 이들은 모두 추방된 자들이다. 자본주의의 본질은 그곳에서 추방된 자들이 가장 극명하게 보여준다고 할 수 있다.

3. 혁명의 악보

그렇다면 이 세계의 비상구는 없는가. 세계는 오래된 지구본처럼 녹슬어 버렸고, "혁명" 역시 "두툼한 침묵이 담겨 있는 구멍 난 별"처럼 "시들어 버리"고 말았다.(「녹슨 지구본」) 그럼에도 불구하고 시인은 혁명에의 강한 충동을 지니고 있다. 세계와 신체의 절단면은 세계를 전복하고자 하는 혁명적 에너지를 지속적으로 축적한다. 그러나 미래는 어둡고, 역사를 읽어내는 혜안 역시 존재하지 않는다. 그러나 메시아는 '지금시간 Jetztzeit'에 머문다. 시인의 어법에 따르면, 그것은 '악보'로 존재한다. 다만, 우리는 그 악보를 연주할 방법을 모를 뿐이다. 우리는 모두 눈먼 자로서 맹인인 것이다. 혁명의 악보는 랑그langue 형태로 잠재되어 있다. 우리는 악보를 파롤parole의 형태로 발화할 줄 모를 뿐이다. 심지어 읽지도 못한다.

맹인은 천천히 악기를 꺼내어 든다.

묵은 지퍼가 열리자 쏟아지는 불협화음, 출처를 알 수 없는 소문들 줄지어 오선지에 올라선다. 지정되지 않은 자리를 잡는다. 지하 월셋방에서 빠져 나온 음계들, 가파른 계단을 물고 있는 낮은 음들. 악사의 겨드랑이 사이로 쏟아져 바닥으로 늙은 얼굴을 처박는다.

무수한 주름을 가진 건반을 더듬는 난독증의 연주자.

흰 지팡이가 지키는 바구니에 던져지는 동전들, 구깃구깃 구겨진 지폐 몇 장. 악사의 귓속 깊고 깊은 터널에 쌓일 때마다 음표들 흔들린다. 으르릉대며 서로 멱살을 잡아챈다. 때 절은 외투에 매달리는 차가운 눈빛들을 악사의 검은 안경은 털어내지 않는다. 잠깐의 침묵 사이로 무반주의 오후가 하얗게 짖어대고

세상은 눈먼 자가 읽지 못하는 악보로 펄럭인다.

닳아빠진 레일 위를 묵묵히 걷는 햇살은 그림자를 늘였다 줄인다. 주름투성이 그림자가 지상을 건너간다. 구정물 뚝뚝 흐르는 아이를 들쳐 업은 아이 잿빛 얼굴이 낯선 신발 앞에 엎드려 코를 박을 때

늙은 악사가 붙든 단단한 시간의 매듭들 풀린다. 툭 길 위로 떨어진다. 물수제비 뜨듯 날아다니던 음표들 재빨리 거두어 사라진 자리, 아이를 들쳐 업은 아이 여전히 땅에 엎드려 맹인이 버리고 간 악보들 읽고 또 읽는다.

— 양아정, 「눈먼 자의 악보」 전문

"세상은 눈먼 자가 읽지 못하는 악보로 펄럭인다." 그러나 우리는 여전히 그것을 읽지 못하며, 연주 또한 할 수 없다. 그러나 이 시에서 미래의 희망은 '아이'로 표상된다. "아이를 들쳐 업은 아이"가 "여전히 땅에 엎드려 맹인이 버리고 간 악보를 읽고 또 읽"고 있기 때문이다. "아이를 들쳐 업은 아이"라는 구절에서 우리는 참혹한 희망에서 흘러나오는 고혈孤子한 생명력을 읽는다. 시인 역시 혁명의 악보를 읽고자 하는 충동으로

가득하다. 그의 시에 드러나는 비체화된 신체와 감금의 이미지는 이 세계를 벗어나고자 하는 충동의 시적 증상이다. 세계의 절단면을 폭로함으로써 이 세계 너머를 향한 충동을 드러내고 있는 것이다. 그럼에도 불구하고 시인은 한 동안 세계와 신체의 절단면 사이, 그러니까 "뼈를 쓰다듬는 빈소"를 어슬렁거리며 "쓰레기통에 버려진 / 누군가의 유언"(「자정의 노래」)을 증언해야 하리라. 그 유언 속에 악보의 풍문이 스친 흔적이 있을 것이며, 악보를 연주할 수 있는 '아이'(혁명)의 현존이 잠재되어 있을지도 모르기 때문이다.

제4장

시즙屍汁과 해방의 시안詩眼

김근희, 『외투』

1. 경험의 박탈과 버려진 시인들

세상에는 많은 경험들이 존재한다. 그러나 대부분의 경험은 증언할 필요조차 없는 경험들인데, 평균적인 수준의 삶에서 벌어지는 것들이 이에 해당한다. 근대적인 삶은 평균 이상도 그 이하도 아닌 경험들을 발생시키며, 그것은 근대적 경험의 표준이 된다. 근대인들도 그 표준에서 가급적이면 벗어나지 않으려 한다. 그럼에도 불구하고, 우리는 낯선 경험들을 마주하게 되는데, 때로는 언어로 증언할 수 없는 경험들이 있게 마련이다. 그런 경험들은 어떻게 처리되는가. 프리모 레비가 아우슈비츠의 증언 불가능성의 고통 앞에서 결국 자살하고 말았듯이, 근대 체계는 표준을 넘어서는 경험을 허용하지 않는다. 무젤만은 증언의 불가능성 지대에 거주해야 한다. 그것은 근대의 견고한 삶을 파괴하는 위험한 경험이기 때문이다. 이를 위해 근대 내부에는 무엇이 작동하는가. 그것은 이성적·합리적 체계라는 근대의 환상 구조를 깨뜨리는 그 어떤 경험도 침투하지 못하도록 하는 억압체계다. 세계의 곳곳에 벌어지는 전쟁의 참상은 이미 익숙하지만, 정작 전쟁의 처참한 경험에 대해서만큼은 지독한 거리 조정을 단행하고 있는 것이다. 따라서 우리의 경험은 조작되고 평균화된 것으로서 도시의 '평균율'에 따라 세인世人의 삶 수준을 벗어나지 못하고 만다.

근대 체계에서 벌어지는 '경험의 파괴와 박탈'(아감벤)은 더 이상 새로운 일이 아니다. 우리가 일상 속에서 겪는 경험들이 과연 어떤 수준인가를 들여다보면, 그것은 더욱 분명해진다. 별다른 의미를 덧붙일 수조차 없는 자동화된 장면들의 연쇄가 우리의 삶이다. 그리고 늦은 밤 하늘을 바라보며 느끼는 우울은 도시의 누구라도 느낄만한 종류의 것에 지나지 않는다. 우리를 매혹시키는 경험들은 대개 무의미하게 반복되는 자극과 쾌락의 볼륨만을 한껏 높여 놓았을 뿐이다. 우리 스스로 목격하고 증언해야 하는 경험들은 근대적 체계의 언어로는 포착할 수 없는 어둠 저 너머에 존재할 뿐이다. 그래서 경험을 박탈당한 우리 스스로의 모습 또한 어둠 속에 존재하며, 우리의 실제 모습은 우리 자신과 분리되어 그 어떤 언어조차 얻지 못한 채 웅크리고 있을 뿐인 것이다.

시인의 언어는 그 웅크리고 있는 경험을 향해 손을 뻗는다. 이 경험과 언어의 접촉은 낯설고 전례가 없는 일이기에 시인의 언어가 경험을 어떻게 다룰지는 짐작하기 힘든 일이다. 서로가 닿는 순간 언어와 경험은 상처입는다. 상처에 상처가 덧나고 다시 치유되는 과정이 반복되면서, 어둠 속의 경험은 언어로 형상화되는 법을 겨우 터득하게 될 것이다. 그럼에도 불구하고 그 경험은 여전히 소외되어 있을 뿐이다. 세인世人들은 더 이상

어둠 속의 경험을 필요로 하지 않고 요구하지 않는다. 더구나 그러한 경험이 세계의 재난에 준하는 일이 아니라, 한 개인의 주체 속에서 발생하는 재난이라면 더욱 그러하다. 주체의 재난, 즉 주체의 죽음을 확인하는 언어란 오늘날엔 쉽사리 읽힐 수 없는 성질의 것이다. 그럼에도 시인은 자신의 죽음을, 주체의 빈 구멍을 들여다보는 일을 멈추지 않는다. 일상적 언어로 표현할 수 없는 낯선 경험의 공포가, 혹은 그 자신에게는 지극히 익숙한 불안과 우울이 스스로를 덮쳐오기 때문이다. 그런 종류의 경험은 보편적임에도 불구하고 자본에 종속된 근대의 주체는 그것을 외면할 수밖에 없다. 그러한 경험은 효용가치가 전혀 없는 것이므로 질병에 준하거나, 정신이상 징후로 치부된다. 따라서 내면의 재난에 주목하는 시인들은 오늘날의 자본주의 체제 속에서 완벽하게 버려진 시인들이다.

2. 죽음의 선물과 존재의 외투

그러나 역설적이게도 버려진 시인들이야말로 시인의 진정한 가능성을 품고 있지 않은가. 이 세계가 외면하는 깊은 수렁을 굳이 들여다볼 수밖에 없는 자야말로, 어쩔 수 없이, 운명 같은 시인이니까 말이다.

어물전 천막 끝에서 빗물이 떨어진다
다라이 통에 수북이 쌓여있는 조개들
굳게 다문 입으로 빗소리를 듣고 있다

빗물이 제 입술 사이 송곳처럼 박혀도

저승을 섞는 맛에 취할 수밖에 없겠지

그 속에서 제각기 다른 메아리를 환청으로 그리며

모래톱 속으로 사라진 기억을

조심스레 뒤적이고 있을 것이다

광장에 모여든 수많은 사람들처럼

얼굴도 없이 친밀한 체온만이 쌓여있다

누구든 죽음을 예감할 때부터 철학자가 된다지

난 그때 얼굴이란 것을 떠올리려 할까

깊은 호흡 저 밑, 개펄에

대여한 가면을 고이 접어두고 광장의 온기를 찾으러

몸을 벗을 것이다

저 단단한 껍질의 나이테를 따라 젖고 있는 빗물은

이제 누구의 눈물도 될 수 없다

아린 살점들

똑같은 껍질을 봉분처럼 뒤집어쓰고

더 큰 바다에 모여 있는 것이다

한 번 떠나는 어려움이 날선 칼날에 가벼워지고 있다

— 김근희, 「천막조개」 전문

시인은 일상 속에서 죽음을 직관한다. 어물전 '다라이' 속에 수북이 쌓인 채 죽음의 맛에 취한 조개들. 다라이에 떨어지는 빗물을 "저승을 섞는 맛"으로 진술하는 데에는 분명 시인의 세계관이 머문다. 조개들의 껍질을 '봉분'에 비유한 시적 감수성도 마찬가지다. 문제는 그 조개들의 껍질이 모두 '똑같다'는 점에 있다. 다라이에 한 무더기로 쌓여 있는 조개들이 모두 죽음을 껴안고 있는 존재라면, 그것을 바라보는 시인 역시 죽어가는 존재가 아닌가. 시인뿐만 아니라, 모든 살아있는 존재들은 저마다 봉분을 등에 지고 살고 있는 것이나 다름없다. 뭇 존재들이 부정할 수 없는 이 공동성은 바로 죽음에서 나온다. 그럼에도 불구하고, 무더기로 쌓인 그 공동체는 "얼굴도 없이 친밀한 체온만이 쌓여있"을 뿐이다. 얼굴도 없다는 것. 죽음에 결박당해서는 얼굴조차 내밀지도 못하고, 혹은 내밀어야할 얼굴조차 없는 상태로 웅크리고 있다는 것. 죽음은 이토록 집단적이면서도 개인화의 수준을 넘어서지 못한다. 공동성으로서의 죽음을 지니고 있으면서도, 죽음은 철저히 개인화의 수준에서 벗어나지 못한다. "얼굴도 없이"라는 시구가 주는 쓸쓸함이란 아마도 여기서 빚어지는 것일 테다.

죽음을 향한 시선은 사실 시인 자신을 향한 시선이다. 죽음에 대한 예감은 모든 인간을 지배하는 비극적 정조다. 그럼에도 불구하고 모든 죽음에는 저마다의 단독성singularity이 깃든다. 죽음에 대한 사유를 쉽사리 일반적 논리로 묶을 수 없는 이유다. 시인이 왜 죽음에 결박당하고 있는지는 알 수 없다. 다만, 죽음을 예감하는 시인은 이 세계의 한 증상이며, 이 증상을 대체하며 축적된 온갖 재화와 물질들의 기저에 무엇이 도사리고 있는가를 드러낸다. 흔하지는 않지만, 드물지도 않게, 죽음의 감수성은 이 세계에 늘 잠재되어 있으며, 또한 강렬하게 출현한다. 죽음 앞에서는 모든 것이 의구심의 대상이 된다. 무엇보다 먼저 줄기차게 "나를 읽는다".(「얼룩을 먹다」) 이 지독한 자의식의 끝은 자신의 존재마저도 부정하는 사태다.

쇼윈도에 비친 내 모습에 흠칫 놀란다

우뚝 선 덩어리

당신은 누구신가

허리를 구부려본다
엉거주춤 따르는 흉물스런 움직임
오른팔을 들어 올린다
슬그머니 뻗는 왼팔
아, 이 반역은 아직 무엇이든 뒤집을 수 있나
정오의 태양 아래, 그림자를 구겨 넣는 상처투성이 발
포복하는 무릎,
변신과 변신
닫히고 열리는 문틈 사이 꿈틀거리는 주름살들
찡그린다 웃는다 이내 울음 삼킨 그늘 속에서
긴다 긴다…… 캄캄함을 거슬러
제 허물의 문양을 기억하는 뱀
오로지 배밀이로 그어댄 길을 제 몸이라 여기는,
이 구걸

문득, 무거운 외투 속 관절 꺾이는 소리
아—가슴에서 떠밀린 공명이 허공이 되면
너에게서 벗어날 수 있을 거야

두 눈알이 굴러굴러 하늘 끝까지
바람을 차고 오르면
한 점으로 버려둔
문득,

— 김근희, 「외투」 전문

　　자기 자신을 이처럼 낯설고 이물스럽게 드러낸 예가 있을까. '당신'은 쇼 윈도우에 비친, 즉자화된 '나' 자신이다. '나'라는 존재는 '나'의 의미 망에서 벗어난 채 '나'에게 갑작스러운 출현을 알린다. '나'가 존재하고 있다는 낯선 충격. "당신은 누구신가", 타자화된 '나'를 향한 이 물음의 답은 결코 있을 수 없다. 그러니까, 정오의 태양은 수직에 가까우며, '나'의 그림자는 가장 짧다. 태양이 '나'를 수직으로 비출수록, '나'의 그림자는 줄어든다. 태양과 '나'의 각이 어긋날수록 그림자는 커진다. 그러니까, '나'의 존재란 태양과 '나'의 어긋남이며, 이 어긋남에서 비롯되는 그림자다. 그림자는 허상이다. 그렇다면, 그림자가 빨려들어가는 '외투' 내부의 '나'는 누구인가. 이 시에 따르면, '나'는 허공과 닮은 공허에 지나지 않는다. 그러니까 정오에 가까워질수록 '나'의 그림자는 '나'라는 공허 속으로 빨려들어간다. 남는 것은 없다. 그림자가 기어왔던 흔적은 "제 허물의 문양을 기억하는 뱀"에 지나지 않으며, 그조차도 "오로지 배밀이로 그어댄 길을 제 몸이라 여기는, / 이 구걸"로 말끔히 정리된다. '나'라는 존재는 구걸에 바쳐진다. 구걸은 치욕이다. '나'라는 존재 자체가 치욕으로 느껴지는 것은 왜인가. 시인의 자의식은 존재의 자명성을 계속 뒤흔든다. 이는 죽음이 준 선물이다. 어쨌든 '나'는 '당신'으로부터 벗어난다. 그 허물 벗기가 완료될 때 남는 것은 남루한 '외투'에 지나지 않는다. '외투' 안에 든 것은 아무것도 아니며, 허공으로 흡수될 '무'의 공허에 지나지 않는다. 이로써 시인은 '나'라는 존재의 미시감末視感을 전경화하는 데 성공한다.

3. 죽음의 공동체와 사랑의 잠재성

이 허무의 감각을 어찌할 것인가. 허무의 윤리적 각색이 가능하다면 시인의 허무는 보다 깊은 사유에 들어서게 하는 뜨거운 촉매가 될 것이다. 허무 속에서조차 의미를 건져올리는 것이 사유의 숙명이며, 때로는 죽음조차도 의미 그 자체가 된다. 시인은 아직 허무에 어떤 의미를 부여하는 데까지 나아가지 않는다. 죽음과 허무에 시안詩眼을 바싹 들이댄 채 그것들을 최대한 날것으로 드러내고자 한다. "뼈를 달구는 교합의 허무"(『게장을 담그며』)에서 '교합'이 삶 이편의 실재라면, '허무'는 실재의 공허를 마주한 자의 정동affect이다. 허무로 가득한 이 삶은 '교합'의 세계다. '교합'의 세계라서 허무한 것이고, 허무해서 교합의 세계다. 사랑이 교합에 지나지 않게 되는 순간은, 누구에게나 찾아온다. 시인은 사랑이 끝나던 순간을 직관한 바 있다.

살갗이 터져 있다. 그 틈새로

내가 버린 당신이 있다. 차이고

차여서 망각이 되어버린 허공이 웅크리고 있다.

(…중략…)

완벽하게 버려졌다 나는, 채였다

— 김근희, 「채였다」 부분

사랑은 완벽한 환상이다. '나 = 당신'이라는 동일성의 환상은 사랑을 충일케 한다. 그것이 깨어지는 순간 버림받는 것은 다름 아닌 사랑이다. 사랑이 생生을 욕망케 하는 환상이라면, 허무는 사랑이 파괴된 자리 그 자체다. '나'와 '당신'이 아니라, 사랑이 버려지는 것이다. 사랑의 환상은 삶의 환상에 육박한다. 환상이 소거된 후, 사랑은 "뼈를 달구는 교합"의 수준에 머문다. 어떤 의미도 사라진 물질성의 세계. 시인은 사랑의 허무를 통해 삶의 허무를 직관하는 데 능숙하다. 그러니, 이 허무의 세계를 벗어나고자 하는 충동 또한 시인이 감당해야 할 정동이다. "새를 보았다 / 베란다를 빠져나가려 바둥거리던 주검엔 / 벽의 균열이 박혀 있었다". (「2막」) 세계의 '2막'을 향한 움직임은 결국 죽음으로 귀결된다. 그런데 새의 주검에는 "벽의 균열"이 박혀 있는 것이 아닌가. 세계의 균열이 곧 주체의 균열, 혹은 죽음으로 귀결되고 만다는 비극적 인식은 확실히 진리에 가깝다. 이 세계의 벽을 벗어나고자 하는 욕망은 죽음에 가까운 것이기 때문이다. 그럼에도 불구하고 시인은 벽 너머를 향한 충동에서 자유롭지 않다. 그 충동은 물음의 형식을 띠기도 한다. "벽을 기어오르는 사물들의 물음".(「이미지 메이킹」) 그러나 물음에 대한 답쫑의 좌절은 '타래'의 이미지로 돋아나온다.

> 사라진 실마리는 찾지 않기로 한다
> 마술사가 붉은 장미를 삼키고 끝없이 실을 뽑던 입에선 피 냄새가 났다
> 바닥에 흩어진 실들을 감는다
> 살을 찌우는 시간들
> 미로에서 빠져나온 삶은 한결 느슨하기를
> 헝클어진 실뭉치를 모질게 끊고 살았다
> 토막 난 인연들을 옭아매 그 매듭에 매달려본다
> 나를 친친 감는다
> 목 졸려 숨 끊어져 본다
> 옆구리에서 실오리를 다시 뽑아 손목에 감는다
> 흘러내리는 옷으로 얼굴을 지워버리고 기억을 놓아버린,
> 실타래로 헝클어져 사라진 나를 찾지 않기로 한다
>
> ─김근희, 「타래」 전문

이 세계는 헝클어진 실뭉치다. 정확히 말하자면, 이 세계를 살아가는 주체의 삶이 그러할 것이다. 그럴수록 주체는 스스로의 기원에 천착한다. 그러나 그것은 실마리처럼 엉킨 실타래 속에 감춰져 있을 뿐이다. 그것의 존재 여부조차 알 수 없다. 그럼에도 불구하고 실마리를 찾으려 하는 욕망이 주체의 목을 "친친 감는다". 목이 졸려 숨이 끊어질 때까지. 주

체의 기원은 실타래 그 자체일지도 모른다. 실마리를 찾아서 실오리를 따라 거슬러 올라가 본들, 그 끝에는 아무것도 없다. 실의 기원에는 실이 사라진 공백밖에 없다. 그러니 주체의 기원은 실타래 그 자체인 것. 실을 뽑아내 봐야 "피냄새"만이 진동할 것이다. 사라진 '나'는 "찾지 않기로 하"는 것이 상수다. 하여, 주체에게 남는 것은 시간에의 예민한 감수성이다. "모래무덤이 되어가는 시간들 / 몸 구석구석 묘혈을 파고 있다"(「보름달」), "다리는 점점 모래 속으로 깊숙이 자라고 있어".(「의자」) 이와 같은 문장들이 "초침을 씹다 뱉어내는 분침"(「중앙동」)처럼 튀어나온다. 그렇다면, 세계라는 벽 속에 갇힌 자가 할 수 있는 일이라고는 없다. "얼어붙은 사각의 모서리"마다 "한 삽의 흙"으로 "이승의 틈을 바르"거나(「하관」), 스스로 그곳에 누워보는 일말고는. 시인은 묻는다. "바닥은 늘 고향인가". 그리고는 "바다보다 짠 소금물로 / 한 줄 시를 떨구"는 것이다.(「수족관에 서다」) 하지만 절망만이 시인의 모든 것은 아니다.

맨발로 풀밭을 걷는다
풀의 답은 눕는 것이다
오직
눕는 것이다
무게를 모으는 동안 풀은 무게를 나누는 것이다
들녘의 둥근 지평선도 고봉으로 쌓아 올린 사랑인 것이다
아픔은 차라리 부드러운 것이다
쓰러진 풀이 후들거리다 이내 피를 돌리는 것도
발바닥에 스민 젖은 손으로

너의 하루 양식을 준비하기 위험인 것이다

— 김근희, 「풀」 전문

"벽의 균열"이 박힌 새의 부리를 기억해보라. "벽을 기어오르는 사물들의 물음"도.(「이미지 메이킹」) 그 물음에 대한 답이 여기에 있는 건지도 모르겠다. "풀의 답은 눕는 것", "오직 눕는 것". 시인의 시집 전체를 관통하는 이미지가 죽음을 향해 수렴되지만, 역설적이게도 시인은 바로 그곳에서 사랑을 말하고 있다. "무게를 모으는 동안 풀은 무게를 나누는 것". 눕는 행위가 죽음으로 귀착되지 않고 "고봉으로 쌓아올린" "둥근 지평선"의 "사랑"을 느끼는 행위로 전이된다. 환상의 파괴 이후 '교합'의 물질성으로 전락했던 사랑은 이렇게 전혀 다른 모습으로 살아난다. 그러나 시인에게 사랑은, 하나의 잠재성으로만 남아 있다. 그것은 아직 펼쳐지지 않은 주름들이다. 타자를 향한 시선(사랑)은 아직 이 시집에서는 성글지 않은 하나의 심연이다. 다만 이 시집 마지막에 수록된 「겨울초입」이나 「구포역」에서 타자를 향한 사랑의 가능성을 확인할 수 있을 뿐이다.

구포맹인복지회관에서 일 마치고 내려오는 길
오늘은 현대자동차 철야농성 중인 비정규 직원들의 이야기를 읽었다
배가 고프다 농심 새우깡, 원조 since1963 삼양라면, 초절전형 신일 히터기
생활이 빠져나간 빈 상자더미 위에 내가 앉고 바람이 앉고
어디로 가든 나도 내 이름을 지우고 싶다.

— 김근희, 「겨울초입」 부분

화단 아래 여자가 자고 있다

커다란 가슴을 땟국 흐르는 점퍼에 묻고서

둥글어진 몸 위에 너울너울 만발한 철쭉무리

처연히 바람을 흔들어대는데

해가 지기 시작한 지는 오래되었다

사람들은 모였다 흩어지고, 휑한 자리

알 수 없는 슬픔에

내 아랫배 근처를 꾸욱 눌러 본다.

— 김근희, 「구포역」 부분

　자기 죽음에의 몰입은 어느덧 타자를 향한 시선을 내비친다. 시인의 구체적 삶도 실루엣을 드러낸다. 시인을 지배하고 있는 우울에 사랑이 깃든다. 물론 이 사랑은 '교합'으로 전락하고 말 참혹한 사랑과는 전혀 다른 것이다. 우울과 죽음을 거쳐 온 사랑은 그만큼 윤리적이다. 죽음을 체험한 자만이 죽음의 공동체에 가닿는다. 죽음은 인간의 근원적인 공동성이다. 막스 피카르트가 말한 것처럼, 죽음은 모든 인간의 공동성을 이룬다. '아무것도 공유하지 않은 자들의 공동체'(알폰소 링기스)는 죽음 속에서 발견된다. 공동체에 내재한 근본적인 배제성을 제거하는 최종심급이 바로 죽음의 공동체다. 그렇다면, 시인의 사유에 공동체의 기미가 스미는 까닭을 이해할 수 있게 된다. 자기 죽음에 타인의 죽음을 덧대는 순간, 시인의 시는 공동체의 시로 점화되기 마련이다. 그것은 죽음의 공동성을 통해 이 세계의 모든 존재를 껴안을 수 있는 자기 확장을 이룬 시, 어떤 타자를 향해서도 주저하지 않고 공명할 수 있는 시일 것이다. 죽음을 경유한 후, 시인이 껴안고자 하는 풍경은, 아마도 이와 같으리라.

4. 자유와 해방의 시안詩眼

그러나 그곳에는 여전히 "내 이름을 지우고 싶은 충동"이 내재하며, "슬픔"도 이유를 "알 수 없는" 것인 채로 존재한다. 주체와 타자의 고통이 혼재하는 세계 속에서 시인은 죽음과 허무, 그리고 우울에 대적해야만 한다. 그것 역시 엄연히 이 세계를 이루는 심리적 실재이자, 인간의 본래적 경험이다. 시인은 주체의 내면과 타인의 풍경 경계에서 서성인다. 그러나 그 서성임이 내면을 향할 때 더욱 강렬해지는 것은 어쩔 도리가 없다. 마치 "내가 버려질 차례"(「나를 넘기다」)를 기다리듯이, 혹은 어쩔 수 없이 허무한 이 세계에 '잠시'의 흔적이라도 남길듯이. 그 '잠시'가 매우 뜨거운 울음인 것도.

> 찰나는 강이 되어 돌멩이를 나르고
> 기억은 없다
> 수심(水深) 깊은데
> 단잠도 허사일 어느 무렵
> 붉은 항문
> 꼬옥 쥔 울음
> 풀려서도

어디
자국으로
잠시,

— 김근희 「잠시(暫時)」 부분

　시인은 자기 허무와 분열의 길을 한동안 더 가야하리라. 답이 없는 물음으로 인해, "벽의 균열"이 시인의 뼈에 새겨지리라. 이것 또한 시인의 운명이 아닌가. 속절없이 마주하는 이 세계의 물음, 그리고 보이지 않는 '실마리'에 대한 시적 탐문探問과 더불어 "압정처럼 꽂"힌 채 "한 없이 흘러 갈 곳을 찾"아야 하리라. "다시 태어날 곳은 애초에 없고 / 인생의 꽁무니를 완벽하게 감춰 버릴 곳"에서 말이다.(「즐거운 경계」) 그것이 시인의 삶이라면, 기꺼이 감당해야 하리라. 그리고 시인은 말한다.

판박이 같이 찍어내는 동일화면 속에서
무턱대고 살아가는 것이란
얼마나 견고한 이빨이 혀를 깨무는 탄식인가

도로를 달려오는
반대 편 차들의 속도에 질식하면서
부릅뜬 눈에 빨려들면서
내 비늘이 통째로 벗겨지는 희열 속에서
언제든 시간은 멈출 수 있다

그리하여 또 미뤄두기로 한다

자살은 늘 유효하니까
너를 삭제하는 일이 즐거우니까

헛발질하는 구름을 액셀러레이터 페달 위에 얹고
도로 중앙선을 뱉어 내며, 한번씩
내 몸에 노랑선을 그으며

— 김근희, 「즐거운 경계」 부분

　자기 허무와 죽음을 거쳐 시인은 이 세계를 향해 뜨거운 언어를 구사
한다. "판박이 같이 / 찍어내는 동일화면 속에서 / 무턱대고 살아가는 것
이란 / 얼마나 견고한 이빨이 혀를 깨무는 탄식인가". 이 시집에서 시적
사유의 정점은 바로 이 구절에 머문다. "내 비늘이 통째로 벗겨지는 희열
속에서" "언제든 시간을 멈출 수 있다"는 자신감의 근거는 자살에 있다.
시인에게 있어서 자살은 세계에 대적하는 강력한 무기다. 자살은 '나'를
지우는 것이 아니라 '너'(세계)를 삭제하는 것. '나'를 압살하는 이 세계의
시간을 멈추게 하는 것. 그리하여 시인은 이 세계의 속도에 질식하면서
도 도로 중앙선을 침범하듯, 이 세계를 파괴하는 언어를 구상하고 있는
것이다. "도로 중앙선을 뱉어 내며, 한번씩 / 내 몸에 노랑선을 그으며"
말이다. 이를 두고 시인은 '즐거운 경계'라고 말한다.
　시인은 세계의 경계 내부에 살기를 거부한다. 이 힘은 어디서 비롯되
고 있는가. 죽음의 사유를 힘껏 견딘 자의 시안詩眼은 시즙屍汁으로 젖어있

다. 시즙에 젖은 시의 각막에 닿게 될 때 아무리 견고한 세계일지라도 파괴되고 마는 것이다. 죽음의 충동은 세계에 공백의 자리를 남긴다. 세계의 구조물에서 중요한 이음새를 빼버리는 것. 그 순간에 이 세계는 파괴되고 그 실체가 드러나게 된다. 이를 두고 바디우가 '빼기의 폭력'이라고 한 바 있듯이, 시인은 세계의 경계를 파괴하는 그 힘을 이미 자기 안에 응축하고 있는 것이다. 그것이 가능했던 이유는 자기 죽음을 사유한 자의 '내면' 때문이라 하지 않을 수 없다. 죽음에의 사유란 곧 "깎이고 깎이는 / 사람의 길"인 것, 그래서 "사람만이 발톱을 깎는다"라고 시인은 말한다. 자기 죽음에의 사유는 "꽉꽉 매인 울음 재워야 일어서는 길"이지만, (「발톱」) 우리는 어느덧 그 길을 마주하고 있는 것이다. 자기 죽음을 넘어 세계의 경계 위에서 '외투'를 벗고, 위태롭게, 하지만 "내 비늘이 통째로 벗겨지는 희열 속"에서 자유와 해방을 꿈꾸는 시인의 내면을 말이다.

　　돌에서 부리가 자라나온다
　　쉼 없는 순간순간이 파문(波紋)을 굴리고 있다
　　무서운 속력이 어둡고 싸늘한 동굴을 빠져 나오고

　　베란다 문을 열고 돌을 던진다
　　가벼워지고,
　　내 손이 날개처럼 펄럭인다

　　　　　　　　　　　　　　　　　　　　　　— 김근희, 「2막」 부분

제5장

충동과 슬픔의 경계

정진경, 『여우비 간다』

　정진경의 시는 강렬하다. 빠른 속도로 읽히는 그녀의 시는 여성의 피억압을 단호한 어조로 진술하면서 거기서 충동되는 죽음에의 감각을 보여준다. 정진경의 시가 억눌린 여성의 정체성을 다루면서 죽음 이미지를 표출하고 있는 것은 피억압의 상황을 파괴하고자 하는 충동drive에서 비롯된다. 그것은 여성이라는 존재의 한계를 넘어서는 것이다. 그녀의 제2시집 『잔혹한 연애사』(bookin, 2009)의 강렬한 한 구절 "입술에 만개하고 있는 미친년꽃"(「역할전환놀이」)은 시인의 시적 자의식에 다름 아니다. 자기 경계를 넘는 열망을 가질 때 여성은 미친년이 되고 말며, 그러한 현실을 뼈저리게 자각하게 될 때, 자기 육체를 포함하여 삶의 파괴를 향유하는 죽음충동이 발산된다. 그녀의 시집에서 심심찮게 등장하는 X-ray는 남성, 혹은 남성이 지배하는 문명의 시선이며, 그 억압을 파괴하고자 하는 충동은 곧 아버지의 죽음을 불러낸다. 아버지의 죽음은 곧 세계의 파괴다.

그러나 이 세계는 그녀에게 유일성을 지닌다. 세계의 죽음은 곧 그녀의 죽음이다. 그래서 그녀는 아버지와의 동일성에서 좀처럼 헤어나지 못한다. 프로이트가 말한 양가감정이란 바로 이런 것이다. 세계의 죽음을 기획하는 그녀의 시는 결국 죽음 속에 갇힐 수밖에 없는 딜레마를 보여준다. "육신은 기억으로 만든 서책書冊"(「사람에게는 기억이라는 문자가 있다」)이라거나 "윤기가 뽀얗게 흐르는 봉분 안 / 탈골된 뼈들이 퍼즐을 맞추듯 선명하게 조립되고 / 여자는 주검을 매만지며 화장化粧을 한다"(「가장 종속적인 본능」)는 구절은 결국 "여자에게 길은 칭칭 감아둔 실패"(「초인종」)라는 이미지로 귀결된다. "여자의 길"은 "칭칭 감아둔 실패"와도 같은 업이며, 업의 이미지는 전생으로까지 이어진다. "가위로 절단한 / 탯줄 저 편에 있는 전생이, 어느 날 / 나를 찾아왔다"(「전생 빚을 받다」) 죽음과 접촉함으로써만 자유를 얻을 수 있을 것인데, 그러나 죽음 이후의 자유란 허망한 것이다. 여성의 운명이란 그렇다. "종신형이라 믿었던 그와의 인연이 / 우리를 죽음의 집으로 안내"하는 것. 그녀의 시는 결국 아버지의 세계를 넘지 못하는 한계를 지닌 듯 보인다.

이때 여성의 실존이 나갈 수 있는 탈출구 하나가 인간의 보편적 운명에 눈을 돌리는 일이다. 곧 여성의 실존을 인간의 보편적 실존으로 사유하는 것. "탄생하면서 접고 / 죽는 순간에야 펴는 사람의 날개를 훔쳐본다". "사람에게 날개란 존재의 형상이 아니라 / 부재의 형상이다".(「꼭 한번 번데기가 되는 날」) 이처럼 정진경은 여성의 실존을 넘어 인간의 보편적 실존(죽음)을 포괄하는 시적 지형도를 펼쳐 보인다. 그러나 그것은 여성의 피억압을 자각하면서도 아버지의 세계와 분리되지 못한 시적 주체의 막다른 길의 풍경이다. 죽음의 반란은 아버지를 향한 것이지만 결국 아버지에 대한 애착으로 귀결된다. 정진경의 시는 곧 "아버지를 홀로 보내지 않으려는" "증세"와도 같은 것.("병病」, 이상 『잔혹한 연애사』)

이제 정진경의 제3시집 『여우비 간다』(푸른사상, 2013)를 보자. 이 시집 역시 곳곳에 죽음의 감각이 물들어 있다. 물론 이전의 시들이 보여주던 여성의 실존과 문명 비판이 일정한 흐름을 유지하고 있지만, 상대적으로 그것의 전복성이 약화되고 있다는 점이 특기할 만하다. 특히 여성의 실존에 관한 시는 그 흔적만이 남아 있고, 문명비판의 시는 파괴의 충동이 상당 부분 감소한 상태다. 이 충동의 약화는 이 세계가 파괴해야 할 세계가 아니라 이미 파괴되고 있는 세계라는 인식에서 비롯된다. 시인의 세계 인식이 '생애전환기'에 접어들었음을 짐작할 수 있다. 『여우비 간다』에서 이 세계는 파괴의 대상이 아니라 병든 세계라는 데 시선이 모인다. 세계와 시인은 한 몸이다. 아버지라는 세계가 병들었듯이 시인의 주체 역시 병에 깊이 물들었다.

링거액이 몸 안에 집을 지어
공중누각을 무너뜨린다

— 정진경, 「장마」 부분

링거액에 섞여 흘러드는 280cc 마취제
투명한 줄을 따라 영혼이
꼬물거리면서 슈욱, 타임슬립을 한다

— 정진경, 「280cc의 싱크홀」 부분

실제로 『여우비 간다』는 유난히 '병시病詩' 모티프가 강하다. 시집 도처에 있는 죽음 이미지 또한 여전하다. 「280cc의 싱크홀」은 수술의 체험을 "정체를 알 수 없는 장소 빗장이 덜거덕거리면서 / 나에게 문을 열어준다"는 것으로 표현한다. 이처럼 세계와 '나'의 육체는 병들어 있다. 세계와 '나'는 한 몸이다. 하여 이 세계의 병은 '나'의 병이며, 이 세계의 죽음은 곧 '나'의 죽음이다. '나'는 아버지의 세계를 벗어나지 못한다. 아버지는 파괴해야 할 세계가 아니라 죽어가는 세계이며, 시적 주체 역시 마찬가지다. (여기에는 시적 주체와 아버지의 동일성이 내재해 있다.) 『잔혹한 연애사』에 비해 『여우비 간다』에서 여성의 실존보다 인간의 보편적 실존이 더 강조되는 이유다. 여성의 실존이 인간 보편의 실존이 되고 마는 것. 다시 말해, 여성이든 남성이든 모두 죽어가고 있다는 것, 혹은 이 모든 세계의 죽음.

죽음의 원인인 병은 주체에게 "정체를 알 수 없는 장소"인 비의미의 공간을 열어주지만, 그 공간을 의미의 영역으로 끌어들이게 함으로써 삶을 견딜 수 있는 힘을 제공한다. '병시'가 삶의 의미를 더욱 풍부하게 만드는 것은 바로 이 때문이다. 그래서일까. 정진경은 병든 삶의 한 지점에서 죽음을 감각하는 동시에 생명의 감수성 또한 내보인다. 예컨대, "봉인한 저승길을 슬며시 열어놓는다"(「봉인 1」), "생전에 호명하던 이름은 사라지고 한 구 시체로 불리는 0시, 이곳"(「0시의 새떼들」) 등의 진술은 "태양을 향해서라면 기꺼이 / 제 몸을 구부리는 선인장 신념"(「굴욕의 신념」), "살기를 번득이며 내려오는 천상의 칼, 설빙이 나를 맹수로 길들인다"(「맹수 훈련소」) 등의 진술에 자연스럽게 살 부빈다.

죽음에 대한 감각은 생명에 대한 예민한 감수성과 다르지 않다. "시간이 늘어지고 있는 몸 시계, 생명이 째깍거린다"(「시간의 중량」)에서 이를 확인할 수 있다. 생명에 대한 감각. 정진경의 시는 병과 죽음의 상태와 다를 바 없는 이 세계를 회복기의 문턱에 옮겨놓고자 한다. 그리고 회복의 방식은 여성성에 기운다. 이때의 여성성은 보편성으로 인식된다. 시인은 죽음과 생명의 경계에서 삶의 낙관과 비관이 뒤섞인 묘한 풍경을 그려내는데, 예컨대 「여우비 간다」가 그렇다.

폭우를 예보한 기상청 뉴스와 달리 교활한 여우 웃음이 내게로 퐁퐁 튄다 웃음도 복제가 됩니까? 웃음은 광속도로 달리는 바이러스예요 빌딩 숲 외벽을 기어오르는 여우비, 4차선 중앙선을 타고 건너편 도로로 덤블링을 한다 충혈된 눈에 핀 조소에 헐거워지는 생각을 단단히 조인다 노란 택시, 파란 트럭, 빨간 승용차 바퀴 노면을 흔들어대면서 울리는 굉음들, 지독한 비린내 속으로 여우비 들어간다 공동어시장 모퉁이를 돌아 경매되지 않는 생선을 헤집는다 부패로 가득 찬 부레에서 진동하는 냄새, 닻을 내리지 못해 표류하는 선원들 틈에서 폐유 냄새가 난다 삶의 난간에서 느슨한 너트 틈에서 알랑대는 여우비, 아흔아홉 개의 꼬리가 해풍에 밀려 다닌다 녹 핀 철근을 숨긴 테라코타 방파제, 어린 낭태의 굽은 등뼈 속으로 여우비 간다

오랫동안 잠가둔
송수관에서 누수되는 눈물,
오늘은 여우비 간다

—정진경, 「여우비 간다」 전문

여우비가 내리는 풍경은 미묘한 것이다. 햇빛과 함께 쏟아지는 비. 여우비는 "교활한 여우 웃음"에 비유된다. "웃음은 광속도로 달리는 바이러스"에 비유되면서, 현실의 "지독한 비린내" 속으로 여우비는 내리는 것이다. 남루한 세계의 속살을 모조리 적시는 여우비는 햇빛과 물기를 머금고 있다. 이것은 삶에 대한 낙관인가, 비관인가. 세상을 보는 시인의 시선은 눈물과 웃음을 함께 머금고 있다. 눈물과 웃음의 공존. 삶은 여우비로 가득한 풍경인 것이다. 바로 이것이 정진경 시인의 변화 지점이다. 여전히 저항적 충동의 흔적이 곳곳에 남아 있지만, 이번 시집에는 깊은 고통을 경유한 자의 여유와 초연함이 느껴지는 까닭이다. 서시序詩격인 「동일자의 꿈」에서 "잎이 돋자마자, 화초를 포용하고 있는 클로버 잎들 // 행복은 이렇게 푸르게 세상을 물들이는 거야요"는 매우 이례적인 진술이며, 그의 시적 변화를 보여주는 증례다.

이 변화는 어디서 유래하는 것인가. 이전 시집이 보여주었던 피억압의 감각과 저항적 충동이 현저히 줄어든 것은 어디서 비롯되는가. 앞서 말한 것처럼 '병'을 통한 생의 성찰 때문인지도 모른다. "한의사는 / 내 등 가운데서 피를 뽑고 / 심장과 가까운 폐부 깊숙한 곳에 / 침鍼 하나 꽂는다".(「3점 골인 슛」) 이 '침鍼'이 의미하는 바는 자신의 생을 바라보는 시인의 그윽한 시선이다. 자신의 육체를 통해 시인의 시선이 가닿은 곳은 근원적인 생명의 온기라고 할 수 있다. 물론 그곳에는 생의 고통과 죽음에 대한 성찰 또한 없을 수가 없다.

이승에 머뭇거리는 몸은 날개를 펴는 시간이 길다 생은 고행의 열기로 부화하는 것, 이곳에서 0시란 얇은 단층을 가진 살(肉) 두께가 타오르는 시간이다 화장(火葬)으로 화장(化粧)을 하는 성스러운 갠지스강의 축제, 자유로운 화염(火焰)을 경험한 새는 코드화된 죽음을 싫어한다.

―정진경, 「0시의 새떼들」 부분

'여우비'의 이면 풍경이라 할 만하다. "생은 고행의 열기로 부화하는 것". 삶과 죽음이 일체화된 순간을 묵상하는 듯한 이 시편을 일상의 차원으로 옮겨오면 아마도 '여우비'의 풍경이 될 것이다. '비틀어진 분재'를 통해 "고통도 아름다운 성장통"임을 깨닫는 일상의 성찰이 생명과 죽음에 대한 근원적인 감각과 더불어 이 시집에 배어 있다. 그래서 이전 시집에서 보여주었던 '남성/여성'의 이항대립 구조는 상당히 연성화軟性化된 경향을 보여준다. "그 여자의 관을 열자 / 현기증을 일으키는 향기"로 시작하는 「봉인 2―향낭」은 "두 남녀의 영혼이 합장되는 그날 / 우담발라 꽃이 되어 만개하였다"로 마무리되고, 남성의 폭력성에 대한 비판적 성찰이라고 해봐야 「정신교화 = 휴머니즘」 정도가 고작이다. 그의 시는 "젖줄을 잃어버린 모태"(「펌프질」)를 회복하고자, "생명의 출구에서 개봉되고 / 죽음의 입구에서 봉합되는 자연이 만든 순환고리"(「패턴에 대한 욕망」)에 주목한다. 그러나 거기에는 어떤 슬픔이 개입된다.

담장이 허물어지는 날 작은 꽃 한 송이가 보였다 담장의 안과 밖 유전자를 모두 교접한 것인듯 싶은, 이쪽도 저쪽도 아닌 그 꽃은 모호한 변종의 슬픔을 게워냈다

―정진경, 「견고한 습관」 부분

생명의 근원은 경계를 초월한다. 그러나 이 현실은 여전히 경계 지어 있다. 경계 위에 내린 꽃은 현실적 의미에서 "변종"에 지나지 않은 것이며, 우리 "육체들"은 "경계에 대한 기억을 벗겨내지 않"는다. 경계에 결박 당하는 순간, 생명의 감각은 크게 훼손된다. 세계는 경계로써 생명을 구획짓는 '견고한 습관'에서 여전히 자유롭지 않다. 그런 의미에서 그의 시는 여전히 싸우고 있는 중이다. 다만, 저 슬픔이 문제적이다. 그것은 그의 이전 시에서 쉽게 볼 수 없었던 감수성이기 때문이다.

정진경의 시는 저항적 충동에서 모종의 슬픔으로 자리를 옮기고 있다. 이는 앞서 말했듯이 그의 시적 사유가, 파괴되어야 할 세계가 아니라 병들고 죽어가는 세계를 향해 있는 것과 무관하지 않다. 이전의 시들이 아버지와의 동일성을 뿌리 뽑지 못한 채 주체와 타자의 이항대립적 구도를 취해왔다면, 최근의 시들은 이항대립적 구도에서 벗어나 보다 큰 생명성으로 병든 세계 자체를 포용하고 회복시키고자 한다. 저항적 충동에서 슬픔에로의 감수성의 변화는 세계의 죽음이 곧 '나'의 죽음이라는 깨달음에서 비롯된 것이다. 이때 세계는 파괴의 대상이 아니라 회복의 대상이 되고 만다. 파괴라는 저항적 충동이 '회복'의 감수성을 만나게 될 때, 슬픔과 연민의 정서가 생성된다. 정진경의 시는 지금 세계관과 감수성의 측면에서 가장 굴곡이 심한 변곡점을 지나고 있다.

한국 시사에서 이 변곡점의 예후는 대개 포용적이고 초월적인 감성으로 진행되는 경향을 보인다. 그 과정에서 현실은 휘발해버리고, 묽은 감수성만 남아 있게 되는 경우가 많다. 변곡점은 위기이자 기회이다. 부디 변곡점 이후 진일보한 시세계를 성취할 수 있기를 바란다. 이는 한국 시단의 강렬한 시적 개성인 정진경 시인의 무거운 책무이기도 하다.

미래의 기억을 향한 조사弔辭

허혜정, 「무인탐색선」

언어는 낙하산 덮개를 헤치고 나온 무인탐색선이다

전파의 거미줄에 매달린 가느다란 손가락은

황량한 모래언덕과 돌산을 더듬어갔다

무서운 힘을 움켜쥔 인간에겐 세계일 수 있지만

목마른 신기루의 대지는 고원으로 변했고

화산은 황량한 풍경 위로 솟아올랐다

어기적거리며 마른 뻘밭을 더듬는 게처럼

수몰의 흔적으로만 파고드는 발가락

무참히 파도치던 바다의 기억은 사실일 수 없고

어쩌면 아예 존재하지 않았는지도 모를 기억

그저 헛되이 솟아났다 무너지는 모래언덕에 맡겨진 몸

연락을 끊겼다 비행록은 뇌 속에 저장되어 있다

쏟아지는 광선에 세상은 황량한 낮이 되고

붉디붉은 지평선이 흉가가 되도록

진동하던 턱을 똑바로 치켜들고

척추를 가로지른 전선까지 내보이며

미친 게처럼 비척거리다 일어서던 순간

잊혀진 세계는 본래 황막한 어둠을 닮아 있던 것일까

말 속을 달려가는 바람과 먼지를 나는 생각하였다

황량한 침묵을 삼키면서 뻗어가는 언어의 도로를

사라져간 방벽과 사원과 집들을 생각했다

먼지로 무너진 모든 것을 생각했다

날마다 텅 빈 후회의 필름들을 준비하면서

이제는 정지버튼마저 망가져 비틀거리는 발목

발광한 초점마저 흐려져 기계 위에 쌓이는 눈 먼 기계들

죽음 같은 사막을 넘어가며 계속 망가져간 당신도

그 막막한 어둠을 충분히 맴돌았을 것이다

모든 것을 보았기에 말하지 못했으리

말하지 않았기에 기억은 없을 것이다

— 허혜정, 「무인탐색선」 전문

당신이 지금 도시에 살고 있다면, 창밖을 한 번 둘러보라. 어느 산기슭이든 어느 강변이든 어느 해변이든 고층 아파트가 즐비했음을 보게 되리라. 그때, 당신은 무엇을 보는가. 거대하게 축조된 문명의 힘을, 그 힘에서 발산되는 문명의 안락을 느끼는가. 하지만 그 안락이란 파괴와 몰락의 엔트로피를 감금한 불안의 다른 표정이 아닌가. 당신이 도시에 살

고 있다면, 거대한 빌딩을 마주하고 있다면, 그것이 파괴되고 몰락하는 순간을 먼저 생각할 수는 없겠는가. 그 순간은 지금 여기 없으나 시간의 축을 따라가다 보면 도달하게 될 순간이니, 우리는 창조와 파괴를, 생성과 소멸을 동시에 살고 있는 것이다.

이 문명 또한 마찬가지. 인류의 문명이 언제까지나 지속되리라 믿는 당신이 있다면, 욕망으로 떨리는 당신의 작은 이마에 굵은 음질의 조사弔辭를 얹으리라. 이 문명이 스러지기 전에 당신의 몸이 스러지고, 당신 자녀의 몸이 스러지고, 당신 자녀의 자녀의 몸이 스러지리라. 스러짐의 탄식이 시간의 축을 따라 울음으로 터질 때쯤, 문명의 싸늘한 유골 사이로 당신들의 죽음은 허망하게 부유하고 있으리라.

당신 눈앞의 거대한 빌딩이 실은 참혹하게 무너진 콘크리트 더미이듯이 이 문명 또한 피할 수 없는 절멸의 시간을 꽉 껴안고 있다. 그 시간은 오고 있다. 기다리지 않아도 오고 기다리지 않는다면 오기 전에 어서 죽을 일이다. 죽음으로써 회피하려 할지라도 우리의 무덤 위에 그 시간은 슬그머니 죽음의 발바닥을 디딜 것이다.

허혜정은 얼마나 지혜로운가. 지혜는 죽음을 감지한 인간에게만 찾아온다. 그래서 시인은 이미 죽은 자이다. 그는 죽음과 절멸의 떨림을 문명의 발광發光 속에서 감지한다. 그의 언어는 이미 그 절멸의 시간을 탐색한다. 그 시간이 오기 전에 그 시간을 향해 내달아 아무도 말하지 않는, 말하지 않으려 하는 미래의 깊은 침묵을 건져낸다. 하여, 그의 언어는 지금 여기가 아닌, 미래의, 아니 현재가 껴안고 있는 미래의 공간을 부유하는 우울한 '무인탐색선'이다.

「무인 탐색선」이 목격하는 미래는 "황량한 풍경"이다. 모래언덕과 돌산 위로 화산이 솟아오르는. 푸른 생명으로 가득 찼던 바다는 사라지고 없으며, 바다의 기억조차 가물가물해진 디스토피아이다. "어쩌면 아예 존 재하지 않았는지도 모를 기억"을 품고 무인탐색선은 "황량한 모래언덕과 돌산을 더듬어"간다. "어기적거리며 마른 뻘밭을 더듬는 게처럼". 기억은 아무런 의미가 없다. 그것은 "텅 빈 후회의 필름"에 지나지 않는다. 기억의 필름을 날마다 돌리며, 무인탐색선은 디스토피아를 저공비행한다.

무인탐색선은 말 그대로 '무인' 탐색선이다. 무인 탐색선은 인간이 절 멸한 세계에 홀로 남은 '언어'의 비유이다. 여기서 언어는 시인의 예민한 촉수에 맺혀 있는 미래의 거울이다. 언어는 '과거의 극장'(벤야민)이다. 언어는 과거를 담는 도구를 넘어 서서, 과거가 살아 숨쉬는 극장이라는 것. 그러나 시인의 언어는 다른 운명을 걷는다. 시인의 언어는 미래를 탐 색한다. 그것은 추억의 언어가 아니라 절멸의 언어이며 현재로 회귀할 수 없는 언어이다. 그리고 그것은 "미래의 극장"이 된다. 다시 돌아올 수 없는("연락을 끊겼다"), 미래의 언어는 디스토피아를 유영하며, 미래의 미 아가 된다.

시인의 언어는 고독하다. 시인은 자신이 놓아 보낸 언어를 이제 바라 볼 수 없으며, 다만 생각할 뿐이다.

> 말 속을 달려가는 바람과 먼지를 나는 생각하였다
> 황량한 침묵을 삼키면서 뻗어가는 언어의 도로를
> 사라져간 방벽과 사원과 집들을 생각했다
> 먼지로 무너진 모든 것을 생각했다
>
> — 허혜정, 「무인탐색선」 부분

시적 화자는 이제야 비로소 등장하며, 자신이 놓아 보낸 언어를 생각한다. 그리고 언어("말") 속을 달려가는 바람과 먼지를 생각한다. 시인의 언어는 미래를 기억하고 있으며, 시인은 언어를 통해 미래의 풍경을 바라본다. 언어는 도로처럼 뻗어가고, 침묵은 더욱 황량해진다. 언어가 도달하는 미래는 방벽과 사원과 집들이 사라지고 모든 것이 먼지로 풍화된 세계이다. 그곳은 과연 '세계'인가. 시인에겐 세계일 수 없는 그곳이 "무서운 힘을 움켜쥔 인간에겐" 여전히 "세계일 수 있"음을 시인은 알고 있다. 그렇다면 시인의 언어는 "먼지로 무너진 모든 것을 생각"할 뿐일 만큼 무기력한 것인가.

언어는 암담한 미래의 풍경 속에서 "날마다 텅 빈 후회의 필름"을 준비한다. 그러나 정지버튼마저 망가져 비틀거리는 언어는 되돌아올 수 없는 무인탐색선. 시인은 돌아올 수 없는 언어를 미래를 향해 날린다. 그곳에는 숱한 언어들이 이미 수북이 쌓여 있다. "발광한 초점마저 흐려져 기계 위에 쌓이는 눈 먼 기계들". "죽음 같은 사막을 넘어가며 계속 망가"지며, "그 막막한 어둠을 충분히 맴돌" 뿐이다.

벤야민에게 도시의 고고학은 도시를 처음 본 아이의 충격을 복원하는 일로 비유된다. 아이가 도시를 처음 대면할 때 느끼는 충격이야말로 도시에 대한 참다운 경탄이기 때문이다. 허혜정의 시는 벤야민이 도시 문명을 향해 감탄을 자아냈던 충격의 전복이다. 그 전복이란 기실 벤야민이 진정으로 겨냥했던 것이기도 한데, 시인 역시 도시라는 문명에 잠재되어 있던 황폐한 세계를 그려낸다. 20세기의 파리를 거닐었던 산책자는 이제 무인탐색선이 되어 미래의 디스토피아를 떠돈다. 그 언어는 매우 무겁고 고독하며 우울하다. 그것은 현재로 돌아올 수 없는 미래의 언어이자 미래의 극장이기에, 언어를 떠나보낸 시인은 마지막으로 탄식한다.

> 모든 것을 보았기에 말하지 못했으리
> 말하지 않았기에 기억은 없을 것이다.
>
> — 허혜정, 「무인탐색선」 부분

그렇지 않은가. 미래의 언어는 시인에게 돌아올 수 없기에 모든 것을 보아버렸다. 혹은 모든 것을 보고 말았기에 시인에게 돌아올 수 없다. 돌아올 수 없는 언어이므로 시인은 말할 수 없으며, 기억조차 없는 것이다. 현재로 되돌아오는 언어가 있다면 그것은 "서정시의 수치"(「남자의 초상」, 『적들을 위한 서정시』)로만 남을 것이다. 시인은 기억할 수 없는 절멸의 시간을 견딘다. 그렇다면, 회귀가능성 제로인 무인탐색선은 미래의 기억을 향한 조사弔辭가 아니겠는가.

제1장

상상력과 현실의 황홀한 틈새

부재^{不在}하는 풍경의 복원 – 허만하론[1]

1. 풍경과 실존

풍경은 소멸의 흔적을 남긴다. 아니, 소멸의 흔적이 곧 풍경이다. 다시 말해, 매순간의 풍경은 우리의 눈을 최초이자 마지막으로 스쳐 지나간다. '연약하게도' 그것은 시간의 축을 따라 부재^{不在}의 공간으로 사라지는 슬픔을 지닌다. 이처럼, 이 세계를 구축하는 것은 우리의 감각을 둘러싸고 있는 풍경이며, 그것은 순식간에 사라지는 동시에 우리의 불완전한 내면을 가득 채운다. 그 불완전한 내면은 우리의 의식이 된다. 하지만 의식은 부재하는 현존이다. 영화에서 존재하지 않는 것을 존재하게 하는 것은 '속도'라는 비릴리오의 말처럼, 우리는 사라져 가는 현실의 풍경 속

---

[1] 이 글은 2005년에 발표된 것으로 당시까지 출간된 허만하의 시집과 산문집을 대상으로 하고 있다. 산문집은 『부드러운 시론』(열음사, 1992), 『낙타는 십리 밖 물 냄새를 맡는다』(솔, 2000), 『길과 풍경과 시』(솔, 2002), 시집은 『해조(海藻)』(삼애사, 1969), 『비는 수직으로 서서 죽는다』(솔, 1999, 이하 『비』), 『물은 목마름 쪽으로 흐른다』(솔, 2002, 이하 『물』)를 대상으로 하였다. 이하 제목 외 서지사항은 생략한다.

에서 존재의 자기지속성이라는 욕망의 환각 속에 빠져 있으며, 이는 소멸의 흔적에 대한 무의식적 억압과 폭력에 의해서 가능한 것이다.

그것은 일상의 풍경이 지닌 견고함을 더욱 강하게 한다. 일상적 차원의 풍경에서는 부재와 소멸의 흔적을 쉽게 찾을 수 없을 뿐더러, 자기지속성의 욕망이 배태하는 현실효과에 의해서 풍경은 그 자체로서 절대적인 현실태가 된다. "풍경이란 하나의 인식틀이며, 일단 풍경이 생기면 곧 기원은 은폐된다"는 고진의 말에서 암시되듯이, 풍경은 하나의 인식틀로서 우리의 인식체계를 지배하는 일종의 억압으로 작용한다. 그것은 우리를 풍경의 깊은 늪 속으로 침잠시키며, 경화된 풍경의 감옥에서 헤어나지 못하게 하는 것이다. 그러나 풍경의 감옥에서 빠져나오는 비근한 예를 우리는 실존철학에서도 확인할 수 있다.

> 기상(起床), 전차, 사무실 혹은 공장에서의 네 시간, 점심 식사, 전차, 네 시간의 근무, 저녁 식사, 취침, 그리고 똑같은 리듬으로 반복되는 월·화·수·목·금·토. 이 행로는 대개의 경우 수월하게 계속된다. 다만 어느 날, '왜'라는 의문이 고개를 들며 모든 것은 놀라움의 빛깔을 띤 권태 속에서 시작한다.
>
> — 알베르 카뮈, 『시지프스의 신화』, 범우사, 1993, 33~34면.

'왜'라는 의문은 대상의 자명성을 깨뜨리고 그 기원을 인식시키는, 실존의식을 가장 예각화하는 의문사이다. 카뮈는 윗글에서 부조리의 기원을 인식하게 하는 실존적 각성의 순간을 묘사한다. 카뮈에게 풍경의 감옥은 일종의 부조리한 세계로 받아들여지고 있는 것이다. 이러한 일상적 풍경의 부조리한 세계로의 치환은 인식의 '전도顚倒'에 의해서만 가능하다. 이것은 세계에 대한 실존적 각성으로서 새로운 풍경을 드러낸다. 사르트르의 철학적 소설 「구토」는 여기서 더 나아가, 언어가 지닌 허위성을 드러내면서 언어를 탈각시켜버린 즉자적인 사물의 세계를 드러냄으로써 '구토'를 동반할 만큼 기이하고도 충격적인 풍경을 폭로한 바 있다.

허만하는 이처럼 인식의 전도를 통해 새로운 풍경을 발견하는, '풍경의 시인'이다. 이는 그의 산문집에서 보여주고 있는 풍경에 대한 집요한 천착에서도 확인할 수 있다. 그는 사라져 가는 풍경에 대한 범상치 않은 감수성을 보여준다.

언젠가 대구에 갔을 때 남산병원이 사라진 것을 보았다. 그렇다면 어릴 때 눈에 모래가 들어가서 어머니와 함께 달려갔던 그 병원은 거짓이란 말인가. 어느 겨울 해거름 형의 손을 잡고 심부름을 따라가던 형이 나에게 가르쳐 주던 이인성의 아틀리에(그 병원 3층이었다)는 하나의 환영이란 말인가. 그러나 나의 눈에는 지금은 없는 한 풍경이 그대로 살아 있다. 그러나 대구 앞산의 부드러운 산자락은 그대로 살아있었다. 그리고 그 산의 모습은 이인성이 그린 선도산의 모습을 방불케 한다. 그리고 그 앞산의 모습은 내가 고향을 떠나 있을 때 가장 그리운 것의 하나였다. 그리고 그것은 분명히 하나의 풍경이었다

— 허만하, 『낙타는 십리 밖 물 냄새를 맡는다』, 19면.

허만하는 사라지고 없는 풍경에 매우 예민하게 반응한다. 흐르는 시간의 축을 벗어날 수 없는 시인에게 풍경이란 영원히 지속될 수 없는 유

한의 범주에 속하는 것이다. 그래서 그에게 매 순간 사라지는 풍경은 매우 각별한 것이며, 앞으로 사라지게 될 풍경, 그리고 아직 만나지 못한 "무명의 풍경"(위의 책, 13면)까지도 사랑한다. 그러나 그는 릴케의 사유를 빌려 "풍경은 얼굴을 가지고 있지 않다"라고 말한다. 이는 그가 다시 인용하고 있는, "풍경은 내 속에서 자기 자신을 사유하고 있는 것이며, 그리고 내 자신은 풍경의 의식이다"(허만하, 『길과 풍경과 시』, 234면)라는 메를로 퐁티의 말과도 상응한다. 즉자적 사물로서의 풍경은 내 안에서 하나의 새로운 풍경으로 탄생하며, 풍경은 곧 '나'의 의식을 구성하는 동시에, '나' 그 자체이기도 한 것이다. 그래서 그는 말한다.

풍경은 연약하다. 풍경은 순간으로만 있다. 그것은 덧없이 사라진다. 시시각각 빛은 변화하는 것이다. 풍경은 언제나 너무나 단명하다. 그리고 그것은 유일무이한 것이다. 그러한 의미에서 풍경이란 나의 세계(또는 지각)의 모습이 아니라 내 자신의 모습이다. 산다는 것은 풍경을 가진다는 말에 지나지 않는다. 죽음에 대한 공포는 바로 풍경을 잃어버리는 공포다.

— 허만하, 『낙타는 십리 밖 물 냄새를 맡는다』, 30면.

'연약하고, 순간적이며, 덧없이 사라지고, 단명하며, 유일무이한 풍경'은 "내 자신의 모습"이다. 이는 매 순간 사라지는 풍경에의 응시가 바로 '나'의 실존적 풍경에 대한 응시와 다르지 않음을 말해준다. 풍경과 '나'의 조응은 허만하의 시적 세계관 속에서는 필연적인 현상이다. 따라서 그의 풍경은 실존의 풍경이며, 부재하는 현존, 혹은 소멸의 연속이다.

그에게 있어 풍경의 일반적인 개념은 있을 수 없고, "풍경이란 언제나 그 앞에 일인칭 단수 소유격이 붙어 있는 나의 풍경으로만 있는 것"이며, "그래서 풍경은 언제나 살아숨쉬는 것"으로서, "언제나 피를 흘리고 있는 것이다".(위의 책, 31면)

그래서 허만하는 "하나의 풍경을 찾아내는 과정은 거의 시쓰기와 같다"라는 아름다운 사유를 선사한다. 그 풍경은 단순한 경치에 머무는 풍경이 아니라, 한번도 본 적이 없는 낯선 풍경이며, 그것은 곧 시인의 내면 풍경이다. 허만하는 풍경의 사유를 통해 자아를 탐색하고 있으며, 자아 탐색을 통해 '피흘리는' 풍경과 마주하게 된다. 시인의 "영혼이란 낯선 풍경을 만나 깨어나는 자기모습에 지나지 않는" 것이다.(허만하, 『길과 풍경과 시』, 42 · 45면) 따라서 시인이 풍경을 잃어버린다는 것은 곧 자기의 죽음을 의미하는 것이며, 죽음에 대한 공포는 바로 풍경을 잃어버리는 공포일 수밖에 없는 것이다. 그러나 풍경은 항상 사라질 운명에 처해지고 있으며, 실제로 사라지고 있다. 풍경의 실존성은 필연적으로 시공간의 확장을 가져온다. 그래서 허만하는 이미 사라진 풍경과 현존하지만 소외된 낯선 풍경, 그리고 도래하게 될 풍경까지 마주하는, 풍경의 역사적 실존까지 탐색한다. 그것은 다시 말해, '나'라는 개체를 벗어난 인류의 역사적 실존에 대한 탐색이기도 하다.

2. 비극적 추상의 내면 풍경

1969년 발간된『해조海藻』를 통해서 허만하는 비극적인 추상의 내면 풍경을 보여주고 있다. 그의 첫 시집인『해조』의 발간 배경은 그가 활동했던 '현대시' 동인과의 관계를 생각하지 않을 수 없다. '현대시' 동인의 통일된 시론이라고 할 만한 글은 발견하기 힘들지만, "종래의 하이덱거의 존재론적인 취향을 지녔던 일부의 우리 시들이 소품적 질서의 감각성에서 더 앞서지 못했으나 우리는 내면의 레아리떼를 좀더 아픈 땀의 집적으로 포착하려 하고 있다고도 보아질 것이다"(「후기」,『현대시』제6집, 1964)라는 언술을 통해서 현대시 동인들의 시적 경향을 짐작할 수 있다.

하이데거의 존재론에 근거하여 내면의 리얼리티를 포착하겠다는 현대시 동인들의 선언은 참여지향으로 나아갔던 당대 시적 풍토에 대한 대타적 반발인 동시에, 상대적으로 소외된 내면성을 탐구하고자 하는 하이데거식 존재론적 욕망의 소산으로 이해할 수 있다. 하이데거 존재론의 유입은 한국전쟁과 더불어 수입된 실존철학과도 깊은 연관이 있다. 그러나 전쟁 직후는 실존주의적 시들이 전쟁의 참혹함에 압도당함으로써 깊은 내면성의 확보와 드높은 성취를 이룰 만한 여유를 가지지 못한 불행한 시대였다. 본격적인 언어탐구와 더불어 인간 내면성의 탐구에 주력하기 시작한 것은 '현대시' 동인에 의해서이며, 허만하의 첫 시집은 그러한 시적 계보에서 출발하고 있는 것으로 이해할 수 있다.

전쟁체험으로부터 자유롭지 않았던 허만하의 첫 시집『해조』역시 전쟁의 상흔을 도처에서 거느리고 있으며, "한국전쟁은 아직도 내 의식의 기층에 살아 있는 영원한 현실입니다"라고 말할 만큼 원형적 상처로 남

아 있다.[2]

너 순백(純白)한 젖의 강기(降起)에 얼굴을 묻으면

나는 무수(無數)한 군화(軍靴)자욱들이 밟고간

누런 이녕(泥濘)을 생각한다.

앞사람이 밟고 간 그 무참(無慘)한 고엽(枯葉)을.

나는 주물르며 행군(行軍)을 하며 있었다.

가을 햇살에 물익은 무구한 열매를

뭇 굶주린 손길들이 스쳐간

이 깨끗한 유방(乳房)의 순서(順序)를.

내어맡긴 너의 알몸을 포옹(抱擁)할 때

서로 확신(確信)할려는 애절한 눈길

너와 나 사이에 허무(虛無)한 그 간극(間隙)을

뿌리고 있는 자욱한 비소리를 듣는다.

앞을 가리며 나리던 눈물의 낙엽(落葉)

그 소나기소리 너머로 끌려가던

바로 너같던 소녀(少女)의 찢어지는 비명(悲鳴)을.

몸을 트는 해원(海源)의

젖은 갈매기의 앞가슴을

---

2   허만하는 대학입시를 준비하던 18세의 나이로, "1950년 여름의 뙤약볕 아래서, 집에 내 행선지를 기별할 겨를도 없이" 낙동강 전선에 배치되었다. 그는 38선을 넘어 서부전선을 따라 평양을 지나, 여러 낯선 지명들 사이를 오가게 되었는데, 군번조차 없던 그는 이 한해 동안 카뮈가 말했던 부조리를 절절히 깨달았다고 고백한 바 있다. 허만하, 「봄을 기다리며 출렁이는 바다처럼」, 『현대시학』, 2005.3, 229면 참조.

등을 흘러나리는 너의 부드러운 기상(起床)을 애무(愛撫)할 때
나는 그날의 능선(稜線)을 생각한다.
불꽃으로 구성(構成)된 밤, 언 은하(銀河)와
좌우(左右)로 산재(散在)해있던 꺼슨 인체(人體)의 파편(破片)과,
눈덮인 너의 요부(腰部) 너머로 지던 낙조(落照)를.
(…중략…)
모나리자!
나는 너 신비(神秘)한 동자(瞳子)의 깊이에서
너 주름잽힌 대퇴부(大腿部)의 순결과

— 허만하, 「애무(愛撫)」 부분, 『해조』

"앞사람이 밟고 간 그 무참無慘한 고엽枯葉"(아마도 널린 시체들을 의미하리라)을 "주물르며" 행군을 하던 그는 한 여인의 주검에 눈길이 머문다. 삶과 죽음이 찰나적으로 갈라지는 전장에서 "너"(여인의 주검)와 "나"(시적 화자)의 간극은 그야말로 "허무虛無한 간극間隙"이 될 수밖에 없다. 삶과 죽음이 뒤섞인 "불꽃으로 구성構成된" "그날의 능선稜線"은 그에게 있어서 실존적 내면 풍경으로 자리잡고 있는 것이다. 거기서 그가 떠올린 것은 "모나리자"의 "신비神秘한 동자瞳子의 깊이"이다. 죽음과 삶의 살이 피가 엉기듯 뒤섞인 실존적 '애무愛撫'를 통해서 그는 삶의 신비한 깊이를 지닌 내면 풍경을 비로소 형성하게 되는 것이다. "이따금 출토하는 목간木簡의 잔열처럼 건조한 마을을 나는 황폐한 게릴라처럼 들어서고 있었다. 누가 없소! 누가 없소! 절망과 같은 고요를 향하여 거의 갈증처럼 고함을 질렀으나" "나의 인후는 토담처럼 부스러질 따름이었다. 나의 질문은 침묵처

럼 피로하였다"(「강은 사막에서 죽는다」, 『비』)라는 고백 또한 전쟁 속에서 발견한 즉자적 공간에 대한 전율로 읽을 수 있다. 그것은 로깡땡의 전율 속에서 발견한 공간과도 흡사한 것으로, "세계의 소원화, 세계의 이탈, 바탕의 상실, 그리고 비현실"이며, 언어는 이제 "세계와의 관련이나 로고스와의 관련이 없"게 된다.(R. N. 마이어, 『세계상실의 문학』) 그의 시는 안정된 세계 한복판에서 "비극悲劇의 날개를 흔"드는 "후조候鳥"(「구근球根」, 『해조』)처럼 날아오른다. 그 "후조候鳥"는 붕괴된 현실 속에서 추상의 날개를 펴면서 "내 흉강胸腔 안 무변無邊한 하늘 나르는 한 마리 새"가 되고 마는 것이다.

1
(…중략…)
아, 그때 실족(失足)한 나의 몸무게는 나의 안쪽 끝없는 그 심연(深淵) 속으로 낙하(落下)하고 있었다.
눈을 떠 보라!
창(窓)은 나의 손끝에서 어느덧 내 실체(實體)의 일부(一部)가 되어 있다. 환한 추상(抽象)의 햇살 속에서 나는 내 부재(不在)의 잎사귀에 불을 지핀다.
벗이어, 그 동안의 내 실어증(失語症)을 용서하라

2

창(窓)은 나를 해방(解放)한다.

최후(最後)의 마을, 산정(山頂), 신설(新雪)에 젖은 소림(疏林), 바람
도 없이 밀물져오는 지평(地坪). 아득한 묵화(墨畵).

아, 내 시력(視力)의 유역(流域)을 범람(氾濫)하는 싱싱한 북국(北國)
의 풍경(風景)이어.

저만치 두고온 벌써 물말랐을 전후(戰後)의 늪.

(…중략…)

내 흉강(胸腔) 안, 무변(無邊)한 하늘을 나르는 한 마리 새가 된다.

— 허만하, 「창(窓)가에서」 부분, 『해조』

"실족失足한 나의 몸무게"가 "나의 안쪽 끝없는 심연深淵 속으로 낙하落
下하고 있"다는 고백은 시인의 새로운 내면 풍경의 발견이다. 그 풍경은
"창窓"이라는 이미지로 "내 실체實體의 일부一部"가 되는 동시에, "환한 추
상抽象의 햇살 속에서 나는 내 부재不在의 잎사귀에 불을 지피"는 것이다.
그리고 그는 말한다. "벗이어, 그 동안의 내 실어증失語症을 용서하라." 그
는 현실의 비참한 언어("지배자의 언어")를 잃는 대신에 그의 내밀한 언어,
즉 "우리들의 모국어"(「진흙에 대하여 2」, 『비』)를 발견한다. 그것은 "전후戰
後의 늪"과 같은 참혹한 현실 속의 언어가 아니라, 그 현실로부터 "나를
해방解放하"고 "탈출脫出을 시도試圖하"는 언어이다. 그것은 비극적 추상의
내면 풍경("내 흉강 안, 무변한 하늘") 속으로 날아가는 "한 마리 새"인 것이
다. 추상의 내면 풍경은 "꽃"의 이미지로도 발현된다.

이 썩은 흉벽(胸壁)에서 꽃을 피어나게 해주십시오.

바람에 엎드려 우는

암담(暗澹)한 밤을

여윈 늑골(肋骨)을 깨무는 자기(自棄)의 물결을

시원히 미소(微笑)짓는 눈물의 꽃을.

사랑하던 모든 것은 말없이 가고

소원(疎遠)히 이젠 혼자 남았습니다.

끝없는 사구(砂丘)의 염열(炎熱)을 오히려 짙푸른 육엽(肉葉)으로

저항(抵抗)하며 서 있는 선인장(仙人掌)같은

그 숨막히는 인내(忍耐)와도 같은 빛갈의 꽃을.

저 무변(無邊)한 공간(空間) 어느 투명(透明)한 경역(境域)에서 퍼덕

이고 있을

찢어진 기(旗)ㅅ발같은 결의(決意)의 꽃을.

회한(悔恨)처럼 구비치는 긴 시간(時間)을

자욱히 낙엽(落葉)지던 수 없는 배신(背信)을

또, 모래를 씹으며 견디었던 기다림같은 꽃을.

— 허만하, 「꽃·1」 부분, 『해조』

그는 "이 썩은 흉벽胸壁에서 꽃을 피어나게 해주십시오"라고 탄식한
다. 그 꽃은 "바람에 엎드려 우는 / 암담暗澹한 밤을 / 여윈 늑골肋骨을 깨무
는 자기自棄의 물결을 / 시원히 미소微笑짓는 눈물의 꽃"이며, "끝없는 사
구砂丘의 염열炎熱을 오히려 짙푸른 육엽肉葉으로 / 저항抵抗하며 서 있는 선
인장仙人掌같은 / 그 숨막히는 인내忍耐와도 같은 빛갈의 꽃"이자, "모래를

씹으며 견디었던 기다림같은 꽃"이기도 하다. "끝없는 사구砂丘의 염열炎熱"과도 같은 전쟁의 늪 속에서 오로지 "선인장"의 연약한 "육엽肉葉으로 저항"할 수밖에 없는 '열熱'(「열熱」, 『해조海藻』)을 그는 앓는다. 선인장의 "육엽肉葉"으로 표상되는 인간의 육체와 살은 전쟁이라는 극한의 상황 속에서 "빈 시간時間의 산협山峽에 뒹구"는 "수많은 니힐의 낙엽落葉들"에 지나지 않으며, "마지막 시간時間의 기슭에 몰려 / 누우런 송화가루 같이 부유浮游해 있을 / 수천數千, 수만數萬의 나비들의 시체屍體"(「꽃잎에 앉은 나비」, 『해조』)인 것이다. 이렇듯 "절망絶望의 더운 모래바다 위에 / 나는 목숨의 모근毛根을 노출露出하고 쓰러져 있다"(「해조」, 『해조』)는 실존의식은 그의 비극적 추상의 내면 풍경을 "네안데르탈 人"으로 상징되는 인류사적 실존의 차원으로 확장시킨다.

질푸른 북극(北極)의 밤바다쪽으로

아우성치며 밀치닥거리며 떠나가는

이 수(數)많은 이십세기(二〇世紀)의 호모·사피엔스.

(…중략…)

홍적세(洪績世)의 빙괴(氷塊) 끝에 어쩌다 살아남은

아, 나는 외로운 네안데르탈 인(人)

살아남은 사람들은 모두 죽음의 산정(山頂)에서

고개를 서(西)로 돌려 울며 있었다.

(…중략…)

최초(最初)의 인간(人間)이 바라본 경이(驚異)의 해돋이처럼

망연(茫然)히, 노을 젖은 두뺨은 젖어 있었다.

(⋯중략⋯)

내 안죽겠다고 절규(絕叫)하던 오십만년(五○萬年) 그 전(前)의 네안
데르탈 인(人).

(⋯중략⋯)

아, 나는 한 마리 네안데르탈 인(人).

— 허만하, 「네안데르탈 인(人)」 부분, 『해조』

전쟁체험으로 인한 비극적 세계인식은 인류의 보편적 실존으로 확장
된다. 시적 화자는 개인의 실존차원에 머물지 않고 "홍적세洪績世의 빙괴氷
塊 끝에 어쩌다 살아남은" "외로운 네안데르탈 인人", 그리하여 "안 죽겠
다고 절규絕叫하던 오십만년五○萬年 그 전前의 네안데르탈 인人"이라는 인
류사적 실존으로 전화되고 있으며, "죽음의 산정山頂에서 / 고개를 서西로
돌려 울며 있"는 "최초最初의 인간人間이 바라본 경이驚異의 해돋이" 같은
실존적 각성을 추념하고 있는 것이다. 첫 번째 시집 『해조』에 이은 두 번
째 시집 『비는 수직으로 서서 죽는다』는 이러한 인류의 역사적 실존으로
서의 풍경을 매우 아름답게 형상화하고 있다.

3. 인류사적 실존으로서의 풍경 탐색

허만하는 묻는다. "무한이란 무엇인가?" 파스칼이 바라보고 전율을
느꼈던 무한한 공간. 시인은 말한다. "언젠가 이 지구라는 천체도 사라지

는 날을 맞이할 것이다. 그뿐 아니라 언젠가는 이 우주도 사라지는 날이 있으리라. 그러나 만일 신의 섭리가 있어서 다시 새로운 우주를 창조한다면(바꾸어 말해서 새로운 대폭발-빅뱅이 있어서) 이 우주와 다음 우주 사이의 무無는 또 무엇인가? 나는 다만 무한 앞에서 쓰러질 뿐이다."(허만하, 『부드러운 시론』, 26면) 무한공간에 대한 물음은 필연적으로 허무의식을 동반한다. 이른바, '무한공간공포증'. 마키 유스케(『시간의 비교사회학』)에 따르면, '무한공간공포증'은 근대과학이 제공한 추상적으로 무한히 펼쳐지는 미래에 대한 관념에서 비롯된 것이며, 추상화된 공간의 저편으로 끝없이 확산되어가는 의식구조, 혹은 감각의 지향성에 의해 강화된 것이다. 허만하 시인 또한 이러한 근대적인 강박으로부터 자유롭지 않다. 그는 "성운의 사진을 바라보는 것만으로도 겁을 먹는" 것이다.

그러나 서구 근대 시민사회가 개인과 시민의 합일을 통해 획득한 '시민적 불멸성'(에드가 모랭)의 환상으로써 무한공간과 소멸에 대한 공포를 이겨낸 것이라면, 이는 죽음에 대한 배제와 억압, 혹은 삶의 근원적인 풍경의 은폐에 지나지 않는 것이다. 허만하는 이러한 근대적 환상을 철저하게 걷어내어 허무의 낯선 풍경을 복원해내고 있다. 근대가 생산해 온 불멸성의 환각을 거슬러, 이미 낯설게 변해버린 소멸과 무한에 대한 허무의식을 낯선 풍경 속에서 길어 올리고 있는 것이다. 그는 말한다.

나의 풍경에는 이데올로기는 없다
모래 언덕처럼 무너지는 나의 감수성
화약처럼 터지는 나의 언어
나는 불타는 언어로 내 두 눈을 태웠다

절망의 끝이 이렇게도 평화로운 것인지

감은 눈시울로 슬픔을 보기 위하여

나는 은하처럼 사막의 밤하늘에 눕는다

— 허만하, 「사하라에서 띄우는 최후의 엽서」 부분, 『비』

그의 눈과 언어는 "슬픈 살"(「물질의 꿈」, 『비』)의 "화약"(「사하라에서 띄우는 최후의 엽서」, 『비』)이다. "불타는 언어로" 그는 "두 눈을 태워"버린다. 왜냐하면 이데올로기에 침윤당한 그의 눈을 태워버림으로써 이데올로기가 제거된 새로운 풍경을 발견해야하기 때문이다. "모래 언덕처럼 무너지는 나의 감수성"을 통해 일상적 풍경의 이데올로기를 지워버리고 절망의 끝과 슬픔의 풍경을 그는 비일상적 공간인 사막에서 바라보고 있는 것이다. 그의 눈은 "보기 위하여 / 눈동자를 지워버린 모딜리아니의 눈"과 다를 바 없다. 그의 눈이 바라보는 것은 "피 흘리는 침묵"(「장미의 가시 · 언어의 가시」, 『비』)이며, 그 침묵은 그의 내면 풍경, 즉 "내면의 바다"로 형상화된다. 그것은 "하늘에서 빛나고 있는" "눈부신 바다"이지만, "천문도에도 올라있지 않은 캄캄한 바다"(「잃어버린 바다」, 『비』)이다. 시인은 그 침묵의 바다를 찾아내어 다 울어버려야만 한다.

그 시인은 "나의 눈망울 뒤에는 바다가 있다 나는 그 바다를 다 울어버리지 않으면 안된다"고 했었지 이제사 나는 깨닫는다 사람은 아무도 자기의 바다를 다 울지 못하고 만다는 사실을 (…중략…) 눈시울 안에 쌓인 지난 겨울 함박눈의 추억. 캄캄한 밤의 부드러운 벼랑을 흘러내리는 바다의 물빛. 봄 여름 가을 겨울의 바다. 사람은 고유한 자기의 바다를 가지고 이승의 슬픈 눈시울을 감는다.

— 허만하, 「내면의 바다」 부분, 『비』

하지만 시인은 "아무도 자기의 바다를 다 울지 못하고 만다는 사실을" 깨닫는다. "사람은 고유한 자기의 바다를 가지고 이승의 슬픈 눈시울을 감"을 수밖에 없는 것이다. 그 내면은 "장대로 휘저어도 / 휘저어도 / 닿지 않는 하늘"(「하늘」, 『비』)로 표상되기도 한다. 그 "슬픈 눈시울"이란 "천사가 / 하늘에서 떨어지기 위해서" 필요한 "하나의 캄캄한 절망"(「하늘」, 『비』)이며, 그 절망을 통해 그의 언어는 "앓는 언어"로서 "중천에 얼어 있는 눈부신 햇살처럼" "수직으로 서"(「장미의 가시·언어의 가시」, 『비』)게 된다. "폭포처럼 수직으로 알몸으로 선 시"(「신현의 쑥」, 『비』)와 같은 결연한 의지의 언어는 "땅 위에서 만든 무한한 시간의 길이를 사다리처럼 세워" "영원에 이르"(「기하학 연습장」, 『비』)고자 하는 불가능한 욕망이다. 이처럼 영원으로서의 무한한 시공간은 인간의 유한성을 환기시키는 동시에 소멸의 감수성을 자극한다. 그래서 그는 주로 소멸해버린 존재에 대한 그리움과 "적멸의 아름다움"(「낙동강 하구에서」, 『비』)을 시적으로 형상화하고 있다. 그것은 인류의 역사적 실존에 대한 탐구라는 형이상학적 의의를 내함하고 있다.

연대기란 원래 없는 것이다. 짓밟히고 만 고유한 목숨의 꿈이 있었을 따름이다. 수직으로 잘린 산자락이 속살처럼 드러낸 지층을 바라보며 그런 생각을 했다. 총 저수면적 7.83평방킬로미터의 시퍼런 깊이에 잠긴 마을과 들녘은 보이지 않았으나 (…중략…) 사라져라, 사라져라, 흔적도 없이 정갈하게 사라져라. 시간의 기슭을 걷고 있는 나그네여. 애절한 목소리는 차오르는 수위에 묻혀가고 있었다.

— 허만하, 「지층」 부분, 『비』

수몰지역을 바라보면서, 그는 "짓밟히고 만 고유한 목숨의 꿈"을 바라본다. "수직으로 잘린 산자락이 속살처럼 드러낸 지층"은 사라져간 수많은 목숨들의 단층인 것이다. 그의 눈은 "시간의 기슭"을 서성이며, 목숨들의 유구한 퇴적층을 바라보는 것이다. 그것은 인류의 역사적 실존에 다름 아니다. "사라져라, 사라져라, 흔적도 없이 정갈하게 사라져라"는 "애절한 목소리"는 결국 소멸할 수밖에 없는 인간의 운명에 대한 자각이다. 그 자각으로 인해 시인의 내면은 "통곡의 벽"이자 "벼랑"으로 전화되며, 그의 목숨은 "쌓인 시간의 무게 밑에서" 일렁이는, 무수한 죽음의 집적인 "진한 원유"로 형상화된다. 그리고 그는 바위에게서 "인류의 멸망"(「바위의 적의」, 『비』)을 기다리는 "적의"를 느낀다. "바위의 적의"는 다름 아닌 인류의 내밀한 실존적 운명인 것이다.

두보를 만났다. 천2백 년 동안 그의 육체는 투명하게 삭아 한 편의 오언시로 변해 있었다. (…중략…) 언젠가는 흙먼지가 되겠지요. 당신의 시도 고비사막의 흙먼지처럼 바람에 흩날리는 것이 되겠지요. 황하도 사막이 되겠지요. 초록빛 목소리는 풍화하여 헤매는 호수처럼 사막에 떠돌아다니다가 속절없이 잠적한다.

— 허만하, 「코네티컷강」 부분, 『비』

천 2백 년의 시간 동안 삭아버린 두보의 육체가 한 편의 오언시로 변해버렸다는 인식은 두보의 시마저도 흙먼지처럼 바람에 흩날리리라는 근원적인 허무의식으로 치닫게 한다. 황하도 사막이 될 무한한 시간 앞에 그는 전율을 느끼고 있는 것이다. 그 전율은 시인으로 하여금 지금은 사라지고 없는 부재不在하는 풍경을 바라보게 한다. 사라진 모든 것들은 소멸의 흔적을 남기지만, 그것은 소외된 풍경이며 시인의 침묵으로만 발견할 수 있는 것이기도 하다. 이때 "시인은 세계와 침묵으로만 접촉하기 시작한다".(허만하, 『길과 풍경과 시』, 282면) 그 침묵의 언어는 부재하는 풍경과 밀접하게 닿아있는 실존적 언어이며 그때 발견되는 풍경 또한 형이상학적 풍경이라 할 수 있다. 이러한 풍경은 '지층'의 이미지로 형상화되고 있는데, 지층의 이미지는 인류사적 실존으로서의 인간 탐구와 밀접한 관련을 맺는다.(『해조』의 「지층地層」에서 『물』의 「석탄」에 이르기까지 '지층'의 이미지는 지속적으로 반복되고 있다) 지층 속에 퇴적된 오랜 세월의 이미지가 인류의 역사적 실존과 겹치게 되는 것이다. 그것은 목숨이 목숨을 먹고 자라는 "배고픔의 슬픈 역사"(「맨발의 배고픔」, 『물』)이기도 하다. "지층 속에서 원유처럼 일렁이고 있는 쓰러진 나자식물 시체들의 해맑은 고함소리"(「틈」, 『비』)나 "지하 75미터 / 막장에 이르러 / 석탄이 머금고 있는 / 검은빛 / 아름다움"(「잔설」, 『비』)은 인류가 지니고 있는 내밀한 소멸, 혹은 죽음의 인류사적 실존에 대한 증언인 것이다.

보이지 않는 심연, 혹은 소멸의 역사를 복원하는 시인의 눈은 "부드러움으로 허무의 윤곽을 각인하는"(「우주의 목마름」, 『비』) "비"에서 "일억 년의 슬픔"(「진흙에 대하여 3」, 『비』)을 발견하고, "마른 멸치의 어린 뼈대"에서 "가을바다 물빛"(「마른 멸치를 위한 에스키스」, 『비』)같은 슬픔을 읽어낸다. "저마다 고유한 과거를 가지고 있"는 "조약돌"(「조약돌을 위한 데생」, 『비』)처럼, 모든 사물에는 무한한 소멸의 역사가 깃들어 있는 것이다. "바닷가 모래 한 알의 역사는 지구의 탄생과 이어져 있는 것이다."(허만하, 『길과 풍경과 시』, 242면) 빗방울조차도 "화석"(「우주의 목마름」, 『비』)이며, 살아 있는 시인의 몸 또한 살아 있는 '화석'이다. 그래서 "나의 피는 고대의 바다"이며, 고대의 "갈맷빛 물이랑"을 시인의 "몸 안에 가지고 있"(「뇌출혈」, 『비』)음을 자각한다. "강바닥에서 헤엄치는 것"은 더 이상 살아있는 물고기가 아니라 "뼈"(「목숨의 함정」, 『비』)인 것이다. 그것은 "나의 살은 한때 진흙이었다"(「진흙에 대하여 3」, 『비』)라는 고백을 낳는다. 「진흙에 대하여」라는 연작을 통해, 시인은 진흙으로 돌아갈 수밖에 없는 인간의 유한성을 표출하고, 진흙 속에서 인간을 발견하는 동시에 인간의 몸에서 진흙을 발견한다. 이제 시인의 눈은 "진흙의 눈"(「진흙에 대하여 1」, 『비』)이다. 그래서 고분발굴 현장의 유물을 바라보면서도 그는 자신의 동생 "경京"의 죽음을 떠올리는 것이다.(「고분 발굴」, 『비』) 고대의 유물과 죽은 동생의 병치는 인류사적 실존으로서 인간의 허무에 깊이를 더해준다. 그리고 우리의 삶이 곧 다가올 미래의 유물이자 유적이라는 사실을 충격적으로 환기시킨다.

나무가 사라진 겨울 숲같이 실체가 사라진 빈 형식으로 남아 있는 쓸쓸함. 김해 퇴래리(退來里) 출토의 철제 판갑옷.

그가 이것을 가렸던 것은 얇은 앞가슴이 아니라 궁극을 바라보던 그의 꿈이었다. 아득한 별자리에서 떨어지던 별빛을 바라보던 그의 시선 저

쇠는 슬픈 적갈색 녹빛으로 썩어가고 있다. 가슴은 소멸의 자유를 꿈
꾸고 있다. 낙동강 둔치에서 일렁이고 있는 야생의 억새풀같이 가야의 들
녘을 건너는 아득한 바람소리에 귀기울이고 있는 펑퍼짐한 쇠의 가슴. 고
독한 신에게 존재의 외로움을 따지듯 묻고 있는 토르소의 침묵. 외로움을
앓는 신은 어딘가에 있다.

　(…중략…) 사과처럼 빛나던 네 뺨을 흘러내리던 캄캄한 눈물의 이유
를 사랑하라. 손발이 없는 몸통의 슬픔으로 사랑하라. 네 목숨의 외로운
조건을 뜨겁게 사랑하라. 너를 낳던 용광로의 순결한 불길처럼 사랑하라.

　　　　　　　—허만하, 「퇴래리(退來里)의 토르소−김해 국립박물관에서」 부분, 『비』

　박물관은 소멸의 흔적이 살아 숨쉬는 역설적 공간이다. 그것은 무수
한 죽음의 흔적이기도 하다. 김해 퇴래리退來里에서 출토된 판갑옷은 "실
체가 사라진 빈 형식"인 것이다. 그것은 소멸의 공간이다. "야생의 억새
풀같이 가야의 들녘을 건너는 아득한 바람소리에 귀기울이고 있는 쇠의
가슴"은 바로 "몸 안에 묻혀 있는 비어 있는 눈부심"(「비어 있는 자리는 눈부
시다」, 『물』)이기도 하다. 철제 판갑옷의 비어있는 공간은 바로 "살을 가진
내가 존재하는 살아있는 형식"(허만하, 『부드러운 시론』, 26면)이며, 아름다
운 "나의 흉강"인 것이다. 시인은 철제 판갑옷의 비어있는 공간을 통해서
자신의 죽음을 바라본다. 그것은 미래의 시인의 모습이기도 하다. 이는
"1969년一九六九年 1월一月 19일一九日 오후午後 2시二時 40분四〇分, 나는 해운

대海雲台 모래 사장에서 조개껍질을 줍고 있었다. 즉郎 나는 먼 훗날의 내 두개골頭蓋骨의 파편破片을 줍고 있었을 따름이다"(「해변에서」, 『해조』)처럼 그의 초기 시 세계에서부터 지속되어왔던 실존적 관념이다. "손발이 없는 몸통의 슬픔"과 "목숨의 외로운 조건"에 대한 시적 사유를 통해 그는 삶에 대한 비극적이고도 역설적인 "사랑"을 뜨겁게 느낀다. 그 사랑은 "돌의 무릎을 베고 주무세요", "그리고 당신이 돌의 풍경이 되세요"(「프라하 일기」, 『비』)라고 말함으로써 시인 스스로가 철저하게 풍경이 됨으로써만 치유할 수 있는 허무한 사랑이다.

4. 풍경의 변신 — 형이상학적 풍경에서 일상적 풍경으로

허만하의 세 번째 시집 역시 소멸의 감수성을 시의 원천으로 삼고 있다. 그러나 첫 번째 시집과 두 번째 시집과 달리 그의 세 번째 시집 『물은 목마름 쪽으로 흐른다』는 그가 평생을 천착해왔던 형이상학적 풍경의 세계가 일상적인 차원으로 되돌아가는 모습을 보여주고 있다. 그의 시가 추구했던 형이상학적 탐색은 오히려 일상의 풍경을 필연적으로 소외시킬 수밖에 없었다. 그의 다른 표현을 빌리자면, "하나의 이미지를 잉태하기 위하여 그는 수많은 풍경을 학살"(「장미의 가시·언어의 가시」, 『비』)해왔던 것이다. '학살된' 일상적 풍경이 가지는 가치를 그는 비로소 깨닫고 있는 듯하다. 형이상학적 풍경에 의해 은폐되었던 일상적 풍경이 그의 세 번째 시집에 의해서 아름다운 삶의 풍경으로 되살아나고 있는 것이다.

돌부리에 걸려 허공을 잡고 허우적거리는 내 손의 당황. 흘러내리는 체중의 중심을 옆에서 꽉 잡아주는 손. 신의 손이 아닌 따뜻한 사람의 손이었다. 아내의 손이 그렇게 큰 것인 줄은 몰랐다. 두 개의 무게중심이 하나로 겹치는 그날 아침의 눈부신 평형. 기울던 세계가 다시 바로 서는 발바닥의 안정감. (…중략…) 해발 육백 미터 벼랑 높이에서 땅을 밟는 성치 않은 체위의 다시 든든한 안정감.

— 허만하, 「평형의 풍경」 부분, 『물』

"돌부리에 걸려 허공을 잡고 허우적거리는 내 손"을 잡아준 것은 "신의 손이 아닌 따뜻한 사람의 손"이다. 그는 아내의 손이 "그렇게 큰 것인 줄은 몰랐다"고 고백한다. 그 순간 그는 삶의 "눈부신 평형"을 발견하고, 그것을 "평형의 풍경"이라고 이름짓는다. "기울던 세계가 다시 바로 서는" "안정감"과 같은 시적 언술은 그가 걸어왔던 시적 편력을 다시 한번 생각하게 한다. 그가 도저하게 추구했던 형이상학적 풍경의 시학은 '세계상실'이라는 비극적 체험의 모티프와 실존적 각성에의 몰입으로 인한 경화硬化되고 경직된 시학이기도 했던 것이다. 그래서 그의 첫 번째 시집에 이은 두 번째 시집이 "90년대의 문화가 코방귀를 묻혀 날려버린 문학적 삶의 뜻이 까맣게 흙칠된 상태로 살아나왔"(정과리, 「문학 공간—2000년 봄—총평」, 『문학과사회』, 2000.봄, 243면)다는 극찬에도 불구하고, 유사한 이미지와 관념의 반복과 폐쇄적인 시세계(김우창은 『비』의 시집 해설에서 "주제와 관심을 좁혀 놓는 결과를 낳는다"라고 지적한 바 있다)라는 한계를 노정하기도 했던 것이다. 그러나 역설적이게도 형이상학적 풍경의 탐색으로 인해 한쪽으로 "기울던 세계"를 바로잡아준 것은 자신의 아내로 암시되는 구체적 일상이었다. 그래서 그의 시선은 형이상학의 낯선 풍경에 머무는 동시에 따뜻한 일상의 공간에 안착하는 모습을 보여주게 된다.

침묵을 위장하고 있지만 한 덩이 석탄 무게 안에는 신선한 야생의 소리가 터질 듯 팽팽하게 고여 있다

(…중략…) 숲이 맹수같이 옆으로 쓰러지던 소리를 석탄은 첩첩이 쌓인 잠의 깊이 속에서 조용히 귀 기울이고 있다. 말이 태어나기 이전의 야생의 침묵을 엿듣고 있다. 밤의 신비 안에 우러나는 새벽 기운 같은 빛의 원형을 석탄은 안으로 잔잔하게 머금고 있다.

(…중략…) 동점역 처마를 밝히고 있는 먼 오렌지색 불빛. 석탄이 품고 있는 빛보다 더 따뜻한 불빛. 참된 빛은 눈부시지 않다. 아득히 먼 나라에서 별빛 같은 편지를 쓰고 있는 딸아이 책상머리에 켜지는 수선화 꽃잎의 아련한 불빛.

― 허만하, 「석탄」 부분, 『물』

'석탄'이 지니는 지층이미지는 앞서 말한 인류사적 실존으로서의 인간에 대한 탐구의 성격을 지닌다. "침묵으로 위장"된 "한 덩이 석탄 무게" 안에서 "신선한 야생의 소리"라는 낯선 풍경을 시인은 발견하고 있다. "말이 태어나기 이전의 야생의 침묵"과 "밤의 신비 안에 우러나는 새벽 기운 같은 빛의 원형"을 석탄은 머금고 있는 것이다. 이는 우주의 역사를 석탄이라는 광물이미지를 통해서 광대무변하게 드러내는 동시에, 인류의 실존을

성찰하게 하는 매개로서의 역할을 한다. 그러나 시인의 시선은 이제 형이상학의 어둡고 깊은 지하에서 빠져 나와 "석탄이 품고 있는 빛보다 더 따뜻한 불빛", "아득히 먼 나라에서 별빛 같은 편지를 쓰고 있는 딸아이 책상머리에 켜지는 수선화 꽃잎의 아련한 불빛"에 머물게 된다. 가족을 매개항으로 그는 형이상학적 풍경에서 일상적 풍경으로 돌아오고 있는 것이다. 이와 같은 변화는 언어에 대한 그의 근본적인 성찰로까지 이어진다.

세계와 언어의 틈새를 기고 있는 행보를 바라본다. 말이 빚어내는 미학적 공간에 갇힌 시인처럼 살아서는 자기가 분비한 언어의 성채 바깥을 나서지 못하는 다슬기

(…중략…) 다슬기가 몸으로 그리는 궤적같이 느린 속도가 여는 또 다른 세계의 다정한 눈길

— 허만하, 「다슬기」 부분, 『물』

생애는 한 계절에 지나지 않는다
철학적 개념으로 세상을 보았던 시절
오든의 장시 「헤롯왕」을 번역했던 무모한 가을
(…중략…)
그가 남긴 수직적 인간이란 말의 벼랑이
가을바람처럼 눈에 보이는 데는
오십 번의 가을이 다시 필요했다

— 허만하, 「인제길」 부분, 『물』

"철학적 개념으로 세상을 보았던 시절", 그는 "말이 빚어내는 미학적 공간에 갇힌 시인"에 불과했다는 성찰로써 시작 행위에 대한 근본적인 반성을 보이고 있다. 그래서 "자기가 분비한 언어의 성채 바깥을 나서지 못하는 다슬기"를 시인의 은유로 차용하고 있는 것이다. "오십 번의 가을이" 지나고 삶의 성찰이 어느 정도 이루어졌을 때, 그는 "수직적 인간이란 말의 벼랑"이 "가을바람처럼 눈에 보이"기 시작하는 것이다. 그것은 "다슬기가 몸으로 그리는 궤적같이 느린 속도가 여는 또 다른 세계의 다정한 눈길"을 획득했다는 말에 다름 아니다. 형이상학적 풍경으로 인해 소외될 수밖에 없었던 일상적 풍경에 대한 새로운 깨달음이다. 그래서 그는 세 번째 시집에서 지명을 제재로 한 여행시를 유난히 많이 보여주고 있다. 여행을 통해서 미처 발견하지 못했던 일상적 풍경들에 "다정한 눈길"을 보내고 있는 것이다. 그러나 그 눈길은 단순한 경치의 묘사가 아니라, '사라지고 있는' 풍경들에 대한 '헌사'이다. 그것은 여전히 그의 시가 형이상학적 내면풍경으로부터 자유롭지도 않으며, 소멸의 감수성이 지배하고 있음을 말해준다. 다시 말해, 허만하 시인은 자신이 추구해왔던 형이상학을 구체적인 일상의 풍경을 통해 발견하려 하는 것이다.

이러한 시인의 모습은 "상상력과 현실의 황홀한 틈새를 날고 있는 환희의 새"(「춤추는 가릉빈가」, 『물』)로 표상된다. 사라지고 있는 풍경을 찾아 "한번도 본 적이 없는 풍경에 대한 추억"의 시를 남기기 위한 시인의 감성이 '새'의 이미지로 변주되고 있는 것이다.

낯선 지형이 풍경이 될 때까지 날개를 젓는 새. 길이 없는 곳에서 길을 여는 날개를 위하여 하늘은 있다. 하늘은 해맑은 가을의 깊이를 위하여 있다. 빈 하늘에 걸려 있는 눈부신 옥양목 한 필. 길이 없는 땅 끝에서 물줄기는 수직으로 선다. 냉혹한 낙차를 부들부들 떨며 떨어지는 물소리. 일거에 몸을 던지는 결단의 수위를 아슬아슬 한 뼘 더 높이 날아오르는 시 한 줄의 외로운 높이

— 허만하, 「길이 끝난 곳에서 길은 시작한다」 전문, 『물』

매우 아름다운 위 시에서, 길이 끝나는 지점은 일상적 풍경이 소멸되는 자리이다. "길이 없는" 그곳에서 새는 새로운 "길을 여는 날개"를 펼친다. 그 "날개를 위하여 하늘은 있"으며, 그 날개는 형이상학적 풍경 속을 날아가는 새의 날개이다. 길이 끝난 자리에서 형이상학의 새로운 길을 열기 위해 수직으로 날아오르는 '새'의 그 지점에서 "물줄기는 수직으로 선다". 그곳은 길이 끝난 곳이자, 새로운 길이 열리는 곳이다. 상승과 하강의 극적인 이미지의 교직이 일어나는 그곳에서 "시 한 줄의 외로운 높이"는 완성된다. "물줄기"는 형이상학적 풍경을 드러내는 상징적 기호로 작용하고 있으며, '새'는 시적 화자의 형이상학적 의지의 분신임은 말할 것도 없다. 그래서 "새가 날지 않는 하늘은 내가 모르는 하늘"(「새」, 『물』)인 것이다.

상상력과 현실의 황홀한 틈새. 그 틈새는 소외되고 부재하는 풍경을 형이상학적으로 복원해낼 수 있는 실존적 공백을 마련해준다. 하지만, 그것은 아무도 가려 하지 않는 외롭고 지난한 틈새이자, "지구의 쓸쓸한 등이 거느리고 있는" "적막한 틈"(「틈」, 『비』)이다. 그럼에도 불구하고 그 틈새는 황홀하다. 그것은 인류의 역사적 실존을 넘어 무한을 향한 허무의 의지를 동반하기 때문이다. 허만하는 "아득히 먼 별자리 바라보며"

"한 해에 한번 가슴을 설레는 먼 길을 건너는 수천 마리 새떼의 부드럽고
도 모진 날갯짓"(「아득히 먼 길을 새라 부르다」, 『물』)처럼 무한을 향한 몸
짓을 멈추지 않는 것이다. 그 몸짓은 아직 보지 못한 낯선 풍경을 찾아가
는 형이상학적 비상이다. 그리고 그 새의 몸짓은 결국 인간의 몸짓을 벗
어날 수 없는 비극성을 내포한다.

마지막 한 층 계단을 그는 올라갔다. (…중략…) 그곳에서 하늘은 구
겨져 있었다. 첫발이 허공을 밟았을 때 그는 어릴 적 밟던 세발 자전거 페
달을 밟기 시작했다. 아득한 하늘빛 추억 속에서 그는 발놀림을 계속했
다. 자전거는 하늘 높이 솟구쳐 올랐다. 그 순간 멀리 바다가 빛나고 있는
것이 거꾸로 보였다.

흐트러진 덩굴장미 곁에서 제복 입은 사람이 줄자로 거리를 재고 비
어 있는 그의 윤곽을 그렸다

— 허만하, 「구름의 세발 자전거」 부분, 『비』

투신자살자의 죽음을 환상적으로 처리한 위 시에서 "그"는 "첫발이
허공을 밟"게 되는 죽음의 순간에야 비로소 한번도 보지 못한 낯선 풍경
을 발견한다. 그것은 "멀리 바다가 빛나고 있는" 풍경이다. 죽음 직전에
야 발견하는 삶의 풍경은 형이상학적 아름다움을 가지게 되는 것이다.
찰나적인 '새'의 삶은 "그"에게 "비어 있는 그의 윤곽"만을 남길 뿐이다.
이 소멸의 자리에서 실존의 육체를 뚫고 비상하는 형이상학적 풍경의 비
극성이 존재한다. 그것은 얼마나 아름다운 비극인가? 그의 시는 형이상

학의 세계를 날아가는 새이지만, 현실의 콘크리트 바닥으로 추락하는 운명을 거역할 수 없다. 그럼에도 불구하고, 시인은 "피흘리는 풍경"을 향해 그의 첫발을 허공에다 얹어 놓는다. 그리고 그 아득한 높이에서 지층 깊숙한 곳까지 적시는 낯설고도 아름다운 형이상학적 풍경이 백발이 성성한 그의 눈에 핏빛 노을처럼 머물게 된다. 그것은 부재^{不在}하는 풍경의 황홀한 복원인 것이다.

제2장

숭고와 영성을 향한 시적 사유

이초우, 『1818년 9월의 헤겔 선생』

1. 남극의 끝자락 파타고니아—숭고의 공간

이초우의 시는 첫 시집 『1818년 9월의 헤겔 선생』(2007)의 제목이 암시하듯이, 시적 사유의 변증을 지향한다. 그것은 단순하게 말해 희망과 절망의 변증을 함의한다고 할 수도 있으나, 남극의 끝자락 엄혹한 절망의 빙하를 찾아가는 결기를 띤 것으로 보아야 한다. 현대문명의 일상이란 절망의 기색마저도 스스로 탈색하게 하는 자기검열까지 내면화하고 있지 않은가. 현대문명의 화려한 외관은 어두운 이면을 억압하고 감춤으로써 절망이 뿌리내려야 할 인간의 내면을 황폐화시킨다. 그리하여 이초우는 뒤늦게 헤겔로부터 사유의 변증을 사사 받는다. 그에게 필요한 것은 희망보다는 절망이며, 절망 중에서도 극한의 것이다.

그의 시에서 삶의 끝자락은 남극의 파타고니아 해안으로 설정되고 있다. 이제 삶의 끝자락은 한국의 부산에서, 지구의 남극으로 확장된다. 그의 시는 주로 바다의 해안 바깥을 맴돌거나 떠도는 이미지들을 생산해내지만, 그의 시에서 바다는 인간의 생존을 위협하는 이미지로 드러나지 않는다. 그의 시에서 그러한 바다 이미지를 찾기란 쉽지 않다. 바다는 외려 삶을 나체로 만들어버리는 내면적 사유의 한 지점이다.

> 내가 가슴에 묻어 둔 바다는 남극의 끝자락 파타고니아의 해안이었어 어느 날 나는 일렁이는 포물선 카리브해의 기스락에 떠 있었지 수평선이 노을로 끓어오를 때 나는 보았어 어슬어슬 그러다 잰걸음으로 사라지는 파타고니아의 뒷모습을, 갑판에 끊어질 듯 걸려 있는 로프를, 그물의 어깨를 찢어놓은 해저의 길목 지키던 날선 바위를, 나는 자주 새가 되는 꿈을 꾸었어 날개 퍼덕여 휘감은 물안개를 떨쳐내고 깎아지른 빙하의 벼랑을 힘겹게 날아올랐지 어스레한 아침이 사방에서 몰려오고 기지개를 켠 구름 한 점, 숨겨 둔 커다란 발자국 하나 꺼내 보였어
>
> ─ 이초우, 「파타고니아」 전문

위의 시에서 "내가 가슴에 묻어 둔 바다는 남극의 끝자락 파타고니아의 해안"이다. 그는 파타고니아의 해안을 바라봄으로써 비로소 또 하나의 내면("가슴")을 형성한다. 그 바다는 그가 떠나온 현실과의 대척점으로서 반응하는 이미지가 아니라, 현실을 괄호 친 바다일 뿐이다. 그러므로 그는 "자주 새가 되는 꿈을 꾸"며, "깎아지른 빙하의 벼랑을 힘겹게 날아오"른다. 그곳에서 그가 발견한 것은 "숨겨 둔 커다란 발자국"이다. 이는 무엇을 의미할까? 시집의 첫 작품에서 던지는 이 물음은 매우 중요한 질문이 아닐 수 없다. 내면의 폭과 깊이를 어떻게 확보하느냐에 따라 시적

감동의 질량이 달라질 것이기 때문이다. "빙하의 벼랑"에서 발견한 "커다란 발자국"은 초역사적인 인간의 내면일 터이다. 일상의 세목을 벗어나 고독한 항해를 거듭함으로써 다다른 남극의 끝자락 '파타고니아'는 삶의 낯선 자국들로 가득하다. 그곳에서 그는 일상에서 깨달을 수 없는 빙하의 가파른 절벽과도 같은 삶의 숭고한 얼룩을 발견한다.

2. 붕鵬, 테로포다Theropoda와 흑기러기―일상과 초월의 긴장과 비극

이초우 시인은 숭고의 전율을 발견하기 위한 항해를 지속한다. 그것은 앞서 진술했듯이 현실 속에 절망을 투여함으로써 얻어지는, '여기'가 아닌 다른 곳을 향한 욕망에서 비롯되는 항해이다. 그것은 삶의 끝자락으로 상정된 남극의 빙하를 마주함으로써 공간적 한계를 초월하기도 하지만, 시간의 빙벽을 거슬러 오르는 장대한 시적 상상력을 펼쳐보이기도 한다.

> 고도 3만 피트의 서안으로 가는 길은
> 허공의 뱃길, 아스라이 길고 긴
> 날개 구름 보며 항해하는 배, 솜털 같은
> 빙하의 언덕이다
> 분명 저 실루엣은 새의 몸통으로 돌아가는 언덕
> 자욱이 우거진 설산은 순백의 보풀 깃털이다

살아난·기억처럼 놀랍게도 붕(鵬)이라는 새, 지금

박제된 듯 하늘을 날고 있다

남극 대륙을 횡단하며 바라보는 황홀한 빙하,

금방 쪼개져 내릴 것 같은 빙하의 벼랑을 지나자

이젠 왼쪽 날개가 가물가물 끝이 없다

화석에서 빠져나온 테로포다의 백악기 비상인가

삼천리나 되는 물을 쳐올리며

회오리 바람을 타고 구만리나 올라가는 새,

한나절 날아가 봐도 그냥 그 자리에 있다

붕의 앞쪽 저 먼 날개 너머에는

지난 늦가을 돌아간 친구가 살고 있을까

— 이초우, 「장자가 본 테로포다(Theropoda)」 전문

시공간을 훌쩍 뛰어넘는 그의 시적 상상력은 삶의 끝자락, 남극의 빙하 위를 활공한다. 그 비상은 "고도 3만 피트의 서안으로 가는" "허공의 뱃길"로 묘사되고 있으며, 시인은 장자의 시선으로 백악기의 익룡 테로포다Theropoda를 바라본다. 장자의 눈에 비친 '테로포다'는 "놀랍게도 붕鵬이라는 새"이다. 한 번에 9만 리를 날아오르고 북쪽에서 끊임없이 남쪽으로 날아가고자 하는 자유로운 정신세계를 추구하는 영적인 새, 붕鵬. '붕'은 장자가 꿈꾸었던 이상적 자아에 다름 아니었으며, 이는 이초우 시인에게도 마찬가지이다. 그러므로 장자가 꿈꾸는 붕鵬의 시선을 통해 그는 "남극 대륙을 횡단하며 바라보는 황홀한 빙하"를 꿈꾼다. 남극 빙하의 비현실적 이미지는 이처럼 시인의 언어를 통해 숭고한 심미적 세계로 펼

쳐진다. 그의 시에서 숭고는 시공간적으로 무한한 세계 앞에서의 전율이다. 이것은 그의 시가 추구하는 궁극의 미적 세계임에 틀림없다.

이처럼 이초우의 시적 관심은 일상의 리얼리티에 있지 않다. 오히려 그는 삶의 신성神聖, 혹은 숭고를 발견하는 데 더 많은 관심을 투여한다. 그는 "어딘가 구멍 나 새어 나간 영혼, 나는 움직인다 / 그러나 아직 돌아오지 않은 영혼, 어디서 허기져 나처럼 떠돌고 있을까"(「겨울 민박집」)라고 말한다. 그가 지닌 삶의 '허기'는 일상의 세목들로써 결코 채울 수 없는 근원적 결핍이다. 그 결핍을 해소하고자 하는 시적 고투는 숭고함의 전율을 향한 욕망과 맞닿아 있다. 그에게 전율이란, "일상을 뒤흔든 아름다운 파동"(「아름다운 파동」)이다. 일상을 뒤흔듦으로써 발생하는 파동이란, 숭고를 향한 그의 전율이 일상에 뿌리박고 있음을 알 수 있다. 그러나 여기서 중요한 것은 그의 시에서 발견할 수 있는 일상과 초월 사이의 긴장이다.

이미 한 해의 중년이 된 9월
위로 상승하면 더욱 외로울 거야
그래도 아늑한 빛과 그늘은 있어
등을 돌리지 마라 제발
병든 가로수를 살려낸 직선, 아래 60%는
생기발랄한 새순들이야
그러나 하강하면 불안하다
허물어지고 싶은 직선의 아픔

— 이초우, 「직선에 관한 유추」 부분

일상과 초월의 긴장에도 불구하고 이 시는 매우 건조한 어조로 진술되고 있다. 이러한 의도적 건조함은 시인이 시적 긴장과 파열의 지점을 정확히 인식하고 있다는 방증이다. 그는 기본적으로 일상과 초월이 뒤섞이는 불가능한 꿈을 꾼다. 그것이 불가능한 것은 그의 세계관이 '직선'에 의한 분리에 기초해 있기 때문이다. 그것은 일상과 초월의 간극을 정확히 인식하고 있다는 말이 된다. 직선의 "위로 상승하면 더욱 외로울" 것이고, 직선이 아래로 "하강하면 불안하다". 직선 위의 세계는 40%, 직선 아래 60%라는 그의 세계관은 그의 시적 지향을 명백히 보여준다. 그는 기본적으로 60% 정도는 현실에 붙박여 사는 일상적 인간임을 부정하지 않는 것이다. 그러나 그는 "허물어지고 싶은 직선의 아픔"을 느낀다. 현실과 초월의 변증이 불가능한 것은 그의 세계관이 '직선'의 유추에서 비롯되기 때문이다. 그렇다고 해서 그의 시가 직선을 허무는 시적 고투를 하지 않는 것은 아니다. 절망과 희망의 변증이라는, 헤겔적 사유의 전유에서도 알 수 있듯이 그는 현실과 초월을 동시에 관통하는 하나의 이미지를 형상화하는 데 성공한다.

철새란 때가 되면 떠나야 한다
간간이 날아오는 지상의 소리 귀 기울이고
쉴새없이 타전하는 우주의 파장을 감지하며
계절을 들어 먼 호반으로 옮기는 일이
저 날것들 생의 목적이겠으나 무겁게 실린
등짐과 삶의 길이는 해독되지 않고 다만
우리가 아는 월동이란 말로 먼 길을 떠난다

V자 행렬은 단단한 우주의 막을 열기 위함이니

부러 고집하는 일은 아닌 듯 하나

저 딥 임팩트 같은 실험과 사사론 시비로

더 이상의 포화는 제발!

먼 이역 상공에서도 아주 가까이 들려오는

지상의 폭탄 소리와 화염이

저들을 울부짖게 하는 것

어디에도 함부로 내려놓을 수 없는

두근거리는 심장과 불안한 공포를 안고

허공을 뚫어 가는 하늘 길에도 흔적과

자국을 남기진 않지만, 대열의 선두에 섰던 형제의

날개에 생긴 피부 발진

문드러진 암갈색 깃털로는 더 이상 날 수가 없다

돌아온 유월의 둥우리에 오도카니 앉아 있는

초췌한 흔적의 한 기러기 오누이

남은 한쪽 다리마저 구겨져버린

기형의 새끼 품고 있는 어미 흑기러기

—이초우, 「흑기러기」 전문

이 시는 이초우의 시적 존재태를 정확히 암시한다. 그의 시는 "지상의 소리"와 "우주의 파장" 사이에 존재한다. 흑기러기는 때가 되어 우주의 파장을 감지하며, 한 "계절을 들어 먼 나라의 호반으로 옮"겨가는 신성한 비약을 시작하지만, "무겁게 실린 / 등짐과 삶의 길이는 해독되지 않"은 채다. 그럼에도 불구하고 흑기러기의 장엄한 V자 행렬이 "우주의 막을 열기 위함"이라는 진술은 시인의 궁극적 관심이 우주의 신성한 파동을 감지하는 데 있음을 말해준다. 그러나 우주의 신성한 파동은 지상의 현실과 무관하지 않다. "지상의 폭탄 소리와 화염"은 흑기러기의 우주를 향한 길을 막아버리고, 흑기러기의 새끼마저 불구의 것으로 잉태하게 한다. 흑기러기의 피부발진, 문드러진 암갈색 깃털, 그리고 "남은 한쪽 다리마저 구겨져버린 / 기형의 새끼 품고 있는 어미 흑기러기". 이것은 숭고한 우주의 파동을 꿈꾸는 시인이 지닌 가장 실재적이고 현실적인 모습이 아닌가. 그럼에도 불구하고 초월과 일상의 긴장으로 더욱 단단해진, "내 목에 감긴 탯줄이 잘려나갈 때까지", 시인은 "세상을 향해 긴 울음의 예를 올"(「개기월식」)릴 수밖에 없다. 현실을 벗어나고자 하는 시인의 운명이란, 이렇듯 비극성을 내포한다.

3. 배회의 막다른 골목에서 열리는 영성의 길

시인은 숭고를 향해 비상하지만, 그것은 비극적인 추락에 지나지 않는다. 그래서 그가 꿈꾸는 것은 흑기러기의 드넓은 하늘이 아니라, 포크레인이 박살내버린 "꿈의 상자"에서 흘러나오는 기억일 뿐인지도 모른다. 그 기억은 주로 유년을 향해 있다. 재현할 수도 회복할 수도 없는, 그저 파편으로만 남아 있는 유년의 기억은 불가능한 욕망의 퇴영적인 대체물에 불과할 뿐이다.

내 어릴 적 자주 꾸었던 꿈은

범람하는 강가를 가슴 두근거리며 철벅철벅

걷는 일이었습니다 기다리고 있던 내 어머니,

다부진 생김새의 한 아버지를 용케도 만났습니다

아버지와 어머니가 만났던 그 성스러운 강가, 나는

그 외딴 집에 살고 있었습니다

— 이초우, 「12월의 미루나무」 부분

꽃잎 떨어져 적막한 날, 저는 무수히 날아올 어머니를 생각합니다 오
월의 오동나무에는 언제나 수수한 어머니가, 오늘도 오색 헝겊 매달던 가
지에 앉아, 휘청거리는 저를 보고 잎맥 부푼 행간으로 가라 하시는지요
마음이 놓이질 않는 저는 그 높은 우듬지에 어머니를 부려놓고

— 이초우, 「끝물 꽃 어머니」 부분

"어머니와 아버지가 만났던 그 성스러운 강가", 그곳은 시인의 신성한
근원적 공간이다. 시인은 그곳을 추억하고 그리워한다. 그러나 어머니와
아버지가 만났던 강가의 외딴 집에서 살고 있었던 추억조차도 사실은
"꿈"일 뿐이라는 데에 주목하지 않을 수 없다. "내가 어릴 때 자주 꾸었던
꿈"에서 알 수 있듯이 유년의 추억조차도 꿈속의 것인 만큼, 남극의 빙하
를 향해 가는 시적 욕망의 뿌리를 짐작할 수 있다. 이초우의 시는 일상을
벗어난 자리, 혹은 삶의 궁극을 향한 욕망으로 점철되어 있는 것이다. 궁
극의 자리에는 어머니가 존재한다. "무수히 날아올 어머니"는 나무의 "그
높은 우듬지에" 자리한 만큼, 어머니는 지상의 존재가 아니라 천상의 존

재로 그려진다. 그러나 그러한 천상의 이미지 이면에는 결코 부정할 수 없는, "이승의 시간을 지우며, 뼐 깊은 뿌리 속을 걸으시"는 어머니의, "화장도 하시지 않은 얼굴, 봉분처럼 하얗고 둥"(「엉겅퀴 어머니」)근 죽음의 이미지가 드리워져 있다.

남극의 빙하와 퇴영적인 유년의 꿈은 현실의 뿌리에서 비롯된 고통을 완전히 감추지는 못한다. 이초우의 시집에는 현실의 고통이 곳곳에서 낭중지추囊中之錐처럼 삐져나와 있기 때문이다. 이를테면, 「검은 꽃잎의 속살은 하얗다」에서 현실을 살아가는 민중의 모습이 진술되는데, "15층에서 떨어져 숨진 페인트공 남편 얼굴이 떠오르는지 갈라진 손바닥으로 싹싹 문질러버리는" 김밥 파는 아주머니의 "지난날 설움"을 매우 사실적으로 그려내고 있다. 혹은 「구름 속에 갇힌 새」에서 "올 터진 바깥 날개 하나가 몸을 무겁게 하여 / 구겨진 해고장解雇狀처럼 풀숲에 주저앉"은 해고 노동자는 "덩굴처럼 치렁치렁한 술기운을 벗어 던지고 / 두고 온 풀 숲의 새를 찾아" "허둥지둥 달려가"는 모습으로 그려진다.

이초우는 지상의 고통을 "돌"의 단단함으로 응축한다.(「돌 속의 길은 둥글다」) 돌은 지상에 온몸을 들이대면서 고통의 지분을 흡수한다. 돌의 상처는 지구의 상처이며, 그것은 시인의 상처이기도 하다. 그러므로 시인은 듣는다. "간밤 내 안에 산간 돌 구르는 소리"를 말이다. 돌은 상처로 가득한 시인의 내면을 형상화한 사물이며, "나무가 지껄이는 방언들"에 귀 기울이고, "물고기들의 수화 같은 몸짓을 읽"을 줄 아는 영적 존재이다. 그리하여 시인의 상처는 이제 지울 수 없는 "문양文樣"이 된다. 돌의 단단함은 상처의 문양이 응축된 결과이며, 이는 곧 시인의 내면을 암시한다. "머물면 머문 대로 상처 말리고 더 나아갈 수 없는 자리"까지 "손발을 웅크려 안고 아무렇게나 구르다 쓰러지"는 돌의 존재성은, 그래서 시인이 지닌 고통의 깊이를 내장한다. 돌은 철저하게 지상의 사물이다. "모서리가 둥글게 깎일"(「돌 속의 길은 둥글다」) 만큼 지상의 고통을 두루두루 흡수함으로써 돌의 고통은 편협하지 않다. 돌이 둥글게 깎여나가는 동안 돌의 속은 더욱 단단해지고 깊어지며, 돌 속에는 시인의 "큰 길 하나" 들어서게 된다.("내가 지나가다 돌아와 서 있어도 / 아무 기척없는 저 돌 속엔 / 내 큰 길 하나 젖고 젖어 곰삭고 있었네", 「돌 2」)

나는 회색의 나를 끌며 지루한 골목을 자주 배회했다 때로는 그림자도 허기진 내 몸을 부축하여 해 지기 전 서둘러 되돌아오곤 했다 바람이 일어나는 오후가 되면 머리를 맞대고 졸고 있는 몸 언저리의 작은 돌들 밤새 들려준 돌들의 굴러온 이야기가 끌려 다닌 눅눅한 내 몸을 감싸주었고 잃어버린 산자락은 토박이의 맑은 하늘마저 앗아가 버렸다 이웃들은 이미 파아란 꿈을 꾸지 않았다

포크레인이 내 꿈의 상자를 부숴 버리자 자전거 바퀴 살을 타고 노란 기억들이 굴러 나왔다 내 몸 속에는 등불을 들고 다니며 어둠을 쫓아내는 사람이 보였다 몸 안에는 막혔던 개울들이 모두 뚫려 맑은 물이 소록소록 흘렀다 돌 사이에서 꿈틀거린 수로는, 피어오른 작은 안개 다발들을 쉴새 없이 실어냈다 여린 밤이 푸성귀의 꿈을 밀어냈다 햇살이 몸 깊숙이 파고들어 회색의 나를 덮고 있던 댓돌 하나 들어올렸다

—이초우, 「종(種)」 부분

깎여나가는 돌의 구체성은 "배회"의 양상으로 달리 표현되기도 한다. "배회"란 도시에 적응하지 못한 현대인의 삶의 양식과 다르지 않다. 도시를 거니는 동안 육체 속에 축적되는 이야기들은 시인의 유일한 위안이다.("돌들의 굴러온 이야기가 끌려 다닌 눅눅한 내 몸을 감싸주었고") 그러나 결정적으로 '산책'은 오래가지 않는다. "포크레인이 내 꿈의 상자를 부숴 버리"고 마는 것이다. 파괴된 꿈의 상자에서 흘러나오는 것은 "노란 기억"들인데, 그것은 이제는 회복하기 힘든 과거의 정신적 유산에 지나지 않는다. 문명의 색은 회색이며, 시인은 도시의 지루한 골목을 "배회"할 수밖에 없다. 그러나 그의 시구처럼, "길은 늘 막다른 골목에서 시작되기 마련"(「구름 속에 갇힌 새」)이다. '배회'의 끝에서 시작되는 길은 어떤 길인가? 그러나 그 길은 "환상의 섬"에 존재할 뿐이다. "헤엄쳐 갈 수만 있다면 / 손으로 만져볼 수만 있다면 지금 당장 달려갈 / 힐끔거린 시야에 들어온 환상의 섬".(「유리창에 떠 있는 섬」) 이 섬이 남극의 빙하와 겹쳐지는 것은 환상의 섬이 지닌 비현실적 이미지 때문일 터이다. 그는 지상의 고통을 통해 지상으로 되돌아가는 시적 여정을 보여주는 것이 아니라, 현실을 초월하고자 한다. 그러니까 그는 그의 심장 바깥에 있는 "하나님의 실루엣"(「돌」)을 찾는 영적 여정을 떠나고 있는 것이다.

4. 탄생과 소멸, 지극히 단순한 천상의 시선

그가 이토록 지상을 떠나 천상의 세계를 갈구하는 것은 이 세계의 타락과도 무관하지 않다. 그의 시 도처에 도사리고 있는 비정한 현대문명의 부정성을 생각해본다면, 이러한 생각은 더욱 공고해진다.

안경테의 자국 하며, 저토록 맑고 담담한 모습, 때는 1818년 9월 어느
날 베를린 대학의 교수 헤겔 선생을 나는 지금 만나고 있는 거야 선생은
내려다보신다 매립지의 공단을, 야근 중인 제철 공장의 쇳소리를. 바다의
매립은 계속되고, 선생의 얼굴 뒤 펄쩍 뛰어내려도 될 지척의 바다, 3초
간격으로 좌 우, 홍 청등이 반짝거린다 항로 표지는 아무런 표정이 없으
시다 선생의 잔잔한 모습 아래 펼쳐진, 홍 청등의 눈을 가진 수많은 이야
기들, 내가 헤겔 선생으로부터 받아야 할 애초 학점은,

—안초우, 「1818년 9월의 헤겔 선생」 부분

천상을 향한 그의 시적 여정이 어디서 비롯되고 있는지는 비교적 명
확하다. "야근 중인 제철 공장의 쇳소리를" 들으며, "매립지의 공단을" 내
려다보는 헤겔은 시인의 모습과 다르지 않다. 바다의 표정은 "3초 간격
으로 좌 우, 홍 청등"으로 반짝거리는 불빛에 젖어있지만, 항로표지는 방
향을 잃음으로써 표정이 없다. 지상에서의 무방향성은 결국 하늘길을 낼
수밖에 없다. 이초우 시인이 헤겔로부터 받아야 할 애초 학점 따위는 결
코 존재하지 않을지도 모른다. 오늘날 전유되고 있는 헤겔의 변증법적
사유는 역사의 방향성을 노정하고 있기 때문이다. 이초우에게 역사적 방
향성은 존재하지 않는다. 그의 희망은 초역사적인 관념 속에서 신성의
길을 내고 있을 뿐이다. 따라서 1818년의 헤겔을 떠올리는 시인은 비헤
겔적인 시를 쓰고 있는 것이다. 그렇다면, 그의 시가 현대의 기계문명에

대한 거부반응에도 불구하고 현실성을 확보하지 못한 이유는 무엇일까.
그것은 삶에 대한 그의 근원적 사유의 습성에서 찾을 수 있다.

저 불길 속에는 잠언들 타고 있다
어머니는 말하신다
네 탄생이 붉은 울음이
이토록 간절하게 온몸으로 번져 나가나니
너는 잠언으로 말하리라
수많은 콩나물이 뜨거운 강물에 다 녹아 없어져도
나는 어머니 고통의 축배를 위해,
나의 하느님, 나의 어머니!
초경에 물든 나의 하느님

활활 달구어진 소멸의 신열
붉은 울음 진동하여 온몸으로 퍼져 나가고
흔적없는 잠언들, 수억의 자국들로 다시 살아난다
나의 하느님, 나의 어머니!
하릴없이 나의 하느님, 그 최후의 립스틱 입술로
부드러운 서쪽 능선 허물며
동녘 수평선 아래도
수은주의 마른 불꽃처럼 뚝 떨어지신다

—이초우, 「일출, 그리고 일몰」 전문

일출과 일몰이라는 시간적 거리를 이처럼 단순하게 건너뛰는 사유의 이면에는 아마도 삶에 대한 시인의 지극히 명징한 태도가 도사리고 있을 것이다. 왜 아니겠는가? 삶의 끝자락, 빙하까지 직접 목격한 그에게 삶의 한계는 거대한 지구의 공간적 종말을 체험한 데서 비롯되고 있다. 공간적 종말을 체험한 자에게 시간적 종말의식은 으레 찾아오기 마련 아니겠는가. 여기서 우리는 이초우의 독특하다면 독특하달 수 있을 시적 개성을 볼 수 있게 되는데, 삶의 시작과 끝을 이미 재단해버린 자의 단순성이다. 일출과 일몰의 '사이'를 삭제해버리는 태도는 삶의 비근한 세목들에 눈을 돌리지 못하게 한다. 그의 시는, 그러니까 삶을 구체적 일상을 절단해내는 데서부터 출발한다. 다시 말해, 지구의 끝, 혹은 삶의 마지막에서 그 처음을 되돌아보고 있기에 일상의 세목들에 눈돌릴 겨를이 없는 것이다. '일출'이라는 "탄생"의 "붉은 울음"과 '일몰'이라는 "소멸의 신열"을 동시에 바라보고 있는 시점은 그만큼 초월적이다. 그래서, 숭고를 향한 시적 초월성이 그의 시세계에서 가장 매력적이라는 사실은 부정할 수 없다.

5. 현실세계의 영성적 발아를 기대하며

이초우의 시는 일상의 세목을 들여다보는 세밀한 눈 대신에 우주적인 직관을 지니고 있다. 우주적인 관점에서 내려다보는 그의 시는 처음과 끝을 꿰뚫는 통찰과 직관이 번득이지만, 현실의 문제 가까이 접근할수록 그의 시는 그만의 특장을 상실하고 만다. 이를테면, 한국의 비주체적인 외교역량을 질타하는 「행성의 미래」는 평이한 인식 수준을 벗어나지 못한다. 한국을 "애당초부터 점성이 강"하여, "주변 별들에게 접근, 때로는 이끌리며 진화해" 온 행성에 빗대고 있는데, 그 최종적인 운명이란 "허약한 질량과 중력으로 중심마저 없어"지는 것이다. 이러한 현실인식은 너무나도 자명한 국제정치의 상황을 벗어나지 못한 것이어서, 별다른 시적 충격을 안겨주지는 않는다. 이러한 문제는 현실 속에서 형성된 시적 사유의 자장이 치열하거나 강력하지 못함을 방증한다. 현실 문제에 관한 사유의 역량이 우주적 관점에서 획득한 직관적 사유에 비해 그 공소함이 더욱 부각되고 마는 것이다.

이초우의 시적 능력은 영성靈性을 통해 현실을 감싸 안을 때 온전히 발휘된다. 그의 시적 주체는 "스멀스멀 혈관을 타고 우주를 횡단하는 초록 애벌레"(「왜 점이 거기에 서 있는가」)일 때, 가장 그다운 시적 분위기를 드러낸다.

나는 이제 더 이상의 신화가 만들어지지 않는 숲에서 수의사(樹醫師)가 되고 싶다 복사뼈를 다친 나무들, 무릎에 물이 차 상체가 시들어 가는 그들은 푸짐한 나의 손님 푸사리움가지마름병이 소나무의 수분 다 핥아 먹고 목이 타 죽게 한다 나는 묵어가는 땅, 우주의 입구에 유카리스 나무를 심는다 내가 우주에게 갚아야 할 빚은 600그루 이산화탄소 2톤, 우리 가족의 빚을 갚으려면 더 많은 나무를 심어야 해

하늘로 꽉 채운 잣나무로 아직도 갚지 못한 우주의 빚,

— 이초우, 「수의사(樹醫師)의 지구본」 부분

그는 영적 연금술의 능력을 지닌 시인이다. 그는 어느새 지구를 온전하게 껴안는 생명의 수의사(獸醫師)로 거듭난다. 그리고 그의 영적인 능력은 "아직도 갚지 못한 우주의 빚"을 환기시킨다. 더 이상 "신화가 만들어지지 않는 숲"은 영성과 신성이 말라버린 현대문명을 의미하겠지만, 그는 그것을 회복하기 위한 시적 상상을 멈추지 않는다. 그에게 현실은 '알락도요를 꿈꾸는 땅'이다. "달의 가장자리에서 새어나온 구름"과 같은 천상의 이미지가 "사내의 문패를 더듬으며 부서지"(「알락도요를 꿈꾸는 땅」)는 것이다. 혹은 "에메랄드빛 하늘에 은하가 흐르고 / 초록 우주에 하얀 점자들이 음파로 날아온다"(「물음표」)는 구절, "하얀 눈을 덮고 구름 끝에 누워 있"는 "목선"(「어한기(漁閑期)」)의 이미지, '새집'에서 쫓겨난 신의 관절 소리를 듣는다(「새벽 두 시쯤, 신의 관절 소리」)는 진술 등, 이처럼 천상의 영성과 교신하는 흔적은 그의 시에서 얼마든지 찾을 수 있다.

숭고의 공간으로서 남극을 선택했던 그의 시적 귀결은 정확히 이곳이다. 그는 이미 「시인의 말」에서 "신전에 조각된 콘도르의 등을 타고 나는 자주 구름을 걷어내며 / 감감한 하늘을 날 것이다"라고 말한 바 있다. 그의 시적 여정이 "감감한 하늘"을 나는 데서만 그치지 않을 것임을 우리는 안다. 숭고는 인간에게 비극의 감정을 초래한다. 숭고는 비장을 어느 정도 내포하고 있기 때문이다. 숭고의 뒷자락에서 묻어나오는 비극의 감정은 시인으로 하여금 천상의 신성과 영성을 지상 위에 뿌리게 하리라는 것을 능히 짐작할 수 있다. 그것은 지상의 만물에 교응하는 시적 감성을 통해서 가능하다. 일출과 일몰의 '사이'에 위치한 현실의 삶이 그의 시에서 영성적으로 발아될 양상들이 자못 기대되지 않을 수 없는 이유이다.

제3장

근원과 타자의 교직交織

이동백의 시에 대하여

이동백은 근원에 처단된 시인이다. 그의 시에서 근원에 대한 욕망은 경계에 대한 사유로 드러난다. 경계 너머의 근원은 세계의 결핍과 한 짝을 이룬다. 이 결핍을 자각하는 순간부터 유랑은 시작된다. 이 세계를 가득 채우고 있는 것은 어떤 공허이고 그의 내면에 들끓는 것은 유랑의식이다. 유랑의식은 어떤 근원이 이 세계에 없다는 부재의식, 즉 결핍에서 비롯된다. 이동백은 본원적으로 이 결핍에 대한 감수성이 발달한 시인이다. 아버지의 죽음을 소재로 한 데뷔작 「과수원의 봄」(『현대시』, 1996.6)은 그의 시가 유한자의 결핍에 처단된 것임을 보여주고 있지 않은가. 그의 시는 무한 혹은 근원을 향한 동일성의 욕망에서 자유롭지 않다. 그러나 이 욕망은 시인을 성장시키는 촉매가 되기도 하지만 정체停滯의 함정이 되기도 한다. 경계 너머의 세계는 인간의 언어로 붙잡을 수 없으므로 결코 씌어질 수 없으며 닿을 수도 없는 세계다.

그의 첫 시집 『수평선에 입맞추다』(문학동네, 2004)는 결핍이 추동하는 유랑의식과 삶의 경계에 대한 시적 자의식으로 가득하다. 그에게 삶의 경계는 '수평선'의 이미지로 표상된다. 아득한 수평선의 이미지는 원경遠景으로 존재한다. 수평선에 입 맞추고자 하는 그의 시적 사유는 그만큼 근원적이며 숭고미를 지닌다. 수평선을 향한 시선은 삶의 지평 너머를 향한 것이며, 이곳이 아닌 저곳의 세계이다. 그는 닿을 수 없는 저곳에 최대한 닿고자 한다. 그는 "멀리 내다보는 기린"(「기린」)이거나 "수평선을 꿈꾸며 쓰러진 나무"(「이명耳鳴 속의 해일」)이다. "어두워질수록 또렷이 드러나는 / 능선 위의 나뭇가지를 / 좀더 보아야 하"(「저물녘」)거나 "슬며시 수평선 끌어당겨 입맞"(「수평선에 입맞춘다」)춘다. 때론 그의 의문이 "우듬지 끝에서 길을 잃곤"(「겨울 숲에 돌아오다」) 할지라도 이 세계의 수평선(경계) 너머에 닿는 것이 그의 시적 욕망이며, 그의 내면에 자리 잡은 유랑의식의 기원이다. 그러나 그의 유랑은 생의 의문을 푸는 과정과 다르지 않다. 그리고 시인의 길은 "뒤란"처럼 쓸쓸하고 어둡다.

> 명부전 지나 뒤란 돌아가면
> 작은 연못 있네 한나절 걸어온 길
> 첩첩 낙엽 더미 속
> 무언가 죽음 같은 것이 숨었다 일어서고
> 눈 덮인 청룡산이 비슬산에 업혀 떠나가네
> 가만 들여다보면 나는 없고
> 벌거벗은 굴참나무 버티고 서 있네
> 나는, 내내 만지작거리던 돌멩이를
> 생의 의문부호처럼 던져보네

물 무늬에 취해 춤추는 얼굴

다슬기 기지개 켜네

물고기 잠든 법당 지나니

다시 뒤란이네

비운 것들로 가득 찬 연못 한가운데

다슬기 작은 쉼표 그리네

가만가만 들여다보니

다시 또 뒤란이네

—이동백, 「뒤란의 길」 전문

생의 근원적인 의문은 필연적으로 죽음과 맞닿는다. "가만 들여다보면 나는 없"지만, "벌거벗은 굴참나무 버티고 서 있"고 게다가 시인이 "만지작거리던 돌멩이"는 차고 단단하며 부서지지 않는 존재감을 지닌다. 존재하지 않음에도 존재하는 '나'라는 존재는 "생의 의문부호"가 될 수밖에 없다. 이러한 의문의 길은 생의 뒤란처럼 쓸쓸하고 어두운 것이다. 즉 뒤란은 유랑하는 시인의 내면공간이며, 명부전처럼 어둡고 습한 생의 이면을 드러낸다. 시인의 욕망은 뒤란의 공간에서 더욱 깊숙이 농익는다. 그러나 그의 시적 욕망은 이 어둡고 습한 뒤란과 수평선의 거리에서 비롯되는 생의 낙차 속에 존재한다. 숭고한 수평선 너머 세계와 어둡고 습한 뒤란의 크나큰 낙차 속에서 시인은 욕망의 크기만큼이나 주체의 왜소함을 느낄 수밖에 없다. 이는 모든 시인의 운명이며, 이동백 역시 이 운명을 거스르지 않는다. 시인의 길은 뒤란의 길이며 뒤란에서 수평선을 꿈꾸는 길이다. 뒤란과 수평선의 낙차는 존재의 그늘을 드리운다. 이 그늘 속에서 시인은 얇아지는 것이다. 이 얇음은 역으로 무한에 대한 자각을 말해준다. "내가 조금씩 얇아진다 / 떨고 있는 내 몸, 잎새만하더니 / 가지 끝에 매달려 발버둥친다"(「처서」) 이 발버둥은 무한을 사유하는 유한자의 몸짓이다. 유한과 무한의 낙차는 온전히 시인의 내면을 이룬다.

그 내면은 "가난한 물줄기"(「경계의 그늘」)로 형상화된다. 물이 흐르고 흘러 이루는 강의 길. 그의 시를 지배하는 또 다른 이미지가 길임을 명심하자. "저녁이면 쑤셔오는, / 어디 닿을 데 없는 / 내 손바닥의 길"(「율지」) 그는 오랫동안 "가출을 꿈꾸고 있"(「시인의 말」)었던 것이다. 그 가출의 끝은 항용 바다이거나 바다 언저리의 모래톱이다. 그리고 바다에 닿아 쪼그려 앉는 순간, 그의 생은 쉽게 허물어진다. "저무는 바다 보며 쪼그려 앉았다 / 간신히 끌고 온 길 어둠 속 달아난다"(「탑」) 이로 인하여 그의 시는 '경계의 그늘' 속으로 들어간다. 그 속에서 삶의 근원을 사유한다. "성聖도 속俗도 모르면서 / 경계의 그늘에 앉아 / 법고 소리에 숨을 죄겠네"(「경계의 그늘」) 이 경계의 그늘 속에서 시인의 주체는 "떠나간 발자국 벗어놓은 모래알"로 아름답게 형상화된다. '성과 속'의 분별마저 없는 수평선의 그늘 아래에서 "산도 강도 오래 누우면 따스한 무덤"(「청산도」)임을 자각하는 초월적 성찰을 보여준다.

이처럼 시인은 근원을 향한 초월을 지향한다. 그러나 시인의 자리는 눈물 글썽이는 자리다. "세상의 모든 길 죄다 녹아 발걸음 글썽인다"(「어라연」)와 같이 세계의 삶을 어루만지는 감성의 자리 말이다. 그 자리에서 벌어지는 한 순간을 시인은 절묘하게 표현한다.

　　화엄의 뜬눈 속으로 실려갈 즈음

젖은 발 밑을 찾아오는 그림자 하나

— 이동백, 「동박새 붉은 눈」 부분

해탈의 순간에 찾아들고야 마는 이 세상 젖은 존재들의 흔적. 해탈의 순간에도 유랑의 흔적은 지워지지 않는다. 유랑은 구도의 과정이기도 하거니와 연민의 얼굴이 음각되는 과정이기도 하다. 시인은 여전히 경계에 서 있다. 그 경계는 넘어서기 위한 것이었음에도 불구하고 시인은 경계 그 자체에 결박된다. 경계를 사유하는 자의 끝은 세 가지다. 초월하거나, 자멸하거나, 현실로 되돌아오거나. 수평선에 입 맞추는 순간의 황홀함은 잠시 미뤄지며, 시인은 선택에 내몰리게 된다. 초월은 성속聖俗의 경계가 사라진 선禪의 세계이고, 자멸은 주체의 분열이라는 난경으로의 진입일 터. 이동백 시인은 초월의 경계에서 다시 현실로 되돌아오는 기미를 보인다. 그의 시는 화엄의 바다에서 돌아와 현실 속에 뚜렷한 자국을 남긴다. 시인은 유랑을 쉽사리 끝내지 않는다. 다만 초월의 유랑에서 고난의 유랑으로 순환함으로써 세계를 보다 세밀히 천착하는 중이다. 뒤란의 젖은 풍경이 그의 시에서 돋을새김 되는 것이다. 이는 그의 시가 수평선에 입을 맞추기까지 포월匍越해야 할 진창의 길이 많이 남았음을 말해준다.

이것은 이동백 시인의 중요한 전환점이 될 것이다. 이러한 시적 전환은 오래전부터 이미 감지된 바 있다. "내가 해본 일이라곤 / 남의 가슴에 / 창이나 꽂은 일밖에 / 이제 남은 일은 / 치명적인 사랑을 앓는 것 / 이제 내가 거두어야 할, / 뻔뻔한 가슴에 뚫린 몇 개의 구멍"이라고 진술한 「늙은 침대의 노래」(『열린시학』, 2005.3)가 타자의 윤리에 대한 자각과 성찰을 드러내고 있다면, 폐지 줍는 노인을 형상화한 「우화」(『시작』, 2005.

여름)는 타자의 삶에 대한 구체적 관심을 표명하고 있다. 최근작 한 편을
더 살펴 보자.

폐타이어를 입은 저 사내
나이가 쉰이라는데
쉽지 않다
길바닥에 쪼그려 앉아
무엇을 쓰려는지
쉽지 않다
온몸을
땅바닥에 붙이고 기어가려는데
쉽지 않다
연습장처럼 펼쳐진 바닥
한 장 넘기고 또 한 장 넘기려는데
쉽지 않다
처음 한글을 배우는 아이처럼
더듬더듬거리는데
쉽지 않다
다 닳아버린 아랫도리
연신 앞으로 나가려는데
쉽지 않다
도다리처럼
육필로만 써내려가려니

쉽지 않다
쉬!
쉬!
쉰이 지나간다

— 이동백, 「쉰」 전문

　인용시 「쉰」은 나이 '쉰' 고개를 넘어가는 중년 사내에 대한 형상화다. "폐타이어를 입은 저 사내"라는 표현에서 알 수 있듯이, 나이 '쉰'의 중년 사내는 삶의 고비를 넘고 있다. "쉽지 않다"의 반복에서 초로의 사내를 바라보는 화자의 안타까움이 드러난다. 주목할 점은 이 시에서 사내의 노동이 시쓰기로 치환되고 있다는 사실이다. "무엇을 쓰려는지 쉽지 않다"거나 "연습장처럼 펼쳐진 바닥"이라는 표현은 노동과 쓰기를 의미적으로 결합시킨다. 중년 노동자의 힘겨운 삶과 중년 시인의 시쓰기는 여기서 동일화를 이룬다. "다 닳아버린 아랫도리"에도 불구하고 사내(시인)는 "도다리처럼 / 육필로만 써내려가"고자 한다. 시적 주체의 시쓰기가 타자의 곤경과 절합함으로써 시인의 시쓰기는 비로소 초월지향을 벗어나 현실의 보폭을 넓히게 된다. 시쓰기의 고통이 온전히 타자의 고통에 포함抱合됨으로써 이동백의 시는 이전과 확연히 다른 시적 윤리를 지니게 된다.

　이는 그의 신작시 「푸른 인燐」에서도 확인되는 바다. "마주치면 싱긋 웃던 베트남 여자 응 띠엔 / 턱수염 무성한 네팔 남자 무끄린 / 슬리퍼 질질 끄는 이국의 노동자들"에 대한 관심 역시 그 고통의 영역이 확장된 결과이다. '푸른 인'은 무엇을 의미하는가? 그의 시선이 포착했던 것은 주로 '경계'의 아득함이었으나, 이제는 퇴락하고 소외된 약자들의 삶의 풍경에 관심을 기울인다. 그 관심이 바로 '푸른 인'으로 표현되고 있다. '푸른 빛'에 부착된 비애의 정서가 마치 '인燐'처럼 그의 시선을 끌어당기고 있지만, 사실 그것은 세계관의 변화를 상징하는 내면의 빛이다. 도시의 소외된 공간을 희미하게 비추는 내면의 빛은 '푸른 인'으로 되살아난다. 시인은 역사의 환부를 들여다보는 데까지 나아간다. 그의 시「배호처럼」이 그 예다. 지명수배자와 가수 배호의 이미지 중첩은 "몸뚱어리가 온통 복면인 한 사내"라는 강렬하고도 뛰어난 형상을 남긴다.

이동백의 시적 변화를 손쉬운 것으로 볼 수는 없다. 이동백의 시는 근원과 무한에 대한 열망을 본질로 하고 있기 때문이다. 그는 곧 근원회귀의 욕망에 처단당한 존재다. 때문에 그의 시적 변화는 간단치 않은 것으로 오랜 성찰과 숙고에서 비롯된 것임을 짐작할 수 있다. 근원에 대한 열망에서 타자에 대한 열망으로 넘어가는 변곡점이야말로 지금 그의 시를 규정할 수 있는 중요한 특징이다. 그의 시적 욕망은 이제 유한과 무한의 경계가 아니라 주체와 타자의 경계를 넘보고 있는 것이다. 물론 이러한 주장은 이동백 시인에 대한 이해를 편벽되게 할 위험성이 존재한다.

사실 그의 시에서 부모에 대한 그리움은 중요한 모티프를 이룬다. 그의 초월 욕망은 근원회귀의 욕망에서 비롯되고 있으며, 근원회귀 욕망의 뿌리는 곧 부모다. 그럼에도 불구하고 이동백 시인은 부모로 표상되는 근원회귀의 욕망을 수평적으로 풀어내는 데 성공하고 있는 것이다. 때문에 그의 시세계는 제1시집에서 드러나고 있는 경계에 대한 사유 이후 유의미한 변화 속에 놓여 있음을 부정할 수 없다. 주체와 타자의 경계를 넘어서고자 하는 수평적 초월 욕망이 유한과 무한의 경계를 넘어서고자 하는 수직적 초월 욕망에 교직됨으로써 그의 시는 현실과 초월의 변증을 이루는 방향으로 나아가고 있는 것이다.

> 그 탯줄 잡고 여기까지 왔네
> 한평생 한 일이라고는
> 그저 또 다른 도시를 기웃거린 일
> 그 길 이으면
> 세상의 모든 길이
> 온천리의 봄눈처럼 반짝거리겠네
>
> — 이동백, 「온천리의 봄눈」 부분

시인은 탯줄을 놓지 않고 세상을 떠돈다. 탯줄을 잡은 채 "한평생 한 일이라고는 / 그저 또 다른 도시를 기웃거린 일"뿐이다. 그러나 "그 길 이으면 / 세상의 모든 길이 / 온천리의 봄눈처럼 반짝거"릴 것을 생각한다. 온천리는 시인이 밝혔듯이 어머니의 고향이다. 근원을 향한 그의 수직적 초월 욕망은 수평적으로 확장한다. 제1시집에서 수직적 초월 욕망을 수평선의 경계 이미지를 통해 집중적으로 형상화하고 있었다면, 그 이후의 작업에서 그는 근원을 향한 욕망을 타자의 세계로 수평적으로 확장시키고 있다. 유랑의식은 이제 근원을 향해가고자 하는 초월 욕망이 아니라, 세상의 고통을 어루만지고자 하는 타자의 윤리학으로 전환된다. 하여 세상의 모든 길을 이으면 어머니의 고향 온천리처럼 반짝거릴 수 있다는 시적 전언은 의미심장할 수밖에 없다. 그것은 그 혼자만의 초월 혹은 근원회귀의 욕망이 아니라, 이 세상의 모든 타자를 안고 가리라는 숭고한 윤리적 욕망을 드러내기 때문이다.

제4장

제주 '오름'에 새겨진 바람의 지문

정군칠, 『물집』의 탁월한 서정적 형상화

1. 상처와 서정

정군칠의 『물집』(애지, 2009)은 서정시의 요건을 매우 안정되게 갖춘 시집이다. '물집'이라는 제목이 암시하듯이 과거의 기억들을 농축된 언어로 형상화하는 시적 운용과 거기서 빚어지는 그리움의 정서는 오랜 시간 다져온 서정의 내공을 느낄 수 있게 한다. 정군칠의 서정은 세계와의 동일성이라는 서정의 기본 명제에 매우 충실하다. 그것은 아무래도 그의 시에 나타나는 장소성과 긴밀한 연관을 지닌다고 볼 수 있는데, 그를 둘러싸고 있는 제주도가 그의 시에 있어서 근원적인 공간으로 작용하고 있기 때문이다. 그의 시 곳곳에서 드러나는 제주의 풍광은 그의 내면과 긴밀히 조응하고 융합함으로써 단순한 서경을 넘어선다. 지속적으로 드러나는 '물집' 이미지는 제주 4·3항쟁과 같은 역사적 상처로 인해 제주의 풍광이 그의 내면 속에서 짓물러 터질 듯한 환부의 이미지로 융기하게 된 결과이다. 예컨대 "지금은 달이 문질러 놓은 바다가 부풀어 오르는 시간 / 여에 부딪치는 포말들을 / 바다의 물집이라 생각했네 / 부푸는 바다처럼 내 안의 물집도 부풀고 / 누군가 오래 서성이는 해변의 밤"(「바다의 물집」)이라는 구절을 보라. 시인의 내면 속에 가득한 바다가 온통 부풀고 있지 않은가. 바다의 '물집'과 시인의 '물집'은 어느새 하나가 되고 만다.

새 날아간 허공이

휘청거리는 西알오름

몇 줌 잔볕에도 휘청거린다

반백 년 저린 오금을 펴

어둠 속

길을 헤쳐 나온 사내들

그 짐승의 시절을

같이 늙은 4월이 껍질 툭, 벗을 때

허공의 환부는 더욱 깊어진다

겹진 끈을 풀고 또 풀어도 아직

캄캄한 길

알을 품은 붉은 해 허공에 떠

만뱅디 지나 자귀남밭 지나

부풀어 무거운 몸이

西로 간다

— 정군칠, 「西로 간다」 전문

바다뿐만이 아니다. 물집의 이미지는 '오름'을 통해서도 형상화되고 있는데, 오름은 땅에서 솟아오른 "허공의 환부"로 비유된다.(「서西로 간다」) 오름처럼 "허공" 속으로 "더욱 깊어지"는 환부는 "짐승의 시절"로 불리는 "4월"이 말해주듯 제주의 역사적 비극에서 비롯된 것이다. 그것은 아직 치유되지 못한 한恨의 구체화이며, '서西'라는 이미지 역시 죽은 원혼의 정서를 환기시킨다. 죽은 원혼들은 "습하고 어둔 곳에 누워 있던 사람들이 / 총 맞은 등에 기름 뿌려 불태워진 주검들"이며, 이들이 "긴 그림자 매달고 걸어나오"는 "섬의 중심은 / 물집 투성이"일 수밖에 없다.(「목비木碑」) 이 시집이 다루는 상처가 보다 내밀한 양상을 띠는 까닭은 제주의 역사적 비극이 가족사에 침투하고 있기 때문이다. 그래서 그의 시는 죽은 원혼들이 남긴 "바람의 지문"과도 같다. "바람의 지문"은 "내 얼굴의 굵은 주름살로 자리 잡"을 정도로 그의 시세계를 지배한다. 이처럼 그의 시는 고도로 섬세하고 절제된 언어로 제주의 풍광과 상처를 아우르는 동시에 가족사적 비극을 함께 다룸으로써 공감의 깊이를 확보하는 데 성공하고 있다.

2. 역사와 서정

정군칠 시인의 정서를 지배하고 있는 것은 기본적으로 제주도의 삶이고 그 속에 스민 깊은 상처이다. 그 상처란 제주 4·3항쟁에 얽혀있는 가족사의 내상들이며, 그 내상들은 제주도의 '오름'처럼 시인의 내면 속에서 부풀어 오르고, 그것은 물집이라는 이미지로 응결된다. 물집은 둥글고 부드럽고 내밀한 슬픔의 이미지를 지닌다. 참혹한 상처를 물집과도 같은 이미지로 변주해내는 시인의 언어는 그만큼 절제된 정서에 기반하고 있으며, 독자로 하여금 그 상처에 서서히 젖어들게 한다. 따라서 정군칠이 빚어내는 서정적 언어는 개인의 서정이 아니라, 제주도의 보편적 서정을 추구한다고 볼 수 있다. "늦은 밤 / 고향집 헐릴 때 모셔야 벽에 세워놓은 문 두 짝 / 창구멍마다 나를 들여다보는 눈들이 있다"(「바람의 지문」)라는 고백에서 짐작할 수 있듯이, 정군칠의 시는 개인적 시선이 그를 둘러싼 삶의 시선에 충분히 교감한 결과라고 볼 수 있다. 그의 개인적 가족사는 제주도 민중의 삶의 모습을 표상한다고도 볼 수 있는데, 이는 물론 지금까지 완전히 치유되지 않고 있는 제주도의 역사적 비극 때문이다.

굴비를 보면
짚을 꺼내오던 사내 있었다
한 두릅 묶고 풀기를 반복하던
사내

서까래에 썩은 냄새 진동했다

하나로 엮인 몸들이 어디론가 끌려가
뜨거운 총열에 고꾸라졌다
포개진 주검 아래 이 앙다물고
남의 피 빌려 산

목숨 있었다

아랫집 혼자 늙어가던 사내를
배달된 홈쇼핑 굴비상자 안에서 본다

더운밥 한 끼 올리기도 전
굴비처럼 몸이 굳어간
아버지가 있었다

— 정군칠, 「굴비상자 안의 사내」 전문

　"배달된 홈쇼핑 굴비상자 안"에서 시인은 포승줄에 묶여 끌려가던 사내들을 떠올린다. 그 사내들 중에는 아버지가 포함되어 있다. 이 시를 통해 드러나는 시인의 가족사는 제주도의 역사적 내상에 정확히 겹치고 있다. 이미 오랜 시간이 지났음에도 불구하고, 제삿날에 맞춰 주문한 홈쇼핑 굴비상자 안에서 끌려가는 아버지의 모습을 발견하는 시인은 아버지의 죽음을 통해서 제주도의 역사적 아픔 속으로 깊숙이 들어가게 된다. 이처럼 그의 시는 제주 4·3항쟁에서 비롯된 죽음들을 껴안음으로써 개인적 서정이 아니라, 역사적 상처에서 촉발된 제주도의 민중적 서정으로 확장해나가는 힘을 응축한다. 1992년 다랑쉬굴에서 질식사한 11구의 유골이 뒤늦게 발견된 점을 생각하면, 아직도 위로받지 못한 원혼들이 제주도의 풍광 속에서 떠돌고 있을지도 모를 일이다. 그래서 제주도에 내려쬐는 햇살조차도 슬픔에 혼이 나가버린 "백치처럼" "4월의 바람과 어우러지"며, 죽은 원혼을 위로하는 굿판에서 "버선코에 걸린 무녀의 흐

느낌을 져 나르는" 운명을 지닐 수밖에 없다.(「목비」) 정군칠의 시 속에서
는 햇살조차 역사적 무게와 상처들로 정신이 나가버린 백치처럼 슬프다.
햇살뿐이랴. 바다 또한 "바다의 물집"으로 표현되기도 했거니와, 그것은
때로 터져 나와 '절벽'을 이룬다.

　　파도는 부드러운 혀를 가졌으나 이 거친 절벽을 만들었습니다

　　(…중략…)

　　자주 바람 불어 달이 잠시 흔들렸으나 죽음마저 품어버린 바다는 고
요합니다

　　　　　　　　　　　　　　　　　　　　─정군칠, 「달의 난간─涯月」 부분

　　파도가 부드러운 혀를 가졌다는 데 주목할 필요가 있다. 그럼에도 불
구하고 거친 절벽을 만들었다는 점. 바다의 물집이 터져 만들어내는 부
드러운 '격랑'과 거친 절벽은 기묘한 풍경을 이룬다. 이 풍경이야말로 시
인의 서정적 세계를 표상하는 것은 아닌가. 부드러운 서정의 질감 속에
감추어진 상처야말로 시인의 시집 제목이 왜 '물집'이어야하는지를 말해
주는 것처럼 보인다. 현기영의 「순이 삼촌」이 고발했던 끔찍한 역사의
폭력 이후 제주 민중들의 삶이 온화하고 부드러운 품성으로 제 상처를
다독이고 있었을지라도, 민중의 심성 속에 쌓인 상처의 크기는 "절벽"만
큼 가파르게 솟아있다는 점에 주목할 수밖에 없다. 시인의 부드러운 서
정의 감각 속에 제주 민중의 상처가 얼마나 크게 내재해 있는가를 알 수

있다. 이는 "모래무덤을, // 바람이 들고 나던 바위그늘을, // 물 속 골짜기마다 무늬를 새겨 넣던 노을을, // 그림자도 없이 혼자서 판독하며 걸어와 // 펑펑 우는 바다"(「절벽」)라는 구절에서도 충분히 확인된다. 따라서 정군칠 시인은 역사와 서정이 잘 어우러진 한 폭의 풍경을 아름답게 그려낸 모범적인 사례라 할 수 있을 것이다.

3. 장소와 서정

정군칠 시인이 탁월한 서정 시인이라는 점은 시적 주체와 대상을 단번에 동일화하는 언어적 감수성에서 확인된다. 이를테면, "겨울 감자밭에 싸락눈 내린다 // 마른 줄기들 탯줄 같다 // 어머니 북돋우던 저 이랑안에는 / 둥근 몸들이 있을 것이다 // 감자밭 안의 산담 / 안의 작은 봉분 // 저승집의 어머니도 / 감자알 같은 햇몸일 것이다"(「겨울 감자밭」)와 같은 시는 그의 탁월한 서정성을 드러내는 데 모자람이 없다. 사물을 개성적으로 형상화하는 능력 또한 「철쭉」이라는 시를 보면 예사롭지 않다. 시인으로서 그가 가진 능력이나 내공은 평범한 수준을 넘어서 있다. 이는 달리 말해 그가 시인으로서 시작詩作에 얼마나 엄격한 잣대를 들이대고 있는지를 짐작케 한다. 등단 10년만에 첫 시집을 낸 것 역시 자신의 작품에 대한 엄격함 이외에는 달리 설명할 방법이 없으리라. 등단 2~3년마다 주기적으로 시집을 내는 요즘 시단의 풍토와는 거리가 먼 염결한 시적 자세임에 틀림없다. 그런 점에서 그의 시는 한 편 한 편이 미더운 느낌을 주기에 부족함이 없다.

그의 시가 서정적 질감을 매우 섬세하게 표현하고 있는 것도 염결한 시작 태도와도 무관하지 않아 보인다. 그의 시는 풍경과 서정의 긴밀한 융합에 매우 탁월한 능력을 지니고 있는데, 이는 장소에 대한 깊은 사랑에서 비롯된 것이라 볼 수 있다. 단순한 삶의 터전을 넘어 역사의 상처와 긴밀히 결합될 때, 장소는 인간의 세밀한 지문을 지닌 삶의 표정 그 자체가 된다. 그가 그려내는 모슬포라는 장소의 표정을 잠깐 살펴보자.

모슬포에 부는 바람은 날마다 날을 세우더라 밤새 산자락을 에돌던 바람이 마을 어귀에서 한숨 돌릴 때, 슬레이트 낡은 집들은 골마다 파도를 가두어 놓더라 사람들의 눈가에 번진 물기들이 시계탑 아래 좌판으로 모여들어 고무대야 안은 항상 푸르게 일렁이더라 시퍼렇게 눈 부릅뜬 날 것들이 바람을 맞더라

모슬포의 모든 길들은 굽어 있더라 백조일손지묘(百祖一孫之墓) 지나 입도 2대조 내 할아비, 무지렁이 생이 지나간 뼈 묻힌 솔밭길도 굽어 있더라 휘어진 솔가지들이 산의 상처로 파인 암굴을 저 혼자 지키고 있더라 구르고 구른 몽돌들이 입을 닫더라 저마다 섬 하나씩 품고 있더라

날마다 나를 세우는 모슬포 바람이 한겨울에도 피 마른 자리 찾아 산자고를 피우더라 모슬포의 모든 길들은 굽어 있더라 그래야 시절마다 다르게 불어오는 모든 길들은 굽어 있더라 그래야 시절마다 다르게 불어오는 바람을 껴안을 수 있다더라 그 길 위에서 그 바람을 들이며 내 등도 서

서히 굽어 가더라

−정군철, 「모슬포」 전문

이 시는 팍팍한 삶의 모습을 바람의 이미지에 덧댄다. 바람이 불고 파
도가 치는 모슬포의 모습은 아름다운 풍광이라기보다는 모슬포에 새겨
진 삶의 깊은 주름을 돌아보게 하는 표정이다. 바람 부는 모슬포는 사람
이 살아가는 신산한 삶의 공간이어서 좌판을 지키는 여인네들의 한숨과
슬레이트 낡은 지붕의 쓸쓸함이 바다의 푸른빛과 함께 일렁인다. 모슬포
사람의 신산한 삶처럼 모든 길 또한 굽어 있는데, 굽어진 길 끝에는 모슬
포의 불행한 상처의 기억이 자리 잡고 있고, 그 기억 앞에서는 모든 몽돌
조차도 입을 닫아버린다. 바람 부는 굽은 길마다 산자고가 꽃피고 시인
의 등도 바람에 부대껴 서서히 굽어가는 풍경은 모슬포를 통해 드러나는
내밀한 삶의 표정이다. 「할머니 장터는 나의 태반이다」가 암시한 바 있
듯이, 모슬포는 시인의 '태반'으로서의 의미를 지니는 것이다. 시인의 삶
은 이미 제주의 풍경이며, 그 풍경은 시인의 삶을 그대로 껴안은 언어로
터져 나온다. "풍토병을 앓는 바람이 굽은 능성을 타고 내린다 / 오래전
이 길 걸어간 누군가의 속울음이 / 내게로 번지는 듯하다"(「들꽃들의 사유
가 쓸쓸하다」)라는 구절에서 알 수 있듯이, 시인의 언어에는 바람의 울음
이 깊이 새겨져 있으며 그 울음은 곧 제주의 울음이다.

제주의 바다가 온통 물집이고 제주의 모든 오름이 물집의 형상이듯
이, 시인의 언어는 물집 속에 고인 체액이다. 불에 덴 환부에 저절로 고여
드는 체액(간질액)처럼 시인의 언어는 제주의 삶에 자리한 환부 곳곳에
고여든다. 언어의 스밈은 삶의 스밈을 전제로 한다. 김용택이 섬진강의

삶을 노래함으로써 그러했듯이, 정군칠은 제주의 삶을 통해 민중의 보편적 정서에 잇닿는다. 민중의 오래된 애환, 그리고 끔찍한 학살로 몸살을 앓았던 제주의 삶은 민중의 생명력에 대한 시인의 녹록치 않은 감수성을 통해 비로소 언어의 육체를 얻는다.

4. 시원始原과 서정

정군칠의 시세계는 일종의 장소애를 바탕으로 한다. 제주의 삶이 추상화되지 않고 구체적 장소와 사물을 통해 세밀하게 형상화될 수 있었던 까닭 역시 장소애에서 비롯된다. 장소애란 곧 그곳 사람살이에 대한 애정이다. 외부의 시선을 거두고, 내부의 시선이 아니면 결코 볼 수 없는 사람살이에 세밀히 접근한다. 시집 『물집』을 지배하고 있는 시선은 바로 이 장소애로부터 비롯되고 있으며, 제주(모슬포)는 이 시집의 심층과 표층을 모두 장악하고 있다고 해도 무리는 아니다. "디스크를 앓는 만형"에게서 일찍 돌아가신 "아버지 냄새"를 맡고 "바람 세찬 날이면 아직도 / 그 한쪽 어깨에 온몸 기대고 싶을 때가 있다"(「지주목」)는 시인의 고백은 '아버지'라는 근원에 대한 그리움을 내포한다. 아버지는 곧 '제주'로 치환될 수 있으므로, 시인은 제주와의 동일성에서 결코 벗어나지 못한다. 이러한 동일성의 강력한 자장은 시인의 시세계에 안정감을 주지만, 그의 시가 보다 폭넓은 세계를 지니지 못한 원인이 되기도 한다. 『물집』의 세계가 "고요하게 닫혀있다"(홍기돈)는 시집해설의 평가 역시 이와 무관하지 않다. 이는 아마도 이 시집 전체를 관류하는 '물집'의 이미지와 무관하지 않을 터인데, 제주도의 '오름'으로 치환되기도 하는 물집을 잠복된 상처로서 안으로만 삭여내는 느낌이 드는 것도 이 때문이다. 이는 그의 시가 전반적으로 어떤 근원적인 감성에 지배당하고 있는 게 아닌가 하는 의문을 낳게 하는데, 「노을의 지층」에서 그 일면을 확인할 수 있다.

일만 년 전 서쪽을 향해 걸어간
사내의 발자국
발자국 화석들은 모두 서쪽을 향해 있다

모슬포 해안과 이어진 사계리 바닷가
서쪽에는 모래무덤이 있고
모래무덤에 잠시 머물던 바람은
파도의 울음을 때려눕히며
벼랑을 타고 오른다
어, 저것
일만 년 전 시간들이 겹을 이뤄 타오르는 노을
바람조차 붉게 물들이고 있다

몸 위에 몸을 겹쳐
들배지기 한판승을 거둔 파도가
발자국 위로 스며드는 저물녘
층층 겹겹

겹겹 층층을 이루는 것은
패총이라 불리는 조개껍데기만이 아니다

일만 년 전 서쪽을 향해 걸어간
사내의 발자국 위에 내 발을 얹어
나는 노을의 다른 지층 속으로 걸어 들어간다
여전히 서쪽으로 향한 발자국
앞서 간 사내는 보이지 않고
발자국만 남긴 사내를 좇는 눈동자 속에도
일만 년 전 노을이 겹치고 있다

— 정군칠, 「노을의 지층」 전문

이 시가 보여주는 바람과 파도의 역동적인 이미지는 시원^{始原}에 맞닿아 있다. 일만 년 전의 한 사내의 발자국이 서쪽을 향해 있고, 바람은 시원을 알 수 없는 일만 년 전부터 불어왔던 바람이다. 그 바람은 벼랑을 타고 오르는 거센 저항의 힘을 보여주기도 한다. 그 풍경 속에서 발견되는 "어, 저것"은 "일만 년 전 시간들이 겹을 이뤄 타오르는 노을"이다. "바람조차 붉게 물들이"는 노을. "층층 겹겹 / 겹겹 층층을 이루는 것은 / 패총이라 불리는 조개껍데기만이 아니다". 사람의 삶 역시 마찬가지로 퇴적층을 이루기 마련이다. 그것을 깨닫는 순간 '나'는 "일만 년 전 서쪽을 향해 걸어간 / 사내의 발자국 위에 내 발을 얹어" "노을 다른 지층 속으로 걸어 들어"감으로써 제주의 삶 깊숙이 내재해 있는 시원의 감각을 획득한다.

근원을 향한 동일성의 감각은 서정의 근본적인 속성이기도 하다. 아버지에 대한 그리움을 넘어 일만 년을 거슬러 올라가는 시원始原에의 감각은 서정시인의 피할 수 없는 운명이자 궁극의 욕망이라고 할 수 있다. "노을의 다른 지층"을 향한 시인의 욕망 역시 세계의 근원을 향하고자 하는 숭고한 욕망의 한 양상임에 틀림없다. 그러나 시는 이 근원에의 감각에서 힘겹게 되돌아와 다시 현실을 되돌아보는 순간 감동과 충격을 획득하기도 한다. 일만 년 동안 쌓인 "노을의 지층" 속으로 유유히 걸어가되 다시 돌아와 우리 삶을 더욱 세밀하게 돌아보고자 하는 감성이 더욱 지속되기를 간절히 바라는 이유이다. 노을의 '다른' 지층은 우리 삶 속에서 실현되어야 하는 것이다. 정군칠은 기본적으로 현실에 대한 깊은 애정과 세밀한 시선을 지닌 시인이다. 따라서 그는 더욱 심화된 감성으로 제주의 역사와 삶을 톺아보고 '오름' 속에 가득한 민중의 애환과 슬픔을 그려낼 것이 분명하다. '오름'과 '물집'이 제주만의 것이 아니라 한국사회의 보편적인 물집과 오름으로 더욱 융기하는 시의 자리까지 나아가기를 간절히 바라게 되는 까닭이다.*

---

* 이 글은 2009년 9월 즈음에 쓰여진 것이다. 그로부터 3년 후인 2012년 7월 8일에 정군칠 시인이 이른 나이에 별세하셨다. 그 사실을 전혀 모르다가 평론집 출간을 준비하는 과정에서 우연히 알게 되었다. 겨우 한 차례의 글 인연을 맺었을 뿐이지만, 탁월한 서정시를 쓰셨던 시인의 명복을 늦게나마 빈다.

제5장

물속에서 일어서는 삼투압의 시

이해웅의 시에 대하여

　이해웅은 시력詩歷만 해도 50년을 훌쩍 넘는, 평생을 시작에 몰두해온 시인이다. 지금까지 펴낸 시집만 해도 20권이 될 정도니 쉽게 넘볼 수 없는 다작과 그것에 투여된 열정이 경외스럽고 낯설기까지 하다. 낯설다고 한 것은 그의 시가 날이 갈수록 오히려 시적 긴장을 더해가고 깊은 통찰과 사색의 공간을 열어보이고 있기 때문이다. 대개의 경우 시력詩歷의 어느 지점에 도달하면 느슨한 사유의 추상으로 빠져들거나 시적 긴장을 잃기 마련인데, 이해웅은 그런 습성으로부터 자유로운 시적 활력을 보여준다. 그의 삶은 이미 거대한 시적 집적集積 그 자체다. 신작시 5편에 대한 해석 역시 그 무게와 질감으로부터 자유로울 수 없는 것은 바로 이 때문이다.

　그의 초기시는 이미지의 압축적 조형미를 특징으로 한다. 간결한 이미지를 통해 시인의 내면을 드러내는 데 집중하고 있지만, 거기에는 내밀한 역사의식 또한 무겁게 자리한다. 유신독재로 기울어갈 무렵 첫 시집을 준비했을 그는 "독재는 갈밭 속 삼복의 / 모기에 질려 전율하고"(「이미지」, 『벽』, 아주출판사, 1973)라는 구절을 남긴다. "어차피 문학이란 진공 속에서는 이루어질 수 없다고 보는 것이 필자의 변함없는 소신"(자서, 『잠들 수 없는 언어』, 전망, 1993)이라는 고백에서 짐작할 수 있듯이, 그의 시는 내면의 심연과 현실의 역사를 아우르는 넓은 음역대를 갖추고 있다. 첫 시집의 표제작인 「벽」은 "노크하다 쓰러"져 "피가 흐르"는 "절망의 주먹"으로 무너뜨려야 할 "아픔"의 역사를 겨냥한다. 그러나 그의 시적 본성을 이해할 때 그 '벽'은 "새의 울음소리"가 "멈춰 버리"고 "바람 한 점 일지 않는" "한량없는 적막"으로 가득한 "절대공간"으로서의 "하늘"(「새의 울음이 멈추는 지점」, 『먹고 사는 일』, 일중사, 1986)을 의미하기도 한다. 수직적 세계와 수평적 세계의 교차는 그의 시를 이루는 중요한 특징이다. 그의 시는 그 '벽'을 넘어서고자 하는 정신의 고투일 텐데, 이는 첫 시집 이후부터 지속되어왔던 일관된 작업이다.

> 뎅그렁 뎅그렁
> 시시각각으로 들려오는
> 사원의 흰 종소리
>
> 삼투압처럼 현세의 시간을 밀고 들어오는
> 또 하나의 세계
> 유리처럼 산산이 깨어지며
> 이승의 무딘 피부를 찔러댄다

가로수에 매달린 마로니에의 푸른 열매가
일제히 허공을 향해 낙하하는 계절

사람들이 몰려와 벽에다
일제히 이마를 들이받는다

샤갈이 눈을 부릅뜨고
한 마리의 짐승과 눈씨름으로
밤을 지새우는 중이다

―이해웅, 「샤갈의 저녁」 전문

이 시에서 인상적인 부분은 2연이다. "현세의 시간을 밀고 들어오는
／또 하나의 세계"는 "삼투압처럼"이라는 수식어로 인해 현세와의 경계
가 사실상 사라지고 없음을 드러낸다. 그럼에도 불구하고 "또 하나의 세
계"가 무엇을 의미하는 것인지 그 정체가 확인되지 않고 있는데, 오히려
이로 인해 그것은 "사원의 흰 종소리"와 같은 어떤 신성성을 더욱 강하게
함축하게 된다. 이 세계를 넘어서 있는 "또 하나의 세계"는 현세를 향한
시인의 각성을 유발하며, 그런 순간의 "또 하나의 세계"라야만 시인에게
시적 에피파니ephipany가 발생한다. 그것은 현세를 향한 무한한 해석과 성
찰의 원천으로 작용하기에도 충분하다. "유리처럼 산산이 깨어지며 ／ 이
승의 무딘 피부를 찔러댄다"는 것은 바로 이를 의미한다. 그러나 '현세'
를 넘어서 있는 "또 하나의 세계"는 시인이 쉽사리 닿을 수 없는 세계이
기도 하므로 '벽'의 이미지가 동반되지 않을 수 없다. 시인이 넘어야 할

인식론적 벽. 인간 인식의 한계를 넘어서고자 하는 현상학적 고투는 시인들이 운명처럼 껴안는 시적 토포스^{topos}다. "사람들이 몰려와 벽에다 / 일제히 이마를 들이받는다"는 구절은 그의 첫 시집에서부터 시작되었던 내밀한 이미지라고 할 수 있다.

　세계의 한계를 넘어서 비상을 꿈꾸는 인간에게 샤갈만큼 매력적인 예술가는 없을 것이다. 시인이 샤갈로부터 시적 영감을 강하게 받을 수밖에 없는 이유이다. 중력으로부터 자유로운 형상들이 지배하는 샤갈의 작품은 현세 너머의 세계가 이 세계와 공존하는 환상과 낭만, 혹은 신성을 드러낸다. 샤갈의 그림은 차안과 피안의 삼투압 그 자체이며, 이해웅의 시 세계 역시 이와 다르지 않다.

　　카오스 카오스
　　병치 병치
　　데포름 또 데포름
　　대폭발
　　천방지축
　　새가 되지 못한 새
　　인간
　　새 속의 사람
　　사람 속의 새
　　뱃속에서 튕겨져 나오는
　　현의 무한 울림
　　관습 위로 날아가는 사랑

심판은 불보다 빠르고

난파된 물결 위에도 사랑은

연꽃처럼 찬란하다

나의 음악을 염소가 듣는 시간

팔레트 위의 오색 물감들은

사랑을 위한 꽃다발이 되고

고뇌가 된 사랑이 다시 현이 되어

장막처럼 뒤덮인 어둠을 갈기갈기 찢어놓는다

— 이해웅, 「샤갈의 꿈」 전문

이 시는 환상을 직조해내는 샤갈의 기법에 주목한다. 샤갈의 작품에서 병치와 데포름^{déform}은 카오스적 환상과 신비를 창출해낸다. "새 속의 사람 / 사람 속의 새"라는 구절은 샤갈의 「도시 위에서」와 같이 중력으로부터 해방된 이미지를 상기시킨다. "새가 되지 못한 새"로서의 인간은 언제나 현세로부터의 해방을 꿈꾼다. 그러나 그 해방이 피안으로의 도피가 아닌 것은 샤갈의 그림이 그러하듯이 세상을 버리지 않고 차안과 피안이 삼투되는 세계를 그려내고 있기 때문이다. 그래서 시인이 갈망하는 것은 "뱃속에서 튕겨져 나오는 / 현의 무한 울림"이며, 그 '울림'을 통해 도달하고자 하는 자유와 해방의 세계다. "관습 위로 날아가는 사랑"은 시인에 의해 해석된 샤갈의 주제이면서, 그의 시가 지향하는 가치이기도 하다. 그는 일찍이 다음과 같이 말한 바 있다. "모든 사람이 죽는다는 것도 / 습관성이다 / 죽음의 공포에서 벗어나는 길은 / 습관성을 깨뜨리는 것", "자유로운 삶 / 편안한 삶 / 변비 없는 개운한 아침을 맞는 삶은 / 어제의 시를 깨는 데서 온다"(「습관성 연구」, 『습관성 연구』, 빛남, 1995) 이는 그의 시정신을 함축하는 말이기도 한데, 그는 실제로 시의 정신에서 과거에 유착되는 구심력보다는 미래를 향한 원심력을 강조한다. 원심력이야말로 시인으로 하여금 어떤 관습에 매몰되지 않고 더욱 도전적이고 젊은 시를 쓰게 하는 비결임을 그는 주장한다.(『파도 속에 묻힌 고향』, 해성, 2012, 106면) 진정한 사랑은 원심력에서 비롯된다. 샤갈의 사랑이 관습의 중력에서 해방되고 있듯이, 이해웅 또한 과거의 유습으로부터 해방되기를 갈망해왔다. 사랑은 관습화된 것들을 파괴한다. "고뇌가 된 사랑이 다시 현이 되어 / 장막처럼 뒤덮힌 어둠을 갈기갈기 찢어놓"듯이 말이다. "찢어놓"는 행위는 차안과 피안의 삼투압을 위한 것이다. 이미 「샤갈의 저녁」에서 진술했듯이, "삼투압처럼 현세의 시간을 밀고 들어오는 / 또 하나의 세계"는 "유리처럼 산산이 깨어지며 / 이승의 무단 피부를 찔러대"는 것이다.

여기서 주목할 만한 변화는 시인이 '이승'이라는 말을 사용하기 시작했다는 사실이다. "현세"와 "또 하나의 세계"의 대위법은 '이승'과 '저승'으로 전환되고 있다. 가장 최근에 낸 시집 『달춤』(지혜, 2014)에서 이미 그런 기미가 그윽해지기 시작했다.[1] "시간 하나가 들것에 실려 나간다 / 두 번째 시간이 들것에 실려 나간다 / 앰뷸런스는 계속 가파른 정맥을 타고 오른다"(「고속질주」, 『달춤』)에서 알 수 있듯이 시간에 대한 강박으로부터 그는 자유롭지 않다. 그럼에도 불구하고 그는 한없이 우울하고 무거

---

[1] 그의 시집 중 겨우 7권을 읽었을 뿐이지만, 『달춤』은 이전과는 또 다른 경이로운 세계를 보여주지 않나 생각된다. 나이가 들수록 시가 더욱 좋아지는 사례는 매우 드문데, 평생 시에 목매단 자의 당연한 축복이 아닌가 싶다. 그는 정말 『달춤』의 자서에서 밝혔듯이, "오늘 쓴 시를 내일 버린다는 심정으로" 시를 써 온 것이 아닌가.

워지는 것이 아니라 오히려 '발랄하게' 가벼워지고 있다.

　　머잖아 그는 처음 나왔던 구멍 속으로
　　빨려들 듯 사라질 것이다
　　유명(幽明)의 유(幽)가 말하듯

　　그가 앉은 벤치 앞엔 가을볕이 한마당인데
　　그의 옆구리에서 닭들이 쏟아져 나온다
　　수백 마리는 족히 되겠다
　　평생 먹은 닭이다

　　그가 벌린 입에서는 연방 쌀이 쏟아지는데
　　수백 섬은 될 것 같다
　　웬만하면 끼니 거르지 않고 먹으려 했던
　　밥

　　멀건이 뜬 눈에선 들판이 걸어나오고
　　산과 바다와 구름이 쏟아진다
　　그가 좋아했던 코스모스 아주까리 옥잠화가
　　앞 다퉈 튀어 나오고
　　메뚜기 실잠자리 갯강구 말미잘도
　　줄줄이 기어나온다

이따금 귓바퀴에서 마이크 소리가 울려 나오고
사람들 웅성거리는 소리가 들리더니
솔베이지 송이 흘러나온다

생이 시도 때도 없이 닥치는 대로
먹고 받아들인 것들
오늘은 뙤약볕 아래 하나하나
자유의 몸이 되어 풀려난다

저 해 서산으로 넘어가는 동안
그의 몸속은 바람으로 가득 차
서서히 지구를 떠나갈 것이다

— 이해웅, 「가벼워지는 노인」 전문

　　이렇게 죽을 수만 있다면, 그야말로 "자유의 몸"이 아니겠는가. 죽음이
곧 자유가 되는 과정을 이토록 발랄하게 형상화한 시는 일찍이 없었다.
삶의 과정을 집약적으로 풀어놓는 과정은 역설적으로 죽음에 이르는 과
정이 되고 마는데, 바로 거기서 자유를 획득하는 경쾌함뿐만 아니라 통쾌
함마저 느껴지는 것은 왜인가. 시인은 정말 "죽음의 공포를 벗어나는 길
은 / 습관성을 깨뜨리는 것"(「습관성 연구」, 『습관성 연구』)임을 시적으로 실
천하고 있는 셈이다. 생에의 습관적 욕망을 경쾌하게 거스르고 있는 것.
물론 죽음은 비극적이며, 온전히 그것을 초월하기란 사실상 힘든 일이다.
죽음의 슬픔은 순수하게 인간적인 감정이다. 그것을 부정할 수는 없다.

그래서 죽음이라는 자유는 드높은 숭고의 슬픔을 풍기지 않을 수 없는데, "구름은 무한천공을 날다가도 이따금 길을 멈춰 / 눈물을 흘린다"(「은빛 자유」, 『달춤』)는 구절이 바로 그러할 것이다. 그럼에도 불구하고 시인은 이제 "생활이 풀어준 그의 자유", 즉 "죽음은 우릴 쉬이 데려가지만 이내 / 우주 속에 방생하고 만다 / 난생 처음 헤엄쳐 보는 대해에서 / 전율처럼 다가오는 자유"(「은빛 자유」)를 부드럽게 받아들인다. 그리고 바로 이때 돋아나는 '귀'가 있다. 모든 것을 받아들이고 쏟아내 버린 자의 몸에 돋아나는 귀. 그것은 육체의 귀가 아니라 '대지'의 귀일 것이다.

> 방금 밀밭에서 친구와 헤어졌다
> 문득 쳐다보는 하늘에선
> 운명을 휘감고 있는 별들
> 느닷없이 허리가 욱신거린다
>
> 까마귀들은 깃털을 뽑아
> 억센 사투리를 짜고
> 나의 긴 여행은 갈증을 일으키다
> 사이프러스 나무 아래 쉬고 있다
>
> 들판 가운데서 귀 하나가 자라고 있다
> 시끄러운 세상과의 결별
> 우물은 갈수록 깊어가고
> 별은 여기서도 운행을 계속한다

일찍 알아 버린 삶의 비의를

캔버스 위에 담아내는 저 사나이

소통은 이미 우주적이다

— 이해웅, 「별이 빛나는 밤에 — 빈센트 반 고흐」 전문

삶의 후반부는 적막으로 충만하다. 그러나 적막 속에서야 비로소 보이는 것들이 있다. 친구와 헤어진 다음 바라보게 되는, "운명을 휘감고 있는 별들". 그러한 별들을 바라보는 몸은 이미 지상의 대지와 동일화되어 있다. 몸의 대지는 활짝 열려 있는 상태다. 고흐가 자신의 귀를 싹둑 잘라버렸으므로. 그리고 "들판 가운데서 귀 하나가 자라고 있다". 그 귀는 밤하늘 찬란한 별들의 운행 속에서 삶의 소용돌이치는 비의秘意를 숨죽여 듣는다. 삶의 고통과 비애를 넘어선 귀는 비로소 우주의 무한에 가 닿는다. 그리고 그 귀를 통한 소통은 "이미 우주적"이다. 우주적 사유와 죽음은 맞닿아 있다. 죽음에 대한 사유는 시인에게 깊은 통찰력을 안겨 준다. 단순히 관념에서가 아니라 육체에서 비롯되는 신호는 시인의 사유를 우주적으로 확장시킨다. 그것은 혹여 몸의 한계를 직접 체험함으로써 얻게 되는 사유의 확장이 아닌가. "육탈할 날이 멀지 않았다 / 관절이란 관절 모두 삐그덕거린다", "초침을 따라가던 발걸음이 / 지구 밖에 한 발을 내디딘다 // 밀물 썰물이 드나들 때마다 / 구멍이 자꾸 커져 간다"(「나사 죄기」, 『달춤』) 귀의 구멍이 우주로 통하듯이 몸의 구멍 또한 드넓은 세계를 향해 나아간다. 몸의 한계는 우주의 무한으로 통한다. 시인의 표현을 다시 빌리자면, 몸의 한계로 인해 몸과 우주의 '삼투압'이 일어나는 것이다. 그러나 이 삼투압은 허무의 관념으로 쉽게 귀결되지 않으며 오

히려 미래적인 것으로 변주된다.

한 사나이가 둔덕에 앉아
서서히 붉게 물들어가는 서천(西天)을 바라보고 있다
그의 파닥이는 가슴속에
우주가 통째 들락거린다
조금 전 마신 술이 가슴 밑바닥에서부터
군불을 지핀다 활활 타오른다
가늠할 수 없는 시간들이 썰물처럼
늑골 밑으로 빠져 나간다
우주가 한 장의 종잇장처럼
펴졌다 구겨졌다 한다
이미 구릉은 그가 지상에 착지한 곳일 뿐
허공에 섞여든 지 오래다
일진광풍이 회오리로 몰아치며
사나이를 번쩍 들어올린다
현재와 과거가 뒤섞이며
일시에 미래 속에 빨려든다

— 이해웅, 「황혼녘」 전문

시인은 우주와의 관계론에 눈뜬다. 이 관계론이란 단연코 현재화되어야 할 미래적인 가치다. "이십대의 청춘은 한갓 재 되어 흩어지고 / 옥문이 등 뒤에서 철컥하고 닫히는 순간 / 그는 관계론이란 낱말에 밑줄을 그었다"(「관계론」, 『달춤』) 우주와의 소통은 관념적 초월에 머물지 않고 지상으로 삼투되어야 할 관계론적 가치로 자리잡는다. 시인의 "파닥이는 가슴속에 / 우주가 통째로 들락거리"는 시적 체험을 통해 시인은 과거와 현재가 통전되고 "미래 속에 빨려"들어가는 순간을 상상한다. 그 '미래'는 닿을 수 없는 미래로만 존재하는가. 아니면, 현재로 되돌아오고야 말 시간인가. 시인은 "오늘 이 순간 마음이 가 머무는 것은 / 순간을 살고 있는 그림자일 뿐", "강물소리는 강물소리대로 / 스스로 울며 가도록 놓아줄 일이다"(「뮤즈는 어디 있는가」)라고 노래한다. 그리고 그 초월적 감성을 넘어 "폭풍이 된 계엄군이 건물들의 유리창을 박살낸다 / 막장은 흑요석처럼 황홀하다 / 저 어둠의 광기를 깨뜨리고야 말겠다"(「어둠의 해부」, 『달춤』)는 현실적 의지 또한 지닌다. 그의 우주적 사유는 폭력이 여전히 지배하는 이 세계 쪽으로 삼투되는 '또 하나의 세계'를 끌어안고자 하는 시적 긴장의 산물이다. 그렇다면 그가 말하는 '미래'는 자신의 삶 너머의 세계를 의미하는 동시에, 우주적 관계론이 시적 가치에서 일상적 가치로 견인될 잠재성의 세계 그 자체이기도 하다.

> 水晶 속에 침잠하는 나의 무의식
>
> 유리관 속에 누워 있는 시신 같은 바람
>
> 또다시 시작되는 천년의 잠
>
> ─이해웅, 「수정관찰」 부분

이 글을 쓰는 내내 머릿속을 떠돌았던 구절이다. 수정을 관찰하듯, 그는 샤갈과 고흐를 오랫동안 사유한 것은 아닌가. 그리고 그 속에 누워 있는 "시신 같은 바람", 그리고 황량한 소리들. "또다시 시작되는 천년의 잠". 그러나 이미 그의 시는 '물속에서 일어서는 시'가 아닌가. 시인이 찾는 '뮤즈'(「뮤즈는 어디 있는가」)는 어디 있는가. 그렇다. 액화된 수정 속에서 떠오르고 있는 중이다. 시인의 복됨이 아닐 수 없다.

　　태양을 떠받치는 허기진 말들의 범람

　　잎 진 가지 사이로 파란 물이 스미는 걸 보면

　　달뜬 마음이 맑고 투명한 가을호수를 닮아간다

　　드디어 뼈대 갖춘 시 한 편 물속에서 일어선다

— 이해웅, 「물속에서 일어서는 시」 부분

제6장

바람의 뼈를 위한 제문祭文

신용목, 『바람의 백만번째 어금니』

신용목의 두 번째 시집 『바람의 백만번째 어금니』(창비, 2007) 시인은 여전히 '바람'이 주는 원초적 공허감에 예민하게 반응한다. 아니, 그 반응의 질감은 더욱 메마르면서도 질퍽하다. 나는 그것이 무엇인지 안다. 바람이 부는 순간의 가득한 공허의 전율, 그것은 텅 빈 마음에 가득 차오르는 눈물과도 같은 것이지만, 마치 뼈처럼 단단하다. 그래서 바람은 뼈가 된다. "바람의 뼈"라는 표현은 상투적이지만, 그의 시가 지니는 공허의 전율 속에서 깊은 울림을 갖는다. 아니, '바람의 뼈'라는 은유는 이제야 그 울림에 어울릴 만한 시인을 찾았다. 신용목의 시에서 '바람의 뼈'는 바람의 시원始原에 대한 깊은 허기를 상공에서 흩어내고 있는 중이다. 그것을 올려다보는 시인의 젖은 눈은 메마르고, 또 젖는다. 바람의 기원을 먼저 생각해보자.

무너진 그늘이 건너가는 염부 너머 바람이 부리는 노복들이 있다

언젠가는 소금이 雪山처럼 일어서던 들

누추를 입고 저무는 갈대가 있다

어느 가을 빈 둑을 걷다 나는 그들이 통증처럼 뱉어내는 새떼를 보았
다 먼 허공에 부러진 촉 끝처럼 박혀 있었다

휘어진 몸에다 화살을 걸고 깊은 날은 갔다 모든 謀議가 한 잎 석양빛
을 거느렸으니

바람에도 지층이 있다면 그들의 화석에는 저녁만이 남을 것이다

내 각오는 세월의 추를 끄는 흔들림이 아니었다 초승의 낮달이 그리
는 흉터처럼
바람의 목청으로 울다 허리 꺾인 家長

아버지의 뼈 속에는 바람이 있다 나는 그 바람을 다 걸어야 한다
　　　　　　　—신용목, 「갈대등본」, 전문(『그 바람을 다 걸어야 한다』, 문학과지성사, 2004)

인용시는 첫 시집의 서시 격인 「갈대등본」이다. '등본'이 한 존재의
뿌리를 알려주듯이, 시인은 이 시를 통해 자기 기원을 탐색한다. 물론 이
탐색은 실증적인 탐색이 아니라 정서적인 것이며, 몸에 새겨진 가계家系
의 오랜 정동과 무관하지 않을 것이다. 시인은 "바람의 목청으로 울다 허

리 꺾인 가장家長 // 아버지의 뼈 속에는 바람이 있다. 나는 그 바람을 다 걸어야 한다"라고 쓰고 있다. '뼛속'에서 부는 바람이란 어떤 것인가. 그 것의 기원은 무엇인가. 바람은 먼 곳에서 태어나는 것이 아니다. "죽은 당신을 누이고 윗목까지 밀려나 방문 틈에 코를 대고 잔 날" "육체의 틈 혹은 마음의 틈"(「틈」)에서 시작된 것임을 그는 안다. 구체적인 육체와 마음의 결, 다시 말해 그의 언어가 펼쳐내는 무늬는 고단한 삶의 힘줄과 주름에서 시작된다. 그것은 구체적으로 "장딴지 묻은 흙으로 논물 잡고 오는 아버지"의 주름일 수도 있는데, "아버지 오른손에 조선낫 퍼런 날이 서서 내 지길 끼다 뻘건 핏발 목을 타고 확 지길 끼다 내치는 고함"(「그봄, 아무일 없었던 듯」)이 뒤섞인 끔찍한 삶의 주름이다.

고단한 삶의 균열은 노동하는 삶에서 주로 발견된다. 첫 시집에서 그는 노동자의 삶을 다채롭게 변주해내었다. 「성내동 옷수선집 유리문 안쪽」, 「지하철의 노인」, 「바닷가 노인」, 「만물수리상이 있는 동네」, 「삼진정밀」 등의 퇴락한 노동자의 모습은 바람의 기원을 알려준다. "형의 농토는 바람밭이었다"(「바람 농군」)에 이르면, 신용목의 시에서 바람이란 가난한 민중의 신산한 삶에서 뽑혀져 나오는 것임을 쉽사리 짐작할 수 있다. 두 번째 시집인 『바람의 백만번째 어금니』에서는 「경비원 정씨」와 「허봉수 서울 표류기」, 「붉은 얼굴, 국수를 말다」 정도만이 그 계보를 이을 뿐 노동자의 삶의 형상화는 많이 줄어들었지만, 그것은 삶의 틈에서 발원하는 바람이 노동자의 삶을 더욱 풍화시켰기 때문일 터이다.

풍화한 민중의 삶은 먼지의 삶으로 변이해간다. 그것은 가벼우므로, 허공을 향해 '추락'한다. 그래서 두 번째 시집에서는 허공 속으로 '추락'하는 새의 이미지가 두드러지게 부각된다. 투신자살자를 소재로 한 「유쾌한 노선」은 투신자살자가 추락하는 궤적을 새의 이미지로 변환해낸다. "무덤은 지상이 만든 가장 견고한 발사대 / 세상에는 유쾌한 노선이 있다 새들도 하늘로 가기 위해 / 땅에 떨어졌다 흙에 스몄다 느리게 봄이 왔다" 신용목의 시에서 구체적 일상이 점점 풍화되어가지만, 그것은 삶이 더욱 신산해졌음을 말해주는 하나의 표지다. "마당을 지나간 바람은 백만 되 다시 백만 되"(「바람은 개를 기르지 않는다」)인 것처럼 바람의 질량은 첫 시집을 너끈히 뛰어넘는다. 일상의 풍화된 풍경 속에서 가난한 삶의 눈물은 퍼석거린다. 바람은 백만 번쯤 금 간 어금니를 드러낸다. 바람의 백만번째 어금니를. 그리하여 "나는 바람의 백만번째 어금니에 물려 있다 천년의 꼬리로 휘어지고 천년의 날개로 무너진다"(「바람의 백만번째 어금니」)

삶의 신산함은 고통의 연대를 거슬러 올라간다. 무너지는 것은 천년의 날개이며, '나'를 깨문 것은 바람의 백만번째 어금니이다. 바람의 어금니에 물린 자국을 따라 거슬러 올라갈수록, 시선은 허공을 향해 치닫는다, 추락한다. 그 시선의 끝에서 시인은 다시 말한다. "구름의 방향이 가장 가파른 비탈이므로 // 결국 우리는 바라보던 곳을 향하여 쓰러지리라" 그곳은 무너지는 서쪽, "죽은 자의 이름으로 당도하는" "바람의 화장터"(「무너지는 서쪽」)이다. 이와 같은 비관적 직관은 삶의 근원적인 허기를 지닌다. 그 허기조차 "개밥그릇에 반짝이는" "백만 되"(「바람은 개를 기르지 않는다」)의 부피를 지님을 생각할 때, 허기의 역사 또한 오래된 것임을 우리는 알 수 있다. 바람의 발원과 더불어 허기의 기원을 거슬러 오르게 될 때, 우리는 무엇을 만나게 되는 것일까.

몇날,
먼지가 반짝이네

첩첩 덕유 산중 某里齋
사백년 전 동계 정온이 묵었다는
옛 민도리집에 올라
쩌럭, 정지문 밀고 들어서면

무쇠솥도 도망간 빈 아궁이는,
어둠의 곳간

천장에 부서진 기와
구멍난 틈으로, 떨어져 내리는
한줄 빛이여

도적이 지주의 배에 꿰어놓은 대창처럼
일순, 나락가마를 찍고 가는 조선낫처럼

그 서늘한
꽂힘 중에,

단단한 알 설움이 어룽거리는 것처럼
흩어진 숨의 낱알이 반짝이는 것처럼

어딜 가나 정처없는

某處 모리에

하필 먼지여, 여기서 들켜

아픈 봄을 건너나

잊은 먼 곳,

캄캄한 몸속에서

애달프게 꺼내놓은

배고픈, 아이의

눈빛

— 신용목, 「먼지가 반짝이네」 전문

　이 시에서 마주하는 것은 이미 먼지로 변해버린 배고픈 아이의 눈빛
이다. "무쇠솥도 도망간 빈 아궁이", "도적이 지주의 배에 꿰어놓은 대창"
의 "서늘한 꽂힘"에는 배고픈 민중의 단단한 설움이 출렁인다. 오랜 퇴락
의 시간을 간직한 '정짓간' 속에 가득 떠도는 먼지는 가난한 민중의, "배
고픈, 아이의/눈빛"과도 같은 허기를 "캄캄한 몸 속에서 애달프게 꺼내
놓"는다. 먼지라는 이미지를 통해 민중의 허기를 형상화한 이 시편은 민
중이 안고 있는 고통의 오랜 시원을 환기시킨다. 아니, 환기시킨다기보
다는 민중의 허기로 점철된 먼지의 세계를 창출한다고 보는 것이 나을
듯하다. 그의 시선은 허공을 향해 있으며, 허공 속에 부는 바람과 바람의
뼈를, 그리고 하늘로 매장되는 새의 형상을 향해 있지만, 그러한 세계의
이미지는 가난한 삶의 틈에서 스며 나와 풍화되어버린 민중의 정서를 응

축한다.

　다시 말해 그의 시는 허공, 바람, 새라는 언뜻 보기에 관념과 초월, 추상으로 나아가는 듯하지만, 가난한 민중의 퇴락한 그림자를 길게 늘어뜨린다. 그래서 허공, 바람, 새를 응시하는 그의 시선은 비원을 함축한다. 허공을 향한 발원發願은 비원悲願이다. 먼지처럼 흩어진 민중의 한, 신산한 삶의 틈에서 불어온 바람의 뼈. 그것을 응시하는 그의 시는 고독의 무덤인 하늘("고독은 하늘이 무덤이다", 「새들의 페루」)로 서럽도록 가득 차 있다. 박정만의 한 구절을 빌리자면, 그것은 "새처럼 조용히 날아가는 일월"(「한 마리 새처럼」)의 하늘이다.

　그리고 그의 시는 스스로의 소멸을 직관한다. 허공의 한 자리에 머무는 그의 시선은 곧 스러지고 말 것임을. 아버지의 뼈가 흩어지기 마련이듯이, 시간의 흐름 속에서 삭아서 먼지가 될 그의 시는 숱한 민중의 운명과 다를 바 없다. 그의 시는 바람의 무늬를 따라 허공에 흩날린다. 흩날리면서 그의 시는 바람의 뼈를 껴안는다. 그러니 그의 시는 바람의 뼈인 동시에 허공이며, 비상함으로써 추락하는 새의 종말이다. 아버지일지도 모를 누군가의 울음 섞인 뼈는 허공에서 바람처럼 웅웅댄다. 시인은 첫 시집에서 바람의 울음 속을 다 걸어가야 한다고 다짐했지만, 두 번째 시집에서는 그 끝에 만나게 될 허무를 직관한다. "물 건너 찔레꽃 하얀 꽃잎이 소복처럼 저녁을 다 울어도 // 목쉰 줄배 한 척 띄우지 못한다"(「섬진강에 말을 묻다」) 그리하여 그의 시는 스스로의 죽음을 예감한다.

　　내가 뱉은 말이
　　바닥에 흥건했다 누구의 귓속으로도

빨려들지 못했다 무언가 지나가면

반죽처럼 갈라져 사방벽에 파문을 새겼다

(…중략…)

풍문같이 화석이 되었다 손가락을 꼼지락거리던

마지막 순간 그 우연한 자세가

영원한 나의 육체였다

몇만년 후 지질학자는

말의 퇴적층에서 혀의 종족을 발견할 것이다

나는 멸망한 시인을 증명할 것이다

— 신용목, 「말의 퇴적층」 부분

이처럼, 시를 쓰는 이유가 멸망한 시인을 증명하기 위한 것이라는 역설은 시의 궁극적인 운명을 함축한다. 시집 해설에서 유성호가 같은 맥락에서 언급했던 말(시)의 "이중적 자의식"은 벗어날 수 없는, 시와 시인의 숙명인 것일까.

그러나 숙명을 예감한 자리에서 그의 시는 더욱 빛난다. 바람의 백만번째 어금니에 물린 채, 그 바람의 끝을 걸어갈 시의 운명을 의연히 받아들이기 때문이다. 그 숙명 속에서 그의 시는 죽어서 흩어진 자들의 고통과 허기를 그만의 서정적 언어로 풀어내고 있다. 그의 서정적 언어는 자연을 삶의 허기에 감응하는 존재로 전환하는 독특성을 뿜어낸다. "산새들 / 조객처럼 산으로 들고 // 구름들 제문처럼 산을 흐르고 // 제향처럼 흘러 오르는 / 물소리"(「봄산」) 봄의 충만한 생명력은 죽어가는 이 세계에 대한 장례이며, 조문弔問이다. 동시에 그것은 이 세계에 대한 지극한 사랑이다. 그에게 사랑은, "비로소 / 귀멀어 / 죽은 자의 심장 소리를 / 듣는 것, 눈 / 머는 것"(「무지개를 보았다」)이 아닌가.

신용목의 시에서 그려지는 대상들은 하나같이 떠도는 존재들이다. 바람, 새, 먼지는 말할 것도 없고, 노동자들조차 부유하는 이미지로 그려진다. 정착한 모습일지라도 그것은 곧 풍화되어 먼지로 떠돌 운명을 벗어나지 못함을 예감케 한다. 부유하는 존재들은 약하디약한 존재, 삶의 한과 비원을 품은 존재이며, 바람의 발원지, 삶의 근원으로 되돌아가고자 하지만 삶과 몸의 틈에서 불어오는 제 자신의 바람의 뼈를 환히 드러내는 존재이기도 하다. 민중의 삶에서 불어나오는 바람과 허공의 공명은 제문과 조문의 떨림을 자연물에 전이한다. 신용목의 서정적 언어는 그 스산한 떨림을 온전히 간직하고 있다. 그것은 삶의 근원, 그 언저리에서 떠도는 민중의 부유물인 바람, 먼지, 새, 특히 바람의 뼈에 대한 제문祭文의 언어이다.

'사랑'이라는 환상

송반달, 「채석강의 의붓동생 이야기」

그곳에 가자.

괜찮은 격포에 가자.

썩 괜찮은 채석강에 가면,

그 의붓동생 적벽강을 만나면

사랑 같고, 사랑 같고, 사랑 같은 것이

한꺼번에 일어서서 붉은 손을 내민다.

하아 사랑하는 마음

붉어질 대로 붉어져 강바닥까지 쌓이면

〈안〉에게 깊은 키스하고 싶어

그 강렬한 파도의 아가미로 강바닥 부비다

슬피 서 있는 적벽의 발부리에 쓸쓸한 입을 부비며

그렇게 또 한 세월 광기를 토할 일이다.

파도야, 파도야,

시인을 취하게 하는 몹쓸 채석강의 파도야,

〈안〉 때문에 취하게 하는 몹쓸 적벽강의 파도야,

붉은 벽에 광기의 못을 쳐라.

그 힘으로 〈안〉을 걸어두게

사랑에서 사랑까지 사랑으로 쳐라.

사랑이 사랑인 사랑의 힘이여,

사랑이 사랑인 사랑의 힘으로

내 안의 붉은 것 토하고 싶을 때

〈안〉으로 하여 생긴 내 안의 벽 붉게 토해버리고 싶을 때

적벽으로 오라, 적벽강으로 오라.

격포에 오면 만남이 있다. 아라리가 난다.

아리 아리 아라리 쉬지도 않고 새벽이면

아리 아리 아라리 막 해가 뜰 무렵

아리 아리 아라리 적벽강에 오면

붉은 비키니 수영복 입고 당신을 기다리고 서 있는

내 사랑 〈안〉을 닮은, 야한 노을공주가 있다.

그 붉은 강에 빠져! 살자.

―송반달, 「채석강의 의붓동생 이야기」

아직도 사랑을 믿는가. 라캉을 염두에 두지 않더라도, 사랑은 허망한 것이라거나 상상적 현상에 지나지 않는다는 사실을 우리는 직관적으로 알고 있다. 그럼에도 불구하고 사랑에 매달리는 것은 인간이란 주체가 근본적으로 결핍에서 출발하고 있다는 것과 무관하지 않을 터이다. '그대가 곁에 있어도 나는 그대가 그립다'라는 유類의 감미로운 시구가, 그 대중적 감성에도 불구하고 음미할 만한 데가 필히 있는 것은 바로 사랑으로도 채울 수 없는 결핍의 자리를 선명하게 각인시켜 주기 때문이다. 다시 말해, 욕망은 언제나 대상을 비껴가 미끄러질 수밖에 없으며, 사랑 또한 지속적으로 대체될 운명에 놓여 있는 것이다. 그러니 사랑과 욕망의 끝을 무어라 이름 지을 수 있을까. 그것은 결코 채울 수 없는 주체의 결핍, 스스로의 목을 겨누는 '결여'의 칼날이 아닌가.

따지고 보면, 구래舊來의 서정시 역시 이러한 결핍의 자리에서 출발했다고도 볼 수 있다. 서정시를 가득 채운 동일성의 욕망은 주체의 결핍을 메우고자 하는 필사적인 노력과 다르지 않기 때문이다. 주체의 빈자리를 메우기 위해 시적 주체는 세계를 자기의 욕망 아래에 폭력적으로 귀속시킨다. 이것을 거꾸로 말하자면 주체는 결여의 자리를 메우기 위해 결코 획득될 수 없는 대상('대상원인', object a)을 욕망하는 것이 된다. 요컨대, 서정시는 근본적으로 결여를 메우기 위한 불가능한 예술형식이 아닐 수 없다. 대상과 주체의 완전한 합일은 불가능하며, 가까스로 그 '차이'를 지운다 할지라도 '영원한 현재'라는 수사가 붙을 수밖에 없는 그야말로 일순간에 국한될 뿐이다. 하여 시는 '순간적 장르'라는 운명을 벗어날 수 없다.

그러나 최근의 시들은 어떠한가. 주체의 결핍뿐만 아니라 주체의 허상을 자각함으로써 동일성의 욕망으로부터 이탈해나가는 징후를 뚜렷하게 보여주기에 이르렀다. 구래의 서정시를 낡은 서정시로, 서정적 주체를 1인칭의 폭력적 주체로 단죄하기 시작한 데서 출발한 '미래파' 논란은 주체의 본질에서 비롯된 논쟁이기도 했다. 분명한 것은 이제 서정시 역시 서정적 주체에 대한 자의식을 지니지 않을 수 없게 되었다는 사실이다. 미래파 논쟁은 서정적 주체의 균열과 분화를 촉발함으로써 한국 서정시의 질적 변화에 큰 영향을 끼쳤다는 점만은 부정할 수 없을 터이다.

바로 이 지점에서 서정시는 두 갈래의 지류로 나뉘게 된다. 첫째, 주체의 결핍에 대한 자의식으로 말미암아 세계와의 동일성 욕망을 균열시키고 무화시키는 시, 둘째, 여전히 세계와의 합일과 동일성의 욕망을 추구하는 시. 그간의 사정을 돌이켜 볼 때, 동일성의 시는 낡은 것으로 치부되기 일쑤였으며, 한국 시단은 주체와 동일성의 균열이 주는 새로운 매혹에 빠져있었다고 해도 과언은 아니다.

그런 의미에서 송반달의 시 「채석강의 의붓동생 이야기」는 매우 낯선 시이다. 세계와의 동일성을 이처럼 강렬하게 드러내는 시가 그동안 드물었기 때문이다. 이 시는 '사랑'을 주된 감성으로 채택한다. 그간의 시들이 사랑이라는 감정을 균열의 관점에서 바라보는 데 익숙했던 반면에 이 시는 사랑의 감정을 통합적으로 온전히 끌어안는다. 사랑이 상상적 현실에 지나지 않는다거나 자기 욕망의 허상에 지나지 않는다는 담론의 흔적을 이 시에서는 전혀 찾아볼 수 없다. 이 시에서는 세계와의 동일성을, 동일성의 욕망을 있는 그대로 향유하기만 하면 될 뿐이다.

화자는 사랑을 찾아 붉은 노을의 적벽강에 간다. 사랑의 감정은 붉은 노을 아래 일렁이며 다가온다. 그런데 그 붉은 물결을 시인은 "사랑 같고,

사랑 같고, 사랑 같은 것"으로 표현한다. '사랑'을 세 번 반복하는 것도 이채로운 일이지만, 사랑 '같은' 것이라는 표현에서 역시 붙잡을 수 없는 대상에 대한 욕망의 안타까움이 드러난다. 이것은 미끄러지는 욕망의 환유에 대한 자의식의 흔적인가. 하지만 이 시는 동일성의 욕망에 대한 자의식을 드러내지는 않는다. 2연에서 곧바로 "하아 사랑하는 마음"이라고 세계와의 관계를 확고하게 규정하기 때문이다. 3연은 또 어떤가. 파도는 "시인을 취하게 하"는데, 바로 "〈안〉 때문에 취하게 하"는 것이다. 이 시는 세계와의 동일성, 즉 세계와의 아라리 같은 "만남"(5연)을 열망한다. 그 열망에 시인은 압도당해 있는 것이다.

'〈안〉'으로 표상되는 욕망의 대상은 적벽강에 온통 물들어 있다. 그것은 "나의 사랑하는 마음"이기도 하다. 그 마음이 "붉을 대로 붉어져" 하늘을 물들이는 것도 모자라, "강바닥까지 쌓"일 때, 화자는 "〈안〉에게 키스하고 싶"은 욕망으로 바르르 떠는 것이다. 그러나 '〈안〉'은 결여의 대상에 지나지 않는다. 그것은 결코 닿을 수 없다. 그것에 결코 닿을 수 없음은 욕망이 지닌 불변의 진리가 아닌가. "한 세월의 광기"로도 결코 해소될 수 없는 욕망은, 그래서 "적벽의 발부리에 쓸쓸한 입을 부"빌 수밖에 없다.

시인은 이제 욕망의 허무를, 사랑의 실상을 깨닫고 적벽강의 노을을 등질 일만 남았을 뿐이다. (제발 그러기를 바랄 뿐이다!) 그러나 시인은 나의 기대를 배반한다. 그는 오히려 적벽강 "붉은 벽에 광기의 못을 쳐라"고 준열하게 말한다. 광기의 못을 치는 힘으로 '〈안〉'을 그 벽에 걸어두도록 "사랑에서 사랑까지 사랑으로 쳐라"고 말하고 있는 것이다. 결여의 자리로만 떠돌 뿐일 '〈안〉'을 사랑의 힘으로 적벽강의 붉은 벽에 걸어두고자 하는 시인의 욕망은 지극히 '인간적'이다. 지극히 인간적이라서 송반달의 시는 인간의 근원적 욕망이 지닌 슬픔을 씨알처럼 품고 있다. 적벽강, "그 붉은 강에 빠져!" 살기를 간절하게 열망하는, 믿을 거라곤 '사랑'밖에 없는 시인 앞에 나는 슬픔을 느낀다.

시인은 세계와의 동일성을 추구한다. 서정시가 걸어왔던 오래고 오랜 길을, 시인은 더욱 절절하게 걸어간다. 나는 이 시를 통해 서정시의 마지막을 보려 했다. 깊고도 아득한 동일성의 불가능한 심연! 그러나 그의 적벽강은 뜻하지 않게도 저물녘이 아니라, "새벽"이다. 시인은 적벽강이라는 쓸쓸하고도 어두운 서정시의 끝자락에 서 있는 것이 아니라, 서정시의 맨 앞에 서 있으려 한다. 욕망은 한없이 미끄러지고 욕망이 결여의 대상에 잠시 머무는 순간, '사랑'의 순간은 이루어진다. 허망의 운명을 피할 수 없을지라도 이 시는 늙고 병든 '욕망'의 시가 아니라, 젊고 건강한 '사랑'의 시가 되고자 한다. 젊고 건강한 '사랑'이 늙고 병든 '욕망'을 살해함으로써 서정시의 맨 처음을, 이 시는 '낯설게' 구현하고 있는 것이다.

최근의 우리 시는 동일성을 파괴하는 분열에 지치고 병들었다. 하지만 동일성의 시학이 우리 시를 구원하는 길이 될 수 있을까. 송반달은 미끄러지는 '욕망'의 환유 속에서 순간적으로 현현하는 '사랑'의 순간을 포착한다. 사랑의 환상이 우리를 구원할 수 있을지, 나는 확신할 수 없다. 하지만 이 또한 시의 길임을 나는 믿는다. 타자의 고통을 향한 동일성의 무한한 확장이 사랑의 다른 이름이라면, 그것은 기어이 사랑의 기적을 이룰 것이기 때문이다.

제
4
부

주체의 윤리와
탈-나르시시즘

제1장

종교적 성찰과 자기부정의 시적 의미

정영선, 『콩에서 콩나물까지의 거리』

1. 진리를 추구하는 말의 경건성

최근의 시적 경향 속에서 정영선의 시는 매우 낯설게 느껴진다. 현란한 이미지와 고통의 육즙을 날것으로 드러내는 시적 풍토에서 조용히 비켜 서 있는 정영선의 시는 차분한 서정성을 바탕으로 한 내적 성찰을 보여주기 때문이다. 이 내적 성찰은 온전히 '나'라는 주체의 문제에 국한되며, 그 본질을 되찾고자 하는 욕망에 바탕하고 있다. 근래의 시에서 '나'라는 주체를 향한 성찰은 숱하게 시적으로 형상화되어 왔지만, 그것은 대부분 근대적 주체를 해체하는 데 바쳐지거나 주체를 재구성하기 위한 경우가 대부분이었다.

그러나 정영선의 자기성찰은 철저하게 주체를 무너뜨린 공백, 혹은 무에서 시작하는 자기성찰이 아니라, 그 스스로가 생각하는 내면의 어떤 경지를 고정점으로 둔 자기성찰인 것으로 판단된다. 이는 그의 시가 간혹 주체의 재구성에 대한 욕망을 보여줄지라도 결국 이미 내정되어 있는 '나'의 본질이라는 고정점을 향해가는 이유가 된다. 철저하게 주체를 허물고 무의 상태로 나아가는 내적 성찰이 아니라, 결코 부인할 수 없는 내면적 본질을 확인하고 그것을 유지하고자 하는 욕망인 것이다. 이는 결국 주체의 재구성이 아니라, 선험적 주체를 향한 본질주의자의 욕망으로 귀착되고 만다.

그럼에도 불구하고 그의 시는 매우 아름다운데, 최근의 시에서 거의 보기 힘든 차분한 서정적 어조를 보여주고 있기 때문이다. 시어의 단순성에서 빚어지는 명징한 이미지 역시 투명한 서정성을 보여주기에 충분하다. 그것은 투명하다 못해 경건한 느낌마저 들게 하는데, 이는 정영선의 시를 이루는 기본적인 정신성이라 할 수 있다. 이러한 경건성은 진리를 전달하고 '나'를 확인하는 매개로서의 언어에 대한 확신과 믿음에서 비롯된다. 그에게서 시의 언어는 매우 조심스럽고 경건하게 다루어야 할 대상인 것이다.

돌 속에 새가 웅크려 있네
돌을 달고
가을 불 켜는 감나무 지나
하늘 깊이 속으로 솟구쳐야 할
새가 꿈쩍 않네

돌을 뚫고 새에 닿을 수 없네
말 쏟을 돌 귀를 찾다

돌의 기지개를 기다리다

기진해 떠나오면

푸푸 한숨일까, 푸드덕거림일까

꿈속처럼

귓속이 쟁쟁해서

혹시나, 두근두근

오, 변함없네

하염없네

감나무 그림자 길게 덮은

새의 깊은 잠

—정영선, 「한 돌이 있네」 전문

　새는 보이지 않는 진리를 의미한다. 그 진리에 이르기란 매우 힘든 일
이다. 새가 웅크리고 있는 곳은 하필 돌 속이 아닌가. 돌 속의 침묵처럼,
새는 꿈쩍 않고 깊이 잠들어 있다. 세계의 진리란 침묵의 한 가운데에 있
는 데다가, 침묵은 돌로 단단하게 싸여져 있으므로, "돌을 뚫고 새에 닿"
는 일이란 불가능하다. 그러니 인간의 존재란 진리의 바깥을 서성이며
진리의 소리에 귀를 기울여보지만, "새의 깊은 잠"과도 같은 침묵의 소리
만을 마주할 뿐이다. 돌에는 "말 쏟을 돌 귀"가 있는가, 돌의 기지개를 기
다리는 일에는 희망이 존재하는가. 이는 시인 정영선이 맞닥뜨리고 있는
형이상학적 문제이다. 진리는 더 이상 계시되지 않는다. 깊이 침묵할 뿐
이다. 오히려 탈근대의 주체이론은 본질을 부정하기까지 하므로, 오늘날

절대적 진리가 발붙일 곳은 없는지도 모른다. 그러니 시인이 생각하는 새는 돌 속 깊이 감금되어 있으며, 결코 계시될 수 없는 무화된 존재에 지나지 않는 것이다. 그러나 시인은 그러한 새를 하염없이 바라보며 기다린다. "돌 속에 새가 웅크리고 있네"라는 짧은 언어가 주는 확신. 그것은 매우 귀한 울림을 주기에 충분하다. 인간이란 존재는 절대자와의 동일성 욕망에 사로잡혀 있으며, 절대 진리에 대한 유혹으로부터 결코 자유롭지 않다. 끝내 그것에 복속될 것이 틀림없다. 그래서 그의 언어는 진리를 향한 확신에 가득 차 있다. 그는 언어를 저주하지 않는다. 그에게 언어는 소중하고 경건한 종교이다.

2. 자기애를 견디는 내적 성찰

정영선의 시에서 본질 혹은 진리의 계시, 그리고 그것에 대한 욕망은 '나'(주체)를 탐구하는 과정과 정확히 일치한다. 진리에 대한 확신은 '나'라는 존재의 확신과 다르지 않다. 다만, 돌 속에 새가 깊이 침묵하고 있듯이, '나'라는 존재의 본질 역시 어딘가 감추어져 있을 뿐이다. 그러나 정영선의 시에서 '나'를 찾아가는 과정은 자칫 잘못하면 나르시시즘에 빠져들 우려를 깊이 내재하고 있다. 다시 말해, 주체를 해체함으로써 주체의 실재에 닿고자 하는 일련의 탈주체 이론의 움직임과 달리, 정영선의 시는 완전무결한 주체의 본질을 상정함으로써 그것을 되찾고자 하는 욕망을 보여주고 있는 것이다.

회양목 목봉 속속들이는 바다의 깊이이다. 도장방 아저씨가 봉에 먹을 칠하면 잠긴 바다는 부르르 떤다. 연어가 그의 지느러미에 내장된 물길을 따라 상류를 오르듯 아저씨의 칼끝은 한 획의 기억에 골몰한다. 목봉 속에서 어족들 같던 성씨(姓氏)들 중 한 힘이 정(鄭) 하나를 밀어올린다. 몇백 세대를 헤엄쳐온 동래 정(鄭)씨. 바람도 없는데 뗏목을 살랑대며 태울 사람을 찾는다. 두리번. 아저씨가 마무리 칼로 마지막 닫힌 바다를 건네낼 때 떠오른다. 선(善), 내 앞에 닻을 내린 배 한 척. 목봉 속의 바다는 철커덕 닫히고 심해는 불을 끈다. 정영선(鄭永善)만 맨땅에 내려져 있다. 정씨로 오래 착하게 끌고 다녀야 할 배. 나는 나를 받아 들고 착할 선(善)이 무거워서 '정영선' 하고 가벼이 비틀거린다.

— 정영선, 「도장방에서」 전문

도장을 파는 과정을 지켜보며, 이 정도의 시적 상상력을 발휘한다는 것은 결코 쉬운 일은 아니다. 이 점은 정영선을 시인이게 하는 가장 중요한 특장이다. 시인은 이 시에서 온전한 '나'를 찾아가는 과정을 목봉에다 이름 새기는 행위에 빗대고 있다. "연어가 그의 지느러미에 내장된 물길을 따라 상류를 오르듯 아저씨의 칼끝은 한 획의 기억에 골몰한다." 한 존재의 이름을 새기는 것은 존재의 본질을 언어로써 현시해내는 과정으로 승격된다. "목봉 속에서 어족들 같던 성씨^{姓氏}들 중 한 힘이 정^鄭 하나를 밀어올린다." 성씨 속에 내장된 시인의 혈연적 역사부터 목봉에 간신히 새겨진다. 그리고 '선^善'이라는 시인의 마지막 이름자가 새겨지는 순간, '정영선'이라는 한 존재는 비로소 완성된다. 그것은 시인이 자기존재를 다시 한 번 확인하는 순간이다. 이름자가 완전히 새겨지는 순간 이루어지는, 언어를 통한 존재의 현현. 그러나 '나'가 '나'를 받아 드는 순간, 이미 형성된 상징계적 굴레는 시인을 억압한다. "선善"이라는 이름이 의미하듯이, "나"는 "정씨로 오래 착하게 끌고 다녀야 할 배"인 것이다. 더구나 "착할 선善"은 이름 위에 부가된 상징계적 짐이다. 하여, '정영선'이라는 "나"는 "가벼이 비틀거"릴 수밖에 없다. 그러나 "가벼이"라는 수사가 함축하듯이, 그것은 고통스러운 짐은 결코 아니다. '착하다'는 자기규정은 절대적 윤리를 지향하는 시인에게 행복한 짐일 수도 있기 때문이다. 그렇다면, 이 시는 자기 본질에 대한 시인 스스로의 자기 확인에 가깝다. 시인은 이미 규정된 자기를 부정할 의향이 없다. 정영선, 이라는 이름을 그는 거부하지 않는다. 오히려 정영선이라는 이름의 본질을 향해 나아가고자 하는 경건함을 유지하고자 한다. 부정되어야 할 대상은 그 본질을 흐리게 하는 '자기' 아닌 '자기'일 뿐이다.

자기의 '본질'은 착하고 선량하다, 그렇게 살아야만 한다는 믿음은 주체에 대한 애착을 강하게 만든다. 그러한 주체는 온전히 유지되고 있으며, 본질에 이를 수 있는 내면을 갖추고 있기에 더욱 소중한 것이 된다. 그러나 주체, 혹은 자기에 대한 이러한 태도는 앞서 말했듯이 나르시시즘에의 유혹에 필연적으로 직면하게 된다. 자기를 향해 강화된 애착은 '자기' 아닌 '자기'를 잘라내지 못함으로써 경화된 주체를 낳을 수 있기 때문이다. 요컨대, 주체는 늘 변함에도 불구하고 주체에 대한 본질주의적 태도는 변화를 거부하는 자기애적 성향의 뿌리가 될 우려가 있는 것이다. 이러한 점을 시인은 분명히 인식하고 있다.

청 윗옷을 하나 샀다

푸른빛 남실거리는,

망설이다 칼라를 세우면

나보다 젊게 보이는 옷

깔때기 모양의 소매

마음이 밖을 기웃대다 후욱 날려갈 수도 있는

밖이 안으로 얼씨구 들어왔다가는

좁아진 구멍에 꼼짝없이 갇힐 수 있는

입고 싶은, 입고 싶지 않은

입었다 벗어

나와의 불화를 몰고 오는

촘촘한 단추가 어제를 잠그고

오늘마저 채워버려

사온 그해는 비켜가는 옷

벽 거울 속

아직 청옷에 기대

보이고 싶은 20대의 옷걸이를

품고 사는 여자

백 년째 잠자고 있는 여자인지도

— 정영선, 「백 년 동안 자는 여자」 전문

"나보다 젊게 보이는 옷"은 과거의 젊은 "나"에 대한 집착을 불러일으킨다. 응고된 주체는 결국 주체의 유연성을 잃고 폐쇄성을 획득하게 된다. "나보다 젊게 보이는 옷"에 집착하는 순간, "좁아진 구멍에 꼼짝없이 갇힐 수 있는" 것이다. 따라서 시인은 "20대의 옷걸이를 / 품고 사는 여자"로서의 '나'가 "나와의 불화를 몰고 오는" 원인임을 자각한다. 젊은 날의 '자기'에 집착함으로써 응고된 '나'는 "백 년째 잠자고 있는 여자인지도" 모른다는 반성은 나르시시즘의 유혹에 대한 자기비판적 성찰로서 매우 중요한 의미를 지닌다. 이러한 성찰 위에서 좁은 주체를 벗어나 타자를 향해 열린 주체로서 주체의 참된 본질에 다가갈 수 있는 힘을 얻을 수 있기 때문이다. 그것은 전지剪枝당한 벚나무의 이미지로 형상화되기도 하는데, "잘라낸 희게 부시는 속살을 나무는 / 내려다보고 있다 / 깨뜨린 나르시시즘의 거울 / 자기를 사랑하기 위해 / 자기를 쳐낸 / 자기애의 단면 / 거무튀튀한 암묵의 깊이로 편입되기까지 / 시간은 얼마나 물길을 따라 흘러야 할까"(「귀환」, 부분)와 같은 구절이 바로 그렇다. 나르시시즘의 거울을 깨뜨리는 것은 자기애를 주저없이 도려냄으로써 가능하다. "자기애의 단면", 그것의 "거무튀튀한 암묵의 깊이" 속에서 비로소 '자기' 아닌 '자기'를 떨쳐낸 깊은 침묵의 본질에 닿을 수 있는 것이다. 전지당한 벚나무를 통해 나르시시즘에 대한 경계警戒와 비판적 성찰을 보여주고 있는 것은 주체의 본질을 상정한 시인의 시적 건강성을 보증하는 분명한 표지라고 할 수 있다.

하여, 인간 영혼의 성장을 환기시켜주는 콩에서 콩나물까지의 거리가 이 시집의 표제작이어야 하는 까닭을 우리는 비로소 깨닫게 된다. 이 시는 콩나물로 발아하는 콩의 허물어짐을 통해 나르시시즘에서 벗어나 참된 주체를 발견하는 과정을 형상화한다. 콩에서 콩나물까지의 거리는 콩알이 스스로를 허무는 겸허함에 달려 있다. 콩알이 스스로를 허물어 콩나물로 자라는 일은 시인의 내면에 내재된 참된 본질의 씨앗이 발아하는 것과 다르지 않다. 그것은 자기를 내다버릴 줄 아는 겸허한 힘에서 비롯된다. 또한 그것은 시인만의 고유한 특별함도 아니다. 시인은 "그대 속에도 잠재해 있을 저 힘"을 본다. 그리고 타자에게서도 발현될 그 힘을 "기다리느라 나는 질겨지고 있다"고 고백한다. '그대'에게서도 일어날 놀라운 영혼의 성장을 시인은 기대하고 있는 것이다. 주체와 타자의 영적 성장은 본질에 이르는 과정으로서, 결국 시인은 모든 존재가 본질적 깨달음을 통해 하나의 통일체를 이루기를 갈망하고 있는 것이다.

3. 기독교적 성찰과 자기부정의 망설임

정영선의 시에서 보여주는 자기성찰은 깊고 주체의 깊고 어두운 지층을 향해 내려가는, 주체의 '실재' 탐구와는 거리를 두고 있다. 사실 주체의 실재는 무의 자리와 다르지 않다. 주체란 상징계적으로 구성된 것. 주체가 있는 자리에는 주체를 말하는 '주체'가 있을 뿐, 주체의 원래 자리는 결핍된 공간이나 다름없기 때문이다. 정영선의 시는 이러한 탈주체 이론의 관점과는 전혀 무관하다. 이는 정영선의 시가 존재론적 안정감을 주는 결정적 이유이기도 하다. 정영선의 시가 주체를 허무는 과정에서조차 안정감을 주고 있다는 사실은 주체에 대한 자기확신을 가지고 있어서이다. 그것은 자기 본질에 대한 믿음이자 신앙이기도 하다.

그 확신은 때로는 그의 시세계에서 한계로 작용한다. 정영선의 시에서 자기 탐구의 궁극은 결국 종교적 성찰로 귀착되기 때문이다. 주체를 허물되, 그 허묾은 종교적 성찰로 귀결되는 허묾이며, 종교적 절대 진리를 벗어나지 않는 허묾이다. 허물어질 수 없는 종교적 절대 진리는 정영선의 시세계를 온전히 감싸 안는다. 종교적 허여許與 내에서만 주체의 재구성이 시도되고 있는 것이다. 이것은 시인의 시가 주체를 허물고 있음에도 불구하고 자기확신적이고 단아한 시적 어조를 한결 같이 유지하고 있는 이유이다. 또한 이는 시인의 시가 일정한 틀 내에서만 맴돌면서 주체의 깊숙한 지층까지 뻗어가지 못하는 이유이기도 하다. 요컨대, 정영선의 시에는 선험적으로 작용하는 종교적 인식이 깊숙이 뿌리박혀 있는 것이다.

방에는 몇몇 그믐달 같은 여자들 모여 먼 시대의 남자로부터 온, 2천 년 전 출발해서 닿은 별빛 같은 편지를 읽고 있었지요. 이상한 건 그 방의 아픈 여자들 모두 편지의 수신인은 자신이라고 여겼지요. 날 저물어 어스름이 슬픔에 전 여자들을 그물처럼 덮어갈 때 여자들은 방 안의 정물화였어요. 누군가 처음 입을 열자 그 입으로 후룩 국수 먹히듯 정적은 빨려들었지요. 시간을 초월한 분이 시간 속으로 들어와 2천 번 붉은 봄을 꽃 피고 지며 이 저녁에 당도했다고 한 여자가 퍼즐처럼 풀었을 때 의심의 허리가 활처럼 휜 다른 여자가 울음을 터뜨렸지요 울음은 점점 둥글어지는 보름 달빛을 여자의 얼굴에 만들어갔어요. 방은 불 켜기를 까마득 잊었는데 밝았어요. 간직한 추억에서 죄의 냄새가 풀풀 풍겼어요. 나를 붙들고 있는 내 생을 화살로 날렸어요. 나를 아주 잊은 날 미래의 어느 시간에 박힌 나를 만날 수 있을까 해서요.

— 정영선, 「붉은 봄」 전문

"2천 년 출발해서 닿은 별빛 같은 편지"란, 다름 아닌 성경을 말한다. 몇몇의 여자들이 모여 성경을 읽는 자리에서 서로의 신앙을 고백하고, 울음을 터뜨리고, 그리하여 "방은 불 켜기를 까마득 잊었"음에도 불구하고 "밝"은 상태다. 이러한 신비한 체험은 독실한 신앙에서만 가능하다. 그 신앙 속에서 시인은 "내 생을 화살로 날려" 버린다. "나를 아주 잊은 날 미래의 어느 시간에 박힌 나를 만날 수 있을까 해서"다. 이처럼 신앙의 고백 안에서 시인은 주체의 재구성을 끊임없이 시도한다. 그러나 주체의 재구성에 일정한 한계를 가질 수밖에 없는 것은 종교의 절대적 진리를 결국 부정할 수 없기 때문이다. 정영선의 시는 신앙적 고백 속에서 시적 가치를 발휘하고 있는 것이다. 그리고 이 점은 그의 시에 주체의 안정감을 부여하지만 공감의 폭을 제한하기도 한다. 자기 탐구와 성찰은 절대적 한계치와 진리치를 넘어서고자 할 때 그 치열성을 확보할 수 있고 공감의 음역대를 확장할 수 있다. 시인의 신심信心과는 별개로 그의 시가 보다 치열한 시적 성찰과 자유를 보여주지 못하고 있는 것 역시 여기서 비롯된다.

이럴 경우, 시는 평정에 가까운 내적 성찰의 층위를 확보하는 데 만족한다. 시가 확보해야할 최소한, 혹은 적정한 감수성을 확보하는 것만으로 시인은 만족할 우려가 있다. 그럼으로써 시는 심미성의 세계로 빠져든다. 그 속에서 시인은 주체의 평정을 잃지 않은 채 고민하고 성찰한다.

자기 탐구의 심화는 더디게 되고 주체의 자기동일성은 강화되며, 그리하여 시인은 심미적 만족감을 얻는 것으로 물러나고 만다. 이러한 만족감으로 머물러도 좋은 이유가 시인에겐 있다. "못 견디게 내가 나를 만나고 싶은 몸짓"은 곧 "너의 먼, 먼 중심中心에 닿고 싶은"(「여름 나무」) 욕망과 다르지 않기 때문이다. 다시 말해, 나를 향한 욕망과 너를 향한 욕망을 이어지는 매개가 생략되어 있는데, 그 생략된 매개란 기독교적 본질에 대한 믿음이자 신앙이 아닐 수 없다. 시인에게 삶이 근원적인 결핍으로 여겨지지 않는 이유이기도 하다. 이러한 믿음과 신앙은 절대적이고 선험적인 것이기에 읽는이의 감성과 만나 융합하기에는 일정한 한계를 노정하게 된다. 신앙 앞에서 그의 시는 망설인다. 무엇을? 전격적인 자기 부정을 말이다. 정영선의 자기 부정과 내적 성찰은 종교적 성찰의 확고한 테두리에 머물고 있는 것이다. 이것이 그의 시가 정서적 폭을 확대하지 못하는 본질적 이유가 아닐까 생각한다.

이와 같은 한계는 동시에 한 가능성으로 존재한다. 전통적으로 종교적인 시는 '이류 시minor poetry'로 폄하되는 경향이 강한 현실 속에서, 종교성은 그 스스로가 극복해야 할 시적 문제인 것이다. 이는 정영선의 시가 지닌 무거운 과제이자 가능성이다. 그렇다면, "종교적 의식은 결코 어떤 정착된 것, 결코 침해를 받거나 의문시되어질 수 없는 최종적으로 확립된 그런 것이 아니다. 그것은 영원히 위기와 갱신의 상태에 있다"(조만·고진하 편역, 『현대문학과 종교』, 현대사상사, 1987, 98면)는 글릭스버그 Charles I. Glicksberg의 말을 떠올릴 필요가 있다. 자유주의 신학자 폴 틸리히의 주장과도 같은 맥락이다. 이처럼 기독교의 자기동일성을 넘어서는 부정성negativity의 탐구가 한국 기독교의 현실에서는 불가능한 것일까. 이것이 시인의 종교적 태도에 대한 지나친 간섭으로 읽히지 않기를 바란다. 불교가 한국문학에서 매우 중요한 사유로 자리 잡고 있음에도 불구하고, 기독교가 한국문학에서 소외되고 있는 이유를 지적하고 싶을 뿐이다. 한국 종교와 문학 장場의 조건에서 쉬운 일은 아니지만, 정영선의 시가 기독교적 사유를 보다 심화시킴으로써 기존의 종교시에 대한 편견을 보기 좋게 불식시키는 예로 남기를 바랄 뿐이다.

제2장

시원의 터를 향한 순교, 혹은 결여

진명주, 『흰치는 언제 돌아올까』

서정 시인은 항용 자신의 결핍을 들여다보는 존재다. 모든 감각이 결핍을 중심으로 모여들며, 모든 언어가 결핍 속에서 방출된다. 서정 시인은 그 결핍을 가득 채울 충만한 순간을 갈구한다. 서정시가 순간의 장르인 까닭은 충만성이 오직 순간적으로만 실현되기 때문이다. 그렇다고 해서 모든 시가 충만함으로 가득 차 있는 것은 아니다. 자아와 세계의 영원한 합일이라는 시의 충만성은 낭만주의 시 정신 속에서 정점을 찍었으며, 이후의 서정 시인들은 대개 자아와 세계의 분열과 그로 인한 페이소스로부터 자유롭지 않은 것이다. 오늘날의 서정시는 모종의 결핍에 결박당해 있다. 압도적인 결핍 앞에서 시인은 무한을 열망했으며, 무한과 대비되는 자신의 유한은 더욱 심화된 결핍으로 남아 시인을 괴롭혀 왔다. 그러나 그마저도 시인이 시를 쓰게 되는 동력이었으니, 시인은 결핍의 존재로서 이미 저주받은 존재다.

그러나 시인에겐 더 큰 저주가 기다리고 있다. 근대 이후의 서정 시인은 결핍을 제거할 가능성을 상실한 존재이기 때문이다. 오히려 결핍 자체가 주체의 본질임을 깨달아야 하는 존재론적 변환을 요구받는다. 가끔씩 충일성의 순간이 오긴 하지만 그것은 그야말로 예외적인 사태에 지나지 않는다. 따라서 시인은 스스로의 결핍이라는 사태 앞에서 실존적 결단을 내려야만 한다. 동일성의 추구와 자기 해체의 길. 그러나 둘 다 불가능하기는 마찬가지다. 완전한 동일성의 추구는 라캉적 의미에서 정신병과 다르지 않으며, 그 반대편인 자기 해체의 끝에는 말 그대로 아무것도 남지 않기 때문이다. 결국 시인은 동일성과 자기 균열 사이를 무거운 시계추처럼 왕래하는 존재로서의 운명을 짊어져야 하는 것이다. 진명주 역시 동궤의 운명에 놓여 있는 시인이라 할 수 있다.

> 나는 이제껏 몰입하던 나의 신앙을 버리기로 한다
> 금을 긋고 무릎을 꿇고
> 새로 산 하이얀 운동화 끈을 묶는다
> 나의 심장은 할딱거리며
> 두 팔엔 굵은 힘줄이 파랗게 돋아져 나와 있다
> 멀리 강이 흐른다
> 어제는 호수였던 것이 내일은 바다로 바뀌고
> 흰치는 오려는가
> 발은 물 속에 허우적거리며
> 고고히 깃털을 세우는 날개를 보는가
> 다시 팔월은 오고
> 강이 용광로 같은 심장을 달구고 있다

절대순수라고

나는 이제껏 내가 지었던 모든 표정을 버리기로 한다

— 진명주, 「흰치는 언제 돌아올까」 부분

흰치는 돌아오지 않는다. 시인이 갈구하는 새 흰치는 먼 곳에서 먼 곳으로 날아갈 뿐이다. 흰치의 온전한 모습은 오직 과거 속에서만 존재한다. 그러나 모든 과거는 현재의 죽음이다. 시인에게 과거란 회귀해야 할 원형적인 시공간으로 존재하지만 과거의 도래는 불가능하다. 원형적 감각을 온전히 되살려주는 과거의 흰치는 더 이상 도래하지 않는다. 그러므로 흰치는 한없이 미끄러지는 존재에 지나지 않으며, 잡으려 하면 할수록 손아귀를 빠져나가는 닿을 수 없는 존재다. 인간이 지닌 결핍의 감각이란 바로 여기서 연유한다. 근원과 원형에 결박당하면 당할수록 인간은 절대무변을 상정하는 병소病巢 그 자체가 된다. 거기서 배제와 차별의 병리학이 발생하게 되는 것은 물론이다. 자신의 결핍과 더불어 충족의 불가능성을 자각하지 않는 한 인간은 절대를 상정하는 '악성惡性' 나르시시즘에 빠질 수밖에 없다. 차별과 배제에 따른 악성 나르시시즘의 끝은 파시즘이다. 따라서 자기 근원을 향한 신앙에서 벗어나는 것이야말로 근대 이후의 시정신인 것이다. 시인이 "이제껏 몰입하던" "신앙을 버리"고 "절대순수"를 희구하는 "모든 표정을 버리"는 행위는 악성 나르시시즘을 벗어나 타자를 중심에 두는 '양성良性' 나르시시즘을 향해가는 첫 걸음이다. 주체 중심의 동일화가 아닌 타자 중심의 동일화란 '악성'에서 '양성'으로 변환되는 나르시시즘의 윤리적 운동이라 볼 수 있으며, 이는 파시즘 이후 시적 윤리의 기반이라고 할 수 있다.

그럼에도 불구하고 시인은 근원 지향의 본성을 어찌할 수 없다. "신앙"과 "모든 표정"을 버리고 난 후에도 흰치의 도래를 욕망한다. 그러한 욕망은 그의 시에서 대개 강의 이미지로 돋아나온다. "멀리 강이 흐른다"는 것. 흐르고 흘러서 어딘가에 잇닿는다는 것. 강은 곧 시인의 내면적 형상이기도 하다. 때문에 시인의 내면은 강물처럼 어딘가로 흘러가는 이미지와 결합한다. 그 끝을 알 수 없는 흐름이야말로 시인을 지배하는 내면 풍경이다. 강물처럼 떠도는 자의 내면 풍경은 아래와 같이 진술되기도 한다.

> 행선지를 정하지 않고 길을 나선다는 것은
> 어디든 향할 수 있다는 내 안의 암시다
>
> — 진명주, 「직지(直指)」 부분

> 별똥별 하나가 떨어지는 것을 보았다 행선지를 바꾸어야 할 것 같은 예감이 든다 조개가 제 몸을 열지 않듯 열리지 않는 길에 대한 막막함이 있다 모나미볼펜으로 눈에 익은 마음의 길에 밑줄을 친다
> (…중략…)
> 너 아니? 선명한 싱싱한 청춘의 줄기 같은 이 길 끝에는 무엇이 매달려 있니?
>
> — 진명주, 「길 위에서 묻다」 부분

> 나 물한리 가네
> 물한리 가서 이 세상 쏟아내지 못한 말 쏟으려 하네

시원(始原)의 터 거기

— 진명주, 「물한리 가네」 부분

시인은 지속적으로 어디론가 떠돈다. "어디든 향할 수 있다"는 것. 그
것은 근원과 영원을 향한 욕망의 발현이다. 그러나 "열리지 않은 길에 대
한 막막함"은 시인의 운명을 낭만화하는 수사에 지나지 않는다. "눈에 익
은 마음의 길에 밑줄을 치"는 행위가 낭만적 운명에서 비롯된 설렘의 불
안 정도로 읽히는 까닭이다. 중요한 것은 "길 끝에는 무엇이 매달려 있"
는가이다. 그러나 무엇이 있는가가 아니라 무엇이든 있다는 것이 시인에
겐 중요한 의미를 지닌다. 나르키소스의 꿈이란 원래 그런 것이다. 세계
의 근원은 시인의 자기 욕망 속에 용해된다. 시인이 닿고자 하는 길의 궁
극에는 결국 시인의 욕망만이 존재하는 것이다. 그 욕망의 대상이 어떤
형태로든 존재하리라는 확신이 강화된다. 영원회귀의 욕망이란 바로 그
러한 자기애적 확신을 바탕으로 한다. 그러나 그 욕망이라는 것은 실상
욕망을 향한 욕망에 지나지 않는다. 욕망의 원인이 곧 욕망의 대상인 것
이다. "시원始原의 터"란 바로 욕망을 빼고 나면 텅 빈 공간에 지나지 않는
것이다. 따라서 근원을 향한 시인의 욕망은 구체성을 상실할 수밖에 없
다. 근원의 구체성이 애초에 불가능한 것이라면, '시원'에 다가서고자 하
는 치열성은 욕망의 환상을 가로지르지 않는 한 언어적 순교성이 결여될
수밖에 없다고 말해둠직하다.

시인은 '시원'을 향한 욕망의 덫에 빠져 있는 것이다. '시원始原'이 한
없이 미끄러질수록 '시원'은 자기애적 상상으로 덧칠된다. 즉, '시원'과
의 영통靈通은 자기애의 결과물에 지나지 않게 되는 것이다. 이 섣부른 충

일감이야말로 근대 이후의 서정시가 지양해야 하는 바다. 그러나 시인은 자기애를 벗어날 돌파구를 쉽사리 찾아내지 못하고 있는 것처럼 보인다. 예컨대, 「내 사랑 7월」은 명백히 자기애의 시적 발현이자 자기애적 증상을 드러내는 징표라 할 수 있다. 그러나 다음과 같은 내재적 분열 또한 발견되고 있다는 사실은 매우 다행스러운 일이 아닐 수 없다.

> 아 저처럼 널려버린 온갖 물상들
> 부식하는 마음을 데려와 나란히 눕습니다
> 오랜 시간 누워 생각에 녹을 냅니다
> 이마를 가리던 왕관도 허리를 받쳐주던 요대도
> 바람에 던져주고
> 키 작은 풀꽃에게 젖 물리고
> 꼬물꼬물 기어다니는 벌레에게 파 먹히는
> 환한 젖무덤으로 눕습니다
>
> ― 진명주, 「고분(古墳)을 만나다」 부분

이 시에서 시원始原은 "고분"으로 형상화된다. 이미 「혈穴」에서 그 흔적을 보여주었듯이, 인간의 삶의 터는 구멍, 즉 '혈穴'이라고 할 수 있다. "금붕어가 죽"은 "돌절구 속"(「혈」)이 곧 '혈'이자 무덤이듯이, '시원의 터'가 종국에는 무덤의 형상("젖무덤")으로 드러난다. 이는 원초적인 자기애의 파괴이자, 시원에 대한 근본적인 회의와 성찰을 함의한다. 시원에 이르지 못한 "온갖 물상들"은 "부식하"고 있을 뿐이며, 그것을 바라보는 '나'의 "생각에"도 "녹"이 슬고 마는 것은 시원을 향한 욕망의 균열을 말해주는 것이다. 그리하여 '나'의 모든 것들을 "바람에 던져주고" '나'의 육체 또한 "키 작은 풀꽃에게 젖 물리고 / 꼬물꼬물 기어다니는 벌레에게 파 먹"힘으로써 끝내는 "환한 젖무덤"으로 눕고 마는 것이다. 여기서 시원은 무덤이라는 결핍 그 자체다. 자기애가 소진하는 지점에서 세계의 물상은 결핍 그 자체로서 모습을 드러낸다. 시원을 향한 주체의 욕망 또한 여기서 잠시 숨을 고르고 있는 것이다. '시원 = 고분 = 죽음 = 결핍'으로 이어지는 등식은 자기 욕망의 실체를 성찰하는 계기가 되기에 충분하다.

서정 시인들이 빠져들기 쉬운 함정은 무엇인가. 시원을 향한 섣부른 욕망이 조급한 이미지와 결합할 때 충분한 분열과 고통의 과정을 거치지 않은 자기애의 치부를 드러낸다는 사실이다. 자기애란 무엇인가. 그것은 본원적 자아의 확장에 다름 아니다. 그곳에 타자의 자리가 들어설 자리는 존재하지 않는다. 자아와 세계의 결핍을 섣부른 동일성의 욕망으로 치유하고자 하는 순간부터 세계의 풍경은 실재로부터 멀어진다. 자기애가 아니라, 타자와 세계에 대한 충실성이야말로 시적 사유의 본질이 되어야 하는 까닭이다. 물론 충분한 분열과 고통 이후의 시조차도 자기애의 산물이 아니라고 어떻게 장담할 수 있을 것인가. 그러나 이때의 자기애는 주체와 타자의 긴장 속에서 발현하는 것으로 타자를 배제한 나르시시즘의 세계와는 전혀 다른 종류의 것이다. 자기 분열과 상처의 흉터를 지닌 자기애는 이전의 자기애와는 질적인 차이를 드러낸다.

자기애의 실체를 깨닫는 것은 곧 자기를 부정하는 인식 행위다. 자기애에서 벗어나는 순간, 비로소 타자의 세계가 주체 안으로 스며든다. 물론 이때의 타자의 세계 또한 자기화되는 운명을 벗어날 수 없으나 적어도 이전의 주체와는 다른 주체로서의 충위를 획득할 수 있다. 따라서 시인은 지속적인 자기 부정의 길을 가지 않으면 안 되는 것이며, 그 과정을 통해 무수한 타자의 세계를 만남으로써 자기 주체의 심화와 확대를 꾀할 수 있는 것이다.

진명주의 시는 부분적으로 자기 부정의 양상을 취하고 있으나, 아직 철저한 자기 부정을 통해서 타자의 세계로 진입하고 있지는 못한 것으로 보인다. 그의 시는 타자의 삶을 애써 품으려는 흔적이 나타나지 않으며, 오히려 자기 기억에 결박당하는 모습을 보인다. 그의 시는 과거의 기억으로 회귀하고자 하는 욕망을 드러내고 있으며, 타자의 세계로 시선을 돌리려는 흔적이 잘 드러나지 않는다. 자기 기억의 기원을 철저히 천착함으로써 그 실체와 마주하는 시적 언어의 치열성을 보여주는 것에도 다소 소극적이다. "죽은 기억 죽은 추억의 허리를 안고" "춤을 춘다"(「그대와 함께 춤을」)는 자기 부정의 진술에도 불구하고, 대체적으로 자기 경계를 벗어나지 못한 존재로 머물고 만다. 따라서 진명주의 시에서 주체와 기억의 해부학이 성립하기란 쉬운 일이 아니다.

자기애를 벗어난 '시원의 터' 혹은 타자의 세계는 자기 바깥의 세계에 존재하는 진리의 장소다. 자기의 바깥은 자기의 해부를 통해서만 침투 가능하다. 자기 경계를 벗어난 바깥의 세계, 즉 진리는 결코 적당한 동일성과 향유를 허락하지 않는다. 진리는 언어의 순교가 감행될 때 그 모습을 드러낸다. 자기애의 파괴는 진리를 찾아나서는 시적 순교라고 할 만하다. 이사야 벌린은 순교자야말로 진리의 증인이라 한 바 있으나, 사실 순교는 진리를 위한 죽음이 아니다. 진리는 순교 이후에야 오는 것이다. 타자, 혹은 '시원의 터'로서의 진리는 자기애가 균열되고 파괴되는 순간 그 모습이 현현되는 것이다. 진명주의 시에서는 자기애의 파괴(순교)가 충분하지 않으며, 자기애의 균열은 적당한 서정으로 서둘러 봉합되고 만다. 진명주 시의 서정이 핍진逼眞한 질감을 지니지 못하는 까닭이다. 시의 감동과 전율은 적당한 봉합이 아니라 극단의 균열과 고통에서 오는 역설적 해방감에서 발생한다는 사실을 기억할 필요가 있다.

나르키소스는 자기 상실의 경험 없이 오직 자기동일성 속에서 스스로를 폐칩했던 까닭에 죽음에 이른다. 그것은 그야말로 시의 죽음을 암시하는데, 시는 나르시시즘 속에서 죽음의 길을 걸어왔던 것이다. 그것은 곧 시적 진리의 죽음이기도 하다. 죽어야 할 것은 진리, 혹은 시가 아니라, 바로 '자기'이다. 자기애에 포획된 진리는 죽은 진리에 지나지 않는다. 진정한 진리를 위해 시인은 자기애의 죽음을 실현해야만 한다. 자기애에 내재한 분열의 극단을 천착함으로써 새로운 시적 진경을 창조해내거나, 자기 상실을 보다 철저히 경험하여 주체와 타자의 상호 이입을 도모하는 데서, 비로소 자기애를 넘어선 시의 길을 개척할 수 있는 것이다.

제3장

평균율, 혹은 선혈鮮血

이성의, 『저물지 않는 탑』

시란 무엇인가? 시에 대한 정의는 무수히 많이 존재한다. 이를테면, 옥타비오 파스의 『활과 리라』는 시의 정의를 길게 나열하는 것으로 시작한다. 한 번 읽는 것만으로도 가슴이 뜨거워지는 그것은 시의 존재론을 드높이 고양시켜준다. 그 첫 줄은 어떻게 시작되는가? "시는 앎이고 구원이며 힘이고 포기이다. 시의 기능은 세상을 변화시키는 것이며 시적 행위는 본래 혁명적인 것이지만 정신의 수련으로서 내면적 해방의 방법이기도 하다." 이 구절을 볼 때마다 시의 환희와 절망을, 그 치열성을 감득하게 된다. 세계의 변혁 가능성을 향한 언어적 순교, 언어 너머 세계의 불가능한 천착과 좌절, 그리고 언어를 통한 내면의 해방. 시는 이 세계에 존재하는 모든 것을 포괄하는 정신의 힘을 의미하며, 세계와 인간의 갈라진 크레바스를 유영하며 그 합일을 꿈꾸는 향수의 언어인 것이다. "시는 어린 시절로 돌아가는 것이며 성교性交이고 낙원과 지옥 그리고 연옥에 대한 향수이다." 다시 이 구절 앞에서 시작詩作의 신비와 아우라에 압도될 수밖에 없으며, 시는 어느덧 신비와 외경의 대상이 되고 만다.

이성의의 시 또한 향수의 언어로써 삶의 원형을 천착하고 내적 성찰의 예민한 감수성으로 내면의 해방을 추구한다. 그럼에도 불구하고 그의 시는 앞서 말한 시적 사명의 긴장에서 어느 정도 벗어나 있는 것처럼 보인다. 그의 시는 정서의 파장과 진폭을 평균율에 가까울 정도로 원만하게 처리한다. 자기 고백과 내적 성찰의 경사가 가파르지 않고 절제와 균형을 갖추고 있다. 조화로운 감정을 뜻하는 서정의 원래 의미에 충실한다면, 이성의의 시는 완벽한 서정을 보여준다고 할 수 있으리라. 그의 시에서는 페이소스를 전혀 느낄 수 없을 정도로 그 정서가 매우 부드럽고 완만하게 느껴지고 있는 것이다. 그러면서도 시원을 지향하는 내적 성찰을 잃지 않는 미학을 보여준다. 이러한 자세는 사실 오늘날의 현대인들이 상실하고 있는 내면적 자질과 관계 있다. 그런 까닭에 그의 시는 독자들의 메마른 감성을 치유하는 심미적 효과마저 지니게 되는 것이다. 그의 시를 읽다 보면 어느덧 온화하고 부드러운 서정에 물들게 된다.

길이 모서리에서 울고 있다
수많은 모서리를 지내왔지만 그땐
울지 않았다
시나브로 꽃들이 피어나고 있었고
아침에 일어나면
건강한 새들이 곧잘 굴러다녔다
시간이 하중을 더해 갈수록
더 단단해질 수도 있었건만

단단해진다는 건

한 번의 힘으로도 잘게 부서질 수 있다는 것

쉽게 멍이 들어 주저앉을 수도 있다는 것이다

어느 날은 호접몽을 꿈꾸다가

어느 날은 모서리에 서서 울고 있다

빈 가지 사이로 출렁이는 겨울

그 따뜻한 아랫목에서

생의 연서를 읽는다

— 이성의, 「연서」 전문

시인은 결핍을 안고 있다. 울음은 인간의 숙명이다. 모서리 역시 마찬가지인데, 인간은 각자 수많은 생의 모서리를 지나쳐 온다. 울 때도 있고 울지 않을 때도 있다. 그렇다. 결핍은 '길'의 기원이다. 어디론가 떠난다는 것은 결핍을 달래거나 해소하기 위한 아주 오래된 존재론적 행위이다. '길'은 곧 상실과 결핍 자체이며, '호접몽'의 나비가 남긴 허공의 흔적이다. "어느 날은 호접몽을 꿈꾸다가 / 어느 날은 모서리에 서서 울고 있다"는 것. 호접몽과 울음의 간극만큼 시인은 아플 수밖에 없다. 그러나 바로 그 간극에서 시는 탄생한다. 울음 그 자체에서, 호접몽 그 자체에서 시는 나오지 않는다. 호접몽에서 울음으로 가거나, 울음에서 호접몽으로 가는 길 위에서 시의 언어가 허락된다. 시의 언어는 세계의 낙차(落差)에서 비롯된다. 어디로도 가지 않고 어디로도 시선을 두지 않는 길 위의 언어는 하늘이거나 대지이거나 침묵일 것이다. 시인은 침묵의 시에 닿고자 하나 그것의 실패는 불가항력적이다. 시인은 호접몽과 모서리의 울음 사이에 존재할 수밖에 없다. 그러므로 시인은 "생의 연서"에 목이 마르다.

그의 시에서 '연서'는 중요한 시적 표지標識다. 그리움을 표상하기 때문이다. 그의 시는 어떤 근원에 대한 그리움을 배음으로 깔고 있다. "손 끝에서 바람 냄새가 난다 / 토도독 두드리던 그녀의 가을 냄새가 아니다 / 어딘지 알 수 없는 뿌리"로 시작하는 「원형을 꿈꾸다」는 그의 시적 지향을 분명하게 보여준다. "한 번도 물러선 적이 없는 외로움이 / 긴 방울 소리 울리며 달려가던 곳 // 오늘은 이쪽 / 내일은 저쪽 / 물안개 속으로 걸어온 강이 하류로 흘러간다 / 원점, 흩어진 듯 다시 모여드는 원점이다." 삶의 원형을 회복하고자 하는 인간의 오랜 꿈은 인간의 근원적인 결핍을 채우고자 하는 욕망에서 비롯된다. 세계와 자아의 완전한 합일은 세계와 자아의 분리 이후에 탄생한 욕망의 근원적 대상이다. 순수한 원형의 세계를 향한 욕망은 그의 시 곳곳에서 발견된다. "땅끝 어디에선가 / 물씬 건너오는 시원始原의 향기"(「거울」), "날마다 바다에 닿는 꿈을 꾸었네"(「함성」), "때로는 숲이 깊어 / 숲 깊숙이 자라나는 / 나무의 하얀 뿌리"(「그대의 숲」) 등과 같이 근원적이고 순결한 이미지가 시적으로 채택되고 있는 것이다.

그러나 원형은 꿈의 세계다. 삶의 근원과의 완전한 합일은 불가능성을 내함한다. 적어도 일상적 자아로서는 불가능한 것이 현실이다. 그래서 우리는 늘 상실과 결핍의 길 위에 서 있는 것이다. 길 위에서조차 가야 할 길을 찾는 것이 인간의 오랜 운명이다. "오늘은 왈칵 눈물이 쏟아지고 있네 / 참았던 빗방울들이 밤새 길을 찾고 있었던 모양이야"(「C에게」) 길은 속된 현실의 일상적 자아에게는 잘 보이지 않는다. 길은 신성한 원형을 욕망하는 자에게 주어지는 계시의 선물이다. 그러므로 그의 시 대부분은 일상적 자아의 속됨을 벗겨내는 내적 성찰에 바쳐진다. "찌든 마음을 털어내듯 / 반가운 손님을 맞이하듯 / 머리 납작 엎드리고 허리 굽혀 공손히 절을 한다 // 저 깊숙이 솟아오르는 / 용암수의 비밀"(「걸레질」), "꽃잎이 떨어진다 / 아직도 헹구어내지 못한 서사 / 벗고 나면 오직 허공뿐인 / 빈집 같은 시간들이 / 등을 구부리고 걸어가고 있다"(「눈물」). 그의 시는 대부분 내밀한 고백이며, 주로 자기 성찰에 바쳐진다. "내 사유의 절반 속 / 저녁 별을 따라 흐"르고 "욕망이라는 낡은 새, 저 숲 어딘가로 날아서"(「하루의 절반」) 사라지기를 바라는 것이다.

그의 시는 구극究極을 지향한다. 그 과정에서 빚어지는 언어의 세계가 그의 시다. 그래서 그의 언어는 세속의 기운을 채 벗지 못한 여리디여린 여승의 가냘픔을 느끼게 한다. 그럼에도 가닿고자 하는 하나의 세계가 명징한 이미지로 드러나고 있음을 주목할 필요가 있다.

그래도 숙연히
어딘가로 날아서 날아올라서
스스로 과녁을 향해 쫓아가는 화살이 되어야 함을
아득하고도 수밀한 덤불 속
외로움의 줄기
어느 것 하나 손에 잡을 것 없이
홀로 깊어져 가야 하는 것을

—이성의, 「과녁」 부분

그의 시는 깊이에의 서원誓願이다. 그의 시 대부분 "빗자루를 들고 마당을 쓸어내"고(「거울」) "걸레질을 하"듯(「걸레질」), 자아를 쓸고 닦아 삶의 근원에 닿고자 하는 고요하고 잔잔한 욕망을 보여준다. "과녁을 향해 쫓아가는 화살"이 표상하듯이 시세계의 지향성이 확고함에도 불구하고 그의 시는 겸허한 마음과 평정의 자세를 잃지 않는다. 부드럽고 조화로운 어조가 그의 시에서 주조음을 이루는 까닭이다. 원형의 상실과 결핍에 대한 예민한 감수성에도 불구하고, 그의 시는 그러한 내적 현실을 부드럽게 수용하고 있으며, 원형에 대한 추구에서도 겸허한 자세를 잃지 않는다. 달리 말해, 그의 시는 평균율을 닮아 있다. 존 키츠가 말한 시인의 '소극적 능력'이란 바로 여기에 해당하리라. '호접몽'과 '모서리'의 간극 사이에 존재함에도 불구하고 그의 시는 오히려 그 간극과 조화를 이루고 있다는 느낌을 주고 있는 것이다. 존재의 근본을 지향하되, 그것의 완전한 파악을 시도하고자 욕망으로부터 그는 자유롭다. 다만 우리 삶이 근원의 흔적을 살짝 내비치는 "강물소리였다는 것"(「강물소리」)을 깨닫는 것만으로도 충분하다. 그의 시 곳곳에서 발견되는 부드러운 낙관과 긍정은 바로 이런 연유에서 비롯된다.

이런 서정이 우리에게 의미있는 가치를 지닌다는 것은 의심의 여지가 없다. 오늘날 우리의 삶을 돌아보면 더욱 그렇다. 그러나 좀더 욕심을 내어 시인에게 전하고 싶은 바람이 있다면, 시의 긍정과 낙관이 우리 삶의 현실을 폭넓게 껴안았으면 한다는 점이다. 그의 시는 자기 성찰이 주조음을 이루고 있지만, 부분적으로 지나치게 자아중심적이어서 어떤 불편함을 야기한다. 그 불편함이란 타자에 대한 무관심에서 비롯된다. 평균율에 가까운 시의 진폭은 분명 서정의 부드러운 조화와 절제의 미덕을 보여주고 있으나, 시적 감동의 폭과 깊이를 충분히 얻지는 못하고 있는 것이다. 이는 시적 이미지를 단조롭게 하는 원인이 되기도 한다. 요컨대, '호접몽'과 '모서리'의 간극은 아직 충분히 시적으로 형상화되지 못하고 있다. 그 간극은 자아의 내면뿐만 아니라 타자에게도 허락되어야 하는 공간이다. 타자의 삶은 그 간극의 폭과 깊이를 충분히 형상화할 수 있는 방편이다. 다시 말해 '모서리'의 현실이 지닌 추상성과 관념성을 타자의 삶을 통해 극복할 수 있는 것이다. 그럴 수 있다면, 시의 정서가 더욱 풍요로워지고 감동의 진폭이 커질 수 있으리라 생각한다.

물론 시인의 시적 경향이 쉽사리 바뀌지 않음을 모르지 않는다. 그러나 시의 진정성은 치열하게 자기를 부정하는 자리에서야 가까스로 탄생할 수 있다. 자신의 모든 시를 지운 자리에서, "'가지 않은 길'에 대한 / 마지막 탐색"(「문학에 대하여」)과 같은, 스스로를 넘어서는 내적 파열의 힘으로 시의 선혈鮮血은 가까스로 맺혀 오는 것이다. 그러한 시의 선혈을 이마에 올릴 수 있을 때 시인뿐만 아니라 인류의 정신은 더욱더 깊어지고 고양될 수 있는 것이다.

제4장

성聖과 속俗, 혹은 에로티즘

김곳, 『고래가 사는 집』

시와 에로티즘은 근친적이다. 시의 욕망이 동일성에 근거하고 있다면, 에로티즘 역시 개체의 불연속성을 연속성으로 바꾸는 욕망에 기반하고 있기 때문이다. 조르주 바타이유는 에로티즘을 육체, 심정, 신성의 에로티즘으로 나누고 있지만, 이 모든 에로티즘은 개체의 경계를 넘어 타자와의 연속성을 회복하는 욕망의 발현이라는 점에서 공통적이다. 이 연속성의 열망은 동일성의 욕망과 다르지 않다. 동일성의 욕망이 인간의 유한성에서 비롯되는 결핍의 자각에서 비롯되는 것이라면, 에로티즘의 추구 역시 그 결핍을 치유하거나 보상하는, 혹은 근원적 동일성(연속성)을 성취하는 실천적 행위라고 할 수 있다. 예술의 원천이 성본능에 있다고 했던 프로이트를 상기한다면, 바타이유에게 와서 시의 동일성 욕망은 에로티즘의 연속성 욕망과 순전히 일치하게 되는 것이다. 그러나 에로티즘은 일반적인 동일성과는 다른 차원에 놓인다. 에로티즘은 동일성을 파괴하는 자리에 새롭게 돋아나는 동일성의 가능성을 지니기 때문이다. 에로티즘은 곧 위반의 자리에 놓인다.

　김곳의『고래가 사는 집』(시와사상사, 2014)은 부분적으로 에로티즘이 매우 강한 시집으로 읽힌다. 그래서 김곳의 시적 욕망이 동일성에 지배당하고 있다는 인상을 주기에 충분하지만, 그 동일성이 금기의 영역에 들어선 위반을 함축하고 있음을 간과해서는 안 된다. 그의 표제작인「고래가 사는 집」을 보자.

　　바다는 모든 물고기에게
　　푸른 세상일까, 그곳이 전부였던
　　물비린내 나는 가엾은 지느러미들아
　　못 본 척 밤낮 네게 눈 뜬 외눈박이
　　가로등이 묻는다
　　어둠을 탐하는 일 유일한
　　어둠이 내 품속이었던 간밤 전율하며
　　금지되어 더 까맣게 타는 갈증의 밤이다
　　한 마리 고래가 망망대해
　　먼 곳을 떠돌다 들어서는 2층집에
　　오늘 콧노래가 흐르고
　　너와 나는 한뎃잠 안아줄 온기가 필요해
　　수염 돋던 첫 밤인 듯 사랑스러운 고래
　　엉덩이 실룩거리는 불빛 보드라운 밤
　　얼룩진 소금꽃자리 마른 등을 파도가
　　찰박찰박 몸 비벼 슬어주는 해변의 집

네 품으로 자꾸만 눈이 돌아간다

— 김곳, 「고래가 사는 집」 전문

시적 주체는 "어둠이 내 품속이었던 간밤 전율"하는 일이 "금지되어 더 까맣게 타는 갈증의 밤"을 견디는 상황에 처해 있다. 금지된 어둠은 근대적 이성이 허용하지 않는 금단과 신비의 영역을 의미할 것이다. 이때 출현하는 고래는 굳이 프로이트를 떠올리지 않더라도 압도적인 남근 이미지를 떠올리게 하는데, 고래가 머무는 2층집은 시 구절을 다시 인용하지 않더라도 충분히 에로티즘의 양상을 지니고 있음을 짐작할 수 있다. 1층보다는 2층이 보다 은밀할 것이며 금기를 위반하기에 적합하다. 게다가 고래가 머무는 2층집이라니. 물론 여기서 중요한 것은 고래 자체가 아니다. 고래가 가져오는 바다의 이미지가 중요한 것이다. '바다'는 시원始原의 공간을 상징한다. 모든 생명의 근원적 공간이기도 하지만, 바다는 세계의 신성과 신비를 머금은 공간이며, 고래와의 합일은 곧 바다가 상징하는 시원을 향한 회귀 욕망을 드러내는 이미지로 기능한다. 바로 이 때문에 김곳 시인의 작품에 '바다'의 이미지는 자주 출현할 수밖에 없다. '바다'라는 시원적 공간과의 연속성, 그러니까 동일성을 회복하고자 하는 욕망을 지니고 있는 이상, 시적 감관이 바다 쪽으로 향해 있을 수밖에 없는 것이다. "바다는 너무 멀고 깊어서 / 수평선 너머 너를 보내는 마음은 / 종이배를 풍랑에 띄우며 마음부터 젖었다"(「종이배가 돌아오는 저녁」), 혹은 "너 없이 오롯이 안에 있을 수 없어 / 달빛 문스톤 언약의 고리를 엮어 두고 / 바다로 가는 키의 비밀번호를 궁리 중이네"(「비밀의 문」)도 그렇지만, 다음과 같은 구절은 시집의 가장 중요한 정서를 드러낸다고 할 수 있다.

자고나면 바다를 삼키는 모래톱의 배가 벌판이 되어

나는 이른 나이에 벌써 멀어지는 바다를 그리워했다

내 꿈은 언제나 수평선 너머 흰수염고래를 뒤쫓았으나

파도의 물거품 되어 다시 일어서는 연습으로

생의 바다를 걷고 또 걷는 중이다

— 김곳, 「발자국의 배후」 부분

시원으로서의 공간인 바다는 "생의 바다"라는 이미지로 변환되어 있다. "그리운" 바다이면서 지금 시적 주체가 "걷고 또 걷는" "생의 바다"인 것이다. 이러한 의미 변환은 어떻게 가능한가. 위 인용에서 생략했지만, "노동이 만들어낸 근육으로 풍랑을 헤쳐 달려온 / 고깃배들처럼"이라는 구절에서 그 이유를 짐작할 수 있다. '바다'는 시원의 공간이지만, 우리가 살아가야만 하는 현실로서의 의미 또한 함축하고 있는 것이다. 이는 달리 말해 시원(근원)을 향한 욕망에 처단된 인간일지라도 세속의 자력磁力으로부터 결코 벗어날 수 없는 현실을 말해준다. 흔히 말해, 성聖과 속俗의 변증은 대부분의 인간이 직면하는 자기 균열의 과정인 것이다. 시원으로서의 바다가 현실의 바다 이미지와 겹칠 수밖에 없는 까닭이다. 김곳의 시세계가 '바다'라는 시원의 상징에서 벗어날 수 없으면서도 지속적으로 현실을 풍자하고 비판하는 시를 생산할 수밖에 없는 이유이기도 하다.

시인의 풍자 성향은 그의 시적 욕망이 현실을 초월하는 데 있지 않고 '포월匍越'하는 데 있음을 보여준다. 즉, 기어가면서 넘어서기. 초월과 현실의 변증은 '좋은' 시인들의 보편적 문법이다. 하지만, 변증의 시세계가 보편을 가득 차고 넘쳐서 새로운 차원의 정향점을 확보할 때 그것은 더욱 의미 있게 된다. 김곳 시인은 현실 풍자의 세계로 깊이 발을 들인다. 「에펠탑은 문어발을 가졌다」, 「루왁커피 한 잔 하실 텐가」, 「우리의 영원한 쫑!」, 「어제는 없는, 내일을 꿈꾸다」 등의 제2부 작품들은 우리 현실의 경제, 문화, 정치, 생태 등의 모순들을 신랄하게 비판한다. 특히, "과묵했던 나무는 죽음 후에 세상으로 간다"(「어제는 없는, 내일을 꿈꾸다」)는 구절은 '바다'라는 시원의 공간을 지향하면서도 현실 세계에 발을 디딜 수밖에 없는 시인의 모습과 겹치기도 한다. 시인은 "나는 누구인가, 지하철 인파에 묻혀서도 / 불쑥불쑥 내 안의 턱을 괴는 존재의 화두"(「홍해를 가르는 지팡이」)에 목말라 있으며, 더구나 그 "지하철 인파" 속을 헤쳐 나가는 "맹인 악사"를 통해 "검은 바닷길"을 가르는 "모세의 기적"을 떠올리기도 한다. 냉혹한 속(俗)의 한가운데서 그는 "푸른 물고기"의 바다를 갈망하고 있는 것이다. 바다라는 시원의 공간은 일상의 속(俗)과 이미 변증을 이루고 있다. 그런 까닭에 「소라계단」을 음미하는 것은 특별한 일이다.

> 소라껍데기 귀에 대면
> 파도소리가 들린다니, 소라는
> 온통 바다 생각만으로 살았다는
> 말 같다
> 오랜 세월 묵은 것들 새 물결에 변해가도
> 중앙동에는 온통 한 생각만으로 바다를 품은
> 소라껍데기 닮은 사람들이 모여 사는가 보다
> 오래된 필름처럼 낡아가는 간판들

호시절 희미해도 수묵화처럼 정(靜)적인

골목골목의 풍경은 인생의 화선지다

높은 곳을 향한 갈망이라기보다 소통의

방편이었을 소라계단 돌돌 감아 오른다

콩나무를 타고 하늘에 오른 동화 속

재크를 만날 것도 같은 하늘 아래 동광동

집들의 벽과 벽 사이 계단이 하늘로 향한

사다리다

미궁처럼 구불구불한 삶의 끝에 서로의

다리를 놓아 내일의 꿈을 잇는 미래

빌딩 숲 사이 푸른 바다가 펼쳐진 부산항에

뱃고동 소리 울려 퍼진다

— 김곳, 「소라계단」 전문

시의 마무리에서 다소 긴장이 풀리는 흠이 있긴 하지만, 이 텍스트는
바다를 향해 현실을 '포월' 중인 부산 중앙동 사람들을 인상적으로 형상
화한다. "온통 한 생각만으로 바다를 품은 / 소라껍데기 닮은 사람들"이
"소라계단 돌돌 감아 오르"는 힘겨운 현실은 바다라는 시원始原의 흔적이
이미 속화俗化되어 있다는 사실을 말해준다. 그러나 이 '속화'에 대한 정
서는 단순히 부정적인 것에 머물지 않고, 우리가 껴안고 살아야 하는 현
실에 대한 엄정한 인식을 수반한다. 그것은 수용이나 체념과는 다르다.
"소라계단"이 상징하듯이 삶의 비틀린 현실은 우리가 마주하고 대적해
야 하는 생의 공간으로 그려지고 있다. 그러니까 바다의 흔적을 품은 사

람들에게 "소라계단"은 "높은 곳을 향한 갈망"이 아니라 "소통의 방편"으로서 기능하는 공간이다. 다시 말해 수직을 껴안은 수평의 공간. 더구나 이 수직의 높이에는 비틀리고 굴곡진 생의 현실이 가파르게 새겨져 있다. 시인은 바다라는 시원을 향한 욕망에 머물지 않고, 그것을 리얼리즘의 정서로 변주해내고 있는 것이다. 바다를 끼고 있는 부산 서민들의 모습은 이 시를 통해서 성聖을 품은 속俗의 형상으로 자리매김 된다.

김곳 시인의 시세계가 부분적으로 에로티즘을 지니고 있다고 했으나, 어쩌면 에로티즘은 그의 시세계에서 본질적인 국면인지도 모르겠다. 바타이유의 에로티즘erotism은 에로티시즘eroticism과는 구분되는 용어로서 신성과의 연속성(동일성) 추구 욕망을 내함한다. 다시 말해 에로티즘은 성과 죽음과 종교의 일치를 추구한다. 그렇다면 김곳 시인은 신성과의 동일성을 추구하는 시인인가. 아마도 그럴지도 모르겠다. "먼 길 달려 대면한 대웅보전은 / 가장 고결한 지상의 민낯 / 화장기 없는 얼굴로 / 날마다 능가산 향해 정갈하시다", "누각 기둥 주춧돌에 앉아 / 깍듯이 허리 꺾은 소나무 사이 / 대웅보전 누드 신 한 컷 찍었지"(「능가산, 내소사」) 사찰 불상에 스민 신성은 '누드'의 에로티즘으로 변주되고 있다. 심지어 "함월산 기림사는 고요한 풍경에 든 / 나무와 새순과 또 당신과 나를 먹네요 / 따끈따끈한 나를 감쪽같이 먹는 비는 / 소리 내어 웃어본 적 없을 나한전 앞 / 3층 돌탑도 한 입 한 입 먹고 있어요 / 당신과 걷고 싶었던 식욕"(「빨간 우산이 찍혀 있었다」)이라 하지 않았던가. 그러나 "은하사 연못 가운데 청동불상 / 꽁꽁 언 빙판에 갇혀 계신데 / 열린 길 들어 나란히 앉은 남녀 / 인증 샷을 날리는 '김치' 소리에 / 세상이 환해진다"(「겨울 은하사」)라는 구절에서 알 수 있듯, 김곳은 신성과의 동일성에만 경도된 시인은 아니다. 시집 해설에서는 이를 두고 "'열린 길'의 삶이 높은 길의 삶을 압도하는 형국"(이경호)이라 진술한 바 있는데, 동일성의 욕망이 삶의 구체성을 껴안고 있음을 감지한 결과다.

그렇다면 김곳 시인의 동일성 욕망은 현실 속에서 시적 발효를 거쳐 의미 있는 파장을 남길 가능성을 주목하지 않을 수 없다. 에로티즘 자체가 현실에서 금기시된 연속성(동일성)의 욕망을 추구하는 것이라는 점에서, 김곳 시인의 동일성 추구는 기존의 동일성에 수렴되지 않는 위반의 기운을 지니고 있기 때문이다. 시집의 '서시' 격이랄 수 있는 「침입자, 허를 찌르다」는 이를 명징하게 보여준다.

> 모든 시작은 틈에서부터 온다
> 봄바람에 실려 팔랑이는 치마의
> 날개를 틈틈이 분석해 보는데
> 자꾸만 거슬리는 침입자
> 사랑해.
> 허연 제 허벅지가 흘금흘금 먹히는 줄
> 모르고 경계를 넘을락 말락 아지랑이
> 피우게 하는 것도 저 묘약 때문
> 주방 조리대에 까만 쥐똥 한 알이
> 비상처럼 놓여 무방비의 나를 겨누고
> 누군가 노린 틈새에 뒤통수를 한 방 맞은 아침
> 아찔하게 내게 멎던 천리향 당신이었나, 자꾸 붉어지는
> 사랑해가 키스를 원해

베란다 방충망 귀퉁이에 구멍이 뚫렸다

"틈"은 일종의 위반이다. 그러니까, "모든 시작은 틈에서부터 오"고, 그것은 하나의 동일성을 허무는 "틈"이라는 위반에서 비롯되는 것이다. "봄바람에 실려 팔랑이는 치마의 / 날개", 이것은 위반을 통해 새로운 세계를 창조해내는 설렘이 아닌가. "제 허벅지가 흘금흘금 먹히는 줄 / 모르고 경계를 넘을락 말락"하는 것. 경계를 넘어서는 위반과 동일성의 균열을 통해서만 새로운 동일성의 세계가 형성될 수 있는 것이다. 김곳 시인에게 시는 "틈새"를 찾는 일이며, "사랑해"라는 목소리의 떨림으로 "구멍"을 찾는 일이다. 그러나 시인은 "틈새"와 "구멍" 바깥 저편을 향해 빠져나가지는 않고, 오히려 안쪽으로 바깥의 실재를 끌어오는 경향을 보인다. 「고래가 사는 집」에서 익히 보았듯이, 김곳의 시적 주체는 고래를 찾아 바다로 간 것이 아니라, 고래를 그의 "2층집"에 불러들여 "엉덩이 실룩거리"게 하고 있는 것이다. 이것은 기존 동일성의 세계에 금기와 위반을 들여놓는 효과를 창출해 낸다. 바다와 현실의 경계를 허문 이 위반은 에로티즘의 즉각적인 효력을 발휘한다. "틈새"와 "구멍" 역시 경계를 무화시키는 기능을 한다.

시인은 바로 이 지점에서 예민한 시적 감수성을 보인다. 틈새와 구멍을 통한 현실의 위반과 전복. 김곳 시인이 보다 깊이 탐구해야 할 주제다. 이미 관습화된 동일성의 세계를 균열시킴으로써 우리의 시적 현실에 새로운 숨결을 불어넣는 것. 김곳 시인의 동일성 욕망은 에로티즘을 보다 치열하게 경유할 때, 현실을 전복하고 재구성하는 미적 긴장과 전율을 획득할 수 있으리라 생각한다. 부디 시적 욕망의 한 가능성을 넘어, 이 관습화된 동일성의 세계를 파괴하기를, 하여 우리의 새로운 시적 현실이 되어주기를 바라마지 않는다.

제5장

서정의 도살, 그 이후

이낙봉, 『미안해 서정아』

1. 탈서정, 시의 이주

버림받은 서정, 이라고 말하는 순간 서정은 연민의 대상이 된다. 오랫동안 한몸으로 있었던 애인에게 그렇듯이 미안하고 안쓰러운 마음이 드는 것은 어쩔 수 없는 일이다. 서정은 전통적으로 시의 본질적 요소였으며, 인간의 가장 심원한 곳에서 공명되어 나온 삶의 비의祕意마저 함축해왔기 때문이다. 서정을 버린다는 것은 전통적 의미에서 곧 시를 버린다는 말과도 같은 것인데, '시'는 이제 서정을 떠나 다른 곳으로 이주할 수밖에 없는 것이다.

슈타이거E. Steiger는 서정의 본질을 '회감回感, Erinnerung'이라고 말한 바 있다. 슈타이거에 따르면 회감은 시인의 의식 속에 가라앉아 있는 기억들이 융합되어 순간적으로 표출되는 정신적 작용이다. 그래서 시는 순간적 장르로서 영원한 현재에 머무는 양식style이 된다. 다시 말해, 회감은 주체와 객체의 간격 부재에 대한 명칭으로서 철저하게 1인칭 주체의 산물이자 주체 중심의 세계관에서 발생하는 서정의 본질로서 기능한다. 따라서 서정은 주체 중심의 세계관으로부터 벗어나지 못하는 한계를 안고 있다. 시적 자아에게서 분출되는 서정은 자연과 인간, 그리고 사물을 동일화하고자 하는 주체의 욕망의 산물인 것이다. 그래서 서정시는 비판과 성찰의 대상이 될 수밖에 없었고, 주체에 대한 반성 역시 탈주체 담론 속에서 지속적으로 이루어져 왔던 것이다.

이낙봉 시인 역시 주체와 언어의 관계에 깊이 천착해 온 시인이다. 세 번째 시집 『다시 하얀 방』(한국문연, 2005)에서부터 주체와 언어의 관계에 대한 시적 사유를 보여주기 시작하는데, 기표 속으로 달아나는 주체의 균열과 여백을 형상화한 바 있다. 시인의 네 번째 시집 『미안해 서정아』(bookin, 2007)는 제목이 암시하듯이, 서정과의 결별을 매우 단호하게 선언한다. 주체의 자명성이 붕괴된 마당에, 주체로부터 분출되는 서정 따위야 얼마나 낡은 것인가 말이다. 이낙봉은 서정을 분쇄함으로써 전통시관에 대한 대립각을 세우고 있는데, 이는 다름 아닌 '나'라는 확정된 주체로부터 달아나는 일이다. 달아남으로써 그는 주체와 언어의 '바깥'을 드러내고자 한다. 이 시집에는 '시', '나', '너'라는 세 가지 소주제가 마련되어 있다. 시집의 구성 체계를 형성하는 소주제들은 『다시 하얀 방』에서부터 예비되어왔던 만큼, 『미안해 서정아』는 단호하고도 분명한 시관을 드러내고 있는 것이다.

'시', '나', '너'의 관계는 사실 시적 담론 속에서 핵심적인 요소이다. '시'는 시적 주체가 세계에 내속된 타자들과 만나 교호하는 언어적 공간이기 때문이다. 그런 점에서 시인이 주체를 탐구하기 위한 과정으로서 시에 대한 해체적 성찰과 반성은 필수적인 것이다. 시를 해체함으로써 전통적 서정에 머물러 있는 시적 주체와 타자들은 새로운 의미의 역장 속으로 휘말려 들어갈 수 있게 된다. 그것은 확정된 의미가 아니라, 불확정성과 유동성의 에너지가 충일하는 의미해체의 세계이다. 따라서 이낙봉의 시를 읽는 일은 탈서정을 통해 탈주체의 자리를 경유함으로써 새롭게 구축된 타자의 세계를 만나는 일이다.

2. 의미의 죽음과 시의 진공眞空

시란 무엇인가, 라는 해묵은 의문은 모든 시인들에게 공통된 문제임에 틀림없다. 시를 평생의 업으로 삼은 시인에게 시詩의 의미는 시적 세계관의 토대를 이루기 때문에, 시적 자의식은 필수적인 것이다. 이낙봉 시인 역시 『다시 하얀 방』에서 이미 일관된 시적 자의식을 보여주고 있는데, 이 시집의 제3부 '시, 진단'은 그러한 노력이 집약된 결과라고 할 수 있다. 예컨대, "흰 종이 위에서 / 지독한사랑이 시를 쓰는지, 시가 / 지독한사랑을 하는지, 구겨지고 뭉개지고 / 달빛도 없는 날 시를 지우려고, 조금은 / 통속적인 시를 지우려고, 지독한사랑 위에 / 신자유주의라고 쓴다, 쓰고 보니 / **지독한신자유주의사랑**이라고 읽힌다,"(「시, **지독한신자유주의사랑**」)라고 썼을 때, 시적 화자(언표주체)와 시인(언술주체)이 서로 뒤섞이는 메타시의 양상이 노골적으로 드러난다. 시인이 시적 화자와 시를 완전히 장악하지 못함으로써, 시의 기표가 언제든지 의미로부터 달아날 준비를 하고 있는 것이다. 물론 신자유주의화의 물결 속에서 가중되는 시의 위기를 드러내고자 하는 의도가 깔려 있긴 하지만, "흰 종이의 문고리를 잡고 서성거리는 그림자, 시"라는 구절이 다시 암시하듯이, 시가 지닌 의미는 사실 흰 종이의 빈 여백에 지나지 않는다는 사실에 주목하지 않을 수 없다.

아니나 다를까, 『미안해 서정아』의 첫 번째 시인 「041016」은 시의 공간을 아예 독자들에게 온전히 맡겨 놓고 있다. 여백의 네모 칸을 제공함으로써 독자로 하여금 시를 쓰게 하는 것이다. 이는 시의 확정된 의미를 해체시켰음을 의미한다. 시의 의미는 어차피 시인과 독자, 기표와 기의 사이를 끊임없이 부유하는 것이므로, 굳이 힘들게 시를 활자로써 정주定住하게 할 필요가 없다는 선언이다. 이 시집에 실린 시들의 제목 역시 창작한 날짜로 추정되는 '년월일'을 의미하는 여섯 개의 숫자로만 구성되어 있을 뿐임을 생각해보면, 제목에서조차 의미를 제거하여 고정된 의미를 최소화하고자 하는 의도를 지니고 있음을 알 수 있다.

지금 시를 쓰려는 내가 식은 커피 잔 가위 구두 종이 의자 책 연필 벗어놓은 양말 살비듬으로 떨어지고, 지금 시를 쓰는 내가 흐린 하늘 고층 아파트 마을버스 보도블록 세탁소 약국 부동산 찢어진 비닐봉지로 휘날리고, 지금 시를 쓴 내가 머리카락 담배 베개 이불 불 꺼진 전등 재떨이 멈춘 시계 구겨진 잠옷으로 늘어지고, 지금 시를 지우는 내가 어제의 내가 디지털 시계의 1, 2, 3, 4, 5, 6, …… 쪼개지고 부서져 바다로 뛰어들고, 지금 시를 지우는 내가,

— 이낙봉, 「050106」 전문

이 시의 주체는 분열되어 있다. "지금 시를 쓰려는", "지금 시를 쓰는", "지금 시를 쓴", "지금 시를 지우는" 복수複數의 '나'들이 시적 주체로 존재한다. 그러므로 이 시는 고정된 시가 아니라, 여전히 쓰여지고자 하는 욕망의 시이며, 쓰여지고 있는 시이며, 이미 다 써버린 시인 동시에, 다시 지워지는 시라고 할 수 있다. 그러나 정작 이 시에서 '시'라는 대상 자체는 존재하지 않는다. 단지 시를 쓰려는 주체의 언술 행위 과정만이 드러나고 있을 뿐이다. 시는 어디엔가 숨어있으며, 드러나지 않는다. 그것은 의미의 구성체로 존재할 수 없는 것이다. 시적 주체는 여러 가지 일상적 사물 속으로 찢겨지고 분해되며, 그것은 하나의 전일체로 통합되지 못한다. 시를 쓰려는, 쓰는, 쓴, 지우는 시적 주체는 있을지라도, 시는 여전히 부재不在 중이다. 그렇다면, 시인은 결국 시는 존재하지 않으며 시를 쓰는 과정만이 있을 뿐이라는, 혹은 시를 쓰는 과정 자체가 '시'라는 선언을 하고 있는 것처럼 보인다. 결국 언술 행위 과정 자체가 시가 되는 일이 벌어지고 만다. 시의 부재가 바로 시가 되고 마는 것이다. 이러한 시론詩論은 언어로써 '욕망의 미장센'을 구축하고자 하는 시적 행위가 결코 근원적인 결핍을 충족시킬 수 없다는 한계를 체험한 결과로 보인다. 가령, 다음의 시를 보자.

욕망을 삼키고
불안을 삼키고
해도 해도 배고픈 것

침대에서 하고

거실에서 하고

화장실에서 하고

꿈속에서도 하고

책을 보다가

TV를 보다가

운전중에도 하고

술 마시면서도 하고

그리움을 삼키고

해도 해도 갈증 나는 것

방충망을 열고

밖을 보니 놀이터가 환하다,

— 이낙봉, 「050905」 전문

　"욕망을 삼키고 / 불안을 삼키고 / 해도 해도 배고픈 것"이라는 구절
이 암시하듯이, 시는 인간의 근원적인 결핍을 충족시킬 수 없는 것이다.
그러나 위 시에서 중요한 것은 '하다'라는 동사이다. 침대, 거실, 화장실,
꿈속에서, 그리고 책 혹은 TV를 보다가 술을 마시다가도 '하는' 그것은
단순히 성적 행위를 지칭하는 것은 아닐 터이다. '하다'라는 동사는 결코
욕망을 충족시킬 수 없는 인간의 모든 행위를 포괄하는 말임에 틀림없다.
욕망을 충족시킬 수 없으므로 모든 행위는 '하다'라는 동사로 환원된다.

욕망의 근저에 결코 도달할 수 없는 행위는 실체적 의미를 잃어버린다. 주체의 욕망으로부터 놓여나지 않으면, '하다'와 같은 행위의 끊임없는 반복에도 불구하고 모종의 "갈증"으로부터 벗어날 수 없을 것이다. 그래서 시인은 균열된 주체의 바깥을 보려 한다. 물론 바깥을 보는 행위는 '하다'와 같은 강박적 행위를 훌쩍 벗어난 것으로 욕망으로부터의 해방을 함축한다. 욕망에 찌든 주체를 벗어나 주체 '바깥'의 환한 공간을 만나게 되는 것이다.("방충망을 열고 / 밖을 보니 놀이터가 환하다")

그렇다면, 시인에게 시란 무엇인가? 과거의 시가 욕망에 사로잡힌 노예의 정제된 몸부림이었다면, 이제 시란 주체를 해체함으로써 발생하는 시의 진공 상태를 보여주는 것이라 할 만하다. 진공에 가까운 상태에 존재하는 의미의 미립자들은 그 운동성이 극도로 예민해진다. 의미의 운동성은 언어의 규준을 철저하게 파괴함으로써 이루어진다. 그것은 언어의 환유적 질서 체계를 벗어나 마구 날뛰는 언어의 해탈을 즐기게 된다. 그것은 예측할 수 없는 언어의 "미로"와 같은 것이지만, 제약이 없는 일종의 '무애無礙'와 같은 상태이다.

미로, 그것을 심으니 다른 미로가 피어난다,

말을 심어 소를 낳고 고양이를 낳고, 고양이가 사랑을 낳고 곰을 낳고 오리를 낳고, 오리가 말을 낳고 다시 말이 인간을 낳고, 인간이 달개비꽃을 낳고 돌을 낳고 바람을 낳고, 바람이 술을 낳고 눈을 낳고 구름을 낳고, 구름이 상어를 낳고 산을 낳고 개새끼를……,

주름진 구멍, 저물도록 그것을 즐기다,

— 이낙봉, 「950920」 전문

　　시인에게 '미로'는 의미 체계가 은폐되었거나 뒤얽혀버린 시적 공간
이다. '미로'는 시적 주체에게 모험의 통로이면서, 우발적으로 터지는 의
미의 균열을 견뎌야 하는 공간이기도 하다. 말, 소, 고양이, 사랑, 곰, 오
리, 말, 인간, 달개비꽃, 돌, 바람, 술, 눈, 구름, 상어, 산, 개새끼로 이어지
는 이미지의 연쇄는 사실 일정한 의미체계를 갖추고 있지 않다. 즉, 인과
적 논리가 결여된 비유기적 환유체계의 시이다. 따라서 이 시에서 '미로'
는 의미의 생성 가능성을 차단하는 혼란 상태를 의미하지만, 여기서 '미
로'의 진정한 의미는 오히려 해방의 공간에 가깝다. 의미를 파악하려는
욕망을 버리고 의미로부터 벗어나 자유로워질 때, 분별지^{分別智}가 사라지
는 순간의 현묘^{玄妙}를 느낄 수 있기 때문이다. "주름진 구멍"은 바로 모든
의미가 배태되어 나오는 우주의 자궁과도 같은 곳이다. 그 속에서 모든
의미들은 이항대립의 분별을 잃고 하나의 '구멍'으로 포합^{抱合}된다. 모든
의미들이 '구멍' 자체로 수렴되는 것이다.

　　결국, 이낙봉은 시적 의미의 발생과정을 메타언어적으로 성찰하고 있
는 것이다. 기존의 서정시가 강요했던, 1인칭 동일자적 욕망에 기초한 독
법에서 벗어날 것을 요구하고 있다. 그것은 "서정의 알맹이를 지우"
(「050530」)는 작업일 텐데, 생각처럼 간단한 작업은 결코 아니다. 서정을
지우고자 하는 작업은 주체의 문제로 환원됨으로써 시인 자신의 '내면',
곧 '나'로서의 자아를 해체하는 작업과 맞물리기 때문이다.

3. 주체라는 개와 도살의 욕망

이낙봉의 시는 유독 '허물어지다', '흔들리다', '부서지다', '삐걱거리다', '섞다', '섞이다' 등과 같은 어휘를 통해서 개체의 경계가 지워지는 징후를 자주 드러낸다. 서정시가 지닌 동일자적 욕망을 해체의 칼날로 그어버린 시적 단호함의 이면에는 서정적 주체로부터 벗어나고자 하는 메타주체의 갈등이 잠복되어 있다. 서정시와의 결별을 선언했음에도 불구하고, 서정적 주체는 여전히 견고하게 남아 있으며 시적 화자의 동일자적 욕망이 지속적으로 꿈틀거린다. 주체와 메타 주체 사이에서 벌어지는 갈등과 긴장 속에서 주체는 조금씩 허물어지고, 흔들리고, 부서지고, 섞이는 과정을 보여준다. 그것은 근대적 주체의 동일자적 욕망이라는 병과 싸우는 '투병'의 과정이라 할 수 있다.

구급차가 새벽의 도심을 허물고, 커피잔 속으로 입동의 찬바람이 허물어지고 당신 얼굴이 허물어진다, 허물어져 내 얼굴이 되고 내 얼굴이 허물어져 당신이 되고, 식탁이 허물어지고 의자가 허물어지고, 간질간질 책갈피마다 불빛이 허물어지고 아침이 온다,

허물어진 껍질 마른 파편 위로 진눈깨비가 오고 나는 아직도 투병중,

— 이낙봉, 「041024」 전문

이 시에서 이미지화 되고 있는 '허물어짐'은 이낙봉 시의 주된 테마다. 시인의 눈에 비친 모든 사물들은 허물어져서 경계가 사라진다. 우리가 믿

어왔던 자명한 주체라는 것의 실상은 "허물어진 껍질"에 지나지 않을지도 모를 일이다. 내 얼굴이 허물어지고, 당신 얼굴과 뒤섞이는 과정으로서의 '나'가 바로 주체의 실상일진대, 그것을 받아들이기란 사실 쉬운 일이 아닌 것이다. '나'를 이루게 하는 주체의 마력은 매혹적인 것이어서, 그것을 털어내기란 손쉬운 일이 아니다. 그래서 시인은 "나는 아직도 투병중,"이라는 선언적 자기고백을 하고 있는 것이다. 투병의 이미지는 '하얀 방'으로 거슬러 올라간다. 주체와의 싸움은 '하얀 방'이라는 이미지로 오래전부터 그의 시에서 한 장을 차지하고 있었다. 짐작했겠지만, '하얀 방'은 백지상태tabula rasa로서의 주체를 환기시킨다. 그래서 "눈을 감으면 하얀 방이 보인다"(「하얀 방」)라는 시적 언술은 자아에 대한 성찰이 시작되는 단계로서의 의미가 충분하다. 그리고 주체는 백지상태와 같은, "출입문이 없고 창문이 없는" 하얀 방을 떠돌며 "기호처럼 기어다니는" **벌레한마리**(「하얀 방」)일 뿐이라는 시적 성찰을 획득한다. 주체가 기호의 벌레처럼 기어다니는 하얀 방은 출구가 전혀 없음으로 해서, 그 자체로 완전한 폐쇄 공간이 된다. 주체는 주체의 자명성이라는 감옥("내 몸 속 문 없는 방", 「0506623」)에서 오랫동안 헤어 나올 수 없었던 것이다. 그러나 '하얀 방'은 곧 심각한 분열의 양상을 드러내게 된다. "하얀방 속의 방 속의 하얀방에는 하얗게 갈라진 내가 없고, 내가 없는 하얀방 속의 방 속에는 나를 기다리는 거울이 없고, 하얀방 속의 방 속의 방 속 거울은"(「다시 하얀방」)과 같은 구절이 암시하듯이, 주체의 자명성이 해체되기 시작하는 것이다. 시인은 지속적으로 '하얀방'을 들락거린다. "다시 하얀방을 기웃거린다 / 무수히 부서지는 실선의 파장 / 간밤에는 / 분열증세로 물컹물컹 잘 수 없었다."(「050410」) 분열의 구체적 증상은 다음과 같다.

하늘이 움직인다 했더니 땅이 움직이고 땅이 움직인다 했더니 구름이
움직이고 구름이 움직인다 했더니 꽃이 움직이고

— 이낙봉, 「050513」 부분

나는 어지럼증으로 땅을 붙잡고 구역질을 했고, 내 육신을 떠난 내가
구역질 하는 나를 보면서 흔들렸다,

지금도 낮잠처럼 흔들려요, 흔들흔들 같이 흔들리는 어지럼증, 어때
요? 이만하면 살 만하죠?,

— 이낙봉, 「040803」 부분

'주체'라는 가장 편리한 공리公理를 포기하는 순간, 세계는 불확정적
인 것으로 돌변한다. 하늘만 움직이는 것이 아니라, 세계의 모든 사물들
이 움직이기 시작하는 것이다. 세계의 진리는 이제 확정성을 보증하지
않는다. 주체의 원근법적 시각에서 세계는 하나의 통일성을 이루었지만,
주체가 균열하는 자리에서 세계는 이제 통일성을 상실하고 만다. 주체인
'나'는 "내 육신을 떠난 내가 구역질 하는 나를 보면서" 끊임없이 '미분'
하면서 어지럼증을 호소하고 구역질할 수밖에 없다.
　구역질 끝에 토해내야 할 것은 놀랍게도 '개'로 형상화 된다. 시인은
'개'를 "한낮의 불안한 나를 미분하여 생긴 그림자, 거울 속에서 다시 미분
하여 생긴 허상"(「050610」)이라고 말한다. '개'는 주체의 그림자로서 시인
의 시세계에서 중요한 이미지가 된다. "늙은 개의 축 처진 성기가 흔들렸
고"(「040803」)라는 구절은 지치고 힘든, 늙은 주체의 현존을 명징하게 보

여준다. 늙은 주체. 그렇다. 이제 시인에게 주체란, 너무 오래된 개다.("50, 칙칙한 데드마스크를 TV에 걸고 보면 개가 보인다. 낑낑, 너무 오래된 혹은 너무 쓸쓸한 아니 너무 누추한,"(「05114」)) 이미 50이 넘은 시인의 나이만큼 너무 오래되고 쓸쓸한 주체는 이제 "50, 얼마를 더 살아야 개가 사라질까"(「05114」)라고 탄식하는 것이다. 그러므로 "개를 방뇨한 골목길 시원하다"(「050118」)와 같은 탈주체의 욕망이 자리 잡는 것은 당연하다. 그러나 개라는 주체는 끈질기게 따라붙는, 혹은 끌고 다닐 수밖에 없는 시인의 그림자이다. 그래서 때로는 개를 도살하고 싶은 욕망에 몸을 떨기도 하는 것이다.

> 산다, 산다, 도살의 날
> 모른 체 사나운 눈 붉게 산다
>
> ─ 이낙봉, 「040704」 부분

도살의 끝은 어디인가. 그 끝은 정신분석학에서 말하는 '주체의 소멸 aphanisis'인가. 그것은 단순한 주체의 소멸, 혹은 탈주체로 머물지는 않는다. 주체를 죽이기 위한 작업이라기보다는 새로운 주체를 재구성하고자 하는 욕망에 가깝다. 왜냐하면, 시인의 시적 사유는 '시'에서 '나'로, 그리고 '나'에서 '너'로 옮겨갈 준비를 하고 있기 때문이다. '너'에 대한 시적 사유는 '나'에 대한 시적 성찰을 예비하게 했음에 틀림없다. 시인은 단지 기다려왔을 뿐이다. 근대적 주체들이 소멸되는 순간을. 그의 표현을 빌린다면, "환기구로 시체들이 빠져나간 푸른 밤, 독한 꿈"의 시간들을. 그 푸른 밤의 독한 꿈은 찾아왔던가. 그것은 여전히 과정 중에 있을 뿐이다. 시는 언제나 불가능을 좇아가는 사유의 외로운 모험이므로.

4. '너라는 환상'과 현실의 조각들

'너'에 대한 사유는 세계라는 대타자에 대한 사유이다. 이승훈이 '너라는 환상'이라고 했을 때, 그것은 균열을 봉합함으로써 이루어진 '너'라는 상징계에 대한 시적 성찰과 다르지 않았다. 이낙봉 시인은 '나'에 이어서 '너'라는 세계를 해체하고자 한다. '시'와 '나'의 해체에 이은 필연적인 해체 과정인 것이다. 통일성의 세계를 부정하고 분편화된 세계를 응시하는 그의 시적 태도는 신문의 파편적 사건을 통해 세계를 파악하고자 하는 것으로도 암시되고 있다. 거대한 세계는 어차피 부분적 절취를 통해 파악할 수밖에 없다. 세계의 통일성은 존재하지 않으며, 시인은 그것을 자명한 것으로 받아들인다. 신문이라는 매체는 세계를 부분적으로 오려내며, 시인은 다시 신문에서 파편적 세계를 오려낸다. 그러므로 그가 인식하는 세계의 형식이 콜라주collage인 것은 당연하다.

　　신문이 앓는다, 전공노 "총파업 강행"이 앓고, "李총리는 정치적 파면"
이 앓고, 與 '4개 쟁점법안' 숨고르기가 앓고, 여고생 실종 한달 후 다른 여
고생 피살이 앓고, 경인지역 실업급여 신청자 급증이 앓고, 獨善이란 이름
의 罪가 앓고, "맞고 맞고 또 맞았습니다"가 앓고 무의미한 일상이 앓고,

　　　　　　　　　　　　　　　　　　　　　　　　— 이낙봉, 「041112」 부분

　　중동에 수십억 마리의 메뚜기떼가 습격했다는 신문기사를 보는데,
200만 대출고객이 선택한 0000-7979(친구친구)가 웃고 있습니다, 지근
지근 감기다 싶으면 판콜에이를 마시라고 웃고, 11가지의 생약성분 한국

인의 소화제 가스활명수를 마시라고 웃고,

　피곤해, 피곤해, 피곤해,

　지하철이 피곤합니다.

— 이낙봉, 「041129」 전문

　시인이 신문을 통해 세계를 절취하여 파악하고 있지만, 신문은 달리
말하면 세계를 보고자 하는 그의 의지가 투여되는 매개이기도 하다. 그
런 의미에서 그는 여전히 세계라는 대타자에 대한 연민과 관심을 놓치지
않고 있다고 할 수 있다. 달리 말해, 이낙봉 시인이 '시'에 이어 '나'를 해
체하고, 다시 세계를 해체하는 과정을 거치지만, 이는 주체와 세계의 재
구성을 위한 한 과정으로 볼 수도 있다는 뜻이다. 이러한 사실은 이승훈
의 에피고넨으로 보일 수도 있는 그의 시에 극적인 전환점을 제공할 가
능성을 부여한다. 그의 시가 지니는 이승훈과의 변별점은 그가 주시하고
있는 타자에 대한 시선에서 비롯될 것이기 때문이다.

　그의 시는 언어실험과 주체해체에만 골몰하고 있는 것은 아니다. 그
의 시에서 주체의 해체는 주체의 재구성을 경유함으로써 타자에 대한 새
로운 시선을 획득하고자 하기 때문이다. 그렇다면, 그가 해체하고자 하
는 서정은 1인칭 주체의 자기중심적 욕망만으로 충일한 서정이라는 판
단이 가능하다. 도살의 욕망에 몸을 떨게 했던 개 역시 근대적 주체의 동
일자적 욕망을 지칭하는 것임에는 의문의 여지가 없다. 그렇다면, 그가
"미안해, 서정아"라고 했지만, 어쩌면 서정에게 전혀 미안해야 할 이유가
없는 것일 수도 있다. 서정은 동일자의 욕망에 중독된, 축출해야할 '개'
와도 같은 것이기 때문이다. 개가 축출된 자리에는 타자로서의 세계가

새롭게 구성된다. 즉, 시인은 이제 세계를 새로운 시선으로 바라볼 수 있게 된 것이다.

그의 시선은 주체의 바깥을 향해간다. "깨진 거울 깊은 곳에 숨어 있던 / 내 평면의 얼굴 / 자귀나무 꽃처럼 깨져 / 조각조각 빛난다"(「040808」)라고 그는 말한다. 평면의 얼굴이란 거울 속에 깊이 감추어져 있던 동일자적 욕망, 혹은 균열을 봉합하는 상징계를 암시한다고 보면, 거울이 깨진 이후가 더 궁금할 수밖에 없다. 주체의 얼굴이 깨어져 조각조각 빛날 때, 비로소 거울 바깥의 세계가 도드라질 수 있기 때문이다. 이제 그에게 보이는 세계는 "거울 밖에서 진땀 흘리는 티끌세상"(「040808」)이다. 그리하여, 그의 시선은 기층 민중이 만들어내는 날것의 비린 풍경에 의해 뭉개지기도 한다.

〈전국이 맑은 가운데 산간지방은 때때로 천둥번개를 동반한 폭우가
있겠습니다〉

두 발이 없는 사내가 두 팔로 뭉그적거린다. 턱 밑의 동전 서너 개가 햇빛을 받아 뭉그러지고, 파를 다듬어 파는 할머니의 손가락도 뭉개지는 겨울, 아스팔트를 문지르며 달아나는 마을버스의 뒤꽁무니를 쳐다보는 내 시선이 뭉개지고,

천둥번개를 동반한 폭풍우가 쏟아진다,

— 이낙봉, 「041116」 전문

두 발이 없는 사내, 파를 다듬어 파는 난전^{亂廛}의 할머니는 일기예보처럼 질서화된 세계 속에 존재하지만, 하나같이 안쓰러운 존재들이다. 폭우가 있으리라는 예보에 폭우가 쏟아지는 질서정연한 세계는 질서 바깥에 놓인 기층 민중의 세계를 전경화한다. 파편화된 세계, 전체성과 통일성을 상실함으로써 균열을 보이고 있는 세계의 모습 속에서 그가 응시하는 기층 민중의 비참한 삶은 실재적 세계로서의 의미를 지닌다. 시인은 그 실재에 보다 집중한다. 이를테면, "노인 혼자 자정 넘도록 남의 생을 쳐다보는지 작은 창문에서" "새어나오"는 "푸른 불빛"(「051023」), "알콜중독자와 노숙하는 청소년"(「050306」)과 같은 현실의 이미지들은 그의 시에서 잘게 깨어진 세계의 조각들 중에서도 선명하게 부각되고 있는 것이다. 이는 새로운 주체와 세계관의 재구성을 위한 인식의 준비과정으로서 충분하다. 물론 하나의 세계를 '지우고' 새로운 세계를 만들어낸다는 것이 쉬운 일은 아니지만, 시인은 다만 그 속에서 분주한 걸음을 걸을 수밖에 없는 일이다. 혹은 그의 표현을 빌어 "살고 살아도 제자리"(「050114」)일 수밖에 없는 세상 속에서, "시가 더 앓아야"(「041112」) 하는 일일지도 모른다.

5. 서정의 해체, 그 이후

서정은 양면성을 지닌다. 동일자적 욕망의 시선으로 타자를 바라봄으로써 타자를 철저히 왜곡시킨다는 점, 그리고 타자 중심의 사유를 통해 공감의 영역을 확장시킬 수 있다는 점이 그것이다. 서정을 동일성의 감각이라 할 때, 그것이 주체 중심일지 타자 중심일지는 전적으로 시적 주체의 윤리적 감각에 달려 있는지도 모를 일이다. 서정이 전면적으로 부정되어야 할 대상은 아닌 것이다. 그러나 타자 중심의 사유조차도 근본적으로 주체의 사유를 벗어나지 못한다는 사실은 서정에 대해 극단적인 해체적 태도를 유발하게 된다. 이낙봉의 시가 여기서부터 출발하고 있음은 분명해 보인다.

그러나 문제는 서정의 해체 이후이다. 1980년대의 해체시가 1980년대의 대타자에 대한 극단적인 저항의식이 시의 형식을 통해 분출된 것이라면, 이낙봉의 시에서 보이는 서정의 해체는 '오인'으로 구성된 주체와 세계에 대한 환멸에서 비롯된 것으로 보인다. 그렇다면, 서정과 주체의 해체 이후 나아갈 시의 세계란 어떤 것인가. 그러한 시세계란 과연 가능할까. 가능할지라도 그것이 시적으로 무슨 의미가 있을 것인가. 그것은 결국 분별지가 소거된 선禪의 세계를 추구하는 것일까. 혹은 선의 세계를 추구하면서 발생하는 주체의 균열에 대한 기록인가. 그것도 아니라면, 균열이 봉합된 주체와 세계의 실상을 시의 해체적 형식을 통해 드러내고 있는 것인가.

이것은 극단적 언어 실험 혹은 주체 분열의 시가 해결하지 않으면 안 되는 문제이다. 결국 시인은 시마詩魔에서 벗어나는 순간 현실로 귀환하지 않을 수 없기 때문이기도 하지만, 시·주체·세계의 해체는 결국 아무것도 남기지 않는 허무의 감각으로 끝날 공산이 크기 때문이다. 이 문제를 소홀히 할 경우, 시는 "나도 없고 나도 없으므로 죽음도 없고 삶도 없는데, 흔적을 지우고, 덮고, 묻어버리고, 토해버리고, 쏟아버리고,"(「050620」)와 같은 구절로 환원되고 공회전함으로써 시적으로 '소모'될 우려가 클 수밖에 없다. 따라서 이낙봉 시인에게 중요한 것은 시의 해체적 실험을 극단적으로 밀고 나감과 동시에 서정의 해체, 그 이후를 예비하는 시적 자의식이 필요하다는 점이다.

서정의 해체, 그 이후를 준비하는 일이란 결코 쉬운 일은 아니다. 그러나 그의 시가 "허공으로 치솟는 헛놀림"(「051004」) 가운데 연민의 시선으로 응시하는 현실의 분편들은, 그의 시가 나아갈 방향성을 충분히 암시하고도 남음이 있다. 그의 시적 정진을 기대하는 이유이다.

사랑에서 리비도로

충동의 주체와 탈-나르시시즘

　자크 라캉의 『세미나 11』은 그 부제가 명시하고 있듯이 무의식, 반복, 전이, 충동이라는 네 개념에 대한 진술이다. 그 핵심은 '사랑에서 리비도로'라는 장*이 암시하듯이, 사랑과 리비도의 관계로 압축된다. 사랑과 리비도의 궁극적인 차이는 나르시시즘이다. 사랑은 근본적으로 나르시시즘의 구조를 지니지만, 리비도는 나르시시즘과 전혀 무관한 성적 충동의 근간이 되는 에너지다. 라캉은 사랑의 나르시시즘적 구조를 깨닫게 함으로써 우리의 관심을 리비도로 돌리고자 한다. 이것이 『세미나 11』의 '사랑에서 리비도로'가 갖는 함의다.

　라캉에게 사랑은 나르시시즘에 불과하다. 나르시시즘을 통한 세계 인식은 실재로서의 세계, 즉 '근원적 타자', '진정한 의미에서의 타자'를 표상해내지 못하며, 바로 이 때문에 프로이트 이전까지의 사랑의 심리학은 모두 실패한 것이라 단정한다. 리비도의 발달단계에서 나르시시즘의 개입은 필연적이다. 프로이트가 규명했듯이, 1차적 자기애, 2차적 자기애를 향해가는 리비도의 발달 과정은 역설적으로 리비도의 실재로부터 멀어지는 과정이다. 라캉은 여기서 리비도의 발달 단계에 개입되는 언어의 효과에 주목한다. 물론 그것은 프로이트의 논문 「본능과 그 변화(Triebe und Triebschicksale)」(1915)에서 이미 선취된 것이다. 본능의 변화에 개입하는 관심/무관심, 쾌/불쾌, 능동성/수동성의 대립구조는 언어의 효과를 유발한다. 여기서 본능은 라캉의 용어로는 충동drive인데, 언어 효과 이전과 이후에 전혀 다른 양상을 보임을 주의할 필요가 있다.

모든 충동은 부분 충동으로 존재한다. 언어적 효과로 구성된 주체에게 충동은 통합적인 것처럼 보이는데, 라캉은 이를 전체로서의 성적 충동ganze Sexualstrebung이라고 말한다. 그러나 "사실 생식기성은 해체되어 있으며 하나로 통합되지 않"는다. "주체 안에서는 ganze Sexualstrebung을 어디서도 찾아볼 수 없기 때문"이다. 부분 충동은 부분 대상과 만날 뿐이다. 성적 관계가 이루어질 수 없는 것은 바로 이 때문이다. 라캉이 말하고 있듯이, 성적 충동의 전체성을 떠받치는 버팀목은 "충동의 장에서의 주체와 타자의 장에서 환기되는 주체 사이의 결합, 다시 말해 서로 합류하려는 노력"이다. 주체와 타자의 합류가 전체로서의 성적 충동과 결합할 때 사랑의 효과가 발생한다. 그러나 프로이트가 사랑을 본질적으로 전체적 자아gesamt Ich의 성적 열정에 지나지 않는 것으로 보고 있듯이, 라캉 또한 사랑을 "성적 충동에서 표출되는 힘의 수렴, 형태들, 성향이라는 용어로 문제제기했던 것의 대표자로 간주될 수 없"는 것으로 파악한다.

주체는 시니피앙의 연쇄 효과다. 성욕은 시니피앙의 연쇄를 가로지른다. 언어 효과로서의 주체는 성욕에 의해 지배되는 운명을 벗어나지 못한다. 주체의 근원은 언어의 질서이지만, 그 배면에 흐르고 있는 것이 성적 충동이라는 점에서 우리가 주목해야 할 것은 사랑이 아닌 리비도다. 사랑과 리비도는 무의식을 매개로 흡착된다. 무의식은 리비도의 생산기관인 성감대와 연결된 성적 현실이고, 그 성적 현실을 현행화한 결과가 바로 사랑이다. 『세미나 11』에서 자주 언급되는 '무의식의 현실의 현행화'란 리비도와 사랑의 관계에서 무의식이 차지하는 위치를 말해준다. 무의식은 언어로 구조화된 상징계, 즉 대타자의 담론이면서도 성감대와 직접 연결된다. 리비도로부터 반복적으로 강제되는 성적 충동은 언어의 질서에 의해 일부 제압되는 동시에 무의식에 자리잡는다. 그렇다면 무의식은 성적 충동을 감싸고 있는 억압된 '언어의 질서'인 셈이다. 라캉은 더 나아가 "생명체의 현존이 무의식과 얽히게 되는 곳"인 성감대를 주목한다. 성감대로부터 촉발되는 충동, 즉 생식기적 충동이 무의식 속에서 성욕을 현전화하기 때문이다. 무의식은 "성욕의 현실"이지만, 언어로 구조화된 성욕이라는 점에서 충동과는 다른 구조를 지닌다.

다시 강조하자면, 무의식은 '억압된' "성욕의 현실"이다. 억압된 무의식은 일상의 행위에 대단히 큰 영향을 미친다. 무의식을 일상적 경험의 차원으로 드러내는 메커니즘이 바로 전이transference다. 전이란 "무의식의 현실의 현행화를 경험 속에서 드러내는 것"이다. 기억될 수 없는 것은 행동을 통해 반복된다는 프로이트의 말이 암시하듯이, 그 행위를 왜 하는지 모르고 계속적으로 반복할 수밖에 없는 것은 바로 억압된 '성적 현실' 때문이다. 그 반복 과정에서 '전이'라는 메커니즘이 작동한다. 초기의 프로이트는 전이가 피분석자에 대한 분석을 방해한다고 여겼으나, 곧 전이를 통해 피분석자의 무의식을 분석하는 방법을 구안한 바 있다. '전이'는 인간의 무의식과 그것에 얽혀 있는 성적 현실을 이해할 수 있는 단서가 된다. 따라서 분석의 최종적인 귀로歸路는 성적 충동이며, 리비도야말로 궁극적인 탐구 대상일 수 있다.

리비도로의 귀환은 탈-나르시시즘이다. 타자에 대한 사랑은 환유적인 욕망이거나 성적 현실의 반복되는 전이에 지나지 않는다. 그러나 사랑과 성적 현실의 차이는 대부분의 경우 나르시시즘의 구조 속에서 봉합되고 만다. 『세미나 11』은 사랑에서 리비도로 되돌아갈 것을 지속적으로 강조하고 있으며, 이로써 욕망desire으로서의 주체가 아닌 충동drive으로서의 주체를 전면에 내세운다. 라캉이 사랑보다 리비도를 강조하고, 욕망의 주체보다 충동의 주체를 강조하는 이유는 이것이 바로 정신분석의 요체이기 때문이다. 욕망에서 충동으로 되돌아가 주체의 실재를 확인하는 것. 이것이 바로 정신분석의 윤리다.

충동의 주체는 욕망의 환상을 깨뜨리기 위해서 지속적으로 요청된다. 욕망의 주체로 남아 있는 한, 인간은 욕망의 노예와 다르지 않다. 대상a를 둘러싼 상징계의 무한궤도를 영원히 헛도는 욕망의 노예. 충동을 이해하고 분석하지 않는 한, 인간은 욕망의 노예로 살아갈 수밖에 없다. 바로 이 때문에 라캉은 욕망의 주체 속에 충동의 주체를 기입하고자 한다. 다시 반복하지만, 이것이 '사랑에서 리비도로'라는 장의 함의다.

무엇보다 『세미나 II』의 마지막 장章을 보라. 이 장의 제목은 「네 안의, 더 이상의 것을」이다. 사랑의 나르시시즘을 벗어난 충동의 주체는 이 세계를 향해 진정으로 '네 안의, 더 이상의 것을' 열망한다. 라캉은 이 열망에 '충동'이라는 이름을 붙여주었지만, 충동은 기실 진정한 사랑의 다른 이름이기도 하다. 그래서 라캉은 신비의 잠언과도 같은 다음의 진술을 마지막 장의 첫머리에 부기해 놓고 있다. 그것은 사랑의 환상을 넘어선

사랑의 잔인하고도 매혹적인 전율을 남기고 있음을 다시 한번 유념할 필
요가 있다.

나는 너를 사랑하지만,
불가해하게도
내가 사랑하는 것은 네 안에 있는
너 이상의 것 — 대상a — 이기 때문에
나는 너를 잘라낸다.

나르키소스의 죽음

채호기, 「거울의 악몽」

1

밤에 그가 왔다.

거울 앞에서

누군가를 살해한 피 묻은 손으로

얼굴을 문질렀다.

그가 거울 속의 나를 보고 말했다.

벙긋거리는 나의 입이 그의 눈에 비치고

말소리는 그의 귀에도, 내 귀에도 들리지 않았다.

그가 거울 속의 나를 보고 말했다.

— 사과를 깨물어 먹듯이 단어들을 먹지만,

책이 과일 같기만 한 게 아니라

폐타이어 같기도 하고, 육체 같기도 하고,

미로찾기 같기도 하여 어떤 땐

머라—어항 속에 기포 같은 생각들만 가득해지지.

기포 안에 갇혀 있는 말들!

그런데 말은 저격수처럼

맞혀야 할 과녁이 늘 있지.

분명한 분노나 적의가 없이도 말들이

흉기가 되어 서로 찌르고 쏘는 광경을 봤지.

아니 본 게 아니라, 내 말이 누군가를 찔렀어!

아니 아니, 내가 한마디 말을 죽여버렸어!

살해된 사람이 내 눈을 보고 말했지, 피로써!

죽은 말이 바닥에 스며들며 증명했지, 피로써!

말이 피였어!

거울 표면에 빠져나갈 틈이라도 찾는 듯

얼굴을 찰고무처럼 짓누르고 일그러뜨리며 내가 말했다.

—어떻게 그런 일이 가능한가?

그가 문장을 먹고

(문장이 반드시 영혼은 아니다)

그가 말을 죽여버렸다.

(살해 도구는 말이었다)

그가 내게 말할 때
피가 튀어 내 얼굴을 적셨고
바닥에 그림자처럼 얼룩이 졌다.

피 없는 고통, 그게 나였다.
화분에서 이미 지껄인 말들이 자라났다.
나무의 생살을 뚫고 가시가 돋아났다.
영혼은 한순간 가시 끝에 아슬아슬하게 매달렸다.

— 영혼은 거울에 비치지 않고 반사되어 반짝거릴 뿐이지.
그가 거울 속의 나를 보고 말했다.
나는 그의 말을 듣지 못했지만
그의 말을 뒤집어썼다.
누군가의 피가 나를 칠하고 변종시켰다.

심장이식 수술대에 누워 심장을 꺼내고
공포를 이식받는 환자, 그게 나였다.
핏발선 눈으로 그가 내게 말했다.
거울 속에서 나는 그의 말을 봤다.
누군가를 살해한 손을 들고 떨고 있는 나를 봤다.

2
어떻게 그런 일이 가능한가?

내가 거울 속에서 빠져나가
번쩍거리는 칼로 그의 가슴을 찔렀다.
아니, 끝이 무거운 둔탁한 물건으로
그의 머리를 내리쳤다.
내 동공 안에서 그가 내게 말했다.

말은 피! 그의 말들이 내 손과
바지, 셔츠, 얼굴에 튀고
내 온몸을 흥건하게 적셨다.

말을 뒤집어 쓴 살인자,
지울 수 없는 피비린내 나는
말을 뒤집어쓴 공포, 그게 나였다.

어떻게 그런 일이 가능한가?
내가 나를 죽여버렸다.

거울에 그 모든 장면이 비쳤다.
그러나 아무도 그 거울을 볼 수 없었다.
나는 거울을 떠나버렸고
그가 죽었을 자리에 내가
쓰러져 죽어 있는 장면이
밤 사이에 거울에 담겼다.

아무도 거울을 볼 수 없었다.
마르지 않은 말들이 남아
바닥을 흥건히 적셨고
이 끈적한 말들이 거울에 담겼다.

텅 빈 복도, 말들이 얼룩진 방,
거울 안에 살해 현장이 남았다.
내 시체를 물들이고 있는 말들이
아침에 거울에서 반짝거렸다.

누군가 거울의 페이지를 열고
살해 현장의 흔적을 감추고 있는
단어들을 찾아낼 때까지
유리창도 의자도 꽃병도 탁자도
내가 사라진 그 자리에 그대로 조용하다.

마치 도서관에 나란히 꽂혀 있는 책들의
침묵처럼. 아침 햇빛이 책 속의
거울들을 낱낱이 펼칠 때까지.

— 채호기, 「거울의 악몽」 전문

  인간은 주체를 벗어나 타자와의 진정한 만남을 가질 수 있는가. 채호
기 시인의 『슬픈 게이』는 그러한 물음에 대한 시적 천착이었다. 나와 너

의 경계를 허물고 온전히 서로의 몸을 뒤섞고자 하는 열망의 시적 분출. 그러나 시적 희열이 사라지고 난 후 남는 것은 몸에 갇힌 '나'라는 남루한 주체일 뿐이다. 시는 근본적으로 가상Schein에 지나지 않는다. 언어가 시인의 감성을 가득 흡입하고 있을지라도 언어라는 가상 속에서 합일된 두 개의 몸이 실제로 현실화되지는 않는다. 이러한 절망적인 한계는 시적 언어의 감성적 토대를 이룬다. 시는 본질적으로 비극성을 내포하고 있는 것이다.

타자와의 합일 욕망이 시적 상상력을 통해 해소됨으로써 자기충족적인 역능을 발휘할 때 시인은 일순 희열을 느낄 수 있으리라. 그러나 시인은 시를 쓰는 순간에만 진정한 '시인'일 수 있듯이, 시적 희열은 가상의 세계 속에서만 획득할 수 있을 뿐이다. 그렇다면, 시적 언어라는 가상세계를 벗어나고자 하는 욕망을 시인은 지니게 될 터인데, 그것은 자연스레 언어와 현실의 경계에 대한 천착으로 귀결되기 마련이다. 언어와 현실의 경계는 달리 말하자면, 언어와 몸의 경계일 터. 그러나 이 문제 또한 쉽사리 해결할 수 없는 주제이긴 마찬가지이다.

시적 언어라는 가상 속에서 몸은 무수한 타자와 뒤섞이며 흘러간다. 그러나 그것은 시적 열망에서 빚어진 환영일 뿐, 현실의 몸은 경계 지어져 있으며 '나'와 타자의 거리는 아득하다. 그렇다면, 언어는 가상으로서의 의미만을 지니는 것인가. '수련'이 뿌리와 줄기를 물 속에 숨기고 꽃을 피우듯이 "시는 바로 우리 몸이 부딪치며 겪는 세계를 의미화하여 알려주는 메신저이다"라는 진술로, 채호기는 언어와 몸의 관계를 성찰한 바 있다. 그 성찰은 어디를 향해 가고 있는가. 불행히도 시적 감성은 언어의 폐환閉環 속에서 이루어지는 심미적 현상에 지나지 않는 것인가.

몸과 언어에 대한 성찰은 결국 자기 분열에 이르고 만다. 시인들에게 자기 분열은 필연적이다. 생산적이고 미래적이든, 파괴적이고 자학적이든 그것은 피할 수 없는 시인들의 운명이다. 「거울의 악몽」은 자기 분열에 이른 시인의 모습을 드러낸다. 거울은 자기 분열의 상징적 공간이 아닌가. 그래서 시인들에게 거울은 '악몽'이나 다름없다. 「거울의 악몽」은 주체와 '말', 그리고 거울에 대한 시이다. 이 시 속에서는 폭력적 주체가 '나'인지, '그'인지, '말' 그 자체인지, 혹은 '거울'인지 혼란스럽다. 그것은 이 시를 읽어나가면서 차근히 살펴볼 문제이지만, 어쨌든 거울은 최종적으로 폭력과 피와 죽음이 난무하는 세계이다.

이 시의 내용으로 들어가자. 주체는 거울 밖의 '그'와 거울 속의 '나'로 나뉘어 있다. 밤에 찾아온 '그'는 누군가를 살해한 피 묻은 손으로 '나'의 얼굴을 문지른다. '나'는 거울 속의 '나'이며, 그를 향한 '나'의 말은 그에게도 나에게도 들리지 않는다. 그가 거울 속의 '나'에게 말한다. "책이 과일 같기"도 하고, "폐타이어 같기도 하고, 육체 같기도 하"여 머릿속에는 "기포 같은 생각들만 가득해"진다고. "기포 안에 갇혀 있는 말들"은 책을 이룬다. 책 속에는 말들이 가득하다. 말은 맞혀야 할 과녁이 늘 있으므로 '흉기'가 된다. 말들이 누군가를 쏘고 찔렀다는 '그'의 전언처럼, 말은 '피'가 된다. 그렇다면 책은 '피'의 기록이 아닌가.

소쉬르가 천착했듯이, 말(언어)은 '차이'의 체계를 통해 존재한다. 이 항대립, 혹은 분별지는 배타적이고 폭력적이다. 그러므로 '말'은 폭력의 운명을 지닐 수밖에 없다. 그래서 '그'는 '말'로써 '말'을 죽인다. '그'가 말할 때마다 '나'의 얼굴은 피가 튀긴다. 말은 피이므로. 그 순간 '나'는 깨닫는다. '나'는 단지 "피 없는 고통"에 불과했었음을! 그리고 이젠 피가 튀기는 고통임을! '나'는 '나'의 말들이 나무의 생살을 뚫고 가시가 돋아나는 것을 본다. '나'의 영혼은 이제 그 고통의 극점에 아슬아슬하게 매달린다. 그리고 다시 깨닫는다. "누군가를 살해한 손을 들고 떨고 있는 나"를 말이다. '나'는 거울 속에도 거울 밖에도 존재한다. 그는 거울 속의 '나'이면서 거울 밖의 '나'이기도 하다. '나'는 그것을 알면서도 부정한다. 혹은 너무 잘 알기에 착란 속에 있는지도 모른다. 말(언어)의 주체는 언제나 살해욕망으로 몸을 떤다. 그래서 '나'는 "거울 속에서 빠져나가 / 번쩍거리는 칼로 그의 가슴을 찌"른다. 그러자 "내 동공 안에서 그가 내게 말"한다. "말은 피!"라고. '나'는 "말을 뒤집어 쓴 살인자, / 지울 수 없는 피비린내 나는 / 말을 뒤집어쓴 공포"일 뿐이다. 즉, "내가 나를 죽여 버"린 것이다.

그러나 「거울의 악몽」은 아직 시적 반전이 남아 있다. 주체의 극단적인 분열은 결국 자기살해로 귀결되고 만다. "나는 거울을 떠나버렸고 / 그가 죽었을 자리에 내가 / 쓰러져 죽어 있는 장면이 / 밤 사이에 거울에 담겼다."

텅 빈 복도, 말들이 얼룩진 방,
거울 안에 살해 현장이 남았다.
내 시체를 물들이고 있는 말들이
아침에 거울에서 반짝거렸다.

— 채호기, 「거울의 악몽」 부분

거울 속에는 '나'도, '그'도 없으며 참혹한 살해 현장만 남아 있다. '나'와 '그'가 없으니 '말'조차 사라지고 없으며, 다만 '나'의 시체만을 물들이고 있을 뿐이다. 이 모든 장면을 거울이 지켜 보고 있다.("거울에 모든 장면이 비쳤다") 그렇다면 거울이란 무엇인가. 거울은 '나'와 '그'에게 어떤 공간 이란 말인가. 「거울의 악몽」은 결국 이 비릿한 질문과 마주하게 된다.

거울은 자기를 타자화 시키는 매개이다. '그'로 표상되는 세계는 결국 거울에 비친 '나'의 모습이다. 결국 '나'라는 주체는 '나'라는 굴레로부터 단 한 발짝도 벗어날 수 없다는 것. 생각해보라. 나르키소스의 죽음은 물에 비친 영상이 자기라는 사실을 아는 순간 찾아오지 않았던가. 주체와 세계의 기원을 아는 순간, 주체는 절멸하게 된다. 주체가 쏘아올린 '말'은 "맞혀야 할 과녁"이 있고, 말은 타자라는 과녁을 향해가지만, 그것은 결국 자신을 향한 것이라는 점을 이 시는 '착란'적으로 보여준다.

그리고 거울은 이 모든 참혹한 실상을 차갑게 지켜본다. "내가 사라진 그 자리"는 거울의 자리이며, 그곳에는 '나'를 죽인 '나'의 시체가 있으며, "시체를 물들이는 말들"이 있을 뿐이다. 그러니 무섭지 않은가. 이 세계가 거울에 비친 나의 모습이라면 나의 말은 결국 공허한 독백에 지나지 않는다. 독백의 거울 안에서, 혹은 밖에서 결국 '나'는 '나'와 말하고 싸울 뿐이고 피 흘리고 웃는다.

제
5
부

내재성의 평면들

제1장

규정할 수 없는, 세드나Sedna, 주름의 펼침

'세드나'의 작업에 대하여

1. 세드나의 모더니즘

'세드나'는 허만하, 김형술, 정익진, 조말선, 김참, 김언 등의 자칭 모더니즘 시인들로 이루어진 부산의 부정기적인 시 모임이다. '세드나'가 간행한 책이 바로 『기괴한 서커스』(사문난적, 2010)와 『살구 칵테일』(사문난적, 2012)이다.* '세드나'라는 명칭 역시 책을 내기로 하면서 나온 이름이므로, '세드나'는 필연적으로 이들의 모임에 대한 성격 규정이라 할 수 있다. 허만하 시인의 "누가 너거 집에 세 드나?", "시詩가 힘이 세드나?" 등과 같은 농담이 뒤따르긴 했지만, '세드나'의 사전적 의미는 부산에서 시 쓰는 이들의 한국 시단의 상황을 상징적으로 응축한다. '세드나'는 북극 바다의 여신으로 바다의 생명들을 관장하는 여신을 뜻하기도 하고,

---

* 이 글은 2013년 초에 씌어진 것이다. 2013년 이후 세드나는 『순진한 것』(사문난적, 2014)과 『세익스피어 헤어스타일』(호밀밭, 2016)을 추가로 발간하였다.

태양계의 가장 바깥을 운행하는 그 실체를 정확히 알 수 없는 천체를 의미하기도 한다.

세드나는 아버지로부터 버림받아 잘려나간 손가락들이 북극곰, 고래, 해마, 물개, 물고기 등의 생명체들이 되었다는 점에서 생명의 모체라고 할 수 있다. 사실 '세드나'에 모인 시인들의 면면을 확인하면 부산 시인들의 중심임을 부정할 수 없다. 이들은 부산 시단을 이끌고 있는 좋은 시인들이면서 한국 시단에서도 의미심장한 궤적을 남기고 있으니 말이다. 그럼에도 불구하고 이들 '세드나'는 한국 시단에서 소외된 측면이 강하다. 정확히 말하자면, '세드나'의 고백대로 부산 모더니즘 시인들이 서자 취급 받는 섭섭함이 '세드나'라는 이름에 반영된 것이다. 태양계의 가장 바깥을 운행하는 그 실체를 알 수 없는 천체. 한국 시단에서 놓인 부산 시인들의 상황이 바로 그런 것이다.

그러나 문제는 이들이 스스로를 모더니즘 시인으로 규정하고 있다는 사실이며, 게다가 부산의 모더니즘을 중요하게 언급하고 있다는 사실이다. 모더니즘이란 대체 무엇인가? 그리고 부산의 모더니즘이란 또? 이들이 의식하는 모더니즘이 한때 부산에서 활동했던 조향을 위시한 '후반기 동인'의 그늘을 말하는 것이라면, 부산의 시사詩史라는 것이 얼마나 열악한 상황인가를 역설적으로 드러낼 뿐이다. 1930년대 모더니즘 운동을 계승한 '후반기 동인'이 부산에서 결성되었다고 해서 부산이 전후 모더니즘 운동의 발원지라고 볼 수는 없기 때문이다. 전시의 임시수도였던 부산에 피난 문인들이 몰려든 상황을 고려한다면, 그것은 억지스러운 견해에 지나지 않는다.

오늘날의 모더니즘은 하나의 개념으로 수렴되지 않을 만큼 복잡하다.

'세드나'가 표방하는 모더니즘에 특별한 시사적 의미를 부여하기가 쉽지 않은 까닭이다. 그럼에도 불구하고 '세드나'는 스스로의 새로운 가능성을 '모더니즘'이라는 용어를 통해 발견하고자 한다. 이는 아마도 '현대시 동인'에 참여했던 허만하 시인이 그들의 중심 멤버이고 '세드나' 동인들 모두 실험적이고 모던한 시적 경향을 지녔기 때문일 터이다. 그럼에도 '세드나'가 표방하고 있는 모더니즘의 성격은 하나로 수렴되는 것 같지는 않다. 이들 스스로 고백했듯이 '세드나'의 결성이 우연한 계기로 이루어졌기 때문인지도 모른다. 그런 까닭에 '세드나'의 창간호 『기괴한 서커스』(2010)는 허만하의 글 「모더니즘이란 무엇인가」를 통해 모더니즘에 대한 사유를 펼쳐놓고 있다. 허만하는 특유의 사변적 문체로써 모더니즘에 대한 여러 단상을 드러낸다.

허만하는 글의 서두에서 모더니즘을 단순명료하게 정의한다. "모더니즘이란 연대에 바탕을 둔 시간개념이 아니라 세계를 비평정신으로 인식하는 데서 태어난 문화적인 이데올로기다."(허만하, 「모더니즘이란 무엇인가」, 『기괴한 서커스』, 사문난적, 2010, 16면) 허만하에게 비평정신이란 기원에 대한 사유, 다시 말해 기원의 절대적 이념을 부정하는 것이다. 그에게 모더니즘이란 "지난 시대의 권위(정부, 과학, 이성, 신)를 비평의 대상으로 삼고 재평가하는 기운"으로도 읽혀진다고 해도 크게 무리는 없다. 다시 말해, 허만하가 사유하는 모더니즘의 핵심은 "우리는 절대적으로 현대적이어야 한다"는 랭보의 선언과 다르지 않다. '현대'는 한 곳에 정주할 수 없으며 끊임없이 부정되는 과정 속에서 그 생명력을 유지할 수 있다.

허만하가 인용하고 있는 앙리 메쇼닉의 진술도 이러한 맥락과 다르지 않다. "현대성은 끊임없이 새로 시작되는 투쟁이다. 왜냐하면 현대성은 주체, 주체의 역사, 주체의 의미가 무한정으로 새로 생겨나는 상태이기 때문이다."(위의 글, 41면) 여기서 주목해야 할 것은 모더니즘이 곧 주체의 무한으로 연결되고 있다는 점이다. 이는 주체가 경화된 의미에 정박할 수 없음을 뜻한다. 허만하의 모더니즘은 곧 주체에 대한 회의이자 사유이다. 주체는 세계에 결박당한 태생적 한계를 지닌 까닭에, 주체에 대한 비판적 사유를 위해서는 세계에 대한 사유를 전복적으로 하지 않으면 안된다. 따라서 허만하는 모더니즘을 "세계에 대한 비평정신"(위의 글, 34면)으로 반복적으로 규정한다.

모더니즘에 대한 허만하의 규정처럼 '세드나'는 주체에 대한 비판적 사유를 근간으로 하고 있다. 그리고 주체에 대한 비판적 사유는 시적 주체를 둘러싼 언어에 대한 실험적 탐구로 귀결된다. 허만하에게 인간은 전적으로 언어적 존재이며, 인간에 대한 탐구는 결국 언어에 대한 탐구로 이어진다. 언어 탐구는 언어로 구성되는 세계에 대한 탐구이며, 이는 곧 사물의 세계를 새롭게 인식하는 방법의 문제가 된다.

허만하의 시론이 프랑시스 퐁주를 근간으로 하고 있다는 점은 그의 산문집을 통해 여러 차례 확인된 바 있다. 프랑시스 퐁주는 말과 사물의 관계를 새롭게 정립한다. 그러나 그 관계의 정립은 일회적인 것이 아니라 무한히 지속되어야 하는 것이다. "나의 작업은, 있는 그대로의 대상을 위해 내 표현의 끊임없는 수정 작업이어야 한다", "그러니까, 결코 시적 형태에 머무르지 말 것"과 같은 퐁주의 발언은 모던 이후의 모던을 추구하는 모더니즘의 본질에 닿아 있다. 사물의 실재에 접근하기 위한 지속적인 언어 탐구는 주체의 폐기와 맞물린다. 그 단서를 다음과 같은 퐁주의 진술에서 확인할 수 있다.

소나무는 죽은 나무를 가장 많이 만들어내는 나무가 아니겠는가? 다시 말해 자신의 구성 요소를 가장 많이 폐기시켜버리고, 수액을 모두 (초록빛 원추꼴의) 꼭대기로만 보내서, 그 결과 자기 자신의 상당 부분이 완전히 폐기되어버리는 나무가 아닐까? 그 때문에 줄기의 정형 작업으로부터 이같은 신성한 향기가 나는 것인가……

— 프랑시스 퐁주, 허정아 역, 『표현의 광란』, 솔, 2000, 100면.

죽은 나무를 가장 많이 만들어내는 나무야말로 신성한 향기를 내뿜을 수 있다는 퐁주의 진술은 사물을 표현해내는 언어의 죽음을 끊임없이 반복함으로써 사물의 실재에 접근할 수 있다는 점을 암시한다. 언어와 주체의 밀접한 관련성을 감안할 때, 사물에 접근하기 위한 언어의 폐기는 사실 주체의 폐기와 다르지 않다. 퐁주의 소나무는 주체를 지속적으로 폐기하는 주체의 무한한 분열을 암시한다. 그런 점에서 프랑시스 퐁주에 기반한 허만하의 시론은 주체의 윤리학과 다르지 않다.

허만하의 프랑시스 퐁주에 대한 관심은 '세드나' 동인들에게 많은 영향을 끼친 것으로 보인다. 조말선은 '세드나' 제2집 『살구 칵테일』에서 프랑시스 퐁주에 관한 산문을 쓰고 있다. "언어에 겁탈당하고 싶을 때 퐁주를 꺼내든다"(조말선, 「프랑시스 퐁주의 「초원」은 진정으로 나를 겁탈하는가」, 『살구 칵테일』, 사문난적, 2012, 120면)라고 다소 원색적으로 말하는 조말선은 "세계의 인식의 경계에 도달한 사람만이 즐길 수 있는 허락된 놀이"의 표본을 퐁주에게서 발견한다. 조말선은 특히 퐁주의 '대상-유희^{objeu}'라는 개념을 소개한다. '대상-유희'는 대상^{objet}와 유희^{jeu}의 합성어인데, "대상의 배제와 주체의 소멸에 의해 얻어지는 새로운 텍스트의 장으로서, 세계의 실체적 깊이, 다양성과 엄격한 조화를 반영해내는 시각"(위의 글, 123면)으로 설명한다.

사물의 실재에 다가서고자 하는 유희의 개념으로 볼 때 '대상-유희'는 라캉의 주이상스^{jouissance} 개념과 크게 다르지 않다. 라캉의 주이상스는 상징계 너머의 실재계에 가닿고자 하는 고통스러운 쾌락을 의미하기 때문이다. 퐁주의 '대상-유희' 역시 사물의 실재에 닿고자 하는 즐거움을 위해 언어의 고통스러운 폐기를 실행하는 까닭에 고통스러운 쾌락이라 할 수 있는 주이상스를 닮아 있다. 조말선은 퐁주의 '대상-유희'에 주목함으로써 결과적으로 언어라는 상징계 너머 사물의 실재에 닿고자 하는 시론을 견지한다.

'세드나'의 시론은 허만하와 조말선의 경우에서 확인되듯이 퐁주에 대한 경사를 보여준다. 문제는 퐁주를 경유한 '세드나'의 모더니즘이 언어의 문제로 집중되고 있다는 사실이다. '사물의 편'에 서기 위한 언어의 지속적인 폐기와 창출은 결국 이들의 시론이 언어 문제로 귀결되고 있음을 말해준다. 그럼에도 불구하고 의미있는 것은 '세드나'가 한국시의 새로운 언어 공간을 창출하는 역할을 하고 있다는 사실이다. 무엇보다 언어 너머의 세계를 드러내고자 하는 시도가 끊임없이 지속되고 있다는 점에서 '세드나'의 결성이 비록 우연적인 것이었을지라도 이들이 유사한 세계관을 매개로 지속적인 만남을 가져왔던 것이라면 그 우연은 필연을 내장하고 있었던 것이 분명하다.

2. 실재로서의 사물, 주체, 풍경

'세드나'가 추구하는 모더니즘의 굴대는 허만하가 반복적으로 주장하고 있듯이, "다양한 문화사적 사태를 관류하는 이념"이라 할 수 있는 "진보, 진화, 혁명이란 개념"과 무관하지 않다. 따라서 "현대는 언제나 현대를 넘어서려는 시도를 내포함으로써 현대였으며 현대인 것이다".(허만하, 앞의 글, 19면) 그러나 앞에서도 말했듯이 '세드나'가 추구하는 '현대'는 말을 사물로 인식하는 것을 관통한다. 언어와 사물의 분리를 통해 언어를 사물의 차원으로 새롭게 궁구하고 언어 너머의 사물을 탐구하는 것이 '세드나'의 주된 모더니즘적 경향이다. 이러한 시론을 그 자신의 산문집을 통해 여러 차례 전개한 바 있는 허만하는 한국시의 한 수준을 개척하고 있는 시인임에 틀림없다. 그는 '언어의 감옥'을 벗어난다. "그 도시에는 형무소가 없다. 상당수의 주민들은 벌써 언어의 감옥에 갇혀 있었기 때문이다."(허만하, 「시인이 사는 동네」, 『살구 칵테일』) 허만하는 이 세계를 말의 형무소로 인식한다. 다시 말해 언어의 감옥. 이는 프레드릭 제임슨이 말했던 '언어의 감옥'과 의미를 달리 한다. 프레드릭 제임슨의 '언어의 감옥'이 언어의 구조에 골몰함에 따라 현실과 단절된 언어의 형틀에 스스로 갇히게 된 구조주의와 형식주의를 비판함으로써 현실에의 지향성을 보여주는 것이라면, 허만하의 '언어의 감옥'은 현실 너머의 실재, 다시 말해 언어 너머에 존재하는 실재로서의 현실을 지향하는 과정에서 나온 표현이다. 그런 까닭에 그가 추구하는 현실은 현실 속에 은폐된 풍경, 혹은 현실을 절개한 풍경이기 십상이다.

1

　내 흉곽 안쪽은 죽음보다 격렬한 꿈과, 이따금 반짝이는 회한의 별빛
과 손풍금처럼 지루하게 수축과 이완을 되풀이하고 있는 심장의 미끈미
끈한 촉감으로 도배되어 있지만, 나의 피부 바깥은 푸른 바다에 남아 있
는 목마름처럼 다빈치가 그린 인체해부도에는 보이지 않는다.

2

　나의 피부는 나의 국경이다. 나의 피부 바깥은 으스름이 조용히 서리
기 시작하던 낯선 도시와, 밤안개 속에서 스스로의 외로움을 비추고 서
있는 가로등 불빛과 치열하게 쏟아지는 눈송이에 묻히고 있는 희끗희끗
추운 겨울 풍경이다.

— 허만하, 「인체해부도」 전문

　허만하의 시가 보여주는 사물의 추구는 다소 고전적이다. 고도의 은유
와 상징을 통해서 언어 저편의 풍경을 드러낸다. 새로운 시문법의 창안이
라기보다는 시적 언어에 형이상학적 이미지를 결합시킨 결과이다. 그의
사물은, 그러니까 충격적인 실재의 이미지가 아니라 낯설고 기이한 형이
상학적 이미지로 드러난다. 단적으로 말해 그의 시는 형이상학적 풍경이
다. 그의 형이상학은 어떤 존재를 상정하지 않는다. 그의 시는 텅 비어 있
는 풍경이다. 언어의 낯선 결합을 통해 빚어내는 풍경은 심상한 세계의
이미지를 넘어선 새로운 풍경이며, 뭐라 규정할 수 없는 풍경이며, 규정할
수 없기에 더욱 매혹적인 풍경이다. 그러나 이 매혹적인 풍경은 주체와
세계의 경계를 이루는 고도의 긴장감을 응축한다. "내 흉곽 안쪽"과 "나의

피부 바깥"의 대립과 긴장은 주체가 세계를 새롭게 인식하고자 하는 형이상학적 전율을 향한 것이다. 다빈치의 "인체해부도에는 보이지 않"는 '나'라는 "국경" 바깥의 세계는 규정할 수 없는 형이상학적 풍경으로 그려진다. 때문에 허만하는 늘 주체의 균열을 의식한다. 다른 시 「균열」의 한 구절을 보자. "모세혈관보다 가는 실금이 처음으로 찾아들었던 것은 풍화를 앞둔 바위의 표면이 아니라 살아 있는 주체의 내부였다." 그에게 시인이란 "자아 사이의 균열을 계절보다 먼저 느끼"는 존재인 것이다.

주체의 균열과 사물의 세계를 형이상학적 풍경으로 제시하는 허만하와는 달리, 조말선은 철저히 언어의 충돌과 어긋남을 통해서 위태로운 의미를 생산한다. 허만하가 어쨌든 하나의 풍경으로 귀환하는 것과는 달리 그의 시는 다소 파편적이거나 비논리적인 이미지의 나열을 지향한다. 다시 말해 의미의 균열 틈새로 돋아나는 주체의 공백을 생산한다.

피가 번질까봐 테두리를 그렸다

바닥으로 떨어질까봐 바닥으로 내려놓았다

너를 만들고 보니 더 외로워졌다

매달리면 추락을 염려했다

장미는 나와 같이 피지 않았다

맨드라미는 혼자 흘러내리고 있었다

재스민 향기는 어두운 두 개의 콧구멍을 지나서 탄생했다

테두리를 그리자마자 지울 궁리를 했다

입구를 원하는 자가 생기자 출구를 원하는 자가 생겼다

남겨둔 부분에 대한 연구는 성과가 컸지만

남겨진 부분이 계속 나타났다

손가락이 사라지도록 장갑을 꼈다

얼굴이 지워지도록 모자를 썼다

삭제키를 눌러서 모두 지웠다

— 허만하, 「재스민 향기는 두 개의 콧구멍을 지나서 탄생했다」 부분

조말선은 주체의 분열 지점을 경쾌하게 진술한다. 조말선은 주체의
형성과 폐기가 교차하는 분열 지점을 속도감 있는 문체로 진술하는 데
탁월한 능력을 보유한 시인이다. 위 시에서 확인할 수 있듯이 이항대립
적 한 쌍을 지속적으로 진술한다. "피가 번질까봐 테두리를 그렸다", "테
두리를 그리자마자 지울 궁리를 했다"는 모순된 진술이 암시하듯이 조말
선은 주체의 고정된 위치를 본능적으로 부정한다. 이것이 그의 시적 전
략인 셈인데, 이는 퐁주의 시론이었던 '사물의 편'에 서는 작업에 상응하
는 것으로서 고정된 주체의 의미를 발가벗기는 작업이다. 쟈스민 향기는
두 개의 콧구멍을 지나서 탄생하지만, 그것은 고정된 형태가 있을 수 없
다. 무한히 변모해가는 쟈스민 향기는 주체의 실상과 크게 다르지 않다.
규정할 수 없는 쟈스민 향기처럼, 주체 역시 규정할 수 없는 형태의 지속
적인 변화 과정이다. 이는 알랭 바디우의 필생의 작업인 '무한한 다수성'
의 개념을 함축한다. 즉, "하나의 진리는 무한한 다수성"(알랭 바디우, 장태
순 역, 『비미학』, 이학사, 2010, 25면)인 것이다. 바디우에 따르면, 진리는 일
자가 아닌 무한한 다수로 존재하며 주체의 존재 방식 또한 마찬가지다.
바디우는 주체와 진리가 일자로 머무는 순간의 그것을 악evil으로 규정한
다. 조말선의 시는 바디우가 말한 주체와 진리의 개념을 선명하게 보여

준다. 따라서 그의 시는 그 자체로써 '진리의 절차'라는 평가를 평가받기에 충분하다.

김언은 언어의 파괴에서 있어서 극단적이다. 비문非文의 잦은 도입에서도 알 수 있듯이, 그는 언어에 균열을 내고 그 균열의 틈새로 세계의 실재를 드러내고자 한다. 그의 시에 이르게 되면 언어의 완강한 질서는 보기 좋게 농락당하고 만다. 그럼에도 불구하고 김언의 시가 진정성 있게 받아들여지는 까닭은 그 자신의 세계관을 이루는 체험적 근거를 자주 드러내기 때문이다. 문법의 파괴를 통한 실재에의 탐구는 죽음의 체험과 무관하지 않다. 죽음을 응시하는 순간, 그의 언어들은 현실의 질서를 회복한다. 그래야만 시인을 괴롭히던 죽음의 현실적 모습을 볼 수 있기 때문이다. 이를 통해서 극단적인 문법의 파괴는 균형을 유지하며, 우리는 김언의 시를 견디고 이해할 수 있는 알리바이를 제공받는다.

나는 야만스럽게 너는 고통스럽게 이불을 뒤집어 썼다. 시체를 들쳐 업고 강가로 가서 떠내려오는 모든 뼈 냄새를 잠재우는 이 죽음의 강을 말없이 바라보다가 내려놓았다. 그 시체를 싼 이불이 흥건하게 피 냄새를 피워 올리는 상상은 할 필요가 없었다. 나는 여러 번 목격한 사람처럼 자연스럽게 이불을 풀어서 차갑게 군은 한 사람의 육신을 강에 띄웠다. 내 손에서 축축한 목덜미가 떨어져 나가던 순간의 그 얼굴을 나는 아버지라고 생각할 수 없었다. 그는 열심히 물로 돌아가는 중이다. (…중략…) 강물은 여러 번의 결심으로 흙을 깎아내리지 않는다. 바위를 부수지도 않는다. 그것은 다만 끊임없는 실천의 연속이다. 문장이 곧 바로 행동이 되는 연습, 그것이 내게 필요한 선택이고 그가 따라야 할 운명처럼 보였다. 말이 곧 실천이 되는 장면을 바로 앞에서 지켜보면서도 그는 그 강 같은 눈물을 거두지 않고 주저앉은 자세를 일으켜 세울 만한 의지를 보여주지도 않았다. 맥이 빠져서 시체는 떠내려간다.

— 김언, 「동반자—詩도아닌것들이 · 07」 부분

죽음은 김언의 시에서 근간으로 작용한다. 그의 강렬한 시 대부분은 죽음을 마주한다. 죽음을 중심으로 그의 시는 현실의 질서를 회복하고 현실의 고통에 신음하고 힘겹게 숨(문장)을 고른다. 그의 시는 곧 죽음의 시다. 강물은 실재계를 이룬다. 아버지의 죽음은 실재계로 돌아가는 과정이다. 실재계는 언어를 육탈시킨 공간이다. 그곳에는 언어가 없다. 언어가 없는 곳에서 새롭게 돋아나는 언어를 김언은 희구한다. 그곳의 언어는 곧 사물이고 행동(실천)이다. 그래서 김언은 말한다. "문장이 곧바로 행동이 되는 연습, 그것이 내게 필요한 선택이고 그가 따라야 할 운명처럼 보였다." 아버지는 죽음을 통해 사물의 세계로 들어선다. 아버지라는 문장은 사물과 일체를 이룬다. 이는 또한 김언에게 "필요한 선택"이다. 그의 시는 사물의 실재로 돌아가려는 문장들의 흐름이다. 그러므로 그에겐 생활이 있을 리가 없다. 김수영의 문장을 비꼬아 그는 "하…생활이 없다"라고, 탄식이 아닌 선언을 한다. "미안하지만, 대부분 시를 통해서 생활을 습득하고 있다. 그러고 보니 분실물이 많구나. 그렇게 많은 생활들이 단 몇 줄의 시를 충족시키지 못하고 사라져버렸다. 시의 가장 든든한 뼈대라고 추켜세워도 생활은 돌아오지 않는다."(김언, 「그래, 그래, 몇 개의 록」, 『기괴한 서커스』, 131면) 시와 생활의 전도顚倒는 그에게 필연적이다. 사물의 세계로 되돌아가고자 하는 것이야말로 그의 시적 본능이기 때문이다. 삶 너머 실재의 세계로부터 그는 강한 매혹을 느낀다. 시의 가장 든든한 뼈대라고 추켜세워지는 생활은 그에게 무의미할 뿐이다. 김언의 시는 실재계를 향유하는 가장 강력한 언어의 사례로 남는다.

3. '쓰기'라는 실존의 현실과 환상

'세드나'의 구성원들 모두 '사물의 편'에 서는 것은 아니다. 허만하, 조말선, 김언이 언어를 벗어난 사물과 주체의 세계에 대한 천착에 매진하고 있다면, 김형술, 정익진, 김참 등의 시인은 그와는 다른 길을 간다. 이들은 현실을 재구성하는 언어의 독특한 변주를 드러내기는 하지만, 언어 너머 사물의 실재를 추구하는 강렬성이 덜한 편이다. 역으로 이야기하면 이들의 시는 허만하, 조말선, 김언에 비해 상대적으로 보다 현실에 밀착한 시인이라고 할 수 있다. 물론 이들의 시적 현실은 대단히 모던한 스타일로 재구성된다.

우선 김형술은 세계와 불화에 빠진 내면을 거침없이 내뱉는 시인이다. 세계와의 불편한 관계에 대한 근본원인을 탐색하기에 앞서서 그는 쓰는 행위에 주목한다. 그는 쓰는 행위에 대해 가지고 있던 숭고한 환상의 그늘에서 아직 벗어나지 못한다.[1] 그의 시는 바로 그곳에서 발현한다.

---

1 그는 고백한다. "어떤 막연한 갈증으로 이러저러한 시집들을 읽고 전시회를 다니고 연극이며 콘서트며 그런 잡다한 것들을 혼자 섭렵하고 다니던 80년대 후반, 내가 시에 관한 꿈도 못 꾼 이유는 나

그는 스스로 시인이라는 사실에 큰 부끄러움을 느낀다. 시인에 대한 자의식은 최근 그의 시적 사유의 뿌리가 되고 있다. 「나는 쓴다」(『살구 칵테일』)는 바로 그러한 시적 자의식의 산물이다. 한 편의 시를 써나가는 시인의 생활과 의식을 실시간으로 드러내고 있는 이 시는 완결된 시가 지니는 예술의 아우라ᵃᵘʳᵃ를 지워버린다. 지리멸렬한 시의 폐부를 그대로 드러냄으로써 시에 대한 메타적 성찰을 전개한다.

> 나는 쓴다. 원고청탁에 쫓겨서, 나는 쓴다. 누구에게 쫓기듯. 나는 쓴다. 아무 그리움도 없이. 나는 쓴다. 심심한 버릇처럼. 나는 쓴다. 하릴없이. 쓰고 또 써서 마침내 아무 것도 쓰지 않을 수 있을 때까지.
>
> ─김형술, 「나는, 쓴다」 부분

아마도 시인의 시론詩論이라고 봐도 무방할 이 시는 지리멸렬한 시의 상태를 드러낸다. 중요한 것은 이러한 모습이야말로 오늘날 시인들의 실존에 가깝다는 사실이다. 쓰는 행위를 통해서 겨우 삶의 의미를 획득할 수 있다는 점에서 시인은 언어적 존재임에 틀림없다. 쓰는 행위를 통해서야 시니피앙의 연쇄작용이 일어나게 되며 비록 위태로울지라도 거기서 어떤 의미를 간취해낼 수 있는 것이다. 쓰는 행위는 시니피앙 연쇄작용에 준한다. 시인은 쓰는 행위를 통해 자신의 존재 의미를 위태로울지라도 지속적으로 유지해 갈 수 있다. 그런 까닭에 김형술의 시는 주체 형성으로서의 시작詩作에 관한 시라고 할 수 있다. 시작에 관한 시는 기본적

역시 시인이라는 존재와 글을 쓴다는 행위 자체가 너무 크고 숭고해 보여서다." 김형술, 「시인들은 무슨 재미로 사나」, 『기괴한 서커스』, 사문난적, 2012, 186면.

으로 자기 비판에서 출발한다. 쓴다는 행위에 대한 근원적 회의는 존재의 윤리적 정당성을 얻지 못했을 때 발생하기 때문이다. 이때 시인은 자기 비하 혹은 자기 수치에 빠지게 된다.

> 늘 도망쳐도 그 자리
> 침묵과 비명 사이 어정쩡하게
> 덜미를 잡힌 채 세상을 활보합니다
> 뻔뻔스럽지만 제 몸의 반이
> 이미 벌레입니다
>
> ─ 김형술, 「동지들」 부분

의미의 불구성은 세계를 향해 전이되고 확장된다. 의미의 불구성을 지닌 주체들이 모여 생성되는 이 세계 역시 불완전할 수밖에 없기 때문이다. 기본적으로 주체의 불화는 세계와의 관계 속에서 형성되며, 세계로부터 어떤 의미를 수혈 받지 못할 때 발생한다. 그의 쓰는 행위는 의미의 공백으로부터 발생하는 고독의 산물이다. 그의 주체가 존재하기 위해서는 끊임없이 말하거나 써야만 한다. 시의 숭고함에 대한 환상은, 그가 의미의 숭고함에 얼마나 취약한 존재인가를 보여준다. 단적으로 말해, 그는 의미의 공백을 견딜 수 없다. 더불어 숭고한 의미를 도저히 발견할 수 없는 현실에 대한 부정의식 또한 강렬해질 수밖에 없다. 그는 이 세계를 세탁기에 비유하여 다음과 같이 진술하고 있다.

솟구치고 가라앉히며 우당탕탕 돌아간다. 태곳적부터 있어왔던 세탁기는 고장나지 않는다. 누구도 벗어날 수 없는 성스러운 울타리, 누구도 허물지 못하는 혼숙과 혼음의 강철감옥.

— 김형술, 「세탁기—조말선의 시 「수프」에 부쳐」 부분

이 시는 조말선의 「수프」에 부치는 시다. 조말선의 「수프」가 인간 주체의 형성과정의 상처와 혼돈을 형상화하고 있다면, 김형술은 인간 주체의 내면이 아닌 외부세계의 타락과 혼란을 상징적으로 폭로한다. 김형술은 의미의 공백과 타락으로 혼란한 이 세계 속에서 쓰는 행위로써 주체를 가다듬는다. 쓰는 행위는 그의 주체를 이루며, 그의 주체는 곧 쓰는 행위이다. 그는 쓰는 행위를 통해서 세계와 주체가 드러내는 의미의 공백과 싸우고 있는 것이다. 그에게 언어란 곧 실존의 싸움터다.[2] 이 싸움을 통해서 가까스로 그의 언어적 실존은 생명을 유지할 수 있는 것이다.

김참은 환상시로 널리 알려져 있다. 1990년대 이후의 새롭고도 참신한 환유적 환상시는 김참에게서 비롯된다. 그의 시는 현실 이미지의 논리를 훌쩍 뛰어넘으며, 이미지의 해방감을 즐긴다. 그것은 주체의 자유와 해방이기도 하다. 90년대 그의 시는 역사의 중압감에서 벗어난 새로운 시의 상징이었다. 그러나 그의 시가 현실적 감각을 완전히 폐기한 것만은 아니다. 그의 시는 환상의 방법으로써 현실의 폐부를 폭로하는 뛰어난 전략을 구사하기도 한다. 시적 환상이 지닌 현실 환기력은 그의 시가 지닌 중요한 특징이다.

---

2 그는 고백을 들어보라. "말과의 씨름은 세상과의 씨름이고 세상의 먼지 같은 일부인 나와의 싸움이고 내 안의 나와 내 바깥의 나와 내 너머의 내가 서로 뒤엉켜 싸우는 진흙탕의 싸움일 터이다." 김형술, 「시인들은 무슨 재미로 사나」, 앞의 책, 182~183면.

마을 사람들이 서커스를 보러 온다. 이미 다 알고 있는 레퍼토리지만 그래도 온다. 서커스는 예정된 시간에 시작될 것이고 예고 없이 끝날 것이다. 그건 마을 사람들도 잘 알고 있다. 어차피 이번이 처음은 아니니까. 경찰들도 피우던 담배를 끄고, 시켜 먹던 짬뽕 그릇을 내버려둔 채 헐레벌떡 현장으로 출동해야 한다는 것을 안다. 소방관들도 잠시 불자동차를 타고 와야 한다는 것을 안다. 어차피 이번이 처음이 아니지 않은가. 잠시 후 기괴한 서커스가 시작될 것이다. 뻔한 레퍼토리지만 마을 사람들은 구경을 온다. 야구 방망이에 맞아 죽고 불에 타 죽을 줄 알면서도 그들은 온다. 접시 돌리는 소녀가 등장하면 공연은 절정에 도달한다. 기묘한 서커스 음악이 흐르면 그녀는 녹색 치마와 셔츠를 입고 나타나 접시를 돌리기 시작할 것이다. 그리고 장내는 순식간에 아수라장이 될 것이다. 서커스는 예정된 시간에 시작될 것이고 예고 없이 끝날 것이다. 누구나 다 알고 있는 사실이지만.

— 김참, 「기괴한 서커스」 전문

시적 환상의 해방감은 일상적 구속에 대한 환멸과 한짝을 이룬다. 「기괴한 서커스」는 반복되는 우리 삶의 알레고리다. 모두가 다 알고 있음에도 불구하고 구경할 수밖에 없는 기괴한 서커스. 일상은 사실 기괴함 그 자체다. 반복은 기괴함을 "뻔한 레퍼토리"로 변질시킨다. 김참은 반복되는 뻔한 일상을 '기괴한 서커스'로 형상화한다. 그 과정에서 채택되는 시적 환상은 그의 중요한 전략이다. 그의 환상 속에서 기괴한 서커스는 파국을 맞이하지만, 그 파국은 반복의 전환점에 지나지 않는다. 끝날 줄 모르는 기괴한 서커스는 그의 시를 통해서 우리의 삶으로 부메랑이 되어

날아온다. 김참의 시적 주체는 일종의 관망자다. 그는 시종일관 우리 삶의 서커스를 방치하고 관망한다. 그는 현실적 개입과 해방적 이탈의 경계에 서 있다. 이러한 시적 위치는 그의 시세계에 특수한 긴장감을 가져온다. 현실의 문제를 환상기법으로 호출하면서도 그곳에서 달아나는 해방감을 제공한다.

그런 의미에서 그의 시는 일종의 백일몽이다. 백일몽이 그런 것처럼 그의 시에는 잡다한 일상들이 꼬여든다. 각종 이미지들의 비논리적인 결합들은 환상세계를 구축함으로써 무의식적인 소원성취를 이룬다. 모든 꿈의 목적이 '소원성취'라는 프로이트의 말은 결국 인간의 환상은 자기 욕망의 투영이라는 사실을 말해준다. 김참의 환상시는 반복되는 일상을 파열하고자 하는 욕망의 발현이면서, 그것으로부터 해방되고자 하는 욕망의 시적 형상화다. 그 해방감은, 그러나 언어 바깥의 세계, 혹은 현실 너머의 실재를 향한 공간을 향한 것이라고 말하고 싶지 않다. 오히려 그의 해방을 향한 환상은 결국 반복되는 현실 속에 파열음을 남긴다는 점에서 현실을 위한 혁명적 에너지의 미학화라고 말해 두고 싶다. 물론 이러한 나의 판단은 개인적 강박에 의한 비약임을 알고 있다.

정익진은 '세드나' 동인 가운데서 현실감각이 가장 뛰어난 시인이다. 그의 시적 주체와 대상은 아주 밀접해 있다. 게다가 그 대상은 대개 사물이 아닌 타인들이다. 그는 타인과의 진정한 소통을 갈구한다. 각자 고립되어 떠도는 군상들에 대한 시적 천착이 그의 시적 주조를 이룬다. 그 군상들은 대개 타락한 군상들이며, 시적 주체 역시 그 속에 포함되었음을 자각한다. 그런 까닭에 그의 시는 현실과의 불화에 기초하며, 진정한 주체의 길에 대한 비판적 성찰과 타인과의 소통에 힘을 기울인다. 그러나 그 작업은 늘 자기모멸과 자기좌절에 부딪힌다. 이는 파편화된 근대에 대한 통찰과도 무관하지 않아 보인다. 그의 시는 근원적 통일성을 상실한 시적 주체의 신음을 내장한다. 그러나 신음은 청각이 아니라 철저히 시각에 의존한다. 자기 신음조차 자기로부터 분리하여 시각화하는 방식. 신음의 시각화는 그의 시를 관통하는 핵심이다.

'목젖'에 대한 관심은 이와 무관하지 않다. "목젖까지 보이며 우는 그 아이를 더 때려주었지."(「목젖의 이유」, 『살구 칵테일』) 문제는 "옆사람의 목젖이 보이지 않는다"는 사실이다. 신음은 각자의 내부로 은폐된다. 각각의 신음들은 목젖을 숨기고 도시의 일상을 부유한다. 시인이 관심을 갖는 다른 대상은 손이다. "마르지 않는 시멘트 바닥 위를 / 물구나무서서 걸어다니는 사람들"(「핸드프린팅」, 『기괴한 서커스』) 이는 목젖의 변형이다. 목젖을 숨기고 있듯이, "손과 손의 커뮤니케이션"은 잘 이루어지지지 않는다. 그리고 그 손은 불안해하거나 타락한 손이다. "가만히 있으면 불안해하는 / 차마 하지 못할 일을 저지른 손들". 손에 대한 관심은 타인과 연대에 대한 관심이기도 하다. 그의 시는 기본적으로 타자에 대한 관심을 내함한다. 그러나 그의 시적 주체는 스스로의 파열음에서 벗어나지 못한 상태다. 그의 시가 주체와 타자에 대한 부정을 띨 수밖에 없는 이유다. 그러나 이 부정은 현실개조의 가능성을 향한 전략적 부정이다. 다음 시를 보라.

> 겨울창가에서 떨어져 나온 언 손을 만지작거린다.
> 숲속으로 멀어져가는 손길,
> 뒷골목을 돌아서 나온 손과 손을 맞잡고
> 해변에 떨어진 손들을 주우러 간다.

손을 향하여 손을 뻗으면 손은 사라진다.
누구의 것도 아닌,
아무런 기능도 없는,
달빛에 반사되지 않고 손금도 보이지 않는 손들

누군가의 목을 조르던 손이 내 손 안에 웅크린다.
방화범의 손이 내 손에서 떨고 있다.
물고기와 헤엄을 치던
기린의 목을 쓰다듬었던 손이,
친구의 엄마의 젖가슴을 만졌던
아내의 따귀를 때렸던
내 남자의 지갑을 훔쳤던
손이 내 손에서 쓰러져 있다.
길가에 떨어진 손들을 주워 쌓아 올린다.

기름을 붓고 성냥을 긋는다.
내 손에서 손들이 빠져나온다.
모두들 모여 불을 쬔다.
손뼉을 친다.

　　　　　　　　　　　　　　　　—정익진, 「캠프파이어」 전문

　얼고 붓고 타락한 손들이 모두 하나의 손에 모인다. 그러나 이것만으
로는 진정한 연대가 될 수 없다. "손을 향하여 손을 뻗으면""사라지"는

"손"들에 지나지 않기 때문이다. 누구의 것도 아니고 아무런 기능도 없고 스스로의 운명조차 헤아릴 수 없는 손들에 불과하다. 손들을 쌓아 불을 피운다. 한 데 모인 손을 태운다는 것. 손의 타락을 화형시키고, 손의 연대를 도모하는 것. 타오르는 손에서 손들이 빠져 나와 모두들 모여 불을 쬔다. 손을 향하여 손을 뻗으면 사라지는 손들은 이제 각자 개별적 주체로서의 위상을 회복하고 연대의 가능성을 확인한다. 손의 연대는 '캠프파이어'의 이미지를 껴안은 채 새롭게 태어난다. 정익진의 시는 모던한 시적 스타일을 추구하고 있지만, 그의 시세계는 이처럼 강한 현실지향성을 지닌다. 단편적인 정보에 불과하지만, 그가 김수영에 관심을 갖는 것[3] 역시 이와 무관하지 않으리라 생각된다. 그러나 그의 시는 언어와 현실의 경계 위에 불안하게 서 있다. 그의 모던한 시적 스타일에 현실의 구체성을 좀더 가미한다면, 그의 시는 보다 강한 폭발력을 지닐 것이다.

4. 윤리의 심장부를 절개하기

'세드나'의 모더니즘은 언어와 사물의 관계에 대한 탐구다. 사물의 실재를 탐구하는 것, 다시 말해 언어를 넘어선 사물의 실재에 다가서고자 하는 것이 '세드나'의 모더니즘이다. 그러나 이것이 '세드나'의 궁극적 목적은 아니다. 왜냐하면 앞서 허만하가 밝혔듯이, 모더니즘은 세계에

---

3   정익진은 산문 「여기, 그리고 무한한 저쪽」(『기괴한 서커스』)에서 김수영 스터디에 참여한 적 있음을 고백하고, 그 공부 내용을 일부 소개하고 있다.

대한 비평정신을 근간으로 하기 때문이다. 모더니티에 대한 지속적인 회의와 전복은 바로 모더니티에 대한 비평정신에서 나온다. 프랑시스 퐁주의 시론에 기댄 허만하 시인은 사물의 실재를 탐구한다. 사물의 실재는 그에게 있어 어떤 근원이다. 그가 화가 세잔느에 주목하는 이유도 세잔느가 "근원의 목격자"이고 "세잔느가 보는 자연이 이미 알고 있는 자연을 앞서는 또 하나의 새로운 자연"이었기 때문이다(허만하, 「세잔느의 도전」, 『살구 칵테일』, 23면).

여기서 풍경의 시론이 나온다. 허만하의 시는 사물의 실재에서 보다 확대되어 풍경의 실재로 넘어가는 것이다. 풍경을 의심하고 풍경의 실재를 사유하는 것이 그의 모더니즘이다. 이는 조말선과 김언이 도달하고자 하는 주체의 실재와도 맞닿아 있다. 이들은 기존의 언어로 질서화된 사물과 주체를 폐기하고 실재의 지점을 사유한다는 점에서 시론적 유사성을 지닌다. 거기서 새로운 세계관의 시가 출현한다. 허만하, 조말선, 김언이 사유하는 시적 공간은 새로운 주체와 세계의 출현을 가능케 하는 윤리의 공간이다. 그런 점에서 이들의 시는 알렌카 주판치치가 말한 바 있는 '윤리의 심장부'다.[4] 이곳은 주체의 모든 주름이 집약된 잠재성의 공간이다. 무한한 주름이 접혀져 있는 그곳에서는 이전과는 전혀 다른 새로운 주체와 세계관이 탄생할 수 있다. '세드나'의 모더니즘은 바로 이곳을 탐구한다.

그러나 '현대'를 사유하고 전복함으로써 새로운 현대를 창안하고자 하는 '세드나'의 모더니즘은 일찍이 루카치가 비판했듯이 전망의 상실이

4　필자는 어느 글에서 허만하의 시를 윤리의 심장부라고 말한 바 있다. 박대현, 「'윤리의 심장부'에서 '진리의 정치'로」, 『닿을 수 없는 혁명』, 인크, 2013, 170~174면 참조.

라는 문제에 직면한다. 전망의 상실은 모더니즘을 새로운 언어와 형식의 문제로 협애화시키는 결과를 초래한다. 새로운 것에 대한 맹신은 새로움에의 결박과 다르지 않다. 이 결박은 새로움이 함의하는 정치적 의미를 망각케 한다. 바로 여기서 전통에 대한 비순응을 추구하는 모더니즘이 오히려 이러한 비순응에 순응하고 만다는 역설이 발생한다. 이를 두고 앙투안 콩파뇽은 모든 전위 예술이 빠지고 마는 함정인 "비순응주의에 대한 순응주의"(앙투안 콩파뇽, 이재룡 역, 『모더니티의 다섯 개의 역설』, 현대문학, 2008, 10면)라고 비판한 바 있다. 단적으로 말해서 모더니즘의 근본적인 목적은 새로운 언어와 형식 자체에 있지 않다. 새로운 주체와 세계관의 출현이 모더니즘의 궁극적인 목적이며, 이 세계관을 통해서 현실의 변화를 꾀하는 것이야말로 모더니즘의 온전한 의미라고 할 수 있다. 허만하가 마르크스의 '교통' 개념을 모더니즘의 한 사례로 거론한 것 역시 같은 맥락이다. 그렇다면 '세드나'의 작업은 '실재'의 탐구를 넘어서 새로운 현실을 구성하는 방향으로 나아가야 하는 과제에 직면하게 된다.

이러한 작업의 가능성을 '세드나'에서 발견할 수 있는가? 김형술, 정익진, 김참은 한층 현실에 가까운 시인들이라 할 수 있다. 이들이 언어와 형식 문제에 치우친 것만은 분명하지만, 이들의 시가 주체와 사물의 실재에 대한 탐구라기보다는 현실과 주체의 조화롭지 못한 관계에서 비롯되는 자기분열의 언어와 환상을 조직해내고 있기 때문이다. 특히 김형술은 그의 산문에서 "노동현장과 책 속의 세상", 혹은 "지식인들의 의식세계와 현장 노동자들의 세계" 사이에 놓인 "괴리"와 "간극"에 대해서 말한 바 있다.(김형술, 앞의 글) 여기서 발생하는 부끄러움은 시인의 자의식을 이룬다. 김형술이 보여주는 시의 알리바이 부재에 대한 고민은 정확히 시적 윤리의 지점을 보여준다. 김참의 환상시 역시 현실 대응의 전략적 장치로서 기능한다는 점에서 그 가능성을 일부 실현하고 있으며, 정익진의 시는 가장 멀리 현실 쪽으로 나아간 경우라 하겠다.

'세드나'가 나의 의견에 동의해줄 것 같지는 않다. 두 번째 시집부터 보인 정익진 시인의 현실지향적 성향의 강화에 대해 '세드나'의 동료 시인들이 근심과 유감을 표명했다는 사실(김참, 「부산 모더니즘 시의 기원과 계보」, 『기괴한 서커스』, 사문난적, 2010, 108면)을 보면 이들의 시론이 보다 확고하게 모더니즘 추구에 밀착되었다는 사실을 짐작할 수 있기 때문이다. 모더니즘 정신의 근간이 지속적인 비평정신이라면, 그들 스스로의 시론에 대한 비평적 자의식 또한 필요하리라 생각한다. 시의 윤리란 바로 그런 것이다. 자신의 자리조차도 혹독한 회의와 비판과 성찰이 필요한 것이다. 실재에 대한 사유는 다시 현실로 침투해야만 하는 것이다. 윤리의 심장부를 절개함으로써 지속적인 재주체화에 참여하는 것.

허만하가 지향하는 풍경의 근원은 사실 세계의 추상이다. 추상 세계의 어떤 근원은 남근적 향유phallic jouissance를 유발한다. 언어 너머의 실재가 주는 매혹은 어떤 억압도 없는 해방에서 비롯된다. 그러나 실재의 매혹에 붙들릴 때, 그것 또한 하나의 억압임을 상기할 필요가 있다. 실재와 현실의 지속적인 변증이야말로 예술이 닿을 수 있는 궁극의 윤리이자 진리이다. 이는 세계에 대한 지속적인 비평정신이랄 수 있는 모더니즘의 본질과 결코 다르지 않다.

*

'세드나'는 힘겨운 이중 과제를 안고 있다. '부산 모더니즘'이라는 용어에서 알 수 있듯이, 부산이라는 지역성과 모더니즘에 대한 사유가 그것이다. 이러한 이중과제는 이들이 지역에 기반하고 있다는 점에서 한국 지역 시인들이 태생적으로 빠질 수밖에 없는 질곡이다. 서울로 떠난 김언이 "부산은 잊자. 갱상도도 잊자. 하물며 한반도쯤이야. / 세계는 방언 투성이다. 세계의 문학은 그 방언들이 건설한 이주민들의 두 번째 고향이다"(김언, 「그래, 그래, 몇 개의 록」, 앞의 책, 138면)라고 선언했을 때, 이는 부산이라는 지역, 나아가 한반도라는 문학적 변방의 한계를 넘어 스스로 보편이 되고자 하는 욕망, 혹은 그 보편지향성조차 초월하고자 하는 욕망을 드러낸다. 부산 문단의 보편 지향은 인정투쟁의 함의를 지닌다. 이러한 질곡은 지역 시인의 내면에 묘한 파장을 낳는다. '부산 모더니즘'이라는 용어 자체가 지니는 묘한 질곡을 극복하고 모더니즘 추구라는 본연의 과제를 수행하는 일은 쉽지만은 않다.

그러나 다행인 것은 '세드나'의 시적 내공이 지역의 범주를 넘어선다는 사실이다. 이들의 시는 '중앙/지역'이라는 이분법이라는 단순한 프레임에 갇히지 않는다. 지리적인 차이만을 지닐 뿐, '세드나'의 시는 보편지향성을 넘어 스스로 보편의 준거가 되고 있으며 보편의 변화를 이끌만큼 개성적인 시문법을 구사한다. 그런 까닭에 '세드나'의 작업은 지역 시단을 넘어 한국 시단에 의미가 없을 수 없다.

문제는 내친 김에 '세드나'가 하나의 사건이 되어야 한다는 것이다. '세드나'가 부산 시단을 넘어 한국 시단에 하나의 사건이 될 수 있을까?

그 답은 유보할 수밖에 없다. 아직 그들은 그들의 주름을 완전히 펼치지 않았기 때문이다. 그들이 지닌 잠재성은 무궁무진하다. 그러나 우리 현실에 '사건'이 될 만한 주름일수록 그것은 펼쳐지기 힘들다. 주름의 펼쳐짐은 순전히 내적인 요건에 의해서 이루어질 수 있는 것이 아니라 여러 복잡한 내외 여건들의 역학작용의 결과이기 때문이다. 부산 시단은 침체 일로에 있다. 괜찮은 일부 시인들이 부산을 떠나는 현상은 부산 시단이 한국 시단에서 얼마나 소외되어 있는지를 반증한다. 친목을 목적으로 하던 모임이 동인 성격의 활동을 개시한 것은 지역 시단에 좋은 자극제가 될 것이 분명하다. 아울러 한국 시단에도 의미있는 사건으로서 남게 되기를, '세드나'의 지속적인 분투를 기대한다.

제2장

이미지와 몸, 그리고 내재성의 평면들

배옥주, 『The 빨강』· 송진, 『미장센』

1. 이미지의 물질성 —배옥주, 『The 빨강』(서정시학, 2017)

이미지는 일반적으로 관념을 전달하는 도구다. 그러나 이미지가 도리어 관념에 혼란을 부추길 때, 이미지는 순수한 상태로 남는다. 김춘수의 무의미시, 이승훈의 비대상시, 오규원의 날이미지시가 각기 다른 특징을 지니고 있음에도 불구하고 유사성을 지니는 것은 이미지의 관념체계를 비튼다는 공통점을 지니기 때문이다. 이때 이미지는 기존의 관념(의식) 속에 고이 들어앉기를 거부하는 동시에 실제 사물에도 귀속될 수 없는 성질의 것이다. 이는 베르그송의 이미지 존재론을 상기시키게 되는데, 들뢰즈는 이러한 이미지의 존재론적 양상이 의식과 사물 그 어디에도 정착하지 않은, 그러니까 이 세계의 체계 속에 안착하지는 못했으나 분명히 실재하고 있는 '내재성의 평면plane of immanence'에 해당한다고 말한 바 있다.

배옥주의 시 속에서 발현되는 이미지들은 펼쳐진 '내재성의 평면'에 가깝다고 할 수 있다. 그의 시는 이미지와 관념의 일반적인 관계에서 이탈함으로써 기이한 이미지의 세계를 구축한다. 그의 시는 의도적으로 의미의 통일성을 축출한다. 그래서 그의 시를 읽는 일이란 이미지에 고착된 관념을 일일이 분리해내는 의미의 해체 작업과 다르지 않다. 다시 말해, 그의 시는 이미지에 부착되고자 하는 의미와 관념의 관성이 무력화되고 마는 언어적 체험을 제공한다. 이것은 물론 그의 시적 이미지가 비유기적 환유체계를 지향하기 때문이다. 이미지의 비유기적 결합은 이미지에 내속된 기존 관념을 이탈시켜버린다. 하여 그의 시에서 의미를 좇는 일이란 불가능한 일이다. 예컨대, 아래 시를 보라.

오늘은 내가 술래! 쿵쿵 숨어라! 낯선 곳에서 하는 술래잡기가 더 스릴 있어. 리듬에 맞춰 냄새는 멀리 숨어버렸어. 횡단보도가 꼬리를 흔들어. 밤이 깊었어. 게릴라들은 쓰레기를 뒤지고 있어. 토할 것 같아. 길고 양이가 사라진 담벼락은 나를 노려봐. 인공눈빛을 이식한 가로등은 날벌레의 레퀴엠을 듣고 있어. 밤하늘에 매달린 모빌이 빙빙 돌 때, 옆집 강아지는 성대가 잘린 줄도 모르고 커엉컹 우아하게 노래하고 있겠지? 내가 썹던 단물은 곧 사라질 거야. 뺀 적 없는 이름표의 필체가 지워져. 엉킨 목줄이 파고들면 사라진 목소리는 환청으로 들릴까? 한평생 술래였던 골목이 돌아나가고 있어. 히죽거리는 그림자는 길어질거야. 사라진 해가 돌아올 때쯤이면.

— 배옥주, 「술래가 사라지는 계절」 전문

이 시에서 이미지의 관념 체계는 교란된다. 골목이라는 공간적 배경 속에 횡단보도, 가로등, 길고양이, 그림자, 해 등의 이미지가 출현함으로써 골목에서의 술래잡기라는 기존 관념에 부합하는 듯하지만, 꼬리를 흔드는 횡단보도, 쓰레기를 뒤지는 게릴라, 필체가 지워진 이름표 등 해독이 어려운 이미지가 배치됨으로써 시의 해석을 어렵게 만든다. 결국 이 시는 "오늘은 내가 술래!"라는 첫 번째 진술에 부합하지 못하는 이미지들의 세계를 창출해낸다. 이 시에 배치된 이미지들은 술래잡기하는 골목이라는 기존 관념으로부터 이탈하여 날것으로서의 이미지, 즉 이미지의 물질성을 획득한다. 그 물질성은 충분히 미적이다. "인공눈빛을 이식한 가로등", "날벌레의 레퀴엠", "밤하늘에 매달린 모빌"의 이미지는 골목을 전혀 다른 이미지로 창조해낸다. 이미지의 물질성으로 채워진 세계에서 의미를 찾는 일은 무모한 일이다. 의미를 추구하는 거대 서사의 "게릴라들은 쓰레기를 뒤지"는 중이지 않은가? 숨은 아이(의미)가 존재하지 않는다면, 술래(의미 찾기) 또한 사라질 수밖에 없다. 따라서 '술래가 사라지는 계절'이라는 시제詩題는 시인이 결별하려는 세계를 짐작케 한다.

의미의 형성은 기본적으로 이항대립체계에 기반한다. 소쉬르의 말처럼, 의미는 '차이'에서 비롯된다. 구조주의로 이루어진 기성의 거대한 세계는 일종의 감옥 체계다. 그래서 시인은 언어의 감옥, 혹은 의미의 감옥에 대한 의문을 제기한다.

수술을 할까요 시술을 할까요
여든넷은 퇴행인가요 진화인가요
결심의 명의입니까 포기가 명의입니까

통점은 아우성인가요 협착은 신경질인가요?

(…중략…)

각오를 수술할까요 재발을 시술할까요

근데 선생님,

왜 옵션은 두 가지뿐인 거죠?

— 배옥주, 「코끼리 옵션」 부분

"옵션이 두 가지뿐"이라는 문제적 인식은 시인이 개척할 시의 영토를 말해준다. 두 개의 진리치를 가진 세계로부터 벗어나 무한한 세계로의 해방이다. 배옥주의 시는, 그래서 안정된 의미의 통일성을 파쇄하고 불안정한 이미지의 체계로 나아간다. 그것은 기존 관념과 의미로부터 이탈한 이미지의 비유기적 환유체계다. 이 세계에서는 다양하고도 무한한 진리치가 존재하며, 혹은 진리치가 존재하지 않는다. 이로 인해 일상적 차원에서는 의사소통의 교란이 발생하며, 이는 삶의 실재를 반영한다.

여자가 바다라고 말할 때

사내에게는 바닥이라고 들린다

울적할 땐 이 바닥에 자주 와요

전 이 바닥에 길들어있어요

썰물로 가슴골이 드러난 바다

맨발로 건너온 여자의 골이 깊다

갯벌이 발등을 드러내는 바다

새조개가 파고드는 뻘은 어디까지가 바닥일까

여자에게 휘몰아친 바다는 시들지 않는 바다

사내가 바닥이라고 말할 때

여자에게는 바다라고 들린다

— 배옥주, 「송정바다」 전문

    시집에서 보기 드물게 서정성을 깔고 있는 이 시는, 그럼에도 불구하고 의미의 어긋남을 드러낸다. 그러나 의미의 어긋남을 통해서 오히려 바다는 더욱 크게 열리고 이전과는 다른 깊이를 내장한, "바닥"을 드러내지 않는 바다가 된다. 그러나 이 시의 서정이 보다 크고 무한한 진리의 세계를 향한 동일성의 욕망을 내포하고 있는 것은 아니다. 시인은 이항대립체계 내에 존재하는 무수한 '내재성의 평면들'을 펼쳐놓는 이미지의 세계를 추구하고 있을 뿐이다. 굳이 말한다면, 이항대립체계 내에 존재하는 이질성의 세계에 동화된 서정이라고 할 수 있겠다. 그런 까닭에 시인의 언어는 극단적인 소외를 운명으로 한다. 시인이 추구하는 「오브제의 새로운 발견」은 이 세계로부터 거리를 둔 채, 아무도 가지 않은 세계를 창조해내는 일이기 때문이다. 그러나 '오브제의 새로운 발견'이 '새로운' 이미지의 물성物性에만 머물게 된다면, 그것 역시 새로움의 진부함으로 귀결될 가능성이 있음을 유의할 필요가 있다.

2. 육즙의 물질성 —송진, 『미장센』(작가마을, 2017)

송진 시인의 언어는 혀끝이 아니라, 몸 전체에서 흘러내리는 육즙의 물질성을 지닌다. 그것은 때로는 시즙屍汁을 닮아 있기는 하되, 무기력하고 차가운 액液이 아니라, 때로는 느리게 때로는 빠르게 흘러내리는, 혹은 펄펄 끓고 있거나, 그렇지 않더라도 마그마와 같은 열熱을 내장한 언어다. 남성들은 도저히 닿을 수 없는 몸의 언어들. 그것은 아직까지 극소수의 여성들만이 점유한 희귀한 세계다. 그의 시세계를 떠받치는 구심점이 결국 그의 몸이라는 사실은 시집 곳곳에서 잘 드러나고 있는데, 이를테면, "목젖에서 미지근한 젖이 흘러나오"고, "잠지에는 네가 장난처럼 물고 간 물고기 이빨 자국 남아" 있다는 진술이 그렇다.(「네가 앉았다 간 자리 참 따뜻하다」) 몸의 기억은 그의 언어를 장악한 상태이며, 그의 시는 액즙화된 몸의 언어로 이루어진다. 신경세포 다발의 '잠지'에 남은 "물고기 이빨 자국"이라는 선명한 이미지는 그의 시가 몸의 감각과 불가분의 관계임을 말해준다. 그 몸은 너무 뜨거워 때로는 끓는 형태로 제시된다.

보리차가 끓으면서 노란 연둣빛 입술을 내밀었다

노란 앞치마는 가스레인지 앞에서 졸고 있었다

노란 팬티가 끓고 있었다

아기들의 엄마는 돌아오지 않을 것이다

아기들의 아빠는 감옥에서 죽을 것이다

왜 냉장고 구석자리의 생애는 확고한 어둠인가

조부들은 없는 이를 악물고 자느라 입술이 피범벅이다

아기들의 노란 입술이 끓고 있었다

아기들은 노란 팬티를 입고 있었다

입술이 알맞게 끓고 있었고

곧 누군가가 다가와

뜨거운 입술을 마실 것이다

송진, 「보리차의 시간들」 전문

이 시는 끓는 몸의 이미지를 형상화한다. 그런데, 그 몸은 아기들의 몸이다. 펄펄 끓는 아기의 몸은 물론 시적 화자의 내면이 투사된 상상의 이미지다. 그러나 그 상상은 시인 자신의 몸과 무관할 수 없다. 자신의 기억을 대상화할 수 있는 정신적 힘을 얻는 순간, 시적 사건의 출현 가능성은 발아한다. 그렇다. 이 시는 몸에 가해진 폭력에 대한 묘사다. 그리고 그 폭력은 '팬티'와 무관하지 않다. '팬티'라는 이미지는 이 시집에서 중요한데, "사랑하는 아내의 팬티에 염산을 뿌리면 아내는 묻는다 왜 내 팬티에 염산을 뿌려요?"(「밥」)에서 알 수 있듯이, '팬티'는 여성의 육체성에 대한 환유다. 폭력에 노출된 여성성의 끔찍한 기억. 그래서 "노란 팬티를 입"은 "아기들의 노란 입술이 끓고 있"다는 것. 그것은 시인의 정동과 무의식적 기억의 결합이다. "아기들의 엄마는 돌아오지 않을 것"이고, "아기들의 아빠는 감옥에서 죽을 것"이고, "조부들은 없는 이를 악물고 자느라 입술이 피범벅"인, 아기를 둘러싼 무기력한 상태. 다만 아기 혼자서만 끓고 있으며, "노란 팬티가 끓고 있었"으며, "입술이 알맞게 끓고 있었"으며, "곧 누군가가 다가와 // 뜨거운 입술을 마"신다는 것. 이것이 폭력에 노출된 여성의 삶에 대한 비유라면, 그 몸이 아기로 진술되고 있다는 점에서 그 폭력의 기원이라는 것이 얼마나 뿌리깊고 근원적인 것인가를 말해준다. 그의 시는 여전히 "끓는" 시간 속에 놓여 있으며, 몸 또한 그 기억을 간직하고 있음을 짐작할 수 있다.

몸에 각인된 폭력은 필연적으로 죽음충동death drive을 자극한다. "아빠는 감옥에서 죽을 것이다"라는 주술적 언어의 행사야말로 죽음충동의 외현화다. 시인은 "시체를 끓인다 / 이 시체는 나를 알고 있다 / 나도 이 시체를 알고 있다 / 그런데도 나는 시체를 끓인다 / 너무하지 않은가", "시체는 개의치 않았다 / 시체를 썰이는 내 손목을 꼬옥 잡아주었다 / 다정한 추깃물 / 흰장갑 흰소 흰말 낳네"(「접시꽃」)라고 이미 쓴 바 있다. 시체는 자신의 형상이자(그는 「염을 하는 시간들」에서 자신을 시체로 상상한 바 있다) 자신을 둘러싼 타자의 형상이다. 그러나 시체는 시인의 "손목을 꼬옥 잡"으며, 추깃물조차 다정하다. 그러나 죽음충동은 삶 본능을 배면으로 둔다. 삶과 죽음이 한짝이듯이, 죽음충동은 언제든지 삶의 본능으로 전화될 가능성을 지닌다. "흰장갑, 흰소, 흰말 낳네"로 끝나는 시적 진술의 흰색을 통해 죽음 이미지를 환기할 수 있으나, 유골을 뒤적이는 흰장갑이 흰소, 흰말의 이미지로 이어지는 과정에서 끔찍한 고통 이후의 어떤 생명감을 감득하는 것도 전혀 무리는 아닐 것이다. 특히 '접시꽃'을 제재로 했다는 점에서 더욱 그렇다.

몸의 감각은 주로 성적인 것이 지배한다. 성은 생명의 원천이지만, 궁극적으로는 죽음충동과 관계한다. 조르주 바타이유가 말했듯, 에로티즘의 궁극은 죽음충동에 있다. 그러나 죽음충동의 반작용은 삶의 본능을 일깨울 수밖에 없는데, 그것이 본능의 균형을 지향하는 생명의 감각이다. 송진 시인이 '접시꽃'을 바라보면서 끓고 있는 시체를 떠올리고, 꽃물로부터 추깃물을 연상하고는 다시 "흰소 흰말 낳네"라는 진술로 끝맺을 수 있었던 까닭을 여기서 조금이나마 이해할 수 있다. 「접시꽃」이 죽음충동과 관계한다면, 「등꽃」은 에로스적 본능과 관계한다.

　　그는 바지춤 사이에서 애써 팬티를 꺼내 보여준다
　　브래지어도 같은 보랏빛
　　여기는 참 친절한 낯선 곳
　　언제 내가 사는 곳이 이랬던가
　　레몬 속 깎아 지은 집들
　　울퉁불퉁한 근육들 즙처럼 뿜어져 나오는 곳
　　귀밑머리 부스럼 은하수처럼 만져진다
　　아직도 따스한 사람들이 보랏빛 팬티를 열고 닫는다

　　　　　　　　　　　　　　　　　　　　　　　　—송진, 「등꽃」 전문

'등꽃'을 두고 이런 상상을 하기란 쉽지 않다. 역시 '팬티'가 언급된다. 팬티는 앞서 말했듯, 여성 육체의 환유이며, 성기에 밀접한 몸의 감각과 무관하지 않다. 이 시에서 '팬티'는 「보리차의 시간들」에서 보았던 '팬티'의 이미지와는 전혀 다르다. 펄펄 끓는 이미지의 '팬티'가 아니라, 봄날의 여유롭고 따스한, 참으로 평화로운 느낌의 '팬티'다. 팬티를 열고 닫는 과정 속에서 봄날의 아련하고 농염한 생명의 감각이 환기된다. 「접시꽃」과 「등꽃」의 확연한 이질성, 그 사이 공간에 잠재된 '내재성의 평면'이 그의 시세계라고 해도 과언이 아닐 것이다. 그의 시에서는 죽음과 생명의 감각이 어김없이 충돌하고 파열한다. "주문을 외는 마녀는 어김없이 죽음의 비를 부르고 녹물은 흘러내려 녹물은 흘러내려 분홍빛 패랭이 접시의 찢어진 가로의 시간을 항문부터 물들인다." '분홍 패랭이꽃~'으로 시작하는 긴 제목의 시 일부다. 주문을 외는 마녀, 죽음의 비, 찢어진 꽃잎, 녹물이 물들이는 항문의 세계가 여전히 그의 시를 지배한다.

달은 창가에 말없이 떠 있다 나는 달 속에 '참'이라는 말을 구겨 넣는다 달은 빙그레 웃으며 '참'을 뱉어낸다.

—송진, 「정월대보름」 부분

시인의 세계관은 이 두 문장으로 압축된다. 세계는 "빙그레 웃으며" 시인의 선한 욕망을 뱉어낼 만큼 잔인하다. 이런 세계관은 그냥 형성되지 않는다. 시인의 경우 철저히 몸에 기반한다. "물고기의 미세한 실핏줄을 들여다본다는 건 / 아무래도 경솔한 일인 것 같아"(「한시 삼십분 후」) 물고기의 몸은 곧 자신의 몸을 환기시킨다. 타자의 미세한 실핏줄에 대한 시선은 곧 자신의 몸을 향하게 되어 있으므로, 시인은 다시 자신의 몸에 대한 어떤 불편함을 느끼고 만다. 이 불편함에 타자의 폭력이 개입된 흔적은 그의 시 곳곳에 산포되어 있다. "손등에 솟아오른 송곳"(「어리석은 의자는 폐기되었다」)과 같은 남근적인 이미지들은 여성의 육체를 짓이기는 폭력과 무관하지 않다. 그래서 송진의 시 속에서는 남근의 이미지 또한 계속 출몰할 수밖에 없다. "천 스물 네 명의 언니들이 / 이천 사십 여덟 개의 다리를 / 런던 지하철 손잡이에 우산처럼 걸고 다녔어 / 덜렁덜렁덜렁 / 덜렁덜렁덜렁"(「제모의 역사」). 남근적 폭력에 오염된 신체 이미지가 아닐 수 없다.

그러나 송진 시인의 놀라운 점은 남성적 폭력의 사인화私人化에서 벗어나 자본주의 폭력의 보편성을 사유하고 있다는 사실이다. "털 달린 지폐"(「Gray Yang」)라는 이미지는 자본주의와 남성적 폭력의 친연성을 더할 수 없이 인상적으로 폭로한다. "털 달린 지폐"는 여성과 더불어 힘없는 타자들의 고통에 군림하는 남근적 자본주의를 직관적으로 드러낸다. 자본주의의 남근적 폭력 아래 신음하는 타자들의 고통이 "털 달린 지폐" 아래의 "집단성폭행"으로 진술되고 있는 것이다. 그래서 아래 시에서 드러나는 울음은 여성적 신체의 울음이 아닐 수 없는 것이다.

나는 울지 않습니다 운지가 언제인지도 모르겠습니다 엄마가 공장에서 손목이 잘렸고 아빠가 길에서 교통사고로 죽었습니다 그러나 나는 울지 않습니다 나는 울면 안되니까요 울면 불행해진다고 할머니는 내 팬티에 울면 안 돼라고 적힌 부적까지 달아주었습니다

— 송진, 「건달바」 부분

송진 시인의 『미장센』에 내장된 육체적 언어의 강밀함은 수많은 의미 망들을 내재하고 있다. 그의 시들은 들뢰즈가 말한 '내재성의 평면'을 펼쳐보인다. 억압된 여성의 신체와 상처들이 펼쳐지는 과정에서 흘러내리는 육즙의 언어들이 남근적 폭력의 자본주의 체계를 뜨겁게 적시고 있는 것이다. 이 짧은 서평에서 마지막으로 해야할 말은 송진의 『미장센』은 한국 여성시의 정점에 닿아 있다는 사실이다. 이때 '여성시'라는 어사語辭는 시의 존재론적 범주에 대한 제한이라기보다는 남성시가 다가갈 수 없는 영역에 대한 경외를 내포한다. 그만큼 송진의 시는 압도적이다.

제3장

지옥에서 울리는 시적 그로울링growling

황강록, 『지옥에서 뛰어놀다』

1. 연쇄살인마와 실재계

연쇄살인마의 등장은 전율 그 자체다. 그들은 쉽사리 이해될 수 없는 존재로서, 상식적인 윤리 범주의 바깥에 존재한다. 그들을 '연쇄살인마'로 부르는 것 역시 그들이 이해의 범주를 벗어난 데서 오는 공포와 두려움을 '증오'로 치환하기 위한 기호적 책략일 수도 있다. 실종은 상징계의 얼룩blot이다. 실종은 상징계에 균열을 가하는 진앙지로 기능한다. 실종자들에 대한 수색은 이 상징계의 권능을 유지하기 위한 상징계적 시스템 복원의 시도이다. 상징계에 균열을 가하는 실종 사건은 그 자체로 상징계에 가해지는 위협과 불안이므로, 상징계를 구성하는 대타자인 국가라는 '법'은 실종자의 수색과 범인 검거에 총력을 기울일 수밖에 없다. 상징계의 얼룩을 치유하고 그 전말을 이해함으로써 상징계의 시스템 기능은 복원되며, 일상의 안정감은 다시 회복될 수 있는 것이다.

그러나 단지 살인을 즐길 뿐인 존재의 출현은 너무나 충격적인 근대적 사건이다. 현실의 시스템으로는 결코 공감할 수 없는 살인의 쾌락은 상징계를 파괴하는 강력한 힘을 응축한다. 우스운 이야기지만, 연쇄살인범은 경찰들에게조차도 특별대우를 받는다. 이해의 범주를 넘어선 존재의 이해할 수 없는 쾌락 앞에서 상징계의 법을 집행하는 수사관은 무력해질 수밖에 없다. 그는 상징계를 벗어난 외계에서 출몰한 존재인 까닭이다. 연쇄살인마는 상징계에 뚫린 검은 구멍이며, 우리는 그 구멍을 통해 상징계 바깥의 어둠을 비로소 목격할 수 있다. 거기에 실재의 어둠이 존재하고 있으며, 인간의 피부를 뒤집어쓴 실재의 어둠이 숨을 쉬며 말을 하고 있는 것이다. 아, 달아나라. 가능한 멀리. 어디서 다시 그 어둠이 출몰할지는 알 수 없다. 이것이야말로 실재계를 은폐한 상징계의 불안이자 공포다.

나는 느낀다. 고로 나는 존재한다. 나는

무엇이든 할 수 있다, 널
속일 수만 있다면

세상을 속이면 세상은 존재하지 않는다.

씨발, 나는 전쟁터의 병사처럼 아무렇지 않게 사람을 죽인다. 죽이고 싶을 때 나는 참지 않는다. 정확하게 도화선에 불붙는 폭탄처럼 똑똑하다. 엄마, 아빠를 속일 수 있다면, 애인을 속일 수 있다면, 모든 세상을 속

일 수 있다. 호기심에 사람을 먹어보기도 했지만 그건 먹으면 안 되는 이

유가 딱히 없기 때문이었지 사람을 먹어보고 싶어 미치겠어서 살인을 한

건 아니다. 물론 그런 새끼도 있긴 있다고 하더라. 난 정신병자보다 너를

더 닮았다. 그래서 넌 날 경계하지 않는다.

— 황강록, 「연쇄살인마 1 – 테디 번디」 부분

황강록은 연쇄살인마의 눈으로 세계를 응시한다. 우리는 연쇄살인마

의 출현이 당혹스럽다. "죽이고 싶을 때 참지 않"는 시적 화자는 통상적

인 규율체계를 한참 벗어나 있다. 그의 시적 주체는 테디 번디라는 사이

코패스psychopath의 시점을 차용한다. 상징계를 파쇄하는 사이코패스는

그 자체로 실재의 전율을 촉발한다. 지젝이 지적한 것처럼, 폭력은 상징

계의 균열과 실재계의 열망이 지불해야 할 대가이다. 폭력 행위는 상징

계의 안정성을 파괴하고 그 바깥으로 일탈하고자 하는 욕망에서도 비롯

되기 때문이다. 황강록이 연쇄살인마라는 극단적인 인물을 시적 화자로

선택한 것 역시 우리 사회를 지배하고 있는 지배규율에 대한 부정과 저

항에서 비롯되고 있는 것이다.

2. 주체의 왜소화와 지옥의 세계

그렇다면 황강록이 바라보는 세계의 실상은 어떠한가. 연쇄살인마가

되어서 파쇄하고자 하는 세계의 심층을 황강록은 어떻게 파악하고 있는

가. 그는 스스럼없이 이 세계를 '지옥'으로 파악한다. 너무 명징하지 않은가. 「지옥에서 뛰어놀다」, 이 시집의 표제작에서 시적 화자는 이 세계를 지옥으로 표현한다. 그러나 지옥 속에서 그는 비명만을 지르지는 않는다. 그의 고통은 괴로우면서도 즐겁다. 그는 이 세계의 지옥을 마치 "공포영화 마니아 / 악마의 친구"로서 견딘다. "죽은 시체, 하얗게 씻긴 뼈의 즐거움, 뼈의 춤"이라는 구절을 보라. '뼈의 즐거움'과 '뼈의 춤' 속에서 아, 그러니까 지옥에서 뛰어놀 수밖에. "눈 감어, 이제 눈 떠, 까악 으하하하! 죽여 준다" 아비규환 속에서도 공포영화를 즐기듯 시적 화자는 지옥을 견딘다.

그러나 그의 시적 주체는 지옥의 세계에 압도당함으로써 왜소화된 상태다. 그러니 지옥 같은 세계를 뛰어논다는 그의 진술은 다분히 자폐적 환상에서 기인하는 것으로 봐야한다. 시적 주체의 왜소화는 이 세계를 적극적으로 대면하지 못하는 원인으로 작용한다. 반복적으로 드러나고 있는 지하철의 이미지를 보라.

무늬들뿐…… 형체를 알 수 있는 것들은 너무 빨리 스쳐가 버린다. 어둡고 밝고 없이, 달린다. 슬프고 기쁘고 없이…… 달린다. 얼마나 떨어진 먼 곳에서 어린 내가 울고 있는지 모른다. 길 잃은 채 아직도 헤매고 있는지……

빈 자리를 찾아 앉아서
덧없이 피로를 달래는 이 짧은 빙의

미칠 듯한 속도와

무늬, 무늬들……

— 황강록, 「지하철 안……」 부분

　도시 문명의 상징공간인 지하철에서 시적 화자는 방황한다. "미칠 듯한 속도와 / 무늬, 무늬들……"은 대적對敵의 범주를 넘어선 세계의 크기를 말해준다. 그는 "덧없이 피로를 달"랠 수밖에 없으며, 주체마저도 빙의 들린 듯 분열의 위기에 몸을 떤다. 세계는 비판과 투쟁의 대상이 되기에는 너무 위압적이기에, 그저 시적 주체를 짓밟고 가는, "운행의 약속만은 / 정확"(「피로」)한, 이해할 수 없는 거대한 기계로 인식된다. "내가 어디에서 왔는지 / 어디로 가는지 모르지만" "아무것도 궁금하지 않"(「피로」)다. 이러한 고백은 사실 궁금하지 않은 것이 아니라 궁금해 한들 뚜렷한 답이 없다는 좌절감이 뼛속 깊이 침투한 결과이다.

　그러므로 그는 이 세계가 무너져 내리는 것을 상상하는 쾌감을 즐긴다. 그것은 그의 고백처럼 자폐적 쾌감 혹은 성찰로 드러난다. 폐쇄적 자기회로를 벗어나지 않는 상상은 거대한 기계로 작동하는 세계와의 대결 가능성을 소거해버린 결과다. "방에 틀어박혀 아주 오랫동안 // 반복되는 포르노를 보다가. 들어갔다 나왔다 반복되는 굴파기 때문에 / 내 방은 아주 깊고 어두운 속까지 파고 들어가 버"린 끝에 스스로 결론 내린 "자폐적 자기성찰".(「자폐적 자기성찰」)

　세계의 전복을 꿈꾸는 자폐적 성찰은 세계를 먼지 상태로 파쇄하고자 시도한다. 그의 또 다른 시 「치유」에서 도시는 푸석푸석하며 먼지로 만들어져 부스러지는(부스러져야 할), 혹은 비가 오면 녹아버려야 할 멸망의 공간이다. 그 멸망이 바로 '치유'의 과정이며, 희박할지라도 실현되기를 꿈꾸는 시인의 소망이다. 지옥에서 꾸는 꿈이란 얼마나 가련하고 무기력한 것인가. "그냥 가는 것뿐이야. 자꾸 가다 보면 길이었던 것이 다 닳아져 길 아닌 것이 될지 모르니까…그것도 일종의 희망일지도 모르니까……"(「치유」)

3. 실재의 '구멍'과 불길한 시인

'테디 번디'로의 변신은 이 무기력에서 비롯되는 것은 아닐까. 세계에 압도당한 주체가 세계에 대적할 수 있는 유일한 방법은 세계의 환상에 상처(얼룩)를 새겨 넣는 일이다. 황강록은 스스로 실재의 얼룩을 자처한다. 황강록은 시를 통해 이 세계의 '구멍'이 되고자 한다. 연쇄살인마의 시점 차용이 이 세계에 구멍을 내고 그 구멍에 역동성을 불어넣고자 하는 행위였다면, 추측컨대 구멍에 대한 자의식은 연쇄살인마의 시점을 빌리기까지의 예비단계로 보인다. 구멍은 이 세계 이후의 '너머'를 볼 수 있는 통로이다. 그러나 '너머'를 감지하는 행위란 이해되지도 않고 허용되지도 않는다.

사각사각 갉
았다. 아무도 모르게, 책상 모퉁이
구멍이 점점 더 커졌다. 몰두

해서

들여다보면, 못 튀어나온 아래로, 책상 밑 서랍, 책들이
속살을 드러냈다. 사각사각······

선생님이 내 옆에 와서 보고 있는 걸 알지 못했다. 애들은
어리둥절해하다가 와아 웃었다.

뭐하고 있었어?

(···중략···)

뭐하고 있었냐고?

(···중략···)

— 황강록, 「사각사각」 부분

   '구멍'은 시적 화자가 회귀하고자 하는 자폐적 공간이지만, 구멍을 파
내는 행위는 무료한 현실에 상처와 균열을 내는 행위로서의 의미를 획득
한다. 현실의 규율은 구멍을 허락하지 않는다. 촘촘하게 짜인 통제와 규
율은 세계 바깥으로의 탈주를 원천봉쇄한다. 그리고 구멍은 일종의 금기
이자 억압의 대상이다. 교사에게 발각된 순간에 아무 말도 못하는 것은

그러한 억압기제의 작동 때문이기도 하지만, 구멍은 설명의 대상이 될
수 없기 때문이다.

　구멍은 현실 속에서 부재 혹은 익명의 공간이며, 침묵의 공간이다. 그
의 시에서 구멍은 점점 구체화된다. 이 세계를 지배하는 규율 바깥에 부
유하는 존재들로 말이다.

　　그들의 눈은 도시의 구석에 뚫린 구멍, 검은

　　그 속을 들여다보는 이가 없네

— 황강록, 「哀歌」 부분

　"그들"은 누구인가. "웅얼거리는 이들은 명상에 젖어, 아무 데서나 /
잠을 자며, 오공 뻔드와 소주는 피안으로 이르는 값싼 / 재물, 위험한 재
물은 경찰도 잡신들도 손대려 하지 않 / 네. 위험한 언어는 슬프고 높은
신에게 바쳐져 / 조서에도 남아있지 않 / 네."(「애가哀歌」) 규율과 통제 바
깥에 거주하는 그들의 재물과 언어는 위험하다. 그것은 곧 법의 파열을
초래할 우려가 있는 까닭이다. 그들의 "명상"은 현실에 구멍을 내는 시도
에서 더 진화하여 스스로 구멍이 되고자 하는 전복적 열망과 다르지 않
을 것이다. 하여 "그들의 눈은 도시의 구석에 뚫린 구멍"이 되는 것이다.
아무도 "그 속을 들여다보"지 않는다. 그럴 수밖에 없는 것이 그들의 눈
은 단순한 구멍이 아니라 위험한 '어둠'이 생장하는 구멍이기 때문이다.
들여다보지도 않겠지만 들여다 볼 수도 없는 것이다.

　황강록의 시는 그러한 구멍, 다시 말해 실재의 어둠을 드러내는 시다.
그의 시를 읽는 순간, 우리는 실재계의 어둠과 마주치게 된다. 황강록은

그 구멍을 지속적으로 내보임으로써 이 세계가 지닌 환상에 균열을 낸다. "그가 돌아왔다 // 모두들 겁에 질려 얼굴에 웃음꽃이 피었다."(「불길한 그」) '불길한 구멍', '불길한 그'에 대한 진술은 시인의 지향점을 짐작케 한다. 그런 점에서 그는 우리 시단에서 상징계에 균열을 일으키는 '불길한' 시인의 가능성을 지니기에 충분하다.

4. 구멍과 허공 사이의 결핍과 미래

황강록은 작곡가·공연연출가로도 활동하는 시인이다. 그래서 그의 시에는 특이한 리듬이 살아있음을 알 수 있다. 한 단어 혹은 한 어절을 조각내서 행(연)갈이 해버리는 낯선 리듬감은 그의 음악적 활동에서 비롯된 것으로 보인다. 게다가 그의 시는 절망과 좌절감을 과격하게 표출하기도 하는데, 탈억압과 탈승화로 치닫는 시적 국면을 보여준다. 한 마디로 그의 시는 지옥 속을 뛰어놀되 "*자폐아가 더 이상 참지 못하고 꺄악 비명을 질러*"(「치유」)대는 그로울링growling이다. 그것은 '시'라는 "*열정의 무대*" 위에서 "*마침내 참았던 눈물을 흘리*"는 일종의 "*치유*" 행위이다. 그리고 그는 고백한다. "내 시의 대부분은 / 창피한 것, 입 밖에 내 놓기도 부끄러운 // 실토, 흥분되는 말, 섹스할 때 쓰는 비밀의 소리―그 소린 아플 때 내는 신음 소리와 똑같다―"(「고백」)라고.

황강록의 시적 공연은 스스로의 고통을 부르짖는 행위이다. 그러나 그는 속악한 세계의 실상을 적나라하게 드러내지는 않는다. 세계의 실상에서 비롯되는 내면의 울림에 예민하게 반응할 뿐이다. 하여 이 세계가 '스너프 필름'과 같다는 전복적인 시적 진술은 이 세계에 세부적인 균열을 내는 데까지는 미치지 않는다. 오히려 그의 시는 내적인 자기파괴에서 비롯되는 파열음에 몰입한다. 부정적 세계가 침입한 결과로 발생한 그의 내적 신음과 비명을 들려주는 데 집중한다. 그 결과 그의 시는 마치 데스메탈의 그로울링growling 창법과 흡사해진다. 그로울링은 자기 목을 긁어댐으로써 세계에 대한 분노와 증오를 드러내는 자기파괴적인 창법이다. 높은 톤의 스크리밍screaming보다 낮은 저음의 그로울링에 가까운 이유는 그의 시가 우울을 동반하기 때문이다. 그것은 앞서 지적했듯이, 세계에 대적하는 그의 주체가 너무 왜소하기 때문인데 주체의 왜소화는 이 세계에 대한 분석과 풍자의 시도를 무력화한다. '테디 번디'라는 연쇄살인마의 시점을 빌린 것 역시 주체의 왜소화를 방증한다. 연쇄살인마의 뒤로 그의 주체는 숨어버린다. 그래서 그의 시는 무력한 내면으로 회귀할 수밖에 없다.

> 푸스스, 아주 약한 바람에도 넌 점점 더 작은 먼지로 미분된다. 점이 되어라, 점이 되어라, 허무의 이데아, 결코 다다를 수 없는 영차원, 점이 되어라, 랄랄라
>
> ─ 황강록, 「인형의 전설」 부분

"허무의 이데아"는 그의 왜소한 주체가 당도한 회귀점이라고 할 수 있다. 그리고 이 허무의 이데아는 '허공'의 이미지와 긴밀하게 결합하게 된다.

난 열심히 허공을

만지기 위해 노력했더니

어느덧

허공을 만지고, 만들 수 있게 되었어요. 허공은 아무것도 없는 거라고

말하고 싶다면

(…중략…)

당신의 허공을 없애보세요

— 황강록, 「허공 전문가」 부분

 '구멍'이 이 세계를 전복시킬 실재에의 열망을 담고 있는 얼룩[blot]이라
면, '허공'은 전복의 열정을 비운 "허무의 이데아"를 표상하는 공간이다.
그가 '구멍'에서 '허공'으로 시선을 옮길 수밖에 없는 이유가 구멍과 허
공 사이에 존재하는 세계에 이미 압도당해 있기 때문이다. 그의 그로울
링은 세계를 향해 뻗어가지 못하고 내면을 잠식한다. 잠식의 결과는 우
울이다. 세계를 전복하는 '구멍'의 탐색은 결국 '허공'의 탐구로 비약한
다. 구멍과 허공 사이의 세계는 그의 시에서 삭제되고 만다. 다른 것으로
충족될 수 없는 그의 결핍은 허공과 만남으로써 비로소 그 출구를 찾은
느낌이다. 그 허공에는 무엇이 있는가. 허무의 이데아뿐인가. 그렇지는
않다. "하늘의 피안 / 바다의 피안으로 간다 // 내게 남은 건 알뿐이다.
불멸하는 알들……"(「알」) 혹은 "용이 있었다. 한 번도 / 존재하지 못했던
꿈, 존재할 뻔한 // 그곳, 우리가 무서워하고 / 한없이 부러워하던 그곳

에……"(「용龍」)에서 암시되듯이 허공은 '피안'과 '불멸의 알들' 그리고 한 번도 존재하지 못한 꿈으로서의 '용'이라는 신비와 초월의 이미지로 가득하다. 그것은 지옥에서 울려 퍼지는 그로울링이 가 닿은 궁극의 세계이다.

황강록은 젊은 시인이다. 한국 시단의 미래는 그의 시적 가능성을 기대하고 있다. 그 기대란 그의 시가 '구멍'에서 허공으로 비약함으로써 놓쳐버린 이 세계를 향한 으르렁거림growling이다. 그로울링이 단지 자기파괴적인 충동에서 끝나지 않고 세계를 적극적으로 전복하고자 하는 구체적 사유와 전복되어야 할 세계의 실상을 드러내는 것으로 심화될 필요가 있지 않을까 하는 판단 때문이다. 물론 황강록의 시집이 주는 충격은 연쇄살인마의 시선만으로도 차고 넘침이 있다. 상징계의 규율에서 벗어난 존재의 엽기적 살인은 이 현실이 얼마나 연약한 지반 위에 형성된 것인가를 깨닫게 하기에 충분하기 때문이다. 그러나 그가 지옥으로 규정하는 이 세계가 구체성이 결여됨으로써 허공으로 비약하고 있다는 점은 그의 시적 가능성에 깃든 결핍이자 아쉬움이다. 전복적이고 파괴적인 그의 시적 그로울링이 이 세계를 향해 더욱 깊고 치명적으로 침입하기를 기대한다.

제4장

누드nude의 언어

시적 분열의 윤리적 확장 – 강희안, 『나탈리 망세의 첼로』

　　강희안의 시는 언어를 불신한다. 시가 언어로 이루어졌음에도 불구하고, 언어를 불신하는 시는 그 자체로 분열적이다. 언어가 존재의 집이라는 하이데거의 명제도 강희안에게는 그다지 매력적이지는 못하다. 절대적 위상에서 추락한 시의 언어는 강희안 시인에게는 말놀이pun의 대상으로 전락하고 만다. 강희안의 세 번째 시집 『나탈리 망세의 첼로』에서 말놀이가 더욱 강화되는 것은 언어와 세계에 대한 불신이 더욱 심화된 까닭이다. 그러나 그의 불신은 매우 경쾌하다. 그것은 적어도 시 쓰는 행위가 그에게 있어서 일종의 흔들리지 않는 신념으로 작용하고 있다는 방증인데, 언어의 불신이 곧 시에 대한 불신으로 귀결되지 않았음을 암시한다.

　　강희안에게 시는 주체와 세계의 관계를 재구성하는 일종의 실험실이다. 그는 언어의 경쾌한 실험을 통해 주체와 세계의 관계를 다각도로 모색한다. 그래서 그의 실험적인 말놀이가 지니는 함의는 보다 다양한 스펙트럼을 지닌다. 언어적 실험은 기존의 시적 양식을 겨냥한 것이기도 하지만, 그 가늠쇠는 근원적으로 주체와 세계의 관계를 향해 있기 때문이다. "시 아닌 시 / 누구에게도 시적이지 않은 / 사적인 나의 시 / 비시非詩를 쓰고 싶었다"(「시인의 말」)는 시인의 고백은 시적 양식, 즉 시의 새로운 길에 대한 모색인 것처럼 보일 수 있으나, 그에게 있어 시는 주체와 세계의 관계를 형성하는 일차적인 창窓이다. 그래서 강희안의 시는 결코 언어 실험에 매몰되지 않는다. 그의 말놀이에서 구현하는 언어적 실험이 미학적 차원에서 종결되지 않고 현실세계에 대한 비판으로 이어지는 까닭이다.

　　캠릿브지 대학의 연구결과에 따르면, 한 단어 안에서 글자가 어떤 순서로 배되열어 있는가 하것는은 중하요지 않고, 첫째번와 마지막 글자가 올바른 위치에 있것는이 중하요다고 한다. 나머지 글들자은 완전히 엉진창망의 순서로 되어 있지을라도 당신은 아무 문없제이 이것을 읽을 수 있다. 왜하냐면 인간의 두뇌는 모든 글자를 하나 하나 읽것는이 아니라 단어 하나를 전체로 인하식기 때이문다.

　　너는 전후에 존재한다. 고로 나는 가운데토막이다.

— 강희안, 「탈중심주의(脫中心主義)」 전문

　　주체는 상징계를 벗어날 수 없다. 상징계 내에서 주체는 형성되고 분열한다. 주체 형성은 타자의 범주를 결코 넘어설 수 없기 때문에 주체인 '나'는 "가운데 토막"일 수밖에 없다. 그러나 "가운데 토막"이 "완전히 엉진창망의 순서로 되어" 있다는 것이 문제의 핵심이다. 문법적 질서 내에서 하나의 의미를 획득한 낱말이 구조 내적으로 무질서를 지닌다하더라도 전체 체계 내에서 안정된 의미를 획득한다는 사실은 인간 주체에 대해 일종의 알레고리를 획득한다. 관계의 체계 내에서 고정된 의미를 획득한 주체는 내부적으로 심각한 분열과 균열을 앓고 있다는 사실이 그것이다. 가운데 토막의 실상은 위 시에 제시된 것처럼, "캠릿브지", "배되열어", "하것는은", "중하요지", "첫째번와", "있것는이" 등등으로 열거될 수 있다. 그렇다면 강희안의 시적 탐구는 자연스레 주체 탐구로 나아갈 수밖에 없는 필연성을 지닌다.

주체가 언어의 결과임을 전제한다면, 그의 시 속에서 주체 분열은 언어 분열과 등가를 이룬다. 이는 곧 시의 분열이기도 한데, 도식화하면 '언어 = 시 = 주체'라는 등식이 형성된다. 그의 시 속에서 언어파괴는 기의와 기표의 결별을 통한 언어 분열을 책동하며, 이는 시와 주체의 분열 국면까지 직접적으로 노리는 것으로 봐야 한다. 강희안은 시의 '장場'에서 언어의 분열과 더불어 주체의 분열을 시도함으로써 새로운 시의 가능성에 대해 천착하고 있는 것이다. 시적 분열의 진앙은 바로 '언어'의 죽음에서 시작한다.

빨간 우체통마다 활활 무덤이 자라났다. 나는 생을 저지르지 않았다. 차디찬 너의 몸에서 푸른 주검을 끄집어 냈다. 그의 무덤 속엔 편지가 없었다. 익명의 사내는 당신에게 말했다. 하나님 우편에 앉은 나의 심실에서 부활의 물증을 인멸해야 한다고…… 그러나 생은 스스로를 입증해야 하는 것들 투성이여서 당신조차도 내용 증명을 요구했다. 신실한 주검의 협박과 회유에 모자를 벗어 던지던, 나는 사로잡혔다. 생은 그래서 천지간을 꿰뚫는 병이 되었다.

—강희안, 「빨간 우체통」 부분

우체통의 '빨강'은 매우 선정적인 빛깔이다. 주체의 확실성이 근대의 신화였다는 점을 고려한다면, "빨간 우체통마다 활활 무덤이 자라나고 있다"는 전언이 무엇을 말하는지 분명해진다. 완결된 언어의 집결지인 우체통에서 "활활" 자라나는 무덤은 곧 언어의 죽음을 암시한다. 언어의 죽음은 곧 주체의 죽음과 다르지 않으니, "나"는 "생을 저지르지 않"은 것이 된다. 그러니 "생은 스스로를 입증해야 하는 것들 투성이"이며, 삶은 확신할 수 없는 "내용증명"의 연속일 수밖에 없다. 내용증명은 가능한가. 이런 상식적인 질문은 이제 무의미하다. 시인은 이미 시집 서시에서 "누구라도 여닫이를 미닫으며 미끄러지는 순간이 그나마 생의 전부였다"(「여닫이 미닫이—거세 콤플렉스」)라고 말하고 있기 때문이다. 의미의 균열 속에서 끝없이 미끄러지는 것이 생의 전부라면, 주체를 위한 내용증명은 애초부터 불가능한 일임에 틀림없다. 그래서 시인은 "구름이 서행하다 몸의 스크럼을 푼 곳은 문자 이전일까, 이후일까?"(「÷%심↑」 부분)라는 진술을 남긴다. 문자 이전과 이후의 경계에서 주체의 기원을 보고자 하는 것이다. 그것은 곧 시의 기원이기도 하면서 주체와 세계의 관계의 기원을 되짚어보고자 하는 욕망과 다르지 않다. 그 욕망은 생의 몹쓸 병이다. 즉, "천지간을 꿰뚫는 병" 말이다. 더 정확히 말하자면, "어미가 거둔 태생의 배꼽을 찾아 미끄러운 벽을 오르고"(「달팽이 b를 찾다」) 또 오르는 병이다.

주체와 관계의 기원을 목도하기 위해서 시인은 상징계를 파괴할 수밖에 없다. 그는 말한다. "상징이란, 발기를 활성화하기 위해 실재 세계가 상상력의 세계 쪽으로 엎드린 채 가랑이를 벌려야만 비로소 섹스할 수 있는 기법"(「너무도 사적인 현대 시작법」)이라고. 그래서 그는 "상징의 꼬리표를 떼고 싶"(「은유의 꽃」)어 한다. 시집 해설에서 조강석이 잘 지적한 것처럼, 상징은 "특수자들을 전체라든가 이상이라든가 하는 보편자에 애써 귀속시키"고자 하는 폭력일 수 있기 때문이다. 하여 시인에게 "선택적 상징"(「카메라의 눈」)은 '흉터'로 읽힌다. "한평생 누군가를 향해서만 너덜거리"는 "그의 입"(「흉터」)과 "상징의 창에 빗발치는" "낙원을 가리키는 화살의 표지"(「수박 우산을 펼치다」)를 그는 부정한다. 여기서 그의 저항에는 성적 코드가 기입된다. "진실로 앎이란 양물을 의미하는 지^{矢}와 질을 의미하는 구^{口}가 결합된 문자"이듯이, "무릇 인간의 도와 덕은 성에서 나와 성으로 귀의하"(「여성학 강의」)는 것이다. '지^{知}', 혹은 '도'와 '성'이라는 인간의 상징계를 파괴하고 재구성하는 과정을 강희안은 보여준다.

나탈리 망세, 그녀는 다리를 벌리고 그 가랑이 사이에 첼로를 세워 품에 안고 연주했다. 알몸의 창녀가 무릎 꿇은 예수를 품에 안자, 당신의 손은 어디를 질척거렸던가. 고질적인 몸과 예수, 성경과 외설의 지퍼를 번갈아 더듬어 내리는 첼로는 권세였다. 보수적 낭설을 표방하는 클래식 성기였다. 그녀는 급기야 첼로의 나뭇결 속으로 걸어 들어갔다.

나무의 싱싱한 무늬결을 따라 들어간 그녀가 옹이로 박혔다. 성근 이파리들과 비릿한 정액 냄새가 묻은 나뭇잎을 털다가 음악의 메아리가 번져 나오던 저녁, 나탈리 망세의 질 속으로 높은잠자리 한 마리 날아가는 신문이 던져졌다. 인터넷 소식에 귀 기울이던 그는 조만간 진보의 음계를 눈으로 읽게 될 것이다.

나탈리 망세의 첼로처럼 권세의 모랄은 다양하다. 그녀는 목사가 조직적으로 깎아놓은 최면의 입성을 벗어 던졌다. 그녀는 첼로와 함께 오르가즘의 활을 당기며 세상을 쏟아 놓았다. 무서울 정도로 어떤 목수는 잔인한 음부의 권능을 즐긴다. 나탈리 망세, 그녀는 흩어진 말씀의 파편들을 긁어모아 첼로와 함께 그녀의 자궁 속으로 밀어 넣었다

―강희안, 「나탈리 망세의 첼로」 부분

스위스의 첼리스트 나탈리 망세는 알몸으로 첼로를 연주하는 전위 예술가다. 첼로는 "보수적 낭설을 표방하는 클래식" 악기여서 연주 의상 또한 엄격한 품위를 요구하지만, 나탈리 망세는 누드 차림으로 연주를 함으로써 고전적 팔루스를 파괴하고 새로운 팔루스를 창출한다. "나탈리 망세의 첼로처럼 권세의 모랄은 다양"한 것이다. "목사가 조직적으로 깎아놓은 최면의 입성"(상징계의 감옥)을 벗어던지고, "첼로와 함께 오르가즘의 활을 당기며 세상을 쏟아 놓"는 것이다. 누드와 첼로의 결합은 새로운 악기의 탄생을 말해준다. 새로운 팔루스를 애무하는 나탈리 망세의 연주 속에서 새로운 상징계가 예비된다. 이처럼 시인에게 성적 충동은 상징계를 전복하고자 하는 방편이다. 상징이 경직된 '낡은 발기'("낡은 시인", 「카메라의 눈」)라면, 나탈리 망세의 첼로 연주는 부드럽고도 '전복적인 발기'이다. 상징을 통한 '낡은 발기'가 "제멋대로 삼라만상의 틈을 벌려놓"는 "후삽입 섹스"(「너무도 사적인 현대 시작법」)의 폭력으로 귀결된다

면, '전복적 발기'는 "진보의 음계" 위에 정주한다. 그래서 그의 시는 전위적인 누드의 언어다.

물론 아직까지 그의 시는 "세상으로 던진 돌들이 하나 둘 나를 향해 떼울음으로 날아드는 환영"(「소리의 덫－슬픈 연대」)의 질곡으로부터 완전히 자유롭지 못하다. 그 환영은 "과녁이 없는" 1990년대를 거치면서 그의 시가 경쾌한 발성으로 나아간 지점이기도 하다. 그 환영의 힘으로 기표의 표면을 미끄러지면서 상징계를 가로질러가는 시적 실험을 감행하고 있다. 그 가로지름은 사실 "가운데 토막"의 현란한 분열과 파괴적 질서로 나타난다. 그것이 환영의 속성이다. 그러나 주목해야 할 것은 시적 분열과 파괴 속에서 가끔씩 세계를 응시하는 날카로운 그의 안광眼光이다. 세계를 향한 또렷한 시선은 시적 분열 속에서 가끔씩 그 실체를 드러내는데, 그 실체야말로 그의 시가 지닌 관념적 실험성을 극복하는 가능성으로 작용한다.

예컨대 「영화관에서는 왜 팝콘을 먹는가?」, 「TV, 권력 같은」, 「관료가 되려거든」, 「그가 부활을 했다고?」, 「콜라병 묘비로 쓰다」 등의 시는 그의 실험정신이 현실 문제를 껴안은 결과임을 말해준다. 언어와 주체의 분열에 대한 천착은 관념적 난해성으로 전락할 우려가 매우 큰 것이 사실인데, 강희안은 자본과 권력의 노회한 전략과 억압에도 천착함으로써 상징계적 전복이 관념과 추상으로 나아가지 않고 현실로 회귀할 가능성을 내재하고 있는 것이다. 그의 시적 분열이 가속화될수록 그의 시적 안광은 더욱 강렬한 빛을 뿜어낼지도 모른다. 시적 분열 속에서 새로운 시적 주체가 탄생하는 순간, 세계를 주시하는 그의 시안詩眼은 사라진 과녁 너머의 과녁을 겨냥할 수 있게 되는 것이다.

강희안의 제3시집은 시의 내적 균열이 세계의 균열로 확장되는 과정 위에 존재한다고 할 수 있다. 그의 시적 언어는 이 세계의 중심 깊숙이 박힌 채 의미의 분열을 일으킴으로써 이 세계에 균열을 낸다. 시적 분열이 정교해질수록 세계를 균열시키는 미적 강도는 더해질 것이 분명하다. 시적 분열은 단단한 세계의 '내핵'을 파쇄하는 데 그 궁극이 있을 것이다. 물론 그 이후를 예비한다면 더할 나위 없다. 가장 "사적인" 그의 시적 실험 속에서 번득이는 그의 안광眼光은 그의 시가 현실의 새로운 윤리성을 감각하고자 욕망을 지니고 있음을 깨닫게 한다. 그의 시적 건강성이 보증되는 지점이기도 하다. 그의 실험이 예술과 현실의 경계를 허물고 그 양자를 혼융시키는 시적 충격을 지니는 데까지 나아가기를 기대하는 것은 바로 이 때문이다.

제5장

유희, 몽상, 비애의 시적 역능

황주은의 시에 대하여

1. 유희와 비애

현대 시인에게 언어는 혼돈과 불안의 장막이다. 혹은 회의와 불신의
대상이다. 언어에 내속된 의미의 불안정성과 휘발성, 그리고 고정된 의미
의 배면에 작동하는 권력체계의 허위에 대한 인식은 해체주의적 세계관
을 경유하면서 시인의 사유에 의미의 크레바스를 기입하고 공백void의 공
간을 열어놓는다. 무엇보다 이제 시는 진리에 대한 강박으로부터 자유롭
다. 시의 언어가 '존재의 집'을 부정하거나 진리 추구를 배반하더라도 그
자체로 시적인 것의 지위를 보장받으며, 오히려 '시詩'라는 우주의 사건지
평선에 닿는 일이 되고 있다. 그 과정에서 발아하는 언어의 혼돈과 불안,
혹은 언어에 대한 회의와 불신은 불가피한 것이다. 그러나 이들은 곧 새로
운 시적 역능puissance으로 전환하는데, 그 과정에서 언어유희pun가 필연적
으로 발생한다. 유희정신은 거리두기의 정신이므로, 이전의 언어관과 세

계관을 청산하는 데 유효한 의미를 지닌다. 여기서 주목해야 할 것은 언어유희가 단순한 말놀이가 아니라, 일자[※] 중심의 세계를 저격하고 있다는 사실이다. 일자의 진리가 지배하는 세계의 엄숙성을 붕괴시킴으로써 새로운 역능의 세계를 펼쳐보이는데, 진리의 다수성multiplicity은 그 펼쳐진 공간에서 자유로운 생성과 분화의 활력을 얻게 되는 것이다.

이 활력은 근본적으로 역능적 사유의 한 양상이지만, 시인에게서는 언어의 활력과 동일하다. 황주은의 시는 언어의 자유로운 생성과 분화를 통해서 역능적 사유의 가능성을 보여주고 있는 것이다. 동시에 시의 혼돈과 불안이 그 배면에 뚜렷한 흔적으로 남아 있기도 하다. 황주은의 시에서 주체와 언어는 혼돈과 불안의 기미를 드러내기도 하지만, 지배적이고 권력화된 의미의 체계가 끌어당기는 중력으로부터 '자유로운' 시적 상상력을 지닌다. 시인은 세계의 질서뿐만 아니라 주체와 언어에 보다 민감한 태도를 가지고 있으며, 주체와 언어의 양상은 혼돈과 불안의 기미를 드러내기도 하지만 때론 의미의 중력으로부터 '자유로운' 휘발성을 갖는다.

콜로는 칼라야, 라도는 레드
붉은 땅이라는 뜻
흙이 진짜 붉어 물을 부으면 진한 벽돌색이야
그 흙에 들깨며 상추를 심고
파도 심었지
미국은 파가 비싸

(…중략…)

그때 알던 A를 중앙병원에서 마주쳤지

우리 음료라도 한 잔?

콜라를 마실 때마다

생각나는 카페테리아

접시도 닦고 배식도 했던 기억을 서로 덮어두고

너희 나라 전기 들어오느냐고 묻던 에블린도

중고세탁기를 날라 준 마이클도 심장병으로 죽었다는군

콜라와 얼음 사이 떠오르는 물방울을 바라보며

이것은 붉은 흙 속에 묻은 이야기

흙을 덮을 때는 또 다른 흙이 필요하다는 이야기

— 황주은, 「콜로라도에서 콜라라도 한 잔」 부분

　　인용시는 표면적으로 시인의 이국살이를 진술하면서 주체의 혼돈과
분열을 다소 건조하게 그려낸다. '콜로라도에서 콜라라도 한 잔'이라는
제목의 언어유희가 암시하듯이, 이 시는 무거웠던 삶을 가벼운 언어로
드러내고 있다. 인용시는 한글학교 교사, 베이비시터, 카페테리아 접시
닦이, 모텔청소뿐만 아니라 직접 텃밭을 일구고 김치를 담가 파는 등의
일을 통해 생활을 유지했던, "참 오래된" 미국에서의 삶을 진술한다. 힘
겨웠던 이국생활에 대한 진술은 무거울 수밖에 없는데, 의도적으로 "미
국은 파가 비싸"와 같은 가볍고도 엉뚱한 진술을 통해 시적 언어의 발랄

함을 표출한다. 무엇보다 'A'라는 명명법命名法은 시인의 주체가 처한 곤란을 암시한다. 중앙병원에서 우연히 마주친 'A'는 정황상 같은 한국 사람이다. 시적 주체는 'A'로부터, 같이 접시를 닦고 배식을 했던 '에블린'과, 중고세탁기를 날라 준 '마이클'이 죽었다는 사실을 듣게 된다. 그런데 시인은 '에블린'과 '마이클'의 이름을 직접 언급한다. 반면에 정작 같은 국적인 'A'는 익명의 기호로 대체된다. 이름은 존재의 고유한 표지라는 점에서 이 차이는 중요한 의미를 내포한다. 'A'는 한국 사람이지만 시인이 이름을 언급하기에는 '불편한' 존재였을지도 모른다. 하지만 여기서 야기되는 효과는 주체(시인)와 타자(한국 사회)의 무의식적 불화에 대한 암시다. 즉, 'A'라는 기호는 무미건조한 관계의 불용성不溶性을 함축한다. 따라서 이 시의 주체는 귀국한 후에도 주체의 원래 자리로 '귀국'하지 못한 상태임을 알 수 있다. 혹은 원래 정박점이 없는 주체였는지도 모른다. 이럴 경우, 생성의 주체는 자신을 구성하는 기호들을 '유희'하는 선택을 한다. 혼돈과 불안의 주체는 유희로써 가까스로 정신적 균형을 유지할 수 있다. '콜로라도에서 콜라라도'라는 언어유희의 저류底流에서 어디에도 정박하지 못한 주체의 비애가 감지되는 것도 바로 이 때문이다.

2. 분열과 몽상

물론 황주은의 시는 비애보다는 발랄한 자유가 더 강하게 추동된다. 시인의 주체는 다분히 분열증적인데, 이 분열증적 주체는 경제, 생태, 복지, 젠더 등 모든 문제를 둘러싼 사회적 의제를 완고하게 봉합하려는 권위적이고 폭력적인 시스템을 균열시키고 파괴할 수 있는 잠재적 역능 그 자체이다. 이 건강한 역능은 시적 이미지에 투여된 발랄한 상상력을 통해서 충분히 확인할 수 있다.

의류수거함에서 토끼털 코트를 꺼내 입고
당신을 만나러 가지
머리에 바나나를 얹으면
난나 바나나
금세 머리칼이 굵어져
난나 바나나가 되지

(…중략…)

당신 지금 썩고 있군
아니, 아니요
단지 허무해지는 중이에요
아열대의 표정으로 대답하기

암내 풍기며 어딜 나가냐고
뺨을 때려도 눈웃음으로 답하기
이것은 난나 바나나의 전략

껍질을 벗듯 코트를 벗으면

슈거 포인트의 기억만 남지

초파리가 왱왱 내 머리 위로 날아들지

"아니 왜 머리에 오징어 다리를 얹고 다니는 거야?"

아니, 아니요

나는 단지 발효 중이죠

약 오른 당신은 터져버리지

이것이 바로 바나나의 보람

난나, 나는 당신을 의류수거함에 내다 버리지

— 황주은, 「난나 바나나」 부분

이 시의 제목 역시 다분히 유희적이다. '난나 바나나'라니. 그런 바나나가 있나? 번거롭지만 혹시나 해서 '난나 바나나'를 검색해본다. 당연히 없다. 이번엔 '난나'를 검색한다. ① 고대 수메르 신화에 등장하는 달의 신 ② 난나 넵스도티르(고대 노르드어 : Nanna Nepsdóttir)는 노르드 신화의 여신 ③ 바빌로니아의 월신月神으로 수메르에서는 난나Nanna라고 함. 뭐, 이 정도다. 물론 이때 '난나'의 해석은 '난나'가 'Nanna'가 맞다는 가정에서만 유효하다. '난나'가 정말 'Nanna'일 가능성도 별로 없다. 시를 읽어보면 그렇다. '난나'는 그냥 '난나'다. 기의를 소거해버린 기표의 놀이이고 언어유희다. '바나나'의 '나나'를 보다 농염한 리듬의 '난나'로 변형해 '바나나' 앞에 붙인 제목일 뿐이다. '난나'는, 혹은 '나는 나'의 준말

일지도. 최악의 경우 그냥 익숙한 대중가요(DJ DOC의 〈머피의 법칙〉?)의 후렴구 '난나나'의 파편인지도. '난나'에 대한 이 모든 해석은 기존의 지식체계에 속한다. 오히려 시인은 이 모든 지식체계에서 벗어나고자 했는지도 모른다.

언어활동의 본질은 명령과 훈육이다. 말과 사물을 매개하는 과정에서 권력이 작용한다. 세계를 사유하고 판단하는 지배적인 언어가 곧 권력이다. 시인의 언어유희는 이런 명령과 훈육에서 벗어나는 기능을 한다. 홀가분하고 통쾌할 정도의 가벼움이자 약올림이다. "머리에 바나나를 얹으면 / 난나 바나나 / 금세 머리칼이 굵어져 / 난나 바나나가 되지" '난나 바나나'라는 제목에서부터 '당신'에 대한 '희롱'이 시작된다. '당신'이 말한다. "당신 지금 썩고 있군". '나'가 말한다. "아니, 아니요 / 단지 허무해지는 중이에요 / 아열대의 표정으로 대답하기". 물론 이 허무는 당신이 구축한 세계의 허무로 되돌려 놓는다. '나'의 허무는 이 세계를 파열시킨다. "암내 풍기며 어딜 나가냐고 / 뺨을 때려도 눈웃음으로 답하기". 이것이 "난나 바나나의 전략"이고, 이로 인해 "약 오른 당신은 터져버"린다. 그리고 "나는 당신을 의류수거함에 내다버"린다.

'당신'이라는 세계를 조롱하고 거부하는 유희적 상상은 시적 주체가 분열자이기에 가능하다. 분열자는 상징계의 공고한 체계를 무너뜨린다. 어떻게 보면 이러한 상상은 말도 안 되는 몽상이다. 그러나 프로이트에 따르면, 이러한 몽상이야말로 시의 본질이다. 시와 몽상의 공통점은 어린 시절에 억압된 욕망의 해방을 통해 세계 변형을 실현하는 것이다. 따라서 시는 필연적으로 몽상과 친화적이며, 직접적으로 꿈을 다루기도 한다.

리트루리아, 리트루리아

리트루리아를 부르면

어디선가 리트루리아가 온다

아비시니아 처녀의 꽃다발로 눈꺼풀을 덮는다

원 리틀 리트루리아

투 리틀 리트루리아

쓰리 리틀 리트루리아

가 본 적 없는 리트루리아

강물 가운데 섬에 주황색 뾰족지붕의 성이 보이고

노란 카누를 젓는 청년 앞에 백조가 떠가는 리트루리아

텐 리틀 리트루리아

일레븐 리틀 리트루리아

트웰브 리틀 리트루리아

혀가 꼬이기 시작할 무렵에는

유리 같은 강물이 몸을 떨어주는 리틀 리트루리아

지도 속 어디인지는 몰라도

꿈속에서는 선명히 보이는 리틀 리트루리아

리트루리아는 미토콘드리아처럼 생겼을 거야, 아님 말고요

수면교는 새로운 종교

잠은 신성하지만

허락 없이 타락도 하고

그러나 리트루리아의 복음은 재건되고, 복제되고, 전파되고

가끔 선지자 같은 가이드가 나타나기도 하지

— 황주은, 「수면으로 가는 리틀 리트루리아」 부분

이 시는 명확히 시인의 꿈에 대한 것이다. "리트루리아, 리트루리아 / 리트루리아를 부르면 / 어디선가 리트루리아가 온다"로 시작하는 이 시는 정체불명의 영토를 소환함으로써 독자를 당황스럽게 한다. '리트루리아'는 아마도 가상의 지명일 것이다. "lituria, rituria"로 검색해본다. 그러나 검색되지 않는다. 지금 이 글을 쓰는 순간에도, 혹시나 싶어 어이없게도 litrulia, ritluria로도 해보았으나 결국 포기한다(편집위원의 원고 독촉 문자에 답신을 보내면서, 간접적으로 확인한 결과 꿈속에서 경험한 가상의 지명임을 결국 확인했다). 이런 검색의 무용성에 대한 폭로가 이 시의 본질이 아닌가. 들뢰즈의 표현을 빌리자면, 이 시는 시인이 상상하는 '가능 세계'의 표현에 지나지 않는다. '가능 세계'의 표현을 통해서 이 시는 기호작용의 부조리와 지시작용의 무의미를 독자의 관성적 사유에 깊숙이 찔러넣는다. '리트루리아'는 지시대상referent이 없는 기호이고 지시작용이 성립하지 않으므로, 기호작용 역시 애초에 불가능하다. 그리고 기호/지시작용의 불가능성이란 이 세계의 바깥을 탐구하는 사유의 모험을 암시할 것이다. 때문에 지시체가 없는 기호 '리트루리아'는 파괴적인 '익살'의 언어다.

이 시에서 보듯 "원 리틀 리트루리아 / 투 리틀 리트루리아 / 쓰리 리

틀 리트루리아"로 시작해서 "트웰브"까지 자가분열self-renew해나간다.
'리틀 리트루리아'의 반복을 통해 알 수 있듯, 발음을 통한 유희는 언어
의 가벼움을 노골적으로 드러낸다. 이 시에서 언어는 닻의 무게로부터
해방되어 있다. 가볍고 발랄한 언어의 자유가 지배적이다. 곧 가벼운 상
상의 발칙한 자유다. 이 발칙한 자유는 몽상을 통해서 실현된다. 코울리
지에 따르면 몽상은 '해방된 기억의 양식'이다. 프로이트는 더 나아가 몽
상을 욕망에 의한 세계변형으로 규정한다. 때문에 시인의 진술처럼, "수
면교는 새로운 종교"라는 전복顚覆의 가능성을 지닌다. 시인의 몽상이 발
명해낸, 지상에 존재하지 않는 "리트루리아의 복음"은 "복제되고, 전파"
됨으로써 세계를 "재건"하며, "가끔 선지자 같은 가이드"의 출현을 도모
하기도 한다. 시인의 열망은 동일자적 세계에 대한 것이 아니며, 지금 이
세계와는 전적으로 다른 세계에 대한 것이다.

　　그런데 여기서 시인의 열망은 유희를 품는다. 지속적인 유희의 전략
은 그 열망이 비극적 에너지로 전락할 틈을 주지 않는다. "리트루리아는
미토콘드리아처럼 생겼을 거야, 아님 말고요" 자기 발언으로부터도 자유
로운 유희와 무중력의 진술은 때로는 해방과 전위의 동력이 된다. 유희
는 언어의 주술성을 통해 시인의 열망을 강화한다. 역시 '리트루리아'가
문제적이다. 총 34행 중에서 '리트루리아'는 20번 반복. '리틀 리트루리
아'로 좁히면 13번 반복. 언어 반복을 통한 주술성은 가상의 영토를 심리
적 실재로 만든다. 이로써 '리트루리아'는 여전히 붙잡을 수 없는, "수면
위에 떠다니는" 영토로서, 의식의 고정점을 파괴하는 기능을 수행한다.

　　"네온테트라, 그따위 광택으로는 경쟁이 안 된다니까

구피, 생산성을 높여야지 새끼 오십 마리가 뭐야
몰리, 제브라,
알배면 자기 새끼도 잡아먹는 니그로"

아침마다 P는 수족관으로 간다
물속 의자에 앉아
캄캄한 늪으로 가라앉는다

하루 한 번 실적이란 말이 들린다
실적은 실패보다 무겁다
그는 수초를 토해버린 것 같다

먹이를 줄 때 밀려나
바닥 쓰레기를 핥아먹는 에플스네일
너의 전생은 무엇이었을까

그는 물고기가 흘리는 눈물을 세어본다
까무룩 어둠이 온다

P는 바닥에 쪼그려 잠이 든다
허우적거려도 제자리
뻐끔거리는 말이 거품으로 사라진다
피부가 솔방울처럼 부푼다

각질을 뜯어먹으려 피라미들이 달려든다

— 황주은, 「수족관 (주)」 전문

자본주의 현실을 수족관에 비유하는 것은 일종의 클리쉐^{cliché}다. 시뿐만 아니라 영상 이미지에도 자주 출현한다. 그럼에도 불구하고 이 시가 중요한 이유는 시인의 유희정신이 어떤 정치적 맥락과 교차할 것인지를 암시해주기 때문이다. 수족관은 경쟁이 심화되는 한국 사회의 알레고리다. 생산성, 실적, 실패, 눈물 등 자본주의 현실의 악다구니를 이루는 말들이 수족관을 가득 채운다. 수족관을 채우는 물은 결국 물고기가 흘리는 눈물로 치환된다. 노동자의 살점으로 이루어진 화려한 패션이 바로 자본주의다. '형형색색' 아름다운 수족관 속에서 "먹이를 줄 때 밀려나 / 바다 쓰레기를 핥아먹는 에플스네일"은, 그것을 바라보는 'P'의 처지를 정확히 지시한다. 이러한 처지는 자본주의 오래된 역사 그 자체다. 19세기 파리의 절규를 떠올려보라. "임대료가 모든 것을 잡아먹고 있기 때문에 기름기 하나 없는 음식을 먹고 있다". 자본주의의 중요한 착취 방식인 '지대^{地代} 추구'는 변치 않는다. 강자의 경쟁 방식인 '지대'에 쫓겨 "바다에 쪼그려 잠이 든" P'와, 수족관 내 경쟁에 밀려난 '에플스네일'은 "허우적거려도" 빈곤의 "제자리"를 벗어나지 못한다. 요컨대, 이 시는 황주은 시의 유희 속에 응축된 비판정신을 충분히 보여준다.

3. 주체의 윤리

사실 유희정신은 비판정신이다. 유희 자체가 근엄하고 엄숙한 권위 체제를 격하하고 파괴하는 정치적 행위이기 때문이다. 따라서 시인의 언어유희가 단순한 말놀이로 끝나지 않고, 자본주의 세계를 해체하는 분열 증적 주체의 가능성임을 주목해야 한다. 그리고 이 분열증에는 시적 주체의 상처가 도사리고 있음을 이해할 필요가 있다. 당연한 말이지만 상처 없는 분열은 존재하지 않는다. 분열은 견딜 수 없는 상처의 강도를 증언한다. 다행인 건 주체의 새로운 전일성으로 회귀할 수 있는 주체의 분열이란 윤리적으로 의미있는 분열이라는 사실이다. 시적 주체의 분열은 당연히 여기에 해당한다. 시인의 분열증적 언어에 들어앉은 상처의 흔적은 아래의 시에서도 확인할 수 있다. 사랑의 환상으로 가득한 알의 세계에서 이제 막 깨어나 흐물흐물한 주체의, "가을비" 같은, 습기濕氣 또한. 깨어짐은 상처다. 상처는 주체의 성숙한 열매가 된다.

생일에 가을비가 내렸다. 당신이 우산을 쓰고 나타났다. 당신은 나를 지켜 주겠다고 약속했다. 11월의 약속은 빗방울처럼 튀었다. 당신은 펼쳐진 우산을 돌리며 휘파람을 불었다. 빗방울은 먼 곳으로 둥글게 떨어졌다. 인간은 가을의 무화과.* 당신이 둥글어지고 있어서 슬펐다.

나는 8일에 태어난 사람, 8이라는 숫자는 두 개의 젖을 감싸고 있는 뱀의 몸통과 같았다. 놀라 소리쳐도 8은 없어지지 않았다. 우리는 각자의 껍질을 찾아 돌아가기로 했다. 당신은 비 오는 생일에 다시 오겠다며 돌

아섰다. 당신이 약속을 지키게 될까? 나는 당신의 뒤가 불타고 있는 것을
보았다.

우산은 연기처럼 멀어지고
신발 속에는 붉은 실지렁이들이 뭉쳐 있었다.

— 황주은, 「무화과의 순간」 전문

이 시는 사랑과 이별을 제재로 하지만, 주체의 윤리적 분열에 대한 의
미심장한 암시를 품고 있다. 1연에서 시적 주체는 사랑의 환상 속에 거주
한다. 당신의, "나를 지켜주겠다"는 "11월의 약속"은 "빗방울처럼 튀었
다". 그날은 '나'의 생일이고 사랑을 고백받은 날이다. 사랑의 탄생은 마
음을 들뜨게 한다. 그런데 정작 들뜬 건 '당신'이고("당신은 펼쳐진 우산을
돌리며 휘파람을 불었다") '나'는 "당신이 둥글어지고 있어서 슬펐다". 이 슬
픔의 정체는 뭘까? 당신의 '둥긂'은 나르시시즘의 전일성을 의미하는 것
일까? 시인이 첨부한 각주를 참고하면, "인간은 가을의 무화과"는 니체
에게서 가져온 말이다. 니체는 말한다. "무화과 열매는 떨어지면서, 그
붉은 껍질이 터진다." 여기서는 '떨어짐'이 중요할 것이다. 땅에 떨어져
서 이윽고 터져버린 붉은 껍질. 주체는 떨어져 으깨짐으로써 타자의 혀
에 아름다운 단맛이 된다. 물론 그 대가는 사랑의 환상을 포기하는 것이
다. 그렇다면 이 슬픔은, '당신'은 깨어질 준비가 되지 않았다는 데서 오
는 걸까? 혹은 깨어질 환상에 대한 슬픔?

2연에서 시적 주체는 '당신'과 다른 스스로의 정체성을 확인한다. "나
는 8일에 태어난 사람"이고 "8이라는 숫자는 두 개의 젖을 감싸고 있는

뱀의 몸통"이라는 사실. 그래서 "우리는 각자의 껍질을 찾아 돌아가기로" 한 것. 여기서 '당신'의 껍질은 여전히 터지지 않은 상태다. "다시 오겠다"는 약속은 지켜지지 않을 것이다. 그 대신 '나'는 사랑의 환상으로부터 놓여난, 떨어져 으깨진 '무화과의 순간'을 획득한다. 그러나 여기에는 감당해야 할 몫이 반드시 도사리고 있다. "신발 속에" 뭉쳐 있는 "붉은 실지렁이들"에 대한 응시. 지상으로 꿈틀꿈틀 기어나온 실지렁이들은 환상을 걷어낸 우리 삶의 실재를 암시한다. 환상을 걷어낸 자리의 끔찍함은 주체의 불안과 고통을 야기한다. 시인은 그 불안과 고통의 자리를 응시하고 있는 것이다. 이는 사랑의 환상을 걷어냄으로써 새로운 주체의 탄생을 도모하는 시적 사유의 실천에 해당한다.

사랑은 일반적인 통념과 달리 주체와 타자가 '하나'가 되는 과정이 아니다. 알랭 바디우의 말처럼, 사랑은 주체와 타자가 여전히 '둘'임을 확인하는 과정이다. 둘이 하나가 된다는, 사랑의 오래된 믿음은 동일자적 욕망이며, 전적으로 사랑의 나르시시즘에 투항한 결과다. 사랑의 환상은 오래가지 않는다. 깨어지는 순간이 머지않아 도래한다. '진정한' 사랑은 보다 성숙한 주체를 껴입을 때만 탄생한다. 둘이 둘임을 인정하고 이것의 존중에 충실한 주체. 나르시시즘의 전일성으로부터 벗어나 분열된 상태로 회귀할 수 있는 주체. 이를 간과한 사랑은 사실상 동일자의 폭력성을 껴안는다. 사랑의 환상, 즉 동일자적 욕망을 거부하고 현실의 실재를 마주하는 일은 쉽지만은 않지만 마땅히 주체가 나아가야 할 길이다. 우리의 삶은 환상을 벗겨내는 부단한 과정이어야 한다. 그래서 항상 분열자로서의 주체는 정박지 없이 떠돌아야 하는 고단한 삶의 '습기'를 머금게 마련이다. 하지만, 이것이 원래 시인의 운명이지 않았던가!

제6장

언어적 가상의 낭만과 비극

최승아의 시에 대하여

언어는 가상Schein에 지나지 않는다. 언어는 텅 빈 것, 혹은 공백. 언어에는 죽음이 깃든다. 언어의 죽음은 공동체의 심급이면서, 의미의 가능성에 깃든 불가능성이다. 시인은 발화發話 순간에 명멸하는 의미의 불꽃들을 목격한다. 점화 순간의 황홀경은 곧 죽음의 어둠 속에서 망막의 잔상으로 남는다. 언어에 기대고 있는 것이 주체라면, 시인이라는 주체 역시 언어의 공백, 즉 죽음에 깃들인 존재다. 따라서 시인의 언어는 처음부터 불가능성을 품고 있다. 그럼에도 불구하고 불가능성으로 가능성의 영역을 탐지하는 것 또한 시인의 운명. 그리고 이 자명한 운명의 무감無感한 듯한 수용이 탈주체적 시인의 모더니티다.

그러나 시를 둘러싼 욕망의 성채는 공백을 넘어선 진리에의 추구다. 진리가 결핍되고 부재할수록, 혹은 '오인'에 불과하다는 확신이 강화될수록, 진리에의 욕망은 시의 목덜미를 낚아챈다. 순수한 자아를 완성하고자 하는 욕망은 쉽사리 사라지지 않는다. 탈주체의 저류底流에는 낭만적 자아의 욕망이 깊고도 맑은 물소리를 내고 있다. 시인의 발화는 자기 부재와 더불어 자기 존재를 확인하는 원환체圓環體다. 이로써 시는 역설을 품는다. 더구나 자기 존재의 확인은 무한한 세계와의 동일성을 이루지 않고는 불가능하다. 세계의 무한성과 자아의 유한성 사이에 존재하는 거대한 틈을 어떤 침묵이 감돈다. 그리고 그 침묵은 점점 지상으로 가라앉는다.

시시각각 당신을 검색한다

데이터가 무제한인

당신은 언제나 예민한 촉수를 가진다

가끔은 내가 먼저

당신을 끌 때가 있다

당신에게 나는

단축번호 몇 번으로 저장될까

조각을 내지 않고

파이를 나눌 순 없나

우리는 한 판의 피자

서로의 토핑이 되지 못한

위로가 쪼개질 때

떨어진 조각을 기억한다

당신에게 쉬운 것이

내겐 어렵고

내게 쉬운 것이

당신에게 그토록 어려웠다니

엇박자인

당신과 나를 가만히 내려놓는 밤

— 최승아, 「모라벨의 역설」 전문

　　최승아의 「모라벡의 역설」은 지상으로 하강해버린 침묵을 확인시켜준다. '당신'과 '나' 사이에 존재하는 침묵. '당신'은 아마도 빅데이터^{Big Data}일 것이다. '당신'이란 존재는 "데이터가 무제한"이어서 "언제나 예민한 촉수를 가지"고 있고, '나'에 대해서 오히려 '나'보다 더 잘 알 것이다. '나'는 너무 유한해서 '당신'에겐 겨우 "단축번호 몇 번"의 존재에 지나지 않는다. '당신'을 잘 알고 싶은 '나'는 "시시각각 당신을 검색한다". 그러나 검색을 아무리 한들 '당신'은 검색되지 않는다. '당신'은 그 끝을 알 수 없는 무한한 존재이기 때문이다. '당신'은 낭만주의 시대처럼 수직적 단절은 아니지만, 수평적 단절 너머에 존재한다.

　　'나'는 '당신'을 이해할 수도, 닿을 수도, 검색할 수도 없다. '당신'이 왜 중요한가? '당신'을 통해서라야 '나'를 온전히(?) 이해할 수 있다고 믿기 때문이다. '온전히'가 터무니없다 할지라도 '당신'이라는 타자는 '나'라는 주체의 근거다. '당신'은 '나'라는 주체를 구성해준다. 그럼에도 불구하고 '당신'은 나와 다른 세계에 존재한다. 모라벡의 역설. 인간과 컴퓨터 사이에 내재한 모순. 인간에 쉬운 것이 컴퓨터에게는 어렵고, 컴퓨터에게는 쉬운 것이 인간에게는 어렵다는. 유한한 '나'는 육체가 있어 밥을 먹고 숨쉬고 미소지을 수 있으나, 무한한 '당신'은 그럴 수 없다. '모라벡의 역설'은 주체와 타자 사이에 내재한 모순과 부조화를 드러낸다.

슐레겔이 말한 '낭만적 아이러니'가 지상과 천상, 혹은 현실과 이상 사이에 깃든 모순에 기댄 것이라면, 최승아의 「모라벡의 역설」은 주체와 타자 사이에서 해결되지 않는 모순을 문제 삼는다. "내겐 어렵고 / 내게 쉬운 것이 / 당신에게 그토록 어려"운 "엇박자". 언어의 죽음(의미의 공백 혹은 불완전성)을 고려한다면, 언어를 통한 타자와의 완전한 동일성은 불가능성의 운명을 짊어진다. 그럼에도 불구하고 언어로부터 그 가능성이 나온다는 것이 역설이다. 이는 낭만적 아이러니에 내포된 어떤 균열과도 흡사하지 않은가. 슐레겔의 낭만적 아이러니가 기우뚱 수평으로 누워버린 형국이다. 현실과 이상의 관계에서 주체와 타자의 관계로의 치환. 하여, 다시, "당신과 나를 가만히 내려놓는 밤"의 침묵.

단순하게 더 단순하게란

음파를 혼잣말처럼 흘려보내요

답신 없는 메아리가 떠돌아 다녀요

부식되는 미래가 틸리컴이

그토록 꿈꾸는 내일이에요

누구도 예정된 길을 가지 않으므로

심해란 처음부터 없었는지 몰라요

선택 받은 적 없으므로

소속 또한 없어요

필사의 몸부림으로 저항해 봐요

왜 그는 그를 벗지 못하는 걸까요

굽은 등지느러미가

수조에 간혀 퍼덕거려요

이게 끝이기를
여기서 끝나기만을

— 최승아, 「블랙피쉬」 전문

　「블랙피쉬」는 수족관에 간힌 범고래 '틸리컴'을 통해 우울과 절망의
주체를 드러낸다. 틸리컴의 발화 행위는 무의미하다. "음파를 혼잣말처럼
흘려보내"도 "답신 없는 메아리"만 "떠돌아 다"닐 뿐이다. 틸리컴의 "내
일"은 "부식되는 미래"에 지나지 않는다. 문제적 상황은 틸리컴이 돌아가
야 할 "심해란 처음부터 없었는지 모"른다는 것. '틸리컴'과 "심해" 사이에
존재하는 이 간극의 우울은 낭만주의적 자아의 동경과 향수에도 불구하
고 낭만주의적 자아는 결국 '텅비고 공허한 주체'로 귀결되고 만다는 헤
겔의 진단을 환기시켜준다. 그렇다면 '틸리컴'이라는 병적 주체에게 남은
길은 무엇일까? "소속 또한 없어요 / 필사의 몸부림으로 저항해 봐요 / 왜
그는 그를 벗지 못하는 걸까요 / 굽은 지느러미가 / 수조에 간혀 퍼덕거려
요" 틸리컴은 '비인간 인격체nonhuman person'의 비극적 증좌이지만, 여기
서는 언어와 주체의 공백 사태에 직면한 인간의 유비類比다. 이 시가 드러
내는 주체와 타자의 관계에 대한 비극적 인식은 언어와 주체에 대한 회의
와 맞닿아 있다. "이게 끝이기를 / 여기서 끝나기만을"과 같은 절망은 '틸
리컴'이라는 유비를 관류하여 세계의 풍경을 장악한다.
　지하철의 환승역 풍경을 묘사한 「환승역으로 가는 무빙워크」에서 시
인은 군중의 모습을 "그들은 하나같이 / 가만히 서 있는 것뿐인데 / 다만

서 있었을 뿐인데 / 보이지 않는 힘에 밀려 어디론가 / 조금씩 끌려가고 있다 / 어디로 끌려가는지 모르는 채 / 사라지고 있다"고 진술한다. 그리고 "그들은 자신을 놓친 뒤에야 비로소 / 그들을 찾아 두리번거린다"고 쓴다. 주체와 마찬가지로 이 세계 또한 공백을 안고 있고, 그것은 쉬이 흩어지고 만다. 전일적全一的인 의미로 풍요로웠던 "축제는 끝이 나"(「희망상영관」)고 말았다. 세계는 거대한 '희망상영관', 주체의 욕망이 영사映寫되는 판타스마고리아fantasmagoria다. 시인의 주체 역시 "셀카"(이는 나르시시즘의 명확한 물증이 아닌가)로써 지구의 "회귀선 밖으로 밀려"나고 만다.

그리하여, 「승마」의 첫 줄은 "추락하는 기분이 어떤지 알 것 같아"이다. 그럼에도 불구하고 시인은 주체의 회복탄력성을 보여준다. "좌우로 천천히 바람에게 집중해 / 시선은 최대한 짧게 당겨 / 그리고 먼 곳을 지그시 바라봐 / 다음 미세한 흔들림을 만져 보는거야 / 평원은 멀수록 또렷이 다가오니까 / 발뒤꿈치로 툭, / 세상 한 번 쳐 보는거야". 주체의 균형을 유지하고자 하는 시인은 "멀수록 또렷이 다가오는" '평원'(세계)을 우울에서 갓 회복한 시선으로 바라본다. 이 균형 감각에서 시인의 생은 유지된다. 현실과 이상의 수직적 간극이 수평으로 기우뚱 쓰러져 버린 이 세계의 주체는 저마다 지옥을 안고 산다. 지옥이라는 말이 지나치다면, 디스토피아쯤으로 해두자. 언어와 주체가 쉽게 휘발해버리는 사태 앞에서 시인은 '승마'의 균형을 유지한다.

이는 푸코식으로 말하자면 자기의 테크놀로지다. 언어의 죽음과 주체의 공백에 직면한 시인이 선택할 수 있는 쟁투 방식 중의 하나다. 현실과 이상, 주체와 세계 사이에 내재된 모순 속에서 자기 부정과 창조를 통한 주체의 재구성은 낭만적 아이러니가 지니고 있는 긍정적 맥락과도 일치한다. 비유컨대, 최승아는 세계의 무한한 해변에서 파도에 지워지는 자신의 흔적(주체와 언어)을 바라본다. 그럼에도 불구하고 그는 해변을 걷지 않을 수 없다. 자신의 눈앞에서 씌어지는 동시에 사라지는 언어가 죽음의 얼굴이더라도, 당신은 이미 주체와 세계를 '검색'하지 않았던가. 시인의 질병은 '검색'이고, 예후는 죽음이다. 남는 것은? 죽음으로 점화된 언어의 빛!

제7장

균열하는 시의 역능

양해기·박윤일·문혜진의 시에 대하여

시의 죽음이 심심찮게 들려오는 와중에 시적 담론은 여전히 문학 내적 담론으로만 이루어지고 있다. 시가 과연 우리 사회에서 무엇을 할 수 있는가, 무슨 의미가 있는가에 대한 본격적인 의문은 스스로에게 돌아올 그 날카로운 칼날을 의식한 탓인지 잘 다루려 하지 않는다. 단지 시는 여전히 생산되고 있고, 시가 생산되는 만큼 비평 역시 자동적으로 생산되는 양상이다. 이 모든 작동방식들에 대한 근본적인 의문, 문학적 담론이 자폐적 공간으로만 흘러들어가는 것이 아닌가 하는 근본적인 의문은 여전히 도외시한 채다. 사실 이러한 질문을 하기에는 문학장場이 받을 상처는 너무나도 크다. 스스로의 상처를 터뜨리기엔 너무 이르거나 늦은 것인지도 모르므로, 지금은 단지 포복전진할 뿐이다.

'시의 옹호'. 한 중진 평론가가 2006년에 발간한 평론집의 제목에서 '시'가 받은 상처가 적지 않음을 짐작할 수 있다. 이때의 시란 전통적 범주의 근대시학을 벗어나 새로운 생명력에 통전通電된 시를 지향한다. 그런 점에서 지난 시문학사가 그래왔듯이 시는 끊임없이 자기혁신과 변혁을 시도하고 있으며, 스스로의 재정립을 위해 안간힘을 쓰고 있다. 다만, 해체 담론이 보편화된 시대. 그 균열의 틈새로 마구 침입해 들어오는 비非시적인 것들의 난무는 비평이 감당하기에는 많은 시간을 필요로 하는 것인지도 모른다. 전통의 잣대로만 재단할 것도 아니며, 객관적 검증 없이 새로움만을 부각시키는 비평에 대한 경계 역시 필요하다. 보다 중요한 것은 현재 일어나고 있는 시적 현상들의 변화와 일탈의 총체, 그리고 시의 본질에 대한 유연성 있는 재검토이자 시의 미학적·사회적 역능에 대한 진지한 성찰일 것이다.

양해기, 박윤일, 문혜진의 시들 읽으면서 가지는 소회 역시 앞서 말한 시단의 상황에서 벗어나지 않는다. 세 시인들이 지니는 시적 개성들은 우리 시단의 좌표를 제각기 달리 설정하고 있기 때문이다. 신인에 해당하는 양해기와 박윤일, 그리고 이미 시집을 상자한 문혜진의 시들은 고스란히 우리 시단의 선명한 단층들을 보여준다. 양해기와 박윤일은 전통 서정을 바탕으로 현실의 밑그림을 그리거나 현실로부터 부상浮上하는 존재의 근원적 감각을 그려낸다. 이와 달리 문혜진은 이들과 전혀 다른 새로운 어법(그러나 젊은 시인들 사이에서는 이미 일반화된)의 시를 보여주고 있다. 문혜진의 나이가 가장 어리다는 점은 세대론으로 환원될 위험성이 내재되기에, 별다른 의미를 부여하고 싶지는 않다. 다만, 새로운 문화적 감수성에서 형성된 시적 감각이 이들과 판이하게 다를 수밖에 없음은 하나의 참조사항으로 인정할 수밖에 없으리라.

양해기의 시는 구체적 현실에 기반한다. 그는 삶의 가장 비극적이고 소외된 지점을 따뜻하게 응시한다. 동시에 그의 시는 심미적 거리두기에 성공함으로써 모범적인 미적 양식화를 보여준다. 이는 그의 시가 지닌 미덕이라고 할 수 있다. 그러나 미적 양식화는 결국 시의 미적 기능을 강조함으로써 현실참여 의지를 둔화시키는 함정을 내재한다. 심미적 거리란 시적 정서에 세련성을 부여하기 위한 필연적인 과정이지만, 이는 문화적 안정감을 지향한다는 점에서 전복의 힘과는 거리가 멀어질 수밖에 없다. 분투와 혁명의 시기에 심미적 거리는 거추장스러운 미적 억압에 지나지 않았음을 상기할 필요가 있다. 이는 전도된 오늘날 시의 운명을 그대로 보여준다. 시의 미적 기능이 강조될수록 소멸하는 시의 사회적 역능은 양해기의 시에도 그대로 적용된다.

용산 어느 뒷골목을 지나며
슬픈 그림 하나를 떠올린다

빙판이 되어있는 길 위에
타다만 연탄재로 으깨어져 있는 화폭

그 위로
철사로 덧댄 고무다리를 끌고
얼어붙은 땅을 후벼대던

눈 내리기 시작한
땅 위를 기어
그들의 그림 안으로 들어간 흔적

못처럼 날카롭게 날을 세운 것들만이

그려 넣을 수 있는

무채색의

때늦은 폭설 내리던 날

─ 양해기, 「3월의 은지화」 전문

「3월의 은지화」는 삶의 밑바닥을 기는 장애인의 삶을 한 폭의 은지화로 담아낸다. '은지화'는 심미적 거리를 확보하기 위한 미적 양식화의 장치로 기능한다. 타다 만 연탄재가 으깨어져 깔린 빙판을 고무다리로 기어가는 장애인의 모습은 단지 "슬픈 그림 하나"로 존재할 뿐이다. 시의 경계('은지화')로 틈입하는 순간, 장애인의 현실은 한 폭의 풍경이 된다. 그러나 "그들의 그림 안으로 들어간 흔적"은 간단치 않다. 현실에 대한 고통스러운 분노는 "못처럼 날카롭게 날을 세운 것들"을 통해 차갑고 단단한 분노로 전화되어 시적 풍경 속에 새겨지고 있다. 이는 참혹한 현실이 미적으로 양식화하는 과정에서 발생하는 고통스러운 언어의 흔적이다. 그런 점에서 시인은 참혹한 현실을 미적으로 양식화하는 과정에서 발생하는 긴장을 잘 다스리는 데 성공하고 있다. 그러나 현실은 미적 양식화 속에서 희석되고 중화되는 한계를 노정한다. 이것이 현대시의 미학적 역능이 지닌 근원적인 딜레마는 아닌가?

이불을 깔고 누워있는 1인 시위자는 얼마 전에 해고된 사람이다 사람들은 이제 그를 부랑자라 부른다 사내가 울면서 끌려나온 이후에도 사내의 출근은 계속되었다 아무도 자신의 말을 믿어주지 않게 되자 그는 자신이 다니던 회사의 정문 앞에 이불을 깔았다 이불 속엔 이미 차가운 눈 대신 꽃비 내리는 세상이 있기라도 하는지 이불 속엔 뿔뿔이 흩어져간 그리운 얼굴들이 모여 있기라도 하는지 그는 고개를 내밀지 않고 이불 속을 몰두하고 있었다 이불은 그의 유일한 문이었고 집이었고 눈감고 꿈꾸는 가장 큰 세상이었다 미동도 없이 고요한 그는 아주 잠이 들어버린 것일까 그가 누운 집 건너편엔 겨울을 견딘 벚나무가 새순으로 문패를 달고 있다 이불 속의 실처럼 새순들은 길고 가느다란 솜털을 물고 있다 새순은 곧 벌어지고 벚꽃이 필 것이다 강둑을 따라 벚꽃은 흰눈처럼 날릴 것이다 사내의 잠과 더러워진 이불 위로도 벚꽃이 흩뿌려져 내릴 것이다 잠시 후 사내의 집에서도 꽃망울이 터져 나올 것이다

— 양해기, 「누더기 이불 안에서 피는 벚꽃」 전문

「누더기 이불 안에서 피는 벚꽃」 역시 직장의 부당한 해고에 대해 1인 시위를 벌이는 사내를 형상화한다. 사내의 1인 시위는 외롭다. 그는 이불이라는 자폐적 공간 속에서 외로운 꿈을 꾼다. 가장 힘없는 자의 외로운 투쟁인 1인 시위의 끝은 결국 세상으로부터 등을 돌리는 일이다. 그러니 "이불 속엔 이미 차가운 눈 대신 꽃비 내리는 세상이 있기라도 하는지 이불 속엔 뿔뿔이 흩어져간 그리운 얼굴들이 모여 있기라도 하는지 그는 고개를 내밀지 않고 이불 속을 몰두하"게 된다. 그러나 시인이 그려내는 이러한 비극적 풍경은 외려 따뜻하다. 이불 속의 사내는 새로운 세상을 꿈꾸고 있으며, 그 꿈은 "꽃망울이 터져 나올 것"같은 희망이다. 가깝지도 멀지도 않은 심미적 거리의 저편에서 1인 시위를 하고 있는 이 비

극적 사내는 이불 속에 웅크리고 있다. 시인은 관조는 아닐지라도 심미적 거리 이편에 서 있다. 그러니, 1인 크기의 이불 속에서 '-ㄹ 것이다'라는 반복적인 희망은 어떤 매개도 없이 불현듯이 돌출하는 무기력한 서정에 지나지 않는다. 이 매개의 부재는 어디에서 비롯되는 것인가? 이는 시의 서정적·미적 관습에서 비롯되는 것은 아닌가? 혹은 시의 무기력을 성급하게 삭제하고자 하는 욕망에서 비롯된 것일지도 모른다. 적당히 현실의 희망을 읽어내고자 하는 동일자적 욕망의 자동화된 출몰. 이로 인해 현실의 비참과 따뜻한 서정은 쉽게 융해되지 않고 헛바늘처럼 껄끄러운 언어로 남는다.

  심미적 거리는 '감상感傷'에 떨어지지 않기 위한 서정의 필수적인 요소이다. 그런 점에서 양해기는 좋은 서정 시인의 자질을 가졌다. 그러나 시의 자동화된 서정은 현실을 미적으로 윤색함으로써 오히려 현실의 참혹함을 중화하는 딜레마를 발생시킨다. 그의 서정은 개인의 섣부른 희망으로 귀결됨으로써 현실의 참혹함을 보편적 공감 영역으로 확산시키지 못하고 있는 것이다. 그러므로 현실의 비참과 따뜻한 서정의 부조화는 그의 시가 해결해야 할 문제인 것만은 틀림없다. 현실에 기반함에도 불구하고 현실 문제를 미적으로 중화시켜버리는 듯한 태도는 심미화에 몰두한 결과이며, 이는 현실의 섣부른 희망, 혹은 초월성으로 귀결될 우려를 자아낸다. 박윤일 역시 이러한 한계로부터 자유롭지는 못하다.

  태풍이 지나간 자리
  벼 이삭 쓰러져 있는 논두렁에 앉아
  저무는 하늘을 기다려 보는 것이다

세상은 어디에서부터

어둠으로 물들기 시작하는 것인지

늙은 농부의 챙모자 속에 드리워진 검버섯처럼

느낌 없이 나에게도 스며드는 것인지

벌레 먹은 깻잎 옆에 앉아

지워지는 들판 지평선을 기다려 보는 것이다

그러다가,

황금빛 물든 농부의 자전거 논두렁을 빠져나갈 때

모이 쪼던 새들 한꺼번에 날아오를 때

어스름에도 돌아오지 않던 어미 떠올리다가

나도, 저 날개에 얹혀 따라가고 싶은 이 때쯤을

그냥 저물 무렵이라 생각하는 것이다

새들 집으로 돌아가고 있는 그 허공에서부터

어둠은 시작되는 것이라 생각하는 것이다

— 박윤일, 「저물 무렵」 전문

이 시의 시적 공간은 "태풍이 지나간 자리"이며, "벼 이삭 쓰러져 있는
논두렁"이다. 그곳에서 시적 화자는 "저무는 하늘을 기다려 보는 것이
다". 그곳에서 그는 저무는 하늘뿐만 아니라, "늙은 농부의 챙모자 속에
드리워진 검버섯"을 바라본다. 그러나 농민의 파괴된 구체적 삶의 현장
속에서, 그는 "모이 쪼던 새들 한꺼번에 날아오를 때", "어스름에도 돌아
오지 않던 어미 떠올리다가 / 나도, 저 날개에 얹혀 따라가고 싶은" 욕망
을 느낀다. 그 욕망이 찾아 들 때쯤을 "그냥 저물 무렵"이라고 생각한다.

그렇다면, 시제詩題이기도 한 "저물 무렵"은 무엇을 상징하는가? "지워지는 들판 지평선", "새들 집으로 돌아가고 있는 그 허공에서부터" 시작되는 "어둠"이 암시하듯이 "저물 무렵" 삶의 자리는 '현묘玄妙'로 접어든다. 유有와 무無의 경계에서 다분히 노자老子적인 시선으로 삶으로부터의 초월을 욕망하는 것이다. 그러므로 박윤일의 시에서 '비상'의 이미지가 나오는 것은 당연한 현상이다. 그것은 현실과 초월이 중첩된 날갯짓으로 표출되기도 한다.

사내가 꽃사과나무 가로수 지나
105동으로 뛰어가고 있다
동이 트는 한진아파트 사이길
앞을 가로막으며 따라다니는 나비
사내가 뒤틀린 팔을 내저으며 나비를 쫓는다
나비를 쫓는 그의 입술과 눈썹이
구슬땀 흐르는 얼굴에 비뚤비뚤하다
자꾸 오그라드는 얼굴
잔주름으로 그려내는 수많은 나비의 날개
새벽 공중을 오르락내리락 날아다니며
그가 내뱉는 말을 알아들을 수가 없다
105동으로 배달 중인 신문 다발이
사내의 옆구리에서 자꾸만 흘러내린다
나비가 너울너울 따라다닌다

—박윤일, 「나비」 전문

조간신문을 배달하는 지체장애인의 모습을 형상화하고 있는 인용시는 현실을 몽환적으로 그려낸다. "나비"는 지체장애인의 환상과 관계한다. 나비가 새벽에 날지 못한다는 과학적 사실을 비추지 않더라도, 이 나비는 지체장애인의 잔주름이 그려내는 나비이며, 사내의 뒤틀린 팔마다 부딪치는 나비로서 사내의 의식 속에 존재하는 환상이다. 그리고 이 "나비"는 지체장애인을 바라보는 시인의 시선이기도 하다. 그러나 시인은 지체장애인을 따뜻하고도 안타까운 시선으로 바라보고 있을 뿐, 그 시선은 한 마리 '나비' 외에는 아무 것도 아니다. 이 나비는 앞서 양해기의 시에서 보았던 1인 시위자의 이불 속에서 피게 될 꽃망울에 대한 환상과 다를 바가 없다. 이 나비와 지체장애인의 부조화 역시 '나비'가 현실과의 긴밀한 매개지점을 확보하지 못한 데서 비롯된다. 오히려 '나비'는 지체장애인이 살아가는 현실의 지점을 가린다. 따라서 나비는 앞서 「저물 무렵」에서 확인했듯 삶을 초월하고자 하는 욕망의 등가물로 볼 수 있다. 초월로의 시적 유혹이나 욕망은 현실에 대한 무기력에서 기인한다. 시의 자리가 "늙은 농부의 챙모자 속에 드리워진 검버섯"(「저물 무렵」) 가까이 있음에도 불구하고, 시는 정신주의적 영역으로 전화轉化해 감으로써 섣부른 초월을 꿈꾼다. 현실과 초월의 경계에서 뿜어내는 서정은 현실을 탈각시키기 마련이다. 「고추잠자리」 역시 "처음 시작부터 아득한 울음이었던 날갯짓"이 암시하는 어떤 근원적인 초월의 감성과 관계한다. '장릉'이라는 무덤의 공간에서 "꽃들 지나간 시간 위에 앉아 있는 날개 꺾어 / 바람에게 한 점 던져 주었다"라는 구절에서 알 수 있듯이, 그의 시는 결코 인식할 수 없는 어떤 근원적인 실재에 대한 시적 감성을 보여 준다.

　　문혜진의 시는 양해기, 박윤일의 시적 형식에 비해 매우 활달하다. 그의 거침없는 시적 발화는 시적 관습의 억압으로부터의 해방을 함축한다. 억압으로부터의 해방은 가족사적 트라우마와 관련 있다. 「108마리 호랑이 가죽으로 만든 집」은 "맹수의 피가 들끓던" 그의 가족사를 넌지시 들춰낸다. 그의 가족사적 번뇌는 108마리 호랑이가죽처럼 질기고 질긴 "업의 무게"에서 비롯된다. 가족의 감옥을 파괴하는 일은 가족의 상처를 들춰내고 훌훌 털어내는 일이다. 그가 가족을 돌아보는 마음은 매우 결연하다. "다음 생生에는 냉정하게 뿌리치는 맹수의 마음으로 만나자 살다가 가장 큰 나무에 발톱을 꽂고 서로의 죽음을 돌아보지 말자" 그의 상처는 매우 깊다. 그 상처의 연원은 시적 상상력을 통해서 시간적으로는 "매머드 시대"와 공간적으로는 "티베트"에까지 이른다. 상처의 근원적 확장을 통해서, 그의 애증愛憎은 세계에 대한 것으로 확장된다. 하지만 세계 역시 "별 다른 게 없"다.

눈 내리는 강원도의 산 너머
그 너머가 보고 싶어
마을이 있을 것 같은 외진 시골길을 무조건 달렸다
여느 시골과 다를 게 없는 풍경
뽑다 남은 배추밭과 마을을 가로지르는 시내
냇가 둑방에서 뒤로 걷기 하는 아줌마
별 다를 게 없구나

(…중략…)

또 다시 겨울이 오고

놀이공원 롤러코스터에 뛰어들어

자신의 임무를 완수한

들고양이 비밀조직원과

무지개송어낚시 하러 강원도에 갈까?

이 모든 것은 대기를 벗어나 음악이 된다.

그녀와 그들과 나의 무지개송어 인디 레이블.

— 문혜진, 「무지개송어 인디 레이블」 부분

그가 가고자 하는 곳은 어디인가? 둥근 지구를 달려봤자 마주치는 것은 여느 삶과 다를 게 없는 풍경뿐이다. 사람이 살아가는 곳. "겨울바다", "바다를 보며 하루 종일 보초 서는 어린 군인들", "담배를 피는 소년", "오토바이를 타고 해안도로를 달리"는 "40대 남녀", 디지털 카메라를 내미는 소년들, 탈영한 군인의 시체. 파편적인 일상은 널브러져 있다. 가도 가도 벗어날 수 없는 삶의 굴레에서 그는 냉소적일 수밖에 없다. "이 모든 것은 대기를 벗어나 음악이 된다". 대기를 벗어난다는 것. 아버지로부터 제공받은 상징계적 삶을 벗어나서 대기 바깥으로 휘발하여 "음악"이 된다는 것. 문혜진 역시 삶을 벗어나고 싶은 일탈의 욕망을 지닌다. 일탈의 궁극적 지점은 상징계적 자장을 벗어나는 것. 그러나 그것이 불가능하기에 그의 시는 계속 흘러나온다. 「개고기와 깻잎」의 한 구절처럼, "영장류의 비애는 거울에 비친 모습이 자기라는 것을 안다는 데 있다". 나르키소스의 죽음 역시 물에 비친 모습이 자기라는 사실을 깨달았던 데서 비롯되지 않았는가. 자기를 점령한 상징계를 벗어나는 일은 불가능하다. 그러므로 삶은 어차피 "한 덩이 개고기와 깻잎 같은 것!" "모든 일을 대수롭지 않게 여기는 삶의 관록"이 붙을 수밖에. 집 나가 열흘 만에 돌아온 "찢어진 개의 살가죽"(균열된 상징계)을 바늘로 대충 꿰매는 관록에 대한 증오와 "자신이 멸종할 것만 같은 두려움에서 오는 분노" 사이에서 그의 고통은 냉소로 변질된다. 그러므로 문혜진은 균열된 삶, 저 너머를 꿈꾸는 동시에 좌절을 경험한다.

최근의 시들이 과거의 정신적·사회적 역능으로부터 멀어지고 있음은 자명하며, 이는 우리 시의 불행이다. 양해기의 시가 보여주는 현실에 대한 탐구 역시 주관적인 미적 양식화에 지나치게 기울고 있음은 이러한 시의 무기력을 잘 보여주고 있으며, 인식할 수 없는 어떤 '근원'에 대한 감각을 보여주는 박윤일의 시 역시 동일한 한계 내에 머문다. 문혜진 또한 세계로부터 탈주하고자 하는 일그러진 욕망 속에서 차가운 냉소를 드러낸다. 결국 이들의 시에서 현실은 중화되거나 휘발해버리고 만다. 그러니 다시 시란 무엇인가에 대한 고통스러운 자의식에 눈뜨지 않을 수 없으며, 시단을 점령하고 있는 시의 균열과 위기의식에 점염될 수밖에 없다.

그러나 균열된 시의 자리에는 시의 새로운 역능이 잠복되지 않을 수 없다. 새로운 시의 지형은 균열을 통해서만 재정립될 수 있기 때문이다. 양해기, 박윤일, 문혜진의 시가 압축적으로 보여주는 우리 시단의 지형 속에서, 이들의 시가 선취해나갈 새로운 시적 세계가 예비되어 있을 터이다. 문제는 현실 탐구와 근원적 실재에 대한 욕망, 혹은 세계를 탈주하고자 하는 욕망이 현실에 대한 시의 무기력을 극복하고자 하는 의지를 동반해야한다는 점이다. 균열된 시의 역능의 결과로서 드러나는 섣부른 서정적 긍정, 근원적 실재로의 회귀, 혹은 탈주의 욕망은 우리 시의 미래를 더욱 어둡게 하고 시의 죽음을 가속화하는 징후일 뿐이다. 그러한 의지의 상실은 동어반복의 시학으로 전락할 운명을 피해갈 수 없다. 양해기, 박윤일, 문혜진의 시가 각각의 좌표에서 현 시단의 관습적인 어법과 무기력을 뚫고 나와 새로운 시학을 선취해주기를 바라마지 않는다.

무의미한 도시를 조율하는 당신^{You}

이제니, 「편지광 유우」

.

　　편지광 유우를 다시 만난 것은 물방울이 떨어지던 어느 저녁, 공원의
한 벤치에서였다. 유우는 맞은편 벤치에 앉아 노란 포스트잇에 뭔가를 적
고 있었다. 아주 오래전에 내가 줬던 유리 반지를 낀 채로. 유우는 나를
알아보지도 못했다.

　　전날 나는 꿈을 꾸었다. 편지광 유우의 검은 펜이 나타나 자신의 심장
은 겨우 다섯 개에 불과하다고 말했다. 적어도 백 개가 될 때까지는 ―.
하필이면 그때 꿈에서 깨고 말았다. 목이 말랐다.

　　때로는 이런 꿈도 꾸었다. 하나 둘 셋 넷. 편지광 유우는 숫자를 센다.
의미 같은 건 없어. 그저 이렇게 세는 게 좋을 뿐이야. 좋을 대로 해. 삼육
구 삼육구 삼육구 삼육구. 편지광 유우는 여전히 남들과 사이좋게 지내는
법을 모른다. 그것이 유우를 외롭게 하는 동시에 빛나게 한다. 나는 매번

문장을 적다 말고 꿈에서 깬다.

이 도시 곳곳에는 암호가 적혀 있다. 편지광 유우가 자신의 검은 펜을
데리고 이 도시로 흘러들어온 이상 이제 그것들을 무심히 지나쳐 버릴 순
없게 되었다.

첫 번째 메모는 동그란 코안경을 낀 싼타클로스 광고판 위에 붙어 있
었다. 나는 나 자신과도 공통점을 갖지 못한다. 편지광 유우는 여전히 카
프카적으로 방황하고 있었다. 나는 그 노란 포스트잇을 떼어 호주머니에
넣었다.

나는 유우의 유리 반지를 바라보았다. 유우는 노란 포스트잇을 떼었
다 붙였다 구겼다 폈다 했다. 이따금 내 두 손을 뚫어져라 바라보면서. 유
우는 언제나 가까운 곳에 놓인 사물들을 빤히 쳐다본다. 자신의 존재가
타인에겐 보이지 않는다는 듯이. 돌이켜 생각해 보면 유우는 단 한 번도
내가 원했던 자리에 있었던 적이 없었다. 물론 원하지 않았던 곳에도 놓
여 있는 법이 없었다.

잃어버린 것은 찾았니? 십 년 전에도 나는 그렇게 물었다. 편지광 유
우는 고개를 들어 나를 바라보았다. 놀라지도 않았다. 아니, 그토록 하찮
고 보잘것없는 것인데도 아직까지. 유우는 빈 호주머니를 뒤적이듯 상심
한 눈빛이었다.

유우가 잃어버린 것은 몇 개의 단어였다. 하찮고도 보잘것없는 단어 몇 개. 무엇을 잃어버렸는지조차 알 수 없는, 끊임없이 질문을 던져볼 수밖에 없는, 어쩌면 약간의, 아주 약간의 타협이 필요한.

검은 펜을 찾았다는 생각이 들면 검은 펜을 잃어버린 것이다. 금요일의 얼굴을 찾았다는 생각이 들면 금요일의 얼굴을 잃어버린 것이다. 죽은 친구의 편지를 찾았다는 생각이 들면 죽은 친구의 편지를 잃어버린 것이다. 이를테면 일종의 맥거핀 수법인 셈이지. 유우와 나는 히치콕의 영화를 쓸데없이 많이 보았다.

우리는 서로에게 말하지 못한 말들이 무엇인지 서로가 알고 있다는 사실을 알고 있다. 우리 둘 모두 이 사실을 잘 알고 있다. 이것이 바로 우리가 그 오랜 세월 동안 영원히 헤어지지도 영원히 만나지도 못하는 이유다.

지나간 시간에 관대해진다면 다가올 시간에 관대해진다면 자기 자신을 잃는다면 자기 자신을 찾는다면 간직해온 꿈을 버린다면 간직해온 꿈을 꾼다면. 유우는 영원히 자기 자신과 공통점을 갖지 못할 것이다.

나는 약간의 탄수화물만 섭취할 뿐이야. 나머지는 공원의 비둘기에게 던져주지. 유우와 나는 도시의 곳곳을 걸어다닌다. 나는 유우가 남겨 놓은 메모들을 눈으로 좇고 있다. 유우는 이 도시 여기저기에 짧은 편지를 써두었다. 누구에게도 아닌, 자기 자신에게 보내는 편지. 자기 자신에게조차 이방인으로 느껴지는 사람에겐 어제 쓴 메모 또한 타인의 기록일 뿐이다.

아무런 개연성도 없는, 이렇다 할 논리도, 열쇠처럼 확실한 의미도 없는 네버엔딩 스토리. 하지만 이왕이면 해피엔딩이면 좋겠어. 편지광 유우도 제법 나이를 먹었다. 이제는 울면서도 웃을 수 있는 나이가 되었다. 어지간해선 잘 웃지 않지만 쉽게 부끄러워하지도 않는다. 슬퍼하거나 지치지도 않는다. 그걸로 됐다. 아직까지는.

여행은 짧다. 고작해야 몇 주 정도. 나는 곧 이 도시를 떠날 것이다. 그리고 무언가를 잃어버릴 것이다. 뒤돌아서면 두 번 다시는 기억하지 않을 것이다. 편지광 유우는 물방울을 튕기며 걸어간다.

왜 너는 단 한 번도 답장하지 않았니? 편지광 유우가 뒤돌아서며 묻는다. 매일 아침과 저녁, 네가 내게 편지를 쓰는 이유와 같아. 편지광 유우가 후회를 하고 있는 것이라면 지난 날의 나를 용서할 수 없을 것만 같은 기분이 든다.

이마의 주름과 느려진 걸음 외에는 편지광 유우는 조금도 변하지 않았다. 마지막 메모 역시 물음표로 끝난다. 마침표는 유우의 세계에 속한 것이 아니다.

저만치 편지광 유우의 모습이 사라져간다. 나는 또다시 어느 골목에서 유우를 잃어버렸다. 우리는 다시 우연처럼 만날 것이다. 그전까지는 서로가 서로를 찾는 일은 없을 것이다.

— 이제니, 「편지광 유우」 전문

얼마 전(2008년) 타계한 이청준의 단편 「조율사」를 보면 흥미로운 대목이 나온다. 평생 조율만 하는 조율사는 결국 피아노가 무엇에 쓰는 악기인지를 망각하고 조율만 하게 된다는 내용이 그것이다. 이 알레고리를 뒤집어 생각하면 조율사라는 '직업'이 오히려 인간을 지배하고 통제함으로써 인간의 존재의미가 상실되는 현실을 겨냥함을 알 수 있다. 본래의 목적을 상실한 채 무의미한 일상을 조율해내는 모습이란 도시라는 문명체계 속에서는 이미 지배적인 삶의 양식인 것이다.

이제니의 「편지광 유우」에 시적 대상인 '유우' 역시 조율사와 같은 처지를 벗어나지 않는다. 시인이 꿈에서 만난 만난 '유우'는 뭔가를 계속 쓰거나 무의미하게 숫자를 세는 모습이다. "의미 같은 건 없어. 그저 이렇게 세는 게 좋을 뿐이야. 좋을 대로 해. 삼육구 삼육구 삼육구 삼육구".(3연) 이처럼 희화화 되고 있는 '유우'는 이 시 속에서 누군지 확실치 않다. '유우'에 대한 정보란 편지광이라는 것과 "아주 오래 전에 내가 줬던 유리 반지를 끼"고 있다는 사실뿐이다.(1연) '유우'가 'You'의 한글표기라면 단순한 익명성의 존재로 이해해도 좋을 듯 싶다.

'유우'는 시인의 눈에 비친 한 인간의 모습이자 시인 자신의 모습이기도 하다. 그래서 '유우'는 이 글을 쓰고 있는 나(필자)일 수도 있겠다. 시인이 주목하는 '유우'의 모습 중에서 가장 핵심적인 것은 제목에서 알 수 있듯이 '편지'이다. '편지'라는 매체는 이제 시효를 다한 소통방식이다. 이메일, 문자, 휴대전화가 인간의 소통방식을 장악함으로써, 인간의 내밀한 관계를 보증해주었던 편지는 이제 죽어버린 소통방식이 되어버렸다. 그럼에도 불구하고 죽어버린 '편지'에 광적으로 집착하는 '유우'는 필연적으로 외로울 수밖에 없는 사람이다. 시대와 어울리지 않는 양식의

추구는 우스꽝스럽지만, 시인의 말처럼 빛나 보일 수도 있다.(3연)

　무언가를 끊임없이 쓰는 행위는 글쓰기를 통해 의미를 확보하고자 하는 무의식적 욕망의 발로이다. 그러나 글쓰기가 의미를 보증해주지 않는다. '유우'는 무기력을 벗어나지 못한다. 무기력은 이 시를 지배하는 정조다. '유우'가 노란 포스트잇에다 적어놓은 이 세상에 대한 첫 번째 전언은 "나는 나 자신과도 공통점을 갖지 못한다"는 자기 분열이다.(5연) 분열은 자기 자신을 의식하는 순간에 비로소 시작된다. 자기를 의식하지 않고 사는 삶은 일종의 '동물되기'이다. 자본주의 체제가 만들어놓은 자동화 회로에 자기를 온전히 맡기게 될 때, 악기의 본래 목적을 망각한 '조율사'는 생산되는 것이다. 그것은 '우리'에 갇혀 사는 동물의 삶과 다르지 않다. '우리'를 벗어나려 끊임없이 몸부림치는 수달 혹은 펭귄은 어느 동물원에나 있기 마련이다. 그들은 동물원에 있지만, '우리'를 벗어나려 하는 순간 더 이상 '동물'이 아니다. 그러나 자본의 자동화 회로를 자의식 없이 따라가는 인간은 자본주의 체제라는 동물원의 사육사에 훈육된 '동물'이다.

　유우는 동물인가. 유우는 동물의 상황에서 벗어나고자 한다. 그러므로 그는 "이 도시로 흘러들어"와 "자신의 검은 펜"으로 이 도시에 대해, 이 도시에 갇힌 자신에 대해 쓰기 시작한다.(4연) 그러나 그는 무기력하다. 무엇을 찾아야 하는지도 "무엇을 잃어버렸는지조차 알"지 못한다. 그는 이 도시에 있지만 없는 존재이다. 유우는 "타인에게 보이지 않는다는 듯이", "단 한 번도 내가 원했던 자리에 있었던 적이 없었"고 "물론 원하지 않았던 곳에도 놓여 있는 법이 없었다."(6연) 이 빈 공간에 서식하는 유우는 '동물'도 아니지만, 인간은 더더욱 아니다. 그는 차라리 인간의 눈길이 닿지 않는 곳에서 자라는 '식물'인간에 가깝다. "이마의 주름과 느려진 걸음"(16연)은 이 세계 속에서 유우의 식물성을 암시한다. 분열증을 앓는 자는 걸음이 점점 느려진다. 자의식의 주름은 늘어만 간다.

유우는 분열증을 앓는 식물인간이다. 그것은 정확히 시인의 실존을 암시하며, 시인의 분신이기도 하다. "우리는 서로에게 말하지 못한 말들이 무엇인지 서로가 알고 있다는 사실을 알고 있"으며, "이것이 바로 우리가 그 오랜 세월 동안 영원히 헤어지지도 영원히 만나지도 못하는 이유"이다.(10연) 영원히 헤어지지도 영원히 만나지도 못하는 유우와 시인은 분열을 앓으면서 힘겹게 도시의 곳곳을 걸어 다닌다. 유우는 편지와 메모를 남기고 '나'는 그 메모를 좇지만, 그 메모와 편지조차 타인의 기록이 되어버릴 정도로 유우는 자신에게서조차 철저히 소외되고 이방인으로 남을 뿐이다.(12연)

그러나 유우는 이런 상황을 결코 벗어날 수 없다. "아무런 개연성도 없는, 이렇다 할 논리도, 열쇠처럼 확실한 의미도 없는 네버엔딩 스토리." 그는 이제 "울면서도 웃을 수도 있는 나이가 되어"버릴 정도로 오랜 세월을 도시에 갇혀 지냈다.(13연) 이 도시를 떠난다 해도 달라지는 건 없다. 도시를 떠나도 무언가를 잃어버리기는 매 한 가지이기 때문이다. 시인은 이 도시를 떠나 두 번 다시 이 도시를 기억하고 싶어 하지 않는다.(14연) 의미를 발견할 수 없는 삶. 소통이 불가능한 삶. 그럴수록 소통이 그립고, 의미가 그립고, 무엇보다 인간이 그리워진다. 그러나 유우는 끝끝내 이 세계를 관통하는 통찰을 획득하지 못한다. 유우는 무의미한 세계에 압도당한 상태이다. 유우의 마지막 메모는 여전히 물음표로 끝난다.(16연)

세계를 이해할 수 없고, 대적할 수 없고, 벗어날 수도 없는 유우는 인간의 눈길이 닿지 않는 외진 곳에서 조용히 걸어갈 뿐이다. 시인 된 자로서 그러한 유우의 모습을 항상 지켜보는 일도 힘든 일이다. 시인은 유우의 모습을 슬그머니 놓아준다. 다시 만나지 않기를 바랄 뿐이다. 그러나 유우는 항상 이 도시 어딘가를 느릿느릿 떠돌고 있을 것이 틀림없으므로 언젠가 다시 우연처럼 만날 것이 분명하다.(17연) 그때 시인은, 아니 당신은 무어라고 인사를 건넬 것인가. 건넬 인사가 막막한 순간 불현듯이 깨달을지도 모르겠다. 유우가 바로 당신You이라는 것을.

혁명과 연대의 시취詩臭

불가능한 혁명의 시적 증상

1. 시와 혁명, 혹은 메시아

페니 마샬Penny Marshall의 〈Awakenings〉(1991, 한국 개봉명은 〈사랑의 기적〉)은 기면성 뇌염 환자가 일시적으로 회복되었던 실제 사건을 다룬 영화다. 11살에 후기 기면성 뇌염 질환을 앓은 주인공 '레너드'(로버트 드니로 분扮)는 중년이 될 때까지 수십 년간 깊은 수면의 상태에서 벗어나지 못한다. '세이어' 박사(로버트 윌리암스 분)는 레너드를 포함한 기면성 뇌염 환자들을 치료하는 의사다. 그는 환자들에게 파킨슨병 치료제 엘도파를 투여하는 기발한 방법으로 이들이 깊은 잠에서 깨어나는 기적을 목도한다. 영화는 그 기적의 시간 동안 이들이 얼마나 아름다운 영혼과 정신을 가졌는지 보여준다. 그러나 이들은 속화된 현실에의 부적응과 내면의 혼란으로 정신적 고통을 겪는다. 그리고 얼마 후 이들은 병의 재발로 다시 깊은 잠에 빠지게 되며 기적은 반복되지 않는다.

이 영화의 원작은 실제 임상경험을 기록한 올리버 색스^{Oliver Sacks}의 『깨어남^{Awakenings}』이다. 올리버 색스에게 수십 년째 깨어나지 못한 기면증 환자들은 사실상 죽은 목숨이나 다를 바 없었으며, 이들이 깨어난다는 것은 '죽은' 사람이 다시 살아나는 것과 같은 기적이었다. 올리버 색스가 『깨어남』의 제목을 입센의 희곡 「우리 죽은 자들이 깨어날 때」에서 따온 것 역시 바로 이러한 이유 때문이다. 그런데 원작의 실제 상황과 영화의 결말에는 결정적 차이가 있다. 기면증 환자들이 집단적으로 다시 기면^{嗜眠} 상태로 빠져든다는 설정이다. 올리버 색스는 페니 마샬의 영화 〈Awakenings〉의 결말에 대해서 "예상치 못한 많은 (조용한 혹은 격한) 일이 발생하는데, 마지막의 섬세하고 극적인 결말을 읽으면서 특히 깊이 감동받았다"(올리버 색스, 이민아 역, 『깨어남』, 알마, 2012, 556면)라고 쓴 바있다. 올리버 색스가 언급한 영화 "마지막의 섬세하고 극적인 결말"은 집단적으로 깨어난 '죽은 자'들이 다시 죽음에 가까운 침묵의 자리로 되돌아가는 장면을 일컫는다.

이 영화에서 가장 인상적인 장면은 끝내 다시 잠든 이들의 데스마스크^{death mask}와 같은 얼굴이다. 그것은 이 세계에 내재하는 모종의 결핍을 드러내기에 충분한 형상이다. 수십 년 만에 깨어난 환자들이 다시 기면 상태로 되돌아간 얼굴 표정은 이름할 수 없는 어떤 '신성^{神聖}'을 체현한다. 침묵의 상태를 빠져나와 현실에 출현했던 '신성'이 다시 침묵의 세계로 유폐되고 만다는 결말은 '순수'를 상실한 인간 세계의 '타락'을 암시한다. 다시 말해, 인간 세계의 타락이 순수한 영혼을 다시 침묵의 세계 속에 유폐시키고 만 것이다. 영화는 이 세계가 상실한 순수하고 아름다운 영혼이 데스마스크의 그 깊은 침묵 속에 거주하고 있다는 사실을 숭고하면서도 비극적으로 보여준다. 후기 기면성 뇌염 환자들의 데스마스크와 같은 얼굴에서 도래할 수 없는(하지만 도래해야 할) 메시아의 표정을 읽어 내는 것은 지나친 해석일까.

발터 벤야민은 메시아의 처지를 이와 유사한 상황에 비유한 바 있다. 메시아는 이미 현실의 문 앞에 와 있으나 우리가 그 문을 막고 있다는 것. '레너드'를 깨울 수 있는 방법의 부재는 메시아가 현실로 들어올 문을 못 찾고 있는 상황과 흡사하다. '레너드'의 얼굴을 들여다보면서 그 속에 깃든 영혼을 감지하듯이, 우리는 이 세계로 도래해야 할 메시아의 존재를 감지한다. 그러나 그 문을 찾을 수 없다. 데스마스크에 내재한 메시아를 감지하면서도 그를 깨울 방법을 찾지 못하는 것이 오늘날 역사의 비극이다. 역사의 메시아는 그렇게 기면 중이다. 메시아는 기면과도 같은 죽음 속에 감금되어 있는 것이다. 메시아는 미래가 아닌, 지금 이 시간 여기에 있다. '지금시간Jetztzeit'에 이미 당도해 있으며, 우리는 다만 역사의 문을 열지 못하고 있을 뿐이다.

깊은 잠에 빠진 '레너드'의 얼굴은 시의 표정과도 같다. 시는 백일몽이며 움직이지 못한다. 그러나 시 속에 혁명과 구원이 있고, 메시아 또한 존재한다. 시인은 언어로써 메시아의 구현을 열망한다. 메시아는 시인의 언어 속에 이미 도래해 있으나, 언어 바깥으로 나올 수 있는 문을 찾지 못하고 있다. 이런 상태를 미적 가상이라 할 수 있을 것이다. 언어 속에 존재하는 메시아는 언어의 투명한 유리 감옥 속에서 그 형상을 온전히 드러내고 있으나, 우리는 그 문을 열어주지 못하며 그 방법 또한 깨닫지 못하고 있다. 시(메시아)가 바로 현실이 되는 것. 김수영의 어법대로 하자면, "헛소리다! 헛소리다! 헛소리다! 외치다 보니 참말이 되는 경이"의 순간

은 쉽사리 도래하지 않는다. 일상의 시인은 시로부터 버림받기 마련이
며, 시는 후기 기면성 뇌염 환자처럼 결코 움직일 수 없다. 메시아를 받아
들일 문을 열지 못한 우리는 메시아로부터 버림받은 존재이며, 문 저편
의 메시아는 쉽게 움직이지 못한다.

칼슘이 부족한 시에게 칼슘을 주어서 어서 움직이라고 말하고 싶다.
표정을 주고 어서 웃으라고 하고 싶다. 그러나 그 세계의 뼈와 살과 근육
은 이러한 말의 매혹에 꿈쩍하지 않는다.

— 이기인, 「고장난 시의 혁명」

시인은 메시아를 이미 목도하고 있다. 시인의 시는 메시아의 지위를
갖는다. 그러나 그것은 찰나적 순간에 지나지 않는다. 시인의 시가 메시아
로서 시인의 정신을 지배하는 순간이란, 미적 가상과 정치적 현실이 구분
되지 않는 어떤 통전通電의 순간에 지나지 않는다. 그 순간 이후 시는 움직
이지 않는다. 시인은 자신의 시를 망연히 바라볼 뿐이다. 시는 여전히 움
직이지 않는다. 여기서 시가 시인을 버린 것인지 시인이 시를 버린 것인지
알 수 없는 상태가 지속된다. 혹은 시와 시인의 단절이자 불화일 수도 있
겠다. "시와 시인은 다툰다."(이기인) 시와 시인의 관계를 이보다 적확하게
드러내는 말은 없다. 혁명이 메시아라면, 혁명은 이미 시 속에 거주하고
있다. 그러나 메시아는 '시'라는 작은 방에 감금되어 있을 뿐이다. 메시아
는 그 방의 문을 찾지 못하고, 우리는 그 문을 열어줄 방법을 알지 못한다.
그렇다면 시 속에 감금된 메시아를 해방시킬 방법은 없을까. 시라는, 미약
한 메시아의 힘이 새로운 세계를 건설하는 일이 과연 가능한 일인가.

2. '시 = 행동'을 향한 반복강박

시적 주체의 분열은 불가피한 운명이다. 언술하는 순간 주체는 분열한다. 특히 시는 고도로 정제된 것이거나 깊은 사유의 끝에 발화된 언술인 까닭에 시인에게 부과되는 윤리적 강박의 정도가 클 수밖에 없다. 때문에 시인은 자신의 시적 언술 앞에서 어떤 압박감을 느끼거나 분열로 인한 모종의 수치감을 의식하지 않을 수 없다. 시와의 완벽한 일체를 확신하는 시인이란 병적 나르시시스트에 지나지 않거나 망상적 혁명가일 것이다. 물론 혁명가의 언어는 주체의 분열을 어느 정도 완화한다. 예컨대, "나는 쓰고 있다 / 벽에 갇혀 쓰고 있다"(「진혼가」)와 같은 김남주의 진술은 명확하게 시와 시인의 일치를 보여준다. 유신체제에 저항했던 삶의 이력 속에서 분출되는 그의 시는 시인과의 윤리적 분열이 최소화되고 있는 것이다.

시인이 현실변혁의 충동drive을 지니게 될 때, 그의 언술은 대체로 진위진술적constative 발화보다는 수행적permative 발화가 된다. 정치적 충동dirve을 지닌 수행적 발화로서의 시적 언술은 "사물의 상태를 기술하는 것이 아니라 직접적으로 실제의 사실을 창출시키는 언표"로서 기능한다. 흥미로운 것은 수행적 발화 "그 자체가 행위이며, 그 언어를 발언한 당사자를 구속한다는 것을 의미한다"(조르조 아감벤, 강승훈 역, 『남겨진 시간』, 코나투스, 2008, 216~217·219면)는 사실이다. 수행적 발화로서의 시는 시인을 구속한다. 수행적 발화로서의 시가 온전한 행위가 되기 위해서는 시인의 실제 행위가 전제되어야 한다는 강박이 시인을 짓누르기 때문이다. 정치적 폭압의 시기에 그 강박은 '죽음충동death drive'과 무관하지 않다. 그것을 감당하기 쉽지 않을 때 시인은 수행적 발화를 아예 포기하거나 자기 풍자의 길을 갈 수밖에 없다.

남에게 희생을 당할 만한
충분한 각오를 가진 사람만이
살인을 한다.

그러나 우산대로
여편네를 때려눕혔을 때
우리들의 옆에서는
어린 놈이 울었고
40명가량의 취객들이
모여들었고
집에 돌아와서
제일 마음에 꺼리는 것이
아는 사람이
이 캄캄한 범행의 현장을
보았는가 하는 일이었다
—아니 그보다도 먼저
아까운 것이
지우산을 현장에 버리고 온 일이었다

—김수영, 「죄와 벌」 전문

이 정도로 지독한 자기 풍자의 시는 드물다. 특히 1연의 배치는 시인 김수영의 인간적 '찌질함'을 극대화한다. "남에게 희생을 당할 만한/충분한 각오를 가진 사람만이/살인을 한다." 무슨 뜻인가. '살인'은 저항적 행위의 극점에 놓인다. 살인이라는 최고 단계의 저항행위는 자기 희생을 전제하기 마련이다. 자기희생이란 곧 자기의 죽음이다. 그러니까, "남에게 희생을 당할 만한 / 충분한 각오"란 곧 죽음에 대한 각오다. 죽음을 각오한 자만이 살인을 할 수 있다는 것. 자유와 해방은 독재자의 죽음과 함께 시인의 죽음으로부터 나온다. 모든 혁명의 심급에는 죽음충동이 도사리고 있다. 김수영은 그것을 자각하고 있었다. 비 오는 날 '여편네'를 폭행하고 어린 아들을 울리고 집에 와서는 기껏 취객들 중에 자기를 알아본 이가 있지 않을까 걱정하고 고작 그 현장에 두고 온 우산을 아까워하는 자신의 '찌질한' 모습 위에 혁명이라는 죽음충동을 배치해놓은 까닭이다. 시적 저항을 '온몸'으로 이행하기에는 "남에게 희생을 당할 만한 / 충분한 각오"가 부족한 자기 치부를 가감 없이 드러내며, 그러한 스스로의 모습을 난자亂刺에 가까울 만큼 풍자諷刺하고 있는 것이다.

김수영은 죽음충동을 '행위'로 실현하는 데까지 나아가지는 못했고, 스스로 감당할 수 없는 수행적 발화를 시의 세계로 끌어들이려 하지 않았다. 행위가 될 수 없는 수행적 발화는 "일종의 공허한 아우성, 유치한 짓이나 미친 짓으로 귀착"될 뿐이기 때문이다(에밀 벤베니스트, 황경자 역, 『일반언어학의 제문제·1』, 민음사, 1992, 390면). 벤베니스트식으로 말하면, 누구든지 광장에서 "나는 한국의 완전한 민주주의 체제를 선포한다"고 말할 수 있지만 이 발화에 대해 책임질 충분한 권한이 없거나 발화자의 행위가 충분히 따르지 않을 경우, 그것은 그야말로 "공허한 아우성", 혹은 "유치한 짓이나 미친 짓"에 지나지 않는 것이다. 그리하여 김수영의 시적 행로는 죽음충동을 행위화하지 못한 스스로를 향한 난도질, 즉 여 편네나 두들겨 패고 "조그마한 일에 분개"(「어느 날 고궁을 나오면서」)하고 마는 자기를 향한 가열찬 풍자였다. 풍자는 비수로 찌르는 듯한 언술이 다. 김수영은 죽음충동의 실현을 온몸으로 받아들이지 못했고, 그러한 스스로를 난자한다. 언어의 비수가 자신조차 예외로 하지 않는다는 점에 서 김수영은 전율이 일 정도로 비천하면서도 빛나는 '시'의 성좌다.

1968년에 사망한 김수영에게 유신체제 이후는 미지와 침묵의 시기다. 그것은 영원한 미지이자 침묵이다. 그러나 김수영의 시에는 유신체제 이 후 반드시 요청되었을 죽음충동에 대한 자각이 이미 스며 있으므로 그가 가려 했던 시적 행로를 충분히 짐작할 수 있다. 「푸른 하늘을」이 언급하고 있는 '자유'와 '피의 냄새', 그리고 '혁명의 고독'은 죽음충동이야말로 혁 명의 본질임을 말해준다(박대현, 『혁명과 죽음』, 소명출판, 2015, 502~503면 참조). 혁명의 공간은 도취와 환희로 가득하지만, 그 심급에 죽음의 고독이 자리잡고 있다는 사실은 시가 곧 행동이어야 한다는 그의 시론을 되새기게 한다. 여기서 시가 곧 행동이라는 언술이 한낱 비유나 역설로 이해되어서 는 곤란하다. 그는 정말 시가 곧 행동이 되어야 한다고 생각했다. '시 = 행동'이라는 도식에는 "남에게 희생을 당할 만한 / 충분한 각오", 즉 죽음 충동이 필연적으로 개입한다. 그래서 김수영은 "죽음의 보증", "죽음의 연 습", "죽음의 음악" 등의 언술을 통해 참여시의 본질을 정의하려 했던 것이 다(김수영, 「참여시의 정리」, 『김수영 전집·2—산문』, 민음사, 2015, 392~394면). 김수영의 시 정신은 '시 = 행동'을 향한 반복강박 그 자체다. 프로이트에 따르면, 죽음충동만한 반복강박은 존재하지 않는다. 그것은 곧 혁명을 향한 반복강박이다.

3. 김수영의 '온몸'과 혁명시인 김남주

1970년대 초입의 강렬한 죽음충동은 김지하와 김남주라고 할 수 있다. 특히 김남주는 김수영의 '1970년대'를 상속받은 시인이다. 김수영에겐 미지와 침묵일 수밖에 없는 1970년대를 죽음충동의 시인으로 온전히 살아내었던 시인이 김남주다. 죽음충동의 관점에서 김남주는 김수영을 계승하고 극복해낸 혁명시인이다. 실제로 김남주 시에는 1960년대의 김수영이 호흡하고 있다.[1] 김남주는 전남대 재학 시절 유신체제에 대한 저항으로써 지하신문 『함성』에 이어 『고발』을 제작했으며, 이로 인해 국가보안법과 반공법 위반혐의로 구속된다. 이후 그는 『창작과비평』(1974.여름)에 시를 발표하면서 '혁명시인'의 길을 걷게 된다. 그에게 시창작은 혁명투쟁의 산물이며, 이로써 김남주는 시와 혁명이 온전한 합일을 이루는 전범을 보여준다.

내가 처음
시라는 것을 써본 것은
감옥에서였다

---

[1] 임동확은 김수영과 김남주의 시적 영향 관계를 세밀하게 천착한 바 있다. 임동확, 「정직성과 죽음의 시학—김수영과 김남주의 문학적 유산」, 염무웅·임홍배 편, 『김남주 문학의 세계』, 창비, 2014 참조.

연필도 없고

종이도 없고

둘러보아 사방이 벽뿐인

그 벽에 하얀 벽에

나는 새겨놓았다

이빨로 손톱을 깨물어

피의 문자로 새겨놓았다

— 김남주, 「그 방을 나오면서」 부분

김남주의 시가 어디서 비롯하고 있는지를 보여주는 진술이다. 유신체제의 전복을 시도했던 그가 감옥에서 시를 만나게 된 것은 죽음에의 대면과 다르지 않다. "나는 죽을 준비가 되어 있네 언제라도 / 지금이라도 나는 벗이여"(「죽음을 대하고」)라고 말했을 때, 그는 시를 통해 '죽음의 음악'[2]을 연주하거나 '죽음의 연습'을 실행하고, 궁극적으로 '죽음의 보증'으로써 진정한 참여시의 세계로 진입하게 된다. 감옥은 죽음충동을 억압하고 배제하는 공간이지만, 그의 충동은 더욱 날카롭게 벼려지며 진정한 혁명가로서의 내면을 갖추게 된다. "온몸으로 온몸으로 죽음을 포옹할 수 있을 때까지는" "어설픈 나의 신념 서투른 나의 싸움을 참기로 했다"(「진혼가」) 그의 시적 태아는 '옥중'에서 생성되었으며, 그의 시적 성체成

---

2 "규칙적인 리듬은 듣는 이를 마비시킨다"는 점에서 '음악'은 저항시에서 부정적인 요소가 될 수 있으나, 김남주의 시적 음악은 브레히트가 말한 '시적 언어의 게스투스(Gestus)'를 실현한 것으로 평가받는다. "김남주의 시에서 반복의 리듬은 오히려 갑갑한 산문적 현실에 파열구를 내고 현실의 지배적 고정관념을 분쇄하면서 둔화된 이성을 각성케 하는 전복적 기능을 수행하"는 "혼신의 울림"을 지니고 있기 때문이다. 임홍배, 「행동의 시와 시의 양심」, 염무웅·임홍배 편, 앞의 책, 195면.

體 역시 옥중시를 기반으로 한다. 김남주에게 "자본주의 그것은 인간성의 공동묘지"(「자본주의」)였고 자본주의가 지배하는 이 세계는 '죽음의 감옥'과 다를 바 없었다. 바로 여기서 우리는 김수영이 지향했던 진정한 시인의 출현을 목도할 수 있다. 이는 김수영이 실현하지 못했던 혁명 시인의 도래다.

시를 행할 수 있는 사람의 경우를 생각해보더라도 지금의 가장 진지한 시의 행위는 형무소에 갇혀 있는 수인의 행동이 극치가 될 것이다.
— 김수영, 「제정신을 갖고 사는 사람은 없는가」 부분

김수영에 따르면 "가장 진지한 시"의 "극치"는 바로 "수인의 행동"이다. 그 지점은 김수영이 펼칠 수 없었던 잠재성과 미지의 영역이었다. 1960년대의 김수영이 열망했던 진정한 혁명시인은 김남주라고 할 수 있다. "낙숫물로 바위를 뚫을 수 있듯이, 이런 시인의 헛소리가 헛소리가 아닐 때가 온다. 헛소리다! 헛소리다! 헛소리다! 하고 외우다 보니 참말이 될 때의 경이".(김수영, 「시여, 침을 뱉어라」, 『김수영 전집·1』, 민음사, 2003, 400면) '헛소리/참말'의 대립 구도는 4월혁명 이후 시인들의 내면을 갉아먹었다. 4월혁명의 역사적 섬광 앞에서 시인의 모든 언어는 '헛소리', 혹은 '용감한 착오錯誤'에 불과했다. "답답하더라도 / 요 시인 / 가만히 계시오 / 민중은 영원히 앞서 있소이다 / 요 시인 / 용감한 착오錯誤야 / 그대의 저항은 무용 / 저항시는 더욱 무용 / 막대한 방해로소이다."(김수영, 「눈」)

김남주는 1979년 남민전 사건으로 다시 구속된다. 이듬해 15년 실형 선고가 확정되고 1988년 12월 말에 형 집행정지로 자유의 몸이 되기까

지 감옥에서 쓴 시를 몰래 세상에 내보내면서 창작활동을 지속한다. 그리고 1994년 췌장암으로 사망하기까지 그의 생애는 전투적 혁명가로서의 삶에 육박했다. 실제로 그는 "남민전에 들어갈 때 이름도 없이 죽어가야 한다고 생각했"으며, 스스로를 "낡은 사회의 뿌리를 통째로 뽑아버리는 혁명적 민주주의자"로 규정할 만큼(김남주, 『불씨 하나가 광야를 태우리라』, 시와사회사, 1994, 107 · 108면(임홍배, 앞의 글, 201면 재인용)) 혁명가로서의 정체성을 정립하고 있었다. 적어도 1970~1980년대의 김남주는 '시인 = 혁명가'로서 온몸의 시학을 실천했으며, 전태일의 분신이 상징하는 1970년대의 죽음충동이 김남주의 내면과 삶 속에 온전히 자리했다고 할 수 있다.

내란의 무기 위에 새겨진
피의 이름

시가전의 바리케이드에서 피어나는
꽃의 이름

자유여 나는 부르지 않으리
함부로 그대 이름을

(…중략…)

오 자유여 무서운 이름이여

나는 부르지 않으리 그대 이름을 함부로

내란의 무기 위에서 시가전의 바리케이드에서
피의 꽃으로 내가 타오르는 그 순간까지는

— 김남주, 「피여 꽃이여 이름이여」 부분

　　"자유"의 이름을 "함부로" 부르지 않으리라는 다짐 속에는 죽음에 대한 의식이 강하게 자리잡고 있다. 일찍이 그의 데뷔작 「잿더미」에서 "꽃이다 피다/피다 꽃이다"와 같은 강렬한 죽음 이미지를 보여주었듯이, "내란의 무기 위에서 시가전의 바리케이드에서 / 피의 꽃으로 타오르는 그 순간까지" "자유" "그대 이름을 함부로" "부르지 않으리"라는 다짐은 '피'가 상징하는 자기 희생의 무게를 짐작케 한다. 궁극적으로 죽음마저 각오한 자유의 의지는, 그래서 "무서운 이름"이다. 이는 우리가 김수영의 시를 통해서도 익히 보아온 바다. "어째서 자유에는 / 피의 냄새가 섞여 있는가를 / 혁명은 왜 고독한 것인가를"(「푸른 하늘을」)이라고 했을 때, 자유와 피, 그리고 고독을 관통하는 것은 '죽음'이다. 그러므로 "푸른 하늘을 제압하는 / 노고지리가 자유로웠다고 / 부러워하던 / 어느 시인의 말은 수정되어야" 했다. 자유 속에 자리 잡은 자기 죽음을 보았던 것이다. '죽음의 보증'으로써 진정한 자유의 이름을 불러야 한다는 김수영과 김남주의 시적 언술은 그런 점에서 자기 구속을 동반하는 수행적 발화에 해당한다. 그것은 혁명시인의 윤리가 아닐 수 없다. 그리고 김남주에게 있어서 이런 종류의 수행적 발화는 시인을 구속하기만 하는 것이 아니라 시인 스스로와 혼연일체를 이루고 있다. 김수영이 열망했던 혁명시인의 길을 김남주는 '온몸'으로 성취하고 있는 것이다.

4. 시인의 시취^{尸臭}와 혁명

혁명의 언어는 수행성을 지니며, 그것은 본질적으로 정치적이다. 수행적 발화는 발화 주체가 구성하고자 하는 현실을 지시하는 특이성[3]을 지니고 있기 때문이다. 김남주가 "함께 가자 우리 이 길을"이라고 했을 때, 이 수행적 발화는 발화 주체가 구성하는 현실을 지시하는데, 그것은 발화 주체를 포함한 현실이므로 발화 주체를 지시하는 것과 다르지 않다. 원래 담화는 "인칭 대명사와 같은 복합적인 지시사들을 수단으로 하여 그 화자^{話者}를 역지시"하며, 그런 까닭에 담화의 사실은 자기지시적인 특성을 지닐 수밖에 없다(폴 리쾨르, 박병수·남기영 편역, 『텍스트에서 행동으로』, 아카넷, 2004, 227면). 특히 수행적 발화는 자기지시성이 강한 담화에 해당한다. 수행적 발화는 사물의 상태를 기술하는 것이 아니라 실제의 사실을 창출시키는 언표이므로 그 언어를 발언한 주체를 구속하는 경향이 강할 수밖에 없기 때문이다.(아감벤) 따라서 혁명적 언어는 운명적으로 발화 주체의 윤리성을 요청한다. 그 윤리성이란 다름아닌 시와 시인의 일치다. 그리고 시인의 윤리는 죽음을 최종심급으로 삼는다.

---

3   에밀 벤베니스트는 이에 대하여 다음과 같이 말하고 있다. "이것이 수행적 발화가 자신을 행위로 만드는 조건 속에서 실제로 발화됨으로 인하여 자신이 구성하는 현실을 지시하는 특이한 특성, 자기지시적(sui-référentiel)인 특성이 수행적 발화에 있음을 인정하도록 유도한다."(에밀 벤베니스트, 황경자 역, 앞의 책, 392면)

모든 시인들이 시와 시인의 일체화를 이루거나, 죽음을 시적 윤리의 최종심급으로 삼을 수는 없다. 그러나 그것을 요구하는 시대가 도래했을 때, 시인은 시적 윤리의 강박으로부터 자유롭지 않다. 현실 문제에 깊이 개입하는 시인일수록 혁명적 충동과 더불어 '죽음의 보증' 문턱 앞에서 망설이게 되며, 그 망설임은 시에 대한 근본적 회의를 동반한다.

어느 새벽 시를 두 편 썼다 "이게 시가 되는가?" 한 사흘 골똘히 들여다보다 한 편은 골라 들고 한 편은 버렸다

시가 되겠다 판단한 시 한 편, 한 문장 한 구절 한 글자씩 뜯어보며 한 이틀 매만지다 벼락, 회의가 든다 "대체 시란 무엇인가?"

시가 시에 갇혀버린 느낌 '시가 된다'는 느낌이 다시 감옥이 되어버린 느낌 시가, '시가 된다'는 느낌을 깨고 나올 때까지 나는 아직 기다려야 한다

시가 아니려고 하는데 결국 시인 것 시를 벗어나려고 하는데 끝내 시인 것 파닥파닥한 시의 지느러미에 경계와 심부를 동시에 베인 듯한 여기를 베고 저리로 이미 흘러가는

그런 시를 기다린다 영원을 부정하자 사랑이 오듯이 영원을 부정해야 사랑 비슷한 것이라도 오듯이

—김선우, 「시인 것」 전문

"시가 시에 갇혀버린 느낌 '시가 된다'는 느낌이 다시 감옥이 되어버린 느낌"은 시인의 시적 자의식이 정치적으로 고도화될 때 발생하는 현상이다. 이러한 시적 무기력은 시가 현실에 육박하고자 할 때 발생한다. 그리고 시와 현실(미학과 정치)은 그 둘의 분열을 심각하게 자각할 때 비로소 변증의 계기를 마련할 수 있다. "'시가 된다'는 느낌을 깨고 나오"는 '시', "시가 아니려고 하는데 결국 시"가 되고 마는 '시'란 시와 현실의 '일체화'를 이룬 시라고 할 수밖에 없다. 그 일체화란 미적 가상이라는 한계를 넘어 현실적 역능을 충분히 발휘하는 '시 = 행동'의 상태와 무관하지 않다. 김수영이 말한 바 있는, "아아, 행동에의 계시"로 충만한 시, 말이다.

카프 이후 한국의 참여시들은 이런 종류의 시적 충동에서 자유롭지 못했다. 시로써 사회주의 혁명을 완수하고자 하는 시적 욕망이란 매우 허망한 것이다. 적어도 한국적 상황에서 카프시의 행동이란 몽매의 상태로부터 빠져나오지 못했다. 카프 시인들이 사회주의 혁명을 위한 목적시를 주장했을지라도, 정작 조선 공산당이 그들을 성가셔 했다는 사실(카프 문인 중에 공산당원증을 받은 이는 거의 존재하지 않았다)은 카프시의 정치적 위상을 분명히 보여준다. 한국뿐만 아니라 유럽 초현실주의 예술가들 역시 이런 상황에서 자유로울 수 없었다. 초현실주의자들의 일부가 공산당에 가입했던 것은 자신들의 예술적 행위가 곧 정치적 행동이어야 한다는 각성에서 비롯된 것이지만, 정작 공산당은 이들 존재를 그다지 반기지 않았다. 이러한 예들은 예술의 정치적 위상에 대한 중요한 지표가 된다.

시(예술)가 혁명의 구심점이 되는 예는 드물게 존재하는데, 러시아의 마야코프스키, 쿠바의 호세 마르티, 스페인의 가르시아 로르카 등은 시가 곧 혁명의 '충동drive'으로써 기능했던 중요한 증좌이다. 그러나 시를 통한 혁명의 완수란 극히 드문 일이자 예외적 사건이 아닐 수 없다. 혁명시는 혁명 이후에야 겨우 추념과 기념의 예술적 형식으로 요청되는 경우가 대부분이다. 따라서 시의 혁명은 잠재성으로 존재할 뿐이며, 그 잠재성의 주름이 펼쳐지기란 여간 힘든 일이 아니다. 시라는 가상 속에 감금된 혁명의 메시아는 그 가상의 방에서 빠져나오지 못한다. 그럼에도 불구하고 시 속에서 울리는 메시아의 목소리는 시인의 행위를 줄기차게 소환한다. 시인은 그 목소리가 울려나오는 시의 틈새를 더욱 봉쇄할 것이 아니라면, 그 목소리에 적극적으로 응답해야 한다. 시의 목소리와 몸을 섞는 시인의 응답은 시취尸臭를 풍긴다. 그러니까 시취詩臭는 곧 시취尸臭다.

시적 가상 내에 머무는 메시아는 역시 시인의 시취尸臭를 기다린다. 그 시취란 혁명의 (죽음)충동이다. 혁명시인들의 가파르고 고독한 길. 대부분의 시인들은 그 도정에 쉽사리 오를 수가 없다. 시적 난마亂麻와 번민 속에 시의 몰락에 표착漂着한다. 그럼에도 불구하고 시는 끝까지 살아남기 위해서 스스로의 모욕과 굴욕을 견딘다.

가난뱅이 시인이 연설을 시작한다;

아뇨, 그래요 시는 거창한 건 못 합니다. 세상? 못 바꿉니다. 네, 망해가죠. 시는 망해갑니다……세상처럼…… (조용하다)…… 다만…… 세상이 망해가는 속도를 한두 발짝쯤…… 한 발짝쯤은…… 뒤로 당겨 늦출 수 있지 않을까…… 그냥 그렇다고요…… 미안합니다…… 그래도…… 세상이 아주 망하기 전까지…… 시가 사라지는 일은 없을 거예요…… 빌어먹을, 세상보다, 먼저…… (조용하다)…… 그러니까 제 말은…… 단 한 편의 시

도 읽히지 않는 때가 오면, 그때가 최후의 날이 될 거란 얘깁니다,

(…중략…)

풀 비린내가 시인의 맨발을 덮는다

화형대에 밑불이 붙여진다

— 김선우, 「시인」 부분

    시는 구원일 수 있을까. "세상이 망해가는 속도"를 "한두 발짝쯤" "뒤로 당겨 늦추"기만 할 뿐인가. 시는 세상을 구원하지 못한다. 단지 "세상이 아주 망하기 전까지" "시가 사라지는 일은 없을 거"라는 사실에 시인은 위안받을 뿐인데, 그러니 "빌어먹을"이다. 시는 세상의 종말과 함께 최후를 맞이한다. 구원의 가능성은 전무하다. "시인이여, / 토씨 하나 / 찾아 천지를 돈다 // 시인이 먹는 밥, 비웃지 마라 // 병이 나으면 / 시인도 사라지리라"(진이정, 「시인」)는 시적 구원의 전언과는 정반대. 따라서 시인의 자리는 화형대이며, "화형대에 밑불이 붙여진다". 시인의 이러한 자기 처벌은 시적 번신翻身에의 요구다. 그러나 시의 번신은 궁극적으로 시인의 번신을 요청한다. 번신에 실패한다면 시인은 한낱 화형대에서 스러져야 할 존재에 지나지 않으리라. 그렇다면 시와 시인의 번신은 어떻게 가능한가. 그것은 시취尸臭에의 무한한 접근이다.

5. 죽은(죽어가는) 자의 목소리와 '혁명의 조건'

시간과 기억— 이것이 나.
기억이 지금의 나를 나이게 한다.

(…중략…)

날고자 하는 욕망을 퇴화시킨 지 오래인, 비슷하게 비대해진 도시비
둘기들이 폴리스라인 밖에서 모이를 쪼고 있다.

벗이여, 지금 내가 궁금한 것은
이 광장의 이미지가 아니라 이 시간의 이미지라네.

— 김선우, 「혁명의 조건」 부분

혁명의 조건은 "광장의 이미지가 아니라 이 시간의 이미지"이다. 지금
"이 시간"은 과거와 단절된 시간이 아니라 과거와 현재가 '이중인화'된
시간이다. '과거'는 죽은 자의 목소리가 지속되는 시간이며, 현재는 죽은
자와 죽어가는 자의 목소리가 배제되는 시간이다. 따라서 '이중인화'란
과거라는 죽은 자의 목소리로 현재의 깊은 잠을 깨우는 작업이다. 지금
"이 시간"의 '나'를 이루는 것 역시 마찬가지이다. 벤야민에 따르면 이러
한 시간 이미지는 자본주의가 배태한 '역사의 연속체'인 현재의 환등상
fantasmgoria을 폭파한다. 그러나 쇠락한 혁명의 기운 속에서 도시비둘기처
럼 왜소하고 무기력해진 시인은 "폴리스라인 밖에서 모이를 쪼"듯 광장

언저리를 서성인다. 역사의 연속체(폴리스라인)를 무효화하는 힘(메시아)은 미래가 아닌 과거의 시간과 기억으로부터 온다. 메시아는 과거의 시간 속에 은폐되어 있으며, 메시아의 목소리는 항상 지금 "이 시간"을 향해 있다. 따라서 우리는 지금 "이 시간"의 문을 열고 나오려 하는 그 목소리에 귀를 기울여야 한다.

다시 말해, 메시아는 이미 죽은 자의 고통과 소망의 목소리이며 지금 "이 시간"의 맨홀 뚜껑 아래에서 공명한다. 과거의 죽은 자와 지금 이 시간 살아 있는 자의 묵계. 이를 두고 벤야민은 "과거 세대의 사람들과 우리 사이에는 은밀한 약속"이라고 했으며, 지금의 우리야말로 과거의 그들이 기다려왔던 사람들이라고 말한 바 있다(발터 벤야민, 최성만 역, 「역사의 개념에 대하여」, 『발터 벤야민 선집』 5, 길, 2015, 333면). 따라서 '혁명의 조건'이란 그들의 고통과 소망의 목소리를 듣는 것이며, 그 목소리로써 지금 "이 시간"을 새롭게 구성해내는 것이다. 그러니까 메시아는 미래가 아닌 과거의 시간 속에 이미 존재하며, '지금시간Jetztzeit'의 지하문 바로 아래에서 우리의 응답을 기다리는 중이다.

우리 삶의 고통과 소망의 강도強度는 이미 과거 속에서 충분한 임계점을 형성하고 있다. 더 이상의 고통과 소망의 축적은 불필요하다. 과거의 죽은 자들의 고통과 소망만으로도 혁명의 임계점에 이미 도달해 있는 것이다. 혁명의 메시아는 이미 그곳에 있고 '지금시간'을 통해서 도래할 수 있다. 다만 우리는 그 목소리를 듣는 능력을 상실했거나, 우리에게로 향하는 목소리의 파동을 차단당하고 있을 뿐이다. 따라서 시는 죽은 자들의 고통과 소망에 접신하는 언어여야 하며, 이로써 시의 변신은 이루어진다. 그리고 죽은 자의 목소리를 시인의 실제 현실로 견인해 올 때 시인의 번신 역시 이루어질 것이다.

이미 죽은 자의 고통과 소망을 현재의 시간에 겹쳐놓는 것, 그리고 '지금시간'에 죽은 자의 고통을 제거하고 소망을 실현하는 것이야말로 혁명이다. "죽은 자들도 적이 승리한다면 그 적 앞에서 안전하지 못하다"(위의 책, 334면)는 벤야민의 전언은 과거에 죽은 자들의 운명이 곧 현재 살아 있는 우리의 운명이기도 하다는 사실을 말해준다. 혹은 벤야민의 진술 그대로인지도 모른다. 4·3과 5·18 원혼에 대한 극우 세력의 유린이 이를 보여주고 있지 않은가. 죽은 자의 목소리가 현재 살아 있는 우리의 언어 속에서 부활하는 것이 시의 번신이라면, 시인의 삶을 통해서 그 목소리가 실현되는 것은 시인의 번신이라고 할 수 있다. 그것은 여전히 쉽지 않은 일이다. 그리하여 다음과 같은 아름다운 "풍경"의 언어가 도래하기도 하는 것이다.

> 그 풍경을 나는 이렇게 읽었다
> *신을 만들 시간이 없었으므로 우리는 서로를 의지했다*
> 가녀린 떨림들이 서로의 요람이 되었다
> 구해야 할 것은 모두 안에 있었다
> 뜨거운 심장을 구근을 묻은 철골 크레인
> 세상 모든 종교의 구도행은 아마도
> 맨 끝 회랑에 이르러 우리가 서로의 신이 되는 길
>
> (…중략…)

창문이 조금더 열리고

두근거리는 심장이 뾰족한 흰 싹을 공기 중으로 내밀었다

그 순간의 가녀린 입술이 이렇게 말하는 것을

나는 들었다 처음과 같이

지금 마주본 우리가 서로의 신입니다

나의 혁명은 지금 여기서 이렇게

— 김선우, 「나의 무한한 혁명에게」 부분

신을 기다리는 일은 영원히 지연되는 미래로부터 혁명을 기다리는 일과 다르지 않다. 지금 이 순간 죽어가는 자들, 그리고 과거에 이미 죽은 자들의 목소리를 듣고 있다면, 신을 기다리는 일이란 헛되고 무망한 일이다. 그래서 "신을 만들 시간이 없"는 것이 당연하며, "우리는 서로를 의지"할 수밖에 없다. '우리'란 노동자(김진숙)와 시인(김선우)을 일컫는다. 김선우는 노동운동가 김진숙과의 연대를 통해 시인의 변신에 다가선다. 신(혁명)은 미래로부터 오지 않는다. 지금 당장 우리 스스로가 '신'(혁명)이 되어야 한다. 그러므로 "지금 마주본 우리가 서로의 신"이며, 이로써 "나의 혁명은 지금 여기서 이렇게" 시작될 수 있는 것이다. 노동운동가 김진숙은 과거의 죽은 자의 목소리이자, 지금 현재 죽어가는 자들의 목소리이다. 이 목소리가 시의 언어로 들어오는 순간, 시의 변신과 시인의 변신은 동시에 이루어진다. 시가 행동이 되는 기적의 순간을 기다리기보다 이미 존재하는 '행동'을 시의 영역으로 끌어들임으로써 '시 = 행동'이라는 경이를 만들어내고 있는 것이다. 이는 시의 무기력이 극복되고 마는 경이로운 시의 풍경이자 연대의 기적이라 할 수 있다.

6. '자본의 항로'와 시인의 사명

최근의 시들에서 자본주의를 향한 혁명적 충동이 쉽사리 발견되고 있다는 사실은 주목을 요한다. 자본주의를 향한 시의 비판적 사유는 전혀 새로울 것이 못되지만, 최근의 시들이 이념이 아니라 정동으로써 그런 현상을 보여준다는 점이 새로운 현상인 것이다. 이는 모든 고통과 억압의 동력으로서 자본주의가 거대하게 작동되고 있고, 그것에 대한 절망과 분노가 더욱 점증되는 현실에 대한 본능적 반응이 아닐 수 없다. 반복되지만, 절망과 분노는 이미 아주 먼 과거에서부터 임계점에 도달해 있었다. 다만 자본주의의 환상이 그 통증을 효과적으로 감쇄해왔을 뿐이다. 자본주의는 미래적 유토피아를 '언제나' 약속한다. 그것은 그야말로 미래적인 것이며, 영원히 지연되고 마는, 현재화될 수 없는 미래이다. 그런 점에서 자본주의는 일종의 종교운동이기도 하다.

> 이 자본주의라는 종교운동의 본질은 종말까지 견디기, 궁극적으로 신이 완전히 죄를 짓는 순간까지, 세계 전체가 절망의 상태에 도달할 때까지 견디기이다. 그것은 이러한 절망의 상태를 희망하고 있는 것이다. 종교가 존재의 개혁이 아니라 존재의 붕괴인 점에 바로 자본주의가 지닌 역사적 전대미문의 요소가 있다.
> ― 발터 벤야민, 최성만 역, 「종교로서의 자본주의」(『발터 벤야민 선집』 5, 길, 2015, 123면)

자본주의는 진보의 환등상 그 자체다. 유토피아적 미래에 대한 확신이야말로 자본주의를 추동하는 근원적 동력이다. 달리 말해 자본주의는 유토피아의 필연적 도래에 대한 마법적 신앙 그 자체다. 그러나 그것은 언제나 현재화될 수 없는 미래 속에 머문다. 그래서 역설적이지만 '종교운동'으로서 자본주의의 본질은 "세계 전체가 절망의 상태에 도달할 때까지 견디기"이다. 다시 말해, 이것은 "세계 전체가 절망의 상태에 도달할 때까지" 견디는 것 외에 아무것도 하지 않는다는 것을 의미한다. 이는 미래로부터 오는 혁명, 혹은 메시아의 끔찍한 모습이다. 그 절망의 끝에서 찾아오는 것은, 극복할 수 없는 우울과 허무이다. 따라서 우울과 허무의 극복은 혁명의 메시아를 미래가 아닌, 과거와 연결된 '지금시간'을 통해서 이 세계로 불러들이는 것으로써 이루어진다. 이는 죽은 자의 목소리(고통과 소망)를 지금 이 시간으로 불러냄으로써 이 세계의 자전축을 새롭게 바꾸는 일이기도 하다.

시 또한 이러한 과업으로부터 자유롭지 않을 것인데, 그러나 정작 자본주의 대한 비판과 그 현실적 실천보다도 시의 정치적 역능에 대한 어떤 우울과 허무가 시를 지배하는 현상이 도드라진 것이 사실이다. 이는 과거로부터 반복되어 왔던 시적 무기력의 한 증상이며, 시와 시인의 분열에서 비롯되는 수치심이 시를 지배한 데서 비롯된 것이기도 하다. 이러한 시적 무기력과 수치심의 극복은 김수영에서 김남주로의 시적 이행에서 볼 수 있듯이 '시'가 곧 '행동'이 되는 경이로써 가능했다. 김남주가 이념의 실천으로써 자본주의와 싸우는 '시 = 행동'의 경이를 개척했다면, 최근의 시인들은 자본주의를 향한 본능적 '정동'으로써 '시 = 행동'의 차원에 도달하고 있다. 시인 송경동이 대표적인 사례일 텐데, 송경동은 시인인 동시에 시민운동가이자 노동운동가로서 이전에 볼 수 없는 새로운 형태의 혁명시인이라 할 수 있다.

어떤 당파나 에꼴에도 해당되지 않고, 스스로 어떤 노선도 거부한 송경동은 자본주의라는 거대한 체제를 정지시키고자 하는 투쟁가로써 스스로의 정체성을 삼는다. 과거의 죽은 자의 목소리, 그리고 죽어가는 자의 목소리를 대변하는 그는 스스로 이념의 감옥에 가두지 않고 혁명의 메시아가 현실로 들어올 '입구'의 역할을 하고 있다. 그리하여 최근의 시들이 빠져 있는 우울과 허무를 끊임없이 분쇄하는 시적 혁명의 기능을 수행한다. 시가 행동이 되지 못하는 데서 비롯되는 무기력은 사실 어떤 정치적 의미도 지니지 못하며 자본주의 체제를 강화할 뿐이라는 점에서 혁명적 충동을 패배주의적 감성으로 소진하는 결과를 초래한다. 벤야민식으로 말하자면, 그것은 "파멸한 부르주아 계급이 행하는 프롤레타리아적 모방"(최성만, 『발터 벤야민─기억의 정치학』, 길, 2015, 196면)에 불과한 것이다.

그러나 송경동은 부르주아 '계급'도 프롤레타리아 '계급'도 아니다. 굳이 말한다면, 그는 전지구적 자본주의 체제의 작동으로 배제된 자들을 포괄하는 프롤레타리아적 '입장'(슬라보예 지젝)의 시인에 해당한다. 혹은 죽은 자의 목소리를 귀 기울여 듣고 그들의 고통과 소망을 행동으로 이행하는 '노선' 없는 혁명시인에 해당할 것이다. 송경동이 진정한 참여시인, 혹은 혁명시인의 길을 걸어가고 있으나 이는 경이로운 예에 해당하며, 모든 시인들이 같은 궤적을 밟을 수 없는 것도 사실이다. 이로 인해 발생하는 시적 무기력과 수치감은 경계할 필요가 있다. 시의 지나친 무기력과 수치감은 오히려 시의 정치적 가능성을 차단할 수 있기 때문이다.

그런 관점에서 김선우의 「나의 무한한 혁명에게」는 노동운동가와의 시적 연대를 통해서 저 우울과 허무를 경이롭게 극복해내는 한 전환점에 해당한다. 시인과 노동자의 아름다운 연대야말로 우리 시대의 진정한 혁명의 순간이자 메시아가 도래하는 문을 여는 열쇠가 될 수 있다. 그렇다. 시는 자본주의가 파쇄해버린 죽은 자, 죽어가는 자의 목소리에 감응하고 있다. 그 목소리에의 감응은 연대이며, 그 연대의 힘으로 "이 자본의 항로를 바꾸"(송경동, 「우리 모두가 세월호였다」)는 메시아(혁명)를 '지금시간'에 불러내야 하는 것이다. 메시아는 곧 시취屍臭로 가득한 우리의 얼굴을 하고 있다. 시취屍臭를 뜨거운 혁명의 시취詩臭로 바꾸어내는 것, 이것이 시와 시인의 사명인 것이다.

지금 꼭 사랑하고 싶은데

김춘수, 「제22번 悲歌」

지금 꼭 사랑하고 싶은데

사랑하고 싶은데 너는

내 곁에 없다.

사랑은 동아줄을 타고 너를 찾아

하늘로 간다.

하늘 위에는 가도 가도 하늘이 있고

억만 개의 별이 있고

너는 없다. 네 그림자도 없고

발자국도 없다.

이제야 알겠구나

그것이 사랑인 것을,

— 김춘수, 「제22번 悲歌」 전문

우선 슬프다. 이 시를 읽고. 이제 80대의 김춘수의 시를 보는 것은 다 흘러가버린 생명의 끝자락을 보는 것 같고, 그 끝자락의 짙고도 힘없는 그늘을 보는 것 같다. 아마도 김춘수의 마지막 시집일지도 모를 『쉰한 편의 비가』(현대문학, 2002)를 읽으면서, 나는 시인의 늙음이 이렇게 아름다울 수가 있을까 하는 생각을 해본다.

「제22번 悲歌」. 이 시는 사랑에 대한 것이다. 사랑의 본질과 인간의 끝없는 그리움 혹은 욕망의 힘에 대한 것이다. 그것은 단순하면서도 선명하게, 소박하면서도 광대하게 그려져 있다.

시인은 지금 사랑하지만 곁에 없는 '너'를 찾아 우주를 향해 간다. 그것은 사실 시인의 내면의 우주라고 할 수 있고 밤마다 그윽이 우리를 내려다보는 말 그대로의 우주라고도 할 수 있다. "하늘 위에는 가도 가도 하늘이 있고 / 억만 개의 별이 있고 / 너는 없다" "네 그림자도 없고 / 발자국도 없다" 너를 찾아 떠난 한 평생의 여정에도 불구하고 사랑하는 "너"가 없는 이 세상은, 이 우주는 그야말로 텅 빔이다. 막막함이다. 허무와 슬픔이다.

그러나 시인은 깨닫는다. "그것이 사랑인 것을" 난 여기서 놀라움을 느낀다. 80대에 이르러 깨닫게 된 사랑에 대한 직관적 통찰을! 사랑을 찾아 떠난 시인의 시선은 어느덧 자잘한 일상을 지나와, 가도 가도 하늘이 있는 하늘을 향해 끝없이 나아간다. 사랑을 찾아 오래도록 방황했던 시인의 마음에는 어느새 광대한 우주가 들어서 있다. 사랑에 대한 욕망이 그의 내면에 너무나도 커다란 성찰과 사색의 공간을 들어서게 한 것. 사랑에 대한, "너"에 대한 그리움이 아니었다면, 시인의 마음이 이렇게 커질 리가 없을 터.

결국 자기 안에 들어선 이 거대한 우주가 바로 사랑이라는 것. 무색무취의 우주적 공간. 사랑이 거대하게 커지면, 색깔도 향기도 서서히 엷어질 터. 그리하여 그것은 우주적인 사랑이 되어 버릴 터.

막스 피카르트Max Picard는 일찍이 '침묵의 세계'를 역설한 바 있다. 우리가 늘 외면해 왔던 침묵! '너'와 '나' 그리고 '그' 사이에는 항상 침묵이 있다는 것. '침묵'은 이미 죽은 자들의 세계이거나, 우리 이성이 감지할 수 없는 제3자의 세계라는 것. 혹은 신의 세계일 수도 있는 것. 우리 곁에서는 이렇게 늘 침묵이 우리를 감싸고 있다는 것. 시인이 사랑을 찾아 헤매다 결국 당도하게 된 곳이 이러한 침묵의 세계는 아닐까? '너'를 찾아 떠나왔던 여행이 결국은 우리의 내면에 드넓은 우주를 열어주고 결국은 우주의 깊은 침묵까지 깨닫게 한 것은 아닐까?

삶은 결핍이다. 결핍을 채우고자 하는 욕망이 어느새 하늘 위의 하늘까지 뻗어 있다니. 우리 삶의 결핍을 채울 '너'라는 사랑! '너'라는 사랑이 참 눈물겹다.

Intro 0107_ 파국의 메시아—언어의 저주와 재난에 대하여

「시(詩), 라는 파국적 메시아」, 송찬호 외, 『별이 빛나는 밤』 해설, 시와반시, 2017.

#punctum ℵ₀_ 황홀한 아파니시스(aphanisis)를 위하여—함기석, 「어느 악사의 0번째 기타줄

「황홀한 아파니시스(aphanisis)를 위하여」, 『현대시』, 2008.11.

제1부 | 혁명과 파국의 교합

제1장_ 독신(瀆神)과 욕설 시의 폐허와 그 이후, 혹은 망각

「시의 폐허와 그 이후, 혹은 망각—시와 욕설에 관한 시론」, 『신생』, 2015.여름.

제2장_ 파산의 시학과 잠재성의 현실화—한국적인 것의 (불)가능성

「한국적인 것의 (불)가능성—파산의 시학과 잠재성의 현실화」, 『Position』, 2015. 여름.

제3장_ 슬픔의 정치학—'마그마'와 같은 슬픔을 위하여

「슬픔의 정치학」, 『신생』, 2017.봄.

제4장_ 세계의 무한과 멜랑콜리, 혹은, 시인 블랑키—안민, 『게헨나』에 관한 짧은 보고서

「세계의 무한과 멜랑콜리, 혹은, 시인 블랑키」, 『작가와사회』, 2019.봄.

#punctum 0203_ 훈육과 통제의 풍경—조혜은, 「3층 B동」

「훈육과 통제의 풍경」, 『현대시』, 2008.12.

제2부 성좌와 우울의 이중인화

제1장_ 성좌와 우울—김형술, 『타르초, 타르초』에 관한 긴 보고서

「성좌와 우울」, 김형술, 『타르초, 타르초』 해설, 문예중앙, 2016.

제2장_ 투명한, 지구(地球)의 시인, 김중일—'인기척'의 슬픔에 관하여

「투명한, 지구의 시인」, 『Position』, 2018.겨울.

제7장_ 균열하는 시의 역능―양해기 · 박윤일 · 문혜진의 시에 대하여
　　「균열하는 시의 역능」, 『시작』, 2006.11.

#punctum 0901_ 무의미한 도시를 조율하는 당신(You)―이제니, 「편지광 유우」
　　「무의미한 도시를 조율하는 당신(You)」, 『현대시』, 2008.12.

Outro 0224_ 혁명과 연대의 시취(詩臭)―불가능한 혁명의 시적 증상
　　「시와 혁명에 관한 단상들」, 『신생』, 2016.여름.

#punctum $\aleph_1$_ 지금 꼭 사랑하고 싶은데―김춘수, 「제22번, 悲歌」
　　「지금 꼭 사랑하고 싶은데」, 2003년 벗에게 쓴 편지에서.

찾아보기

/ ㅇ /